CHINESE PHRASES & ENGLISH PROVERBS

영어속담과 함께 읽는
고사성어

영어속담과 함께 읽는
고사성어

초판 1쇄 | 2015년 7월 20일 발행
5쇄 | 2024년 5월 10일 발행

편저자 | 이동진
펴낸곳 | 해누리
펴낸이 | 김진용
편집책임 | 조종순
디자인 | 신나미
마케팅 | 김진용

등록 | 1998년 9월 9일(제16-1732호)
등록 변경 | 2013년 12월 9일(제2002-000398호)

주소 | 150-801 서울시 영등포구 당산로 20길 13-1 지층
전화 | (02)335-0414 팩스 | (02)335-0416
E-mail | haenuri0414@naver.com

ⓒ 해누리, 2015

ISBN 978-89-6226-054-0 (03800)

CHINESE PHRASES & ENGLISH PROVERBS

영어속담과 함께 읽는
고사성어

이동진 편저

차례

瑤島長春

摹遲陳洪綬寫

가견일반 可見一斑

사물의 일부분만 볼 수 있을 뿐이다.

부분을 보고 전체를 추측하다.

속: From one judge all.(한 가지로 모든 것을 판단하라. 로마)

가계야치 家鷄野雉

자기 집의 닭은 싫어하고 들의 꿩은 좋아하다. 집안의 좋은 것은 돌보지
않고 그보다 못한 밖의 것을 탐내다. 유: 귀이천목 貴耳賤目

속: How beautiful is the hoe in another man's hand!

(남의 손의 호미는 얼마나 아름다운가! 서양)

가공망상 架空妄想

터무니없는 망상. 근거가 전혀 없이 제멋대로 하는 상상.

속: If my aunt had been a man, she'd have been my uncle.

(나의 숙모가 남자였다면 그녀는 나의 숙부가 되었을 것이다. 영국)

가공제사 假公濟私

공익을 구실로 내세워서 사사로운 이익을 취하다.

속: Public money is like holy water—everyone helps himself.

(공금은 성수와 같아서 누구나 가져간다. 이탈리아)

가구향리폐 家狗向裏吠

집에서 기르는 개가 집의 안쪽을 향해서 짖다.

은혜를 잊고 오히려 원수로 갚다.

속: Ingratitude is the world's reward.

(세상 사람들이란 배은망덕으로 갚는다. 독일)

가기이방 可欺以方

그럴듯한 말로 남을 속일 수 있다.

속: To give one a flap with a fox-tail.

(여우 꼬리로 남을 때리다, 즉 남을 속이다. 영국)

가담항설 街談巷說

길에 떠도는 소문. 길거리 사람들의 논의. 유: 도청도설 道聽塗說

속: Gossip and lying go hand in hand.

(소문과 거짓말은 손을 잡고 다닌다. 서양)

가도사벽 家徒四壁

집이 가난해서 네 개의 벽만 서있다. 매우 가난하다.

속: There is no woe like want.(가난보다 심한 재앙은 없다. 영국)

가도종용 家道從容

집안의 형편이 여유가 있다. 생활이 부유하다.

속: He is rich enough who owes nothing.

(빚이 전혀 없는 사람은 충분히 부유하다. 프랑스)

가도중락 家道中落

집안이 도중에 몰락하여 쇠퇴하다. 반: 자수성가 自手成家

속: A falling master makes a standing servant.

(몰락하는 주인은 서서 시중드는 하인이 된다. 서양)

가락양진 歌落梁塵

노랫소리가 대들보의 먼지를 떨어뜨리다. 노랫소리가 높고 맑다.

속: Good singing is often wearisome.

(좋은 노래도 귀찮을 때가 많다. 프랑스)

가란망귀 柯爛忘歸

나무꾼이 도끼자루가 썩도록 집에 돌아갈 줄을 모르다.

노는 데 정신이 팔려 집을 떠난 지 매우 오래 되다.

속: Without business debauchery.

(하는 일이 없으면 방탕해진다. 서양)

가렴물미 價廉物美

값도 싸고 물건도 좋다. 동: 화진가실 貨眞價實 반: 미주신계 米珠薪桂

속: The best is cheapest in the end.

(가장 좋은 것이 결국에는 가장 싸다. 서양)

가렴주구 苛斂誅求

가혹한 세금과 징발로 백성을 괴롭히는 관리의 횡포.

유: 갈택이어 竭澤而漁

속: Taxes and gruel will continually grow thicker.

(세금과 오트밀 죽은 계속해서 진해지기만 할 것이다. 힌두)

가모선정 嘉謀善政

좋은 계책과 훌륭한 정치.

속: No man can be a good ruler, unless he has first ruled.(자기가
먼저 통치를 받지 않는 한 아무도 훌륭한 통치자가 될 수 없다. 서양)

가무담석 家無擔石

집에 비축해둔 쌀이 전혀 없다. 생활이 매우 어렵다.

속: A man cannot live by air.(사람은 바람을 먹고 살 수는 없다. 영국)

가무이주 家無二主

한 집에 두 주인이 있을 수 없다.

군주와 신하, 윗사람과 아랫사람의 구별이 있다. 유: 천무이일 天無二日
속: Masters two will not do.(두 주인은 공존할 수 없다. 서양)

가번택란 家飜宅亂

집안이 시끄럽고 불안하다. 집안이 말다툼이 많고 불화하다.
속:There will be discord in the house if the distaff rules.
(여자 쪽이 지배하는 집은 불화할 것이다. 프랑스)

가병불상 佳兵不祥

군대를 즐겨 동원하면 불길하다.
속: Famine, pestilence, and war are the destruction of a people.
(기아와 전염병과 전쟁은 백성의 멸망이다. 서양)

가빈사양처 家貧思良妻

집이 가난하면 어진 아내를 생각한다.
속: A good thing lost is a good thing valued.
(좋은 것을 잃으면 그것은 귀중하게 여겨진다. 영국)

가빈여세 家貧如洗

물로 씻은 듯이 가난하다. 극도로 가난하다.
속: He is poor indeed that can promise nothing.
(아무 것도 약속할 수 없는 사람은 참으로 가난하다. 서양)

가상다반 家常茶飯

집에서 평소에 먹는 음식. 늘 있는 일. 반: 산해진미 山海珍味
속: It is all in the day's work.(그것은 당연하거나 흔한 일이다. 영국)

가수어인 假手於人

남의 힘을 빌리다. 유: 인인성사 因人成事

속: If I had not lifted up the stone, you had not found the jewel.
(내가 돌을 들지 않았더라면 너는 보석을 발견하지 못했을 것이다. 히브리)

가슬추연 加膝墜淵

남을 자기 무릎에 올려놓았다가 연못에 빠뜨리다.

사람을 쓰는 데 원칙이 없고 애증이 쉽게 변하다. 유: 여도지죄 餘桃之罪

속: Where love fails, we espy all faults.
(사랑이 식은 곳에서 우리는 모든 잘못을 찾아낸다. 영국)

가승지극 可乘之隙

이용할 수 있는 빈틈이나 약점.

속: Every man has his feeble.(누구나 약한 곳이 있다. 서양)

가연잡세 苛捐雜稅

가혹하고 번잡한 세금과 부역.

속: What the church leaves the exchequer takes.
(교회가 남겨두는 것을 나라의 금고가 가져간다. 스페인)

가인가의 假仁假義

인자하고 올바른 척하다. 유: 구밀복검 口蜜腹劍

속: An ill man is worst when he appears good.
(악인은 선한 사람으로 보일 때 가장 사악하다. 서양)

가인박명 佳人薄命

미인은 오래 살지 못한다. 미인은 팔자가 사납다.

속: The finest flower will soonest fade.

(가장 아름다운 꽃은 가장 빨리 시들 것이다. 영국)

가적난방 家賊難防

집안의 도둑은 막기 어렵다. 내부의 악인을 막기가 가장 어렵다.

속: The devil lurks behind the cross.

(악마는 십자가 뒤에 도사리고 있다. 서양)

가정맹호 苛政猛虎

가혹한 법이나 세금은 사나운 호랑이보다 더 무섭다.

속: He extracts even from the statues.

(그는 심지어 석상들로부터도 식량을 착취한다. 로마)

가지기도 加持祈禱

병이나 재앙을 면하려고 바치는 기도.

속: Prayer knocks till the door opens.

(기도는 문이 열릴 때까지 노크한다. 서양)

가화만사성 家和萬事成

집안이 화목하면 모든 일이 잘 이루어진다.

속: Marriage with peace is the world's paradise.

(화목한 결혼생활은 지상의 천국이다. 서양)

각골난망 刻骨難忘

받은 은혜가 뼈에 새겨져서 잊혀지지 않는다. 동: 명기누골 銘肌鏤骨

속: To a grateful man, give money when he asks.

(감사하는 자에게는 그가 요청할 때 돈을 주어라. 서양)

각답양선 脚踏兩船

두 배에 양다리를 걸치다. 이러지도 저러지도 못하다.

속: Each finger is a thumb.

(모든 손가락이 엄지손가락이다, 즉 입장이 매우 난처하다. 영국)

각박성가 刻薄成家

모질고 인색하게 굴어서 부자가 되다.

속: Much industry and little conscience make a man rich.

(매우 근면하고 양심이 없으면 부자가 된다. 독일)

각사기사 各司其事

각자 자기가 맡은 일을 하다.

속: No man is born into the world, whose work is not born with him.(자기가 할 일을 가지고 이 세상에 태어나지 않는 자는 없다. 영국)

각자도생 各自圖生

제각기 살아날 길을 찾다.

속: Cover yourself with your shield, and care not for cries.

(너의 방패로 네 머리를 가리고 함성에 대해서는 걱정하지 마라. 영국)

각자무치 角者無齒

뿔이 있는 자는 이가 없다.

한 사람이 여러 재주나 복을 다 갖추지는 못한다.

속: He that has teeth has not bread, he that has bread has not teeth.(이가 있는 자는 빵이 없고, 빵이 있는 자는 이가 없다. 이탈리아)

각주구검 刻舟求劍

뱃전에 표시를 해두었다가 칼을 건지려고 하다.

고집불통의 어리석은 행동.

속: A wise man changes his mind, a fool never will.(지혜로운 사람
은 생각을 바꾸지만 바보는 절대로 생각을 바꾸지 않는다. 서양)

각지기견 各持己見

각자 자기 견해를 고집하다. 의견이 일치하지 못하다.

반: 인운역운 人云亦云

속: So many men, so many opinions.

(수많은 사람이 서로 의견이 다르다. 서양)

각통의각 脚痛醫脚

다리가 아프면 다리만 치료하다. 문제를 근본적으로 해결하지 않다.

속: The bungling remedy is worse than the disease.

(엉터리 치료는 질병 자체보다 더 나쁘다. 서양)

각하조고 脚下照顧

자기 다리 밑을 비추어 살펴보다. 자기에게 가까운 사람일수록 조심하다.

속: Take care before you leap.(뛰어오르기 전에 조심하라. 이탈리아)

간경하사 干卿何事

경과 무슨 상관인가? 쓸데없이 남의 일에 간섭하는 사람을 비웃는 말.

속: Blow your own pottage and not mine.

(내 죽이 아니라 네 죽이나 입으로 불어라. 서양)

간뇌도지 肝腦塗地

간과 뇌가 땅바닥에 깨어지다. 비참하게 죽다.

나라를 위해서는 참혹한 죽음도 꺼리지 않다.

속: As dead as a doornail.

(문에 박은 못처럼 완전히 죽다. 영국)

You'll not believe a man is dead, till you see his brains out.
(너는 사람의 뇌가 쏟아진 것을 보기 전에는 그가 죽었다고 믿지 않을 것
이다. 영국)

간담상조 肝膽相照

간과 쓸개를 서로 드러내 보이다.

마음을 서로 터놓고 절친한 사이가 되다.

속: A friend is a second self. (친구는 제2의 자기 자신이다. 서양)

간담초월 肝膽楚越

간과 쓸개처럼 가까운 듯해도 사실은 초나라와 월나라처럼 먼 사이다.

사물은 보기에 따라 비슷한 것이 서로 다르게도 보인다.

속: Nothing similar is the same.

(비슷한 것은 결코 똑같은 것이 아니다. 로마)

간식소의 肝食宵衣

해가 진 뒤 밥을 먹고 해 뜨기 전에 일어나 옷을 입다.

나라 일을 열심히 돌보다.

속: From a great supper comes a great pain; that you may sleep
lightly sup lightly.(저녁을 많이 먹으면 고통이 크다. 잠을 편안하게 자려
면 저녁을 가볍게 먹어라. 서양)

간어제초 間於齊楚

제나라와 초나라 사이에 끼여 있다. 약자가 강자들 틈에 끼여 괴롭다.

속: No man can serve two masters.

(아무도 두 주인을 섬길 수 없다. 서양)

간이부복 諫而剖腹

은나라 폭군 주왕이 충고하는 비간(比干)의 배를 갈라 죽인 일.

속: A tyrant is most tyrant to himself.

(폭군은 자기 자신에게 가장 지독한 폭군이다. 서양)

간인미첩 看人眉睫

남의 눈치를 살피다.

속: A quick landlord makes a careful tenant.

(재빠른 집주인은 세든 사람을 조심성 많게 만든다. 서양)

간장막야 干將莫耶

간장과 막야 부부가 만든 칼, 즉 명검.

속: Scanderberg's sword must have Scanderberg's arm.(스캔더
버그의 칼은 알바니아의 영웅 스캔더버그가 휘둘러야만 한다. 서양)

간장촌단 肝腸寸斷

비통하기 짝이 없다. 극도로 굶주리다.

속: A good grievance is worth more than bad pay.

(극도의 슬픔은 낮은 보수보다 더 중대한 문제다. 스페인)

갈불음도천수 渴不飮盜泉水

목이 말라도 도천(도둑의 샘)의 물은 마시지 않는다.

아무리 가난해도 나쁜 짓으로 돈을 벌지는 않는다.

동: 악목도천 惡木盜泉; 악목불음 惡木不飮

속: Loss of honour is loss of life.

(명예를 잃는 것은 목숨을 잃는 것이다. 서양)

갈이천정 渴而穿井

목이 말라야 우물을 파다. 다급해진 뒤에 허둥지둥해야 소용이 없다.

반: 유비무환 有備無患

속: We never know the worth of water till the well go dry.

(우리는 우물이 마를 때까지 물의 가치를 전혀 모른다. 서양)

갈자이음 渴者易飮

목이 마르면 뭐든지 잘 마신다. 어려운 처지에서는 은혜를 느끼기 쉽다.

속: Those who are thirsty drink in silence.

(목마른 사람들은 말없이 마신다. 그리스)

갈택이어 竭澤而漁

연못의 물을 다 빼서 고기를 잡다. 권력자가 백성을 사정없이 쥐어짜다.

눈앞의 이익만 얻으려 하고 멀리 내다보지 못하다. 반: 망개삼면 網開三面

속: Catch who catch can.(닥치는 대로 잡아라. 서양)

감과고체 甘瓜苦蔕

오이는 달지만 꼭지는 쓰다. 완전한 사람이나 사물은 없다.

동: 인무완인 人無完人

속: Every white has its black, and every sweet its sour.

(모든 흰색은 그 검은색이 있고 모든 단맛은 그 신맛이 있다. 서양)

감모호구 甘冒虎口

위험을 기꺼이 무릅쓰다.

속: Who ventures wins.(모험하는 자가 승리한다. 독일)

감빈낙도 甘貧樂道

가난해도 편한 마음으로 옳은 길을 즐기다.

속: He bears poverty very ill, who is ashamed of it.(가난을 부끄러워하는 사람은 그것을 제대로 견디어내지 못하는 것이다. 서양)

감빈수지 甘貧守志

가난을 감수하고 지조를 지키다.

속: He who is content in his poverty is wonderfully rich.
(자기의 가난에 만족하는 자는 놀랄 만큼 부유하다. 영국)

감수비부 憾樹蚍蜉

개미가 감히 큰 나무를 흔들려고 하다. 제 분수를 모르고 덤비다.

속: A mouse must not think to cast a shadow like an elephant.
(쥐는 코끼리처럼 그림자를 드리우려고 생각해서는 안 된다. 서양)

감수자도 監守自盜

자기가 관리하는 재물을 자기가 훔치다.

속: It is a dirty bird that fouls its own nest.
(자기 둥지를 더럽히는 새는 비열한 새다. 서양)

감심명목 甘心瞑目

기꺼이 눈을 감다. 안심하고 죽다.

속: Dead men open the eyes of the living.
(죽은 자들은 산 자들의 눈을 뜨게 한다. 스페인)

감심정원 甘心情願

진심으로 바라다.

속: That is the bird that I would catch.

(그것이 내가 잡고 싶어 하는 새다. 영국)

감언이설 甘言利說

비위를 맞추는 달콤한 말이나 유리한 조건을 내세워 꾀는 말.

속: A drop of honey catches more flies than a hogshead of vinegar.

(꿀 한 방울이 식초 한 통보다 파리를 더 많이 잡는다. 서양)

감용당선 敢勇當先

용감하게 싸우고 앞장을 서다. 중임을 맡아 이끌다.

속: Valor delights in the test.(용기는 시험을 기뻐한다. 로마)

감은도보 感恩圖報

은혜에 보답하려고 힘쓰다. 반: 배은망덕 背恩忘德

속: Gratitude is the least of virtues, ingratitude the worst of vices.

(감사하는 것은 덕성 가운데 가장 작은 것이고, 배은망덕은 악행 가운데 가장 나쁜 것이다. 서양)

감정선갈 甘井先竭

물맛이 좋은 우물은 먼저 마른다. 재능이 있는 사람은 일찍 쇠퇴한다.

속: A good thing is soon snatched up.

(좋은 것은 사람들이 빨리 낚아채 간다. 영국)

감지여이 甘之如飴

모든 역경을 기꺼이 견디다.

속: Grin and bear it.(웃으면서 견디어내라. 서양)

감처하류 甘處下流

낮은 자리에 기꺼이 앉다. 자기 자신을 스스로 낮추다.

속: Lowly sit, richly warm.(낮은 자리에 앉으면 매우 따뜻하다. 서양)

감탄고토 甘呑苦吐

달면 삼키고 쓰면 뱉는다. 신의를 저버리고 자기 이익만 챙기다.

속: In time of prosperity friends there are plenty; in time of adversity not one among twenty.(번영할 때는 친구가 많지만 역경을 겪을 때는 20명 가운데 하나도 없다. 영국)

강간민의 强奸民意

통치자가 자기 뜻을 백성에게 강요하면서도 그것이 오히려 백성의 뜻이라고 주장하다.

속: To rule with a high hand.(강압적으로 다스리다. 영국)

강개해낭 慷慨解囊

아낌없이 돈을 풀어서 남을 돕다. 기부금을 많이 내다.

속: Purchase the next world with this; you will win both.
(현세를 주고 내세를 사라. 그러면 둘 다 얻을 것이다. 아랍)

강노지말 强弩之末

강한 화살의 마지막 상태. 아무리 강한 것도 시간이 지나면 쇠약해진다.

속: Blow the wind never so fast, it will lower at the last.(아무리 전례 없이 강한 바람이 불어도 결국은 약해질 것이다. 스코틀랜드)

강랑재진 江郎才盡

남북조시대 양(梁)나라 강엄(江淹)의 재주가 말라버린 일.
학문은 계속해서 노력하지 않으면 퇴보하고 만다.

속: At the end of his Latin.
(그의 라틴어 실력, 즉 그의 지식은 바닥났다. 프랑스)

강려자용 剛戾自用

완고해서 남의 의견을 듣지 않다.

속: A wilful man must have his way.

(완고한 사람은 자기 식대로 하지 않으면 안 된다. 서양)

강본절용 强本節用

농업에 힘쓰고 비용을 절약하다.

속: Of saving comes having.(재산은 절약에서 온다. 서양)

강신수목 講信修睦

서로 신뢰를 쌓아 화목한 관계를 맺다.

속: Love asks faith, faith firmness.

(사랑은 신뢰를 요구하고 신뢰는 확고함을 요구한다. 서양)

강심보루 江心補漏

강 한복판에서 배가 새는 것을 고치다.

재난을 피하기에는 이미 때가 늦었다.

속: The fool grows wise after the evil has come upon him.

(바보는 자기에게 불운이 닥친 뒤에 현명해진다. 로마)

강안여자 强顔女子

낯이 두터운 여자. 부끄러움을 모르는 철면피 여자.

유: 후안무치 厚顔無恥

속: Of all tame beasts I hate a slut.

(길들여진 모든 짐승 가운데 나는 말괄량이를 미워한다. 서양)

강인소난 强人所難

남이 할 수 없거나 하기 싫어하는 일을 그에게 강요하다.

속: Whip and scolding never made good furrow.
(채찍질과 욕설은 밭고랑을 결코 잘 갈게 하지 못했다. 영국)

강장하무약병 强將下無弱兵

용장 밑에 약한 병졸 없다.

속: An army of stags led by a lion would be more formidable than one of lions led by a stag.(사자가 지휘하는 사슴들의 군대는 사슴이 지휘하는 사자들의 군대보다 더 무시무시할 것이다. 로마)

강지욕신 降志辱身

뜻을 낮추고 신분을 더럽히다. 속세와 어울려서 같이 더러워지다.

속: He that falls into the dirt, the longer he stays there, the fouler he is.(진흙탕에 빠진 자는 거기 오래 머물수록 더욱 더러워진다. 서양)

강태공 姜太公

주나라 재상 강여상의 별칭. 낚시꾼을 가리키는 말.

속: He who is not lucky let him not go a-fishing.
(운이 좋지 않은 자는 낚시하러 가지 마라. 서양)

강해지학 江海之學

학식이 매우 많고 깊다.

속: He that lives well is learned enough.
(훌륭한 삶을 사는 사람은 학식이 풍부한 것과 같다. 서양)

개과불린 改過不吝

잘못이 있으면 주저하지 않고 고치다. 유: 개과천선 改過遷善

속: Amendment is repentance.(개과는 회개다. 서양)

개과자신 改過自新

잘못을 고치고 새 사람이 되다.

속: If everyone would mend one, all would be amended.

(각자 자기를 고친다면 모든 사람이 고쳐질 것이다. 영국)

개과천선 改過遷善

과거의 잘못을 뉘우치고 착한 사람으로 바뀌다.

속: It's never too late to repent.

(뉘우치는 데는 너무 늦었다는 것이 없다. 영국)

개관사시정 蓋棺事始定

사람에 대한 평가는 죽은 뒤에 결정된다.

관 뚜껑을 덮어야 일이 정해진다.

속: No one can be called happy before his death.

(죽기 전에는 아무도 행복한 사람이라고 불릴 수 없다. 영국)

개두환면 改頭換面

속은 그대로 두고 겉만 바꾸다. 간판만 바꾸다.

속: When the fox preaches, take care of the geese.

(여우가 설교할 때는 거위들을 잘 보살펴라. 서양)

개막능외 概莫能外

어떠한 사람이나 사물도 예외가 될 수는 없다.

속: The exception proves the rule.(예외가 법칙을 증명한다. 라틴어)

개문견산 開門見山

문을 열고 산을 보다. 곧장 본론에 들어가다.

속: To return to one's weathers.(본론으로 돌아가다. 영국)

개문납적 開門納賊

문을 열어 도둑을 맞아들이다. 재앙을 자초하다.

속: At open doors dogs come in.

(열린 문으로 개들이 들어온다. 서양)

개성포공 開誠布公

제갈공명이 재상으로서 다스릴 때 참된 마음을 열고 공정한 도리를 시행한 일. 사심 없이 성실하게 대하다.

이야기할 때 자기 속마음을 솔직하게 털어 놓다.

속: What the heart thinks, the mouth speaks.

(마음이 생각하는 것을 입이 말한다. 영국)

개심현성 開心見誠

솔직히 말하고 성의를 다하여 남을 대하다.

속: Deceive not your physician, confessor, nor lawyer.

(너의 의사, 고해사제, 변호사를 속이지 마라. 서양)

개조환대 改朝換代

왕조가 바뀌다. 세상이 바뀌다.

속: New kings, new laws.(왕들이 바뀌면 법들도 바뀐다. 서양)

개천벽지 開天闢地

하늘과 땅이 처음 열리다. 과거에 전혀 없던 것.

과거에 없던 위대한 사업을 처음 시작하다.

속: Love made the world.(사랑이 세상을 만들었다. 로마)

개현경장 改弦更張

거문고 줄을 풀고 바꿔 매다. 정치적 개혁을 하다. 제도나 방침을 바꾸다.

속: Time is the greatest innovator.
(세월은 가장 위대한 개혁가다. 로마)

거거익심 去去益甚

갈수록 더욱 심하다.

속: Go farther and fare worse.(더 멀리 갈수록 더욱 힘들어진다. 영국)

거공자오 居功自傲

자기 공적을 내세워 오만하게 굴다.

속: Great deservers grow intolerable presumers.
(큰 공적을 세우면 극도로 건방지게 군다. 서양)

거대불이 居大不易

대도시에서 생활하기는 쉽지 않다.

속: A great city is a great solitude.(큰 도시는 심한 고독이다. 그리스)

거목무친 擧目無親

의지할 친척이나 친구가 하나도 없다.

속: Life without a friend is death without a witness.
(친구가 없는 인생은 증인이 없는 죽음이다. 서양)

거문불납 拒門不納

문을 닫고 받아들이지 않다.

속: When a lackey comes to hell's door, the devils lock the gates.
(아첨꾼이 지옥문에 이르면 악마들은 모든 문에 자물쇠를 잠근다. 서양)

거세개탁 擧世皆濁

온 세상이 혼탁하다. 세상이 온통 암담하다.

속: Behold with how little wisdom the world is governed.

(얼마나 적은 지혜로 세상이 다스려지고 있는지 보라. 서양)

거세문명 擧世聞名

온 세상이 그의 이름을 다 들어서 알다. 매우 저명하다.

속: Fame, like a river, is narrowed at its source and broadest afar off.(강물처럼 명성도 원천에서는 좁아지고 멀리 가면 가장 넓어진다. 영국)

거심파측 居心巴測

나쁜 속셈을 알아낼 수 없다.

속: Ill-will never said well.(악의는 결코 좋게 말하지 않았다. 영국)

거십지구 擧十知九

열 문제를 내면 이미 아홉을 알고 있다. 학식이 매우 풍부하다.

속: Learning is a scepter to some, a bauble to others.

(학식은 어떤 사람들에게는 왕의 지팡이지만 어떤 사람들에게는 싸구려 물건이다. 서양)

거안망위 居安忘危

편안할 때 위험을 잊다. 위험에 대비하지 않은 채 안일하게 지내다.

속: A bad dog never sees a wolf.

(못난 개는 결코 늑대를 보지 못한다. 서양)

거안사위 居安思危

편안할 때 장래의 위험을 미리 생각하다.

속: A danger foreseen is half avoided.
(미리 내다본 위험은 절반은 이미 피한 것이다. 서양)

거안제미 擧案齊眉

밥상을 눈썹 높이로 받들어 올리다. 아내가 남편을 정성껏 모시다.

속: A good wife is a good prize.(좋은 아내는 좋은 보물이다. 서양)

거언미 내언미 去言美 來言美

가는 말이 고와야 오는 말이 곱다.

속: Claw me and I'll claw you.

(네가 나를 할퀴면 나도 너를 할퀼 것이다. 영국)

거위존진 去僞存眞

허위를 제거하고 진실을 유지하다.

속: What is true is safe.(진실한 것이 안전하다. 로마)

거일명삼 擧一明三

하나를 들으면 셋을 알다. 매우 총명하다.

속: A nod for a wise man, a rod for a fool.(현명한 사람에게는 고개한 번 끄덕이면 되고 바보에게는 채찍질을 해야 한다. 히브리)

거자불추 去者不追

가는 사람을 붙들지 않고 오는 사람을 거절하지 않다.

속: The sea refuses no river.

(바다는 어떠한 강물도 거절하지 않는다. 서양)

거자일소 去者日疎

죽은 사람은 날이 갈수록 기억에서 멀어진다.

속: The dead have few friends.(죽은 자들은 친구가 없다. 영국)

남편의 무덤에 부채질하는 여자 (경세통언 警世通言)

거재두량 車載斗量

수레에 싣고 말로 되다. 대단히 많다. 너무 많아서 귀하지 않다.

속: Plenty is no dainty.(많으면 맛이 좋지 않다. 스코틀랜드)

거정절빈 擧鼎絶臏

진(秦)나라 무왕이 맹열(孟說)과 함께 솥을 들다가 정강이뼈가 부러져서 죽은 일. 맡은 일에 비해 재능이 모자라다.

속: Kindle not a fire that you cannot put out.

(자기가 끌 수 없는 불은 피우지 마라. 서양)

거지문외 拒之門外

손님을 문밖에서 거절하다.

속: A constant guest is never welcome.

(언제나 찾아오는 손님은 결코 환영받지 못한다. 서양)

거직조왕 擧直措枉

정직한 사람을 뽑아 쓰고 사악한 자들을 쫓아내다.

속: When rogues fall out, honest men come by their own.

(악당들이 쫓겨날 때 정직한 사람들이 저절로 찾아온다. 영국)

거총사위 居寵思危

총애를 누릴 때에 위험할 때를 생각하다.

속: The greatest favorites are in the most danger of falling.

(총애를 가장 많이 받는 자는 파멸할 위험이 가장 크다. 서양)

거필택향 居必擇鄉

환경이 좋은 마을을 선택해서 거주해야 한다.

속: Do not dwell in a city whose governor is a physician.

(의사가 다스리는 도시에서는 거주하지 마라. 히브리)

건곤일척 乾坤一擲

천하 또는 생사를 걸고 일생일대의 도박을 하다.

속: Victory or death. (승리가 아니면 죽음이다. 서양)

걸견폐요 桀犬吠堯

걸왕(桀王)의 개가 요임금을 보고 짖다. 개는 자기 주인만 알아본다.

속: All are not thieves that dogs bark at.

(개가 짖는 상대방이 모두 도둑인 것은 아니다. 영국)

걸불병행 乞不並行

구걸하는 사람이 많으면 아무도 얻지 못한다.

속: One beggar is enough at a door.

(한 대문 앞에는 거지 한 명으로 충분하다. 영국)

걸인연천 乞人憐天

거지가 하늘을 동정하다. 자기 분수도 모르고 주제넘게 남을 동정하다.

속: Beggars breed and rich men feed.

(거지들은 번식하고 부자들은 먹는다. 영국)

걸해골 乞骸骨

늙은 신하가 은퇴를 허락해 달라고 왕에게 요청하다.

속: Let him depart from the court who wishes to be an honest man.(정직한 사람이 되려는 자는 왕궁을 떠나라. 중세)

걸화불약취수 乞火不若取燧

남에게 불을 구걸하느니 스스로 부싯돌로 불을 일으키는 것이 더 낫다.

속: He is only bright that shines by himself.
(자기 스스로 빛나는 사람만이 찬란하다. 서양)

검려지기 黔驢之技

검 지방의 당나귀의 재주.
다른 재주는 없고 오직 한 가지만 있는 재주. 못난 자의 졸렬한 재주.
속: The mouse that has but one hole is easily taken.
(구멍이 하나밖에 없는 쥐는 쉽게 잡힌다. 서양)

게채환채 揭債還債

빚을 얻어 빚을 갚다.
속: Out of debt, out of danger.
(빚을 벗어나면 위험에서 벗어난다. 영국)

격물치지 格物致知

사물의 이치를 탐구하여 완전한 지식에 도달하다.
속: Truth fears nothing except being hidden.
(진리는 숨겨지는 것 이외에 두려운 것이 없다. 로마)

격안관화 隔岸觀火

강 건너 불을 바라보다. 위급한 사람을 구조하지 않고 멀거니 바라보기만
하다. 동: 수수방관 袖手傍觀
속: Leave it to George, he is the man of years.
(조지는 이제 어른이니 그 일은 그가 하도록 하라. 프랑스)

격양지가 擊壤之歌

배를 두드리고 발로 땅을 구르며 부르는 노래. 태평한 시대의 노래.
속: He that sings drives away his troubles.

(노래하는 자는 자기 걱정거리들을 쫓아버린다. 스페인)

격장유이 隔墻有耳

벽에도 귀가 있다. 담 밖에 듣는 사람이 있어서 비밀이 누설되다.

속: Wall have ears.(벽에 귀가 있다. 서양)

격종정식 擊鐘鼎食

종을 치고 큰 솥의 밥을 먹다. 호화롭고 사치스럽게 살다.

속: To be in clover.(호화롭게 살다. 영국)

견강부회 牽强附會

되지도 않는 말을 억지로 끌어다 조건이나 이치에 맞추려고 하다.

속: There's reason in roasting of eggs.

(달걀들을 굽는 데에도 이유가 있다. 영국)

견과불경 見過不更

잘못을 보면서도 고치지 않다.

속: Many find fault without any end, and yet do nothing at all to mend.(많은 사람이 끝도 없이 잘못을 발견하지만 고치려는 행동은 전혀 하지 않는다. 서양)

견관불경 見慣不驚

눈에 익숙한 것을 보고는 놀라지 않는다.

속: No man is a hero to his valet.

(아무도 자기 하인에게는 영웅이 아니다. 서양)

견기이작 見機而作

기회를 보아서 조치하다. 적절한 기회가 오면 즉시 행동한다.

동: 임기응변 臨機應變 반: 좌실양기 坐失良機
속: Know your time.(너의 때를 알라. 로마)

견란구계 見卵求鷄

달걀을 보고 닭처럼 새벽을 알리기를 바라다. 매우 성급하다.

속: To reckon one's chickens before they are hatched.
(자기 병아리들이 부화되기도 전에 그 수를 세다. 영국)

견리망명 見利忘命

이익을 탐내서 목숨마저 돌보지 않다.

속: Avarice blinds our eyes.(탐욕은 우리 눈을 멀게 한다. 서양)

견리망의 見利忘義

이익을 탐내서 정의나 의리를 돌보지 않다.

속: Justice prepared at a price is sold at a price.
(값을 정해서 팔려고 준비된 정의는 그 값에 팔린다. 라틴어)

견리사의 見利思義

이익이 되는 일을 보면 그것이 옳은 일인지 여부를 먼저 생각하다.

속: It is clear gain that remains by honest gettings.
(정직하게 얻어서 남는 것이 깨끗한 이익이다. 영국)

견마지질 犬馬之疾

자신의 병을 겸손하게 일컫는 말.

속: Health and sickness surely are men's double enemies.
(건강과 병은 참으로 사람의 이중의 적이다. 서양)

견마지치 犬馬之齒

개나 말처럼 헛되게 먹은 나이. 자기 나이를 겸손하게 일컫는 말.

속: Men have as many years as they feel, women as many as they show. (남자는 자기가 느끼는 것만큼, 여자는 자기가 보여주는 것만큼 나이를 먹는다. 이탈리아)

견모상마 見毛相馬

털만 보고 말을 사다. 겉만 보고 판단하다.

속: A good horse cannot be of a bad color.
(좋은 말은 털의 색깔이 나쁠 수 없다. 영국)

견문발검 見蚊拔劍

모기를 보고 칼을 빼다. 하찮은 일에 거창하게 대처하다.

속: It is no sure rule to fish with a cross-bow.
(석궁으로 물고기를 잡는 것은 옳은 방법이 아니다. 서양)

견물생심 見物生心

실물을 보면 욕심이 생긴다.

속: When the eye sees what it never saw, the heart will think what it never thought.(눈이 여태껏 못 본 것을 볼 때 마음은 여태껏 생각 못했던 것을 생각한다. 서양)

견미지맹 見微知萌

사물의 초기 상태를 보고 그것의 발전추세를 미루어 알다.

속: Predictions follow those who look to them.
(예견은 자기를 찾는 자들을 따라간다. 스코틀랜드)

견양지질 犬羊之質

재능이 없이 태어난 바탕.

속: Dogs that hunt foulest, hit off most faults.

(사냥을 가장 못하는 개들이 잘못을 가장 많이 저지른다. 서양)

견여금석 堅如金石

언약이나 맹세가 철석같이 굳다.

속: A promise attended to is a debt settled.

(명심하고 있는 약속은 청산된 빚이다. 서양)

견원지간 犬猿之間

개와 원숭이 사이처럼 몹시 사이가 나쁘다.

속: Women's jars breed men's wars.

(여자들의 불화는 남자들의 전쟁을 기른다. 서양)

견이사천 見異思遷

색다른 것을 보면 그것에 마음이 쏠리다. 직업을 자주 바꾸다.

속: Changing of work is lighting of hearts.

(직업의 변경은 마음에 활기를 주는 것이다. 스코틀랜드)

견인불발 堅忍不拔

굳세게 참고 마음이 흔들리지 않다.

속: An ounce of patience is worth a pound of brains.

(한 숟가락의 인내는 한 말의 재주와 같다. 네덜란드)

견인지종 堅忍至終

끝까지 굳게 참고 견디다.

속: Persevere and never fear.

(끝까지 참고 견디며 결코 두려워하지 마라. 서양)

견장괘두 牽腸掛杜

매우 심하게 걱정하다.

속: Little troubles are great to little people.

(작은 걱정은 하찮은 사람들에게 심한 것이다. 서양)

견전안개 見錢眼開

돈을 보면 눈이 번쩍 뜨이다. 돈을 몹시 탐내다.

속: Money is welcome, though it comes in a dirty clout.

(돈은 오물 속에 들어 있어도 환영 받는다. 영국)

견탄구자 見彈求炙

탄알을 보고 구운 고기를 바라다. 생각이 지나치게 성급하다.

속: Make not your sauce before you have caught the fish.

(물고기를 잡기도 전에 소스를 마련하지 마라. 서양)

견토방구 見兎放狗

토끼를 보고 나서 사냥개를 풀어놓아 잡게 해도 늦지 않다.

속: The hindmost dog may catch the hare.

(맨 뒤에 있는 개가 산토끼를 잡을 수도 있다. 영국)

견토지쟁 犬兎之爭

개와 토끼의 싸움. 두 사람이 싸울 때 제삼자가 이득을 가로채다.

속: Two dogs strive for a bone, and a third runs away with it.

(개 두 마리가 뼈다귀를 가지고 싸울 때 세 번 째 개가 그것을 물고 달아
난다. 영국)

견풍사타 見風使舵

바람의 방향을 보고 노를 젓다. 형편을 보아 일을 처리하다.
기회주의적 태도를 취하다. 동: 임기응변 臨機應變
속: Pull down your hat on the wind's side.
(바람이 불어오는 쪽으로 네 모자를 눌러 써라. 서양)

결설두구 結舌杜口

입을 다물고 말을 하지 않다. 매우 두려워하다.
속: A fool, when he is silent, is counted wise.
(바보는 말을 하지 않을 때 현명한 사람으로 통한다. 서양)

결월재원 缺月再圓

이지러진 달이 다시 둥글게 되다. 헤어진 부부가 다시 결합하다.
속: Cold broth hot again, that I loved never; old love renewed
again, that loved I ever.(나는 다시 데운 죽은 결코 좋아하지 않았지만
다시 시작된 옛 사랑은 언제나 좋아했다. 서양)

결일사전 決一死戰

죽기를 각오하고 결전을 벌이다.
속: Money controls the battle, and not the strong arm.
(전투를 좌우하는 것은 강한 군대가 아니라 돈이다. 포르투갈)

결자해지 結者解之

어떤 것을 맨 사람이 그것을 풀어야 한다. 처음 어떤 일에 관여했던 사람
이 그 일을 해결해야 한다. 자기가 저지른 일은 자기가 해결해야 한다.
속: He has tied a knot with his tongue that he cannot untie with
all his teeth.(그는 자기 혀로 매듭을 매어서 그의 모든 이빨을 동원해도

그것을 풀 수 없다. 영국)

결초보은 結草報恩
풀을 묶어 은혜를 갚다. 죽은 뒤에도 은혜를 잊지 않고 반드시 갚다.

속: Secret gifts are openly rewarded.

(남모르게 준 선물은 공개적인 보답을 가져온다. 서양)

겸애무사 兼愛無私
널리 모든 사람을 사랑하고 자기 이익을 돌보지 않다.

속:They love most who are least valued.

(가장 적게 평가되는 사람들이 가장 많이 사랑한다. 서양)

겸인지용 兼人之勇
여러 사람을 당해낼 만한 용기.

속: Assail who will, the valiant attends.

(용사가 상대해줄 테니 누구든지 덤벼라. 서양)

경가탕산 傾家蕩産
집안의 재산을 모두 탕진하다.

속: To run through all one's fortune.

(자기 재산을 모두 탕진한다. 영국)

경거망동 輕擧妄動
경솔하게 분수없이 행동하다.

속: A fool's bolt is soon shot.(바보는 화살을 빨리 쏘아버린다. 서양)

사미도 四美圖 (송나라 판화)

경국지색 傾國之色

나라를 기울어지게 하는 미인. 대단한 미모의 여인.

속: A fair wife and a frontier castle breed quarrels.

(미모의 아내와 국경의 성은 전쟁을 부른다. 서양)

40

경구박설 輕口薄舌

경솔하게 말하고 심하게 비난하다.

속: Speaking without thinking is shooting without aim.

(생각하지 않고 말하는 것은 겨냥하지 않고 쏘는 것이다. 서양)

경국대업 經國大業

나라를 다스리는 큰 사업, 곧 문장 또는 학문.

속: The calf, the goose, the bee, the world is ruled by these three. (양피지와 펜과 초가 이 세상을 지배한다. 영국)

경낙과신 輕諾寡信

쉽게 승낙하는 사람은 약속을 지키는 경우가 드물다.

반: 일낙천금 一諾千金

속: A man apt to promise is apt to forget.

(쉽게 약속하는 사람은 쉽게 잊는다. 서양)

경단쟁장 競短爭長

남과 우열이나 높고 낮음을 다투다.

속: Emulation produces emulation.(경쟁은 경쟁을 낳는다. 로마)

경당문노 耕當問奴

농사일은 하인에게 물어야 한다. 모르는 일은 전문가에게 물어야 한다.

속: Every man is most skillful in his own business.

(누구나 자기 일에 관해 가장 숙련되어 있다. 아랍)

경복난수 更僕難數

하인을 여러 번 바꾸어도 주인은 아직 할 말이 있다. 할 말이 매우 많다.

속: Like master, like man; like mistress, like nan.

(그 주인에 그 하인이고 그 여주인에 그 하녀다. 서양)

경분대우 傾盆大雨
대야를 엎어 붓듯 폭우가 쏟아지다.
속: It never rains but it pours.(비가 왔다하면 폭우다. 서양)

경심토담 傾心吐膽
속마음을 모두 털어놓다.
속: Open confession is good for soul.
(공개적 고백은 영혼을 위해 좋다. 서양)

경어구독 經於溝瀆
스스로 목매어 도랑에 빠져 죽다. 개죽음을 하다.
속: Who perishes in needless danger is the devil's martyr.
(불필요한 위험 속에 죽는 자는 악마의 순교자다. 영국)

경우홍모 輕于鴻毛
기러기 깃털보다 가볍다. 매우 사소하거나 무가치하다.
유: 일전불치 一錢不値
속: He's won with a feather and lost with a straw.
(그를 깃털 하나로 얻었고 지푸라기 하나로 잃었다. 서양)

경위분명 涇渭分明
경수와 위수의 경계가 분명하다. 선악이나 흑백이 분명하다.
속: Do not argue against the sun.
(태양처럼 분명한 것을 거슬러서 주장하지 마라. 로마)

경음마식 鯨飮馬食

고래처럼 술을 많이 마시고 말처럼 음식을 많이 먹다.

속: He drank till he gave up his halfpenny.

(그는 토할 때까지 마셨다. 영국)

경이원지 敬而遠之

존경은 하지만 멀리하다. 정중하게 대하지만 친하게 지내지는 않다.

준: 경원 敬遠 유: 피지즉길 避之則吉

속: The mice do not play with the cat's son.

(쥐들은 고양이의 아들과 놀지 않는다. 서양)

경이이거 輕而易擧

가벼워서 들기가 쉽다. 일이 매우 쉽다.

속: He carries well to whom it weighs not.

(짐이 무겁다고 느끼지 않는 사람은 잘 운반한다. 서양)

경이이청 傾耳而聽

귀를 기울여 듣다. 매우 진지하게 자세히 듣다.

속: Though the speaker be a fool, let the hearer be wise.

(말하는 자가 바보라 해도 듣는 사람은 현명해야만 한다. 서양)

경자유전 耕者有田

농사짓는 사람이 땅을 가져야 한다.

속: He that has some land must have some labor.

(땅을 어느 정도 가진 자는 노동을 어느 정도 해야만 한다. 서양)

경장금액 瓊漿金液

좋은 술이나 매우 진귀한 액체.

속: Good wine praises itself.(좋은 술은 자기 자신을 칭찬한다. 영국)

Good ale will make a cat speak.

(좋은 맥주는 고양이도 말을 하게 만들 것이다. 영국)

경장몽단 更長夢短

밤 시간은 길고 꿈은 짧다. 불안한 생각에 밤새 잠을 이루지 못하다.

속: No sleep, no dream.(잠을 자지 않으면 꿈도 없다. 나이지리아)

경재중의 輕財重義

재물을 경시하고 도의를 존중하다.

속: Money lost, nothing lost; courage lost, much lost; honor lost, more lost; soul lost, all lost.

(돈을 잃으면 아무 것도 잃지 않았고, 용기를 잃으면 많이 잃었고, 명예를 잃으면 더 많이 잃었고, 영혼을 잃으면 모든 것을 잃었다. 네덜란드)

경재호시 輕財好施

재물을 경시하고 베풀기를 좋아하다.

속: Use the means and God will give the blessings.

(재산을 활용하면 하느님께서 축복해 주실 것이다. 영국)

경적필패 輕敵必敗

적을 깔보면 반드시 패배한다. 유: 교병필패 驕兵必敗

속: Despise your enemy and you will soon be beaten.

(적을 무시하면 곧 패배할 것이다. 포르투갈)

경죽난서 罄竹難書

죄나 잘못이 너무 많아서 전부 기록할 수는 없다.

속: We all have more than each one knows of sins, of debts, of years, of foes.(우리는 누구나 각자가 알고 있는 것보다 더 많은 죄, 빚, 나이, 적들을 가지고 있다. 페르시아)

경중미인 鏡中美人

거울에 비친 미인. 실속이 없는 것. 유: 화중지병 畫中之餠

속: Sympathy without relief is like mustard without beef.
(구제 없는 동정은 쇠고기 없는 겨자와 같다. 서양)

경천애인 敬天愛人

천명을 존중하고 백성을 사랑하다.

속: Love rules his kingdom without a sword.
(사랑은 칼 없이도 자기 왕국을 다스린다. 서양)

경파차분 鏡破釵分

거울이 깨지고 비녀가 부러지다. 부부가 헤어지거나 반목하다.

속: If there were a bridge over the narrow seas, all the women in Italy would show their husbands a million of light pairs of heels, and fly over to England.(좁은 바다 위에 다리가 있었다면 이탈리아의 모든 여자는 남편을 버리고 영국으로 달아났을 것이다. 이탈리아)

경화수월 鏡花水月

거울 속의 꽃과 물에 비친 달. 아름답지만 허무한 꿈. 비현실적인 사물.

속: What you see in the mirror is not in the mirror.
(네가 거울 속에서 보는 것은 거울 속에 있지 않다. 독일)

계공수상 計功受賞

공적에 따라 상을 주다.

속: Desert and reward seldom keep company.

(공적과 포상은 동행하는 경우가 거의 없다. 영국)

계구우후 鷄口牛後

닭의 부리는 되어도 소의 꼬리는 되지 마라.

큰 조직의 졸개보다는 작은 조직의 우두머리가 되는 것이 더 낫다.

속: Better be the head of a cat than the tail of a lion.

(사자 꼬리보다는 고양이 머리가 되는 것이 더 낫다. 이탈리아)

계륵 鷄肋

먹자니 살코기가 없고 버리자니 아까운 닭갈비. 별로 쓸모가 없지만 버리
자니 아까운 물건. 닭갈비처럼 몸이 매우 약하다. 모든 것은 쓸모가 있다.

속: Everything is good for something.

(모든 것은 무엇인가를 위해 좋다. 서양)

계명구도 鷄鳴狗盜

닭이 우는소리를 잘 내는 사람과 개 흉내를 잘 내는 도둑.

하찮은 재주를 가진 사람.

속: Every man has his proper gift.

(누구나 자기만의 재주를 가지고 있다. 영국)

계명이기 鷄鳴而起

닭이 울면 일어나다. 매우 부지런하다.

속: The early bird catches the worm.

(일찍 깨는 새가 벌레를 잡는다. 영국)

계모산피 鷄毛蒜皮

닭털과 마늘 껍질. 하찮은 것.

속: Neither flesh nor fish nor good red herring.(고기도 아니고 생선도 아니고 좋은 훈제 청어도 아니다, 즉 하찮은 것이다. 영국)

계목상식 鷄鶩相食

닭과 오리가 먹이를 두고 다투다. 졸렬한 소인배들이 명리를 다투다.

속: Better be at the end of a feast than the beginning of a fray.(싸움이 시작하는 자리보다 잔치가 끝나는 자리에 있는 것이 낫다. 스코틀랜드)

계불급봉 鷄不及鳳

닭은 봉황보다 못하다. 아들은 아버지보다 못하다.

속: One father is enough to govern one hundred sons, but not a hundred sons one father.(아버지 한 명은 아들 백 명도 충분히 다스리지만 백 명의 아들도 아버지 한 명을 다스릴 수 없다. 서양)

계비단타 鷄飛蛋打

닭은 날아가고 달걀은 깨지다. 모두 다 잃다. 아무 소득이 없다.

속: He loses indeed that loses at last.

(결국에 가서 잃는 자는 참으로 잃는다. 서양)

계왕개래 繼往開來

앞 사람의 사업을 계승하여 앞길을 열다.

속: To keep cart on wheels.

(수레가 계속해서 가도록 한다, 즉 사업 등을 평소대로 계속한다. 영국)

계이불사 繫而不捨

칼로 끊임없이 새기다. 항상 조심하여 변함없는 마음을 유지하다.

속: Open not the door when the devil knocks.

(악마가 노크할 때 문을 열지 마라. 서양)

계이불식 繫而不食

매달려 있지만 먹을 수는 없다. 보기는 좋아도 쓸모는 없다.

속: Soft words butter no parsnips.

(부드러운 말은 양방풀나물에 버터를 칠해주지 못한다. 서양)

계일가대 計日可待

기다리던 날이 곧 온다. 성공이 멀지 않다. 반: 백년하청 百年河淸

속: Success is much befriended.

(성공은 많은 지지자를 가진다. 그리스)

계전만리 階前萬里

군주가 먼 지방의 일도 잘 알기 때문에 신하가 속일 수 없다.

속: Kings have long hands and many ears.

(군주들은 긴 팔과 많은 귀를 가지고 있다. 독일)

계찰괘검 季札掛劍

오나라의 계찰이 죽은 왕의 무덤 앞 나무에 자기 보검을 걸어 두어서 약속을 지킨 일. 신의를 대단히 소중하게 여겨서 굳게 지키다.

속: An honest man's word is as good as his bond.

(정직한 사람의 말은 그의 맹약과 같다. 영국)

계출만전 計出萬全

모든 경우에 대비하여 안전한 계획을 충분히 세우다.

속: To be prepared against all things.
(모든 경우에 대비하여 준비되어 있다. 로마)

계포일낙 季布一諾

계포가 한번 허락한 것. 반드시 지키는 약속.

속: Better one living word than a hundred dead ones.
(죽은 말 백 마디보다 살아있는 말 한 마디가 더 낫다. 서양)

계피학발 鷄皮鶴髮

닭의 살갗처럼 거칠고 학의 날개처럼 희다.

주름이 잡히고 백발이 된 노인.

속: An old man is a bed full of bones.
(노인은 뼈로 가득 찬 침대다. 영국)

계학무염 溪壑無厭

깊은 계곡은 만족을 모른다. 사람의 탐욕은 한이 없고 만족을 모른다.

속: The miser's bag is never full.
(수전노의 주머니는 차는 법이 없다. 서양)

고가과인 孤家寡人

왕이나 제후가 자기를 가리키는 말.

속: The prince that is feared of many must fear many.(많은 사람의
두려움의 대상인 군주는 많은 사람을 두려워해야만 한다. 서양)

고굉지신 股肱之臣

팔다리와 같은 신하. 군주가 가장 신임하는 신하.

속: Loyalty is worth more than money.
(충성은 돈보다 더 가치가 있다. 서양)

고구불유 故舊不遺

옛 친구를 버리지 않다.

속: When you are forming new friendships, cultivate the old.

(새 친구들과 사귈 때는 옛 친구들과 돈독하게 지내라. 로마)

고구역이 苦口逆耳

입에 쓰고 귀에 거슬리다. 진심에서 나오는 충고.

속: Advise with wit.(충고는 재치 있게 하라. 로마)

고금독보 古今獨步

고금을 통하여 그와 견주어 따를 자가 없다. 동: 고금무쌍 古今無雙

속: Best is best.(가장 좋은 것은 가장 좋은 것이다. 독일)

고대귀수 高擡貴手

고귀한 손을 들어 올리다. 용서나 관용을 간청하다.

속: I cry you mercy, I took your joint stool.

(나는 네 조립식 의자를 가져갔으니 용서를 간청한다. 영국)

고대무문 告貸無門

너무 가난해서 돈을 빌릴 곳조차 없다.

속: He who owes is all in the wrong.

(빌리는 자는 모든 것이 잘못이다. 영국)

고란과학 孤鸞寡鶴

홀로 지내는 난새와 학. 독신으로 사는 남녀.

속: We bachelors grin, but you married men laugh till your hearts ache.(우리 독신자들은 싱글싱글 웃지만 너희 기혼자들은 웃다가 가슴이 메어진다. 영국)

고량진미 膏粱珍味

살찐 고기와 좋은 곡식으로 만든 맛있는 음식.

속: The nearer the bone, the sweeter the flesh.

(고기는 뼈에 가까울수록 더욱 맛있다. 영국)

고루과문 孤陋寡聞

보고 들은 것이 적다. 학문이 얕고 견문이 좁다.

동: 일무소지 一無所知 반: 박람강기 博覽强記

속: Jack has studied in order to be a fool.

(그는 바보가 되려고 공부했다. 프랑스)

고리정분 藁履丁粉

짚신에 분을 바르다. 격에 맞지 않다. 서로 조화되지 못하다.

속: Cider on beer is very good cheer, but beer on cider's a rider.(맥주에 사이다를 타면 좋은 술이 되지만 사이다에 맥주를 타면 잘 섞이지 않는다. 영국)

고마문령 瞽馬聞鈴

눈먼 말이 방울 소리를 듣고 따라가다.

줏대 없이 남이 하는 대로 따라서 하다.

속: To follow like a St. Anthony's pig.

(성 안토니오의 돼지처럼 따라가다. 영국)

고목발영 枯木發榮

고목에 꽃이 피다. 불운한 사람이 행운을 만나다.

대가 끊어질 지경에 아들을 낳다. 절망적 상황에서 살 기회를 얻다.

속: To have January chickens.

(1월 병아리들을 얻다, 즉 늙어서 자녀들을 얻다. 영국)

고목불림 孤木不林

나무 한 그루는 숲이 되지 못한다.

속: A feast is not made of mushrooms only.

(버섯만 가지고는 잔치가 되지 않는다. 서양)

고복격양 鼓腹擊壤

배를 두드리고 발로 땅을 구르다.

백성들이 모두 편안하게 잘 지내는 태평성대.

속: Ducks fare well in the Thames.

(오리들은 테임즈 강에서 잘 논다. 영국)

고분지탄 叩盆之嘆

물동이를 두들기면서 하는 탄식. 아내가 죽어 슬퍼하다.

속: He that loses his wife and sixpence has lost a tester.

(자기 아내와 동전 한 개를 잃는 자는 동전 한 개만 잃은 것이다. 영국)

고붕만좌 高朋滿座

뜻이 맞는 고상한 친구들이 자리에 가득 하다. 모인 손님이 매우 많다.

속: If you have fewer friends and more enemies, you had been a better man.(너는 친구가 더 적고 적이 더 많았더라면 더 훌륭한 사람이 되었을 것이다. 서양)

고비지조 高飛之鳥

높이 나는 새도 입에 맞는 먹이 때문에 사람 손에 잡혀 죽는다.

속: Bait hides the hook.(미끼는 낚시 바늘을 감춘다. 영국)

고빙구화 敲氷求火

얼음을 두드려서 불을 구하다. 불가능한 일이다.

속: To get fire out of a pumice-stone.(부석에서 불을 얻다. 영국)

고산진호 敲山震虎

산길을 지팡이로 치면서 통과하여 호랑이에게 겁을 주다.

속: A man does not die of threats.

(사람은 위협으로 죽지는 않는다. 네덜란드)

고성낙일 孤城落日

외로운 성채에 지는 저녁 해. 삭막한 풍경을 바라보는 외로운 심정.

속: As disconsolate as Dame Hockaday's hen.

(호커데이 부인의 암탉처럼 외롭고 의지할 곳이 없다. 영국)

고성방가 高聲放歌

목청을 높여서 큰 소리로 노래하다.

속: When the Spaniard sings, he is either mad or he has nothing.

(스페인 사람이 노래를 하면 그는 미쳤거나 돈이 한 푼도 없다. 스페인)

고순식설 膏脣拭舌

입술에 기름을 바르고 혀를 닦다. 남을 비방할 준비를 다 갖추다.

속: For a bad tongue, the scissors.

(고약한 혀에는 가위가 약이다. 서양)

고시활보 高視闊步

고개를 쳐든 채 오만하게 활보하다.

속: To strut like a crow in a gutter.

(시궁창의 까마귀처럼 거드름을 피우면서 걷다. 영국)

고식양간 姑息養奸

지나친 관용은 악인이나 악행을 조장한다.

속: Praise a fool, and you water his folly.

(바보를 칭찬해주면 너는 그의 어리석은 짓을 길러준다. 영국)

고심참담 苦心慘憺

몹시 애를 쓰고 걱정을 많이 하다.

속: Care will kill a cat, but you cannot live without it.(걱정은 고양이를 죽이겠지만 너는 걱정이 없이는 살 수 없다. 스코틀랜드)

고오자대 高傲自大

매우 오만하고 남을 멸시하다.

속: The more foolish a man is, the more insolent does he grow.(사람은 어리석을수록 더욱 더 오만해진다. 로마)

고장난명 孤掌難鳴

한쪽 손바닥만으로는 울리지 못한다.

혼자서는 일을 이루지 못한다. 상대방이 없는 싸움은 없다.

속: It takes two to make a quarrel.

(두 사람이 있어야 싸움이 된다. 서양)

고정무파 古井無波

마른 우물에는 물결이 일지 않는다. 여자가 정조를 지키다.

마음이 흔들리지 않다. 의기가 소침해지다.

속: It's no use pumping a dry well.

(마른 우물에 펌프질을 해야 소용없다. 서양)

고진감래 苦盡甘來

쓴 것이 다하면 단 것이 오다. 고생 끝에 즐거움이 오다.

속: Next the end of sorrow, anon enters joy.

(슬픔이 끝나면 곧 기쁨이 온다. 영국)

고침안면 高枕安眠

베개를 높게 해서 편안하게 자다. 아무런 걱정거리가 없다.

속: A quiet conscience causes a quiet sleep.

(고요한 양심은 고요한 잠을 불러온다. 영국)

고태복맹 故態復萌

과거의 악습으로 되돌아가다. 과거의 잘못을 다시 저지르다.

속: A bad thing never dies.(나쁜 것은 결코 죽지 않는다. 서양)

곡고화과 曲高和寡

곡조가 너무 고상하면 따라 부르는 사람이 적다.

글이나 작품이 너무 고상하면 읽어주는 사람이 적다.

언행이 너무 비범하면 알아주는 사람을 만나기 어렵다.

속: A noble plant suits not with a stubborn ground.

(고상한 식물은 거친 땅에 적합하지 않다. 서양)

곡학아세 曲學阿世

학문을 굽혀서 세상 사람들에게 아첨하다.

속: He who is proficient in learning but deficient in morals, is more deficient than he is proficient.(학식이 풍부하지만 도덕적으로 결함이 있는 자는 그 학식도 아무 소용이 없다. 로마)

곤수유투 困獸猶鬪

궁지에 몰린 짐승은 사람에게 덤빈다. 쫓기는 짐승일수록 더욱 발악한다.
곤경에 처한 사람일수록 더욱 거세게 저항한다.

속: Tread on a worm and it will turn.

(지렁이도 밟으면 꿈틀한다. 영국)

골육상쟁 骨肉相爭

부모와 자녀, 형제와 자매, 동족끼리 서로 싸우다.

속: The wrath of brothers is fierce and devilish.

(형제 사이의 분노는 매우 치열하고 극심하다. 서양)

공고식담 攻苦食淡

괴로운 처지에서 소박한 음식을 먹다. 어려움을 참고 열심히 노력하다.

속: In prosperity, caution; in adversity, patience.

(번영할 때는 조심하고 역경에는 인내한다. 서양)

공곡족음 空谷足音

빈 골짜기에서 들리는 사람의 발걸음 소리.
쓸쓸한 처지에 있을 때 듣는 기쁜 소식.
의외에 동조자를 만난 기쁨. 매우 희귀한 사람이나 사물이나 행동.

속: Ill news has wings and good news no legs.

(나쁜 소식은 날개가 있고 좋은 소식은 다리가 없다. 서양)

공과상반 功過相半

공적과 잘못이 각각 절반이다.

속: Offences generally outweigh merits, with great men.

(고관들은 일반적으로 잘못이 공적보다 무겁다. 서양)

공구도척 孔丘盜跖

성인인 공자도 악독한 도척도 죽어서 모두 티끌이 되었다.

인생은 살아 있을 때 즐겨야 한다.

속: Today a man, tomorrow a mouse.

(오늘은 사람이고 내일은 생쥐다. 영국)

It is not life unless you are at ease.

(네가 즐겁게 살지 않는 한 인생은 인생이 아니다. 프랑스)

공구무빙 空口無憑

구두로 약속만 하고 신빙성이 없다. 근거 없는 헛소리.

속: Promises are like pie-crust, lightly made and easily broken.

(약속들이란 얇게 만들어지고 쉽게 부서지는 파이 껍질과 같다. 서양)

공도동망 共倒同亡

넘어지거나 망하는 것을 함께 하다. 운명을 같이 하다.

속: Craft against craft makes no living.

(교활한 술책으로 서로 싸우면 아무도 살지 못한다. 서양)

공명수죽백 功名垂竹帛

공적과 이름을 대나무와 비단에 드리우다.

공적을 세워 이름을 후세에 남기다.

속: The most lasting monuments are the paper monuments.

(가장 오래 가는 기념비는 종이에 기록된 기념비다. 서양)

공복고심 空腹高心

재능과 학식이 없으면서 스스로 매우 잘났다고 여기다.

속: Every ass thinks himself worthy to stand with the king's horses.

(모든 당나귀는 자기가 왕의 말들과 대등하다고 여긴다. 서양)

공석불난 孔席不暖

공자의 집 돗자리는 따뜻해질 틈이 없다. 매우 바쁘다.

속: He that is busy is tempted but by one devil; he that is idle by a legion.(분주한 자는 오직 한 악마의 유혹을 받지만 게으른 자는 무수한 악마의 유혹을 받는다. 서양)

공성명수 功成名遂

공적을 세우고 명성을 떨치다.

속: A good name is better than oil.(명성은 기름보다 낫다. 네덜란드)

공성신퇴 功成身退

공을 세운 뒤에는 그 자리에서 물러나 은퇴한다.

속: Leave a welcome behind you.

(환영을 뒤에 남겨두고 떠나라. 서양)

After the house is finished, he leaves it.

(집이 완성되면 그는 떠난다. 스페인)

공수래공수거 空手來空手去

사람은 이 세상에 빈손으로 와서 빈손으로 떠난다.

속: A shroud has no pockets.(수의에는 호주머니가 없다. 스코틀랜드)

공자천주 孔子穿珠

공자가 구슬을 꿰다. 모르는 것이 있으면 자기보다 못한 사람에게서도 배워야 한다. 유: 불치하문 不恥下問

속: Chicken gives advice to hen.

(병아리도 암탉에게 충고를 해준다. 서양)

공중누각 空中樓閣

공중에 떠 있는 다락집. 신기루. 쓸데없는 글이나 주장. 근거 없는 이론.
비현실적인 일이나 사물. 유: 사상누각 砂上樓閣; 신루해시 蜃樓海市
속: To build castles in the air.(허공에 성들을 짓는다. 영국)

공평무사 公平無私

어느 쪽에도 치우치지 않고 개인적인 감정이나 이익을 떠나다.
속: Give the devil his due.(악마에게 자기 몫을 주어라, 즉 네 마음에
들지 않는 자도 공평하게 대하라. 영국)

공행천벌 恭行天罰

하늘의 징벌을 정성스럽게 시행하다.
속: God's mill grinds slow but sure.
(하느님의 절구는 천천히 갈지만 확실하게 갈아버린다. 서양)

공휴일궤 功虧一簣

쌓아온 공적이 한 삼태기가 모자라서 무너지다. 다 된 일이 사소한 방심
으로 망쳐지다. 유: 반도이폐 半途而廢 반: 대공고성 大功告成
A little leak will sink a great ship.
(작은 틈새가 거대한 배를 가라앉힌다. 서양)

과가노서 過街老鼠

길을 건너가는 쥐. 모든 사람이 배척하는 자.
속: When a man is not liked, whatever he does is amiss.
(사람들이 싫어하는 자는 그가 무엇을 하든지 모두 잘못된다. 서양)

과부축일 誇父逐日 (유하지전有夏志傳)

과부축일 夸父逐日

과부가 해를 뒤쫓아 달리다가 목이 말라 죽다. 무모한 일을 하다.

속: If you toil so for trash, what would you do for treasure?

(너는 쓰레기를 위해 그렇게 수고한다면 보물을 위해서는 무엇을 하겠는가? 서양)

과대망상 誇大妄想

자기를 지나치게 높이 평가하는 헛된 생각. 유: 공중누각 空中樓閣

속: There is one good wife in the country, and every man thinks he has her.(나라에 훌륭한 아내가 한 명 있는데 남자는 누구나 그녀가 자기 아내라고 생각한다. 영국)

과분지망 過分之望

분수에 넘치는 욕망.

속: Draff was his errand, but drink he would have.

(술지게미 심부름을 갔던 그는 술을 마시고 싶어 했다. 영국)

과숙체락 瓜熟蔕落

오이가 익으면 꼭지는 떨어진다. 조건이 성숙되면 일은 이루어진다.

속: When the pear is ripe, it falls.(배는 익었을 때 떨어진다. 서양)

과위이심 過爲以甚

언행을 지나치게 하다.

속: You never do it without overdoing it.

(너는 무엇을 하든지 지나치게 한다. 서양)

과유불급 過猶不及

지나친 것은 도달하지 못한 것과 같다. 유: 교왕과직 矯枉過直

속: Overdone is worse than underdone.

(지나친 것은 못 미친 것보다 더 나쁘다. 서양)

과이능개 過而能改

잘못된 것이 있으면 고칠 수가 있다.

속: A fox is not taken twice in the same snare.

(여우는 같은 덫에 두 번 걸리지 않는다. 프랑스)

과이불개 過而不改

잘못하고도 고치지 않으면 바로 그것이 잘못이다.

속: t is the human nature to err, of a fool to persevere in error.

(잘못하는 것은 사람의 본성이지만 잘못을 계속 고집하는 것은 바보의 속성이다. 로마)

과전이하 瓜田李下

오이 밭에서 신발 끈을, 자두나무 아래 갓끈을 고쳐 매지 않다.

속: Caesar's wife must be above suspicion.

(가이사르의 아내는 의심받을 짓을 해서는 안 된다. 서양)

과정지훈 過庭之訓

공자가 아들 이(鯉)에게 시경과 서경을 배우라고 한 가르침.

아들에 대한 아버지의 가르침.

속: One father is more than a hundred schoolmasters.

(아버지 한 명은 선생 백 명보다 낫다. 서양)

과즉물탄개 過則勿憚改

잘못이 있으면 고치기를 주저하지 마라. 반: 장착취착 將錯就錯

속: A fault confessed is half redressed.

(잘못을 고백하면 절반은 고친 것이다. 서양)

과하지욕 跨下之辱

한신이 남의 사타구니 밑을 기어 나간 치욕.

속: Patient waiters are not losers.

(인내하며 기다리는 자들은 패배자들이 아니다. 서양)

과하탁교 過河拆橋

다리를 건너간 뒤에 그 다리를 부수다.

목적을 달성한 뒤 자기를 도와준 사람을 버리다. 받은 은덕을 저버리다.

속: When the pig has had a belly full, it upsets the trough.

(돼지는 배가 불러지면 여물통을 뒤집는다. 영국)

관녕할석 管寧割席

남송의 관녕이 친구와 자리를 같이 하지 않은 일. 절교하다.

속: To send to Coventry.

(코벤트리에 보내다, 즉 따돌리거나 절교하다. 영국)

관부매좌 灌夫罵坐

한나라 장수 관부가 술자리에서 크게 꾸짖어 승상의 원한을 산 일.

강직한 인물이 용감하게 발언하다. 술을 빌려 꾸짖어 분을 풀다.

속: He that is angry at a feast is rude.

(잔치 때 화를 내는 자는 무례하다. 서양)

관언온어 款言溫語

정성스럽고 온화한 말.

속: To speak kindly does not hurt the tongue.

(친절하게 말하는 것은 혀를 해치지 않는다. 프랑스)

관중규표 管中窺豹

대나무 관을 통해서 표범을 보다. 식견이 매우 좁다.

속: You may see heaven through a needle's eye.

(너는 바늘구멍으로 하늘을 볼 수 있다. 일본)

관천망기 觀天望氣

하늘을 보고 날씨를 예측하다.

속: Evening red and morning gray are sure signs of a fine day.

(저녁놀과 아침 안개는 맑은 날씨의 확실한 징조다. 서양)

관포지교 管鮑之交

관중(管仲)과 포숙아(鮑叔牙)의 사귐. 언제나 변함없이 돈독한 우정.

속: Friendship is love without its wings.

(우정은 날개 없는 사랑이다. 프랑스)

관휴속부 貫朽粟腐

돈을 꿴 줄이 낡아 끊어지고 창고의 곡식이 썩다. 엄청나게 부유하다.

속: Ready money is a ready medicine.(현금은 즉효약이다. 서양)

괄목상대 刮目相對

눈을 비비고 마주보다. 상대방의 학식, 재능, 처지 등이 놀랍게 향상되다.

속: He is strong that can knock a man down; he is stronger who can lift himself up.(남을 때려눕힐 수 있는 자는 강하고 자기를 들어 올릴 수 있는 자는 더 강하다. 서양)

광일미구 曠日彌久

오랫동안 지속되다. 할 일은 안 하고 오랜 세월만 보내다.

속: Idle folks lack no excuses.

(게으른 자는 변명거리가 언제나 많다. 서양)

괴여만리장성 壞汝萬里長城

네가 너의 만리장성을 허물어버린다. 어리석은 자가 파멸을 자초하다.

속: Kill not the goose that lays the golden eggs.

(황금 알을 낳는 거위를 죽이지 마라. 서양)

교단양장 較短量長

사물의 장단점을 비교하다.

속: Comparison makes men happy or miserable.

(비교는 사람들을 행복하게 또는 비참하게 만든다. 서양)

교담여수 交淡如水

물처럼 담담하게 사귀다. 군자의 교제. 피상적인 교제.

속: Friends are like fiddle strings; they must not be screwed too tight.(친구는 바이올린 줄과 같아서 너무 조이면 안 된다. 서양)

교두접이 交頭接耳

머리를 맞댄 채 귀에 입을 대고 말하다. 비밀 이야기를 하다.

속: A secret is your slave if you keep it, your master if you lose it.

(네가 비밀을 지키면 그것은 네 하인이고 네가 못 지키면 그것은 너의 주인이다. 아랍)

교립명목 巧立名目

교묘하게 각종 명목을 붙여서 옳지 않은 목적을 달성하다.

교묘하게 각종 구실을 만들다.

속: An ill paymaster never wants excuse.

(고약한 경리책임자는 언제나 핑계가 있다. 서양)

교식위행 矯飾僞行

거짓 태도를 취하고 그릇된 행동을 하다.

속: False folks should have many witnesses.

(허위의 사람들은 많은 증인이 있어야만 한다. 스코틀랜드)

교언영색 巧言令色

교묘한 말과 부드러운 얼굴빛. 속이는 말과 아첨하는 태도.

속: Fine words dress ill deeds.(듣기 좋은 말은 악행을 숨긴다. 서양)

교왕과직 矯枉過直

굽은 것을 바로잡으려다 너무 곧게 되다.

오류나 착오를 시정하려다가 절충이 지나치다.

속: That which proves too much proves nothing.

(너무 많이 증명하는 것은 아무 것도 증명하지 못한다. 프랑스)

교자채신 教子采薪

자식에게 장작을 마련하는 방법을 가르치다. 일시적으로 돕는 것이 아니라 자기 힘으로 살아갈 수 있도록 학문이나 기술을 가르치다.

속: A good head will get itself hats.

(좋은 머리는 스스로 모자들을 얻을 것이다. 서양)

교자필패 驕者必敗

오만한 사람은 반드시 실패한다.

속: Pride must have a fall.(오만은 파멸하지 않으면 안 된다. 서양)

교주고슬 膠柱鼓瑟

기러기발을 아교풀로 붙여놓고 거문고를 타다. 융통성이 전혀 없다.

속: Hang him that has no shift, and him that has one too many.

(융통성이 전혀 없는 자와 그것이 너무 많은 자를 목매달아라. 영국)

교취호탈 巧取豪奪

남의 재물을 교묘한 수단으로 속여 뺏거나 무력으로 강탈하다.

속: The pleasures of the mighty are the tears of the poor.

(특권층의 즐거움은 가난한 사람들의 눈물이다. 영국)

교칠지교 膠漆之交

아교와 옻칠과 같이 끈끈한 사귐. 매우 친밀한 사귐.

속: A bread and cheese friend.

(빵과 치즈의 사이와 같은 절친한 친구. 영국)

교토삼굴 狡兎三窟

교활한 토끼가 숨을 세 군데 굴. 교묘한 꾀로 재난을 피하다.

속:Weak men have need to be witty.

(약한 사람들은 재치가 필요하다. 영국)

교학상장 敎學相長

가르치는 것과 배우는 것이 서로 늘다.

선생과 학생이 서로 보완하여 다 같이 학식이 늘다.

속: Teaching others teaches yourself.

(다른 사람을 가르치는 것은 너 자신을 가르치는 것이다. 서양)

구가불귀 久假不歸

오랫동안 빌리고 돌려주지 않다.

속: He that lends gives.(빌려주는 자는 주는 것이다. 서양)

구각유말 口角流沫

입에서 침을 튀기며 심하게 논쟁하다.

속: In too much disputing truth is lost.

(지나치게 논쟁하면 진실을 잃는다. 프랑스)

구거작소 鳩居鵲巢

비둘기가 까치집을 차지하다. 아내가 남편의 집에 들어가 살다.

셋방살이. 남의 지위, 집, 토지 등을 뺏다.

속: The sparrow builds in the martin's nest.

(참새는 제비집에 둥지를 튼다. 서양)

구급도장 狗急跳墙

개도 급하면 담장을 뛰어넘는다.

속: Need makes the old wife trot.

(필요는 노파가 뛰어가게 만든다. 영국)

구도우맹 求道于盲

소경에게 길을 묻다. 소용없는 짓을 하다.

속: None so blind as those that will not see.

(보려고 하지 않는 자보다 더 심한 소경은 없다. 서양)

구두생각 狗頭生角

개 대가리에 뿔이 나다. 있을 수 없는 일이다.

속: You cannot strip a naked man.

(너는 발가벗은 자의 옷을 벗길 수 없다. 프랑스)

구두선 口頭禪

입으로만 말하지 아무 내용도 없는 말.

속: To say an ape's Paternoster.(원숭이의 주기도문을 외우다. 영국)

구리지언 丘里之言

시골사람의 말. 상말이나 속담. 근거 없는 헛말.

속: Proverbs are the wisdom of the streets.

(속담은 거리의 지혜다. 서양)

구무완인 口無完人

그 입에 오르면 완전한 사람이 없다. 남의 약점만 들추어내는 사람.

속: Every man has his weak side.(누구나 약한 면이 있다. 서양)

구문견속 拘文牽俗

번거로운 규정과 저속한 관습에 얽매이다.

속: Custom is the plague of wise men and the idol of fools.

(관습은 현명한 사람들의 재난이자 바보들의 우상이다. 서양)

구문대명 久聞大名

상대방의 명성을 오랫동안 들어왔다. 초면에 인사하는 말.

속: Put your hand quickly to your hat and slowly to your purse.

(너의 모자에는 빨리, 너의 지갑에는 천천히 손을 뻗어라. 덴마크)

구밀복검 口蜜腹劍

입에는 꿀, 뱃속에는 칼.

겉으로는 친한 척하지만 뒤에서는 해칠 음모를 꾸미다.

속: A honey tongue, a heart of gall.

(입에는 꿀, 가슴속에는 증오. 영국)

구반문촉 扣槃捫燭

구리쟁반을 두드리고 초를 어루만지다. 소경의 어리석은 행동.

사물에 관해 제대로 알지도 못하면서 아는 척하다.

속: It is a blind goose that knows not a fox from a fernbush.

(여우와 고사리 덤불을 구별하지 못하는 거위는 눈이 먼 것이다. 서양)

구반상실 狗飯橡實

개밥의 도토리. 따돌림을 당한 외톨이.

속: One and none is all one.

(하나와 아무 것도 없는 것은 모두 같은 것이다. 스페인)

구병난의 久病難醫

오래 된 병은 고치기 어렵다.

속: A dry cough is the trumpeter of death.

(마른기침은 죽음의 나팔을 분다. 영국)

구불응심 口不應心

말이 마음과 일치하지 않다. 말과 생각이 서로 다르다.

속: He has much prayer, but little devotion.

(그는 기도는 많이 하지만 신앙심은 없다. 스코틀랜드)

구사일생 九死一生

죽을 고비를 여러 번 넘기고 겨우 살아나다.

속: All is not lost that is in danger.

(위험에 빠진 것이라고 해서 모두 파멸하는 것은 아니다. 영국)

구상유취 口尙乳臭

입에서 아직 젖비린내가 나다. 어리석고 유치하다. 동: 유취미건 乳臭未乾

속: Young men think old men fools; old men know young men to be so.(젊은이들은 노인들을 바보라고 여기지만 노인들은 그들이 바보라는 것을 안다. 영국)

구색친구 具色親舊

깊은 우정은 없지만 각 분야에 걸쳐서 널리 사귀는 벗.

속: It is good to have some friends both in heaven and hell.
(천당에도 지옥에도 친구들을 약간 두는 것이 좋다. 서양)

구선불염 求善不厭

선을 찾는 일을 싫어하지 않다. 항상 선행을 하다.

속: Good is to be sought out and evil attended.
(선행은 찾고 악행은 조심해야만 한다. 서양)

구세제민 救世濟民

세상과 민생을 구제하다.

속: When the tale of bricks is doubled, then comes Moses.
(벽돌 할당량이 두 배가 되었을 때 비로소 모세가 온다. 히브리)

구시상인부 口是傷人斧

입은 사람을 다치는 도끼다.

속: Death and life are in the hands of tongue.
(죽음과 삶이 혀에 달려 있다. 로마)

구시심비 口是心非

입으로는 옳다고 말하지만 마음으로는 아니라고 하다. 겉과 속이 다르다.

속: A smiling boy seldom proves a good servant.
(미소하는 소년이 충직한 하인인 경우는 거의 없다. 영국)

구시화문 口是禍門

입은 재앙의 문이다. 말을 조심하라.

속: The tongue talks at the head's cost.
(혀를 잘못 놀리면 목을 잃는다. 서양)

구신문복 求神問卜

귀신에게 빌고 점을 치다.

속: Astrology is true, but the astrologers cannot find it.

(점성술은 진실하지만 점성술사들은 그것을 발견할 수 없다. 서양)

구실재아 咎實在我

허물은 사실 자기에게 있다고 인정하다.

속: Every man is his own enemy.

(사람은 누구나 자기 자신의 적이다. 서양)

구여현하 口如懸河

흐르는 강물처럼 말을 잘 하다.

속: He that has no honey in his pot, let him have it in his mouth.

(자기 항아리에 꿀이 없는 자는 입에 꿀을 가져야만 한다. 서양)

구우일모 九牛一毛

소 아홉 마리에서 뽑은 털 한 가닥. 많은 것 가운데 아주 적은 것.

속: A drop in a bucket.(물통 속의 물 한 방울. 서양)

구육미냉 柩肉未冷

널 속의 시신이 아직 싸늘해지지 않았다. 죽은 지 얼마 되지 않다.

속: Blessed is the corpse.

(시체는 축복받았다, 즉 시체는 행복하다. 영국)

구이지학 口耳之學

남에게 들은 것을 전해줄 뿐인 지식. 천박한 지식.

속: Knowledge without practice makes but half an artist.

(실천이 없는 지식은 미숙한 장인만 만든다. 서양)

구익반손 求益反損

이익을 추구하다가 오히려 손해를 보다.

속: Many go out for clothes and come home stripped.

(많은 사람이 옷을 얻으려 나가지만 옷을 빼앗긴 채 귀가한다. 서양)

구일척안 具一隻眼

한 개의 눈을 갖추다. 보통 사람이 따를 수 없는 특이한 안목이 있다.

속: He that has but one eye must be afraid to lose it.

(눈이 하나밖에 없는 자는 그것을 잃을까 두려워해야 한다. 서양)

구장인세 狗仗人勢

악인이 세력가의 지지를 업고 사람들을 억압하다.

속: Great men's servants think themselves great.

(세력가의 하인은 자기가 위대한 줄 안다. 서양)

구전문사 求田問舍

논밭이나 집을 사려고 질문하다.

나라 일은 돌보지 않고 자기 이익만 돌보다.

속: A man's worth is the worth of his land.

(사람의 가치는 그가 가진 토지의 가치와 같다. 서양)

구전성명 苟全性命

구차하게 목숨을 보존하다.

속: A live ass is worth more than a dead doctor.

(산 당나귀가 죽은 의사보다 낫다. 이탈리아)

구절양장 九折羊腸

양의 창자처럼 꼬불꼬불하다. 산길이 구불구불하고 험하다.

세상이 복잡하여 살아가기가 어렵다.

속: As crooked as Crawley brook.

(크롤리 개천처럼 꼬불꼬불하다. 영국)

구조순건 口燥脣乾

입과 입술이 마르다. 말을 매우 많이 하다.

속: A blister on one's tongue.(혀에 물집이 생기다. 영국)

구족제철 狗足蹄鐵

개 발에 편자. 격에 맞지 않게 과분하다.

속: Unable to feed yourself, you feed dogs.

(자기 자신을 부양할 수 없으면서 너는 개들을 기른다. 로마)

구중자황 口中雌黃

입안에 잘못된 글씨를 지우는 자황이 있다. 경솔하게 말하고 잘못 말한
것을 자기 멋대로 뒤집다. 함부로 남을 비판하다.

속: Who has bitter in his mouth spits not all sweet.

(쓴 것을 입에 지니고 있는 자는 단 것을 결코 뱉지 않는다. 서양)

구지도구 丘之禱久

공자는 천지에 죄를 짓지 않도록 오랫동안 빌었다.

속: To join the hands in prayer is well; to open them in work is
better.(기도할 때 합장하는 것은 좋지만 일할 때 두 손을 벌리는 것은 더
좋다. 프랑스)

구천지하 九泉之下

사람이 죽은 뒤 묻힌 곳. 사람이 사후에 있는 곳. 사람의 사후.

속: There will be sleeping enough in the grave.

(무덤에는 잠이 충분히 있다. 서양)

구태의연 舊態依然

예전의 상태가 그대로 남아 있다. 발전이 없다.

속: Alike every day makes a clout on Sunday.

(평일마다 모두 똑같으면 일요일에 바보가 된다. 서양)

구폐지경 狗吠之驚

도둑이 개 짖는 소리에 놀라다. 사소한 것에 놀라다.

속: An old dog does not bark for nothing.

(늙은 개는 공연히 짖지 않는다. 서양)

구피고약 狗皮膏藥

개가죽으로 만든 고약. 남을 속이는 수단으로 쓰는 물건.

속: Cheat me in the price, but not in the goods.

(가격은 속여도 물건 자체는 속이지 마라. 서양)

구합취용 苟合取容

무원칙하게 남을 추종하고 비위를 맞추다.

속: To dance attendance on one.(남의 비위를 맞추다. 영국)

구행낭심 狗行狼心

개의 행동과 늑대의 속셈. 행동이 비열하고 마음씨가 고약하다.

속: The vulgar keeps no account of your hits, but of your misses.

(비열한 자들은 남의 성공이 아니라 실패만 기억한다. 서양)

구혈미건 口血未乾

피를 마시고 맹세할 때 입에 묻은 피가 아직 마르지 않았다.

맹세한지 얼마 되지 않아 맹세를 저버리다.

속: Eggs and oaths are easily broken.

(달걀과 맹세는 쉽게 깨진다. 서양)

국궁진췌 鞠躬盡瘁

몸을 굽혀 기력이 다할 때까지 노력하다.

나라를 위해서 모든 힘을 다하다.

속: Faithful to the funeral urn.

(납골 항아리에 들어갈 때까지, 즉 죽을 때까지 충성하다. 로마)

국사무쌍 國士無雙

나라 안에 경쟁상대가 없는 인물. 가장 탁월한 인재.

속: Look after Number One.(제1인자가 되려고 하라. 서양)

국천척지 跼天蹐地

하늘이 높아도 머리를 숙이고 땅이 두터워도 조심해서 밟다.

허리를 굽히고 조심해서 걷다. 두려워서 몸 둘 바를 모르다.

속: Caution is the parent of safety.

(조심하는 것은 안전의 어머니. 서양)

국태민안 國泰民安

나라가 태평하고 백성이 편안하다. 사회가 안정되어 있다.

속: Better an egg in peace than an ox in war.

(전쟁 때의 황소보다 평화로울 때의 달걀이 낫다. 영국)

국파가망 國破家亡

나라가 망하면 집안도 망한다.

속: All's lost that's put in a riven dish.

(접시가 깨어지면 모든 음식을 망친다. 서양)

국파산하재 國破山河在

나라는 부서지고 강산만 남아 있다.

속: Famine, pestilence, and war are the destruction of a people.

(기근, 전염병, 전쟁은 백성의 파멸이다. 로마)

군경절축 群輕折軸

가벼운 것도 모이면 수레 축을 부러뜨린다. 작은 힘도 합하면 큰 힘이 된다. 사소한 문제가 극심한 재앙을 초래할 수 있다. 유: 적우침주 積羽沈舟

속: A little stream drives a light mill.

(작은 시냇물이 물레방아를 돌린다. 영국)

군계일학 群鷄一鶴

닭이 떼 지어 있는 곳에 한 마리 학이 있다.

평범한 사람들 가운데 뛰어난 인재가 한 명 섞여있어서 매우 돋보이다.

속: An ass among apes.(원숭이들 가운데 당나귀 한 마리. 로마)

군마난무 群魔亂舞

많은 악마가 어지럽게 춤춘다. 많은 악인들이 날뛴다.

속: If there were no fools, there would be no knaves.

(바보들이 없다면 악당들도 없을 것이다. 서양)

군신수어 君臣水魚

군주와 신하는 물과 물고기 사이와 같다. 동: 수어지교 水魚之交

속: A great ship asks deep waters.

(거대한 배는 깊은 물이 필요하다. 서양)

군의부전 群蟻附羶

개미떼가 양고기에 달라붙다. 이익이 있는 곳에 사람들이 몰려들다.

속: Everyone fastens where there is gain.

(누구나 이익이 있는 곳에 달라붙는다. 서양)

굴묘편시 掘墓鞭屍

묘를 파서 시체에 매질하다. 통쾌한 복수. 너무 지나친 행동.

속: You are beating the dead.(너는 죽은 자에게 채찍질한다. 로마)

굴촌신척 詘寸伸尺

한 치를 굽히고 한 자를 뻗다. 작은 이익을 버리고 큰 이익을 얻다.

속: He that would have eggs must bear with cackling.

(달걀을 얻으려는 자는 암탉의 시끄러운 소리를 참아야만 한다. 서양)

궁구막추 窮寇莫追

궁지에 몰린 적이나 도둑은 추격하지 마라.

속: Build golden bridges for the flying foe.

(달아나는 적을 위해 황금 다리들을 건설하라. 영국)

궁도말로 窮途末路

궁지에 빠지다. 막다른 골목에 이르다. 말로가 닥치다.

속: From pillar to post.(이리저리 궁지에 몰리다. 영국)

궁서설묘 窮鼠囓猫

궁지에 몰린 쥐는 고양이를 문다.

막다른 골목에서는 약자도 강자에게 덤빈다.

속: A baited cat may grow as fierce as a lion.

(괴롭힘을 당하는 고양이는 사자처럼 난폭해질 수 있다. 영국)

궁선표솔 躬先表率

자기 자신이 먼저 모범을 보이다.

속: A good example is the best sermon.

(훌륭한 모범이 가장 좋은 설교다. 서양)

궁여지책 窮餘之策

몹시 어려운 처지에서 짜낸 꾀.

속: Necessity teaches art.(필요는 기술을 가르친다. 독일)

궁원투림 窮猿投林

쫓기는 원숭이는 나무를 가리지 않는다.

다급한 처지의 사람은 아무 데나 몸을 숨길 곳을 찾는다.

속: Any port in a storm.

(태풍이 불 때에는 아무 항구나 좋다. 서양)

궁적상적 弓的相適

활과 과녁이 서로 맞다. 하려는 일과 기회가 딱 맞다.

속: Things well fitted abide.(잘 맞는 것들은 오래 간다. 서양)

궁즉사변 窮則思變

곤궁하면 현재 상태의 변혁을 생각한다. 곤궁하면 살 궁리를 한다.

속: Want makes wit.(결핍은 지혜를 만든다. 서양)

궁체역행 躬體力行

몸소 체험하고 힘써 실천하다.

속: In choosing a wife and buying a sword we ought not to trust another.(아내의 선택과 칼의 구입은 남을 신뢰해서는 안 된다. 서양)

궁행절검 躬行節儉

자기 자신이 몸소 절약하다.

속: Practice thrift or else you'll drift.

(절약을 실천하지 않으면 떠돌게 될 것이다. 서양)

권상요목 勸上搖木

나무에 올라가라고 권하고는 밑에서 흔든다.

남을 부추겨놓고는 일을 방해하다.

속: Give a man luck and throw him into the sea.

(남에게 행운을 주고 그를 바다에 처넣어라. 영국)

권선징악 勸善懲惡

선한 일은 권장하고 악한 일은 처벌하다.

속: He harms the good that does the evil spare.

(악인을 처벌하지 않는 자는 선한 사람들을 해친다. 영국)

권토중래 捲土重來

흙먼지를 일으키며 다시 오다. 실패한 뒤 세력을 회복해서 다시 공격하다.

속: There is no chance which does not return.

(기회란 반드시 다시 돌아온다. 프랑스)

궤계다단 詭計多端

교활한 꾀와 속임수가 매우 많다.

속: As many tricks as a dancing bear.

(춤추는 곰처럼 속임수가 많다. 영국)

궤함절비 詭銜竊轡

말이 재갈을 뱉어내고 고삐를 물어뜯다. 속박을 벗어나려고 몸부림치다.

속: Lean liberty is better than fat slavery.
(야윈 자유가 살찐 노예상태보다 낫다. 서양)

귀각답천 貴脚踏賤
귀한 발로 천한 땅을 밟다. 잘 오셨다고 환영하는 말.
속: Such a welcome, such a farewell.(그 환영에 그 작별이다. 영국)

규구준승 規矩準繩
목수가 쓰는 모든 도구. 사물의 기준이나 법칙.
속: Neither wise men nor fools can work without tools.
(현명한 자든 바보든 도구 없이는 일할 수 없다. 서양)

규합지신 閨閤之臣
궁궐에서 군주를 가까이 모시는 신하.
속: So many men in court, and so many strangers.
(궁중의 수많은 사람들은 수많은 이방인들이다. 서양)

극구변명 極口辨明
자기 잘못이 없다고 갖은 말로 변명하다.
속: Give losers leave to speak and winners to laugh.
(진 자들은 변명하고 이긴 자들은 비웃게 하라. 서양)

극근극검 克勤克儉
부지런히 일하고 힘껏 절약하다.
속: A penny saved is a penny got.
(한 푼을 절약하면 한 푼을 번 것이다. 서양)

극기복례 克己復禮

개인적 욕심을 버리고 예의를 지키다.

속: Courtesy costs nothing.(예의에는 비용이 전혀 들지 않는다. 서양)

극적제승 克敵制勝

적을 물리치고 승리를 거두다.

속: Pardon is the choicest flower of victory.

(용서는 승리의 가장 멋진 꽃이다. 아랍)

극혈지신 隙穴之臣

군주를 해치려고 틈을 엿보는 신하. 반역자. 배신자.

속: Kings may love treason, but the traitor hate.

(왕들은 반역은 좋아할 수 있지만 반역자는 미워한다. 영국)

근구인형 僅具人形

겨우 사람 형태만 갖추어 있다. 겉만 갖추고 속은 빈 사람.

속: He has a great need of a fool that plays the fool himself.

(몸소 바보짓을 하는 자에게는 바보가 매우 필요하다. 프랑스)

근묵자흑 近墨者黑

먹을 가까이 하면 자기도 검어진다.

사람은 그가 가까이하는 상대의 영향을 받아 변한다.

속: He that lives with cripples learn to limp.

(절름발이와 함께 사는 자는 다리를 저는 법을 배운다. 네덜란드)

근수누대 近水樓臺

물가의 누대에 달빛이 제일 먼저 비친다.

가까운 사람이 먼저 덕을 본다. 세력가에게 접근하여 덕을 보다.

속: If a good man thrive, all thrive with him.
(좋은 사람이 번영하면 모든 사람이 함께 번영한다. 서양)

근화선초 近火先焦

불에 가까운 것이 먼저 불타다.

재앙을 피하지 않는 사람이 먼저 재앙을 받는다.

속: Better a little fire that warms than a mickle that burns.
(태우는 큰 불보다는 덥혀주는 작은 불이 더 낫다. 스코틀랜드)

금과옥조 金科玉條

황금이나 옥처럼 소중한 법이나 규정. 변경할 수 없는 신조.

속: The commandments have made as many good martyrs as the creed.(계명들은 훌륭한 순교자들을 신앙교리만큼 많이 만들어냈다. 서양)

금독지애 禽犢之愛

새끼소에 대한 어미소의 사랑. 자식에 대한 부모의 지나친 사랑.

속: A child may have too much of his mother's blessing.
(아이는 어머니의 사랑을 지나치게 많이 받고 있을 것이다. 영국)

금망소활 禁網疎闊

법이 엉성해서 악행을 막지 못하다.

속: Every law has a loophole.(모든 법은 빠져나갈 구멍이 있다. 서양)

금상첨화 錦上添花

비단 위에 꽃을 더하다. 좋은 일이 연달아 닥치다.

반: 설상가상 雪上加霜; 피감낙정 避坎落井

속: With a lucky man all things are lucky.
(행운아에게는 모든 것이 운이 좋다. 로마)

83

금설폐구 金舌弊口

말을 너무 많이 해서 입이 망가지다. 말하기를 너무 좋아하다.

속: A gossip speaks ill of all, and all of her.(수다쟁이 여자는 모든 사람을 비난하고 모든 사람은 그녀를 비난한다. 서양)

금성옥진 金聲玉振

재능과 미덕을 겸비하여 명성을 널리 떨치다.

속: Virtue and happiness are mother and daughter.

(미덕과 행복은 모녀다. 서양)

금슬부조 琴瑟不調

거문고 가락이 서로 맞지 않다. 부부가 불화하다.

법의 시행이 제대로 되지 않다.

속: If Jack were better, Jill would not be so bad.

(남편이 좀 더 좋았더라면 아내는 그렇게 나쁘지 않았을 것이다. 영국)

금시발복 今時發福

어떤 일 뒤에 즉시 좋은 수가 트여 부귀를 누리다.

속: Touch wood, it's sure to come good.

(나무를 만지면 반드시 행운이 온다. 서양)

금심상도 琴心相挑

남녀가 거문고 소리로 애정을 전하여 구애하다.

속: Blessed is the wooing that is not long a-doing.

(오래 지속되지 않는 구애는 행복한 것이다. 영국)

양맹 부부 (규범 閨範)

금슬상화 琴瑟相和

거문고와 비파가 서로 잘 화합하다. 부부 사이가 매우 좋다.

속: A good husband makes a good wife.

(훌륭한 남편이 훌륭한 아내를 만든다. 스코틀랜드)

금옥패서 金玉敗絮

겉은 금옥처럼 화려하지만 속은 헌 솜으로 차 있다.

겉만 그럴 듯하고 속은 더럽다.

속: A saint abroad, a devil at home.

(밖에서는 성인이고 집안에서는 악마다. 서양)

금의상경 錦衣尙褧

비단옷을 입고 그 위에 기운 옷을 입다. 군자는 미덕을 감춘다.

속: Virtue itself turns vice, being misapplied.

(미덕은 잘못 적용되면 그 자체가 악덕으로 변한다. 영국)

금의야행 錦衣夜行

비단 옷 입고 밤길을 걷다. 아무리 출세해도 남들이 알아주지 않는다.

속: Apes are apes though you clothe them in velvet.

(벨벳 옷을 입혀도 원숭이는 원숭이다. 독일)

금의옥식 錦衣玉食

비단옷을 입고 좋은 음식을 먹다. 사치스러운 생활을 하다.

속: Silks and satins put out the fire in the kitchen.

(비단옷과 공단 옷의 사치는 부엌의 불을 꺼서 밥을 굶게 한다. 서양)

금의환향 錦衣還鄉

비단옷을 입고 고향에 돌아가다. 출세해서 고향에 돌아가다.

속: Good clothes open all doors.(좋은 옷은 모든 문을 연다. 서양)

금탕지고 비속불수 金湯之固 非粟不守

아무리 견고한 성도 식량이 없으면 지킬 수 없다.

속: A soldier fights upon his stomach.

(군인은 잘 먹어야 잘 싸운다. 서양)

금환탄작 金丸彈雀

금 탄환으로 참새를 쏘다. 소득이 적은 데 쓸데없이 많은 비용을 들이다.

속: To take eggs for money.(하찮은 것을 위해 돈을 쓰다. 영국)

급과이대 及瓜而待

오이가 익을 무렵이면 교체해 준다. 약속이 제대로 지켜지지 않다.

속: A promise delayed is justice deferred.

(연기된 약속은 지연된 정의다. 서양)

급불가내 急不可耐

너무 급해서 견딜 수 없다.

속: He that the devil drives feels no lead at his heels.

(악마에게 내몰리는 자는 발꿈치에 납의 무게를 느낄 수 없다. 영국)

급불가대 急不可待

너무 급해서 기다릴 수 없다. 극도로 초조하다.

속: Sharp stomachs make short graces.

(매우 굶주린 배는 기도를 짧게 만든다. 스코틀랜드)

급불가택 急不暇擇

너무 급해서 선택할 겨를이 없다.

속: A drowning man will catch at a straw.

(익사하는 사람은 지푸라기라도 잡을 것이다. 서양)

긍기자식 矜己自飾

자기를 과시하고 자기자랑을 하다.

속: He that boasts of his own knowledge proclaims his own ignorance.(자기의 박식을 자랑하는 자는 자신의 무지를 선언한다. 서양)

기고만장 氣高萬丈

펄펄 뛸 듯이 대단히 화가 나다. 일이 잘 되어 기세가 대단하다.

속: A man well mounted is ever choleric.

(출세한 사람은 언제나 화를 잘 낸다. 서양)

기구도신 棄舊圖新

낡은 것을 버리고 새 것을 추구하다.

잘못된 것을 버리고 바른 것을 추구하다.

속: All that is new is fine.(새 것은 모두 좋다. 서양)

기급패괴 氣急敗壞

성미가 급하면 실패가 많다.

속: Hasty climbers have sudden falls.

(성급하게 기어 올라가는 사람들은 갑자기 추락한다. 영국)

기기기닉 己饑己溺

남이 굶주리거나 물에 빠진 것을 자기 책임으로 돌리다.

남의 고통을 자기 고통처럼 여기고 해결해 줄 책임이 있다고 생각하다.

속: "Must" is for the king to say.

("책임"이란 왕이 하는 말이다. 스코틀랜드)

기려멱려 騎驢覓驢

당나귀를 타고 당나귀를 찾아다니다.

가까운 것을 모르고 먼 것을 찾아다니는 어리석은 짓을 하다.

속: You madly search for water in the middle of the stream.

(너는 강물 한가운데서 미친 듯이 물을 찾는다. 로마)

기무완부 肌無完膚

몸에 성한 피부가 없다. 온몸이 상처투성이다.

속: A galled horse will not endure the comb.

(껍질이 벗겨진 말은 빗질을 견디지 못할 것이다. 영국)

기변여신 機變如神

재치 있는 지혜가 수시로 변하여 예측할 수 없다.

속: Good wits jump.(탁월한 기지는 도약한다. 영국)

When wits meet, sparks fly out.

(재치들이 만나면 불꽃들이 튀어나온다. 서양)

기봉적수 棋逢敵手

장기나 바둑에서 좋은 적수를 만나다. 실력이 서로 비슷하다.

속: Play with your peers.(대등한 자와 게임을 하라. 서양)

기부재래 機不再來

지나간 기회는 다시 오지 않는다.

속: Now or never.(지금이 아니면 영영 기회가 없다. 로마)

기불가실 機不可失

기회는 얻기 어렵기 때문에 놓쳐서는 안 된다.

속: Never refuse a good offer.

(좋은 제의는 절대로 거절하지 마라. 영국)

기불택식 飢不擇食

배가 고프면 음식을 가리지 않는다.

다급할 때는 이것저것 가릴 여유가 없다.

속: Hungry bellies have no ears.(굶주린 배는 귀가 없다. 프랑스)

기사불밀 機事不密

기밀에 속하는 일을 지키지 못하다. 비밀이 누설되다.

속: Wine neither keeps secrets nor fulfills promises.

(술은 비밀도 약속도 지키지 않는다. 서양)

기상망하 欺上罔下

윗사람을 속이고 아랫사람에게는 감추다.

속: A king's cheese goes half away in parings.

(왕의 치즈는 껍질을 벗기는 과정에서 절반은 사라진다. 영국)

기성안혼 技成眼昏

재주를 익히고 나니 눈이 어둡다.

늙어서 얻는 훌륭한 기술은 아무 소용이 없다.

속: He that has not the craft, let him shut up the shop.

(기술이 없는 자는 가게를 닫아야만 한다. 서양)

기세도명 欺世盜名

세상 사람들을 속이고 부정한 수단으로 명성을 얻다.

속: Reputation is often got without merit and lost without crime.

(명성은 공적도 없이 얻고 죄도 없이 잃는 경우가 많다. 서양)

기여폐사 棄如敝屣

헌 짚신처럼 버리다.

속담: Fish is cast away that is cast in dry pools.
(마른 웅덩이에 던져진 물고기는 버려진 것이다. 영국)

기왕불구 旣往不咎

이미 지나간 일은 탓하지 않다. 지나간 일은 탓해봤자 소용이 없다.

속: Let bygones be bygones.
(지나간 일은 더 이상 따지지 마라. 서양)

기우 杞憂

기나라 사람이 하늘이 무너질까 걱정하다. 쓸데없는 걱정을 하다.

속: If the sky falls, the pots will be broken.
(하늘이 무너진다면 항아리들이 깨질 것이다. 스페인)

기인리하 寄人籬下

남의 울타리 밑에 몸을 의탁하다.

남의 세력에 의지해서 살아가다. 남의 흉내를 내다.

속: Another's bread costs dear.(남의 빵은 그 대가가 비싸다. 서양)

기자감식 飢者甘食

굶주린 사람은 무엇이든지 맛있게 먹는다.

속: Hunger is the best sauce.(굶주림은 가장 좋은 양념이다. 서양)

기자선추 騎者善墜

말을 잘 타는 사람도 가끔 말에서 떨어진다.

기능이 능숙한 사람도 실패하기 쉽다.

속: He rides sure that fell never.
(한 번도 낙마하지 않은 자가 말을 안전하게 탄다. 스코틀랜드)

기조연구림 羈鳥戀舊林

새장에 갇힌 새가 살던 숲을 그리워하다. 나그네가 고향을 그리워하다.

속: Better a fair pair of heels than a halter.

(교수형보다 자유로운 두 다리가 낫다. 서양)

기진맥진 氣盡脈盡

기운과 의지력이 다 없어지다. 완전히 지치다.

속: He that has done so much hurt that he can do no more may sit down and rest him.

(너무 지쳐서 일을 더 이상 할 수 없는 자는 앉아서 쉬어야 한다. 영국)

기하취용 棄瑕取用

잘못을 저지른 사람을 용서하고 그를 채용하다.

속: If we are bound to forgive an enemy, we are not bound to trust him.(우리는 적을 용서해야만 한다 해도 그를 반드시 신뢰해야만 하는 것은 아니다. 서양)

기한교박 飢寒交迫

굶주림과 추위에 시달리다. 생활이 극도로 어렵다.

속: Hunger and cold betray a man to his enemies.

(굶주림과 추위는 사람을 그의 적들에게 넘겨준다. 스페인)

기호지세 騎虎之勢

호랑이를 올라타고 달리는 기세. 중도에서 멈출 수 없는 형세.

속: When you ride a lion, beware of his claw.

(사자를 타고 달릴 때는 그 발톱을 조심하라. 아랍)

기화가거 奇貨可居

진귀한 물건은 확보해두는 것이 좋다.

얻기 어려운 물건을 쌓아두고 값이 오르기를 기다린다. 사람, 물건, 기술 등을 확보하여 기반으로 삼아 나중에 권력이나 재산을 얻다.

속: Long standing and little offering makes a good price.

(오래 버티고 흥정은 하지 않으면 좋은 값을 받는다. 스코틀랜드)

기화소장 饑火燒腸

굶주린 나머지 자기 창자를 구워 먹다. 굶주림이 극심하다.

스스로 자기 몸을 죽이다.

속: A hungry wretch is half mad.

(굶주린 사람은 가련하게도 절반은 미쳐 있다. 프랑스)

길일양신 吉日良晨

상서로운 날과 시간.

속: The better the day, the better the deed.

(날이 좋을수록 일도 더 잘 된다. 영국)

길흉화복 吉凶禍福

길흉과 화복.

속: Better good far off than evil at hand.

(눈앞에 닥친 불운보다 멀리 떨어진 행운이 낫다. 서양)

荒江垂釣
倣惠崇小景
丙寅初夏
虚谷筆

나굴일공 羅掘一空

모든 수단을 동원하여 재물을 긁어모으다.

속: When all men have what belongs to them, it cannot be much.
(모든 사람이 자기의 것을 가질 때 그것은 많은 것이 될 수 없다. 서양)

낙극애생 樂極哀生

즐거움이 극도에 이르면 슬픔이 온다.

속: Sorrow follows pleasure.(쾌락 뒤에 슬픔이 온다. 로마)

낙백 落魄

너무 가난해서 끼니도 잇지 못하는 신세.

속: Nor has he a penny left to buy a rope with.
(그는 자기 목을 매달 밧줄조차 살 돈이 없다. 로마)

낙불가지 樂不可支

즐거움을 지탱할 수 없다. 즐거움이 극도에 이르다.

속: As joyful as a drum at a wedding.(결혼식의 북처럼 즐겁다. 서양)

낙불사촉 樂不思蜀

촉나라가 망한 뒤 유선(劉禪)이 위나라 수도 낙양에서 살 때 현재의 삶이 즐거워 촉나라를 다시 생각하지 않는다고 말한 일.
나그네가 고향을 그리워하지 않다.

속: May it please God not to make our friends so happy as to forget us!(우리 친구들이 너무나도 행복하여 우리를 잊는 일은 결코 없어야 한다! 서양)

낙선불권 樂善不倦

선행을 기꺼이 하고 피로를 모르다.

속담: Do good, and then do it again.

(선행을 하라. 그리고 또 하라. 영국)

낙선호시 樂善好施

선행을 기꺼이 하고 남에게 베풀기를 좋아하다.

속: Do good, and never mind to whom.

(선행을 하라. 그리고 누구에게 했는지는 상관하지 마라. 이탈리아)

낙이망우 樂而忘憂

즐겁게 지내며 근심을 잊다.

속: Never trouble yourself with trouble till trouble troubles you.

(걱정거리가 닥칠 때까지는 걱정하지 마라. 서양)

낙자압빈 落者壓鬢

엎어지는 사람의 뒤통수를 누르다.

속: If a man once fall, all will tread on him.

(사람이 쓰러지면 모든 사람이 그를 밟을 것이다. 영국)

낙정하석 落井下石

우물에 빠진 사람에게 돌을 던지다.

속: When a dog is drowning, everyone offers him a drink.

(개가 물에 빠져죽을 때는 누구나 그에게 한 잔을 권한다. 서양)

낙정하석 落穽下石

함정에 빠진 사람에게 돌을 던지다.

어려운 처지의 사람을 더욱 못살게 굴다.

96

속: When a man is going down hill, everyone will give him a push.
(몰락하는 자에 대해서는 누구나 언덕 아래로 그의 등을 밀칠 것이다. 서양)

낙창사발 樂窓事發

남을 해치려고 비밀리에 꾸민 일이 탄로되다.

속: Murder will out.(살인은 드러날 것이다. 서양)

낙천지명 樂天知命

타고난 운명을 알고 자기 처지에 만족하다.

속: The best remedy against ill fortune is a good heart.
(불운에 대한 가장 좋은 치료법은 편안한 마음이다. 서양)

낙화유수 落花流水

떨어지는 꽃과 흐르는 물. 늦은 봄의 경치. 남녀가 서로 그리는 마음.
적을 철저히 분쇄하다. 참패하다. 극심한 곤경에 처하다.

속: Love is the maker of suspicions.(사랑은 의심을 낳는다. 이탈리아)

난동이변 暖冬異變

예년과 달리 따뜻한 겨울.

속: A green Christmas makes a full graveyard.
(나뭇잎이 푸른 성탄절은 공동묘지를 만원으로 만든다. 서양)

난상가난 難上加難

어려운 일이 계속 닥치다.

속: One loss brings another.(손해는 다른 손해를 부른다. 서양)

난세영웅 亂世英雄

어지러운 세상에서 큰 공을 세우는 영웅.

속: It is fortune or chance chiefly that makes heroes.
(영웅들을 만드는 것은 주로 행운이나 우연이다. 서양)

난신적자 亂臣賊子

나라를 어지럽게 하는 신하와 부모에게 불효하는 자식.
나라의 질서를 무너뜨리고 사회를 혼란시키는 자.
속: The children of heroes are causes of trouble.
(영웅들의 자녀들은 말썽의 원인이다. 그리스)

난이치신 難以置信

믿기가 어렵다.
속: Trust no man until you have consumed a peck of salt with him.(오랫동안 사귀어보지 않고서는 아무도 믿지 마라. 로마)

난인서과 蘭因絮果

남녀가 결혼은 잘 했지만 결국은 헤어지다.
속: He has flown high and let in a cow-clap at last.
(그는 아내를 각별히 골랐지만 결국 잘못된 결혼을 하고 말았다. 영국)

난점원앙 亂点鴛鴦

남녀가 자기와 맞지 않는 상대방과 결혼하다.
속: Better be half hanged than ill-wed.
(잘못된 결혼보다 절반가량 목이 매달리는 것이 낫다. 영국)

난취여니 爛醉如泥

곤드레만드레 완전히 취하다. 동: 명정대취 酩酊大醉
속: There is nothing more like a madman than a drunken person.(미치광이와 가장 비슷한 것은 술 취한 자다. 로마)

난형난제 難兄難弟

형이 되기도 어렵고 동생이 되기도 어렵다.

서로 비슷비슷해서 우열을 가리거나 등급을 매기기가 어렵다.

어려움을 함께 겪어온 사람.

속: No religion but can boast of its martyrs.

(순교자들을 자랑할 수 없는 종교는 없다. 서양)

남가일몽 南柯一夢

남쪽 나뭇가지에서 꾼 짧은 꿈. 꿈을 꾸다. 모든 것은 허무하다.

유: 인생여몽 人生如夢; 일장춘몽 一場春夢; 한단지몽 邯鄲之夢

속: All things are a mockery, all things are dust, and all things are nothing.(모든 것은 헛수고에 먼지며 아무 것도 아니다. 로마)

꿈 (목단정 환혼기 牧丹亭 還魂記)

남경여직 男耕女織

남자는 밭을 갈고 여자는 베를 짜다. 부지런히 일하다.

속: Be like the ant in the days of summer.

(여름철에 개미처럼 일하라. 아랍)

남대수혼 男大須婚

남자는 성년이 되면 반드시 결혼해야 한다.

속: Marry your son when you will, your daughter when you can.

(아들은 네가 원할 때, 딸은 네가 할 수 있을 때 결혼시켜라. 서양)

남도여창 男盜女娼

남자는 도둑이고 여자는 창녀다. 남녀가 모두 극도로 타락하고 비열하다.

속: Bawds and attorneys are like andirons, the one holds the wood, the other their clients till they consume.

(포주와 변호사는 장작을 받치는 받침대와 같아서 자기 손님들을 뼈도 남기지 않고 잡아먹는다. 영국)

남만격설 南蠻鴃舌

남쪽 오랑캐 말은 때까치 소리와 같다. 외국어를 멸시해서 부르는 말.

속: It was Greek to me.(그것은 나에게 그리스어였다. 영국)

남부여대 男負女戴

짐을 남자는 지고 여자는 이다. 가난한 사람이 떠돌아다니다.

속: God gives the shoulder according to the burden.

(하느님께서는 짐에 따라 상응하는 어깨를 주신다. 독일)

남북풍진 南北風塵

남북에서 일어나는 바람과 먼지. 전쟁을 가리키는 말.

속: He that will not have peace, God gives him war.
(평화를 누리려고 하지 않는 자에게 하느님께서는 전쟁을 주신다. 서양)

남상소출 濫觴所出

술잔을 채우고 넘칠 정도로 적은 분량의 물이 나오는 곳.

모든 사물의 시작이나 기원.

속: All things have a beginning.(모든 것은 시작이 있다. 영국)

남원북철 南轅北轍

수레의 몸체는 남쪽으로 향하고 바퀴는 북쪽으로 향하다.

목적과 행동이 상반되다.

속: A man cannot spin and reel at the same time.

(실을 잣는 일과 감는 일을 동시에 할 수는 없다. 영국)

남정북벌 南征北伐

남쪽을 정복하고 북쪽을 토벌하다. 많은 전투를 치르다.

속: It is not the longest sword but the longest purse that conquers.

(정복하는 것은 가장 긴 칼이 아니라 가장 긴 돈 주머니다. 영국)

남존여비 男尊女卑

남자를 귀하게 보고 여자를 천하게 보다.

속: A man of straw is worth a woman of gold.

(지푸라기 남자는 황금의 여자와 맞먹는다. 서양)

남혼여가 男婚女嫁

남녀가 결혼하여 일가를 이루다.

속: Wedlock is padlock.(결혼은 자물쇠다. 영국)

남환여애 男歡女愛

남녀가 서로 사랑하고 기뻐하다.

속: There is more pleasure in loving than in being loved.

(사랑받는 것보다는 사랑하는 것이 더 즐거운 일이다. 서양)

납간여류 納諫如流

바른 말을 잘 들어주다. 남의 의견을 기꺼이 받아들이다.

속: It is safer to hear and take counsel than to give it.

(충고는 해주기보다 듣고 받아들이는 것이 더 안전하다. 서양)

납구장오 納垢藏汚

나쁜 사람들을 받아들이고 나쁜 짓을 묵인하다.

속: Better kiss a knave than be troubled with him.

(악인에게 시달리기보다 그에게 키스하는 편이 낫다. 영국)

낭공여세 囊空如洗

주머니가 물로 씻은 듯이 비었다. 돈이 한 푼도 없다.

속: A man without money is no man at all.

(돈이 없는 사람은 사람도 아니다. 서양)

낭중무일물 囊中無一物

주머니가 텅 비어 있다. 돈이 한 푼도 없다. 반: 낭중유전 囊中有錢

속: An empty purse fills the face with wrinkles.

(빈 지갑은 얼굴을 주름살로 채운다. 영국)

낭중유전 囊中有錢

주머니에 돈이 있다.

속: The best friends are in the purse.

(가장 좋은 친구들은 지갑 속에 있다. 독일)

낭탐서절 狼貪鼠竊

이리처럼 탐내고 쥐처럼 훔치다. 탐욕을 한없이 부리고 수단이 비열하다.

속: The wolf finds a reason for taking a lamb.

(늑대는 양을 잡아먹을 구실을 찾아낸다. 서양)

낭형독서 囊螢讀書

주머니에 반딧불을 모아놓고 독서하다.

집이 매우 가난해도 열심히 힘들여 공부하다.

속: Learning makes a man fit to company for himself.

(공부는 자기가 자기의 상대가 될 자격을 준다. 서양)

내소외친 內疏外親

속으로는 소원하면서 겉으로 친한 척한다.

속: One's too few, three is too many.

(하나면 너무 적고 셋이면 너무 많다. 서양)

내일방장 來日方長

앞길이 구만리 같다. 앞길이 희망에 차 있다. 앞으로 기회가 많다.

속: It is hope alone that makes us willing to live.

(삶의 의욕을 주는 것은 희망뿐이다. 서양)

내자불선 來者不善

찾아오는 사람이 선의를 품고 있지 않다.

속: He that keeps malice harbors a viper in his breast.

(악의를 품은 자는 가슴에 독사를 품고 있다. 서양)

내지불이 來之不易

재물이나 성취는 쉽게 오지 않는다.

속: The best things are hard to come by.

(가장 좋은 것은 얻기가 어렵다. 서양)

냉난자지 冷暖自知

물이 찬지 따뜻한지는 마시는 사람이 안다. 자기 일은 스스로 판단한다.

속: All complain of want of memory, but none of want of judgment.

(기억력의 결핍은 누구나 불평하지만 판단력의 결핍은 아무도 불평하지 않는다. 서양)

냉어빙인 冷語氷人

냉정한 말로 남의 감정을 상하다. 남을 매우 쌀쌀하게 대하다.

속: Cold tea and cold rice may be endured, but not cold looks and words.(식은 차와 찬밥은 참을 수 있지만 싸늘한 눈초리와 말은 참을 수 없다. 일본)

냉한삼두 冷汗三斗

식은땀이 서 말. 몹시 무섭거나 부끄럽다. 동: 한출첨배 汗出沾背

속: His breech makes buttons.

(그의 바지는 단추들을 만든다, 즉 그는 매우 두려워하고 있다. 영국)

냉혹무잔 冷酷無殘

몰인정하고 잔인하다.

속: Cruelty is a tyrant that's always attended with fear.

(잔인은 항상 두려움으로 모셔지는 폭군이다. 서양)

노고공고 勞苦功高

열심히 노력해서 큰 공을 세우다.

속: No pains, no gains.(고통이 없으면 소득도 없다. 서양)

노규어사 鷺窺魚事

백로가 물고기를 엿보다. 강자가 약자를 노리다.

속: The dainties of the great are the tears of the poor.
(강자들의 맛있는 음식은 가난한 자들의 눈물이다. 서양)

노기복력 老驥伏櫪

늙은 준마가 가로 목에 매여 있다. 늙어도 여전히 큰 뜻을 품고 있다.

속: He has a colt's tooth yet in his old head.
(늙은 말은 망아지의 이빨을 여전히 가지고 있다. 서양)

노기충천 怒氣衝天

화난 기세가 하늘을 찌를 듯이 대단하다.

속: Heat breaks no bone.(격분은 뼈를 부러뜨리지 않는다. 러시아)

노대무성 老大無成

늙도록 이루어 놓은 것이 없다.

속: An old nought will never be ought.
(늙은 무용지물은 결코 되어서는 안 될 것이다. 영국)

노련비서 魯連飛書

편지를 적에게 날려 보내서 싸우지 않고 승리하다. 유: 부전이승 不戰而勝

속: It is a great victory that comes without blood.
(피를 흘리지 않고 얻는 승리가 위대한 승리다. 서양)

노류장화 路柳墻花

아무나 꺾을 수 있는 길가의 버들과 담 밑의 꽃, 즉 창녀.

속: Never was strumpet fair.(창녀가 올바른 적은 결코 없었다. 서양)

노마식도 老馬識途

늙은 말은 길을 알고 있다. 경험이 많은 사람은 숙련된 일을 잘 한다.

속: An old poacher makes a good gamekeeper.

(밀렵하던 늙은이가 사냥터를 잘 지킨다. 서양)

노마연도 駑馬鉛刀

둔한 말과 잘 들지 않는 칼. 재능이 매우 부족한 사람.

속: Little may an old horse do, if he may not neigh.

(늙은 말은 울 수 없다면 아무 것도 할 수 없다. 스코틀랜드)

노마연잔 駑馬戀棧

둔한 말이 마구간의 콩을 그리워하다.

못난 자는 안목이 짧아서 눈앞의 작은 이익이나 지위를 탐낸다.

속: The escaped mouse ever feels the taste of the bait.

(탈출한 쥐는 미끼의 맛을 항상 느낀다. 서양)

노마지지 老馬之智

늙은 말의 지혜. 사물은 각각 장점이 있다.

상대방이 누구든 가리지 말고 배울 점이 있으면 배워라.

속: An old wise man's shadow is better than a young buzzard's sword.(현명한 노인의 그림자는 무모한 청년의 칼보다 낫다. 서양)

노모심산 老謀深算

면밀하게 계획하고 깊이 계산하다. 노련하고 경험이 많다.

속: An examined enterprise goes boldly.

(잘 검토된 사업은 과감하게 시행된다. 서양)

노발대발 怒發大發

몹시 화를 내다. 동: 대발뇌정 大發雷霆 유: 노발상충 怒髮上衝

속: Anger makes a rich man hated, and a poor man scorned.

(부자가 화를 내면 미움을 받고 가난한 자가 화를 내면 경멸당한다. 서양)

노변용종 老邊龍鍾

늙고 쇠약하여 거동이 불편하다.

속: The feet are slow when the head wears snow.

(머리가 백발이 되면 발걸음이 느리다. 서양)

노사구학 老死溝壑

산에서 늙어 죽다. 평범하게 늙어 죽다.

속: When you die of age, I shall quake for fear.

(네가 늙어죽는다면 나는 두려워서 몸을 떨 것이다. 영국)

노서견묘 老鼠見猫

쥐가 고양이를 보다. 매우 두려워하다.

속: They are as good cats who scare the mice away as those who devour them.(쥐를 위협해서 쫓아버리는 고양이도 쥐를 잡아먹는 고양이와 마찬가지로 좋은 고양이다. 독일)

노성연달 老成練達

경험이 많고 노련하며 이치를 깨닫다.

속: Experience is a precious gift, only given a man when his hair is gone.(경험은 귀중한 선물이지만 머리카락이 다 빠진 사람에게만 주어

지는 것이다. 터키)

노성지중 老成持重

경험이 많고 노련하여 일을 신중하게 하다.

속: Nobody is twice fool.

(아무도 두 번 바보가 되지는 않는다. 나이지리아)

노소동락 老少同樂

노인과 젊은이가 나이에 관계없이 함께 즐기다.

속: The good in which you let others share becomes thereby the better.(너의 즐거움에 남들이 참여하게 한다면 그것은 한층 더 즐거운 것이 될 것이다. 로마)

노소부정 老少不定

죽는 것은 나이 순서가 아니다. 언제 죽을지 알 수 없다.

속: Old camels carry young camels' skins to the market.

(늙은 낙타들은 젊은 낙타들의 가죽을 시장에 운반한다. 서양)

노수선권 撈袖揎拳

소매를 걷고 주먹을 꺼내다. 싸울 준비를 하다.

속: If you be angry, turn the buckle of your belt behind you.

(너는 화가 났다면 혁대의 물림쇠를 뒤로 돌려라, 즉 너는 화가 났다면 싸울 태세를 취하라. 영국)

노승발검 怒蠅拔劍

파리를 보고 화가 나서 칼을 빼다. 사소한 일에 화내다.

속: He takes a spear to kill a fly.

(그는 파리를 죽이려고 창을 든다. 영국)

노심초사 勞心焦思

애를 쓰고 속을 태우다.

속: It is a folly to fret; grief's no comfort.

(안달하는 것은 어리석다. 비탄은 위로가 아니다. 영국)

노안비슬 奴顔婢膝

하인의 얼굴과 하녀의 무릎. 비굴하게 아첨하다.

속: Beware of one who flatters unduly; he will also censure unjustly.

(부당하게 아첨하는 자를 조심하라. 그는 부당하게 너를 비난할 것이다.
아랍)

노연분비 勞燕分飛

때까치와 제비가 따로 헤어져 날아가다. 헤어지다.

부부나 애인들이 이별하다.

속: The best of friends must part.

(가장 친한 친구도 반드시 떠나가야만 한다. 서양)

노의소복 老醫少卜

의사는 늙어야 좋고 점쟁이는 젊어야 좋다.

속: An old physician, a young lawyer.

(의사는 늙어야 좋고 변호사는 젊어야 좋다. 영국)

노의편작 盧醫扁鵲

노의와 편작이라는 두 명의 탁월한 의사.

속: The best physicians are Dr. Diet, Dr. Quiet, and Dr. Merryman.

(가장 탁월한 의사는 음식조절, 안정, 어릿광대다. 라틴어)

노이무공 勞而無功

노력은 하지만 그 보람이 없다. 헛수고를 하다.

속: He beats the bush without taking the bird.

(새는 잡지도 못한 채 숲을 휘젓기만 한다. 프랑스)

노일결합 勞逸結合

일과 휴식을 서로 연결하다.

속: Rest and success are fellows.(휴식과 성공은 동료들이다. 서양)

노출마각 露出馬脚

마각이 드러나다. 숨기던 잔꾀가 드러나다. 동: 원형필로 原形畢露

속: The higher the ape goes, the more he shows his tail.

(원숭이는 높이 올라갈수록 자기 꼬리를 더욱 많이 드러낸다. 서양)

녹림 綠林

전한 말기에 많은 망명자들이 모여든 형주의 녹림산.

산에 모여 살며 정권에 대항하는 무리. 도둑을 가리키는 말.

속: War makes thieves, and peace hangs them.

(전쟁은 도둑들을 만들고 평화는 그들을 목매단다. 서양)

녹엽성음 綠葉成陰

무성한 나뭇잎이 그늘을 이루다. 여자가 결혼하여 자녀를 많이 두다.

속: If you rock the cradle empty, then you shall have plenty.

(빈 요람을 흔들면 자녀를 많이 둘 것이다. 영국)

논공행상 論功行賞

공적을 가려서 상을 주다.

속: After battles rewards.(전투가 끝난 뒤에 포상이 있다. 로마)

황충이 하후연을 베다 (삼국지)

노익장 老益壯

늙으면 마땅히 뜻을 더욱 굳게 지녀야 한다. 늙어도 기력이 왕성하다.

속: There is fight in the old dog yet.

(늙은 개는 아직도 싸울 수 있다. 서양)

111

농가성진 弄假成眞

장난으로 한 것이 진심으로 한 것과 같이 되다.

농담이 진담 되다. 가짜를 진짜처럼 보이게 하다.

속: Leave jesting while it pleases, lest it turn to earnest.

(농담이 진담이 되지 않도록 그것이 재미있을 때 그만 두어라. 서양)

농과성진 弄過成嗔

장난이 지나치면 노여움을 일으킨다.

속: True jests breed bad blood.(진짜 농담은 분노를 일으킨다. 서양)

농교성졸 弄巧成拙

기교를 너무 부리면 오히려 졸렬하게 되어 일을 망친다.

속: He that makes a thing too fine, breaks it.

(물건을 지나치게 잘 만들려는 자는 그것을 부순다. 서양)

농단 壟斷

높이 솟은 언덕. 이익이나 권력을 독점하다.

속: What's yours is mine, and what's mine's my own.

(네 것은 내 것이고 내 것도 내 것이다. 스코틀랜드)

농장지경 弄璋之慶

구슬을 주는 경사. 아들을 낳은 경사.

속: He has deserved a cushion.

(그는 방석을 차지할 자격이 있다, 즉 그는 아들을 낳았다. 영국)

농조연운 籠鳥戀雲

새장의 새가 구름을 그리워하다. 자유를 갈망하다. 고향을 그리워하다.

속: A foolish bird that stays the laying salt on his tail.

(자기 꼬리에 소금이 놓이는 것을 내버려두는 새는 어리석다, 즉 쉽게 잡히는 새는 어리석다. 영국)

뇌만장비 腦滿腸肥

머리가 크고 배가 부른 사람. 돼지 같이 살만 찐 사람.

속: Often and little eating makes a man fat.

(적게 자주 먹으면 뚱뚱해진다. 영국)

누거만금 累巨萬金

어마어마하게 많은 돈.

속: Wealth makes worship.(재산은 숭배를 부른다. 서양)

누견불선 屢見不鮮

자주 보면 신기하지 않다. 흔히 볼 수 있다.

속: A maid oft seen, a gown oft worn, are disesteemed and held in scorn.(자주 본 처녀와 자주 입은 가운은 경시되고 멸시된다. 영국)

누란지위 累卵之危

알을 쌓아올린 것처럼 위태로운 상태. 극도로 위험한 상황.

속: He is in great danger who, being sick, thinks himself well.

(자신이 건강하다고 생각하는 병자는 엄청난 위험에 처해 있다. 서양)

누망지어 漏網之魚

그물에서 빠져나간 물고기. 탈주한 적. 처벌을 피해 달아난 범인.

속: Little thieves we hang, great ones we let go free.

(작은 도둑은 목매달고 큰 도둑은 놓아준다. 독일)

누족성보 累足成步

계속해서 걸어가다. 끊임없이 노력하면 성공할 수 있다.

속: Little by little the bird builds its nest.

(새는 조금씩 둥지를 만든다. 프랑스)

눌언민행 訥言敏行

군자는 말은 서툴지만 행동은 빨라야 한다. 말보다는 실천이 중요하다.

속: Few words are best.(과묵한 것이 제일 좋다. 영국)

능공교장 能工巧匠

능력과 솜씨가 탁월한 기술자.

속: All things require skill but an appetite.

(모든 일은 취향이 아니라 기술이 필요하다. 서양)

능굴능신 能屈能伸

굽힐 수도 있고 일어설 수도 있다.

불우할 때는 참을 수 있고 뜻을 얻으면 포부를 펼 수 있다.

속: It is a good blade that bends well.

(잘 굽어지는 칼날이 우수하다. 서양)

능불양공 能不兩工

사람은 모든 일을 다 잘 할 수는 없다.

속: All the wit in the world is not in one head.

(세상의 모든 지혜가 한 머릿속에 들어있지는 않다. 서양)

능사필의 能事畢矣

해야 할 일을 모두 마칠 수 있다.

속: What is worth doing at all is worth doing well.

(손댈 가치가 조금이라도 있는 일은 잘 할 가치가 있다. 서양)

능서불택필 能書不擇筆

글씨를 잘 쓰는 사람은 붓을 가리지 않는다.

속: The cunning workman does not quarrel with his tools.

(능숙한 일꾼은 연장을 탓하지 않는다. 서양)

능소능대 能小能大

모든 일을 두루 잘 하다. 사람과 접촉하는 수단이 뛰어나다.

속: It is a good dog that can catch anything.

(무엇이든지 잡을 수 있는 개는 좋은 개다. 영국)

능언설변 能言舌辯

말재주가 좋고 변론에 능숙하다.

속: A head with a good tongue in it is worth double the price.

(말재주를 갖춘 머리는 두 배의 값을 받을 만하다. 서양)

능자다로 能者多勞

재능이 많은 사람은 일을 많이 하여 피로하다.

속: All lay loads on a willing horse.

(기꺼이 짐을 지려는 말에게 모두 짐을 싣는다. 서양)

능자위사 能者爲師

능력 있는 사람이 선생이 된다.

속: In every art it is good to have a master.

(어느 기술의 경우든 선생을 모시는 것이 좋다. 서양)

仿閻次長江歷覽　王鑑

다기망양 多岐亡羊

갈림길이 많은 곳에서 양을 찾지 못하고 잃어버리다.

속: A cross-road ever confuses a stranger.

(갈림길은 항상 나그네를 망설이게 한다. 나이지리아)

다다익선 多多益善

많으면 많을수록 더욱 좋다.

속: Blow devil, the more wind, the better boat.

(바람이 많이 불수록 배에게는 더욱 좋다. 영국)

다모선단 多謀善斷

지모가 많고 판단을 잘하다.

속: He has a good judgment that relies not wholly on his own.

(자기 판단에만 전적으로 의존하지는 않는 사람이 좋은 판단력을 지닌다. 서양)

다사다망 多事多忙

일이 많고 매우 바쁘다.

속:To be too busy gets contempt.(지나치게 바쁘면 경멸당한다. 서양)

다소불계 多少不計

많고 적음을 계산하지 않다.

속: Figures can be made to prove anything.

(숫자는 무엇이든지 증명하기 위해 만들어질 수 있다. 서양)

다언다패 多言多敗

말이 많으면 실수도 많다.

속: Talk much and err much, says a Spaniard.

(말을 많이 하면 실수도 많이 한다고 스페인 사람이 말한다. 서양)

다언삭궁 多言數窮

말이 많으면 자주 곤경에 처한다. 반: 소설위가 少說爲佳

속: Asses that bray most eat least.

(가장 많이 우는 당나귀는 가장 적게 먹는다. 서양)

다언혹중 多言或中

말이 많으면 더러 사리에 맞기도 한다. 유: 우자일득 愚者一得

속: Plaster thick; some will stick.

(회벽을 두텁게 바르면 일부는 붙을 것이다. 서양)

다예무예 多藝無藝

재주가 많은 사람은 한 가지 제대로 된 재주가 없다.

속: Jack of all trade, and master of none.

(모든 일에 손을 대면 하나도 제대로 못한다. 영국)

다장후망 多藏厚亡

재산을 지나치게 많이 모으면 극심한 손해를 볼 수 있다.

속: Riches are got with pain, kept with care, and lost with grief.

(재산은 고통으로 얻고 걱정으로 지키며 비탄으로 잃는다. 서양)

다재다난 多災多難

재앙과 어려움이 매우 많다.

속: Of evils one should select the least.

(여러 재앙 가운데서는 가장 작은 것을 선택해야만 한다. 로마)

다재다능 多才多能

재주와 능력이 많다.

속: A fencer has one trick in his budget more than ever he taught his scholar.(검객은 자기 제자에게 가르쳐준 것보다 한 가지 재주를 항상 더 가지고 있다. 영국)

다재선고 多財善賈

밑천이 많으면 장사를 잘 한다. 유: 장수선무 長袖善舞

속: They that have good store of butter may lay it on thick. (버터를 많이 가진 사람들은 그것을 두텁게 바를 수 있다. 서양)

다종다양 多種多樣

종류도 많고 모양도 가지각색이다.

속: Variety is the mother of enjoyment. (다양성은 즐거움의 어머니다. 영국)

다천과귀 多賤寡貴

물건은 많으면 싸지고 적으면 비싸진다.

속: All that is rare is dear, that which is everyday is cheap. (희귀한 것은 비싸고 흔한 것은 싸다. 로마)

단기지교 **斷機之敎** (고금 열녀전)

단기지교 斷機之敎

짜던 베를 끊어버려서 가르치다. 학업을 중단해서는 안 된다는 훈계.

속: One good mother is worth a hundred school teachers.

(훌륭한 어머니는 학교 선생 백 명과 맞먹는다. 서양)

단도직입 單刀直入

혼자 칼을 휘두르며 적진으로 쳐들어가다.

목표를 향해 용감하게 전진하다.

에둘러 말하지 않고 처음부터 본론으로 들어가다.

속: To leave boys' play and go to blow point.

(애들 장난은 그만 두고 본론으로 들어가다. 영국)

단사불선 單絲不線

외가닥 실은 끈이 되지 않는다. 혼자서는 쓸모가 없다.

한 가지 재주만으로는 일을 이루지 못한다.

속: One swallow makes not a spring, nor one woodcock a winter.

(제비 한 마리로는 봄이 되지 못하고 멧도요 한 마리로도 겨울이 되지 못한다. 영국)

단사작반 摶沙作飯

모래를 뭉쳐서 밥을 짓다. 헛수고만 했지 불가능한 일이다.

속: You are weaving a rope out of sand.

(너는 모래로 밧줄을 꼬고 있다. 로마)

단사표음 簞食瓢飮

대나무 그릇의 음식과 표주박의 물. 청빈한 생활. 매우 가난한 생활.

속: A poor man's table is soon spread.

(가난한 사람의 식탁은 빨리 차려진다. 영국)

단소정한 短小精悍

키는 작지만 정신은 사납다. 글이나 말이 간단하면서도 힘차다.

속: A little body does often harbour a great soul.

(작은 육체에 위대한 정신이 담긴 경우가 많다. 영국)

단순호치 丹脣皓齒

붉은 입술과 흰 이. 미인.

속: He injures a fair lady that beholds her not.

(미인을 바라보지 않는 사람은 그녀를 모욕하는 것이다. 서양)

단원자유 短垣自逾

낮은 담을 자신이 넘어가다. 예의를 스스로 지키지 않다.

속: It is not good manners to show your learning before ladies.

(부인들 앞에서 너의 지식을 드러내 보이는 것은 예의가 아니다. 영국)

단장 斷腸

창자가 끊어지다. 엄청난 슬픔.

속: Little griefs are loud, but great griefs are silent.

(작은 슬픔은 소리가 크지만 큰 슬픔은 고요하다. 서양)

단적칠흑 丹赤漆黑

붉은 흙 속에 있으면 붉어지고 옻칠 속에 있으면 검어진다.

속: He that lies with dogs rises with fleas.

(개들과 함께 눕는 자는 벼룩들과 함께 일어난다. 서양)

담대어신 膽大於身

쓸개가 몸보다 크다. 담력이 매우 크다.

속: Boldness in business is the first, second and third thing.

(사업에서 대담성은 첫째, 둘째, 셋째 조건이다. 영국)

단안고홍 斷雁孤鴻

자기 무리에서 떨어져 홀로 있는 기러기. 혼자 사는 미혼의 독신남자.

속: When a man's single, he lives at his ease.

(독신자는 자기 편한 대로 산다. 서양)

가을 기러기 (고잡극 古雜劇)

담대포천 膽大包天

쓸개가 하늘만큼 크다.

속: Flesh never stands so high but a dog will venture his legs.
(개는 아무리 몸집이 큰 짐승에게도 달려들 것이다. 영국)

담석지저 儋石之儲

얼마 되지 않는 저축.

속: For age and want save while you may; no morning sun lasts a whole day.(노년과 가난에 대비하여 너는 저축할 수 있는 동안에 저축하라. 아침은 결코 하루 종일 계속되지 않는다. 영국)

담소여서 膽小如鼠

쥐처럼 겁이 많다. 쓸개가 쥐처럼 작다.

속: He will faint at the smell of a wallflower.
(그는 인기 없는 여자의 냄새에도 기절할 것이다. 영국)

담연처지 淡然處之

침착하게 처리하다.

속: Nothing in haste but catching fleas.
(벼룩을 잡는 일 이외에는 아무 것도 서두르지 마라. 서양)

담하용이 談何容易

변론이 어찌 쉽단 말인가? 변론은 어려운 것이다.
신하가 군주에게 바른말을 하기는 어렵다.

속: Nearest the heart, nearest the mouth.
(마음에 가장 가까운 것은 입에 가장 가깝다. 스코틀랜드)

담호호지 談虎虎至

호랑이도 제 말하면 온다. 남의 흉을 함부로 보지 마라.

속: When you mention the wolf, then he will come.

(늑대에 관해 말하면 늑대가 올 것이다. 독일)

답호미 踏虎尾

호랑이 꼬리를 밟다. 대단히 위험한 일을 하다.

속: To pull the devil by the tail; to be in great difficulty.

(악마의 꼬리를 잡아당기는 것은 매우 위험한 짓이다. 프랑스)

당기입단 當機立斷

시기에 맞추어 즉시 결단을 내리다. 그 장소에서 결단을 내리다.

속: He that rises betimes has something in his head.

(적절할 때 일어나는 자는 무엇인가 생각하는 것이다. 서양)

당동벌이 黨同伐異

옳고 그름은 따지지 않고 같은 동아리끼리는 뭉치고 다른 동아리는 배척하다.

속: All on one side like Bridgnorth election.

(브리지노스 선거처럼 모든 사람이 한쪽에만 몰려 있다. 영국)

당두봉갈 當頭棒喝

큰소리로 꾸짖고 막대기로 머리를 치다. 엄하게 경고하다.

속: Rebuke should have a grain more of salt than of sugar.

(질책은 설탕보다 소금이 더 많아야만 한다. 서양)

당랑거철 螳螂拒轍

사마귀가 수레바퀴를 가로막다. 무모한 행동을 하다.

만용으로 허세 부리다.

속: Blow not against the hurricane.

(태풍을 거슬러서 입김을 불지 마라. 서양)

당랑규선 螳螂窺蟬

사마귀가 매미를 노리지만 자기에게 닥칠 위험은 깨닫지 못하다.

눈앞의 욕심에만 눈이 어두워 덤비면 큰 해를 입는다.

속: You cannot show the wolf to a bad dog.

(못난 개에게는 늑대를 보여줄 수가 없다. 프랑스)

당무지급 當務之急

당장 급한 일.

속: Let us do what is immediately upon us.

(우리에게 당장 닥친 일을 하자. 로마)

당문대호 當門對戶

사돈이 될 두 집안의 지위나 재력이 대등해야 적절한 결혼이 된다.

속: Like blood, like property, and like age make the happiest marriage.

(집안, 재산, 나이가 비슷해야 가장 행복한 결혼이 이루어진다. 서양)

당연지사 當然之事

마땅한 일.

속: Shameless pray must have shameless nay.

(뻔뻔한 기도는 뻔뻔한 거절을 당해야만 한다. 서양)

당이변풍 當耳邊風

바람이 귓가를 스치고 지나가다. 무시하다.

속: Does the lofty Diana care about the dog barking at her?

(높이 뜬 달은 자기를 향해 짖는 개를 아는 척이나 하는가? 로마)

당지무괴 當之無愧

영예나 칭호를 받아도 부끄럽지 않다. 상을 받을 자격이 있다.

속: The prize not without dust.(노력 없이 받은 것은 아닌 상. 로마)

당황망조 唐慌罔措

당황해서 어찌할 바를 모르다.

속: Like a cat in a bonfire, don't know which way to turn.

(모닥불 속의 고양이처럼 어느 쪽으로 향해야 좋을지 모른다. 영국)

대간사충 大姦似忠

매우 간사한 자는 교묘해서 언뜻 보면 충성을 다하는 것처럼 보인다.

속: There is falsehood in fellowship.(동료 가운데 가짜가 있다. 영국)

대객지도 對客之道

손님을 대접하는 도리.

속: The customer is always right.(고객은 언제나 옳다. 영국)

대공고성 大功告成

큰 공사의 종료나 중대한 임무의 완수를 보고하다.

속: He does much that does a thing well.

(한 가지 일을 잘하는 사람은 많은 일을 하는 것이다. 영국)

대권독람 大權獨攬

모든 권력을 혼자 독점하다.

속: Love and lordship like no fellowship.

(사랑과 영주는 동료를 싫어한다. 서양)

대기만성 大器晚成

큰 그릇은 늦게 이루어진다. 큰 인물이 되는 데는 시간이 걸린다.

속: Rome was not built in a day.

(로마는 하루아침에 이루어지지 않았다. 서양)

대길대리 大吉大利

매우 상서롭고 유리하다.

속: Number three is always fortunate.

(3이라는 숫자는 항상 상서롭다. 서양)

대난임두 大難臨頭

심한 재앙이 머리 위에 닥치다.

속: There is no greater evil than not to be able to bear what is evil.(재앙을 참을 수 없는 것보다 더 큰 재앙은 없다. 로마)

대답여류 對答如流

남의 질문에 물 흐르듯 대답하다. 대답하는 말이 매우 빠르고 유창하다.

속: The shortest answer is doing.(가장 빠른 대답은 실행이다. 서양)

대동간과 大動干戈

많은 무기를 동원하다. 전쟁을 하다. 대규모 행사를 벌이다.

속: One sword does not keep another in the scabbard.

(칼은 다른 칼이 칼집에 머물게 하지 않는다. 서양)

대동단결 大同團結

여러 단체나 정당이 같은 목적을 위해 단결하다.

속: Union is strength.(단결은 힘이다. 서양)

128

대동소이 大同小異

거의 같고 약간만 다르다. 비슷비슷하다.

속: When the candles are out, all women are fair.

(촛불이 꺼지면 모든 여자는 아름답다. 영국)

대명정정 大名鼎鼎

명성이 드높다.

속: A great reputation is a great charge.

(높은 명성은 거대한 짐이다. 서양)

대발자비 大發慈悲

남에게 자선과 동정심을 많이 베풀다.

속: Mercy begets mercy.(자비는 자비를 낳는다. 서양)

대발함치 戴髮含齒

머리카락을 이고 이를 물고 있다. 사람을 가리키는 말.

속: A man's a man, though he has but a hose on his head.

(바지만 뒤집어쓰고 있는 사람도 사람은 사람이다. 영국)

대변불언 大辯不言

말재주가 뛰어난 사람은 말을 하지 않는다.

속: Talking comes by nature, silence by wisdom.

(말은 본성에서 오고 침묵은 지혜에서 온다. 독일)

대변여눌 大辯如訥

말재주가 뛰어난 사람은 말을 아끼기 때문에 말이 서투른 듯이 보인다.

속: Brevity is the soul of wit.(짧은 것이 재치의 생명이다. 영국)

대복부재 大福不再

큰 행운은 두 번 오지 않는다.

속: When fortune smiles on you, take the advantage.

(행운이 네게 미소할 때 그 기회를 잡아라. 영국)

대부유명 大富由命

큰 재산은 하늘의 뜻으로, 작은 재산은 사람의 힘으로 이루어진다.

속: Is every man born to be rich?

(모든 사람이 부자가 되기 위해 태어났는가? 영국)

대분망천 戴盆望天

물동이를 이고 하늘을 바라볼 수는 없다.

한꺼번에 두 가지 일은 못한다. 방법이 틀리면 목적을 이룰 수 없다.

속: I cannot be your friend and flatterer, too.

(나는 네 친구이자 아첨꾼이 될 수는 없다. 서양)

대상부동 大相不同

전혀 다르고 조금도 같지 않다.

속: Fridays in the week are never alike.

(매주 금요일은 결코 같지 않다. 서양)

대성약결 大成若缺

최고로 완성된 것은 속인의 눈에 불완전한 듯 보인다.

속: Nothing is invented and perfected at the same time.

(발명과 완성은 동시에 되지 않는다. 로마)

대성질호 大聲叱呼

큰소리로 꾸짖다.

속: To give a person a good dressing.(호되게 꾸짖다. 영국)

대성통곡 大聲痛哭

목 놓아 큰소리로 슬프게 울다.

속: To weep excessively for the dead is to affront the living.

(고인을 위해 지나치게 우는 것은 살아있는 자들에 대한 모욕이다. 서양)

대세소추 大勢所趨

역사의 일반적 흐름. 사태의 불가피하고 일반적인 추세.

속: Who spits against the wind spits in his own face.

(바람을 거슬러 침을 뱉는 자는 자기 얼굴에 침을 뱉는다. 이탈리아)

대수대각 大手大脚

돈을 물 쓰듯 쓰다. 재산을 심하게 낭비하다.

속: What is gained by the flute goes by the drum.

(피리를 불며 얻은 것은 북을 치면서 없어진다. 프랑스)

대시이동 待時而動

때가 오기를 기다렸다가 행동하다.

속: All hours are not ripe.(모든 때가 적절한 것은 아니다. 프랑스)

대안지화 對岸之火

강 건너 불. 자기에게 관계없는 일.

속: On painting and fighting look afar off.

(그림과 싸움은 매우 멀리서 바라보라. 서양)

대언불참 大言不慙

실천 못할 일을 말로만 크게 떠들고는 부끄럽게 여기지도 않다.

속: His trumpeter is dead.(그의 큰소리치던 자가 죽었다. 서양)

대언장담 大言壯談

자기 분수에 맞지도 않는 말을 크게 떠들어대다. 그러한 말.

속: We shall see, said the blind man.
(우리는 볼 것이라고 소경이 말했다. 프랑스)

대역무도 大逆無道

모반을 일으켜 사람의 도리에 크게 어긋나다.

속: Kings may love treason, but the traitor hate.
(왕들은 반역은 좋아할 수 있지만 반역자는 미워한다. 영국)

대용약겁 大勇若怯

큰 용기를 지닌 사람은 겉으로 비겁한 듯 보인다.

속: Courage is often caused by fear.
(용기는 두려움의 결과인 경우가 많다. 프랑스)

대우불령 大愚不靈

극도로 어리석은 자는 아무 것도 깨닫지 못한다.

속: Folly is the queen regent of the world.
(어리석음은 세상의 섭정 왕후다. 서양)

대우탄금 對牛彈琴

소 앞에서 거문고를 타다. 소용없는 짓을 하다. 유: 우이독경 牛耳讀經

속: Futility: playing a harp before a buffalo.
(물소 앞에서 하프를 연주해야 소용없다. 미얀마)

대의멸친 大義滅親

대의를 위해서라면 친족마저 처형하다. 국가나 사회의 큰 정의를 세우기
위해서라면 혈육의 인정마저 끊어버리다.

속: Justice knows neither father nor mother, but has regard only
to truth.(정의는 부모도 모르고 오로지 진리만 존중한다. 로마)

대의명분 大義名分

사람이 반드시 지켜야 할 도리나 본분. 표면상 내거는 목적이나 이유.

속: Truth and honesty keep the crown of the cause.
(진실과 정직은 명분의 왕관을 지킨다. 스코틀랜드)

대이무당 大而無當

크기만 하고 적당하지 않다. 속 빈 강정이다.

속: The greatest calf is not the sweetest veal.
(가장 큰 송아지가 가장 맛있는 송아지고기는 아니다. 서양)

대인설항 代人說項

남을 칭찬하거나 남을 위해 부탁하다.

속: A good word costs no more than a bad.
(칭찬은 비난보다 비용이 더 드는 것이 아니다. 서양)

대자대비 大慈大悲

중생을 사랑하고 구제하려는 한없는 자비. 마음씨가 좋고 매우 자비롭다.

속: God gives his wrath by weight, and without weight his mercy.
(하느님께서는 자기 분노는 무게를 달아서 주시지만 자비는 무게를 달지
않고 주신다. 서양)

대장부 大丈夫

위대한 남자. 남자다운 남자.

속: He is no man that cannot say No.

(아니다 라고 말할 수 없는 자는 남자가 아니다. 이탈리아)

대재소용 大材小用

큰 재목을 작은 일에 쓰다. 인재를 제대로 활용하지 못하다.

속: A fine diamond may be ill set.

(좋은 다이아몬드가 잘못 세팅될 수 있다. 서양)

대증하약 對證下藥

증세에 맞추어 약을 쓰다. 사태에 알맞은 방법을 쓰다.

속: God who sends the wound sends the medicine.

(상처를 주시는 하느님께서는 그 약도 주신다. 스페인)

대지약우 大智若愚

참으로 지혜로운 자는 어리석은 듯이 보인다.

속: To pretend folly on occasion is the highest of wisdom.

(때때로 어리석은 척하는 것이 최고의 지혜. 로마)

대한불갈 大旱不渴

크게 가물어도 물이 마르지 않는다.

속: Drought never bred dearth in England.

(가뭄은 영국에서 물자부족을 결코 초래하지 못했다. 영국)

대해노침 大海撈針

바다 밑에서 바늘을 건지다. 찾아내기가 극도로 어렵다.

실현하기가 매우 어렵다.

속: To look for a needle in a haystack.
(밀짚 더미에서 바늘을 찾다. 서양)

덕불고 필유린 德不孤 必有隣

덕행을 기르면 외톨이가 되지 않고 반드시 이웃을 얻는다.

속: One good turn asks another.
(한 가지 선행은 다른 선행을 부른다. 서양)

덕심망중 德深望重

덕망이 높고 명성이 대단하다.

속: Reputation serves to virtue as light does to a picture.
(광선이 그림을 비추듯 명성은 덕행을 비춘다. 서양)

덕용겸비 德容兼備

여자가 덕행과 미모를 겸비하다.

속: Beauty is the flower of virtue.(미모는 덕성의 꽃이다. 서양)

덕음막위 德音莫違

남의 좋은 말은 들어야만 한다.

속: Good advice is beyond price.(좋은 충고는 값이 없다. 서양)

도궁비현 圖窮匕見

연나라의 자객 형가(荊軻)가 진(秦)나라 왕을 죽이려고 할 때 지도를 다 펴자 비수가 드러난 일. 계획이나 비밀이 결국 탄로되다. 적의 음모가 폭로되다. 숨기던 본심이 드러나다.

속: At length the fox turns monk.
(여우가 드디어 수도자로 드러나다. 서양)

도래이답 桃來李答

복숭아를 받고 자두를 보내다. 선물을 서로 주고받다.

속: A gift makes room for him.

(선물은 보내는 사람이 비집고 들어갈 여지를 만든다. 서양)

도로무공 徒勞無功

헛수고만 하고 아무 성과도 없다.

속: The ass that carries wine drinks water.

(포도주를 운반하는 당나귀는 물을 마신다. 서양)

도로무익 徒勞無益

헛수고만 하고 아무 이익이 없다.

속: You cast water in the Thames.

(너는 테임스 강에 물을 붓고 있다. 영국)

도모시용 道謀是用

길가에 집을 짓는데 길가는 사람과 상의하다.

줏대가 없이 남의 의견만 따르면 일을 이룰 수 없다.

속: He that builds a house by the highway side, it is either too high or too low.

(큰 길 가에 집을 지으면 그 집이 너무 높거나 너무 낮다. 영국)

도문계살 屠門戒殺

푸줏간에서 살생을 금지하다. 있을 수 없는 일.

속: It is much like a blacksmith with a white silk apron.

(흰 비단 앞치마를 두른 대장장이와 매우 같다. 영국)

도물상정 睹物傷情

고인과 관련된 물건을 보면 슬픈 감정이 생기다.

속: Speak not of a dead man at the table.

(식탁에서는 죽은 자에 관해 말하지 마라. 서양)

도방고리 道傍苦李

길가 자두나무의 쓴 열매. 남에게 버림받은 사람. 버림받는 일.

속: What belongs to everybody belongs to nobody.

(모든 사람에게 속한 것은 아무에게도 속하지 않는다. 서양)

도불습유 道不拾遺

길에 떨어진 것을 줍지 않다. 법이 엄하게 집행되어 나라가 잘 다스려 지고 있다. 엄한 형벌이 두려워서 백성들이 법을 잘 지킨다.

속: Law is king.(법이 왕이다. 스코틀랜드)

도수공권 徒手空拳

맨손을 강조하는 말.

속: The petition of an empty hand is hazardous.

(빈손의 요청은 무모하다. 라틴어)

도습복철 蹈襲覆轍

지난날의 실패를 교훈으로 삼지 않고 그릇된 길로 계속해서 나아가 실패하다.

속: We carry our neighbors' failings; we throw our own crimes on our shoulders.

(우리는 이웃사람들의 실패를 반복하고 우리 자신의 죄를 짊어진다. 영국)

도역유도 盜亦有道

도둑도 지켜야 할 도리가 있다.

속: There is honor amongst thieves.

(도둑들 사이에도 명예가 있다. 서양)

도외시 度外視

고려의 대상으로 삼지 않다. 무시하다. 문제 삼지 않다.

속: Lions are not frightened by cats.

(고양이들은 사자들에게 겁을 줄 수 없다. 서양)

도원경 桃源境

복숭아 꽃잎이 흘러나오는 지역. 신선들의 나라. 별천지. 이상향.

유토피아. 동: 무릉도원 武陵桃源; 세외도원 世外桃源

속: The Isle of Wight has no monks, lawyers, or foxes.

(와이트 섬에는 성직자도 변호사도 여우도 없다. 영국)

도원지기 道遠知驥

천리를 달리는 준마는 먼 길을 간 뒤에 비로소 그 실력이 알려진다.

세상이 어지러워야 인물의 참된 가치가 알려진다.

속: A good horse never stumbles, a good wife never grumbles.

(좋은 말은 절대로 절지 않고 훌륭한 아내는 결코 불평하지 않는다. 서양)

도재피난 逃災避難

재난을 피해서 달아나다.

속: If you light your fire at both ends, the middle will shift for itself.

(네가 양쪽 끝에 불을 붙이면 가운데 것은 자신을 위해 이동할 것이다. 영국)

도원결의 桃園結義

복숭아나무 정원에서 한 맹세. 목숨을 걸고 의리를 지키겠다는 맹세.

속: A compact sealed in blood.(피로 봉인한 계약. 로마)

도원결의 桃園結義 (삼국연의 三國演義)

도주지부 陶朱之富

도주의 재산, 즉 엄청나게 많은 재산.

속: He suddenly grew, like a mushroom, into a great wealth.

(그는 버섯처럼 갑자기 엄청난 재산가로 변했다. 로마)

도지말분 塗脂抹粉

여자가 화장하다. 추한 물건을 꾸며서 위장하다.

속: The more women look in their glass, the less they look to their house.

(여자가 화장을 오래 할수록 집안 일은 더욱 소홀히 한다. 서양)

도처낭패 到處狼狽

가는 곳마다 화를 당하다. 하는 일마다 실패하다.

속: It is for want of thinking that most men are undone.

(대부분의 사람이 실패하는 것은 생각이 부족하기 때문이다. 서양)

도청도설 道聽塗說

길에서 듣고 길에서 말해버리다. 들은 것을 깊이 생각하거나 실천하지 않다. 헛소문을 곧이곧대로 받아들이다.

속: "They say so", is half a lie.

("사람들이 그렇게 말한다."고 하는 것은 거짓말과 마찬가지다. 서양)

도탄지고 塗炭之苦

진흙 수렁이나 불구덩이에 빠지는 고통.

포악한 통치자 밑에서 백성이 당하는 엄청난 고통.

속: Where nothing is to be had, the king must lose his right.

(거두어갈 것이 전혀 없으면 왕마저도 자기 권리를 잃어야 한다. 영국)

도행역시 倒行逆施

순서를 바꾸어 시행하다. 도리에 맞지 않게 일을 하다.

시대 조류에 거스르다. 유: 본말전도 本末顚倒

속: After meat comes mustard.(고기 다음에 겨자가 나오다. 영국)

독견지명 獨見之明

남이 깨닫지 못하는 것을 혼자 깨닫는 지혜.

속: A wise man sees as much as he ought, not as much as he can.(지혜로운 사람은 자기가 볼 수 있는 것만큼이 아니라 보아야만 하는 것만큼 본다. 서양)

독리즉패 獨利則敗

이익을 혼자 독점하려고 하면 실패한다.

속: A dog in the kitchen desires no company.

(부엌에 있는 개는 다른 동료를 바라지 않는다. 프랑스)

독립독행 獨立獨行

남에게 의지하지 않고 독자적으로 행동하다. 나란히 겨룰 만한 것이 없다.

속: I am not everybody's dog that whistles.

(나는 모든 사람의 휘파람에 복종하는 개가 아니다. 영국)

독립불군 獨立不群

대중과 어울리지 않고 홀로 행동하다.

속: Birds of prey do not flock together.

(맹금류는 무리를 짓지 않는다. 포르투갈)

독목불림 獨木不林

나무 한 그루는 숲을 이루지 못한다. 혼자 힘만으로는 일을 이루지 못한다.

속: One flower makes no garland.
(꽃 한 송이로는 화환이 되지 못한다. 서양)

독불장군 獨不將軍

혼자서는 장수가 될 수 없다, 즉 남과 협조해야 한다.

따돌림을 당한 사람. 독단적으로 일을 처리하는 사람.

속: He dwells far from neighbors that's fain to please himself.

(제멋대로 행동하기를 좋아하는 자는 이웃사람들의 미움을 산다. 영국)

독서백편 의자현 讀書百遍 義自見

책을 백 번 읽으면 그 뜻은 저절로 드러난다.

부지런히 공부를 계속하면 학문의 높은 경지에 자연히 도달한다.

속: Read the whole, if you wish to understand the whole.

(전체를 이해하려면 전체를 읽어라. 로마)

독서삼매 讀書三昧

독서에 몰두하다.

속: The fountain of wisdom flows through books.

(지혜의 샘은 책들을 통해서 흐른다. 그리스)

독선기신 獨善其身

남이야 어떻게 되든 오로지 자기 몸만 잘 보전하다.

속: He looks not well to himself that looks not ever.

(자기 자신을 보살피지 않는 자는 잘 보살피는 것이 아니다. 서양)

독안룡 獨眼龍

애꾸눈 용. 용맹한 애꾸눈 장수. 인격이 고매한 애꾸눈 인물.

속: He that has but one eye sees the better for it.

(눈이 하나밖에 없는 자는 바로 그 이유로 더 잘 본다. 영국)

독장불명 獨掌不鳴

손바닥 하나로는 소리가 나지 않는다.

속: It takes two to make a bargain.

(두 사람이 있어야 계약이 된다. 서양)

독학고루 獨學孤陋

독학한 사람은 견문이 좁고 학문을 제대로 하기 힘들다.

속: Who chooses to be his own teacher has a fool as his pupil.

(독학하는 자는 바보가 그의 학생이다. 독일)

돈구무언 頓口無言

입을 닫은 채 말을 하지 않다.

속: Silence is wisdom and gets friends.

(침묵은 지혜며 친구들을 얻는다. 영국)

동가식 서가숙 東家食 西家宿

동쪽 집에서 먹고 서쪽 집에서 자다. 정처 없이 떠도는 사람의 인생.

속: Fish and guests smell at three days old.

(생선과 손님은 사흘 지나면 냄새가 난다. 영국)

동고동락 同苦同樂

괴로움도 즐거움도 함께 하다.

속: Who gives pleasure requires pleasure.

(즐거움을 주는 자는 즐거움을 부른다. 프랑스)

동공이곡 同工異曲

노래나 글이 수준은 같지만 형식만 다르다.

일이나 물건이 사실은 같은 것인데 겉보기만 다르다.

속: A mare's shoe and a horse's shoe are both alike.

(암말의 편자와 수말의 편자는 똑같다. 서양)

동구적개 同仇敵愾

공동의 적을 함께 미워하다.

속: If the frog and mouse quarrel, the kite will see them agreed.

(개구리와 쥐가 싸운다면 솔개는 그것들이 화해하는 것을 볼 것이다. 서양)

동기상구 同氣相求

같은 무리끼리 서로 통하여 어울리다.

속: A jackdaw is ever found near to a jackdaw.

(갈가마귀는 항상 갈가마귀 옆에서 발견된다. 그리스)

Dog does not eat dog.(개는 개를 잡아먹지 않는다. 로마)

동나서차 東挪西借

여기저기서 돈을 빌리다.

속: Money borrowed is soon sorrowed.

(빌린 돈은 곧 슬픔이 된다. 프랑스)

동도서말 東塗西抹

마음대로 글을 쓰다. 남의 글을 멋대로 삭제하거나 고치다.

사방에 마구 글씨를 쓰거나 그림을 그리다.

속: A white wall is a fool's paper.(흰 벽은 바보의 종이이다. 영국)

144

동도주인 東道主人

주인으로서 손님의 시중을 들거나 길을 안내해주는 사람.

속: He that is a master must serve.

(주인은 손님의 시중을 들어야만 한다. 서양)

동류합오 同流合汚

세상의 추이에 따라가다. 악인들과 어울려 나쁜 짓을 하다.

속: That which is evil is soon learnt.(나쁜 짓은 빨리 배운다. 영국)

동문서답 東問西答

질문에 대해 엉뚱한 대답을 하다.

속: I talk of chalk and you of cheese.

(나는 백묵에 관해 말하고 너는 치즈에 관해 말한다. 영국)

동미상투 同美相妒

미인들은 서로 질투한다.

속: Envy and idleness married together and begot curiosity.

(질투와 게으름이 결혼하여 호기심을 낳았다. 서양)

동방천기 東方千騎

남편을 가리키는 말.

속: Be a good husband, and you will get a penny to spend, a penny to lend, and a penny for a friend.(좋은 남편이 되면 너는 용돈 한 푼과 빌려줄 한 푼과 친구를 위한 한 푼을 얻을 것이다. 영국)

동방화촉 洞房華燭

혼례를 치른 뒤 신랑이 신부 방에서 자다.

속: The day you marry, you either kill yourself or save yourself.

(결혼하는 그날은 네가 자살하든지 살아남든지 하는 날이다. 스페인)

동병상련 同病相憐

같은 병을 앓는 사람들끼리 서로 동정하다.

불우한 처지의 사람들이 서로 동정하고 돕다. 과부 사정은 홀아비가 안다.

속: Company in distress makes the sorrow less.

(비탄의 동료는 슬픔을 줄여준다. 서양)

동분서주 東奔西走

사방으로 바쁘게 돌아다니다. 한 가지 목적으로 사방에서 활동하다.

속: As busy as a hen with one chicken.

(병아리 한 마리를 데리고 있는 암탉처럼 바쁘다. 영국)

동빙가절 凍氷可折

물도 얼음이 되면 쉽게 부러진다. 사람의 성격도 때에 따라 달라진다.

사물을 처리하기 쉬운 그 때를 만나기가 어렵다.

속: When it cracks, it bears; when it bends, it breaks.

(얼음은 틈이 갈라지면 견디고 휘어지면 부러진다. 서양)

동산재기 東山再起

은퇴한 사람이 다시 세상에 나오다. 한번 실패해도 다시 세력을 만회하다.

속: He that falls today may be up again tomorrow.

(오늘 넘어진 자는 내일 다시 일어날 수 있다. 영국)

동상이몽 同床異夢

한 자리에서 같이 자지만 꿈은 각각이다.

행동은 같이하지만 속셈은 서로 다르다.

속: The horse thinks one thing, and he that saddles him another.

(말의 생각과 말에 안장을 얹는 자의 생각은 다르다. 서양)

동서불변 東西不辨

동서를 분별하지 못하다. 아무 것도 모르다.

속: A country clown insults the man who pays deference to him, and pays deference to the man who insults him.

(시골 어릿광대는 자기에게 경의를 표하는 사람은 모욕하고 자기를 모욕하는 사람에게는 경의를 표한다. 로마)

동성불혼 同姓不婚

같은 부계 혈족 사이의 혼인을 금지하다.

속: First cousins may marry, second cousins can't, third cousins will marry, fourth cousins won't.

(사촌들은 결혼할 수 있고 육촌들은 결혼할 수 없으며 팔촌들은 결혼할 것이고 십촌들은 결혼하려고 하지 않을 것이다. 영국)

동수무기 童叟無欺

어린아이와 늙은이를 다 같이 속이지 않다. 물건을 정직하게 팔다.

속: Plain dealing's a jewel, but they that use it die beggars.

(정직한 거래는 보석이지만 그것을 사용하는 자들은 거지로 죽는다. 영국)

동심협력 同心協力

마음을 합쳐 공동으로 노력하다.

속: Mutual help is the law of nature.

(상호협력은 자연의 법칙이다. 서양)

동악상조 同惡相助

악인끼리 나쁜 짓을 하는 데 서로 돕다. 결탁하여 나쁜 짓을 함께 하다.

속: Ill company brings many a man to gallows.

(나쁜 무리와 어울려 많은 사람이 교수대에 간다. 영국)

동업상구 同業相仇

같은 업종의 사람들은 서로 배척한다.

속: Two of a trade never agree.

(같은 직업의 두 사람은 결코 합의하지 않는다. 서양)

동우각마 童牛角馬

뿔이 안 난 송아지와 뿔난 말. 이치에 맞지 않는 것. 있을 수 없는 것.

속: Look not for musk in dog's kennel.

(개집에서 사향을 찾지 마라. 영국)

동우지곡 童牛之牿

외양간에 매인 송아지와 같이 자유가 없는 상태.

속: The horse that draws his halter is not quite escaped.

(자기 고삐를 끄는 말은 완전히 도망치지 못했다. 영국)

동주상구 同舟相救

같은 배를 탄 사람끼리 서로 돕다.

다급한 경우를 함께 만나면 서로 돕는다.

속: Adversity makes strange bedfellows.
(역경은 낯선 사람들을 동료로 만든다. 서양)

동주제강 同舟濟江

같은 배를 타고 함께 강을 건너다. 서로 돕다.

속: Who is embarked with the devil must make the passage with him.(악마와 함께 승선한 자는 그와 함께 여행을 해야만 한다. 이탈리아)

동타형극 銅駝荊棘

낙양궁 앞의 구리 낙타가 가시덤불 속에 있다.

나라가 망한 뒤의 파괴된 모습.

속: A broken glass can't be hurt.

(깨진 유리는 더 이상 피해를 입을 수 없다. 영국)

동호지필 董狐之筆

진(晉)나라 사관인 동호의 붓. 역사를 있는 그대로 기록하는 곧은 자세.

속: History is philosophy derived from experience.

(역사는 경험에서 나온 철학이다. 그리스)

두문불출 杜門不出

대문을 닫은 채 밖에 나가지 않다. 집안에만 틀어박혀 있다.

속: He knows nothing who does not go out.

(외출하지 않는 자는 아무 것도 모른다. 프랑스)

두상안두 頭上安頭

이미 있는 물건 위에 또 물건을 쌓다.

불필요하게 중복되다. 물건을 여유 있게 마련해 두다.

속: No man is indispensable.(불가결한 사람은 하나도 없다. 서양)

두주불사 斗酒不辭

한 말의 술도 사양하지 않다. 술을 엄청나게 많이 마실 수 있다.

속: Wine has drowned more men than the sea.

(바다보다 술이 더 많은 사람을 익사시켰다. 서양)

두철방미 杜澈防微

화근이나 나쁜 일을 미리 방지하다.

속: Destroy the lion while he is yet but a whelp.

(사자는 그것이 새끼일 때 죽여라. 서양)

두혼안훈 頭昏眼暈

머리가 어지럽고 눈이 침침하다.

속: The eye is blind if the mind is troubled.

(마음이 혼란스러우면 눈이 보이지 않는다. 이탈리아)

둔학누공 鈍學累功

재주가 모자라는 사람이 학문을 위해 끊임없이 애쓰다.

속: Learning makes the wise wiser, but the fool more foolish.

(공부는 현명한 사람은 더욱 현명하게, 바보는 더 큰 바보로 만든다. 서양)

득롱망촉 得隴望蜀

농서 지방을 얻고 나서 촉 지방마저 얻기를 바라다.

인간의 욕심은 끝이 없다.

속: The more a man has, the more he wants to have.

(많이 가지고 있을수록 많이 가지려 한다. 서양)

득불상실 得不償失

얻은 것보다 잃은 것이 더 많다.

속: Little losses amaze, great tame.

(적은 손해는 놀라게 하고 큰 손해는 기를 꺾는다. 서양)

득신망구 得新忘舊

새 것을 얻으면 옛 것을 잊는다. 애정은 항상 변한다.

속: The new love often chases out the old.

(새로운 사랑은 낡은 사랑을 쫓아내는 경우가 많다. 영국)

득실재인 得失在人

성공과 실패는 본인의 노력 여하에 달렸다.

속: Every reed will not make a pipe.

(모든 갈대가 파이프가 되는 것은 아니다. 서양)

득심응수 得心應手

기술이 완전히 손에 익다. 일 처리가 매우 능숙하다.

속: Every man is most skillful in his own business.

(누구나 자기 일에 관해서 가장 숙련되어 있다. 아랍)

득어망전 得魚忘筌

물고기를 잡고 나면 통발을 잊어버린다. 목적을 이루고 나면 그 은혜를 잊는다. 도를 깨달은 사람은 그 형체를 잊는다.

속: As soon as you have drunk you turn your back on the spring.

(물을 마시고 나자마자 샘에 등을 돌린다. 서양)

득일망십 得一忘十

한 가지를 알면 열 가지를 잊어버린다. 기억력이 나쁘다.

속: We have all forgot more than we remember.

(우리는 기억하는 것보다 더 많은 것을 잊었다. 서양)

득촌진척 得寸進尺

한 치를 얻으면 한 자를 나아가려고 한다.

탐욕과 욕망이 끝이 없다. 노력을 그치지 않고 조금씩 전진하다.

속: Give him an inch, and he will ask an ell.

(1인치를 그에게 주면 그는 45 인치를 요구할 것이다. 서양)

등고자비 登高自卑

낮은 곳에서부터 위로 올라가다. 무슨 일이든 순서가 있다.

지위가 높아질수록 스스로를 낮추다.

속: The heaviest ear of corn bends lowest.

(가장 무거운 밀 이삭이 가장 낮게 숙인다. 스코틀랜드)

등대부자조 燈臺不自照

등대는 자기를 비추지 못한다.

속: Shoemaker's wives are worst shod.

(구두 만드는 자의 아내는 구두가 가장 나쁘다. 서양)

등루거제 登樓去梯

누각에 오르게 하고 사다리를 치우다.

사람을 꾀어서 어려운 처지에 빠뜨리다.

속: The world is a ladder for some to go up and some down.

(세상은 올라가는 사람도 있고 내려가는 사람도 있는 사다리다. 서양속담)

등용문 登龍門

황하 상류의 산 용문에 올라가다. 과거시험에 합격하다.

출세하기 위해 반드시 통과해야 하는 문, 즉 출세의 관문.

속: There are three ways—the universities, the sea, the court.

(출세의 길은 대학, 바다, 왕궁 등 셋이다. 서양)

등하불명 燈下不明

등잔 밑이 어둡다.

사람이 남의 일은 잘 보살피면서 자신의 일에 관해서는 도리어 어둡다.

속: He is eagle-eyed in other men's matters, but as blind as a
buzzard in his own.(그는 다른 사람들의 일에 대해서는 독수리 눈이지
만 자기 자신의 일에 대해서는 말똥가리처럼 눈이 멀었다. 영국)

등한관지 等閒觀之

소홀히 여기다. 등한시하다.

속: Ill does the devil preserve his servant.

(악마는 자기 하인을 제대로 보존하지 않는다. 영국)

마

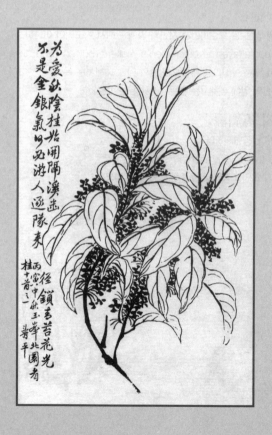

為愛秋陰挂始開隔溪迷
不是金銀氣日必游人逐隊來

徑鎖玉若花光
兩窗中秋玉岑北園看
桂十首之二　翁平

마부작침 磨斧作針

도끼를 갈아서 바늘을 만든다. 어려운 일도 참고 노력하면 언젠가 성공한다. 학문이나 일에 열심히 노력하다.

속: Patience wears out stones.(인내는 돌들을 닳게 만든다. 서양)

마비대의 痲痺大意

경계심을 버린 채 주의하지 않다.

속: Security is the greatest enemy.(방심은 최대의 적이다. 서양)

마수모장 馬瘦毛長

말이 야위면 털만 길어진다. 가난해지면 어리석고 둔해진다.

속: Want of wit is worse than want of money.
(재치가 없는 것은 돈이 없는 것보다 더 나쁘다. 스코틀랜드)

마수시첨 馬首是瞻

장수의 말머리에 따라 병사들이 움직이다. 한 사람의 뜻에 따라 많은 사람이 똑같이 행동하다. 남의 지시에 기꺼이 따르다.

속: He's like the master bee that leads forth the swarm.
(그는 벌떼를 이끄는 지도자 벌과 같다. 영국)

마우금거 馬牛襟裾

말이나 소가 사람 옷을 입고 있다.

학식이나 예의가 없고 행동이 비열하여 짐승 같은 사람.

속: You have good manners, but never carry them about with you.
(너는 예의를 가지고 있지만 결코 그것을 가지고 다니지 않는다. 서양)

마이동풍 馬耳東風

말의 귀에 동쪽 바람, 즉 봄바람. 남의 말에 귀를 기울이지 않다.

충고해 주어도 소용이 없다. 남의 일에 전혀 관여하지 않다.

반: 세이공청 洗耳恭聽

속: The deaf gains the injury.(귀머거리가 모욕을 받는다. 서양)

마치도증 馬齒徒增

말의 이는 나이가 들수록 많아진다. 학문이나 사업에서 아무런 성과도 거두지 못한 채 나이만 먹다. 자신을 낮추는 말. 동: 노대무성 老大無成

속: He that is not handsome at twenty, not strong at thirty, nor rich at forty, nor wise at fifty, will never be handsome, strong, rich or wise.(20세에 미남이 아니고 30세에 강하지 못하며 40세에 부자가 아니고 50세에 현명하지 않다면 그는 결코 미남, 강자, 부자, 현자가 되지 못할 것이다. 서양)

마혁과시 馬革裹屍

말가죽으로 시체를 싸다.

전쟁터에 나가 적과 싸워서 죽겠다는 장수의 각오.

속: Virtue is a thousand shields.(용기는 천 개의 방패다. 로마)

막리홍사 幕裏紅絲

여자들이 장막 뒤에서 각각 붉은 실을 쥐고 있다.

사위를 고르거나 아내를 선택하다.

속: Choose a wife rather by your ear than your eye.(아내는 네 눈으로 보는 것이 아니라 네 귀로 듣는 것에 따라 골라라. 서양)

막무가내 莫無可奈

한번 정한 것을 고집하여 전혀 융통성이 없다. 어찌할 도리가 없다.

속: Whoever has a divided beard, the whole world will not prevail against him.(갈라진 턱수염을 가진 자에 대해서는 온 세상도 그를 이길

수 없을 것이다. 히브리)

막불관심 漠不關心

남에게 냉담하고 전혀 관심이 없다.

속: None knows the weight of another's burden.
(아무도 남의 짐의 무게를 모른다. 영국)

막불상관 漠不相關

서로 아무 상관이 없다.

속: What I do not know does not make me hot.
(내가 모르는 것은 나를 화나게 하지 않는다. 독일)

막비명야 莫非命也

운명이 아닌 것이 없다.

속: Fates stand in the way.(운명들이 길을 막는다. 로마)

막상막하 莫上莫下

우열을 가릴 수 없다.

속: Canterbury's the higher rack, but Winchester's the better
manger.(캔터베리의 여물통은 더 높지만 윈체스터의 여물통은 더 좋다,
즉 양쪽 대주교의 수입은 비슷비슷하다. 영국)

막역지우 莫逆之友

마음에 거슬리는 것이 없는 친구. 더할 나위 없이 친한 친구.

속: Between two friends two words.
(두 친구 사이에는 단 두 마디. 서양)

막지동서 莫知東西

동서를 분간하지 못하다. 사리를 분별하지 못하고 어리석다.

속: He knows not when to be silent, who knows not when to speak.(말해야 할 때를 모르는 자는 침묵해야 할 때를 모른다. 영국)

막차위심 莫此爲甚

이것을 초과할 수 없다. 가장 극심하다.

속: Above black there is no color, and above salt no savor.
(흑색 이상에는 아무 색도 없고 짠 맛 이상에는 아무 맛도 없다. 영국)

막현우은 莫見于隱

어두운 곳은 도리어 드러난다.
감추려고 해도 마음속에 있는 것은 얼굴에 드러난다.

속: Nothing comes fairer to light than what has been long hidden.
(오래 숨겨진 것보다 더 잘 드러나는 것은 없다. 서양)

만가 輓歌

상여를 메고 갈 때 부르는 노래. 죽은 자를 애도하는 노래.

속: Funeral sermon, lying sermon.
(장례식의 설교는 거짓말의 설교다. 독일)

만강열침 滿腔熱忱

가슴이 열정으로 가득 차다.

속: Serving one's own passions is the greatest slavery.
(자기 자신의 열정을 섬기는 것은 가장 심한 노예상태다. 서양)

만고불변 萬古不變

영원히 변하지 않다.

속: It will be all the same a hundred years hence.

(백 년이 지나도 똑같을 것이다. 서양)

만관가재 萬貫家財

돈이 엄청나게 많다. 집안이 매우 부유하다.

속: Abundance, like want, ruins many.

(부유함은 가난과 마찬가지로 많은 사람을 파멸시킨다. 서양)

만구칭송 萬口稱頌

여러 사람이 한결같이 칭송하다.

속: Not God above gets all men's love.

(하늘의 하느님도 모든 사람의 사랑을 받지는 못한다. 서양)

만년불패 萬年不敗

매우 오랫동안 패배나 멸망을 당하지 않다.

속: Prosperity lets go the bridle.(번영은 고삐를 놓아버린다. 서양)

만념구회 萬念俱灰

모든 생각이 사라지다. 실의에 빠지다. 모든 희망을 잃다.

속: Despair gives courage to a coward.

(절망은 비겁한 자에게 용기를 준다. 서양)

만노자사 挽弩自射

쇠뇌를 당겨서 자기에게 쏘다. 자기를 해치는 일을 하다.

속: The arrow often hits its shooter.

(화살은 그것을 쏜 자를 자주 맞힌다. 영국)

만단수심 萬端愁心

마음에 일어나는 온갖 걱정.

속: A hundred hours of worry will not pay a farthing's worth of debt.(백 시간의 걱정도 한 푼의 빚을 청산하지 못할 것이다. 스페인)

만단의혹 萬端疑惑

온갖 종류의 의심.

속: He that casts all doubts shall never be resolved.
(모든 종류의 의심을 품는 자는 결심을 결코 하지 못할 것이다. 영국)

만뢰구적 萬籟俱寂

아무 소리도 없이 사방이 고요하다.

속: After a storm comes a calm.(태풍 뒤에 고요함이 온다. 서양)

만리지망 萬里之望

먼 곳에 도달하려는 희망. 출세하려는 욕망.

속: Youth lives on hope, old age on remembrance.
(젊은이들은 희망에 살고 늙은이들은 추억에 산다. 서양)

만목황량 滿目荒凉

눈에 띄는 것이 모두 거칠고 처량하다.

속: It would take an acre to keep a peewit.(댕기물떼새 한 마리를 기르는 데 일 에이커의 땅이 필요하다, 즉 땅이 매우 척박하다. 영국)

만무일실 萬無一失

조금도 없어지는 일이 없다. 만에 하나도 실수가 없다.

조금도 실패할 염려가 없다. 전혀 잘못이 없다.

속: He's a silly body that's never missed.

(실수를 전혀 하지 않은 자는 어리석은 자다.(스코틀랜드)

만물개비어아 萬物皆備於我

만물의 이치는 모두 자기 마음에 갖추어져 있다.

속: Respect yourself, or no one else will.(너 자신을 존중하라. 그렇지
않으면 아무도 너를 존중하지 않을 것이다. 서양)

만물지장 萬物之長

사람은 만물 가운데 가장 우수하다.

속: Man is to man a deity.(사람은 사람에게 신이다. 그리스)

만물지조 萬物之祖

만물의 원조. 하늘을 가리키는 말.

속: He loses nothing that loses not God.

(하느님을 잃지 않은 사람은 아무 것도 잃지 않은 것이다. 서양)

만반진수 滿盤珍羞

상에 가득 차린 별나고 맛있는 음식.

속: New dishes beget new appetites.

(새로운 요리는 새로운 식욕을 일으킨다. 영국)

만병통치 萬病通治

약의 효험이 모든 병에 미치다.

속: Ready money is a ready medicine.(현금은 즉효약이다. 서양)

만복뇌소 滿腹牢騷

불평불만이 극심하다.

속: All complain.(누구나 불평한다. 서양)

만복호의 滿腹狐疑

여우처럼 의심이 매우 심해서 결정하지 못하다.

속: The fox changes his skin but not his habits.

(여우는 털가죽을 갈아도 자기 습관은 바꾸지 않는다. 로마)

만부부당 萬夫不當

수많은 남자도 당해내지 못하다. 매우 용맹하다.

속: To brave men walls are unnecessary.

(용감한 사람들에게는 성벽이 불필요하다. 로마)

만불경심 漫不經心

전혀 아랑곳하지 않다. 조금도 마음에 두지 않다.

속: Let people laugh as long as I am warm.

(내가 살아있기만 하다면 사람들이 비웃든 말든 상관없다. 스페인)

만사구비 지흠동풍 萬事俱備 只欠東風

모든 것이 구비되었지만 동풍만 없다.

모든 것이 다 준비되어 있지만 핵심적인 것이 빠져 있다.

속: For want of a nail the shoe is lost; for want of a shoe the horse is lost; for want of a shoe the rider is lost.

(못 하나가 없어서 구두가, 구두 한 짝이 없어서 말이, 말이 없어서 기수가 쓸모가 없게 된다. 서양)

만사불고 萬死不顧

의무를 이행하기 위해서는 만 번의 죽음마저도 무릅쓰다.

속: We begin not to live till we are fit to die.

(죽을 준비가 되었을 때 우리는 비로소 삶을 시작한다. 서양)

만사형통 萬事亨通

모든 일이 마음먹은 대로 다 잘 되다.

속: If ifs and ans were pots and pans.

(만사가 생각대로 움직이는 경우. 서양)

만사휴의 萬事休矣

모든 일이 끝났다. 모든 방법을 동원했지만 더 이상 해 볼 길이 없다.

속: All things move on to their end.

(모든 것은 자신의 끝을 향해 움직인다. 프랑스)

만세일시 萬世一時

수많은 세대에 한 번 오는 시기. 기회를 얻기가 매우 어렵다.

속: Look to the main chance.(중대한 기회를 노려라. 영국)

만수무강 萬壽無疆

매우 오래 살다. 장수를 기원하는 말.

속: He lives longest that is awake most hours.

(대부분의 시간을 깨어서 지내는 사람이 가장 오래 사는 것이다. 서양)

만시지탄 晩時之歎

기회를 놓치고 때가 이미 늦어서 하는 탄식.

속: Too late to spare when the bottom is bare.

(바닥이 났을 때 절약하는 것은 이미 늦다. 서양)

만신동취 滿身銅臭

온 몸에서 돈 냄새가 난다.

속: Old women's gold is not ugly.

(노파들의 황금은 추하지 않다. 서양)

만신창이 滿身瘡痍

온 몸이 상처투성이다. 사물이 엉망진창이 되다.

속: A wound never heals so well but that the scar can be seen.

(상처는 눈에 보이는 것 이외에는 결코 잘 낫지 않는다. 덴마크)

만신호귀 瞞神唬鬼

귀신을 속이다. 허세를 부려 남을 속이다.

속: It's a sin to belie the devil.(악마를 속이는 것은 죄다. 영국)

만이불일 滿而不溢

가득 차지만 넘치지는 않다. 재산이 많아도 낭비하지 않다.

재능이 많아도 자만하지 않다.

속: Boughs that bear most hang lowest.

(열매가 가장 많은 가지들은 가장 낮게 걸려 있다. 영국)

만장홍진 萬丈紅塵

하늘 높이 치솟은 먼지. 번거로운 속세.

속: The March sun causes dust, and the wind blows it about.

(3월의 태양은 먼지를 일으키고 바람은 그것을 사방에 뿌린다. 영국)

만장회도 慢藏誨盜

곳간의 문단속이 소홀한 것은 도둑에게 도둑질을 가르친 것과 같다.

재산을 제대로 간수하지 않으면 도둑을 부른다.

속: A bad padlock invites a picklock.

(허술한 자물쇠는 자물쇠를 여는 도둑을 부른다. 영국)

만전지계 萬全之計

실패의 위험성이 없이 매우 안전한 계책.

속: Praise the hill, but keep below.

(산을 칭찬하면서도 아래쪽에 머물러라. 서양)

만조사리 漫條斯理

말이나 일을 서두르지 않고 천천히 하다.

속: Who goes softly, goes safely; who goes safely, goes far.

(서두르지 않고 가는 자는 안전하게 가고, 안전하게 가는 자는 멀리 간다.
이탈리아)

만천과해 瞞天過海

천자를 속여서 바다를 건너가다. 속임수를 써서 몰래 행동하다.

속: You must not let your mousetrap smell cheese.

(너의 쥐덫에서 치즈 냄새가 나게 해서는 안 된다. 영국)

만촉지쟁 蠻觸之爭

달팽이 뿔 위의 싸움. 대세에 영향이 없는 쓸데없는 싸움.

속: To dispute about an ass's shadow.

(당나귀의 그림자를 둘러싸고 싸우다. 로마)

말마이병 秣馬利兵

병장기를 갈고 군마를 살찌우다. 전쟁준비를 완전히 하다.

속: If you wish for peace, prepare for war.

(평화를 원하면 전쟁을 준비하라. 서양)

망개삼면 網開三面

그물의 세 면을 열어 두다. 죄인이나 적을 관대하게 처벌하다.

속: Make a bridge of silver for a flying enemy.

(도망치는 적을 위해 순은 다리를 만들어 주라. 스페인)

망극지은 罔極之恩

지극한 은혜. 부모의 은혜.

속: God, and parents, and our master, can never be requited.

(하느님과 부모와 스승의 은혜는 절대로 갚을 수가 없다. 서양)

망년지교 忘年之交

나이 차이를 무시한 채 사귀는 친구.

속: Happy is he whose friends were born before him.

(자기보다 나이가 많은 친구들을 둔 사람은 행복하다. 영국)

망루탄주 網漏吞舟

배를 삼킬 만한 큰 물고기는 그물에서 빠져나가게 하다.

악인 가운데 거물이 법의 그물을 빠져나가도 묵인하다.

반: 죄책난도 罪責難逃

속: Laws catch flies, but let hornets go free.

(법은 파리는 잡지만 말벌은 놓아준다. 영국)

망망고해 芒芒苦海

고통과 어려움이 바다처럼 무한하다. 무한히 넓은 고통의 바다.

속: We are all embarked on a sea of troubles.

(우리는 모두 시련의 바다에서 항해한다. 로마)

망망대해 茫茫大海

끝없이 드넓은 바다.

속: It's hard to sail over the sea in an egg-shell.

(달걀껍질을 타고 바다를 건너가기는 어렵다. 영국)

망목불소 網目不疎

그물코가 성기지 않고 촘촘하다. 법률이 상세하다.

속: In a thousand pounds worth of law there is not a shilling's worth of pleasure.

(산더미 같은 법에는 즐거움이 눈곱만큼도 없다. 서양)

망문과부 望門寡婦

약혼한 남자가 결혼 전에 죽어서 된 과부.

속: He that woos a widow, must woo her day and night.

(과부에게 구애하는 자는 밤낮으로 구애를 해야만 한다. 영국)

망문투지 望門投止

사람이 사는 집을 보면 거기서 묵어가다. 재난을 피해 달아나거나 곤궁할 때 잠시 몸을 맡길 곳을 구해야 할 급박한 형편이다.

속: If our bodies were to cost no more than our souls, we might board cheap.

(가진 것이 아무 것도 없다면 싼 곳에 숙박할 수 있다. 서양)

망신망가 忘身忘家

자기 몸과 집안을 잊어버리다. 오로지 나라를 위해 헌신하다.

속: A Venetian first, a Christian afterwards.

(먼저 베네치아 사람이 되고 그 다음에 그리스도교신자가 된다. 이탈리아)

망양보뢰 亡羊補牢

양을 잃은 뒤에 우리를 고치다. 실패한 뒤 후회해도 이미 늦었다.

잘못한 뒤에 즉시 고쳐서 재발을 방지하다.

속: He lost never a cow that wept for a needle.

(바늘을 잃고 운 자는 암소를 결코 잃지 않았다. 스코틀랜드)

망양지탄 亡羊之歎

갈림길이 많은 곳에서 양을 잃어버리고 탄식하다.

속: For a lost thing care not.

(잃어버린 것에 대해서는 걱정하지 마라. 스코틀랜드)

망양지탄 望洋之歎

바다를 바라보면서 탄식하다.

남의 위대함에 감탄하는 한편 자신의 초라한 능력에 탄식하다.

힘이 부족하고 조건이 결핍되어 일을 할 수 없는 것을 탄식하다.

속: Learning is like sailing the ocean: no one has ever seen it all.

(학문은 바다를 항해하는 것과 같은데 바다 전체를 본 자는 없다. 스와힐리)

망우지물 忘憂之物

근심을 잊어버리게 하는 것. 술의 미칭.

속: Wine makes glad the heart of man.

(술은 사람의 마음을 기쁘게 한다. 서양)

망은부의 忘恩負義

남의 은혜를 잊고 자기가 지켜야 할 의리를 버리다.

속: A horse grown fat kicks.

(말은 살이 찌고 나면 발로 찬다. 이탈리아)

망자계치 亡子計齒

죽은 자식 나이 세기. 아무 소용도 없는 짓.

속: He paints the dead.(그는 죽은 사람에게 화장을 해준다. 영국)

망자존대 妄自尊大

근거 없이 자기를 높이고 크게 여기다. 주제넘게 잘난 척하다.

속: Great men's servants think themselves great.
(세력가의 하인들은 자기가 대단한 인물이라고 생각한다. 서양)

망전필위 忘戰必危

전쟁준비를 잊으면 반드시 위기가 닥친다.

속: He that is not in the wars is not out of danger.
(전쟁 중이 아닌 자가 위험을 벗어난 것은 아니다. 서양)

망중유착 忙中有錯

서두르면 잘못을 저지르게 마련이다.

속: Error is always in haste.(잘못은 서두르는 데 항상 들어 있다. 서양)

망중유한 忙中有閑

바쁜 가운데 한가로운 짬이 있다.

속: The busy man finds the most time.
(바쁜 사람이 가장 많은 시간을 발견한다. 서양)

망진불급 望塵不及

앞사람의 흙먼지만 바라볼 뿐 따라잡을 수 없다.
다른 사람이나 사물의 뒤에 매우 멀리 떨어져 있다.
자기와 상대방의 차이가 매우 크다고 겸손하게 하는 말.

속: The further we go, the further behind.
(우리는 더 멀리 갈수록 더 멀리 뒤떨어진다. 영국)

망풍이도 望風而逃

상대방의 모습을 멀리서 보자마자 달아나버리다.

속: Fear gives wings.(두려움은 날개를 준다. 영국)

망풍이미 望風而靡

상대방을 보자마자 곧 굴복하다. 적을 보자마자 곧 흩어져 달아나다.

속: When the crow begins to build, then the sheep begin to yield.

(까마귀가 둥지를 짓기 시작하자 양들은 굴복하기 시작한다. 영국)

매관매직 賣官賣職

돈이나 재물을 받고 관직을 팔다.

속: He that buys magistracy must sell justice.

(관직을 사는 자는 정의를 팔아야만 한다. 영국)

매구현양 賣狗懸羊

양의 머리를 밖에 걸어놓고 개고기를 팔다.

겉은 그럴 듯하지만 속은 형편없다.

속: Much religion, but no goodness.

(신앙심은 깊지만 선행은 없다. 서양)

매기만심 昧己瞞心

속이는 짓을 하고 양심을 거스르다.

속: Better a blush on the face than a spot on the heart.

(얼굴을 붉히는 것이 마음속 오점보다 낫다. 서양)

매농현허 賣弄玄虛

일부러 복잡하거나 까다롭게 만든다.

속: To chew a toothpick of mastic.

(마스틱 이쑤시개를 씹다, 즉 까다롭게 굴다. 로마)

매단신흥 昧旦晨興

어두운 새벽에 일어나다. 부지런히 일하다.

근심이 많아 잠을 이루지 못하다.

속: Early to bed and early to rise makes a man healthy, wealthy, and wise.

(일찍 자고 일찍 일어나면 건강하고 부유하고 지혜로워진다. 영국)

매리잡언 罵詈雜言

욕을 늘어놓으며 상대를 매도하다. 욕하는 문구나 말.

속: One ill word invites another.(욕설은 욕설을 부른다. 영국)

매사불성 每事不成

하는 일마다 실패하다.

속: One's cake is dough.

(그의 케이크는 반죽이다, 즉 일을 실패하다. 영국)

매신복수 買臣覆水

집을 나간 예전의 처가 보는 앞에서 매신이 물을 쏟아버린 일.

엎질러진 물이다. 회복할 수 없다.

속: A deed that is done cannot be altered.

(이미 한 행동은 변경될 수 없다. 스페인)

매신지처 買臣之妻

매신의 아내. 한나라의 주매신이 가난한 가운데 책만 읽는다고 해서 아내가 그를 버리고 떠난 일.

속: All are good girls, but where do all the ill wives come from?

(여자들이 모두 착하다면 모든 악처는 어디서 오는가? 스코틀랜드)

매우매마 賣牛買馬

소를 팔아 말을 사다.

속: Who will sell the cow must say the word.

(소를 팔려는 사람은 그 말을 해야만 한다. 서양)

매지만천 昧地瞞天

진실을 숨기고 거짓말로 남을 속이다.

속: We admire things which deceive us from the distance.

(우리는 우리를 속이는 것을 멀리서 감탄한다. 로마)

매황유하 每況愈下

형편이 날로 악화되다. 날이 갈수록 더 나빠지다.

속: The fish, by struggling in the net, hampers itself the more.

(물고기는 그물 안에서 몸부림쳐서 더 큰 곤경에 빠진다. 서양)

맥수지탄 麥秀之嘆

기자(箕子)가 궁궐터의 보리 이삭을 보고 탄식하다.

나라가 망한 것을 탄식하다.

속: Faithful to an unfortunate country.

(불행한 나라에 충성을 바치다. 로마)

맹귀부목 盲龜浮木

눈먼 거북이 물에 뜬 나무를 만나다. 의외의 행운을 잡다.

속: More by luck than good guiding.

(좋은 안내보다 행운이 더 많은 것을 준다. 스코틀랜드)

맹모삼천 孟母三遷

맹자의 어머니가 세 번 이사한 일.

어머니의 정성스러운 교육열. 교육에는 환경이 제일 중요하다.

속: One good mother is worth a hundred school teachers.

(훌륭한 어머니 한 명은 백 명의 선생들과 맞먹는다. 서양)

맹모삼천 孟母三遷 (규범 閨範)

맹모단기 孟母斷機

맹자의 어머니가 짜던 베를 끊어서 맹자를 가르쳤다.

속: The mother is a matchless beast.

(어머니는 천하무쌍의 짐승이다. 스코틀랜드)

맹모택린 孟母擇隣

맹자의 어머니가 이웃을 고른 일.

속: Live with a singer, if you would learn to sing.

(노래하기를 배우려면 가수와 함께 살라. 서양)

맹안무주 盲眼無珠

먼눈에 눈동자가 없다. 눈앞의 사물을 보지 못하다.

사물의 이치를 모르다.

속: Hatred is blind as well as love.

(사랑은 물론이고 증오도 눈이 멀었다. 서양)

맹완단청 盲玩丹靑

소경의 단청 구경. 멋도 모르고 구경하다. 보아도 알아듣지 못하다.

속: A blind man is no judge of colors.

(소경은 색깔을 판단할 수 없다. 라틴어)

맹인모상 盲人摸象

소경이 코끼리를 더듬다. 일부만 알고 전체를 함부로 판단하는 좁은 소견.

속: Better to be blind than to see ill.

(잘못 보기보다는 소경이 되는 것이 낫다. 서양)

맹인직문 盲人直門

소경이 문으로 바로 들어가다. 어리석은 사람이 우연히 바른말을 하다.

속: A blind man may perchance hit the mark.
(소경은 우연히 과녁을 명중시킬 수 있다. 영국)

맹인파촉 盲人把燭

소경이 촛불을 들고 비추다. 소용없는 일을 하다.

속: To carry a lantern in midday.(대낮에 등불을 들고 다니기. 서양)

맹인할마 盲人瞎馬

소경이 애꾸눈 말을 타고 밤에 깊은 못으로 가다. 매우 위험하다.
맹목적으로 날뛰다.

속: Mettle is dangerous in a blind horse.
(눈먼 말이 분발하면 위험하다. 영국)

맹자득경 盲者得鏡

소경이 거울을 얻다. 소용도 없는 물건을 얻다.

속: What has a blind man to do with a mirror?
(소경은 거울로 무엇을 하겠는가? 그리스)

맹자실장 盲者失杖

소경이 지팡이를 잃다. 자기가 의지하는 것을 잃다.

속: Without awl the cobbler's nobody.
(송곳이 없으면 신기료장수는 아무 것도 아니다. 영국)

맹호위서 猛虎爲鼠

호랑이도 힘을 잃으면 쥐가 된다. 왕도 권위를 잃으면 신하에게 눌린다.

속: He that is hated by his subjects cannot be counted a king.
(신하들의 미움을 받는 자는 왕이라고 할 수 없다. 스코틀랜드)

멱애추환 覓愛追歡

애정과 환락을 추구하다.

속: Follow love and it will flee, flee love and it will follow you.
(사랑을 뒤쫓으면 그것이 달아나고 사랑을 피하면 그것이 너를 따라올 것이다. 영국)

면력박재 緜力薄材

역량과 재능이 보잘것없다. 무력하고 무능하다.

속: He can put two and two together.
(그는 둘에 둘을 더할 줄 안다. 서양)

면명이제 面命耳提

귀를 당겨서 타이르고 얼굴을 맞댄 채 가르치다.
사리를 깨닫도록 타이르다. 자세하고 친절하게 가르치다.

속: Better direct well than work hard.
(열심히 일하기보다 잘 지도하는 것이 낫다. 영국)

면여관옥 面如冠玉

겉만 번지르르하다. 남자의 얼굴이 매우 잘 생기다.

속: The devil was handsome when he was young.
(악마는 젊었을 때 미남이었다. 서양)

면예배훼 面譽背毁

앞에서는 칭찬하고 뒤에서는 헐뜯다.

속: Faint praise is disparagement.(거짓 칭찬은 비난이다. 서양)

면장우피 面帳牛皮

얼굴에 쇠가죽을 발랐다. 매우 뻔뻔하다.

속: Impudence is a goddess.(뻔뻔스러움은 여신이다. 그리스)

면종복배 面從腹背
겉으로는 복종하는 척하고 속으로 배반하다.

속: Who flatters me to my face will speak ill of me behind my back.
(내 앞에서 나에게 아첨하는 자는 나의 등 뒤에서 나를 험담할 것이다. 서양)

면홍이적 面紅耳赤
흥분, 분노, 수치 등으로 얼굴이 귀밑까지 빨갛게 되다.

속: Blushing is virtue's color.(홍조는 덕성의 색깔이다. 영국)

멸득심중 화자량 滅得心中 火自凉
마음속을 비우면 불조차 저절로 시원해진다.

잡념을 없애면 고통을 느끼지 않는다.

속: A good conscience is a continual feast.
(편안한 양심은 계속되는 잔치다. 서양)

멸차조식 滅此朝食
눈앞의 적을 섬멸한 뒤에 아침식사를 하다.

원수를 멸하겠다는 절박한 심정과 결의.

속: War with all the world but peace with England.
(온 세상과 전쟁은 해도 영국하고는 결코 화평할 수 없다. 스페인)

명강이쇄 名韁利鎖
명성과 재산은 사람을 묶는 쇠사슬이다.

속: All fame is dangerous; good brings envy, bad shame.
(모든 명성은 위험하니 명망은 질투를, 악명은 수치를 초래한다. 서양)

명견만리 明見萬里

만 리 밖을 분명하게 보다. 먼 곳의 사정이나 앞날을 매우 잘 알다.
속: He that could know what would be dear, need be a merchant but one year.(무엇이 비싸게 되는지 알 수 있는 자는 일 년 동안만 상인이 될 필요가 있다. 영국)

명경지수 明鏡止水

밝은 거울과 고요한 물. 맑고 고요한 마음상태.
속: The heart of the wise man lies quiet like limpid water.
(지혜로운 사람의 마음은 맑은 물처럼 고요하다. 카메룬)

명고난부 名高難副

명성은 높지만 재능은 거기 부합하지 못하다.
속: Fame in danger is not easily rescued.
(잃어버릴 위험에 처한 명성은 쉽게 유지되지 않는다. 로마)

명고상신 名高喪身

명성이 높으면 자기 몸을 망친다. 유: 수대초풍 樹大招風
속: Ducats are clipped, pennies are not.
(금화는 칼에 깎이지만 동전은 그렇지 않다. 서양)

명과기실 名過其實

명성만 높았지 실제는 그렇지 않다.
속: Many a fine dish has nothing on it.
(많은 좋은 접시는 그 위에 아무 것도 없다. 서양)

명금수병 鳴金收兵

징을 울려 후퇴를 명령하다. 후퇴하다.

속: In a retreat the lame are foremost.
(후퇴할 때는 절름발이가 맨 앞에 있다. 서양)

명기누골 銘肌鏤骨

은혜를 살과 뼈에 깊이 새기다. 은혜를 잊지 않다.

속: Gratitude preserves old friendships, and procures new.
(감사는 오랜 우정들을 유지하고 새 우정들을 만든다. 서양)

명래암왕 明來暗往

공개적으로나 비밀리에 자주 왕래하다.

매우 친밀하여 부정한 거래를 하다.

속: There is a mystery in the meanest trade.
(가장 비열한 거래에 비밀이 있다. 영국)

명망천하 名望天下

명성이 천하에 떨치다.

속: To be known everywhere.(어디서나 다 알려져 있다. 영국)

명모호치 明眸皓齒

맑은 눈동자와 흰 이. 뛰어난 미인. 유: 단순호치 丹脣皓齒

속: Beauty carries its dower in its face.
(미인은 얼굴이 지참금이다. 서양)

명문거족 名門巨族

이름난 집안과 번성하는 혈통.

속: Search not for a good man's pedigree.
(훌륭한 사람의 족보를 얻으려고 하지 마라. 서양)

명불허전 名不虛傳

명성이 공연히 퍼진 것은 아니다. 명성은 나름대로 이유가 있다.

속: Common fame is never quite unfounded.

(명성은 결코 근거가 없지 않다. 독일)

명상신벌 明償愼罰

상은 엄격하고 분명하게 주고 처벌은 신중하게 하다.

속: Never hang a man twice for one offence.

(한 가지 범죄로 사람을 두 번 목매달지는 마라. 서양)

명성낭자 名聲狼藉

악명이 자자하다.

속: A man without honor is worse than dead.

(명예가 없는 자는 죽은 것보다 더 못하다. 스페인)

명실상부 名實相符

이름과 실제가 서로 들어맞다.

속: Be what you would seem to be.

(명실상부한 사람이 되라. 서양)

명완불령 冥頑不靈

완고하고 우둔하다.

속: Durham folks are troubled with afterwit.

(더럼 사람들은 뒤늦은 꾀에 시달린다. 영국)

명쟁암투 明爭暗鬪

공개적인 싸움과 은밀한 싸움. 있는 힘을 다해 권세와 이익을 다투다.

속: How will this bring you meal?(이것은 어떻게 네게 음식을 줄 것인

가? 즉 이것은 네게 무슨 이익을 줄 것인가? 로마)

명정대취 酩酊大醉

술을 너무 많이 마셔서 정신을 잃을 정도로 취하다.

속: Full, mad.(만취하면 미친다. 독일)

명존무실 名存無實

이름만 있고 실속이 없다.

속: Much bruit, little fruit.(소문만 많고 실속은 적다. 영국)

명중일시 名重一時

명성이 일시적으로 떨치다.

속: A good name is sooner lost than won.

(명성은 얻기보다 잃기가 더 빠르다. 서양)

명지고범 明知故犯

옳지 않은 줄 잘 알면서도 일부러 죄를 짓다.

속: No villain like to the conscientious villain.

(고의로 악행을 저지르는 자보다 더 큰 악당은 없다. 서양)

명진일시 名震一時

명성이 당대를 흔든다. 동: 명조일시 名操一時

속: Fame is but the breath of the people.

(명성은 사람들의 입김에 불과하다. 영국)

명철보신 明哲保身

이치에 밝고 사물에 능통하여 몸을 보전하다. 자기 몸을 보존하기 위해서
또는 이해득실 때문에 원칙을 버리고 비열하게 처신하는 태도.

속: Keep yourself in your skin.(너 자신을 온전히 보존하라. 로마)

명혼정배 明婚正配

정식으로 결혼식을 올린 결혼.

속: Honest men marry soon, wise men not at all.(정직한 사람들은 결혼을 빨리 하지만 현명한 사람들은 결코 그렇지 않다. 영국)

모골송연 毛骨悚然

머리카락과 뼈가 극도의 공포를 느끼다. 소름이 끼치다.

속: To make one's hair stand on end.

(머리카락이 곤두서게 만들다. 영국)

모릉양가 摸稜兩可

어중간하다. 이래도 좋고 저래도 좋다. 태도가 애매하다.

속: If it rains well, if it shines well.

(비가 와도 좋고 해가 나도 좋다. 서양)

모수자천 毛遂自薦

모수가 자기 자신을 추천하다. 인재가 자진해서 나서다.

속: First deserve and then desire.

(먼저 자격을 구비한 다음에 바라도록 하라. 영국)

모순상향 矛盾相向

창과 방패가 서로 향하다. 말이나 행동이 앞뒤가 안 맞다.

모순이 매우 심하다. 상반되는 관계. 준: 모순 矛盾 유: 자가당착 自家撞着

속: When the devil of contradiction possesses a man, he is hard to be cast out.

(모순의 악마가 사람을 차지할 때는 그를 쫓아내기가 어렵다. 서양)

모야무지 暮夜無知

어두운 밤에 하는 일은 아무도 모른다. 뇌물이나 선물을 몰래 주다.

속: A wicked man's gift has a touch of his master.

(악인의 뇌물에는 그의 속셈이 들어있다. 서양)

모의봉격 毛義奉檄

모의가 지조가 없다고 자기 친구에게 오해를 산 일.

속: Misunderstanding brings lies to town.

(오해는 도시에 거짓말을 가져온다. 영국)

모장서시 毛嬙西施

절세의 미녀인 모장과 서시. 미녀를 가리키는 말.

속: Beauty is no inheritance.(미모는 유산이 아니다. 서양)

모정후동 謀定後動

계책을 정한 뒤에 행동하다.

속: Caution is the parent of security.

(신중함은 안전의 어버이다. 서양)

모호자포 母好子抱

어머니에 대한 자식의 애증은 어머니가 자식을 좋아하는가 여부에 달려있다.

속: The good mother says not, "Will you?" but gives.

(인자한 어머니는 원하는지 묻지 않고 그냥 준다. 서양)

목공일체 目空一切

눈에 보이는 것이 없다. 모든 것을 무시하다. 매우 오만하다.

속: The cat sees not the mouse, ever.

(고양이는 쥐를 일체 쳐다보지 않는다. 영국)

목광여경 目光如鏡

눈이 거울처럼 매우 밝다.

속: One eye of the master does more than both his hands.

(주인의 눈 하나는 그의 두 손보다 더 많이 일한다. 서양)

목단자견 目短自見

눈은 다른 물건은 잘 보지만 자기 눈 속은 보지 못한다.

사람은 자기 자신을 잘 모른다.

속: Every man's blind in his own cause.

(누구나 자기주장에는 눈이 먼다. 스코틀랜드)

목불견첩 目不見睫

눈은 눈썹을 보지 못한다. 먼 것은 보아도 가까운 것은 못 보다.

사람은 자기 자신을 알지 못한다.

속: The eye that sees all things else sees not itself.

(다른 모든 것을 보는 눈은 자기를 보지 못한다. 서양)

목불식정 目不識丁

눈으로 보고도 고무래 정자를 모른다. 형편없이 무식하다.

속: To know not A from a windmill.

(풍차를 보고도 A자를 모른다. 영국)

목소미도 目所未睹

눈으로 아직 본 적이 없다. 매우 희귀하다.

속: Make much of one, good men are scarce.

(선한 사람들은 드물므로 한 명을 소중하게 여겨라. 영국)

목심석복 木心石腹

냉혹하고 무정하다.

속: The hard gives no more than he that has nothing.(무정한 자는 아무 것도 없는 자와 마찬가지로 아무 것도 주지 않는다. 서양)

목이성주 木已成舟

나무는 이미 배가 되었다. 엎질러 진 물이다. 일을 돌이킬 수 없다.

속: The mill does not grind with the water which has gone below it.(물레방아는 이미 그 밑으로 흘러간 물로는 곡식을 빻지 않는다. 프랑스)

목저노희 牧猪奴戱

돼지 치는 자들의 놀이. 도박을 가리키는 말.

속: I would cheat mine own father at cards.
(나는 도박에서 나의 아버지를 속이려고 할 것이다. 영국)

목전지계 目前之計

앞날을 내다보지 못하고 눈앞에 보이는 한 때만 생각하는 꾀.

속: You cannot see the wood for the trees.
(너는 나무는 보고 숲은 보지 못한다. 서양)

목후부조 木朽不雕

썩은 나무에는 조각을 할 수 없다. 바탕이 나쁜 사람은 가르칠 수 없다.

속: An old tree is hard to straighten.
(늙은 나무는 곧게 펴기 어렵다. 프랑스)

목후이관 沐猴而冠

원숭이가 갓을 쓰다. 사람됨이 천하다. 겉만 그럴듯하지 속은 어리석다.
옷은 잘 입었지만 속은 조급하고 사납다.

속: If any fool find the cap to fit him, let him wear it.
(어느 바보든 자기에게 맞는 모자를 발견한다면 그것을 쓰게 하라. 서양)

몽망착어 蒙網捉魚

그물을 머리에 쓰고 물고기를 잡다. 운이 매우 좋다.

속: Good things come to some when they are asleep.
(어떤 사람들에게는 잠자는 동안에 좋은 일이 닥친다. 프랑스)

몽매이구 夢寐以求

꿈속에서도 갈망하다. 밤낮으로 갈망하다.

속: To have an aching tooth.(어떤 것을 갈망하다. 영국)

몽상부도 夢想不到

꿈에도 생각하지 못한 것이다. 전혀 의외의 일이다.

속: Where we least think, there goes the hare away.
(우리가 전혀 생각지도 못한 곳에서 산토끼가 달아난다. 영국)

묘곡노서 猫哭老鼠

고양이가 죽은 쥐를 애도하다. 겉으로만 동정하다.

속: Carrion crows bewail the dead sheep and then eat them.
(검은 새매들은 죽은 양을 애도하지만 곧 먹어치운다. 영국)

묘서동면 猫鼠同眠

고양이와 쥐가 함께 자다. 아래위가 결탁하여 나쁜 짓을 하다.
도둑을 잡아야 할 자가 도둑과 한 패거리가 된다.

속: When the weasel and the cat marry, it bodes evil.
(족제비와 고양이가 결혼하면 그것은 나쁜 징조다. 히브리)

묘수공공 妙手空空

당나라 소설의 협객의 이름. 자객. 도둑. 손에 가진 돈이 한 푼도 없다.

속: He that steals can hide.(훔치는 자는 숨을 수 있다. 서양)

묘수회춘 妙手回春

위독한 환자가 살아나다. 의사의 의술이 뛰어나다.

동: 기사회생 起死回生 반: 약석무효 藥石無效

속: If the doctor cures, the sun sees it; if he kills, the earth hides it.

(의사가 환자를 고친다면 태양이 그것을 보고, 의사가 환자를 죽인다면 땅이 그것을 감추어준다. 스코틀랜드)

묘시파리 眇視跛履

애꾸눈이 멀리 보려고 하고 절름발이가 멀리 가려고 하다.

능력이 못 미치는 일을 하면 화를 입는다.

속: One foot is better than two crutches.

(다리 하나가 목발보다 낫다. 서양)

묘항현령 猫項懸鈴

고양이 목에 방울 달기. 실행하기 어려운 쓸데없는 논의.

속: Who will hang the bell on the cat?

(누가 고양이에 방울을 달겠는가? 프랑스)

무가쟁변 無可爭辯

논쟁할 만한 것이 없다. 의심의 여지가 없이 확실하다.

속: As sure as eggs is eggs.

(달걀들이 달걀들인 것처럼 확실하다. 서양)

무가휘언 無可諱言

있는 그대로 말하지 않을 이유가 없다. 솔직하게 말할 수 있다.
속: The child says nothing but what it heard by the fire.
(아이는 집에서 들은 것 이외에는 아무 것도 말하지 않는다. 서양)

무강지휴 無疆之休

영원한 아름다움이나 행복.
속: There is an hour wherein a man might be happy all his life,
could he find it.(사람이 발견할 수만 있다면 그가 평생 행복해질 수 있
는 시기가 있다. 서양)

무거무용 無擧無勇

역량도 없고 용기도 없다.
속: He has no guts in his brains.(그의 두뇌에는 용기가 없다. 영국)

무견불최 無堅不摧

아무리 견고한 요새도 모두 함락시킨다. 역량이 극도로 강대하다.
모든 난관을 극복하고 승리하다. 유: 소향무전 所向無前
속: He laughs that wins.(이기는 자는 웃는다. 서양)

무경이행 無脛而行

다리가 없어도 걸어가다. 물건이 선전하거나 밀어주지 않아도 빨리 전파
되다. 물건이 갑자기 없어지다. 소문이 널리 퍼지다.
속: Ill news has wings and good news no legs.
(나쁜 소식은 날개가 있고 좋은 소식은 다리가 없다. 서양)

무고지민 無告之民

아무 데도 호소할 곳이 없는 백성, 즉 고아, 과부, 늙은이.

속: Who marries a widow with three children marries four thieves.

(세 자녀를 둔 과부와 결혼하는 자는 네 도둑과 결혼한다. 덴마크)

무골호인 無骨好人

줏대가 없이 모든 사람의 비위를 맞추어주는 사람.

속: He labors in vain who tries to please all.

(모든 사람을 기쁘게 하려는 자는 헛수고를 한다. 로마)

무공불입 無孔不入

모든 구멍에 들어가다. 구석구석을 모두 뒤지다. 기회를 모두 이용하다.

속: You must look where it is not, as well as where it is.

(너는 그것이 있는 곳뿐만 아니라 그것이 없는 곳도 찾아보아야만 한다. 서양)

무관대국 無關大局

전체적 국면과 무관하거나 영향이 전혀 없다.

속: A snatched morsel never kills any.

(빼앗긴 작은 조각은 아무도 죽인 일이 없다. 서양)

무근지목 無根之木

뿌리가 없는 나무. 기초가 없는 것.

속: Plants too often removed will not thrive.

(나무를 너무 자주 옮겨 심으면 잘 자라지 못한다. 서양)

무근지설 無根之說

아무 근거도 없는 뜬소문.

속: The wrong sow by the ear.(악인들은 귀로 씨를 뿌린다. 서양)

189

무남독녀 無男獨女

아들이 없는 집안의 외동딸. 반: 무매독자 無妹獨子

속: A diligent mother, a lazy daughter.

(어머니가 부지런하면 딸은 게을러진다. 포르투갈)

무념무상 無念無想

자아를 초월하면 모든 생각이 없어진다.

속: The best way to see divine light is to put out your own candle.

(신성한 빛을 보는 가장 좋은 방법은 너 자신의 촛불을 끄는 것이다. 서양)

무능위력 無能爲力

어떤 일을 할 능력이 없다. 도울 힘이 없다.

속: He can run ill that cannot walk.

(걸어갈 수 없는 자는 달려갈 수 없다. 스코틀랜드)

무능위역 無能爲役

어떤 일을 할 힘이 없다. 자기 재능이 부족하다고 겸손하게 하는 말.

속: You cannot fly like an eagle with the wings of a wren.

(너는 굴뚝새의 날개로 독수리처럼 날아갈 수는 없다. 영국)

무단출입 無斷出入

미리 연락이나 허가 없이 드나들다.

속: The devil may get in by the keyhole, but the door won't let him out.(악마는 열쇠 구멍으로 들어올 수 있지만 문이 그를 내보내지 않을 것이다. 서양)

무동무하 無冬無夏

겨울도 없고 여름도 없다. 사계절이 끊임없이 이어지다.

속: Winter is summer's heir.(겨울은 여름의 상속자다. 영국)

무동우충 無動于衷

마음속에 움직임이 없다. 감정이 없다. 전혀 무관심하다.

속: The black ox never yet trod on your feet.

(검은 황소는 아직 네 발을 밟은 적이 전혀 없었다. 스코틀랜드)

무란가봉 舞鸞歌鳳

난새가 춤추고 봉황이 노래하다. 남녀의 사랑이 깊다.

속: Love will make an ass dance.

(사랑은 당나귀가 춤추게 만들 것이다. 프랑스)

무량대복 無量大福

한없이 큰 복.

속: The wife of every Englishman is counted blessed.

(영국남자의 아내는 누구나 축복받았다고 할 수 있다. 스페인)

무릉도원 武陵桃源

무릉의 복숭아 꽃잎이 흘러나오는 곳. 이상향. 별천지.

속: He that will enter into paradise must have a good key.

(낙원에 들어가려는 자는 좋은 열쇠를 가져야만 한다. 서양)

무리가도 無利可圖

일을 해도 얻을 이익이 없다.

속: In knowledge unseen, as in hidden treasure, there is no utility.

(보이지 않는 지식에는 숨겨진 보물의 경우처럼 아무런 유용성이 없다. 로마)

191

무리난제 無理難題

억지로 떠맡기는 어려운 문제. 터무니없는 트집.

속: A carper will cavil at anything.

(트집쟁이는 어떤 것에 대해서든 트집을 잡을 것이다. 서양)

무마지재 舞馬之災

말이 춤추는 것을 꿈에 보면 불이 난다. 화재를 가리키는 말.

속: A tiny spark often brings about a great conflagration.

(작은 불꽃이 극심한 화재를 초래하는 경우가 많다. 로마)

무망임연 無網臨淵

그물도 없이 연못에 가다.

원하는 목적을 달성할 수단이 없어서 달성할 수 없다.

속: He would fain fly but he wants feathers.

(그는 날아가고 싶어 하지만 날개가 없다. 영국)

무망지복 無望之福

의외로 얻은 행운.

속: Folks sometimes get a good meal out of a dirty dish.

(사람들이 때로는 더러운 접시에서 좋은 음식을 얻는다. 스코틀랜드)

무망지화 無望之禍

의외로 닥친 재난.

속: Set hard heart against hard hap.

(의외의 재난이 닥치면 단단한 각오로 대처하라. 영국)

무매독자 無妹獨子

딸이 없는 집안의 외아들.

속: He that has one hog, makes him fat; he that has one son, makes him fool.(돼지 한 마리를 가진 자는 그것을 살찌게 하고 외아들을 둔 자는 그를 바보로 만든다. 서양)

무매불가 無媒不嫁

여자는 중매 없이는 결혼하지 않는다.

속: Make not two matches of one daughter.

(딸 하나에 두 가지 중매를 세우지 마라. 스코틀랜드)

무면도강 無面渡江

강동 지방으로 건너갈 면목이 없다고 항우가 한 말.

사업에 실패하여 고향에 돌아갈 면목이 없다.

속: I would die than be disgraced.

(나는 수치를 당할 바에는 차라리 죽겠다. 로마)

무명얼화 無名孼火

난 데 없이 치솟는 불길. 극도로 뻗친 분노.

속: Let anger's fire be slow burn.

(분노의 불길은 천천히 타오르게 하라. 서양)

무문농필 舞文弄筆

법조문을 왜곡하여 나쁜 짓을 일삼다. 글의 기교를 부려 글 장난을 하다.

속: Heaven protect us from a lawyer's etcetera.

(하늘은 변호사의 기타 등등으로부터 우리를 보호하소서. 프랑스)

무물불성 無物不成

돈이 없이는 일을 이루지 못한다.

속: Without money all things are vain.

(돈이 없으면 모든 것이 헛되다. 로마)

무미건조 無味乾燥

아무런 재미가 없다.

속: As flat as ditchwater.(시궁창 물처럼 무미건조하다. 영국)

무미지취 無米之炊

쌀도 없이 밥을 짓다. 되지도 않을 일을 하다. 필요한 조건이 구비되지 않으면 능력을 발휘할 수 없다. 반: 장수선무 長袖善舞

속: Where there is no hook, to be sure there will hang no bacon.
(갈고리가 없는 곳에는 베이컨이 결코 걸리지 않을 것이다. 서양)

무병식재 無病息災

병에 걸리지 않고 건강하다.

속: Health is better than wealth.(건강은 재산보다 낫다. 서양)

무병자구 無病自灸

병이 들지도 않았는데 스스로 뜸을 뜨다. 불필요한 노력을 하다.
고통이나 번민을 자기가 사서 하다.

속: Do not take the antidote before poison.
(독을 마시기 전에 해독제를 먹지 마라. 로마)

무병장수 無病長壽

병 없이 오래 살다.

속: He lives long that lives well.
(건강하게 사는 사람이 오래 산다. 영국)

무보우사 無補于事

일에 대해 아무런 도움이 안 된다. 동: 무제우사 無濟于事

속: Neither my eye nor my elbow.

(그것은 나에게 전혀 도움이 되지 않는 것이다. 영국)

무본역색 務本力穡

농사일과 추수에 힘쓰다.

속: A field requires three things: fair weather, sound seed, and a good husbandman.

(밭이 요구하는 것은 좋은 날씨, 좋은 씨 그리고 좋은 일꾼이다. 영국)

무사분주 無事奔走

하는 일도 없이 공연히 바쁘기만 하다.

속: Who more busy than he that has least to do?

(할 일이 가장 적은 자보다 누가 더 바쁜가? 영국)

무사태평 無事泰平

아무 탈 없이 편안하다. 무슨 일이든 아랑곳하지 않다.

속: They that think none ill are soonest beguiled.

(아무 것도 잘못되지 않았다고 생각하는 자들은 가장 빨리 속는다. 서양)

무소부지 無所不知

모르는 것이 없다.

속: To know all the ins and outs.(철두철미하게 알다. 영국)

무소불능 無所不能

할 수 없는 것이 없다.

속: Nothing is impossible to a willing mind.

(의욕이 있는 자에게는 불가능한 것이 없다. 영국)

무소불용 無所不容

용납하지 않는 것이 없다.

속: Take things as you find them.

(모든 것을 네 눈에 보이는 그대로 받아들여라. 서양)

무소불포 無所不包

포함하지 않는 것이 없다.

속: If you sell the cow, you sell her milk too.

(암소를 팔면 암소의 우유도 파는 것이다. 서양)

무소사사 無所事事

하는 일이 없다. 아무 일도 하지 않다. 유: 포식종일 飽食終日

속: Doing nothing is doing ill.

(아무 일도 하지 않는 것은 잘못하는 것이다. 서양)

무소외구 無所畏懼

두려워하는 것이 없다.

속: I wasn't born in a wood to be scared by an owl.

(나는 부엉이를 두려워하려고 숲에서 태어나지는 않았다. 영국)

무소작위 無所作爲

아무 것도 시도하지 않다. 성과를 거둘 수 없다.

속: The arrow never comes out of your bow.

(너의 활에서는 한 번도 화살이 나가지 않는다. 영국)

무소불위 無所不爲

저지르지 않는 나쁜 짓이 없다.

속: He that is disposed for mischief will never want occasion.
(악행을 하기로 작정한 자는 기회가 얼마든지 있을 것이다. 서양)

동탁이 궁궐을 불태우다 (삼국연의三國演義)

무수지수 貿首之讐

목을 바꾸어 벨만한 원수.

속: The greatest feuds have had the smallest causes.

(가장 극심한 원수관계는 사소한 원인에서 나온다. 로마)

무시무종 無始無終

시작도 없고 끝도 없다.

속: Thing never begun has never end.

(애당초 시작이 없는 것은 아예 끝도 없다. 프랑스)

무실거화 務實去華

실질적인 것에 힘쓰고 허황된 것을 없애다.

속: Good things are wrapped up in small parcels.

(좋은 것들은 작은 꾸러미 속에 포장되어 있다. 서양)

무악부작 無惡不作

저지르지 않은 나쁜 짓이 없다. 동: 무소불위 無所不爲

속: He is like the devil, always in mischief.

(그는 악마와 같아서 항상 악행을 저지른다. 영국)

무언거사 無言居士

수양을 쌓아 말이 없는 사람. 말주변이 없는 사람.

속: A dumb man holds all.

(말 없는 사람이 모든 것을 좌우한다. 스코틀랜드)

무영무종 無影無踪

흔적도 없이 사라지다. 행방불명이다.

속: There are no birds this year in last year's nest.

(작년의 둥지에 올해에는 새가 하나도 없다. 서양)

무예불치 蕪穢不治

잡초가 무성한 밭을 손질하지 않다. 사물이 정돈되지 않고 어지럽다.

속: On fat land grow foulest weeds.

(비옥한 땅에 가장 나쁜 잡초가 자란다. 영국)

무용지물 無用之物

아무 짝에도 쓸모가 없는 것. 동: 후목분장 朽木糞牆

속: Nothing so bad as not to be good for something.

(무용지물이 되는 것처럼 나쁜 것은 없다. 영국)

무용지변 無用之辯

불필요한 변명이나 말.

속: He who excuses himself accuses himself.

(변명하는 자는 자기 자신을 고발한다. 서양)

무용지용 無用之用

쓸모없는 것의 쓸모.

속: A worthless vessel does not get broken.

(쓸모없는 그릇은 깨지지 않는다. 로마)

무위도식 無爲徒食

하는 일 없이 먹기만 하다. 놀고먹다. 동: 반래개구 飯來開口

속: By doing nothing we learn to do ill.

(아무 것도 하지 않으면 우리는 나쁜 짓을 배운다. 서양)

무위자연 無爲自然

있는 그대로의 자연.

속: Nature draws more than ten teams.

(자연은 수십 마리의 말보다 더 많이 끌어당긴다. 서양)

무위지치 無爲之治

과거의 제도를 답습하여 추가도 감소도 하지 않다. 공연히 힘들이지 않아도 일이 잘 되다. 속박하지 않고 자유로 내버려두는 식으로 다스리다.

속: Neither lead nor drive.(이끌지도 말고 내몰지도 마라. 서양)

무이지구 無餌之鉤

미끼 없는 낚시는 고기를 잡을 수 없다.

속: It is ill catching of fish when the hook is bare.

(미끼 없는 낚싯바늘로 낚시하는 것은 어리석다. 영국)

무익이비 無翼而飛

날개도 없이 날아가다. 물건이 온 데 간 데 없다. 소문이 빨리 퍼지다. 상품이 날개 돋친 듯 팔리다.

속: When ware is liked, it is half sold.

(사람들이 좋아하는 물건은 이미 절반은 팔린 셈이다. 서양)

무일부지 無一不知

모르는 것이 하나도 없다.

속: He knows it as well as his Lord's Prayer.

(그는 주기도문처럼 그것을 잘 안다. 서양)

무일불성 無一不成

이루지 못하는 것이 하나도 없다.

속: Well done, soon done.(잘 된 일은 빨리 된 것이다. 스코틀랜드)

무자식상팔자 無子息上八字

자녀를 두지 않는 것이 가장 좋은 운수다.

속: Little children, little sorrows; big children, big sorrows.
(작은 아이들은 작은 슬픔이고 큰 아이들은 큰 슬픔이다. 서양)

무장지졸 無將之卒

지휘하는 장수가 없는 군사.

속: One good head is better than a hundred good hands.
(좋은 머리 하나가 좋은 손 백 개보다 낫다. 서양)

무재무능 無才無能

재주도 능력도 전혀 없다.

속: He has but one fault, he is nought.(그에게는 잘못이 한 가지밖에
없는데 그것은 그가 아무 것도 아니라는 것이다. 서양)

무적무막 無適無莫

사람을 대하거나 일을 하는 데 차별하거나 편파적인 것이 없다.

속: No cloth is too fine for moth to devour.
(좀이 먹어치우지 못할 만큼 그렇게 좋은 천은 없다. 서양)

무적방시 無的放矢

과녁도 없이 활을 쏘다. 활을 쏘아도 맞는 화살이 없다.

말이나 행동을 목적도 없이 하다.

속: Nothing to the purpose.(아무 것도 목적에 맞지 않는다. 그리스)

201

무전취식 無錢取食

돈도 없이 음식점에서 음식을 먹고 달아나다.

속: He that lives without account lives to shame.

(아무 것도 지불하지 않고 사는 자는 수치스럽게 산다. 프랑스)

무제우사 無濟于事

일에 아무 도움이 되지 않다. 해결할 수 없는 일이다.

속: An hundred load of thoughts will not pay one of debts.

(백 가지 생각도 한 가지 빚을 청산하지 못할 것이다. 서양)

무지몽매 無知蒙昧

아는 것이 없고 사물의 도리에 어둡다.

속: The simple man's the beggar's brother.

(무지한 자는 거지의 형제다. 스코틀랜드)

무창잉죽 武昌剩竹

무창에서 배를 만들고 남은 대나무. 여전히 쓸모가 있는 재료.

속: A tailor's shreds is worth the cutting.

(양복쟁이의 헝겊조각들은 재단할 가치가 있다. 영국)

무풍불기랑 無風不起浪

바람이 없으면 파도도 일어나지 않는다. 원인이 없으면 결과도 없다.

속: There is no smoke without fire.(불이 없으면 연기도 없다. 서양)

무하가격 無瑕可擊

남의 비난을 받을 만한 결함이 없다.

속: No one can say black is my eye.

(내 눈 언저리가 멍들었다고 아무도 말할 수 없다. 영국)

무항산 무항심 無恒産 無恒心

일정한 재산이나 직업이 없으면 일정한 마음도 없다.

속: A gentleman without living is like a pudding without suet.

(일정한 수입이 없는 신사는 기름이 없는 푸딩과 같다. 영국)

무해가격 無懈可擊

공격이 가능한 허술한 곳이 없다. 군사적 방어가 치밀하다.

남의 비난을 받을 만한 허점이 없다.

속: Let every fox take care of his own brush.

(모든 여우는 각자 자기 숲을 잘 보살펴라. 서양)

무호동중 無虎洞中

호랑이가 없는 계곡에서 살쾡이가 호랑이 노릇을 하다.

윗사람이 없는 곳에서 잘난 척하는 사람.

속: When the cat is away, the mice will play.

(고양이가 다른 곳으로 가버리면 쥐들이 놀 것이다. 영국)

묵돌불검 墨突不黔

묵자의 집 굴뚝이 검어질 겨를이 없다. 분주하게 여기저기 돌아다닌다.

속: Better wear out shoes than sheets.

(홑이불보다는 구두를 닳게 하는 것이 낫다. 서양)

묵묵무언 默默無言

침묵을 지킨 채 말이 없다.

속: Quietness is best.(조용한 것이 가장 좋다. 서양)

묵묵부답 默默不答

침묵을 지킨 채 대답하지 않다.

203

속: No answer is also an answer.(대답이 없는 것도 대답이다. 서양)
Silence is often the best answer.
(침묵은 자주 가장 좋은 대답이다. 영국)

묵부작성 默不作聲

침묵을 지킨 채 목소리조차 내지 않다.
속: Say nothing, but think the more.
(말하지 마라. 그러나 생각은 더 많이 하라. 서양)

묵자읍사 墨子泣絲

묵자가 흰 실이 물감에 따라 색이 변하는 것을 보고 울었다.
사람은 환경이나 습관에 따라 변한다.
속: There is no wool so white but a dyer can make it black.
(염색업자가 검게 물들일 수 없을 정도로 그렇게 흰 양털은 없다. 서양)

묵적지수 墨翟之守

묵적의 지킴. 자기주장을 끝까지 지키다. 준: 묵수 墨守
속: Persevere and never fear.(끝까지 견디고 두려워하지 마라. 서양)

문군사마 文君司馬

한나라 때 탁문군과 사마상여가 결혼한 일. 서로 사랑하는 부부나 애인.
속: Choose such a man as you can love.
(네가 사랑할 수 있는 그런 사람을 선택하라. 로마)

문군신과 文君新寡

탁문군이 과부가 된 지 얼마 지나지 않다. 젊은 과부를 가리키는 말.
속: Never marry a widow unless her first man was hanged.(과부
의 첫 남편이 교수당하지 않는 한 그녀와 결혼하지 마라. 스코틀랜드)

문도어맹 問道於盲

소경에게 길을 묻다. 아무 것도 모르는 사람에게 가르침을 청하다.

속: It is bad preaching to deaf ears.

(귀머거리에게 설교해야 소용없다. 서양)

문부진의 文不盡意

글은 마음을 완전히 표현하지 못한다. 동: 사부달의 詞不達意

속: Translators, traitors.(번역자는 반역자다. 이탈리아)

문부정빈 門不停賓

손님이 오면 즉시 반갑게 맞이해 들이다.

속: Guests that come by daylight are best received.

(낮에 오는 손님들이 가장 따뜻하게 환영받는다. 영국)

문여기인 文如其人

글은 작가 본인과 같다. 글은 작가의 생각이나 성품을 드러낸다.

속: The pen proclaims the man.(글은 그 작가를 선언한다. 로마)

문일지십 聞一知十

한 가지를 들으면 열 가지를 안다. 매우 총명하여 추리를 잘하다.

속: One may understand like an angel and yet be devil.

(천사처럼 이해하면서도 악마가 되는 사람도 있다. 서양)

문자부산 蚊子負山

모기가 산을 짊어지다. 자기 능력과 힘에 겨운 일을 맡다.

속: The last ounce breaks the carmel's back.

(마지막 종이 한 장이 낙타의 허리를 꺾는다. 서양)

문장문단 問長問短

이것저것 자세히 묻다.

속: Ask much to get little.(적은 것을 얻기 위해 많이 질문하라. 서양)

문전성시 門前成市

권력가나 부호의 집에 찾아오는 사람이 하도 많아서 그 문 앞이 장터와 같다.

속: Prosperity has many friends.(번영은 친구가 많다. 로마)

문전옥답 門前沃畓

집 앞 부근의 기름진 밭, 즉 많은 재산.

속: Make haste when you are purchasing a field, but when you marry a wife be slow.

(밭을 살 때는 서두르지만 아내를 고를 때는 천천히 하라. 히브리)

문전작라 門前雀羅

문 앞에 새가 떼를 지어 모이고 그물을 치다.

찾아오는 사람이 없어서 한산하다.

속: Poverty parts friends.(가난하면 친구들이 떠난다. 서양)

문정경중 問鼎輕重

솥이 가벼운지 여부를 묻다. 황제의 지위를 노리다.

상대방 실력을 떠보다. 상대방의 허점을 알아서 공격하다.

속: No priest, small though he may be, but wishes some day Pope to be.

(하찮은 사제라도 누구나 언젠가는 교황이 되기를 바란다. 서양)

문즉병 불문약 聞則病 不聞藥

들으면 병이고 안 들으면 약이다.

속: Ignorance is an advantage in misfortune.
(불운할 때는 모르는 것이 더 낫다. 그리스)

문필도적 文筆盜賊
남의 글이나 저술을 마치 자기 것인 듯 써먹는 사람.
속: Really, is it yours? I had supposed it was something old.
(그것은 정말 네 것인가? 나는 그것이 오래된 것인 줄 알았다. 로마)

물각유주 物各有主
물건은 모두 그 주인이 있다.
속: Goods are theirs that enjoy them.
(모든 물건은 그것을 즐기는 사람의 것이다. 이탈리아)

물경소사 勿輕小事
작은 일도 가볍게 여기지 마라.
속: What is worth doing at all is worth doing well.
(손댈 가치가 조금이라도 있는 일은 잘 할 가치가 있다. 서양)

물귀원주 物歸原主
물건은 원래의 주인에게 돌아간다.
속: Borrowed things will home.
(빌려온 것들은 그 주인에게 돌아갈 것이다. 영국)

물극즉반 物極則反
사물은 극도에 이르면 반대방향으로 돌아간다.
속: In the end things will mend.
(결국에는 사물들이 호전될 것이다. 서양)

물상기류 物傷其類

같은 종류의 불행이나 죽음을 슬퍼하다.

속: Sorrow for a husband is like a pain in the elbow, sharp and short.(남편을 위한 슬픔은 팔꿈치의 통증처럼 심하고 짧은 것이다. 서양)

물성즉쇠 物盛則衰

사물은 왕성해진 다음 곧 쇠퇴한다.

속: Early ripe, early rotten.(일찍 익으면 일찍 썩는다. 영국)

물실호기 勿失好機

좋은 기회를 놓치지 마라.

속: Hold opportunity by her forelock before she turns her tail.
(호기는 그것이 돌아서기 전에 그 머리채를 잡아라. 영국)

물유사생 物有死生

모든 것은 죽음과 삶이 있다.

속: Our birth made us mortal; our death will make us immortal.
(출생은 우리를 유한한 인간으로 만들었고 죽음은 우리를 불멸의 존재로
만들 것이다. 서양)

물의비등 物議沸騰

여론이 매우 거세다.

속: The tree is no sooner down than everyone runs for his hatchet.
(모든 사람이 도끼를 가지러 달려가면 나무가 쓰러진다. 서양)

물진기용 物盡其用

물건을 그것이 필요한 곳에 완전히 유익하게 사용하다.

속: An old cart, well used, may last out a new one abused.

(잘 사용되는 낡은 수레는 잘못 사용되는 새 수레보다 더 오래 갈 수 있다. 영국)

물환성이 物換星移
사물이 바뀌고 세월이 흐르다. 시간이 지나면 세상일도 변한다.
속: Time is the greatest innovator.
(세월은 가장 위대한 개혁가다. 로마)

미귀여주 米貴如珠
쌀이 구슬만큼 비싸다. 물가가 매우 비싸다.
속: As dear as two eggs a penny.
(한 푼에 두 개인 달걀처럼 비싸다. 영국)

미능조도 未能操刀
아직 칼을 쥘 줄도 모르는 사람에게 칼로 자르는 일을 시키다.
소양이 없는 자에게 일을 강제로 시키다.
속: Do not give a sword to a child.
(어린애에게 칼을 주지 마라. 그리스)

미대부도 尾大不掉
꼬리가 너무 크면 흔들기 어렵다. 윗사람이 약하고 아랫사람이 강하면
통솔하기 어렵다. 사물의 경중이 거꾸로 되어 처리하기 어렵다.
속: Make not your tail broader than your wings.
(너의 꼬리가 날개들보다 더 넓어지게는 하지 마라. 영국)

미도지반 迷途知返

길을 잘못 들어선 것을 알고 돌아서다. 잘못을 깨닫고 고치다.

속: Better go back than go wrong.

(길을 잘못 가기보다 뒤로 돌아가는 것이 낫다. 서양)

미망인 未亡人

아직 죽지 못한 사람. 남편을 여읜 과부가 자기를 가리키는 겸손의 말.

속: The rich widow cries with one eye and laughs with the other.

(돈 많은 과부는 한 눈으로 울고 다른 눈으로 웃는다. 서양)

미목수려 眉目秀麗

용모가 뛰어나게 아름답다.

속: Prettiness makes no pottage.(미모는 수프를 만들지 못한다. 서양)

미목여화 眉目如畵

눈과 눈썹이 그림 같다. 용모가 매우 아름답다.

속: Beauty is but skin-deep.

(미모는 피부 한 꺼풀의 깊이밖에는 없다. 영국)

미목전정 眉目傳情

눈짓으로 마음을 알리다.

속: Where love is, there is the eye.

(사랑이 있는 곳에 눈이 있다. 이탈리아)

미변동서 未辨東西

아직 동서도 구별하지 못하다. 도리를 모르다.

속: Counsel dwells not under the plumed hat.

(깃털 달린 모자 아래에는 분별력이 머물지 않는다. 프랑스)

미복선지 未卜先知

점을 치지 않고도 미리 알다. 예견하다.

속: He is wise who looks ahead.(앞을 내다보는 자는 현명하다. 로마)

미봉책 彌縫策

터진 곳을 임시로 얽어매는 수법. 임시보충. 일시적으로 눈가림만 하는 얕은 수단. 유: 고식지계 姑息之計; 임시변통 臨時變通

속: A doubtful remedy is better than none.

(의심스러운 치료법도 없는 것보다는 낫다. 로마)

미부족도 微不足道

하찮아서 말할 가치도 없다. 보잘것없다.

속: Not worthy to wipe his shoes.

(그의 구두를 닦을 자격도 없다. 영국)

미사여구 美辭麗句

아름답게 꾸며서 듣기 좋은 말. 그럴듯하지만 내용이 없는 말.

속: Good words fill not a sack.

(좋은 말은 자루를 채우지 않는다. 영국)

미생지신 尾生之信

미생의 믿음. 융통성이 없고 고지식하기만 하다. 동: 포주지신 抱柱之信

속: Folly is the most incurable of diseases.

(어리석음은 가장 심한 불치병이다. 스페인)

미식감침 美食甘寢

좋은 음식을 먹고 잠을 잘 자다. 편안하게 살다.

속: Sleep is better than medicine.(잠은 약보다 낫다. 서양)

미언불신 美言不信

아름다운 말이나 글은 내용이 진실하지 않은 경우가 많다.

속: Fair words make me look to my purse.

(듣기 좋은 말을 들으면 나는 내 지갑을 조심하게 된다. 서양)

미우주무 未雨綢繆

비 오기 전에 새가 뽕나무 뿌리로 새집을 막다.

일이 닥치기 전에 미리 대비하다. 재난을 미리 막다.

속: Save something against a rainy day.

(비오는 날에 대비해서 무엇인가 저축해 두라. 서양)

미자불문로 迷者不問路

길을 헤매는 자가 길을 묻지 않다. 매우 어리석다.

올바른 이치를 벗어난 사람이 어진 사람에게 묻지도 않다.

속: The fool wanders far, the wise man travels.

(바보는 멀리 방황하고 현명한 사람은 여행을 한다. 서양)

미중부족 美中不足

아무리 훌륭한 것도 모자라는 곳이 있다. 옥에 티가 있다.

속: Every commodity has its discommodity.

(모든 물건은 각각 그 불편한 점이 있다. 영국)

미천대황 彌天大謊

하늘을 가득 채울 만큼 극도로 큰 거짓말.

속: The dam of that was whisker.

(그것의 어미는 수컷이었다, 즉 그것은 새빨간 거짓말이다. 영국)

미첩지리 眉睫之利

눈앞의 작은 이익.

속: An egg is better today than a pullet tomorrow.

(오늘 달걀 하나가 내일의 어린 암탉보다 낫다. 서양)

민고민지 民膏民脂

백성의 피와 땀. 세금으로 거두어들인 돈이나 곡식.

속: Cut dwells in every town.(세금은 어느 도시에나 있다. 스코틀랜드)

민심무상 民心無常

민심은 항상 변하는 법이다. 백성의 마음은 정치에 따라 좌우된다.

속: To serve the people is worse than to serve two masters.

(백성을 섬기는 것은 두 주인을 섬기기보다 더 못하다. 서양)

민적독부 民賊獨夫

백성을 해치는 폭군.

속: He is the black bear of Arden.

(그는 아든의 검은 곰이다, 즉 공포의 대상이다. 영국)

山水傳其實風光的活現
壬辰四月三兄雄鴻圖

박람강기 博覽强記

동서고금의 각종 책을 두루 읽고 내용을 잘 기억하다.

박식해서 무엇이나 다 알다.

속: A man of great memory, without learning, has a rock and a spindle and no staff to spin.(제대로 배우지 않고 기억력만 뛰어난 사람은 실 감는 대와 가락은 있지만 실을 잣는 막대기는 없다. 서양)

박리다매 薄利多賣

이익을 적게 하여 많이 팔다.

속: Small profits are sweet.(작은 이익은 달다. 덴마크)

박시제중 博施濟衆

널리 베풀어 많은 사람의 어려움을 구제하다.

속: Who gives to all denies all.

(모든 사람에게 주는 자는 모든 사람에게 거절하는 것이다. 서양)

박인방증 博引旁證

많은 예를 들고 많은 증거로 논하다.

속: Testimonies are to be weighed, not counted.

(증언들은 숫자를 세지 말고 그 무게를 재어야만 한다. 로마)

박작교형 撲作敎刑

학생을 가르칠 때 회초리로 때려서 벌을 주다.

속: Spare the rod and spoil the child.

(매를 아끼면 아이를 버린다. 서양)

박장대소 拍掌大笑

손뼉을 치며 크게 웃다.

속: Better is the last smile than the first laughter.

(제일 먼저 폭소하기보다는 맨 마지막에 미소하는 것이 낫다. 영국)

박조한문 薄祚寒門

가난하고 미천한 집안.

속: Blood without groats is nothing.

(돈이 없이는 가문은 아무 것도 아니다. 영국)

박판성교 拍板成交

거래나 합의가 이루어지다.

속: Make every bargain clear and plain that none may afterwards complain.

(아무도 나중에 불평할 수 없도록 모든 거래를 분명하고 쉽게 하라. 서양)

박학다식 博學多識

널리 배워서 아는 것이 많다.

속: He who is proficient in learning but deficient in morals, is more deficient than he is proficient.

(학식은 많아도 도덕적으로 열등한 자는 오히려 훨씬 더 열등하다. 로마)

반간지계 反間之計

적의 첩자를 발각한 뒤 자기편의 첩자로 이용하는 계책.

속: Spies are the ears and eyes of princes.

(스파이는 군주의 눈과 귀다. 서양)

반골 反骨

배반할 골상. 권력에 굽히지 않고 저항하는 기질 또는 그러한 사람.

속: He is false by nature that has a black head and a red beard.

(검은머리와 붉은 수염의 사람은 선천적으로 배신자다. 서양)

반구저기 反求諸己

결점이나 잘못의 원인을 자기 자신에게서 찾다.

속: Beware of no man more than yourself.

(남보다 자기 자신을 더 조심하라. 서양)

반근착절 盤根錯節

구부러진 많은 뿌리와 뒤얽힌 마디.

복잡하게 얽혀서 해결이 매우 어려운 일. 세상일에 어려움이 많다.

속: The world is a net; the more we stir in it, the more we are entangled.

(세상은 그물이다. 우리가 안에서 흔들수록 그물은 더욱 조인다. 서양)

반근팔량 半斤八兩

피차 마찬가지다. 도토리 키 재기.

속: Six of one, and half a dozen of another.

(어떤 것의 여섯 개와 다른 것의 반 다스. 서양)

반도이폐 半途而廢

일을 하다가 도중에 그만두다.

속: Like Dalton bell rope.

(돌턴 교회의 종에 맬 밧줄과 같다, 즉 일을 도중에 그만 두다. 영국)

반로환동 返老還童

늙은이가 어린이로 변하다. 늙은이가 다시 젊어지다. 다시 젊어지게 하다.

속: They who would be young when they are old must be old when they are young.

(늙어서 젊은이가 되려는 자는 젊어서 늙은이가 되어야만 한다. 영국)

반면교사 反面教師
매우 나쁜 면만 가르쳐주는 선생. 다른 사람이나 물건의 잘못된 것을 보고 그렇게 되지 않으려는 본보기로 삼다.
속: He is in ill case that gives example to another.
(남에게 본보기를 주는 자는 나쁜 경우에 처해 있다. 영국)

반목성구 反目成仇
서로 미워하고 원수가 되다.
속: Better be friends at a distance than neighbors and enemies.
(이웃끼리 원수가 되기보다 멀리 떨어진 친구가 되는 것이 낫다. 서양)

반목질시 反目嫉視
서로 미워하고 시기하는 눈으로 보다.
속: The envious man dies, but envy will never die.
(질투하는 사람은 죽지만 질투는 결코 죽지 않을 것이다. 프랑스)

반문농부 班門弄斧
기계를 잘 만드는 노나라 반수(班輸)의 집 앞에서 도끼를 가지고 장난하다. 자기 분수를 모르고 까불다.
속: Teach your grandmother to suck.
(네 할머니에게 빨아먹는 법을 가르쳐라. 서양)

반복무상 反覆無常
말과 행동이 종잡을 수 없다. 변화가 일정하지 않다.
속: Women, wind and fortune are ever changing.
(여자와 바람과 운명은 항상 변한다. 영국)

반생반숙 半生半熟

절반은 설고 절반은 익었다. 기예가 아직 미숙하다.

속: Like Banbury tinkers, that mend one hole and make three.
(구멍을 하나 때우면 세 개를 내는 밴버리의 땜장이들과 같다. 영국)

반수반성 半睡半醒

반은 깨고 반은 자다. 매우 얕은 잠을 자다.

속: To sleep a dog's sleep.(개가 자듯이 자다. 영국)

반순상계 反脣相稽

남의 질책에 불복하여 오히려 상대방을 질책하다. 서로 비난하다.

속: To scold like a cut-purse.(소매치기처럼 꾸짖다. 영국)

반승반속 半僧半俗

반은 중이고 반은 속인이다. 엉터리 중이다. 이것도 저것도 아니다.

속: A holy habit cleanses not a foul soul.
(거룩한 옷이 더러운 영혼을 깨끗하게 씻어주는 것은 아니다. 서양)

반식재상 伴食宰相

주빈 덕분에 음식 대접을 받는 무능한 재상.

속: Gentility without ability is worse than plain begging.
(무능한 귀족은 거지보다 못하다. 스코틀랜드)

반신반의 半信半疑

어느 정도 믿지만 한편으로는 의심하다.

속: To look as if butter would not melt in one's mouth.
(마치 버터가 자기 입에서는 녹지 않을 것처럼 바라보다. 영국)

반추반취 半推半就

거절하는 척하다가 결국은 받아들이다.

속: Say no and take it.(거절하고 나서 받아라. 서양)

반포지효 反哺之孝

까마귀 새끼가 자라서 어미에게 먹이를 물어다 주는 일.

자식이 부모를 봉양하다. 자식이 부모의 은혜를 갚다.

속: Chickens feed capons.

(병아리들이 거세된 수탉들을 먹여서 기른다. 영국)

반후지종 飯後之鐘

밥을 다 먹은 뒤에 식사시간을 알리는 종을 치다. 때가 이미 지났다.

속: What comes too late is as nothing.

(너무 늦게 오는 것은 없는 것과 같다. 서양)

발단심장 髮短心長

머리카락이 짧고 마음이 길다. 나이가 많고 지혜가 깊다.

속: Long hair, little wit.(머리카락이 길면 지혜가 적다. 서양)

발묘조장 拔苗助長

묘를 잡아 뽑아서 자라는 것을 돕다. 동: 욕속부달 欲速不達

속: Nothing is done well in haste except running from the plague and quarrels, and catching fleas.(서둘러서 좋은 경우란 전염병과 싸움을 피해 달아나는 것과 벼룩을 잡는 것뿐이다. 이탈리아)

발본색원 拔本塞源

뿌리를 뽑고 원천을 막아버리다. 문제를 근본적으로 해결하다.

속: If you want to get rid of flies, throw the bad meat away.

(파리들을 쫓아버리려면 썩은 고기를 멀리 던져라. 잠비아)

발분도강 發憤圖强

강성해지기 위해 분발하다.

속: A spur in the head is worth two in the heels.

(정신적 박차는 구두 뒤축의 박차보다 두 배나 낫다. 영국)

발산거정 拔山擧鼎

힘은 산을 뽑고 솥을 들어 올리다. 힘과 용기가 남보다 매우 뛰어나다.

속: Sir John Barleycorn's the strongest knight.

(존 발리콘 경은 힘이 가장 센 기사다. 영국)

발산섭수 跋山涉水

산을 넘고 물을 건너다. 힘들고 오랜 여행을 하다.

속: He that goes far has many encounters.

(멀리 가는 자는 많은 어려움을 겪는다. 서양)

발운도일 拔雲睹日

구름과 안개가 걷히고 태양을 바라보다.

광명을 보고 희망을 품다. 갑자기 크게 깨닫다.

속: If there be no clouds, we should not enjoy the sun.

(구름이 없다면 우리는 햇빛을 즐길 수 없다. 서양)

He that lives in hope dances without music.

(희망 속에 사는 자는 음악 없이 춤춘다. 서양)

발종지시 發踪指示

사냥개의 줄을 풀어주고 짐승이 있는 곳을 가리켜 잡게 하다.

방법을 알려주면서 지시하다. 어떤 모임이나 행동을 지휘하다.

속: He commands enough that obeys a wise man.
(현명한 사람에게 복종하는 사람은 지휘를 잘한다. 서양)

발호 跋扈

통발을 밟고 넘다. 제멋대로 날뛰다.

아랫사람이 윗사람의 권위를 침범하다.

속: Who lets another sit on his shoulder, will soon have him on his head.(남을 어깨 위에 올려놓으면 그가 곧 머리 위에 앉는다. 서양)

발호시령 發號施令

위에서 명령을 내리다.

속: Give orders, and do it, and you will be free of anxiety.

(명령을 내리고 실시하면 근심에서 벗어날 것이다. 포르투갈)

방고측격 旁敲側擊

말이나 글에서 변죽을 울리다. 완곡하게 표현하다.

속: He beat the bushes without taking the birds.

(그는 새를 잡지 못한 채 숲 근처만 두드렸다. 프랑스)

방공해사 妨工害事

남의 일에 방해를 놓아 해롭게 하다.

속: Fools set stools for wise men to stumble at.

(바보들은 총명한 자들이 걸려 넘어질 의자를 놓는다. 서양)

방관자청 傍觀者淸

방관자가 사물을 냉정히 올바르게 본다.

속: Lookers-on see most the game.

(관람자가 게임을 가장 잘 본다. 서양)

방반유철 放飯流歠

밥을 많이 뜨고 국을 흘리면서 마구 먹다.

음식을 마음껏 먹고 절약할 줄 모르다.

속: Over-feeding has destroyed more than hunger.

(굶주림보다 과식이 더 많은 사람을 죽였다. 로마)

방불승방 防不勝防

방어가 불가능하다.

속: A low hedge is easily leapt over.

(낮은 울타리는 사람이 쉽게 뛰어넘는다. 영국)

방약무인 傍若無人

곁에 아무도 없는 듯이 행동하다. 말이나 행동을 제멋대로 하다.

속: Proud men in their feasts become fools.

(자기 주연에서 오만한 자들은 바보가 된다. 로마)

방언고론 放言高論

거리낌 없이 말하고 논의하다.

속: Let every man speak as he finds.

(각자 자기가 보는 대로 말하도록 하라. 서양)

방연대물 龐然大物

매우 높고 큰 사물. 겉으로는 강대한 듯하지만 실제로는 허약한 사물.

속: The greatest burdens are not the gainfullest.

(가장 큰 물건이 가장 이익이 큰 것은 아니다. 영국)

방예원조 方枘圓鑿

둥근 구멍에 모난 자루를 넣다. 사물이 서로 딱 들어맞지 않다.

사물이 제 격에 맞지 않다.

속: Gray and green make the worst medley.

(회색과 초록색은 가장 나쁜 혼합을 이룬다. 영국)

방외범색 房外犯色

아내가 아닌 다른 여자와 잠자리를 같이 하다.

속: Every couple is not a pair.

(모든 한 쌍이 부부인 것은 아니다. 서양)

방응축견 放鷹逐犬

사냥하는 매와 개를 풀어놓다. 사냥하다.

속: By hawk and hound small profit is found.

(매와 사냥개로는 적은 이익을 얻는다. 서양)

방임자류 放任自流

제멋대로 하도록 내버려두다.

속: Let people talk and dogs bite.

(사람들이 떠들고 개들이 물도록 하라. 독일)

방장선 조대어 放長線 釣大魚

긴 줄을 늘여서 큰 고기를 잡다.

눈앞의 작은 것보다 앞날의 큰 것을 노리다.

속: The end of fishing is catching.

(낚시질의 목적은 물고기를 잡는 것이다. 영국)

방정불아 方正不阿

정직하여 아첨하지 않다.

속: No honest man ever repented of his honesty.

(자신의 정직을 후회한 정직한 사람은 결코 없다. 서양)

방촌지지 方寸之地
사람의 마음. 사방 한 치. 좁은 땅.
속: The devil alone knows the heart of a man.
(오직 악마만이 사람의 마음을 안다. 서양)

방탕불기 放蕩不羈
구속을 받지 않고 마음대로 행동하다.
속: A man without religion is like a horse without bridle.
(종교가 없는 자는 고삐가 없는 말과 같다. 로마)

방호귀산 放虎歸山
호랑이를 놓아주어 산으로 돌아가게 하다.
적을 용서해서 화근을 남기다. 유: 양호유환 養虎遺患
속: He is a fool who, when the father is killed, lets the children
survive.(아버지를 죽이고 그의 자녀들을 살려두는 자는 바보다. 로마)

방환미연 防患未然
재앙을 미리 막다.
속: Prevention is better than cure.(예방이 치료보다 낫다. 서양)

방휼지쟁 蚌鷸之爭
방합 조개와 도요새의 다툼. 서로 적대하여 버티고 양보하지 않다.
제삼자가 이익을 얻다.
속: They quarreled about an egg and let the hen fly.
(그들은 달걀을 두고 다투다가 암탉을 놓쳐버렸다. 독일)

배고향신 背故向新

옛 친구를 버리고 새 친구를 사귀다.

속: A friend is easier lost than found.

(친구는 얻기보다 잃기가 더 쉽다. 서양)

배난해분 排難解紛

재난을 물리치고 분쟁을 풀다. 남의 곤경을 해결해주다.

속: Be not the first to quarrel, nor the last to make it up.

(분쟁은 제일 먼저 일으키지도 말고 제일 나중에 해결하지도 마라. 서양)

배반낭자 杯盤狼藉

잔과 쟁반이 어수선하게 널린 자리. 진탕 마시고 논 뒤의 어지러운 자리.

속: Many feel dejected after pleasures, banquets, and public holidays.(많은 사람들은 환락, 주연, 공휴일이 지난 뒤 우울해진다. 로마)

배수거신 杯水車薪

한 잔의 물로 한 수레의 장작불을 끄려 하다. 소용 없는 짓을 하다.

속: A hundred hours of worry will not pay a farthings-worth of debt.(백 시간의 걱정도 한 푼의 빚을 청산하지 못할 것이다. 스페인)

배수지진 背水之陣

물은 등지고 친 진. 죽기를 각오하고 친 진.

속: Who draws his sword against his prince must throw away the scabbard.

(자기 군주를 거슬러 칼을 빼는 자는 칼집을 버려야만 한다. 영국)

배신농의 背信弄義

신의와 의리를 저버리다.

속: Trust makes way for treachery.

(신뢰는 배신을 위해 길을 만든다. 영국)

배은망덕 背恩忘德

남한테 입은 은덕을 잊고 저버리다. 동: 망은부의 忘恩負義

속: Eaten bread is forgotten.(이미 먹은 빵을 잊어버리다. 영국)

배정이향 背井離鄕

우물을 등지고 고향을 떠나다.

속: Cuckoo oats and woodcock hay make a farmer run away.

(늦게 파종한 귀리와 멧도요 건초는 농부를 달아나게 만든다. 영국)

배조포분 背槽抛糞

구유를 등지고 오물을 버리다. 배은망덕하고 은혜를 원한으로 갚다.

속: Ingratitude is the world's reward.

(배은망덕은 세상 사람들의 보답이다. 독일)

배중사영 杯中蛇影

술잔속의 뱀 그림자. 공연히 의심하여 쓸데없는 걱정을 하다. 엉뚱한 것을 보고 귀신이나 괴물로 착각하다. 유: 의심암귀 疑心暗鬼

속: He has seen a wolf.(그는 늑대를 보았다. 네덜란드)

백가쟁명 百家爭鳴

많은 학자들의 활발한 논쟁.

속: The itch of disputing is the scab of the Church.

(논쟁을 지나치게 좋아하는 것이 교회의 고질병이다. 서양)

백견폐성 百犬吠聲

많은 개가 한 개가 짖는 소리를 듣고 따라서 짖는다.

자기 주견이 없이 남이 하는 대로 따라서 하다. 유: 인운역운 人云亦云

속: One barking dog sets all the street a-barking.

(짖는 개 한 마리가 거리의 모든 개를 짖게 만든다. 서양)

백구과극 白駒過隙

흰 말이 벽이 갈라진 틈 사이로 지나가다.

세월이 빠르다. 인생은 덧없는 것이다.

속: Life is half spent before we know what it is.

(인생은 우리가 그것이 무엇인지 알기도 전에 절반은 지나간다. 프랑스)

백구막변 百口莫辯

입이 백 개라도 변명할 길이 없다.

속: Come! come! that's Barney Castle!

(자, 그것은 바니 성이다, 즉 아무리 변명해야 소용없다. 영국)

백귀야행 百鬼夜行

온갖 귀신이 밤에 다니다. 못된 놈들이 때를 만나 날뛰다.

속: He that does ill, hates the light.

(악행을 저지르는 자는 빛을 미워한다. 영국)

백년가약 百年佳約

결혼하여 한평생 같이 살자고 하는 언약.

속: Rice for good luck and old shoes for good babies.(행운을 위해 쌀을, 아기들을 위해 낡은 신발들을 결혼식 때 뿌린다. 스코틀랜드)

백년불우 百年不遇

백 년이 지나도 만나지 못하다. 별로 만나지 않다. 만나기가 매우 어렵다.

속: That may happen in a moment which will not happen in a hundred years.

(백 년에도 일어나지 않을 일이 순식간에 일어날 수 있다. 이탈리아)

백년하청 百年河淸

백 년 기다려야 황하는 맑아진다. 아무리 기다려도 소용이 없다.

속: When the devil is blind.(악마가 소경일 때. 영국)

백단대거 百端待擧

해야 할 일이 많이 남아 있다.

속: We leave more to do when we die than we have done.

(우리는 이미 한 것보다 더 많은 할 일을 죽을 때 남긴다. 서양)

백두여신 白頭如新

백발이 되기까지 서로 마음을 모르면 새로 사귀는 것과 같다.

친구가 상대의 마음을 몰라준 것에 대해 사과하는 말.

속: White hairs are a sign of age, not of wisdom.

(흰 머리카락은 지혜가 아니라 나이의 징표다. 그리스)

백락일고 伯樂一顧

백락이 한번 뒤를 돌아다 보아주다. 명마도 백락을 만나야 세상에 알려진다. 현자가 자기를 알아주는 인물을 만나다. 유: 일고지영 一顧之榮

속: A fine diamond may be ill set.

(훌륭한 다이아몬드도 잘못 가공될 수 있다. 서양)

백련성강 百煉成鋼

백 번 제련하여 강철이 된다.

사람은 오랜 시련과 훈련을 거쳐야 강인한 인물이 된다.

속: Fire is the test of gold.(불은 금을 시험한다. 서양)

백령미수 百齡眉壽

백세까지 장수하다. 남의 장수를 축하하는 말.

속: He lives long that lives till all are weary of him.(모든 사람이 자기에 대해 싫증낼 때까지 사는 사람은 장수하는 것이다. 서양)

백로비연 伯勞飛燕

때까치와 제비가 따로 헤어져 날아가다. 사람들이 이별하다.

속: The best company must part, as King Dagobert said to his dogs.(다고베르 왕이 자기 개들에게 말한 것처럼 가장 친한 친구들도 반드시 떠나가야만 한다. 프랑스)

백리이습 百里異習

장소에 따라 풍속과 습관이 제각기 다르다.

속: Every country has its custom.(나라마다 자기 풍습이 있다. 스페인)

백마비마 白馬非馬

백마를 말이 아니라고 우기는 등의 궤변.

속: What, would you have an ass chop logic?
(아니, 너는 당나귀의 궤변을 부리려는가? 영국)

백만매택 천만매린 百萬買宅 千萬買隣

집을 사는 데는 백만 냥, 이웃을 사는 데는 천만 냥이다.

이웃을 보고 집을 골라야 한다.

속: A great lord is a bad neighbor.(세력가는 나쁜 이웃이다. 영국)

백면서생 白面書生

창백한 얼굴의 지식인. 글이나 알았지 세상일은 모르는 사람.

속: Experience without learning is better than learning without experience.(학식 없는 경험이 경험 없는 학식보다 낫다. 서양)

백무일능 百無一能

할 수 있는 것이 하나도 없다.

속: A bad cook licks his own fingers.
(무능한 요리사는 자기 손가락만 빤다. 서양)

백무일시 百無一是

일을 제대로 하는 것이 하나도 없다.

속: A bad dog cannot find a place to bite.
(못난 개는 물어야 할 자리를 찾지 못한다. 프랑스)

백무일실 百無一失

무슨 일이든 하나도 실패하지 않다.

속: Success is never blamed.(성공은 결코 비난받지 않는다. 서양)

백무일용 百無一用

백에 하나도 쓸 만한 것이 없다.

속: A fool's talk carries no weight.(바보의 말에는 무게가 없다. 영국)

백무일행 百無一幸

조그마한 요행도 없다.

속: He falls on his back and breaks his nose.
(그는 뒤로 자빠지고 코가 깨진다. 서양)

백문불여일견 百聞不如一見

백 번 듣는 것이 한번 보는 것만 못하다.

속: Seeing is believing. (보는 것이 믿는 것이다. 서양)

Seeing's believing, but feeling's the naked truth.

(보는 것이 믿는 것이지만 느끼는 것이 실제의 진실이다. 스코틀랜드)

백미 白眉

흰 눈썹. 여럿 가운데 가장 뛰어난 사람이나 사물.

문학이나 예술의 걸작품.

속: Genius is one part inspiration and three parts perspiration.

(천재는 4분의 1이 영감이고 나머지는 땀이다. 미국)

백반청추 白飯靑蒭

손님의 하인에게 흰쌀밥을 주고 말에게 싱싱한 풀을 주는 것은 주인이 손님을 후대하는 것이다.

속: In hospitality the will is the chief thing.

(후대하는 행위에서는 성의가 가장 중요한 것이다. 그리스)

백발창안 白髮蒼顔

흰 머리에 창백한 얼굴. 노인의 용모.

속: The older the blood, the less the pride.

(늙을수록 오만이 줄어든다. 덴마크)

백벽미하 白璧微瑕

흰 구슬에 있는 작은 티. 거의 완전하지만 약간 흠이 있다.

속: A spot is most seen on the finest cloth.

(가장 좋은 옷감에 묻은 더러운 점이 가장 잘 보인다. 서양)

백보천양 百步穿楊

백 걸음 떨어진 버드나무 잎을 맞히다. 활 솜씨가 뛰어난 명궁.

속: A good archer is not known by his arrows, but by his aim.

(뛰어난 궁수를 증명해주는 것은 그의 화살이 아니라 겨냥이다. 서양)

백부당일 百不當一

백 가지가 한 가지를 당해내지 못하다. 사람이나 사물이 매우 우수하다.

속: One bee is better than a handful of flies.

(벌 한 마리가 파리떼보다 낫다. 서양)

백비기력 白費氣力

헛수고를 하다. 동: 노이무공 勞而無功

속: A witless head makes weary feet.

(어리석은 머리는 다리들을 피곤하게 만든다. 서양)

백비순설 白費脣舌

아무 소용도 없는 말을 하다.

속: Many words will not fill the bushel.

(많은 말은 쌀통을 채우지 못할 것이다. 영국)

백사불성 百事不成

모든 일이 이루어지지 않다.

속: He may do much ill before he can do much worse.

(그는 많은 일을 잘못하고 나서 더 심하게 잘못할 수 있다. 영국)

백사불해 百思不解

아무리 생각해도 알 수가 없다.

속: Thinking is not knowing.

(생각하는 것은 아는 것이 아니다. 포르투갈)

백세지리 百世之利

장구한 세월에 걸친 이익.

속: Every man has a goose that lays golden eggs, if he knew it.

(황금 달걀들을 낳는 거위는 누구나 가지고 있지만 그 사실을 모른다. 미국)

백수북면 白首北面

재주와 덕이 모자라는 사람은 늙어서도 남의 가르침을 받아야 한다.

속: The head gray, and non brains yet.

(머리는 백발이 되었지만 아직도 발전이 없다. 영국)

백수성가 白手成家

물려받은 재산이 없이 자기 손으로 한 살림을 이룩하다.

속: Put your foot down where you mean to stand.

(네가 서 있으려고 하는 곳을 네 발로 딛어라. 서양)

백수지년 白首之年

늙은 나이.

속: Old age is honorable.(노년은 명예스럽다. 서양)

백수진인 白水眞人

후한(後漢)이 일어날 것을 예언한 참언. 돈의 별칭.

속: Pains to get, care to keep, fear to lose.

(얻으려고 고생하고, 지키려고 걱정하고, 잃을까 두려워하다. 서양)

백아절현 伯牙絕絃

백아가 거문고 줄을 끊고. 절친한 친구의 죽음. 그러한 친구를 잃은 슬픔.

속: To lose a friend is the greatest of injuries.

(친구를 잃는 것은 가장 큰 상처다. 로마)

백안시 白眼視

눈을 희게 뜨고 흘겨보다. 싫어하다. 푸대접하다.

속: No cut to unkindness.(불친절보다 더 심하게 베는 것은 없다. 서양)

백약지장 百藥之長

모든 약의 으뜸. 술의 별칭. 동: 천지미록 天之美祿

속: Bread is the staff of life, but beer's life itself.

(빵은 삶의 지팡이지만 맥주는 삶 그 자체다. 영국)

백유읍장 伯俞泣杖

효성이 지극한 한백유가 매를 맞을 때 전혀 아프지 않아 어머니가 노쇠한
사실에 울면서 탄식한 일. 효자의 모범.

속: Birchen twigs break no ribs.

(자작나무 가지는 갈빗대를 부러뜨리지 않는다. 영국)

백인가도 白刃可蹈

시퍼런 칼날도 밟을 수 있다. 용기가 있으면 곤란한 일도 가능하다.

속: He is ready to leap over nine hedges.

(그는 아홉 개의 울타리도 뛰어넘을 준비가 되어 있다. 영국)

백인백양 百人百樣

사람마다 생각이나 성격이 모두 다르다.

속: Though men were made of one metal, yet they were not cast all in the same mould.(사람들이 한 가지 금속으로 만들어졌다고 해도 동일한 주형에 부어 주물이 되지는 않았을 것이다. 스코틀랜드)

백인성금 百忍成金

백 번 참으면 황금을 만든다.

속: The world is his who has patience.

(세상은 인내하는 자의 것이다. 이탈리아)

백일주몽 白日做夢

대낮에 꿈을 꾸다. 실현 불가능한 환상이나 공상에 젖다.

속: Fancy may kill or cure.(공상은 죽이거나 치유할 수 있다. 영국)

백전백패 百戰百敗

백 번 싸워서 백 번 지다. 반: 백전백승 百戰百勝

속: It's an ill battle where the devil carries the colors.

(악마가 군기를 쥐고 있는 곳의 싸움은 나쁜 싸움이다. 영국)

백절불굴 百折不屈

백 번 꺾여도 굴복하지 않다. 어떠한 난관에도 굽히지 않다.

속: Russia is always defeated but never beaten.

(러시아는 항상 패배하지만 절대로 굴복하지 않는다. 서양)

백주지조 栢舟之操

잣나무 배의 지조. 과부의 굳은 절개.

속: Discreet women have neither eyes nor ears.

(신중한 여자는 눈도 귀도 없다. 프랑스)

백중지세 伯仲之勢

형과 동생의 형세. 우열을 가릴 수 없는 형세.

속: As much by Mars as by Minerva.

(전쟁의 신이 한 일은 지혜의 여신이 한 것만큼 많다. 로마)

백지흑자 白紙黑字

백지에 적힌 검은 글자. 증거가 확실하게 기록되어 있다.

속: Bare words make no bargain.

(단순한 말만으로는 계약이 되지 않는다. 스코틀랜드)

백척간두 百尺竿頭

높은 장대 끝에 서 있다. 매우 위태롭다.

학문이나 사업의 성과가 매우 많다.

속: The affair is hanging upon the hinge.

(사태가 돌쩌귀에 매달려 있다. 로마)

후한 광무제의 중흥 (동한연의 東漢演義)

백천귀해 百川歸海

모든 강은 바다를 배우며 흘러 마침내 바다에 들어간다.

민심이 한 곳으로 모이다. 대세의 흐름이 한 곳으로 귀착하다.

바다나 강이나 다 같은 물이다. 사람이 도를 배우면 도를 얻는다.

속: The sea refuses no river.

(바다는 어떠한 강도 거절하지 않는다. 서양)

The people's voice, God's voice.

(백성의 목소리는 하느님의 목소리다. 서양)

백해무익 百害無益

해롭기만 할 뿐 조금도 이롭지 않다.

속: It is an ill wind that blows nobody profit.

(아무에게도 이익이 되지 않는 바람은 나쁜 바람이다. 서양)

백호청룡 白虎靑龍

흰 호랑이와 푸른 용. 두부와 푸른 채소를 가리키는 말.

속: Good kale is half a meal.(좋은 채소는 식사의 절반이다. 영국)

백화제방 百花齊放

온갖 꽃이 한꺼번에 피다. 각종 학문과 예술이 크게 발전하다.

속: Every land fosters its own art.

(각지에서 그곳의 예술이 자란다. 그리스)

번운복우 翻雲覆雨

손바닥을 뒤집으면 구름이 일고 비가 온다. 사람들의 인정이 쉽게 변하다. 사물의 변화가 매우 심하다. 변덕이나 농간을 부리다.

속: It is natural for a wise man to change his opinion; a fool keeps on changing like the moon.(현명한 자가 의견을 바꾸는 것은 자연스럽지만 바보는 달처럼 수시로 바꾼다. 로마)

벌성지부 伐性之斧

타고난 천성을 죽이는 도끼. 지나친 방탕이나 도박.

속: Cards are the devil's prayer-book.

(카드는 악마의 기도서다. 서양)

범람성재 泛濫成災

물이 넘쳐서 재난이 닥치다. 홍수가 닥치다.

속: The bailiff of Bedford is coming.
(베드포드의 집행관이 오고 있다, 즉 강이 범람하려고 한다. 영국)

범애겸리 汎愛兼理

모든 사람을 사랑하고 이익을 같이 하다.

속: Charity and pride do both feed the poor.

(박애와 오만은 양쪽 다 가난한 사람들을 먹여준다. 영국)

범이불교 犯而不校

남이 자기를 거슬려도 스스로 자제하여 개의치 않다.

속: He has wit at will, that with angry heart can hold him still.

(그는 감정을 자기 마음대로 조절하여 화가 나도 냉정함을 유지할 수 있다. 스코틀랜드)

법구폐생 法久弊生

좋은 법도 오래되면 폐단이 생긴다.

속: Old vessels must leak.(오래된 그릇은 새게 마련이다. 서양)

법지불행 자상정지 法之不行 自上征之

법이 시행되지 않는 것은 윗사람부터 어기기 때문이다.

속: Like king, like law; like law, like people.

(그 왕에 그 법이고, 그 법에 그 백성이다. 포르투갈)

벽파참랑 劈波斬浪

파도를 헤치고 나아가다.

속: Do not put to sea without a compass.

(나침반 없이는 항해하지 마라. 영국)

법원근권 法遠近拳

법은 멀고 주먹은 가깝다.

속: Where drums speak, laws are dumb.

(북이 말하는 곳에서 법은 침묵한다. 로마)

무송이 장문신을 때려눕히다 (수호지)

변기소장 變起蕭墻

재앙이 조용한 담장 안에서 일어나다. 내분이나 내란이 일어난다.

속: The wound that bleeds inwardly is most dangerous.

(안에서 피를 흘리는 상처가 가장 위험하다. 서양)

변생부액 變生肘腋

변란은 내부 또는 자기 주변에서 일어난다.

속: When Oxford draws knife, England will be soon at strife.

(옥스퍼드가 칼을 빼면 영국은 곧 싸움에 휘말릴 것이다. 영국)

변설여류 辯舌如流

말이 물이 흐르듯 매우 유창하다.

속: Many are the friends of the golden tongue.

(황금 혀의 친구들은 많다. 웨일즈)

변족식비 辯足飾非

자기 잘못도 숨길 수 있을 정도로 말솜씨가 교묘하다.

속: Fine words dress ill deeds.(좋은 말이 악행을 치장한다. 서양)

변풍역속 變風易俗

낡은 풍속과 습관을 고치다.

속: To change a custom is as bad as death.

(관습을 고치는 것은 죽음만큼 나쁘다. 서양)

변화무상 變化無常

변화에 일정한 규칙이 없다. 동: 변화무쌍 變化無雙

속: The wind keeps not always in one quarter.

(바람은 한구석에만 항상 있는 것은 아니다. 영국)

변화읍옥 卞和泣玉

초나라 변화가 옥을 끌어안고 피눈물을 흘리며 운 일.

재능이 뛰어난 인재가 불우하다.

속: Bad fortune is good for something.

(불운은 무엇인가를 위해 좋다. 프랑스)

별관한사 別管閒事

남의 일에 간섭하지 않다.

속: Enquire not what's in another's pot.

(남의 그릇에 무엇이 들어 있는지 묻지 마라. 서양)

별무장물 別無長物

몸에 없어서는 안 될 것을 제외하고는 다른 물건이 없다. 매우 가난하다.

속: He had not twopence to rub on a tombstone.

(그는 비석에 비빌 동전 하나도 없었다. 영국)

별유용심 別有用心

다른 나쁜 속셈이 있다.

속: When the devil prays, he has a booty in his eye.

(악마는 기도할 때 눈으로 전리품을 노리고 있다. 영국)

병련화결 兵連禍結

전쟁이 오래 계속되고 좀처럼 끝나지 않다.

속: Ill comes upon war's back.(불운은 전쟁의 등을 타고 온다. 서양)

병불리신 病不離身

병이 몸에서 떠나지 않다.

속: Your body is an almanac.

(너의 몸은 연감처럼 늘 병에 걸려 있다. 프랑스)

병불염사 兵不厭詐

전쟁은 적을 속여서라도 이기면 된다.

속: All's fair in love and war.(사랑과 전쟁에서는 모든 것이 좋다. 서양)

병불혈인 兵不血刃

무기에 피를 묻히지 않다. 무혈승리를 거두다.

속: It is a great victory that comes without blood.

(무혈 승리는 위대한 승리다. 서양)

병사지야 兵死地也

전쟁, 군대, 무기는 죽느냐 사느냐 하는 문제가 달려 있는 것이다.

전쟁터에서는 목숨을 걸고 싸워야 한다.

속: The fear of war is worse than war itself.

(전쟁에 대한 두려움은 전쟁 자체보다 더 나쁘다. 이탈리아)

병상첨병 病上添病

병이 들었는데 다른 병이 겹치다.

속: After delay comes a let.(연기된 뒤에 장애가 생기다. 스코틀랜드)

병염사위 兵厭詐僞

전쟁에서는 적을 속이기를 주저해서는 안 된다.

싸움에서는 거짓말도 통한다.

속: Peace with a cudgel in hand is war.

(손에 몽둥이를 든 평화는 전쟁이다. 서양)

공명이 화살을 얻다 (삼국연의 三國演義)

병일이식 竝日而食

이틀에 하루 치 식사를 하다. 가난해서 배불리 먹지 못하다.

속: Who goes to bed supperless, all night tumbles and tosses.

(저녁을 못 먹고 잠자리에 든 자는 밤새도록 몸을 뒤척인다. 영국)

병입고황 病入膏肓

병이 몸 깊숙이 들어갔다.

병이나 악습이 너무 심해져서 고칠 수 없다. 동: 불가구약 不可救藥

속: Vices which have grown with us are with difficulty cut away.

(우리와 함께 자란 악습들은 끊어버리기가 어렵다. 로마)

병촉야행 秉燭夜行

촛불을 들고 밤길을 가다. 때를 맞추지 못하고 늦다.

속: Be always in time; too late is a crime.

(언제나 시간을 지켜라. 너무 늦는 것은 범죄다. 영국)

병출무명 兵出無名

군대를 파견하는데 정당한 명분이 없다. 행동에 정당한 이유가 없다.

속: It is a bad cause that none dare speak in.

(아무도 감히 내세워 말하려 하지 않는 명분은 나쁜 것이다. 영국)

병필직서 秉筆直書

역사적 사실을 숨기지 않고 그대로 기록하다.

속: A good recorder sets all in order.

(훌륭한 기록자는 모든 것을 질서 있게 정리한다. 영국)

병황마란 兵荒馬亂

전쟁이 야기한 소동과 혼란. 지리멸렬해진 군대. 전투와 혼란.

속: Wars bring scars.(전쟁은 상처를 초래한다. 영국)

보거상의 輔車相依

수레의 덧방나무와 바퀴가 서로 의지하다. 이해관계가 서로 긴밀하다.

속: The shoe will hold with the sole.

(구두는 밑창과 함께 유지될 것이다. 영국)

보구설한 報仇雪恨

원수를 갚고 원한을 씻다.

속: As the devil said to Noah, "It's bound to clear up."

('빚은 반드시 갚고야 만다.'고 악마가 노아에게 말한 것과 같다. 서양)

복과화생 福過禍生

행운이 지나치면 재앙이 온다. 즐거움이 지나치면 슬픔이 온다.

속: He that talks much of his happiness, summons grief.

(자기 행복에 관해 말을 많이 하는 자는 비탄을 불러온다. 서양)

복록쌍전 福祿雙全

행운과 봉록을 모두 갖추고 있다.

속: Fortune and women have a delight in fools.

(행운과 여자들은 바보들을 좋아한다. 독일)

복무십전 福無十全

행운은 완전무결하지 않다.

속: No day so clear but has dark clouds.

(검은 구름이 없을 정도로 그렇게 맑은 날은 없다. 서양)

복무쌍지 福無双至

행운은 연달아 오지 않는다.

속: Happiness passes everyone in life once.

(행복은 각자의 곁을 평생에 단 한번 지나간다. 독일)

복배지수 覆盃之水

엎어진 잔의 물.

속: It is no use crying over spilt milk.

(엎질러진 우유 때문에 울어야 소용없다. 서양)

복불도래 福不徒來

행운은 아무 이유 없이 오지는 않는다.

속: Good luck comes by cuffing.(행운은 싸워야 온다. 영국)

복상지음 濮上之音

나라를 망하게 하는 음악. 퇴폐적이고 음탕한 음악.

속: Music is an incitement to love.(음악은 사랑을 자극한다. 로마)

복생유기 福生有基

행운이 오는 데는 그 원인이 있다.

속: Everyone is the author of his own good fortune.

(각자 자기 자신의 행운을 만든다. 프랑스)

복성고조 福星高照

사람에게 복을 주는 목성이 높이 떠서 비추다. 사람의 운수가 좋다.

속: Fortune sells what we think she gives us.(행운이 주는 것이라고 우리가 생각하는 그것은 행운이 파는 것이다. 서양)

복수강녕 福壽康寧

행복하게 오래 살고 건강하고 평안하다.

속: He is happy that thinks himself so.

(자신이 행복하다고 생각하는 사람은 행복하다. 서양)

복수불반분 覆水不返盆

엎질러진 물은 다시 물동이에 담을 수 없다. 집을 버리고 떠난 아내는 다시 돌아올 수 없다. 저질러진 일은 다시 돌이킬 수 없다. 이미 늦었다.

속: Salt spilt is seldom clean taken up.

(흘린 소금을 깨끗이 다시 담을 수는 없다. 서양)

복수천성 福壽天成

행운과 장수는 하늘이 결정한다.

속: Better be born lucky than wise.

(현명한 자로 태어나기보다 행운아로 태어나는 것이 낫다. 서양)

복심지우 腹心之友

진심으로 믿을 수 있는 친구.

속: A friend even to altars.

(심지어 우정을 위해 제단에 제물마저 바칠 친구. 로마)

복심지질 腹心之疾

배나 가슴에 탈이 나서 고치기 어려운 병. 덜어버릴 수 없는 근심 걱정.

속: We can only properly feel our own troubles.

(우리는 우리 자신의 걱정거리만 느낄 수 있다. 프랑스)

복위화시 福爲禍始

행운이 지나치면 재앙이 시작된다.

속: The end of our good begins our evil.

(우리 행운의 끝은 우리 불운의 시작이다. 영국)

복주재주 覆舟載舟

물은 배를 띄우기도 하고 뒤집기도 한다.

백성은 군주를 돕기도 하고 해칠 수도 있다.

속: The prince that is feared of many must fear many.(많은 사람의 두려움의 대상인 군주는 많은 사람을 두려워해야만 한다. 서양)

본래면목 本來面目

타고난 마음. 본성.

속: In every country dogs bite.(어느 나라에서나 개는 문다. 서양)

본말상순 本末相順

근본과 말단이 제대로 되어 있다.

속: First catch your hare, and then cook it.

(먼저 산토끼를 잡고 나서 그것을 요리하라. 서양)

본말전도 本末顚倒

일의 줄기는 잊고 사소한 것에 매달리다. 근본과 말단이 뒤바뀌다.

속: He sits up in moonshine, and lies abed in sunshine.

(그는 밤에 일어나고 낮에 잔다. 서양)

본비아물 本非我物

원래 내 것이 아니다. 의외로 얻은 물건은 잃어도 섭섭하지 않다.

속: All came from and will go to others.

(모든 것은 다른 사람들로부터 왔고 다른 사람들에게 갈 것이다. 서양)

본비아토 本非我土

원래 나의 땅이 아니다.

속: Findings are keepings.(발견은 소유다. 서양)

본성난이 本性難移

본래의 성질은 고치기 어렵다. 유: 천성난개 天性難改

속: What is bred in the bone will not go out of the flesh.

(타고난 본성은 몸에서 빠져나가지 않을 것이다. 서양)

본연지성 本然之性

하늘로부터 받은 본성.

속: All nature exists in the very smallest things.

(바로 가장 작은 것들 안에도 모든 본성이 존재한다. 로마)

봉공불아 奉公不阿

공익에 봉사하고 남에게 아첨하지 않다.

속: He that does anything for the public is accounted to do it for nobody.(무엇이든지 공익을 위해 하는 자는 아무에게도 봉사하지 않는 것과 같다. 서양)

봉령승교 奉令承敎

명령에 복종하고 지도를 받다.

속: Who knows not to obey knows not to command.

(복종할 줄 모르는 자는 지휘할 줄도 모른다. 서양)

봉망필로 鋒芒畢露

예기나 재주가 모두 드러나다.

사람이 오만해서 자기 재주를 드러내기를 좋아하다.

속: He that has an art, has everywhere a part.

(재주를 가진 자는 어디서나 역할을 맡는다. 영국)

봉모인각 鳳毛麟角

봉황 털과 기린의 뿔. 뛰어난 인재.

진귀하거나 보기 드문 사람 또는 사물.

속: Precious things are not found in heaps.

(귀중한 것들은 무더기로 발견되지 않는다. 서양)

봉방불용작란 蜂房不容鵲卵

벌집에 까치 알을 넣을 수 없다. 작은 것은 큰 것을 포용할수 없다.

속: Do not put your finger in too tight a ring.

(너무 작은 반지에 억지로 네 손가락을 끼우지 마라. 서양)

봉시불행 逢時不幸

공교롭게도 매우 불행한 때를 만나다.

속: He is not happy who does not think himself so.

(자기가 행복하다고 생각하지 않는 사람은 행복하지 않다. 로마)

봉인설항 逢人說項

양경(楊敬)이 길에서 만나는 사람에게 매번 항사(項斯)가 훌륭하다고 칭찬한 일. 남의 좋은 점을 칭찬하다.

속: Complimenting is lying.

(칭찬하는 것은 거짓말을 하는 것이다. 영국)

봉인첩설 逢人輒說

사람을 만날 때마다 지껄여서 소문을 퍼뜨리다.

속: He comes to the door too quickly who brings bad news.

(나쁜 소식을 전해주는 자는 문 앞에 너무 빨리 온다. 프랑스)

봉접수향 蜂蝶隨香

벌과 나비가 향기를 따라가다. 남자가 여자의 아름다움을 따라가다.

속: All the dogs follow the salt bitch.

(모든 개가 암내 난 암캐를 따라간다. 영국)

봉천승운 奉天承運

군주의 권한은 하늘이 준 것이다.

속: The king can do no wrong.(왕은 틀린 일을 할 수 없다. 라틴어)

부가적국 富可敵國

개인의 재산이 나라의 재산에 필적하다.

속: There is no revenge upon the rich.

(부자들에 대해서는 복수가 없다. 스페인)

부경제약 扶傾濟弱

어려운 사람을 돕고 약자를 구제하다.

속: If great men would have care of little ones, both would last long.(강자들이 약자들을 보살핀다면 양쪽 다 오래 견딜 것이다. 서양)

부고발계 婦姑勃谿

며느리와 시어머니가 서로 싸우다.

속: The husband's mother is the wife's devil.

(남편의 어머니는 아내의 악마다. 네덜란드)

부귀교인 富貴驕人

자신의 부귀를 믿고 오만하게 굴다.

속: There is no greater pride than that of a poor man grown rich.

(부자가 된 가난뱅이의 오만이 가장 지독하다. 프랑스)

부귀처영 夫貴妻榮

남편이 부귀를 얻으면 아내는 영광스럽다.

속: Women, like the moon, shine with borrowed light.

(여자들은 달처럼 빌려온 빛으로 빛난다. 독일)

부극태래 否極泰來

불운이 극도에 달하면 행운이 온다. 고생 끝에 낙이 온다.

속: When evil is highest, good is next.

(불운이 극도에 이르렀을 때 그 다음에 행운이 온다. 영국)

부대불소 不大不小

크지도 작지도 않다. 매우 알맞다.

속: Enough is as good as a feast to one that's not a beast.

(적절함은 짐승이 아닌 자에게 잔치처럼 좋은 것이다. 영국)

부득영향 不得影響

아무 소식이 없다.

속: No news is good news.(무소식이 희소식. 서양)

부로위고 婦老爲姑

며느리가 늙으면 시어머니가 된다. 나이가 어리다고 무시하면 안 된다.

속: The mother-in-law remembers not that she was a daughter-in-law.(시어머니는 자신이 며느리였다는 사실을 기억하지 않는다. 서양)

부복장주 剖腹藏珠

자기 배를 갈라서 그 속에 구슬을 감추다.

이익을 얻으려다 자신을 망치다.

속: He is a fool that makes a wedge with his fist.

(자기 주먹을 쐐기로 삼는 자는 바보다. 서양)

부사여귀 赴死如歸

죽음을 집으로 돌아가는 것처럼 여기다. 죽음을 두려워하지 않다.

속: Old men, when they scorn young, make much of death.

(노인들은 젊은이들을 경멸할 때 죽음을 추켜세운다. 서양)

부산대악 負山戴岳

높은 산을 등에 지다. 부담이 과중하다.

속: The ass endures the load but not the overload.

(당나귀는 짐을 견디지만 과중한 짐은 견디지 못한다. 스페인)

부상대고 富商大賈

재산이 매우 많고 대규모로 거래하는 상인.

속: A good merchant may meet with a misfortune.

(탁월한 상인도 불운을 만날 수 있다. 서양)

부상연편 浮想聯翩

공상이 끝없이 일어나다. 끊임없이 계속해서 이어지다.

속: Fancy is a fool.(공상은 바보다. 영국)

부생약기 浮生若寄

허무한 인생은 세상에 잠시 머무는 것과 같다.

속: Our lives are but our marches to the grave.

(우리 인생은 무덤으로 가는 행진에 불과하다. 영국)

부석입해 負石入海

뜻을 이루지 못한 지사가 비관하여 돌을 짊어지고 바다에 들어가다.

속: Why walk into the sea when it rages?

(성난 파도가 치는 바다에 왜 걸어 들어가는가? 히브리)

부수청령 俯首聽令

윗사람에게 고개 숙이고 명령에 따르다.

속: Do as you're bidden and you'll never bear blame.(지시를 받은 대로 하라. 그러면 너는 결코 비난을 받지 않을 것이다. 영국)

부습즉시 俯拾卽是

허리를 구부리면 어디서나 물건을 줍는다.

물건이 매우 많아 얻기가 매우 쉽다.

속: See a pin and let it lie, you're sure to want before you die.

(핀을 보고도 내버려둔다면 너는 죽기 전에 반드시 그것이 필요할 것이다. 서양)

부앙무괴 俯仰無愧

하늘을 우러러보거나 땅을 굽어보거나 부끄럽지 않다.

속: If inwardly right, do not vex yourself.

(내심 옳다고 생각한다면 조금도 격정하지 마라. 로마)

부앙일세 俯仰一世

세상에 순응하여 행동하다.

속: If all men may say that you are an ass, then bray.

(모든 사람이 네가 당나귀라고 말한다면 당나귀처럼 울어라. 영국)

부어증진 釜魚甑塵

가마솥의 물고기와 시루의 먼지. 몹시 가난하다.

속: As poor as Job.(욥처럼 가난하다. 서양)

부어허사 浮語虛辭

공연히 떠드는 큰 소리나 헛소리.

속: He who kills a lion when absent fears a mouse when present.(눈앞에 없는 사자를 죽이는 자는 눈앞의 쥐를 무서워한다. 서양)

부언시용 婦言是用

여자의 말을 잘 따르다.

속: A woman's counsel is not worth much, but he who does not take it is mad.(여자의 말은 하찮은 것이지만 그것을 듣지 않는 자는 미치광이다. 스페인)

부연요사 敷衍了事

일을 무성의하게 해서 끝내다.

속: Pay beforehand and your work will be behindhand.
(돈을 미리 지불하면 네 일은 늦어질 것이다. 서양)

부연색책 敷衍塞責

겉으로만 일을 하는 척하고 무책임하다.

속: It is easy to cry Christmas on another man's cost.
(남의 비용으로 성탄절을 외치기는 쉽다. 스코틀랜드)

부염기한 附炎棄寒

더우면 붙고 추우면 버리다.

권세가 떨칠 때는 붙고 쇠약해지면 떠나다. 인정이 경박하다.

속: The rich never want kindred.
(부자는 친척들이 없을 때가 결코 없다. 서양)

부욕자사 父辱子死

아버지가 치욕을 당하면 아들은 그것을 씻기 위해 목숨을 아끼지 않는다.

속: I would rather die than be disgraced.

(나는 치욕을 당하느니 차라리 죽을 것이다. 로마)

부운예일 浮雲翳日

뜬구름이 햇빛을 가리다. 간신이 군주의 판단력을 흐리게 하다.

속: One cloud may hide all the sun.

(구름 한 점이 해를 완전히 가릴 수 있다. 서양)

부운조로 浮雲朝露

뜬구름과 아침이슬. 덧없는 인생.

속: Life without a friend is death without a vengeance.

(친구가 없는 인생은 복수가 없는 죽음이다. 서양)

부위자은 父爲子隱

아버지는 자식의 나쁜 일을 숨겨주는 것이 마땅하다.

속: What causes shame to a friend, remember as a wise man to
keep concealed.(친구에게 수치를 초래하는 그것은 현명한 사람처럼 감
추어줄 줄 알아라. 로마)

부유장설 婦有長舌

여자는 긴 혀를 가지고 있다. 여자가 말이 많은 것은 재앙의 발단이다.

속: Arthur could not tame a woman's tongue.

(아서왕도 여자의 혀는 제어하지 못했다. 영국)

부인지인 婦人之仁

부녀자의 인자함. 소견이 좁은 인정.

속: The tender surgeon makes a foul wound.

(동정심 많은 외과의사는 심한 상처를 낸다. 서양)

부장지약 腐腸之藥

창자를 썩히는 약. 좋은 음식과 술.

속: Wine is a turncoat.

(술은 처음에는 친구였다가 나중에는 적이 되는 배신자다. 서양)

부재지족 富在知足

부유함이란 만족할 줄 아는 데 있다. 자기 분수를 알고 만족해야 한다.

속: The greatest wealth is contentment with a little.

(가장 큰 재산은 적은 것으로 만족하는 것이다. 영국)

부저소정저 釜底笑鼎底

가마솥 밑이 노구솥 밑을 비웃다.

자신의 큰 허물은 모르고 남의 작은 허물을 비웃다.

속: One ass nicknames another "Long ears."

(한 당나귀가 다른 당나귀에게 "긴 귀"라는 별명을 붙여주다. 서양)

부저추신 釜底抽薪

솥 밑에서 타는 장작을 꺼내 물이 끓는 것을 막다. 근본적인 해결.

속: Take away fuel and you take away fire.

(연료를 치워버리면 너는 불을 끈다. 서양)

부전이승 不戰而勝

싸우지 않고 이기다. 유: 노련비서 魯連飛書; 병불혈인 兵不血刃

속: It is a great victory that comes without blood.

(피를 흘리지 않고 얻는 승리가 위대한 승리다. 서양)

부전자전 父傳子傳

아버지가 아들에게 전해주다. 그 아버지에 그 아들이다.

속: Like father, like son.(그 아버지에 그 아들이다. 서양)

부정명색 不正名色

부정한 수단으로 얻은 재물. 동: 불의지재 不義之財

속: Ill won, ill spent.(부정하게 얻은 것은 부정하게 소비된다. 독일)

부족괘치 不足掛齒

이빨 사이에 둘 것이 못 된다. 더불어 말할 가치가 없다.
거론할 만한 것이 못 된다. 보잘것없다.

속: Things which are below us are nothing to us.

(우리보다 아래에 있는 것은 우리에게 아무 것도 아니다. 로마)

부족위빙 不足爲憑

증거가 될 수 없다. 증명하지 못하다.

속: That which proves too much proves nothing.

(너무 많이 증명하는 것은 아무 것도 증명하지 못한다. 프랑스)

부족치수 不足齒數

헤아리거나 말할 가치가 없다. 극단적으로 깔보다.

속: Some evils are cured by contempt.

(어떤 불행들은 경멸로 극복된다. 서양)

부주고상 不主故常

과거의 관습이나 규범에 얽매이지 않다.

속: A bad custom is like a good cake, better broken than kept.(나쁜 관습은 좋은 케이크와 같아서 보관하기보다는 부수는 것이 더 낫다. 영국)

부즉불리 不卽不離

붙지도 떨어지지도 않다. 찬성도 반대도 하지 않다. 대인관계나 태도가 친밀하지도 않고 소원하지도 않다. 군자는 담담하게 인간관계를 맺는다.

속: A hedge between keeps friendship green.

(둘 사이의 울타리가 우정을 싱싱하게 보존한다. 서양)

부지경중 不知輕重

물건의 무게를 모르다. 어느 것이 중요한지 모르다. 판단을 그르치다.

속: Neither women nor linen by candle-light.

(여자도 옷도 촛불 아래에서는 고르지 마라. 영국)

부지노지장지 不知老之將至

장차 늙음이 오는 것도 모르다.

속: It is late before a man comes to know he is old.

(사람은 자기가 늙었다고 알았을 때는 이미 늦었다. 서양)

부지불각 不知不覺

알지도 못하고 깨닫지도 못하다.

속: Fools never know when they are well.

(바보들은 자기가 편안한 때를 결코 모른다. 영국)

부지세상 不知世上

세상 돌아가는 형편을 모르다.

속: A right Englishman knows not when thing is well.
(제정신인 영국인도 언제 사태가 좋은지를 알지 못한다. 영국)

부지소이 不知所以

이유를 모르다.

속: Every why has a wherefore.
(이유를 묻는 모든 질문에는 그 이유가 있다. 영국)

부지소조 不知所措

어찌할 바를 모르다. 갈팡질팡하다.

속: Not to know what shift to make.
(어떻게 임기응변해야 좋을지 모르다. 영국)

부지지호 不脂之戶

기름을 바르지 않은 문짝. 말이 걸려서 잘 나오지 않다. 과묵하다.

속: Little said, soon amended; little money, soon spend.
(말이 적으면 곧 수정되고 돈이 적으면 곧 소비된다. 서양)

부지하세월 不知何歲月

일이 언제 이루어질지 알 수 없다.

속: It is ill waiting for dead men's shoes.
(죽은 자들의 구두를 기다려야 소용없다. 서양)

부진즉퇴 不進則退

전진하지 않는 것은 후퇴하는 것이다.

속: Not to advance is to go back.
(전진하지 않는 것은 후퇴하는 것이다. 서양)

부질불서 不疾不徐

일을 처리하는 태도가 너무 급하지도 않고 너무 느리지도 않다.

속: The slow catches up the swift.

(느린 것이 빠른 것을 따라 잡는다. 로마)

부창부수 夫唱婦隨

남편의 주장에 아내가 따르다. 부부가 화목하게 지내다.

속: Fair is the weather where cup and cover do hold together.

(부부가 의견이 일치하는 곳에는 날씨가 좋다. 영국)

부처반목 夫妻反目

부부가 서로 싸우다.

속: He that speaks ill of his wife dishonors himself.

(자기 아내에 대한 험담은 자기 자신의 불명예다. 서양)

부탕도화 赴湯蹈火

끓는 물에 들어가고 불을 밟다. 물불을 가리지 않다.

속: Fortune helps the daring, but repulses the timid.

(행운은 과감한 사람을 돕지만 비겁한 자는 배척한다. 라틴어)

부화뇌동 附和雷同

줏대 없이 남의 주장에 무작정 따라가다.

속: He is like a bell that will go for every one that pulls it.

(그는 줄을 당기는 누구에게나 응답할 종과 같다. 영국)

북망산천 北邙山川

사람이 죽어서 가는 곳. 공동묘지가 있는 곳.

속: A hot May makes a fat churchyard.

(무더운 오월은 교회묘지를 매우 많이 채워준다. 영국)

북수실마 北叟失馬

변방 늙은이가 말을 잃다. 사람의 길흉화복은 예측할 수 없는 것이다.

속: Not only ought fortune to be pictured on a wheel, but everything else in the world.

(운명뿐만 아니라 세상의 다른 모든 것도 바퀴에 그려져야만 한다. 서양)

분골쇄신 粉骨碎身

뼈가 가루가 되고 몸이 부서지다. 있는 힘을 다해서 일하다.

속: He'll eat till he sweats, and work till he freezes.

(그는 땀을 흘릴 때까지 먹고 몸이 얼어붙을 때까지 일할 것이다. 영국)

분림이렵 焚林而獵

숲을 태워서 짐승을 모조리 잡다.

눈앞의 이익에 어두워 장래의 더 큰 이익을 놓치다.

속: If you cut sown the woods, you will catch the wolf.

(숲을 모조리 베어버리면 너는 늑대를 잡을 것이다. 서양)

분면유두 粉面油頭

얼굴에 분을 바르고 머리에 기름을 바르다. 여자의 화장.

여자를 가리키는 말.

속: Fair and sluttish, black and proud, long and lazy, little and loud.(금발의 여자는 지저분하고 흑발의 여자는 오만하며, 키 큰 여자는 게으르고 키가 작은 여자는 시끄럽다. 영국)

분방자재 奔放自在

상규에 따르지 않고 제멋대로 하다.

속: Youth will have its swing.
(젊은이들은 자기 멋대로 행동할 것이다. 영국)

분백대흑 粉白黛黑

흰 분을 바르고 눈썹을 검게 칠하다. 여인의 고운 화장. 곱게 화장한 여인.
속: Women laugh when they can, and weep when they will.
(여자들은 자기가 웃을 수 있을 때 웃고 울고 싶을 때 운다. 서양)

분붕이석 分崩離析

국가나 조직이 무너져서 수습할 수 없다. 뿔뿔이 흩어지다.
속: An hour may destroy what an age was a-building.
(한 시대가 세우고 있던 것을 한 시간이 무너뜨릴 수 있다. 서양)

분빈진궁 分貧振窮

가난한 사람에게 재물을 나누어주고 궁색한 사람을 구제하다.
속: He that feeds the poor has treasure.
(가난한 사람들을 먹이는 사람은 보물을 가지고 있다. 영국)

분서갱유 焚書坑儒

진시황이 각종 서적을 불태우고 학자들을 산 채 묻어 죽인 일.
가혹한 폭정.
속: No worse thief than a bad book.
(나쁜 책은 가장 나쁜 도둑이다. 이탈리아)

분연작색 忿然作色

분노로 안색이 변하다.
속: Love, a cough, and gall cannot be hid.
(사랑과 기침과 분노는 감출 수 없다. 프랑스)

분초필쟁 分秒必爭

분초를 다투다. 일분일초도 소홀히 하지 않다.

속: Time is money.(시간은 돈이다. 서양)

Time is the soul of business.(시간은 사업의 생명이다. 라틴어)

분토지언 糞土之言

똥이나 흙과 같은 말. 이치에 어긋나는 무가치한 말.

속: The foolish sayings of the rich pass for wise saws in society.

(부자의 어리석은 말들은 사회에서 금언으로 통한다. 서양)

불가경적 不可輕敵

적을 가볍게 보아서는 안 된다.

속: There is no little enemy.(하찮은 적이란 없다. 서양)

불가구약 不可救藥

약으로도 환자를 구할 수 없다. 환자의 병을 도저히 고칠 수가 없다.

악습을 고치거나 악인을 구제할 길이 없다.

속: What can't be cured must be endured.

(고칠 수 없는 것은 참아야만 한다. 서양)

불가다득 不可多得

많이 얻을 수 없다. 매우 희귀하여 얻기 어렵다.

속: You may wish, but you cannot possess.

(너는 바랄 수는 있지만 얻을 수는 없다. 로마)

불가사의 不可思議

일반적인 생각으로는 알아낼 수 없이 이상야릇하다. 상상할 수 없다.

속: So the miracle be wrought, what matter if the devil did it?

(기적이 일어나기만 한다면 악마가 일으켰든 무슨 상관인가? 서양)

불가혹결 不可或缺

없어서는 안 된다. 반드시 필요하다.

속: Necessity is the mother of invention.

(필요는 발명의 어머니다. 서양)

불간지론 不刊之論

변할 수 없는 진리. 금언.

속: Truth conquers all things.(진리는 모든 것을 이긴다. 로마)

불감일격 不堪一擊

한 번의 타격도 견디지 못한다.

속: As tender as a parson's leman.(목사의 애인처럼 약하다. 서양)

불감자복 不甘雌伏

남에게 복종하기를 좋아하지 않는다.

속: Who will not obey father, will have to obey stepfather.

(아버지에게 복종하지 않으려는 자는 계부에게 복종해야만 한다. 덴마크)

불감통양 不感痛癢

아픔도 가려움도 못 느끼다. 이해관계가 전혀 없다.

속: The comforter's head never aches.

(위로하는 자의 머리는 결코 아프지 않다. 영국)

불감포호 不敢暴虎

맨주먹으로 난폭한 호랑이를 치지는 않다. 모험은 하지 않다.

속: Unventuresome is unlucky.

(모험을 하지 않는 자는 불운하다. 영국)

불감후인 不甘後人

남에게 뒤떨어지기를 싫어하다.

속: At a round table there's no dispute of place.

(원탁에서는 자리다툼이 없다. 서양)

불계지주 不繫之舟

매이지 않은 배. 아무 데도 구애받지 않는 마음.

정처 없이 방랑하는 사람.

속: Dogs are fine in the field.(개는 들에서 잘 지낸다. 서양)

불고가사 不顧家事

집안일을 돌보지 않다.

속: The more women look in their glass, the less they look to their house.

(여자는 화장을 오래 할수록 집안일은 더욱 소홀히 한다. 서양)

불고이거 不告而去

간다는 말도 없이 그냥 떠나가 버리다.

속: French leave.

(프랑스식으로 떠나버리다, 즉 간다는 말도 없이 떠나다. 서양)

불고이주 不顧而走

뒤도 돌아보지 않고 그대로 달아나다.

속: Like a dog by the Nile.(나일강가의 개처럼 달아나다. 로마)

불관지사 不關之事

아무 관계없는 일.

속: However early you rise, the day does not dawn sooner.

(네가 아무리 빨리 일어난다 해도 더 빨리 동이 트는 것은 아니다. 서양)

불구대천 不俱戴天

하늘을 함께 이고 살 수는 없는 원수. 반드시 죽여야 할 원수.

속: The war is not done, so long as my enemy lives.

(내 원수가 살아 있는 한 전쟁은 끝나지 않았다. 서양)

불구문달 不求聞達

출세나 명성을 굳이 바라지 않다. 남이 자기를 알아주기를 바라지 않다.

속: It is a worthier thing to deserve honor than to possess it.

(명성을 얻기보다 명성을 얻을 자격이 있는 것이 더 낫다. 서양)

불긍세행 不矜細行

생활의 사소한 일에 대해 부주의하다.

속: Nothing is easy to the negligent.

(부주의한 자에게는 쉬운 것이 없다. 서양)

불길지사 不吉之事

불길한 일. 좋지 않은 일.

속: The thirteenth man brings death.

(열세 번째 사람은 죽음을 가지고 온다. 네덜란드)

불길지조 不吉之兆

불길한 조짐.

속: Nothing but what is ominous to the superstitious.

(미신을 믿는 자에게는 불길한 조짐이 아닌 것이 없다.(서양)

불념구악 不念舊惡

남의 지나간 잘못을 염두에 두지 않다.

속: Forget others' faults by remembering your own.

(너 자신의 잘못을 기억하여 남의 잘못을 잊어버려라. 서양)

불두착분 佛頭着糞

부처 머리에 새가 똥을 싸다. 깨끗한 물건을 더럽히다.

훌륭한 저서에 보잘것없는 서문을 쓰다.

속: Priests and doves make foul houses.

(사제들과 비둘기들은 집들을 더럽힌다. 스코틀랜드)

불로소득 不勞所得

일하지 않고 얻은 소득.

속: Some do the sowing, others the reaping.

(어떤 사람들은 파종하고 다른 사람들이 추수한다. 로마)

불로이획 不勞而獲

일하지 않고 소득을 얻다.

속: While the fisher sleeps, the net takes fish.

(어부가 자는 동안 그물이 물고기를 잡는다. 그리스)

불류여지 不留餘地

언행이 돌이킬 여지가 없이 극단적이다.

속: Extremes are dangerous.(극단적인 것들은 위험하다. 서양)

불면정조 不免鼎俎

처형을 면하지 못하다. 죽음을 면치 못하다.

속: Hanging and wiving go by destiny.

(교수형과 아내를 맞이하는 일은 운명에 달려 있다. 서양)

불면호구 不免虎口
위험을 면하지 못하다.
속: Do not halloo till you are out of the wood.
(숲을 완전히 벗어날 때까지는 소리치지 마라. 서양)

불모이합 不謀而合
서로 상의하지도 않았는데 우연히 여럿의 의견이나 행동이 일치하다.
속: By chance, as the man killed the devil.
(사람이 악마를 죽인 것처럼 우연이다. 영국)

불무소보 不無小補
비록 큰 힘을 발휘하는 것은 아니라 해도 약간의 도움은 된다.
속: Better a bare foot than none.
(다리가 전혀 없는 것보다 맨발 하나가 더 낫다. 서양)

불무정업 不務正業
자기 직무에 힘쓰지 않다.
속: It is a very ill cock that will not crow before he be old.
(늙기도 전에 울지 않으려고 하는 수탉은 매우 나쁜 수탉이다. 영국)

불문불문 不聞不問
듣지도 않고 묻지도 않다. 무관심하다.
속: One half of the world does not know how the other half lives.
(세상 사람의 절반은 다른 절반이 어떻게 사는지 모른다. 서양)

불벌기장 不伐己長

자신의 장점을 남에게 자랑하지 않는다. .

속: Never sound the trumpet of your own praise.

(자기 자신을 칭찬하는 나팔을 불지 마라. 서양)

불변진위 不辨眞僞

진위를 구별하지 못하다.

속: Falsehood, though it seems profitable, will hurt you; truth, though it seems hurtful, will profit you.(허위는 유익한 듯 보여도 너를 해칠 것이고 진실은 유해한 듯 보여도 너에게 유익할 것이다. 아랍)

불복수토 不服水土

여행 중에 현지의 기후, 음식, 습관 등에 적응하지 못하다.

속: Remove an old tree and it will wither to death.

(오래된 나무를 옮기면 말라 죽을 것이다. 영국)

불비불명 不飛不鳴

새가 날지도 않고 울지도 않다. 큰일을 위해 때를 기다리다.

속: The bird that can sing and won't sing must be made to sing.

(울 수 있으면서도 울려고 하지 않는 새는 울게 만들지 않으면 안 된다. 서양)

불석공본 不惜工本

노력도 돈도 아끼지 않다.

속: If you would reap money, sow money.

(돈을 추수하려면 돈을 뿌려라. 서양)

불설성부 不設城府

성벽을 쌓지 않다. 속을 털어놓고 허물없이 접촉하다.

속: Of all crafts downright is the best craft.

(모든 술책 가운데 솔직함이 가장 좋은 술책이다. 서양)

불성체통 不成體統

예의가 없다. 버릇없이 굴다.

속: He that kisses his wife in the market-place shall have enough to teach him.(시장에서 자기 아내에게 키스하는 자는 많은 것을 배워야만 할 것이다. 영국)

불성취일 不成就日

일체의 일이 성취되지 않는 날. 기피하는 날.

속: Monday for wealth, Tuesday for health, Wednesday the best day of all; Thursday for crosses, Friday for losses, Saturday no luck at all. (월요일은 재산을 위한 날이고 화요일은 건강을 위한 날이고 수요일은 모든 날 중에 가장 좋은 날이며, 목요일은 시련을 위한 날이고 금요일은 손해를 위한 날이고 토요일은 운이 전혀 없는 날이다. 영국)

불속지객 不速之客

초청하지 않았는데 오는 손님. 불청객.

속: He that comes unbidden goes unthanked.

(불청객으로 온 자는 돌아갈 때 고마워하는 사람이 없다. 네덜란드)

불수진 拂鬚塵

수염의 먼지를 털어 주다. 권력자나 윗사람에게 지나치게 아부하다.

속: When a lackey comes to hell's door, the devil locks the gates.

(아첨꾼이 지옥문에 이르면 악마가 문을 걸어 잠근다. 서양)

불식지공 不息之工

쉬지 않고 꾸준히 하는 일.

속: The mill gets by going.(물레방아는 돌아가기 때문에 얻는다. 서양)

불신지심 不信之心

남을 믿지 않는 마음.

속: Remember to distrust.(불신하는 법을 기억하라. 그리스)

불안기실 不安其室

그 안방에 편안하게 있지 않다.

결혼한 여자가 밖으로 돌아다니며 놀기만 하다.

속: A woman and a hen will always be gadding.

(여자와 암탉은 항상 돌아다닐 것이다. 서양)

불약이유 不藥而愈

약을 먹지 않고도 병이 낫다.

속: Time cures more than the doctor.

(시간은 의사보다 더 많이 치유한다. 서양)

불언불어 不言不語

아무 말도 하지 않다.

속: No wisdom to silence.(침묵보다 더 큰 지혜는 없다. 서양)

불언실행 不言實行

말없이 실행하다.

속: The shortest answer is doing.(가장 빠른 대답은 실행이다. 서양)

불언이유 不言而喩

말하지 않아도 명백하다. 자명하다.

속: It would be apparent even to a blind man.

(심지어 소경에게도 그것은 명백할 것이다. 로마)

불언지교 不言之敎

노장의 무위자연의 가르침.

속: Time is the best counsellor.

(시간은 가장 좋은 충고자다. 그리스)

불역인의 拂逆人意

남의 뜻을 배척하고 거스르다.

속: Black will take no other hue.

(검은색은 다른 색을 받아들이지 않을 것이다. 서양)

불요불급 不要不急

필요하지도 않고 급하지도 않다.

속: Buy what you do not want, and you'll sell what you cannot spare.(원하지 않는 것을 사면 버릴 수 없는 것을 팔 것이다. 스코틀랜드)

불우지비 不虞之備

뜻밖에 생기는 일에 대비한 준비.

속: It is well to have two strings to one's bow.

(자기 활에 줄을 두 가닥을 매는 것이 좋다. 프랑스)

불원천리 不遠千里

천리 길도 멀다고 여기지 않다.

속: From Berwick to Dover three hundred miles over.

(버위크에서 도버까지 삼백 마일이 넘는다. 영국)

불의지재 不義之財

옳지 못한 수단으로 얻은 재물. 동: 부정명색 不正名色

속: Gain gotten by a lie will burn one's fingers.

(거짓말로 얻은 이익은 자기 손가락들을 태울 것이다. 서양)

불인인열 不因人熱

남의 열로 밥을 짓지 않다. 은혜 입는 것을 떳떳하게 여기지 않다.

성품이 고고하여 남에게 의지하려고 하지 않다. 동: 자력갱생 自力更生

속: If you yourself can do it, attend to no other's help or hand.

(네가 할 수 있는 것에 대해서는 남의 도움을 받지 마라. 서양)

불입호혈 부득호자 不入虎穴 不得虎子

호랑이 굴에 들어가지 않으면 호랑이 새끼를 잡지 못한다.

모험을 해야만 큰 업적을 이룬다.

속: He that would have the fruit must climb the tree.

(열매를 얻으려는 자는 나무에 올라가야만 한다. 서양)

불청객자래 不請客自來

초청하지 않은 손님이 스스로 오다.

속: Fiddlers, dogs, and flies come to feasts unasked.

(악사들과 개들과 파리들은 초청되지 않아도 잔치에 온다. 스코틀랜드)

불초지부 不肖之父

어리석은 아버지.

속: The first service a child does his father is to make him
foolish.(아이가 아버지에게 하는 최초의 봉사는 그를 바보로 만드는 것이

다. 서양)

불초지주 不肖之主

어리석은 군주.

속: He that is hated of his subjects cannot be counted a king.

(백성들의 미움을 받는 자는 왕이라고 할 수 없다. 스코틀랜드)

불치불롱 不痴不聾

일부러 바보나 귀머거리인 척하다.

바보나 귀머거리인 척하지 않으면 좋은 시어머니가 되지 못한다.

속: He sleeps as dogs do when wives talk.

(여자들이 떠들 때 그는 개들이 하듯이 자는 척한다. 스코틀랜드)

불치지증 不治之症

치료할 수 없는 병.

속: A deadly disease neither physician nor physic can ease.

(의사도 약도 완화시킬 수 없는 치명적 질병. 영국)

불치하문 不恥下問

자기보다 못한 사람에게 묻는 것을 부끄럽게 여기지 않다.

속: He that nothing questions nothing learns.

(아무 것도 묻지 않는 자는 아무 것도 배우지 못한다. 서양)

불타자초 不打自招

고문하지 않았는데도 스스로 죄를 자백하다.

속: Confess and be hanged.(자백하고 교수형을 받아라. 서양)

불택수단 不擇手段

목적을 달성하기 위해서는 수단을 가리지 않다.

속: If you can, by kind means; if not, by any means.

(네가 할 수 있는 일에 대해서는 부드러운 방법을, 할 수 없는 일에 대해서는 무슨 수단이든 동원하라. 로마)

불파불립 不破不立

파괴가 없이는 건설도 없다.

낡은 것을 버리지 않으면 새로운 것을 세울 수 없다.

속: A house pulled down is half rebuilt.

(허물어버린 집은 절반은 이미 재건된 것이다. 서양)

불편부당 不偏不黨

어느 한쪽 편으로 치우치지 않고 자기편을 만들지도 않다.

공정하게 중립을 지키다.

속: The balance distinguishes not between gold and lead.

(저울은 금과 납을 차별하지 않는다. 서양)

불필타구 不必他求

자기 것으로 넉넉하여 남의 것을 구할 필요가 없다.

속: Is it necessary to add acid to the lemon?

(레몬에 식초를 칠 필요가 있는가? 힌두)

불학무식 不學無識

배우지 못하고 아는 것이 없다.

속: Better unborn than untaught.

(배우지 못하기보다는 태어나지 않는 것이 낫다. 영국)

불한이율 不寒而慄

춥지도 않은데 공포에 떨다. 폭정이 심해서 춥지도 않은데 몸이 떨리다.

속: Fear is the beadle of the law.(두려움은 법의 관리인이다. 서양)

불혹 不惑

홀려서 정신을 못 차리는 일이 없다. 나이 마흔 살.

속: Every man is a fool or a physician at forty.

(누구나 나이 40세에는 바보가 아니면 의사다. 영국)

불환이산 不歡而散

매우 불쾌하게 헤어지다. 불화로 끝내다.

속: "There's small sorrow at our parting," as the old mare said to the broken cart.("우리가 헤어지는 것은 조금도 슬프지 않다."고 늙은 암말이 망가진 수레에게 말한 것과 같다. 스코틀랜드)

불흠비류 不歆非類

귀신은 자기 족속의 제사 이외에는 받지 않는다.

속: Like saint, like offering.(그 성인에 그 제물이다. 서양)

붕정만리 鵬程萬里

붕새가 만 리를 날아가다. 먼 외국 여행길에 오르다. 앞길이 창창하다.

속: He that travels far knows much.

(멀리 여행하는 자가 많이 안다. 영국)

비감대수 蚍撼大樹

개미가 감히 큰 나무를 흔들려고 하다.

제 분수를 모르고 덤비다. 초보자가 대학자를 비난하다.

속: A dwarf threatens Hercules.

(난장이가 헤라클레스를 위협하다. 영국)

비구혼구 匪寇婚媾

도둑질하려고 온 것이 아니라 혼인하려고 왔다.

속: He that would the daughter win, must with the mother first begin.

(딸을 얻으려 하는 자는 그 어머니부터 설득하기 시작해야만 한다. 영국)

비기윤신 肥己潤身

자기 몸만 살찌게 하고 이롭게 하다.

속: Many will hate you, if you love yourself.

(네가 너 자신을 사랑하면 많은 사람이 너를 미워할 것이다. 로마)

비마가편 飛馬加鞭

날아가듯 빨리 달리는 말에 채찍질을 하다. 더욱 빨리 달리게 하다.

속: The beast that goes always never wants blows.

(잘 걸어가는 가축은 언제나 매를 안 맞을 때가 결코 없다. 서양)

비불능야 非不能也

할 수 없는 것이 아니라 하지 않는 것이다.

속: What may be done at any time will be done at no time.

(어느 때라도 이루어질 수 있는 것은 아무 때도 이루어지지 않을 것이다. 스코틀랜드)

비불외곡 臂不外曲

팔이 안으로 굽다. 친한 사람에게 마음이 쏠리게 마련이다.

속: The devil is good to his own.

(악마는 자기 무리에게 친절하다. 영국)

비불자승 悲不自勝

슬픔을 도저히 억제할 수 없다.

속: Great sorrows are silent.(극도의 슬픔은 말이 없다. 이탈리아)

비심노력 費心勞力

모든 생각과 기력을 소모하다.

속: He who seeks, may find.(찾는 자는 발견할 수 있다. 영국)

비아불성 非我不成

내가 아니면 일을 이룰 수 없다. 지나치게 오만하다.

속: Pride will spit in pride's face.

(오만은 오만의 얼굴에 침을 뱉을 것이다. 서양)

비육지탄 脾肉之嘆

넓적다리에 살이 찐 것을 탄식하다.

세월만 헛되게 보내는 신세를 한탄하다.

속: He that bewails himself has the cure in his hands.

(스스로 한탄하는 자는 해결책을 자기 손에 쥐고 있다. 영국)

비이불용 備而不用

준비해둔 채 잠시 사용하지 않고 급할 때에 대비하다.

속: That which would become a hook, must bend itself betimes.

(갈고리가 되려고 하는 것은 미리 자신이 휘어져야만 한다. 독일)

비이장목 飛耳長目

먼 곳의 것을 잘 듣는 귀와 잘 보는 눈.

관찰력이 대단하다. 책을 가리키는 말.

속: Like author, like book.(그 저자에 그 책이다. 영국)

비익연리 比翼連理

날개가 하나인 비익조와 가지가 서로 붙은 연리지.

매우 화목한 부부나 서로 깊이 사랑하는 남녀.

속: Choose your love, and then love your choice.

(애인을 선택하라. 그런 다음에는 네가 선택한 애인을 사랑하라. 서양)

비일비재 非一非再

한두 번이 아니다. 한둘이 아니라 매우 많다.

속: We all have more than each one knows of sins, of debts, of years, of foes.(우리는 누구나 각자가 알고 있는 것보다 더 많은 죄, 빚, 나이, 적들을 가지고 있다. 페르시아)

비재노민 費財勞民

자기 재물을 풀어 백성의 노고를 위로하다.

속: He has wealth who knows how to use it.

(재산은 그것을 사용할 줄 아는 자가 소유한다. 로마)

비전불행 非錢不行

뇌물을 주지 않고는 아무 일도 안 되다. 부패가 매우 심하다.

속: All offices are greasy.(모든 관직은 부패하게 마련이다. 네덜란드)

비천민인 悲天憫人

세상을 슬퍼하고 사람들을 동정하다.

사회의 부패와 백성의 고통에 대해 분개하고 걱정하다.

속: Sympathy without relief is like mustard without beef.

(구제 없는 동정은 쇠고기 없는 겨자와 같다. 서양)

비통욕절 悲痛欲絶

너무 비통하여 죽고 싶은 심정이다.

속: He that bewails himself has the cure in his hands.

(비탄에 잠긴 자는 그 치유법을 자기 손에 쥐고 있다. 서양)

비파별포 琵琶別抱

여자가 재혼하다.

속: Who marries a widow with two daughters marries three thieves.

(두 딸을 둔 과부와 결혼하는 자는 세 도둑과 결혼한다. 서양)

비환이합 悲歡離合

슬픔과 기쁨이 교차하다. 착잡한 심정. 슬픔과 기쁨, 이별과 만남.

속: No joy without annoy.(근심 없는 기쁨은 없다. 서양)

비황저곡 備荒貯穀

흉년이나 재난에 대비해서 곡식을 저장해 두다.

속: Winnow while there is wind.(바람이 부는 동안 키질을 하라. 힌두)

비희교집 悲喜交集

희비가 교차하다.

속: Sadness and gladness succeed one another.

(슬픔과 기쁨이 서로 뒤를 잇다. 서양)

빈계무신 牝鷄無晨

암탉은 새벽을 알리지 못한다. 여자는 정권을 잡지 못한다.

속: Let women spin, not preach.

(여자들은 실 잣는 일을 해야지 설교를 해서는 안 된다. 서양)

빈계지신 牝鷄之晨

암탉의 새벽. 암탉이 새벽에 울다. 아내가 남편을 지배하다.

아내가 남편을 누르고 정권을 장악하다.

속: It goes ill the house where the hen sings and the cock is silent.(암탉이 울고 수탉이 침묵하는 집은 망한다. 서양)

빈부현수 貧富懸殊

가난과 부유함은 서로 거리가 매우 멀다.

속: The pleasures of the rich are bought with the tears of the poor.(부자들의 즐거움은 가난한 사람들의 눈물로 사는 것이다. 서양)

빈익빈 부익부 貧益貧 富益富

가난한 사람은 더욱 가난해지고 부자는 더욱 부유하게 되다.

속: We give to the rich and take from the poor.

(우리는 부자들에게는 주고 가난한 자들에게서는 빼앗는다. 서양)

빈자일등 貧者一燈

가난한 사람의 등불 하나. 지성껏 바치는 제물.

속: Destroy all passions when you light Buddha's lamp.

(부처의 등불을 켤 때 모든 욕심을 버려라. 일본)

빈천교인 貧賤驕人

비록 가난하고 천해도 부귀한 자에게 굴복하지 않고 도도하다.

권세와 부귀를 경멸하다.

속: Pride and poverty are ill met, yet often dwell together.

(오만과 가난은 잘못 만난 사이지만 함께 지내는 경우가 많다. 서양)

빈천친척리 貧賤親戚離

가난하고 천해지면 친척들도 떠나간다.

속: Poverty has no relations.(가난은 친척들이 없다. 이탈리아)

빈한도골 貧寒到骨

가난이 뼈에 사무친다. 매우 가난하다.

속: Age and poverty are ill to suffer.

(노년과 가난은 견디기 힘들다. 스코틀랜드)

빙공영사 憑公營私

공적인 일을 핑계로 개인적인 이익을 도모하다.

속: He manages the honey badly who does not taste it and lick it off his fingers.(꿀을 찍어서 맛보고 손가락도 빨지 않는 사람은 꿀을 잘못 다루는 것이다. 프랑스)

빙기옥골 氷肌玉骨

곱고 깨끗한 매화. 살결이 곱고 깨끗한 미인.

속: It is not the most beautiful women whom men love most.

(남자들이 가장 사랑하는 것은 가장 뛰어난 미인들이 아니다. 서양)

빙소무산 氷消霧散

얼음이 녹고 안개가 흩어지듯 자취도 없이 사라지다.

속: Where are the snows of last year?

(작년의 눈은 모두 어디 있는가? 프랑스)

빙천설지 氷天雪地

날씨가 매우 춥다.

속: As the days lengthen so the cold strengthens.

(낮이 길어질수록 추위도 더 심해진다. 영국)

빙탄불상용 氷炭不相容

얼음과 숯불은 서로 용납하지 못한다.

성질이 서로 반대되어 융합할 수 없다.

속: Fire and flax.(불과 아마포. 영국)

Do not tie up asses with horses.

(당나귀와 말을 함께 매지 마라. 프랑스)

빙탄상용 氷炭相容

상반되는 것이 서로 돕다. 친구끼리 서로 충고하다.

속: If the counsel be good, no matter who gave it.

(좋은 충고라면 그것을 누가 했는지는 아무 상관이 없다. 영국)

빙해동석 氷解凍釋

얼음이 녹고 언 것이 풀리다. 장애가 완전히 사라지다.

속: When Candlemas day is come and gone, the snow lies on a hot stone.

(촛불 축일인 2월 2일이 지나면 눈은 뜨거운 돌 위에 눕는다. 영국)

사계사야 使鷄司夜

닭이 밤 시간을 알리도록 맡기다.

속: Little bantams are great at crowing.

(작은 당닭이 우렁차게 운다. 서양)

사고무친 四顧無親

의지할 만한 아는 사람이 전혀 없다.

속: Kings alone are no more than single men.

(왕이 혼자 있다면 그는 동떨어진 개인에 불과하다. 서양)

사공견관 司空見慣

흔히 보는 것이라 신기하지 않다. 매우 평범하다.

속: A wonder lasts but nine days.

(신기하게 여기는 것도 9일 동안에 불과하다. 영국)

사공명 주생중달 死孔明 走生仲達

죽은 제갈공명이 살아있는 사마중달을 달아나게 하다.

앞날을 내다보는 계책을 세우다.

속: To see may be easy, but to foresee—that is the fine thing.

(보는 것은 쉽지만 앞을 내다보는 것은 뛰어난 일이다. 서양)

사과경천 事過境遷

일이 이미 지나갔으면 사정이나 환경도 변한다.

속: Circumstances alter cases.

(환경이 일의 사정을 변경시킨다. 서양)

사구모신 捨舊謀新

낡은 것을 버리고 새 것을 추구하다.

속: Nothing is so new, as what has been long forgotten.

(오래 전에 망각된 것만큼 새로운 것은 없다. 독일)

사귀신속 事貴神速

일을 할 때는 빠른 것이 가장 좋다.

속: Expedition is the soul of business.(신속은 사업의 생명이다. 서양)

Well done, soon done.(잘 된 일은 빨리 된 것이다. 스코틀랜드)

사근구원 捨近求遠

가까운 것을 버리고 먼 것을 추구하다.

속: Foxes prey farthest from their earths.

(여우들은 자기가 사는 땅에서 가장 먼 곳에서 먹이를 구한다. 영국)

사급계생 事急計生

일이 다급하면 계책이 나온다.

속: Necessity breaks iron.(필요는 쇠도 끊는다. 독일)

사기위인 捨己爲人

남을 위해 자기 이익을 버리다. 남을 위해 자기 몸을 바치다.

속: A candle lights others and consumes itself.

(초는 다른 것들을 비추어주고 자기 자신을 소모한다. 영국)

사마골오백금 死馬骨五百金

죽은 말의 뼈를 오백 냥에 사다.

속: The lion's skin is never cheap.

(사자의 가죽은 절대로 싸지 않다. 영국)

사마소지심 司馬昭之心

사마소가 군주가 되려는 마음은 길 가는 사람도 다 안다.

음흉한 속셈이나 음모가 드러났다.

속: He is a father to the town, and a husband to the town.

(그는 그 도시의 아버지고 또한 그 도시의 남편이다. 로마)

사마외도 邪魔外道

바른 도리를 방해하는 그릇된 이론과 행동.

속: What is the use of running, when you are on the wrong road?

(길을 잘못 들었다면 달리기가 무슨 소용이 있는가? 독일)

사망무일 死亡無日

죽을 날이 머지않다.

속: Death's day is Doomsday.

(각자 죽는 날이 각자의 최후의 심판 날이다. 영국)

사면수적 四面受敵

사방에서 적의 공격을 받다.

속: We all have more than each one knows of sins, of debts, of years, of foes.(우리는 누구나 각자가 알고 있는 것보다 더 많은 죄, 빚, 나이, 적들을 가지고 있다. 페르시아)

사면초가 四面楚歌

사방에서 들려오는 초나라 노래.

적에게 포위되어 원군도 없이 완전히 고립되다. 동: 복배수적 腹背受敵

속: A mouse in tar.(타르에 빠진 생쥐. 로마)

The lone sheep's in danger of the wolf.

(외톨이 양은 늑대의 밥이 될 위험이 있다. 영국)

사모영자 紗帽纓子

사모에 갓끈. 격이 맞지 않거나 서로 어울리지 않다.

속: Borrowed garments never sit well.

(빌려온 옷은 결코 잘 어울리지 않는다. 영국)

사무기탄 肆無忌憚

아무 것도 꺼리지 않고 제멋대로 행동하다.

속: Ill children are best heard at home

.(나쁜 아이들의 말은 집에서 가장 잘 통한다. 스코틀랜드)

사무대증 死無對證

죽은 자는 증인이 될 수 없다. 진상을 밝힐 길이 없다.

속: Dead men tell no tales.(죽은 자들은 이야기를 하지 않는다. 서양)

사문난적 斯文亂賊

유교의 가르침을 어지럽히는 사람. 유가의 입장에서 볼 때의 이단.

속: Frenzy, heresy, and jealousy seldom cured.

(열광, 이단, 질투는 치료될 수 없다. 서양)

사방지지 四方之志

뜻이 사방에 있다. 천하를 돌며 사업을 성취시키려는 뜻.

포부가 큰 사람은 어디나 갈 수 있다. 천하사방의 기록.

속: A little body does often harbor a great soul.

(작은 체구가 위대한 정신을 담는 경우가 많다. 영국)

사본치말 捨本治末

근본적인 것을 버리고 지엽적인 것에 힘쓰다. 본말이 거꾸로 되다.

속: You take more care of your shoe than your foot.

(너는 네 발보다 네 구두를 더 염려한다. 서양)

사부절서 史不絶書

역사상 그런 기록은 끊임이 없다. 과거에 늘 벌어진 일이다.

속: I am not the first, and shall not be the last.

(나는 첫 번째도 아니지만 마지막의 것도 되지는 않을 것이다. 서양)

사불관기 事不關己

일이 자기와 무관하다. 남에게 무관심하다.

속: What's none of my profit will be none of my peril.

(나의 이익이 되지 않는 것은 나의 손해도 되지 않을 것이다. 스코틀랜드)

사불급설 駟不及舌

네 마리 말이 끄는 수레도 혀보다는 빠르지 못하다.

말은 일단 입에서 나가면 주워 담을 수 없다. 말은 매우 조심해야만 한다.

속: A word spoken is an arrow let fly.

(입에서 나간 말은 이미 쏜 화살이다. 영국)

사불범정 邪不犯正

그릇된 것은 바른 것을 누르지 못한다. 정의는 반드시 이긴다.

속: Might is not always right.(힘이 언제나 옳은 것은 아니다. 서양)

사불의지 事不宜遲

일은 늦추어서는 안 된다. 기회는 놓치거나 미루어서는 안 된다.

속: A work begun is half done.(시작된 일은 절반은 된 것이다. 서양)

사불출위 思不出位

일을 생각할 때 자기 직무의 범위를 넘지 않다.

속: Wherries must not put out to sea.

(나룻배들은 항해에 나서서는 안 된다. 서양)

사비사지 使臂使指

팔과 손가락을 마음대로 움직이다.

남을 자기가 원하는 대로 부리다.

속: To have at one's fingers' ends.(자기 마음대로 조종하다. 영국)

사사오입 四捨五入

끝자리가 4 이하는 버리고 5 이상은 올리다.

속: You may prove anything by figures.

(너는 숫자로 무엇이든지 증명할 수 있다. 서양)

사사지기 士死知己

대장부는 자기를 알아주는 사람을 위해 죽는다.

자기를 알아준 은덕에 보답하기 위해 목숨을 아끼지 않다.

속: Many friends in general, one in special.

(친구는 많아도 특별한 친구는 하나뿐이다. 서양)

사상누각 砂上樓閣

모래 위에 세운 큰 집.

기초가 튼튼하지 못해 오래 견디지 못하다. 실현 불가능한 일.

속: You are building on sand.(너는 모래 위에 건물을 짓는다. 로마)

사상수수 私相授受

몰래 또는 불법적으로 물건을 서로 주고받다. 뇌물을 주고받다.

속: Nothing costs so much as what is given us.
(우리에게 주어진 것처럼 대가가 비싼 것은 없다. 서양)

사색지지 四塞之地
사방의 지세가 험하고 견고한 천연적 요새로 된 땅.
속: Earth is the best shelter.(땅은 가장 좋은 피난처다. 서양)

사서만천 思緖萬千
생각의 실마리가 매우 많다.
속: Thoughts are toll-free, but not hell-free.
(생각은 요금이 무료지만 지옥을 면하지는 못한다. 독일)

사소취대 捨小取大
작은 것을 버리고 큰 것을 얻다.
속: Better give a shilling than lend and lose half-a-crown.
(천 원을 빌려주고 잃기보다 백 원을 주는 것이 낫다. 영국)

사수여어 似水如魚
물과 물고기의 관계와 같다. 매우 밀접하여 분리할 수 없다.
속: Where the Pope is, Rome is.
(교황이 있는 곳에 로마가 있다. 이탈리아)

사어비명 死於非命
뜻밖의 재난으로 죽다. 수명을 다하지 못하고 죽다.
속: He who goes to bed, and goes to bed sober falls as the leaves do, and dies in October.(술에 취하지 않은 채 잠을 자러 가는 자는 나뭇잎이 떨어지듯 쓰러지고 10월에 죽는다. 영국)

사어지천 射魚指天

물고기를 잡으려고 하늘을 향해 활을 쏘다.

방법이 잘못되어 목적을 이룰 수 없다.

속: You are shooting your javelin into the sky.

(너는 창을 하늘을 향해 던지고 있다. 로마)

사옥여화 似玉如花

꽃이나 구슬과 같다. 매우 젊고 아름답다.

속: Everything beautiful is lovable.

(아름다운 것은 모두 사랑스럽다. 로마)

사위주호 死爲酒壺

죽어서 술병이 될 것이다. 술을 매우 좋아하다.

속: A drunkard's purse is a bottle.

(술꾼의 지갑은 술병이다. 영국)

사유시종 事有始終

일은 처음이 있으면 반드시 끝이 있다. 일은 순서를 분간해야 한다.

속: Such a beginning, such an end.(그 시작에 그 결말이다. 영국)

사이밀성 事以密成

일은 치밀하게 해야만 성공한다. 사업은 은밀하게 해야 성공한다.

속: The best work in the world is done on the quiet.

(세상에서 가장 탁월한 일은 은밀하게 이루어진다. 서양)

사이불후 死而不朽

몸은 죽어도 명성이나 사업은 사후에도 길이 남는다.

속: A good death is far better and more eligible than an ill life.

(훌륭한 죽음은 악한 삶보다 훨씬 낫고 더욱 바람직하다. 영국)

사이비 似而非

겉은 같지만 속은 다르다. 가짜 모조품. 위선자.

동: 사시이비 似是而非 유: 우맹의관 優孟衣冠

속: All is not gold that glistens.

(번쩍이는 것이 모두 금은 아니다. 서양)

사이지차 事已至此

일이 이미 이와 같이 되어 버렸다. 후회해도 소용없다.

속: He that does what he should not shall feel what he would not.(해서는 안 되는 것을 하는 자는 원하지 않는 것을 느낄 것이다. 서양)

사이후이 死而後已

죽어야만 그만 두다. 굳은 의지로 열심히 노력하다.

죽을 때까지 부지런히 일하다.

속: Once a bishop and ever a bishop.

(일단 주교가 되면 평생 동안 주교다. 영국)

사인선사마 射人先射馬

사람을 쏘려면 그의 말부터 쏜다. 상대를 제압하려면 그가 의지하고 있는 것부터 먼저 제거해야 한다.

속: Many kiss the child for the nurse's sake.

(유모 때문에 아이에게 키스하는 사람이 많다. 영국)

사자불가복생 死者不可復生

죽은 자는 다시 살아날 수 없다.

속: It is only the dead who do not return.

(돌아오지 않는 것은 오로지 죽은 자들뿐이다. 영국)

사자신중충 獅子身中蟲

사자의 몸속에서 사자를 좀먹는 벌레.

자기편을 해치거나 내부에서 재앙을 초래하는 사람.

받은 은혜를 악행으로 갚는 사람.

속: Bad priests bring the devil into the church.

(나쁜 사제들이 악마를 교회로 끌어들인다. 서양)

사자후 獅子吼

사자가 부르짖는 소리. 우렁찬 웅변이나 열변.

속: He who speaks on behalf of an innocent man is eloquent enough.(무죄한 사람을 대변하는 자야말로 탁월한 웅변가다. 로마)

사전여수 使錢如水

돈을 아끼지 않고 물처럼 쓰다.

속: Penny wise, pound foolish.(푼돈은 아끼고 큰돈은 마구 쓴다. 서양)

사족 蛇足

뱀의 다리. 쓸데없는 짓. 원: 화사첨족 畵蛇添足

동: 농교성졸 弄巧成拙 유: 노이무공 勞而無功

속: You are lending light to the sun.

(너는 태양에게 빛을 빌려준다. 로마)

사지 四知

하늘, 땅, 너, 나 이렇게 넷이 안다.

속: The eye of God sleeps not.(신의 눈은 잠자지 않는다. 서양)

사직위장 師直爲壯

올바른 명분을 위해 파견된 군대는 사기가 높다.

속: A good cause makes a stout heart and a strong arm.

(올바른 명분은 굳은 결의와 강한 팔을 준다. 서양)

사천사지 謝天謝地

하늘과 땅의 신들에게 감사하다.

문제가 해결되거나 바라던 것이 이루어져 기쁘다.

속: Think and thank God.

(하느님을 생각하고 하느님께 감사하라. 서양)

사출무명 師出無名

군대를 파견하는데 정당한 명분이 없다. 행동에 정당한 이유가 없다.

속: It is an ill army where the devil carries the colors.

(악마에게 군기의 운반을 맡기는 군대는 나쁜 군대다. 영국)

사출불의 事出不意

일이 의외로 생기다.

속: The unexpected always happen.

(의외의 일은 항상 일어난다. 영국)

사출유인 事出由因

일은 원인이 있기 때문에 일어난다. 모든 것은 원인이 있다.

속: No one is born for himself.

(아무도 스스로 태어나지 못한다. 로마)

사취여치 似醉如痴

만취하거나 미친 것과 같다. 정신이 몽롱하여 자제력이 없다.

속: There is something in it, quotes the fellow, when he drank it, dishcloth and all.(행주 채 모조리 마시고 났을 때 그는 여기에는 무엇인가 들어 있다고 말한다. 서양)

사칠여교 似漆如膠

아교와 옻칠처럼 밀접하다. 서로 단단히 의존하다.

남녀가 매우 친밀하다.

속: They cleave together like burs.

(그들은 밤송이 가시처럼 서로 달라붙어 있다. 영국)

사통팔달 四通八達

길이 사방으로 통하고 팔방에 이르다.

왕래가 많아 번화한 곳. 교통이 편리하다.

속: Any road leads to the end of the world.

(어느 길이나 세상 끝까지 통한다. 영국)

사패수성 事敗垂成

성공을 이루기 직전에 실패하다. 거의 다 된 일이 실패하다.

속: As good luck as the lousy calf, that lived all winter and died in the summer.

(겨울 내내 살다가 여름에 죽은 못난 송아지처럼 운이 없다. 영국)

사평팔온 四平八穩

착실하고 온건하다. 안전하고 확실하다. 지나치게 조심하다.

속: Talk of camps, but stay at home.

(야영에 관해서 말은 하지만 집에 머물러라. 서양)

사필귀정 事必歸正

모든 일은 반드시 바른 이치로 돌아간다.

옳지 않은 것은 오래 가지 못한다. 동: 사불범정 邪不犯正

속: If you will not hear reason, she will surely rap your knuckles.

(네가 이성의 말을 듣지 않는다면 이성은 너를 호되게 때릴 것이다. 서양)

사해위가 四海爲家

천하를 자기 집으로 삼다. 천하를 다스리다. 어디를 가나 그곳을 자기 집으로 삼다. 떠돌아다니며 일정한 주거가 없는 사람.

속: Every land is his native land to a brave man.

(용감한 자에게는 모든 곳이 자기 고향이다. 그리스)

사후약방문 死後藥方文

죽은 뒤의 약 처방. 실패한 뒤에 후회해도 소용없다.

속: After death the doctor.

(사람이 죽은 뒤에 의사가 오다. 서양)

사후제갈 事後諸葛

일이 끝난 뒤의 제갈량. 이미 늦었다. 아무 소용이 없는 일.

속: The afterthought is good for nought.

(뒤늦은 꾀는 무용지물이다. 영국)

삭족적리 削足適履

발을 깎아서 신발에 맞추다. 원칙 없이 행동하다.

속: Doctor Luther's shoes don't fit every village priest.

(루터박사의 구두가 모든 마을의 사제들에게 맞는 것은 아니다. 독일)

삭주굴근 削株掘根

줄기를 자르고 뿌리를 캐다. 재앙의 원인을 제거하다.

속: Better a finger off than always aching.

(손가락이 항상 아픈 것보다는 그것을 잘라버리는 것이 낫다. 영국)

산계무경 山鷄舞鏡

산 꿩이 거울에 비친 자기 모습을 모고 춤추다가 지쳐 죽은 일.

자아 도취하여 기뻐하다. 유: 자화자찬 自畵自讚

속: He will dance to nothing but his own pipe.

(그는 오직 자기 피리소리에만 맞추어 춤출 것이다. 서양)

산계야목 山鷄野鶩

산꿩과 들오리. 길들이기 어려운 사람.

속: The tod's babies are ill to tame.

(여우 새끼들은 길들이기 힘들다. 스코틀랜드)

산고수장 山高水長

높은 산과 멀리 흐르는 강. 고매한 인격이나 지조.

크게 떨치는 명성. 깊은 은덕이나 호의.

속: Get a good name and go to sleep.

(훌륭한 명성을 얻고 잠을 자러 가라. 서양)

산고수험 山高水險

높은 산과 위험한 강. 먼 여행길의 어려움과 난관.

속: Put a stout heart to a steep brae.

(가파른 언덕에는 용감한 정신으로 대들어라. 스코틀랜드)

산산내지 姍姍來遲

느리게 걸어서 뒤늦게 오다. 지각하다.

속: To kiss the hare's foot.

(산토끼 발에 키스하다, 즉 지각하다. 영국)

산자수명 山紫水明

산은 자주색이고 물은 맑다. 산수의 뛰어난 경치.

속: A mountain and a river are good neighbors.

(산과 강은 서로 좋은 이웃이다. 서양)

산전수전 山戰水戰

산에서 싸우고 물에서 싸우다. 세상의 온갖 어려움을 다 겪다.

속: Experience must be bought.

(경험은 대가를 지불하고 사야만 한다. 서양)

산해진미 山海珍味

산과 바다에서 나는 진귀하고 맛있는 각종 음식.

매우 풍성하게 차린 진귀한 음식. 반: 가상다반 家常茶飯

속: He that is at ease seeks dainties.

(안락하게 사는 자는 맛있는 음식을 찾는다. 서양)

살두성병 撒豆成兵

콩을 뿌려서 군사들을 만들어내다. 마술을 부리다.

속: He has the helmet of Orcus.

(그는 오르쿠스의 투구를 쓰고 있어서 몸이 안 보인다. 로마)

살사도허 撒詐搗虛

거짓말을 지어내고 사람을 속이다.

속: He that trusts in a lie shall perish in truth.
(거짓말에 의지하는 자는 진리 때문에 죽을 것이다. 서양)

살신성인 殺身成仁
목숨을 바쳐서 인의를 보존하다.
정의로운 일이나 숭고한 이상을 위해 목숨을 바치다.
속: All lay loads on a willing horse.
(기꺼이 짐을 지는 말에게 모두 짐을 싣는다. 서양)

살의축식 殺衣縮食
옷과 음식을 절약하다.
속: To achieve alchemy with the teeth.
(음식을 줄여서 돈을 저축하다. 프랑스)

살인멸구 殺人滅口
범죄의 공모자와 내막을 아는 자를 죽여서 그 입을 막다.
사실이나 진상을 숨기기 위해 그 내막을 아는 사람을 죽이다.
속: Murder will out.(살인은 드러날 것이다. 서양)

살일경백 殺一儆百
한 사람을 처형하여 많은 사람에게 경고하다.
속: Scarborough warning.
(스카보로 경고, 즉 재판 없이 급하게 처형하다. 영국)

살풍경 殺風景
아름다운 경치를 해치다. 흥을 깨다.
속: The reckoning spoils the relish.(계산은 흥취를 깬다. 서양)

삼고초려 三顧草廬

유비가 제갈공명의 초가집을 세 번 찾아간 일.
높은 사람이 인재를 얻기 위해 겸손하게 초빙하다.
속: The best things are hard to come by.
(가장 좋은 것은 만나기 힘들다. 서양)

삼고초려 三顧草廬 (삼국연의 三國演義)

삼교구류 三敎九流

유교, 불교, 도교와 아홉 가지 학파. 종교와 학술의 각종 유파.
사회의 각종 행위 또는 각계각층의 사람들.

속: A good life is the only religion.

(오로지 선한 삶만이 유일한 종교다. 서양)

삼남사녀 三男四女

아들 셋과 딸 넷. 자녀가 많다.

속: He that has children, all his morsels are not his own.

(자녀들을 둔 사람은 자기의 모든 빵 조각이 자기 것은 아니다. 서양)

삼번사복 三番四覆

여러 번 반복하다.

속: Once in use, and ever after a custom.

(한 번 사용되면 그 이후로는 습관이 된다. 서양)

삼번양차 三番兩次

두 번 세 번 하다. 한 번에 그치지 않다.

속: One time is no time.(한 번은 횟수가 아니다. 독일)

삼복증염 三伏蒸炎

초복, 중복, 말복 등 삼복더위.

속: Dog days bright and clear indicate a happy year, but when accompanied by rain, for better times our hope are vain.

(맑고 밝은 삼복더위 철은 행복한 한 해를 가리키지만 그 때 비가 오면 좋은 시절에 대한 우리 희망은 헛된 것이다. 영국)

삼붕사우 三朋四友

각계각층의 친구들.

속: Your friend had a friend, and your friend's friend has a friend.

(너의 친구에게 친구가 있고 너의 친구의 친구에게 친구가 있다. 히브리)

삼사이행 三思而行

세 번 생각하고 나서 행동하다. 언행이 매우 신중하다.

속: Measure thrice before you cut once.

(한 번 자르기 전에 세 번 재라. 서양)

삼손우 三損友

사귀면 손해가 되는 세 가지 벗, 즉 남의 비위를 잘 맞추는 자, 말만 잘하고 불성실한 자, 착하기만 하고 줏대가 없는 자.

속: Bad company is the devil's net.

(나쁜 친구는 악마의 그물이다. 서양)

삼순구식 三旬九食

30일에 아홉 끼 식사를 하다. 매우 가난하여 먹기가 힘들다.

속: One can live on little, but not on nothing.

(적게 먹고는 살 수 있어도 아무 것도 못 먹고는 못 산다. 서양)

삼시섭하 三豕涉河

글자를 틀리게 쓰거나 인쇄하다. 글자를 틀리게 읽다. 말이 와전되다.

속: No tale is so good but may not be spoiled in telling.

(잘못 전해질 수 없을 만큼 완전한 말은 없다. 서양)

삼신묘유 參辰卯酉

삼성은 유시에 서쪽에서 뜨고 신성은 묘시에 동쪽에서 떠 서로 만날 수 없다. 서로 배척, 대립, 적대하다. 두 세력이 공존할 수 없다.

속: To be at daggers drawn.

(단검을 빼어 들고 있다, 즉 서로 적대시하다. 영국)

삼십유실 三十有室

남자가 나이 삼십에 결혼하다.

속: Keep your eyes wide open before marriage, half-shut afterwards.

(결혼 전에는 눈을 크게 뜨고 결혼 후에는 눈을 반쯤 감아라. 미국)

삼십육계 三十六計

서른여섯 가지 계책 가운데 달아나는 것이 제일 좋은 계책이다.

속: Who has not courage should have legs.

(용기가 없는 자는 다리들을 가져야만 한다. 서양)

삼위일체 三位一體

세 가지의 것이 하나가 되는 일. 세 가지로 보이지만 하나인 것.

속: Goose, and gander, and gosling, are three sounds, but one thing.

(암컷 거위, 수컷 거위, 새끼 거위는 세 가지 발음의 단어지만 다 같은 거위다. 영국)

삼인성호 三人成虎

사람이 셋이면 호랑이도 만들어낸다. 거짓말도 여럿이 전달하면 곧이 들린다. 거짓말이나 헛소문도 여러 번 반복하면 사람들이 믿게 만들 수 있다.

속: Evil is soon believed.(사람들은 나쁜 말을 빨리 믿는다. 서양)

삼재팔난 三災八難

각종 재앙과 불행을 만나다.

속: Misfortunes come on wings and depart on foot.

(불행은 날아와서 걸어서 떠나간다. 서양)

삼절기굉 三折其肱

팔뚝이 세 번 부러지면 스스로 치료법을 안다. 일을 많이 겪으면 경험이 풍부하고 조예가 깊어진다. 의술이 매우 뛰어나다.

속: The fisherman when stung will grow wise.

(가시에 찔린 어부는 현명해질 것이다. 로마)

삼종지도 三從之道

여자가 따라야 할 세 가지 도리, 즉 집에서는 아버지를, 결혼해서는 남편을, 남편이 죽으면 아들을 따라야 한다.

속: A woman is to be from her house three times; when she is christened, married and buried.(여자가 자기 집을 나서는 것은 세 번인데 그것은 세례를 받을 때, 결혼할 때 그리고 죽어서 묻힐 때다. 서양)

삼척동자 三尺童子

키가 석 자 가량 되는 어린애. 철모르는 어린아이. 견문이 적은 사람.

속: What children hear at home soon flies abroad.

(아이들이 집에서 들은 것은 곧 거리에서 날아다닌다. 서양)

삼촌지설 三寸之舌

세 치 혀가 백만 대군보다 강하다. 뛰어난 말재주.

속: He that has a tongue in his mouth can find his way anywhere.

(입 안에 혀를 가진 자는 어디서나 자기 길을 발견할 수 있다. 서양)

Who has a tongue can go to Rome.

(혀를 가진 자는 로마에 갈 수 있다. 이탈리아)

삼촌지할 三寸之轄

사물의 요점. 가장 중요한 곳.

속: To take from a soldier ambition is to take off his spurs.

(군인에게서 야심을 제거하는 것은 그의 박차를 없애는 것과 같다. 서양)

삼풍십건 三風十愆

세 가지 악습과 열 가지 허물.

속: No vice goes alone.(어느 악습이든 홀로 다니지는 않는다. 서양)

삼한갑족 三韓甲族

우리나라에서 대대로 세력이 있는 집안.

속: In good pedigrees there are governors and chandlers.

(좋은 집안에는 총독들과 잡화상들이 있다. 서양)

삼호양겸 三好兩歉

몸의 상태가 때로는 좋고 때로는 나쁘다.

속: Health is not valued till sickness come.

(병이 들기 전에는 건강을 소중히 여기지 않는다. 서양)

삽혈위맹 歃血爲盟

제물이 된 가축의 피를 입에 바르고 맹세하다.

속: A compact sealed in blood.(피로 봉인된 맹약. 로마)

상가지구 喪家之狗

상갓집 개. 의지할 곳이 없어 사방으로 떠돌아다니는 사람.

속: A dog's life, hunger and ease.

(개의 일생이란 굶주림과 편안함이다. 영국)

상거무기 相去無幾

서로 멀지 않다. 서로 차이가 별로 없다.

속: Well beaten cries as well as badly beaten.

(약간 맞은 자도 많이 맞은 자와 똑같이 비명을 지른다. 프랑스)

상거천연 相去天淵

하늘과 연못처럼 엄청난 차이. 전혀 다르다.

속: Wine is one thing, drunkenness is another.

(술과 만취는 전혀 서로 다르다. 서양)

상경여빈 相敬如賓

손님들이 서로 존중하듯 부부가 서로 존중하다.

속: If your wife is short, stoop to her.

(아내가 키가 작으면 아내에게 허리를 굽혀라. 서양)

상궁지조 傷弓之鳥

한번 화살에 맞은 새가 굽은 가지만 보고도 놀라다.

재앙을 겪고 난 뒤에도 여전히 두려워하다.

속: He that has been bitten by a serpent is afraid of a rope.

(뱀에게 물렸던 자는 밧줄을 두려워한다. 히브리)

상기관변 相機觀變

시기를 기다리고 변화를 관찰하다.

속: Fools ask what's o'clock; wise men know their time.

(바보들은 시기를 묻지만 현명한 사람들은 자기 때를 안다. 서양)

상대이성 相待而成

서로 도와서 성공을 거두다.

속: One hand washes the other, and both the face.
(한 손이 다른 손을 씻고 두 손이 얼굴을 씻는다. 서양)

상루거제 上樓去梯

남을 다락 위로 올라가게 한 뒤에 사다리를 치워 버리다.

남을 어떤 일에 유인한 다음 퇴로를 차단하다.

속: To put one to his trumps.

(남에게 트럼프의 으뜸 패를 내게 하다, 즉 궁지에 몰아넣다. 영국)

상명지통 喪明之痛

눈이 멀 정도로 아프다. 아들의 죽음을 당한 슬픔.

속: For a little child a little mourning.

(어린 아이를 위해서는 약간 애도하면 된다. 프랑스)

상벌불명 賞罰不明

상벌이 공정하거나 엄격하게 시행되지 않다.

속: A good bone never comes to a good dog.

(좋은 뼈는 유능한 개에게 결코 오지 않는다. 프랑스)

상부당공 賞不當功

상이 공적에 비해 적절하지 않다.

속: Desert and reward seldom keep company.

(공적과 포상은 동행하는 경우가 거의 없다. 영국)

상부상조 相扶相助

서로 의지하고 돕다.

속: Hand washes hand, and finger finger.

(손이 손을 씻고 손가락이 손가락을 씻는다. 그리스)

상사병 相思病

남녀가 그리워하지만 뜻을 이루지 못해서 생긴 병.

속: Where love's in the case, the doctor is an ass.

(사랑의 병을 고치려는 의사는 바보다. 서양)

상사실빈 相士失貧

가난하고 초라한 사람을 보고 그가 탁월한 인재인 줄 몰라보고 잃다.

속: The poor man's wisdom is as useless as a palace in a wilderness.

(가난한 자의 지혜는 황야의 궁전처럼 쓸모가 없다. 영국)

상산구어 上山求魚

산에 올라가 물고기를 찾다. 불가능한 일을 하려고 하다.

유: 연목구어 緣木求魚

속: Look not for musk in a dog's kennel.

(개집에서 사향을 찾지 마라. 서양)

상선벌악 賞善罰惡

선행은 포상하고 악행은 처벌하다.

속: Punishment is lame, but it comes.

(처벌은 절름발이지만 반드시 온다. 서양)

상시막역 相視莫逆

서로 매우 친밀하여 마음에 꺼리거나 거스르는 것이 없다.

속: They that know one another, salute afar off.

(서로 잘 아는 사람들은 멀리서도 인사한다. 서양)

상아분신 象牙焚身

코끼리는 상아 때문에 살해된다. 재산이 많으면 재앙을 초래한다.

속: Many a dog is hanged for his skin, and many a man is killed for his purse.(많은 개가 그 털가죽 때문에 목이 매달리고 많은 사람이 그의 지갑 때문에 살해된다. 영국)

상어육백리 商於六百里

장의(張儀)가 상어 땅 600리를 초나라에 주겠다고 해놓고는 나중에 600리가 아니라 6리라고 속인 일. 남을 속이는 수법.

속: Fair promises please fools.

(그럴듯한 약속은 바보들을 기쁘게 한다. 프랑스)

상유모경 桑榆暮景

뽕나무와 느릅나무에 저녁 햇빛이 비치는 광경.

사람이 늙고 쇠약해진 노년기.

속: Age and wedlock we all desire and repent of.

(노년기와 결혼생활은 우리 모두가 원하고 또한 후회하는 것이다. 서양)

상유양심 尙有良心

악인에게도 아직 양심은 남아 있다.

속: Once a year a man may say, "On his conscience."

(사람은 일 년에 한 번 자기 양심에 걸고 말할지도 모른다. 서양)

상장지절 喪葬之節

초상과 장례의 모든 절차.

속: The last garment is made without pockets.

(마지막 옷, 즉 수의는 호주머니 없이 만들어진다. 이탈리아)

상전벽해 桑田碧海

뽕나무밭이 푸른 바다로 변하다. 세상이 몰라볼 정도로 변하다.

속: Where there was once a pool, there is now only sand.
(연못이 있던 곳이 모래밭이 되었다. 아프리카)

상진천량 喪盡天良

양심이 전혀 없다. 극도로 악독하다.

속: He that has no conscience has nothing.
(양심이 없는 자는 아무 것도 가진 것이 없다. 서양)

상천입지 上天入地

천당에 올라가고 지옥에 들어가다. 재능이 뛰어나다.

목적을 달성하기 위해 어떠한 난관도 무릅쓰며 전력을 다해 일하다.

속: Better go to heaven in rags than to hell in embroidery.
(자수 옷을 입고 지옥에 가기보다 누더기로 천당에 가는 것이 낫다. 서양)

상친상애 相親相愛

서로 친밀하고 서로 사랑하다.

속: Who loves, believes.(사랑하는 사람은 믿는다. 이탈리아)

상탁하부정 上濁下不淨

윗물이 흐리면 아랫물도 맑을 수 없다.

속: Vice grows to be a custom through the example of a prince.
(악습은 군주의 본보기를 통해 관습으로 변한다. 로마)

상투수단 常套手段

같은 경우에 언제나 사용하는 똑같은 수단.

속: He that wipes the child's nose, kisses the mother's cheek.
(아이의 코를 닦아주는 자는 그 어머니의 뺨에 키스한다. 서양)

상풍고절 霜風高節

어떠한 어려움에도 굽히지 않는 지조.

속: The mind remains unconquered.

(정신은 정복되지 않은 채 남아 있다. 로마)

상하상안 上下相安

아래 위가 모두 서로 사이가 매우 좋고 편안하다.

속: None but cats and dogs are allowed to quarrel in my house.

(나의 집에서는 고양이들과 개들만 싸우는 것이 허락된다. 영국)

상행하효 上行下效

윗사람의 행동을 아랫사람이 본받다.

속: As the old cock crows, the young one learns.

(늙은 수탉이 우는 대로 어린 수탉이 배운다. 서양)

상형현출 相形見絀

서로 비교하면 열등한 쪽이 뚜렷이 드러나다.

속: There could be no great ones, if there were no little.

(하찮은 사람들이 없다면 위인들도 없다. 영국)

새옹지마 塞翁之馬

변방 늙은이의 말. 행운이 불운이 되고 불운이 행운이 된다.
길흉화복은 예측할 수 없는 것이다.

속: Fortune turns like a mill wheel; now you are at the top, and then at the bottom.(행운은 물레방아 바퀴와 같아서 사람은 꼭대기에 있다가 밑바닥에 있게 된다. 스코틀랜드)

색담여천 色膽如天

여색을 탐내는 담력이 하늘처럼 크다.

여색에 빠져 극도로 방탕하다.

속: Fools are wise men in the affairs of women.

(바보들은 여자 문제에 관해서는 현자들이다. 서양)

색려내임 色厲內荏

겉으로만 위엄이 있고 속으로는 비겁하다. 동: 어질용문 魚質龍文

속: A man may spit in his hand and do nothing.

(사람이 자기 손바닥에 침은 뱉지만 아무 것도 하지 않다. 서양)

색사거의 色斯擧矣

새가 사람의 안색을 살펴보고 날아가 버리다. 새가 사람을 불신하다.

속: Trust dies because bad pay poisons him.

(신뢰는 빈약한 보답에 시달리기 때문에 죽는다. 서양)

색쇠애이 色衰愛弛

여자의 안색과 용모가 노쇠하여 받는 총애가 줄어들다.

처지나 여건이 변하여 냉대를 받다.

속: Favour will as surely perish as life.

(총애란 목숨처럼 반드시 사라질 것이다. 서양)

색수혼여 色授魂與

한쪽이 눈짓으로 마음을 전하고 다른 쪽이 마음이 쏠리다.

남녀가 서로 사랑하고 마음이 통하다.

속: Love is blind, but sees afar.

(사랑은 눈이 멀었지만 멀리 본다. 이탈리아)

색예절륜 色藝絕倫

미모와 기예가 비할 바 없이 뛰어나다.

속: Beauty is potent, but money is omnipotent.

(미모는 강력하지만 돈은 전능하다. 서양)

생귀탈통 生龜脫筒

산 거북이가 물통에서 빠져나가다. 때때로 욕정이 일어나다.

속: No wisdom below the girdle.(허리띠 아래에는 지혜가 없다. 영국)

생기사귀 生寄死歸

삶은 이승에 잠시 머무는 것이고 죽음은 원래의 곳으로 돌아가는 것이다.

속: We begin not to live till we are fit to die.

(우리는 죽을 자격이 있을 때까지는 삶을 시작하지 못한다. 서양)

생남육녀 生男育女

자녀를 낳아 기르다.

속: He who has sons or sheep, will not want vexations.

(아들들이나 양들을 가진 사람은 걱정이 없지 않을 것이다. 스페인)

생단정말 生旦淨末

배우를 가리키는 말.

속: The actor acts the whole world.

(배우는 모든 종류의 사람의 역할을 연기한다. 로마)

생령유한 生靈有限

살아 있는 목숨은 유한한 것이다.

속: A man is known to be mortal by two things—sleep and lust.

(두 가지 사실, 즉 수면과 욕정은 사람의 목숨이 유한하다는 것을 증명한

다. 서양)

생로병사 生老病死

태어나고 늙고 병들고 죽는 것.

출생, 양로, 의료, 장례 등 인생의 중요한 현상.

속: Diseases are the interests of pleasures.

(질병은 쾌락의 이자다. 영국)

생리사별 生離死別

살아서 헤어지는 것과 죽어서 영영 이별하는 것.

영영 다시 만나지 못하는 비통한 이별.

속: Every old woman bewails her own loss.

(노파는 누구나 자신이 겪는 사별을 통곡한다. 서양)

생면부지 生面不知

한 번도 만난 일이 없어 전혀 모르는 사람.

속: Unknown, unkissed.(서로 모르면 키스도 없다. 서양)

생불여사 生不如死

사는 것이 차라리 죽는 것만 못하다. 매우 가난하게 살다.

속: He is poor that God hates.

(하느님께서 미워하시는 자는 가난하다. 스코틀랜드)

생사유명 生死有命

죽고 사는 것은 운명에 달려 있다.

속: Every bullet has its billet.(모든 총알은 자기 숙소가 있다, 즉 총에 맞고 안 맞고는 팔자소관이다. 영국)

생사지교 生死之交

생사를 같이 했거나 같이 할 수 있는 친구.

속: Honest man esteem and value nothing so much in this world as a real friend.(정직한 사람은 참된 친구만큼 이 세상에서 귀중하게 여기는 것이 아무 것도 없다. 영국)

생살여탈 生殺與奪

살리고 죽이고 주고 빼앗는 일. 생사와 상벌을 결정하는 권한. 사람이나 물건을 제 마음대로 쥐고 흔든다.

속: Kings have long arms.

(왕들은 긴 팔을 가지고 있다. 서양)

생욕거사 省欲去奢

과분한 욕심을 버리고 사치를 멀리하다.

속: He that desires but little has no need of much.

(적게만 원하는 자는 많은 것이 불필요하다. 영국)

생용족재 省用足財

비용을 절약하고 재산을 쌓다.

속: From saving comes having.

(절약에서 재산이 온다. 스코틀랜드)

생자필멸 生者必滅

생명이 있는 것은 반드시 죽는다. 유: 성자필쇠 盛者必衰

속: He that is once born, once must die.

(한 번 태어난 사람은 반드시 한 번 죽어야만 한다. 서양)

생지안행 生知安行

나면서부터 도를 알고 편안하게 실행하다. 성인의 지식과 행동.

속: Action is the proper fruit of knowledge.

(실천은 지식의 당연한 결실이다. 영국)

서견불로치 噬犬不露齒

물어뜯는 개는 이를 드러내지 않는다. 남을 해치려는 자는 먼저
부드러운 태도로 상대방을 속인다. 유: 구밀복검 口蜜腹劍

속: Many lick before they bite.

(많은 사람은 물기 전에 핥는다. 서양)

서기급인 恕己及人

자기를 용서하듯이 남도 그렇게 용서하다. 자기에게 관대한 것처럼 그렇
게 남에게도 관대하다. 자기에게나 남에게나 똑같이 관대하다.

속: Forgive any sooner than yourself.

(자기 자신보다 남을 먼저 용서하라. 서양)

서두계장 鼠肚鷄腸

쥐의 배와 닭의 내장. 도량이 좁고 능력이 모자라다.

속: A bad cat deserves a bad rat.

(못난 고양이에게는 못난 쥐가 제 격이다. 프랑스)

서래한왕 暑來寒往

여름이 오고 겨울이 가다. 시간이 흘러가다.

속: A good winter brings a good summer.

(좋은 겨울은 좋은 여름을 초래한다. 서양)

서시빈목 西施矉目

서시가 눈살을 찌푸리다. 공연히 남의 흉내만 내다.

속: Ugly women, finely dressed, are uglier.

(못 생긴 여자가 옷을 잘 입으면 더욱 보기 싫다. 서양)

서아작각 鼠牙雀角

소송사건을 가리키는 말.

속: The worst of law is that one suit breeds twenty.(법의 가장 나쁜 점은 한 가지 소송이 스무 가지의 소송을 낳는다는 것이다. 서양)

서인자일백 書忍字一百

장공예(張公藝)가 참을 인 자를 백 번 썼다.

가정의 화목은 서로 인내하는 데 있다.

속: What is the use of patience, if we cannot find it when we want it?(우리가 바랄 때 인내를 발견할 수 없다면 그것은 무슨 소용이 있는가? 서양)

서절구투 鼠竊狗偸

쥐와 개가 훔치다. 좀도둑. 동: 양상군자 梁上君子

속: Pickpockets are sure traders, for they take ready money.

(소매치기들은 현금을 챙기기 때문에 유능한 장사꾼들이다. 서양)

서제막급 噬臍莫及

사향노루가 잡힌 뒤 자기 배꼽을 깨물려고 해도 입이 거기 미치지 않는다. 일을 망치고 난 뒤 후회해도 소용없다.

속: The bird cries too late when it is taken.

(새가 잡힌 뒤에 우는 것은 너무 늦었다. 프랑스)

석계등천 釋階登天

사다리를 버리고 하늘에 오르려고 하다. 불가능한 일이다.

속: When an ass climbs a ladder, we may find wisdom in women.
(당나귀가 사다리를 오를 때 우리는 여자들 안에서 지혜를 발견할 수 있다. 히브리)

석불가난 席不暇暖

공자의 집 돗자리는 따뜻해질 틈이 없다.
매우 바빠서 자리에 앉아 있을 틈이 없다. 집이나 직장을 자주 옮기다.

속: Fools are all fond of flitting, and wise men of sitting.
(바보들은 모두 이사하기를 좋아하고 현명한 사람들은 정착하기를 좋아한다. 스코틀랜드)

석상불생오곡 石上不生五穀

돌 위에서는 곡식이 자라지 않는다. 불가능한 일이다.

속: You cannot slay a stone.(돌을 살해할 수는 없다. 서양)

석상지진 席上之珍

연회 석상의 진기한 음식. 매우 아름다운 의리. 매우 탁월한 인재.

속: He that banquets everyday, never makes a good meal.
(날마다 연회를 여는 자는 결코 좋은 식사를 하지 못한다. 서양)

석성탕지 石城湯池

돌로 쌓은 성의 해자. 방어가 튼튼한 성의 해자.

속: Castles are forests of stone.(성은 돌의 숲이다. 서양)

석수침류 石漱枕流

돌로 양치질하고 흐르는 물을 베개로 삼다. 공연히 억지를 부리다.

322

유: 건강부회 牽强附會; 아전인수 我田引水
속: Bad excuses are worse than none.
(엉터리 변명은 안 하는 것보다 못하다. 서양)

석지실장 惜指失掌

손가락을 아끼다가 손바닥마저 잃다.

작은 것을 아끼다가 큰일을 망치다.

속: Don't lose your ship for a half-pennyworth of tar.

(반 푼어치 타르 때문에 너의 배를 잃지 마라. 영국)

선갑치병 繕甲治兵

갑옷과 무기를 수리하다. 전쟁준비를 하다.

속: Clothe you in war, arm you in peace.

(전쟁 때는 갑옷을 입고 평화 때는 무장을 하라. 서양)

선갑후갑 先甲後甲

모든 일에 주의하여 잘못을 피하다.

속: Take heed of ox before, an ass behind, and a monk on all sides.

(소의 앞, 당나귀의 뒤, 그리고 수도자의 전후좌우를 조심하라. 스페인)

선견지명 先見之明

앞날을 미리 내다보는 안목.

사태의 변화와 결과를 정확하게 예견하는 능력. 동: 현해지명 縣解之明

속: Providence is better than a rent.(선견지명은 분열보다 낫다. 서양)

선견지인 先見之人

선견지명이 있는 사람.

속: Providence provides for the provident.

(선견지명은 선견지인을 돕는다. 서양)

선고이고 善賈而沽

값이 오를 때를 기다려서 팔다.

인재가 기회를 얻지 못하고 때를 기다리다.

속: Patient waiters are not losers.

(인내하며 기다리는 자들은 패배자들이 아니다. 서양)

선고후첨 先苦後甛

쓴 맛이 지나면 단 맛이 온다. 고생 끝에 낙이 온다.

속: After rain comes fair weather.(비 온 뒤에 맑은 날씨가 된다. 영국)

선공무덕 善供無德

부처에게 공양해도 소용이 없다. 남을 도와주어도 자기에게는 소득이 없다.

속: To lend light to the sun; stars to the heavens; water to frogs.

(태양에게 빛을, 하늘에게 별들을, 개구리에게 물을 빌려주다. 로마)

선기영인 善氣迎人

선의로 사람을 대하다.

속: Good will should be taken in part of payment.

(선의는 상환의 일부로 계산하지 않으면 안 된다. 스코틀랜드)

선기자타 善騎者墮

말을 잘 타는 사람이 말에서 떨어지다.

자기 재주만 믿고 자만하면 재앙을 당한다.

속: Never rode, never fell.

(말을 한 번도 타지 않아서 결코 낙마하지 않았다. 서양)

선기후인 先己後人

자기를 먼저 하고 남을 뒤로 하다

자기 일을 잘 한 뒤에 남의 일도 돌보다.

속: Generally we love ourselves more than hate others.

(일반적으로 우리는 남에 대한 미움보다 자기에 대한 사랑이 더 크다. 서양)

선도선득 先到先得

먼저 온 사람이 먼저 얻다.

속: First come, first served.

(제일 먼저 온 사람이 제일 먼저 요리 시중을 받다. 영국)

선도이장 善刀而藏

칼을 잘 닦아서 보관하다. 자기 재능을 감추고 드러내지 않다.

언행을 각별히 신중하게 하다.

속: The wise hand does not all that the foolish mouth speaks.

(현명한 손은 어리석은 입이 말하는 것을 모두 하지는 않는다. 스페인)

선병복약 先病服藥

병이 나기 전에 약을 먹다. 병을 예방하다.

속: Precaution is better than cure.

(미리 조심하는 것이 치료보다 낫다. 서양)

선병자의 先病者醫

먼저 병을 앓은 사람이 나중에 그 병에 걸린 사람을 고치는 의사 노릇을 할 수 있다. 먼저 경험한 사람이 남을 인도하다.

속: To know the disease is half the cure.

(병을 알면 절반은 치료한 것이다. 서양)

선부지설 蟬不知雪

매미는 흰 눈을 모른다. 식견이 매우 좁다.

속: Who is in hell knows not what heaven is.

(지옥에 있는 자는 천당이 무엇인지 모른다. 이탈리아)

선빈후부 先貧後富

처음에는 가난하다가 나중에 잘 살게 되다.

속: Riches come better after poverty than poverty after riches.

(재산이 없어지고 가난하게 되기보다는 가난을 면하고 재산을 얻는 것이 더 낫다. 서양)

선성후실 先聲後實

먼저 기세를 올려 적을 압도한 다음에 실력으로 공격하다.

반: 후발제인 後發制人

속: After the shout of war the darts begin to fly.

(먼저 함성을 지른 뒤에 창을 날려 보내기 시작하다. 로마)

선시선종 善始善終

처음부터 끝까지 잘 하다. 시작이 좋으면 끝이 좋다.

생사를 대자연에게 맡기다.

속: Good beginnings make good endings.

(시작이 좋으면 끝도 좋다. 서양)

선시어외 先始於隗

먼저 곽외부터 등용하기 시작하라.

자기가 자기를 추천하다. 인재를 대접하면 인재들이 모인다.

쉬운 일부터 시작하여 어려운 일을 성취하라.

속: He that will England win, must with Scotland first begin.
(영국을 이기려는 자는 먼저 스코틀랜드부터 시작해야만 한다. 영국)

선어무망 羨魚無網

물고기를 잡고 싶어 해도 그물이 없다.

수단도 없으면서 얻기를 바라다. 불가능한 일이다.

속: Catch a weasel asleep.(잠자는 족제비를 잡아라. 스코틀랜드)

선염탈목 鮮艶奪目

눈부시게 아름답다.

속: The beautiful is difficult of attainment.

(아름다운 것은 얻기 어렵다. 로마)

선유선보 善有善報

선행은 좋은 보답을 받는다.

속: Who does well shall not be without his reward.

(선행을 하는 사람은 보상을 받지 못하는 일이 없을 것이다. 아랍)

선유자익 善游者溺

헤엄 잘 치는 사람은 물에 빠져죽기 쉽다.

속: Good swimmers at length are drowned.

(헤엄 잘 치는 사람들은 결국 익사한다. 서양)

선인선과 善因善果

좋은 원인에서 좋은 결과가 나오다.

속: If you do good, good will be done to you.

(네가 선행을 하면 선행이 너에게 베풀어질 것이다. 영국)

선입지견 先入之見

실제로 조사나 연구를 하기 전에 이미 받아들였거나 형성된 견해.

속: To the jaundiced all things seem yellow.

(황달병에 걸린 사람 눈에는 모든 것이 노랗게 보인다. 서양)

선자불변 善者不辯

참으로 선한 사람은 자기의 선행을 남에게 떠벌이지 않는다.

속: A good man can no more harm than a sheep.

(선인은 양과 마찬가지로 남을 해칠 수 없다. 영국)

선자옥질 仙姿玉質

신선의 자태와 옥의 바탕. 외모가 뛰어나고 마음이 착한 사람.
기품이 높은 미인.

속: She's better than she's beautiful.

(그녀는 미인이면서도 미모보다 착한 마음씨가 더 뛰어나다. 스코틀랜드)

선자위모 善自爲謀

자기 속셈을 차리는 데 뛰어나다.

속: The laundress washes her own smock first.

(빨래하는 여자는 자기 작업복을 제일 먼저 빤다. 영국)

선조와명 蟬噪蛙鳴

매미와 개구리가 시끄럽게 울다.
글이나 주장이 요란하기만 할 뿐 아무 소용도 없는 것이다.

속: Empty vessels make the most noise.

(빈 그릇이 소음을 제일 크게 낸다. 서양)

선종후수 先種後收

먼저 씨를 뿌리고 나중에 거두다.

속: Early sow, early mow.(일찍 파종하고 일찍 베어라. 영국)

선즉제인 先則制人

선수를 치면 남을 제압할 수 있다. 선수를 치면 유리하다.

속: Who comes first, grinds first.

(먼저 온 사람이 먼저 맷돌에 간다. 서양)

선지선각 先知先覺

먼저 알고 먼저 깨닫다. 예언자.

속: A prophet is not without honor, save in his own country and in his own house.

(예언자는 자기 나라와 자기 집이 아닌 곳에서 명예를 누린다. 서양)

선착편 先着鞭

말채찍으로 먼저 치다. 남보다 먼저 시작하다.

속: Early start makes easy stages.

(일찍 시작하면 쉬운 발판을 마련한다. 미국)

선참후주 先斬後奏

죄인의 목을 먼저 베고 나서 군주에게 보고하다.

일을 먼저 처리한 다음에 윗사람이나 관계기관에 보고하다.

속: First hang and draw, then hear the case by Lydford law.

(먼저 교수형을 집행한 뒤에 리드포드 법에 따라 심리하라. 영국)

선침후루 先針後縷

바늘이 먼저 가야 실이 뒤를 따른다. 일에는 앞뒤가 있다.

속: Catch the bear before you sell his skin.
(곰 가죽을 팔기 전에 곰부터 잡아라. 서양)

선행무철적 善行無轍迹

선행은 자취가 없다. 참된 선행은 남의 눈에 띄지 않는다.
속: The good you do is not lost, though you forget it.
(네가 하는 선행은 너 자신이 비록 잊어버린다 해도 없어지지 않는다. 서양)

선화후과 先花後果

먼저 꽃이 피고 나중에 열매가 맺다. 먼저 딸을 낳고 나중에 아들을 낳다.
속: The son full and tattered, the daughter empty and fine.
(아들은 가득 차도 초라하고 딸은 텅 비어도 곱다. 서양)

선후도착 先後倒錯

먼저 할 것과 나중에 할 것이 뒤바뀌다.
속: The chariot drags the ox.(마차가 황소를 끌고 가다. 라틴어)

설고담금 說古談今

옛날부터 지금까지의 일을 모두 말하고 평론하다.
화제의 범위가 매우 넓다.
속: Everyone talks of what he loves.
(누구나 자기가 좋아하는 것에 관해서 말한다. 서양)

설동도서 說東道西

이것저것 두서없이 말하다.
속: The words of an epileptic are the utterances of a denizen of the other world.(간질병자의 말은 저승 사람의 말이다. 나이지리아)

설망어검 舌芒於劍

혀가 칼보다 더 날카롭다.

속: A stroke from the tongue is worse than a stroke from a lance.

(혀의 타격이 창의 타격보다 더 심하다. 프랑스)

설부화용 雪膚花容

눈 같이 흰 살결과 아름다운 얼굴.

속: A fair face may hide a foul heart.

(미모는 더러운 속셈을 감추고 있는지도 모른다. 서양)

설상가상 雪上加霜

눈 위에 서리가 내리다. 엎친 데 덮치다. 동: 화불단행 禍不單行

속: Hail brings frost in tail.

(우박은 자기 뒤에 서리를 끌고 온다. 영국)

설왕설래 說往說來

서로 자기주장을 하여 옥신각신하다.

속: Wranglers never want words.

(언쟁하는 자들은 말이 결코 모자라지 않는다. 영국)

설폐순초 舌敝脣焦

혀가 갈라지고 입술이 부르트도록 말하다. 말을 매우 많이 하다.

속: One tongue is enough for a woman.

(혀는 한 여자에게 하나로 충분하다. 영국)

설황도백 說黃道白

남을 함부로 비판하고 비방하다.

속: The greater the truth, the greater the libel.

(진실이 클수록 비방도 더욱 크다. 서양)

섬진불염 纖塵不染

티끌 하나도 물들지 않다. 관리가 매우 청렴하다.

인격이 매우 고결하다. 환경이 매우 깨끗하다.

속: Cleanliness is next to godliness.(결백은 신앙심 곁에 있다. 영국)

섭공호룡 葉公好龍

섭공이 용을 좋아하듯 겉으로는 좋아하는 것 같지만 실제로는 두려워하다. 겉과 속이 다르다.

속: He bites the ear, yet seems to cry for fear.

(그는 애무하지만 두려워서 우는 듯하다. 영국)

섭위이험 涉危履險

위험한 곳을 지나가고 험난한 곳을 거치다. 많은 난관을 넘다.

속: Without danger the game grows cold.

(위험이 없으면 게임은 재미가 없어진다. 서양)

섭족부이 躡足附耳

발을 밟아 주의를 환기하고 귓속말로 일러주다.

속: Advice whispered in the ear is not worth a tare.

(귀에 대고 속삭인 충고는 아무 가치가 없다. 서양)

성가입업 成家立業

결혼하고 취직하다.

속: Better be idle than ill-employed.

(잘못된 취직보다는 무직이 낫다. 서양)

성극일시 盛極一時

사물이 일시적으로 왕성하고 유행하다.

속: All things thrive but thrice.

(모든 것은 오로지 세 번만 번영한다. 스코틀랜드)

성사부족 成事不足

일을 이룰 능력은 없지만 일을 망칠 수는 있다. 매우 무능하다.

속: Many can make bricks, but cannot build.

(많은 사람은 벽돌은 만들 수 있어도 집을 짓지는 못한다. 서양)

성사불설 成事不說

이미 지나간 일은 다시 논하지 않다.

속: Let bygones be bygones.(지나간 일은 더 이상 따지지 마라. 서양)

성사재천 成事在天

일이 되고 안 되는 것은 하늘에 달려 있다. 반: 선패유기 善敗由己

속: Man proposes, but God disposes.

(사람은 제안하지만 하느님께서는 처리하신다. 서양)

성색견마 聲色犬馬

가무와 여색, 개 기르기와 승마. 사치하고 방탕한 생활.

속: Gaming, women and wine while they laugh, they make men pine.(도박과 여자와 술은 자신이 웃는 동안에 사람들이 탄식하게 만든다. 영국)

성색구려 聲色俱厲

목소리와 표정이 모두 엄숙하다. 매우 분노하여 태도가 엄숙하다.

속: The gravest fish is an oyster; the gravest bird is an owl; the

gravest beast's an ass; the gravest man is a fool.
(가장 엄숙한 물고기는 굴이고 가장 엄숙한 새는 부엉이며 가장 엄숙한 동물은 당나귀고 가장 엄숙한 사람은 바보다. 스코틀랜드)

성쇠이해 盛衰利害

흥성과 쇠퇴, 이익과 손해. 세상일이 변하는 모든 상황.

속: One man's meat is another's poison.

(한 사람의 약은 다른 사람의 독이다. 스코틀랜드)

성시역갈 聲嘶力竭

목이 쉬고 힘이 다하다.

속: Hoarse as a crow.(까마귀처럼 목이 쉬다. 영국)

성연난득 盛筵難得

성대한 연회는 다시 만나기 어렵다. 좋은 일을 여러 번 겪기는 어렵다. 좋은 사물은 다시 얻기 어렵다.

속: We don't kill a pig ever day.

(우리는 날마다 돼지를 잡는 것은 아니다. 영국)

성연이산 盛筵易散

성대한 연회는 흩어지기 쉽다. 좋은 일은 끝나기 쉽다.

속: There is no great banquet but some fares ill.

(어딘가 잘못되지 않는 큰 연회는 없다. 서양)

성연필산 盛筵必散

성대한 연회도 반드시 끝나 사람들이 흩어진다.

좋은 일도 오래 가지 못하고 반드시 끝난다. 좋은 사물도 결국 사라진다.

속: The Saturnalia will not last forever.

(12월의 농신 축제는 영원히 지속되지는 않는다. 로마)

성쌍작대 成雙作對

한 쌍을 이루다. 부부 또는 애인들.

속: Sapient, Solitary, Solicitous, and Secret—the four S's which they say all good lovers must have.

(훌륭한 애인이 모두 갖추어야만 하는, 에스 자로 시작되는 네 가지 조건은 현명, 고독, 열망, 그리고 비밀이다. 스페인)

애인들 (오소합편 吳騷合編)

성인지미 成人之美

남이 좋은 일을 이루도록 돕다. 좋은 결과가 나오도록 협조하다.

속: One grain fills not the sack, but helps his fellows.(낟알 하나는 자루를 가득 채우지 못하지만 다른 낟알들을 돕는다. 포르투갈)

성인취의 成仁取義

정의를 위해 목숨을 바치다.

속: Justice is the queen of virtues.(정의는 모든 미덕의 여왕이다. 로마)

성즉위왕 成則爲王

성공하면 왕이 되고 패배하면 역적이 된다.

속: He will either make a spoon or spoil a horn.
(그는 숟가락을 만들거나 뿔피리를 망칠 것이다. 스코틀랜드)

성탄기인 聲呑氣忍

모욕을 참으며 아무 말도 하지 않다.

속: Injuries made light of disappear; if you become enraged concerning them, they seem to be admitted.(모욕은 도외시되면 사라지고, 네가 그것에 관해 화를 내면 그것이 인정되는 것처럼 보인다. 로마)

성패논인 成敗論人

성공과 실패를 기준으로 사람의 능력을 평가하다.

속: At the end of the work you may judge of the workman.
(일이 끝났을 때 일꾼을 평가할 수 있다. 서양)

성패이둔 成敗利鈍

성공과 실패, 순조로움과 좌절. 일의 각종 상태와 결과.

속: The effect speaks, the tongue needs not.

(결과가 말하므로 혀는 말할 필요가 없다. 영국)

성하지맹 城下之盟

성 아래에서 하는 맹세. 몹시 굴욕적인 강화조약이나 항복.

속: An unlawful oath is better broke than kept.

(불법적인 맹세는 지키지 않는 것이 낫다. 영국)

성화독촉 星火督促

별똥별이 떨어지듯이 다급하게 독촉하다.

속: Immediately, if not sooner.(더 빨리 하지 않는다면 즉시 하라. 서양)

성화요원 星火燎原

작은 불씨가 들판을 태울 수 있다. 새로운 사물이 큰 발전을 이룰 수 있다. 사소한 것이 후에 심한 결과를 초래할 수 있다.

속: A tiny spark often brings about a great conflagration.

(작은 불꽃이 거대한 화재를 일으키는 경우가 많다. 로마)

세간사정 世間事情

세상일의 형편.

속: To have one's eyeteeth.

(송곳니들이 나다, 즉 세상물정을 알게 되다. 영국)

세구익하 洗垢匿瑕

때를 씻고 반점을 숨기다. 남에게 숨기는 것이 있다.

속: Varnishing hides a crack.(칠하는 것은 틈을 가린다. 서양)

세군 細君

제후의 아내. 남의 아내. 남에게 자기 아내를 일컫는 말.

속: Husbands are in heaven whose wives chide not.
(잔소리하지 않는 아내를 가진 남편은 천당에서 사는 것이다. 영국)

세균역적 勢均力敵

세력이 서로 같아 필적하다. 반: 중과부적 衆寡不敵

속: Diamond cut diamond.(다이아몬드가 다이아몬드를 자르다. 서양)

세답족백 洗踏足白

주인의 빨래를 하니 하인의 발이 희어진다. 남을 위한 일이 자기에게도 유익하다. 일을 하고도 아무런 보수를 못 받다.

속: What's good for the bee is good for the hive.
(꿀벌에게 유익한 것은 벌집에게도 유익하다. 서양)

세리지교 勢利之交

권세나 이익을 얻으려는 사귐.

속: The purse-string is the most common ties of friendship.
(돈주머니 끈은 우정을 맺어주는 가장 흔한 끈이다. 서양)

세사난측 世事難測

세상일이란 미리 헤아리기 어렵다.

속: There needs a long time to know the world's pulse.
(세상 돌아가는 것을 알려면 오랜 시간이 필요하다. 서양)

세상만사 世上萬事

세상에서 일어나는 모든 일.

속: Human affairs are a lamentable laughingstock.
(인간의 일들은 한심한 웃음거리다. 로마)

세심혁면 洗心革面

마음을 씻고 얼굴을 바꾸다. 철저히 회개하다.

속: Dissolute lads may make sober men.

(방탕한 청년들은 착실한 어른이 될 수 있다. 스코틀랜드)

세월부대인 歲月不待人

세월은 사람을 기다려주지 않는다. 세월은 흘러가면 다시 오지 않는다.

속: Time and tide tarry for no man.

(시간과 세월은 사람을 기다리지 않는다. 서양)

세전노비 世傳奴婢

한 집안에서 대를 이어 내려오는 하인.

속: Grandfather's servants are never good.

(할아버지의 하인들은 결코 좋지가 못하다. 서양)

세태염량 世態炎凉

상대방이 부귀하면 아첨하고 빈천해지면 냉대하는 세상인심.

속: When I lent, I was a friend; when I asked, I was unkind.(내가 빌려주었을 때 나는 친구였고 내가 요청했을 때 나는 불친절했다. 영국)

소관타절 搹關打節

중요한 부분을 공격하다.

속: Take a man by his word and a cow by her horn.

(사람은 그의 말을 잡고 암소는 그 뿔을 잡아라. 스코틀랜드)

소교영롱 小巧玲瓏

키가 작고 민첩하며 영리하다. 물건이 작고 정교하다.

속: The cunning pig eats the mash, the mad one rushes by it.

(영리한 돼지는 사료를 먹지만 날뛰는 돼지는 그것을 지나쳐서 달려간다.
덴마크)

소굴대신 小屈大伸

조금 몸을 굽혀서 나중에 크게 펴다.

작은 모욕을 참고 나중에 큰일을 하다.

속: We must recoil a little, at the end we may leap the better.

(더욱 힘찬 도약을 위해서는 몸을 약간 웅크려야만 한다. 서양)

소극침주 小隙沈舟

작은 틈이 배를 가라앉히다. 작은 잘못이 심한 재앙을 초래하다.

속: A little leak will sink a great ship.

(작은 틈이 벌어지면 큰 배도 가라앉는다. 서양)

소기이영 小器易盈

작은 그릇은 쉽게 가득 찬다. 능력이 적은 사람이 쉽게 자만하다.

속: A little wood will heat a little oven.

(적은 장작이 작은 화덕을 뜨겁게 만들 것이다. 서양)

소년이로 학난성 少年易老 學難成

소년은 늙기가 쉽고 학문은 이루기가 어렵다.

속: Learn young, learn fair; learn old, learn more.

(젊어서 배우고 잘 배워라. 늙어서도 배우고 더 많이 배워라. 스코틀랜드)

소류조원 溯流徂源

물줄기를 거슬러 올라가 원천에 이르다. 근본을 추구하다.

속: The stream cannot rise above the spring.

(물줄기는 원천 위에 있을 수 없다. 서양)

소리장도 笑裏藏刀

웃음 속에 칼을 품다. 유: 구밀복검 口蜜腹劍

속: He sends his presents with a hook concealed in them.
(그는 갈고리를 안에 숨긴 선물들을 보낸다. 로마)

소림일지 巢林一枝

새가 둥지를 트는 것은 숲속의 나뭇가지 하나에 불과하다.

분수에 맞게 살면서 만족해야 한다. 오막살이.

유: 지족안분 知足安分; 음하만복 飮河滿腹

속: A little bird is content with a little nest.
(작은 새는 작은 둥지에 만족한다. 서양)

소매종여 笑罵從汝

남의 조롱이나 질책에 아랑곳하지 않다.

속: Ridicule is the test of the truth.(조롱은 진실의 시험이다. 서양)

소불경사 少不更事

나이가 어리고 경험도 적다.

속: You must not expect old heads upon young shoulders.
(젊은 어깨 위에서 늙은 머리를 기대해서는 안 된다. 서양)

소비부자 所費不資

돈과 재물을 헤아릴 수 없을 만큼 많이 소비하다.

속: Great spenders are bad lenders.
(헤프게 소비하는 자들은 잘못 빌려주는 자들이다. 영국)

소사과욕 少私寡欲

사리사욕이 매우 적다.

속: Little gear, less care.(가진 것이 적으면 걱정도 더욱 적다. 서양)

소살천하 笑殺天下

세상 사람들을 크게 웃기다.

속: It would make even a fly laugh.

(그것은 심지어 파리마저도 웃길 것이다. 영국)

소설위가 少說爲佳

말은 적게 할수록 좋다.

속: Few words are best.(가장 적은 말이 가장 좋다. 영국)

소수대주 小受大走

순임금이 아버지의 가벼운 매는 맞지만 심한 매질은 아버지가 실수하지 않도록 피해서 달아난 일. 효자가 부모를 모시는 도리.

속: Birch twigs break no ribs.

(자작나무 가지는 갈빗대를 부러뜨리지 못한다. 영국)

소수소각 小手小脚

두려워서 위축되다. 지나치게 소심하다. 비겁하게 행동하다.

속: Guilty conscience always makes people cowards.

(가책을 받는 양심은 사람들을 항상 비겁한 자로 만든다. 영국)

소식음수 疏食飮水

음식을 간소하게 먹고 냉수를 마시다. 유: 식불이미 食不二味

속: Feed by measure and defy the physician.

(음식을 적절히 먹고 의사를 거부하라. 영국)

소심근신 小心勤愼

언행을 매우 신중하게 삼가다.

속: Discreet women have neither eyes nor ears.

(신중한 여자는 눈도 귀도 없다. 프랑스)

소안무조 少安無躁

잠시 안정된 상태에 머물며 서두를 필요는 없다.

남에게 참으라고 권유하는 말.

속: The best physicians are Dr. Diet, Dr. Quiet, and Dr. Merryman.

(가장 탁월한 의사는 음식조절, 안정, 어릿광대다. 라틴어)

소안치치 韶顔稚齒

용모가 아름답고 나이가 어리다. 나이가 적은 젊은이.

속: Ask the young people. They know everything.

(젊은이에게 물어 보라. 그들은 모든 것을 안다. 프랑스)

소연약게 昭然若揭

높이 걸린 해와 달처럼 명백하다. 진상이 남김없이 모두 드러나다.

속: You dance in a net and think that nobody sees you.

(너는 그물 안에서 춤추면서도 아무도 너를 못 본다고 생각한다. 영국)

소왕대직 小枉大直

작은 것을 굽히고 큰 것을 바르게 하다.

속: Better to bow than break.(부러지는 것보다는 굽히는 것이 낫다. 서양)

소요법외 逍遙法外

범법자가 법의 제재를 받지 않고 편안하게 지내다.

속: Take heed of a person marked and a widow thrice married.

(전과자도 세 번 결혼한 과부도 조심하라. 서양)

소요자오 逍遙自娛

아무런 구속도 받지 않고 스스로 즐기다.

속: To everyone his own form of pleasure.

(누구에게나 자기 나름대로 즐기는 형식이 있다. 로마)

소요자재 逍遙自在

아무런 구속도 받지 않고 자유롭다. 반: 신불유기 身不由己

속: The mind loves free space.

(정신은 자유로운 공간을 사랑한다. 러시아)

소용우둔 疏傭愚鈍

게으르고 어리석다.

속: Sluggards are never great scholars.

(게으른 자는 결코 훌륭한 학자가 못 된다. 서양)

소원성취 所願成就

바라던 일을 이루다.

속: So they wished, and so it is done.

(그들은 그렇게 원했고 그들이 바라던 대로 이루어졌다. 로마)

소이불루 疏而不漏

법이나 도덕의 그물은 성기다 해도 악인은 하나도 놓치지 않는다.

속: With customs we live well, but laws undo us.

(우리는 관습으로 잘 살지만 법률들은 우리를 파멸시킨다. 서양)

소인득지 小人得志

비열한 사람이 권력을 잡거나 자기 욕망을 채우다.

속: When a clown is on a mule, he remembers neither God nor the world.

(어릿광대가 노새를 타면 그는 하느님도 세상도 기억하지 않는다. 스페인)

소인묵객 騷人墨客

글이나 그림 등을 일삼는 사람. 시인, 문인, 화가, 서예가.

속: Painters and poets have leave to lie.

(화가와 시인은 거짓말을 허가 받았다. 스코틀랜드)

소인익어수 小人溺於水

소인은 물에 빠지고 군자는 말에 빠진다.

각자 자기가 좋아하는 일에 빠져 실수한다.

속: Beer a bumble, 'twill kill you before 'twill make you tumble.

(취해서 실수하면 그것은 너를 넘어뜨리기 전에 죽일 것이다. 영국)

소인지용 小人之勇

보통 사내의 하찮은 용기. 동: 필부지용 匹夫之勇

속: A coward's fear can make a coward valiant.

(비겁한 사람은 공포 때문에 용감해질 수도 있다. 서양)

소인한거 위불선 小人閑居 爲不善

소인배는 한가로울 때 좋지 않은 일을 한다.

속: An idle brain is the devil's workshop.

(게으름뱅이의 머리는 악마의 작업장이다. 영국)

소작소위 所作所爲

사람이 하는 모든 행동.

속: A man, like a watch, is to be valued by his goings.(시계는 바늘이 돌아가야만 하듯 사람도 그 행동으로 평가받아야 한다. 서양)

소장기예 小壯氣銳

젊고 기세가 날카롭다.

속: The thin end of the wedge is to be feared.

(쐐기의 얇은 끝을 두려워해야 한다. 서양)

소재중의 疏財重義

자기 재산을 써서 곤경에 처한 사람을 구제하다.

속: It is to the advantage of the commonwealth that everyone shall make good use of his property.

(각자 자기 재산을 잘 사용하는 것은 국가 전체의 이익이 된다. 로마)

소조실교 少條失敎

행동규범도 없고 교양도 없다.

속: Better short of pence than short of sense.

(교양이 없는 것보다는 돈이 없는 것이 낫다. 서양)

소지무여 掃地無餘

아무 것도 남기지 않고 모조리 쓸어내다. 남은 것이 하나도 없다. 하나도 남김없이 모두 파괴하다. 체면, 명성, 위엄 등을 모조리 잃다.

속: There's little for the rake after the shovel.

(큰 삽이 지나간 뒤에는 갈퀴가 긁을 것이 없다. 스코틀랜드)

소착양처 搔着癢處

가려운 곳을 긁다. 원하는 대로 되어 속이 매우 시원하다.

말이나 일이 핵심을 찌르다.

속: Love, a cough, an itch, and the stomach cannot be hid.

(사랑과 기침과 가려움과 식욕은 감출 수 없다. 독일)

소축안개 笑逐顏開

웃음으로 얼굴이 활짝 펴지다.

속: He laughs ill that laughs himself to death.

(죽을 정도로 웃는 자는 잘못 웃는 것이다. 서양)

소탐대실 小貪大失

작은 것을 탐내다가 큰 것을 잃다.

속: The camel going to seek horns lost his ears.

(뿔을 얻으러 간 낙타는 자기 귀들을 잃었다. 히브리)

소향무전 所向無前

앞에 장애물이나 적이 없다. 필적할 만한 것이 전혀 없다.

속: To fear no colors.

(군기를 전혀 두려워하지 않다, 즉 적을 두려워하지 않는다. 영국)

속성속패 速成速敗

급하게 이루어진 것은 빨리 망가진다.

속: What is quickly accomplished quickly perishes.

(빨리 이루어진 것은 빨리 망한다. 로마)

속수대폐 束手待斃

손이 묶인 채 죽음을 기다리다. 꼼짝없이 죽을 처지다.

노력이나 저항도 하지 않은 채 죽음이나 실패를 기다리다.

속: He kills a man that saves not his own life when he can.

(자기 목숨을 구할 수 있을 때 구하지 않는 자는 사람을 죽인다. 서양)

속수무책 束手無策

손이 묶인 듯 어쩔 도리가 없다.

속: How can a cat help it, if the maid is a fool?

(하녀가 바보라면 고양이인들 어찌하겠는가? 이탈리아)

속수속각 束手束脚

손발이 묶이다. 꼼짝 못하다.

속: He is not free that draws his chain.

(자기 쇠사슬을 끄는 자는 자유가 아니다. 프랑스)

속신취박 束身就縛

몸이 묶인 채 저항하지 않고 잡혀가다.

속: The bound must obey.(묶인 자는 복종해야만 한다. 영국)

속온청화 束縕請火

이웃집에 헌솜과 불을 빌리러 가다. 남의 도움을 청하다.

남을 대신해서 요청하다. 남을 추천하다.

속: Many things are lost for want of asking.

(많은 것은 요청하지 않아서 잃는다. 서양)

속전속결 速戰速決

빨리 싸워서 빨리 결판을 짓다. 가장 빠른 방법으로 일을 끝내다.

속: Quick returns make rich merchants.

(빠른 이익이 부유한 상인을 만든다. 영국)

속지고각 束之高閣

물건을 묶어 높은 다락에 놓아두다.

물건이나 사람을 오랫동안 쓰지 않고 내버려두다.

속: To keep Bayard in the stable.

(명마 바야르를 마구간에 매어두다. 영국)

손빈감조 孫臏減竈

손빈이 부엌의 수를 매일 줄여서 적을 속인 계책.

속: Trust is the mother of deceit.(신뢰는 속임수의 어머니다. 영국)

손인이기 損人利己

남에게 손해를 입히고 자기 이익을 차리다.

속: Men cut large shives of other's loaves.

(사람들은 남의 빵 덩어리에서 큰 조각을 잘라낸다. 영국)

솔마이기 率馬以驥

보통 말을 준마로 이끌다. 우수한 사람이 일반대중을 이끌도록 하다.

속: One dog can drive a flock of sheep.

(개 한 마리가 양떼를 몰 수 있다. 서양)

솔선수범 率先垂範

남의 앞에 서서 모범을 보이다.

속: Example is better than precept.(시범은 교훈보다 낫다. 서양)

송양지인 宋襄之仁

송나라 양공의 어진 처사. 쓸데없는 인정.

속: Foolish pity spoils a city.

(어리석은 동정심은 도시를 파멸시킨다. 영국)

수간두옥 數間斗屋

몇 간 되지 않는 작은 집.

속: Home is home, though it be never so homely.

(언제나 보잘것없다 해도 역시 집이 제일이다. 서양)

수격즉한 水激則旱

물은 다른 물건에 닿아 자극을 받으면 빨리 흐르게 된다.

속: As good water goes by the mill as drives it.

(물레방아 곁을 지나가는 물은 그것을 돌리는 물과 같다. 서양)

수과압배 水過鴨背

오리의 등으로 물이 지나가다. 아무 상관이 없다. 아무런 효과도 없다.

유: 마이동풍 馬耳東風

속: It's like water off a duck's back.

(오리의 등에 흘러내리는 물과 같다. 영국)

수과하욕 受跨下辱

한신이 남의 사타구니 밑을 지나는 치욕을 감수한 일.

동: 한신포복 韓信匍匐

속: It costs more to revenge injuries than to bear them.

(모욕은 참기보다 복수하는 것이 비용이 더 많이 든다. 서양)

수광어대 水廣魚大

물이 많고 깊은 곳에 큰 물고기가 산다.

속: Great fish are caught in great waters.

(큰 물고기들은 깊은 물에서 잡힌다. 독일)

350

수괴무면 羞愧無面

부끄러워서 면목이 없다.

속: It is discreditable to a man to be ignorant of that in which he is employed daily.

(날마다 자기가 해야만 할 일에 관해 무지한 것은 수치스럽다. 로마)

수교보로 修橋補路

다리와 길을 고치다. 많은 사람에게 도움이 되는 좋을 일을 하다.

속: It is never too late to mend.

(고치는 일은 결코 너무 늦은 것이 없다. 서양)

수구여병 守口如瓶

입을 병마개처럼 지키다. 말을 매우 조심하다. 비밀을 잘 지키다.

속: Confine your tongue lest it confine you.

(혀가 너를 가두지 않도록 네가 혀를 가두어라. 영국)

수구이폐 修舊利廢

낡은 것을 수리하고, 버린 것을 이용하다.

힘써 절약하고 무용지물을 유용한 것으로 만들다.

속: An old sack asks much patching.

(낡은 자루는 많은 수리가 필요하다. 영국)

수궁즉설 獸窮則齧

짐승도 막다른 골목에 몰리면 돌아서서 문다.

속: A man may provoke his own dog to bite him.

(사람은 자기 개가 자기를 물도록 도발할 수 있다. 서양)

수기결괴 搜奇抉怪

신기한 것을 찾고 괴상한 것을 드러내다. 열심히 노력하여 글을 쓰다.

속: Africa ever produces something new.

(아프리카는 무엇인가 새로운 것을 항상 만들어낸다. 라틴어)

수기치인 修己治人

스스로 수양하여 남을 다스리다.

속: It is absurd that he who does not know how to govern himself should govern others.(자기 자신을 다스릴 줄 모르는 자가 남들을 다스리려고 하는 것은 모순이다. 로마)

수대어다 水大魚多

물이 넓고 많으면 물고기도 반드시 많다.

속: There are as good fish in the sea as ever came out of it.

(바다에는 이미 잡힌 물고기들만큼 좋은 물고기들이 있다. 서양)

수대초풍 樹大招風

나무가 크면 바람을 부른다.

목표가 크면 남들의 주목을 받아 재앙을 초래하기 쉽다.

높은 자리에 앉으면 사람들의 주목이나 질투를 받게 마련이다.

속: Tall trees catch much wind.

(높은 나무는 많은 바람을 맞는다. 네덜란드)

수도동귀 殊途同歸

길은 달라도 돌아가는 곳은 같다. 방법이 달라도 이루는 목적은 같다.

속: There are more ways to the wood than one.

(숲에 이르는 길은 하나가 아니라 여럿이다. 영국)

수도병제 手到病除

손을 대자 병이 낫다. 의술이 뛰어나다.

속: Different sores must have different salves.

(서로 다른 상처마다 서로 다른 고약을 붙여야 한다. 서양)

수도호손산 樹倒猢猻散

나무가 쓰러지면 그곳에 살던 원숭이들이 흩어진다.

핵심인물이 세력을 잃으면 그에게 의지하던 사람들도 따라서 흩어진다.

속: All's lost that's put in a riven dish.

(접시가 깨어지면 거기 든 모든 음식을 망친다. 서양)

수락석출 水落石出

물이 빠져 밑바닥의 돌이 드러나다. 물가의 겨울경치. 일의 진상이 모두
드러나다. 유: 폭로무유 暴露無遺 반: 휘막여심 諱莫如深

속: Thieves quarrel, and the thefts are discovered.

(도둑들이 서로 싸우고 도둑질이 탄로된다. 스페인)

수류화사 水流花謝

강물은 흘러가고 꽃은 떨어지다. 사물이 이미 자취를 감추다.

속: Water, fire, and soldiers quickly make room.

(물과 불과 군인들은 빨리 자리를 비운다. 서양)

수륜자청 垂綸者清

낚시꾼은 청렴하다.

속: An angler eats more than he gets.

(낚시꾼은 자기가 잡는 것보다 더 많이 먹는다. 서양)

낚시꾼에게 길을 묻다 (당시화보 唐詩畵譜)

수면견인 羞面見人

부끄러워서 사람을 만나보기를 두려워하다.

속: Bashfulness is the enemy to poverty.

(부끄러움은 가난의 적이다. 영국)

수명지군 受命之君

천명을 받은 군주.

속: The king goes as far as he dares, not as far as he desires.

(왕은 자기가 원하는 만큼 가는 것이 아니라 자기가 모험하는 만큼 간다. 서양)

수모지년 垂暮之年

곧 노년기가 닥치다.

속: Old age is itself a disease.(노년기는 그 자체가 병이다. 영국)

수무촌철 手無寸鐵

손에 아무런 무기도 없다. 무방비 상태다.

속: A courageous man never wanted a weapon.

(용감한 사람은 무기가 없던 적이 전혀 없었다. 스코틀랜드)

수미상계 首尾相繼

앞뒤가 서로 이어지다.

재앙은 한가지만 닥치지 않고 항상 겹쳐서 일어난다.

속: Misfortunes never come singly.

(불행은 혼자 찾아오지 않는다. 서양)

수방이류 殊方異類

서로 다른 곳과 서로 다른 사물.

속: Good things are wrapped up in small parcels.
(좋은 것들은 작은 꾸러미 속에 포장되어 있다. 서양)

수복강녕 壽福康寧

오래 살고 행복하며 건강하고 평안하게 살다.

속: I would rather be healthy than rich.
(나는 부자보다 차라리 건강한 사람이 되겠다. 라틴어)

수복난수 水覆難收

엎질러진 물은 다시 물동이에 담을 수 없다. 집을 버리고 떠난 아내는 다시 돌아올 수 없다. 저질러진 일은 다시 돌이킬 수 없다. 이미 늦었다.

속: Salt spilt is seldom clean taken up.
(엎질러진 소금은 깨끗하게 주워 담을 수 없다. 서양)

수불석권 手不釋卷

손에서 책을 놓지 않다. 독서에 몰두하다. 쉬지 않고 공부하다.

속: All work and no play makes Jack a dull boy.
(전혀 놀지 않고 공부만 하는 아이는 바보가 된다. 영국)

수불위취 嫂不爲炊

소진(蘇秦)이 불우하고 가난할 때 그의 형수마저도 경멸하여 밥을 지어주지 않은 일.

속: Not even his own parents are friends to a beggar.
(거지에게는 그의 부모마저도 친구가 아니다. 로마)

수사쟁찰 垂死掙扎

죽을 처지에서 마지막으로 항쟁하다.

실패나 멸망 직전에 있는 힘을 다해 반항하다. 유: 곤수유투 困獸猶鬪

속: Tramp on a snail and she'll shoot her horns.
(달팽이를 밟으면 그것이 뿔을 내밀 것이다. 스코틀랜드)

수삽석남 首揷石枏

머리에 꽂힌 석남 꽃. 생사를 초월한 간절한 사랑.
속: True love never grows old.(참된 사랑은 결코 늙지 않는다. 서양)

수서양단 首鼠兩端

쥐가 구멍에서 머리를 내밀고 눈치만 살피다.
진퇴를 결정 못하고 망설이다. 양다리를 걸치고 기회를 엿보다.
속: To see which way the cat will jump.
(고양이가 어느 쪽으로 뛸지 보다, 즉 기회를 엿보다. 영국)

수성부화 隨聲附和

줏대 없이 남의 주장을 무작정 따라가다.
속: He that leaves certainty, and sticks to chance, when fools
pipe, he may dance.(확실한 것을 버리고 우연에 집착하는 자는 바보
들이 피리를 불 때 춤을 춘다. 영국)

수성승화 水盛勝火

물은 세력이 왕성하면 불을 이긴다. 악은 한창 판칠 때 선을 이긴다.
속: Foul water will quench fire.(더러운 물도 불을 끌 것이다. 영국)

수성지난 守成之難

나라나 사업을 유지하는 어려움.
속: Keep well is as great as winning.
(잘 유지하는 것은 얻는 것만큼 훌륭한 일이다. 서양)

수수방관 袖手傍觀

팔짱을 끼고 구경만 하다. 간섭하지 않고 추이만 지켜보다.

속: Many friends, few helpers.

(친구는 많지만 도와주는 사람은 없다. 독일)

수수이득 垂手而得

손도 대지 않고 얻다. 매우 쉽다.

속: All things are easy that are done willingly.

(자발적으로 하는 일은 모두가 쉽다. 서양)

수수이진 壽數已盡

누릴 수명이 이미 다했다. 죽을 때가 되었다.

속: He is miserable that dies not before he desires to die.

(자기가 죽기를 원하는 시기 이전에 죽지 않는 자는 비참하다. 서양)

수시변통 隨時變通

형편에 따라 일을 처리하다.

속: A wise man needs not blush for changing his purpose.

(현명한 사람은 자신의 목적 변경에 대해 얼굴을 붉힐 필요는 없다. 서양)

수식변폭 修飾邊幅

베옷의 가장자리를 꾸미다. 옷을 고쳐 입고 외모를 단정하게 차리다.

속이 빈 사람이 겉만 화려하게 꾸미다.

속: Clothes make a man.(옷이 사람을 만든다. 서양)

수신분리 首身分離

머리와 몸통이 갈리다. 목이 잘리다.

속: When the head is knocked off, it is all over with the dreams.

(목이 잘리면 모든 꿈이 끝난다. 나이지리아)

수신제가 修身齊家
자기수양을 하고 집안을 다스리다.

속: Do good to yourself and yours, and then to others if you can.

(너 자신과 가족들에게 좋은 일을 하고, 그 다음에 가능하다면 다른 사람들에게 베풀어라. 이탈리아)

수심소욕 隨心所欲
자기 마음이 원하는 대로 따르다.

속: Easy to that your own heart wills.

(너의 마음이 원하는 대로 하기는 쉽다. 스코틀랜드)

수양박사 瘦羊博士
작은 이익을 따지지 않고 자제하며 양보하는 사람.

속: The wisest are the first to give way.

(가장 현명한 자들이 가장 먼저 양보한다. 영국)

수어지교 水魚之交
물과 물고기의 긴밀한 관계. 매우 가까운 사이.
군주와 신하 사이의 친밀한 관계.

속: Where bees are, there is honey.

(벌들이 있는 곳에 꿀이 있다. 영국)

수원수구 誰怨誰咎
누구를 원망하고 누구를 탓하겠는가? 남을 원망하거나 탓할 필요가 없다.

속: Blame is the lazy man's wages.

(남을 탓하는 것은 게으름뱅이의 보수다. 덴마크)

수유교융 水乳交融

물과 우유가 서로 섞이다. 서로 친밀하고 잘 어울려서 지내다.

속: Milk says to wine, welcome friend.

("친구여, 환영합니다."라고 우유가 포도주에게 말한다. 서양)

수유후곤 垂裕後昆

공적이나 재산을 후손에게 남기다.

속: Virtue and a trade are the best inheritance for children.

(미덕과 직업은 자손을 위한 가장 좋은 유산이다. 서양)

수이부실 秀而不實

이삭은 나왔지만 여물지 않다. 겉만 그럴 듯하고 실속이 없다.

재능이 있다 해도 결실을 내지 못하다.

속: Leaves enough, but few grapes.

(잎은 무성하지만 포도는 없다. 서양)

수인이병 授人以柄

남에게 권력을 주다.

남이 자기의 결점과 약점을 알도록 하여 그에게 좌우되다.

속: Women can accomplish all, because they rule the persons
who govern all.(여자들은 모든 것을 지배하는 사람들을 지배하기 때문
에 모든 것을 이룰 수 있다. 프랑스)

수자부족여모 豎子不足與謀

애송이와 더불어 일을 도모할 수 없다. 더불어 의논할 상대가 못된다.

속: Boys are boys, and boys employ themselves with boyish
matters.(아이들은 아이들이다. 그들은 유치한 일에 몰두한다. 로마)

수자이미 殊滋異味

기이한 맛. 맛있는 음식.

속: The deeper the sweeter.

(깊은 곳에 있는 것일수록 더욱 맛이 있다. 영국)

수장불입 水漿不入

물이나 미음도 입에 들어갈 수 없다. 중병에 걸리다. 과로가 극심하다.

속: Buried under the gallows.

(교수대 아래 묻히다, 즉 과로로 죽다. 영국)

수적천석 水滴穿石

물방울이 돌을 뚫다. 적은 노력도 계속하면 큰일을 이룩한다.

속: Constant dropping wears away the stone.

(끊임없이 떨어지는 물방울은 돌을 닳게 한다. 서양)

수적초원 樹敵招怨

나무의 벌집을 건드려서 벌들을 화나게 하다. 재앙을 자초하다.

속: To stir up the hornets' nest.(말벌의 벌집을 쑤시다. 서양)

수적촌루 銖積寸累

돈을 조금씩 쌓아서 조금씩 늘려가다. 완성이나 성취가 쉽지 않다.

반: 일척천금 一擲千金

속: Take care of the pence and the pounds will take cate of themselves.(네가 푼돈을 모으면 큰돈은 저절로 모일 것이다. 서양)

수전노 守錢奴

돈을 지키는 노예. 지독한 구두쇠.

속: He can give little to his servant that licks his knife.

(자기 나이프를 핥아먹는 자는 하인에게 아무 것도 줄 수 없다. 서양)

수족지애 手足之愛

형제 사이의 우애.

속: Brothers quarrel like thieves inside a house, but outside their swords leap out in each other's defence.(형제들은 집안에서는 도둑들처럼 싸우지만 밖에서는 서로 보호하기 위해 칼을 뺀다. 일본)

수주대토 守株待兎

나무를 지키며 토끼를 기다리다. 요행만을 바라다. 융통성이 없다. 되지도 않을 일을 고집하다.

속: He expects that larks will fall ready roasted into his mouth. (그는 이미 구워진 종달새 고기가 자기 입에 떨어지기를 기다린다. 서양)

수중노월 水中撈月

물속의 달을 건지다. 불가능한 일을 시도하다. 헛수고하다.

속: To fish for strawberries in the bottom of the sea. (바다 밑바닥에서 딸기를 건지려고 하다. 영국)

수즉다욕 壽則多辱

오래 살면 수치스러운 일을 많이 당한다.

속: Who lives longest sees much evil. (제일 오래 사는 사람은 많은 불행을 겪는다. 스페인)

수직유현 授職惟賢

재능과 덕망이 있는 사람에게만 직위를 주다.

속: No man is always wise, except a fool. (바보 이외에는 아무도 항상 현명하지는 않다. 서양)

수청무어 水清無魚

물이 너무 맑으면 물고기가 없다.

너무 결백하면 다른 사람들이 그와 어울리지 않는다.

속: He is so clean, a fly would not sit on him.

(너무 깨끗한 그에게는 파리도 앉으려 하지 않는다. 남아프리카)

수파축류 隨波逐流

물결치는 대로 표류하다. 대세를 따르다.

자기 주견이 없고 남의 장단에 춤추다.

속: Do as most men do and men will speak well of you.

(대부분의 사람들이 행동하는 대로 하면 그들이 너를 칭찬할 것이다. 서양)

수풍도타 隨風倒柁

바람에 따라서 키의 방향을 바꾸다. 기회를 보아 행동하다.

정세 변화에 따라 태도를 바꾸다. 주위여건의 변화에 적응하다.

속: Turn your coat according to the wind.

(바람에 따라서 네 외투를 돌려라. 독일)

수화무정 水火無情

홍수와 화재는 무정하고 매우 무서운 것이다.

속: A May flood never did good.

(5월 홍수는 한 번도 유익하지 못했다. 영국)

수화불사 水火不辭

물불을 무릅쓰다. 어떠한 위험도 마다하지 않다.

속: To go through fire and water.(불과 물을 통과하다. 영국)

수화상극 水火相剋

물과 불은 서로 용납하지 못한다. 서로 원수같이 지내다.
대립이 극도로 심하다.

속: Fire in the one hand and water in the other.
(한 손에는 불을 들고 다른 손에는 물을 들고 있다. 영국)

숙능생교 熟能生巧

숙련된 뒤에 비로소 고도의 기술을 얻을 수 있다.

속: Skill is stronger than strength.(기술은 힘보다 더 강하다. 서양)

숙로경거 熟路輕車

가벼운 수레로 익숙한 길을 가다. 익숙해진 일은 처리가 매우 쉽다.

속: Old shoes are easiest.(오래된 신발이 신기가 가장 쉽다. 서양)

숙맥불변 菽麥不辨

콩과 보리를 구별하지 못한다. 아둔해서 상식적인 것도 모르다.

속: He is a fool indeed who expects sense from a fool.
(바보에게 분별력을 기대하는 자는 진짜 바보다. 프랑스)

숙문숙로 熟門熟路

문과 길을 잘 알다. 충분히 잘 알고 있다.

속: Many a man ask the way he knows full well.
(많은 사람은 자기가 잘 아는 길을 묻는다. 스코틀랜드)

숙세원가 宿世冤家

먼저 세대의 원한. 쌓인 원한이 매우 깊다.

속: Better old debts than old sores.
(오래된 원한보다는 오래된 빚이 낫다. 스코틀랜드)

364

숙습난당 熟習難當

만사에 숙달된 사람은 당해내기 어렵다.

속: Use makes perfect.(습관이 되면 능숙해진다. 서양)

숙습난방 熟習難防

몸에 밴 습관은 고치기가 어렵다.

속: The command of custom is great.(습관의 지배는 강력하다. 서양)

숙흥야매 夙興夜寐

아침에 일찍 일어나고 밤에 늦게 자다. 부지런히 일하다.

속: God gives all things to industry.

(하느님께서는 모든 것을 근면한 사람들에게 주신다. 서양)

순망치한 脣亡齒寒

입술이 없어지면 이가 시리다.

밀접한 관계에서 한쪽이 망하면 다른 쪽도 온전하기 어렵다.

속: When the head is sick, the whole body is sick.

(머리가 병들면 온 몸이 병든다. 영국)

순수견양 順手牽羊

손에 닿는 대로 남의 양을 끌어가다. 남의 물건을 제멋대로 가져가다.

속: He will carry the bull who has carried the calf.

(송아지를 끌어간 자는 황소도 끌어갈 것이다. 로마)

순아자창 順我者昌

나에게 복종하는 자는 번영한다. 독재자의 횡포가 심하다.

속: Liberty is ancient; it is despotism which is new.

(자유는 오래된 것이다. 새로운 것은 독재다. 프랑스)

순우추요 詢于芻蕘

풀 베는 사람과 나무하는 사람과 의논하다.

아랫사람의 의견이나 비판도 옳은 것은 받아들이다.

속: One has often need of a lesser than one's self.

(누구나 자기보다 못한 사람이 필요한 경우가 많다. 서양)

순인야 아역인야 舜人也 我亦人也

순임금도 사람이고 나도 사람이다. 사람은 모두 같다.

속: All are fellows at football.(축구할 때는 모두 동료다. 서양)

순주부인 醇酒婦人

좋은 술과 여색에 빠지다.

속: Women and wine make men out of their wits.

(여자와 술은 남자들이 이성을 잃게 만든다. 서양)

순차이진 循次而進

일정한 순서나 단계에 따라 점차 나아가거나 올라가다.

공부나 일을 점차적으로 발전시키다.

속: Creep before you go.(걷기 전에 기어라. 스코틀랜드)

순창설검 脣槍舌劍

말이 날카롭고 논쟁이 치열하다.

속: Words are but wind, but blows unkind.

(말은 바람에 불과하지만 매섭게 부는 바람이다. 영국)

순풍타기 順風拖旗

바람에 맞추어 깃발을 올리다. 주위 여건에 맞추어 적절히 처신하다.

속: You must sell as markets go.

(시장 형편에 따라 물건을 팔아야만 한다. 서양)

술자지능 述者之能

저술하는 사람의 재능에 달려 있다.

일의 성패는 사람의 능력에 달려 있다.

속: Old wood, old friends, old wine and old authors are best.

(오래된 숲, 오래된 친구들, 오래된 포도주, 오래된 저자들이 가장 좋다. 스페인)

숭조상문 崇祖尚門

조상을 숭배하고 자기 가문을 위하다.

속: Our ancestors grew not great by hawking and hunting.

(우리 조상은 매사냥과 사냥으로 위대해진 것은 아니다. 서양)

습관자연 習慣自然

오래 습관이 되면 그것이 자연스럽고 정상적인 것이 된다.

속: Men do more things through habit than through reason.

(사람들은 이성보다 습관에 따라 더 많이 행동한다. 로마)

습비성시 習非成是

틀린 것에 습관이 되면 그것을 옳은 것으로 여긴다.

속: Custom without reason is but ancient error.

(이유 없는 관습은 오래된 잘못일 뿐이다. 영국)

습이성성 習以成性

오랫동안 습관이 되면 그것이 제2의 천성이 된다.

속: Habit is second nature.(습관은 제2의 천성이다. 서양)

습이위상 習以爲常

오랫동안 습관이 되면 그것이 규범이 된다.

속: Habits are at first cobwebs, at last cables.

(습관은 처음에는 거미줄이지만 결국은 밧줄이 된다. 서양)

승거대립 乘車戴笠

수레를 같이 타고 모자를 같이 쓰다.

빈부나 귀천의 차이에도 불구하고 변함없이 매우 돈독한 우정.

속: Let not the grass grow on the path of friendship.

(우정의 길에 잡초가 자라지 못하게 하라. 아메리카 인디언)

승기자염 勝己者厭

자기보다 재능이 뛰어난 사람을 싫어하다.

속: Human beings do not love one another.

(사람들은 서로 사랑하지 않는다. 나이지리아)

승묵지언 繩墨之言

모범이 될 수 있고 도리에 맞는 말. 규범이 되는 말.

속: Give a churl rule.(야비한 자에게 규범을 주라. 영국)

승안접사 承顔接辭

직접 만나서 그의 말을 듣다. 안색을 살펴가며 그의 말을 듣다.

속: Face to face, the truth comes out.

(직접 대면하면 진실이 드러난다. 영국)

승임유쾌 勝任愉快

중책을 맡을 능력이 충분하고 유쾌하게 임무를 완수하다.

속: Be always merry as ever as you can, for none delights in a sorrowful man.(슬픈 사람은 아무도 좋아하지 않으므로 언제나 힘껏 유쾌하게 지내라. 서양)

승지이법 繩之以法

법으로 다스리다. 법에 따라 처벌이나 제재를 하다.

속: England is not governed by logic, but by acts of Parliament.
(영국은 위력이 아니라 의회의 법으로 통치된다. 영국)

시가인 숙불가인 是可忍 孰不可忍

이것을 참는다면 무엇을 못 참겠는가? 도저히 참을 수 없는 일이다.

속: There is no greater evil than not to be able to bear what is evil.
(재앙을 참을 수 없는 것보다 더 큰 재앙은 없다. 로마)

시강능약 恃强凌弱

강한 세력에 의지하여 약자를 괴롭히다.

속: Bullies are generally cowards.
(약자를 괴롭히는 폭력배는 대개 겁쟁이다. 서양)

시광사전 時光似箭

시간이 화살처럼 빨리 지나가다.

속: Time flees away without delay.
(시간은 지체하지 않고 달아나 버린다. 서양)

시근종태 始勤終怠

처음에는 부지런하고 나중에는 게으르다.

속: If the devil catch a man idle, he'll set him to work.
(악마가 게으른 자를 잡으면 그에게 일을 시킬 것이다. 서양)

시기상조 時機尙早

때가 아직 이르다.

속: He who is wise before his time, will die before he is old.

(자기의 때가 오기 전에 현명해지는 자는 늙기 전에 죽을 것이다. 로마)

시다염고 柴多焰高

장작이 많을수록 불길은 높이 솟는다.

속: Little chips light great fires.

(작은 나무토막들은 큰 불을 일으킨다. 서양)

시도지교 市道之交

시장이나 길거리의 교제. 자기 이익만 차리는 인간관계.

속: A friend in the market is better than money in the chest.

(시장에 있는 친구가 금고에 든 돈보다 더 낫다. 서양)

시돌낭분 豕突狼奔

이리처럼 달리고 돼지처럼 돌아다니다. 악인들이 제멋대로 날뛰다.
정신없이 달아나 버리다.

속: If there were no knaves and fools, all the world would be alike.

(악당들과 바보들이 없다면 모든 세상은 똑같을 것이다. 서양)

시동아희 視同兒戲

애들 장난으로 보다. 일을 하찮은 것으로 보고 무시하다.
일에 대해 조금도 진지하지 않다.

속: An old cat sports not with her prey.

(늙은 고양이는 자기 먹잇감을 하찮은 것으로 여기지 않는다. 서양)

시동진월 視同秦越

진나라와 초나라처럼 서로 멀리 떨어진 것처럼 보다.

일이 전혀 서로 상관이 없다. 상호관계가 매우 소원하고 멀다.

속: The moon does not trouble about the baying of the dogs.

(달은 개들이 짖어도 걱정하지 않는다. 이탈리아)

시무이가 市無二價

매매할 때 물건 값이 두 종류가 아니다. 매매가 공정하고 속이지 않다.

속: Buyers want a hundred eyes; sellers none.(사는 사람은 백 개의 눈을 원하지만 파는 사람은 하나도 원하지 않는다. 서양)

시부시자 是父是子

그 아버지에 그 아들. 아버지와 아들이 모두 훌륭하다.

속: Often mouses the cat after her mother.

(고양이는 어미가 하듯이 쥐를 잡는 경우가 많다. 서양)

시부재래 時不再來

지나간 시간이나 기회는 다시 오지 않는다.

속: Lost time is never found.(잃은 시간은 다시 오지 않는다. 서양)

시불가실 時不可失

좋은 시기나 기회를 놓쳐서는 안 된다.

속: There is a time for all things.(모든 것에는 그 때가 있다. 서양)

시불아대 時不我待

시간은 우리를 기다려주지 않는다.

속: Time, train, tide wait for no man.

(시간과 기차와 기회는 아무도 기다려주지 않는다. 서양)

시비곡직 是非曲直

옳고 그른 것과 굽은 것과 곧은 것. 도리에 맞는 것과 맞지 않는 것.

시비와 곡직을 따지다.

속: To have a crow to pluck with one.(남과 함께 털을 뽑을 까마귀를 가지고 있다, 즉 남에게 따질 일이 있다. 영국)

시비전도 是非顚倒

옳은 것을 그르다고 하고 그른 것을 옳다고 하다.

옳고 그른 것을 혼동하다.

속: To take chalk for cheese.(백묵을 치즈로 알다. 영국)

시생여사 視生如死

삶을 죽음과 똑같이 보다. 생사를 초월하다. 죽음을 두려워하지 않다.

속: Dying is as natural as living.

(죽음은 삶과 똑같이 자연스러운 것이다. 서양)

시야비야 是也非也

옳고 그름.

속: Yes and No are the cause of all disputes.

(긍정과 부정은 모든 분쟁의 원인이다. 서양)

시약무도 視若無睹

보아도 알아보지 못하다. 무관심하다.

속: Better to be blind than to see ill.

(제대로 보지 못하기보다는 눈이 머는 것이 낫다. 영국)

시어다골 鰣魚多骨

맛있는 준치는 가시가 많다. 좋은 일에 성가신 일이 끼어들다.

속: No rose without a thorn.(가시 없는 장미는 없다. 서양)

시여분토 視如糞土

거름구덩이의 흙처럼 여기다 극도로 멸시하다.

속: Who heeds not a penny shall never have any.

(한 푼을 무시하는 자는 아무 것도 결코 얻지 못할 것이다. 서양)

시오설 상재불 視吾舌 尙在不

내 혀가 아직 있는지 없는지 보라.

속: A head with a good tongue in it is worth double the price.

(말솜씨가 좋은 혀를 가진 머리는 두 배로 가치가 있다. 서양)

시오지심 猜惡之心

시기하고 미워하는 마음.

속: There is no rest to envy.(질투에는 휴식이 없다. 아랍)

시우지화 時雨之化

때에 알맞은 비가 식물을 잘 자라게 하다.

가르침이나 은덕이 널리 퍼지다. 스승의 은혜.

속: When clouds appear like rocks and towers, the earth's refreshed by frequent showers.(구름이 바위와 탑처럼 나타나면 대지는 잦은 소나기로 원기를 회복한다. 영국)

시운부제 時運不齊

때와 운수가 좋지 않아 역경에 놓이다.

속: Adversity makes a man wise, not rich.

(역경은 사람을 부유하게 만드는 것이 아니라 현명하게 만든다. 영국)

시유별재 詩有別才

시를 짓는 재주는 학문과 상관없이 따로 있는 것이다.

속: He's a blockhead that cannot make two verses and he's a fool that makes four.

(시를 두 편 지을 수 없는 자는 얼간이고 네 편을 짓는 자는 바보다. 서양)

시은포덕 施恩布德

은혜와 인덕을 베풀다.

속: One "Take this" is better than two "I will give."

(주겠다는 약속 두 번보다 실제로 한 번 주는 것이 더 낫다. 서양)

시이불견 視而不見

마음이 딴 데 가 있으면 보아도 제대로 알아보지 못한다.

관심이 전혀 없다.

속: Some men go through a forest and see no firewood.

(어떤 사람들은 숲을 통과하면서도 장작을 보지 못한다. 서양)

시이불비 施而不費

남에게 은혜를 베풀지만 자기 비용은 많이 들지 않는다.

속: Men are very generous with what costs them nothing.

(사람들은 자기 비용이 전혀 들지 않는 것에 대해서 매우 후하다. 서양)

시이사개 時移事改

시간이 흐르면 세상일도 변한다.

속: Whatsoever time does, it undoes.

(시간은 무엇을 하든지 모두 취소한다. 서양)

시이세역 時移世易

시대가 바뀌면 세상일도 따라서 변화한다.

속: Other times, other manners.(시대가 변하면 예의도 변한다. 서양)

시이세이 時移世異

시간이 흐르면 세상 인심이나 환경도 달라진다.

속: As time changes, counsel changes.

(시대가 변하면 인심도 변한다. 포르투갈)

시이세천 時異勢遷

시간이 지나면 정세도 바뀐다.

속: Other times, other cares.

(시대가 변하면 걱정거리도 변한다. 이탈리아)

시이속역 時移俗易

시대가 바뀌면 풍속도 변한다.

속: Other times, other customs.

(시대가 변하면 풍속도 변한다. 이탈리아)

시인물념 施人勿念

남에게 베푼 것은 기억하지 마라.

속: An apple may happen to be better given than eaten.

(사과는 먹기보다 주는 것이 더 나을 수 있다. 영국)

시작용자 始作俑者

흙이나 나무로 된 인형의 순장을 처음 시작한 사람.

어떤 나쁜 일이나 풍조를 처음 시작한 사람. 장본인.

속: A bad beginning makes a bad ending.

(시작이 나쁘면 끝도 나쁘다. 서양)

시전여명 視錢如命

돈을 목숨과 같이 여기다.

속: Let your purse be your master.

(너의 돈 자루를 주인으로 삼아라. 영국)

시절도래 時節到來

좋은 기회가 오다. 좋은 기회가 되다.

속: Your nut is ready cracked for you.

(너의 견과는 너를 위해 깨어져 있다. 서양)

시정소인 市井小人

길거리의 저속하고 식견이 천박한 자.

속: Clowns are best in their own company, but gentlemen are best everywhere.(어릿광대는 자기 패거리 안에서 제일 좋지만 신사는 어디서나 제일 좋다. 영국)

시정지도 市井之徒

길거리의 저속하고 비열한 무리. 동: 시정잡배 市井雜輩

속: Clowns kill each other, but gentles cleave together.

(어릿광대들은 서로 죽이지만 신사들은 함께 뭉친다. 영국)

시종불해 始終不懈

처음부터 끝까지 해이하지 않다. 꾸준히 계속하다.

속: A fool looks to the beginning, a wise man regards the end.

(바보는 시작을 보고 현명한 자는 끝을 본다. 영국)

시종일관 始終一貫

처음부터 끝까지 한 결 같이 밀고 나가다. 항상 변함이 없다.

속: Let the cobbler stick to his last.

(신기료장수가 끝까지 자기 일을 하도록 하라. 서양)

시행착오 試行錯誤

실패를 거듭하여 점차 적응해 가다.

속: Cooks are not to be taught in their own kitchen.

(요리사들은 자기 부엌에서 요리를 배워서는 안 된다. 서양)

시험여이 視險如夷

위험한 것을 평안한 것처럼 보다.

매우 용감하여 난관을 두려워하지 않다. 재능이 매우 뛰어나다.

속: Valor in the midst of adverse circumstances.

(역경 중의 용기. 로마)

식마육 불음주상인 食馬肉 不飮酒傷人

말고기를 먹고 나서 술을 마시지 않으면 건강을 해치게 된다.

속: Fish without drink is poison.(술 없이 먹는 생선은 독이다. 프랑스)

식무구포 食無求飽

먹어도 배가 부르기를 원하지 않다. 허기를 면할 정도에 그치다.

속: Live not to eat, but eat to live.

(먹기 위해 살지 말고 살기 위해 먹어라. 영국)

식불감미 食不甘味

근심, 불안, 초조 등으로 음식을 먹어도 맛이 없다.

속: To him that has lost his taste, sweet is sour.

(음식 맛을 잃은 자에게는 단 것이 시다. 영국)

식불구감 食不求甘

맛있는 음식을 찾지 않다.

속: Eat when you're hungry and drink when you're dry.

(배고플 때 먹고 목마를 때 마셔라. 영국)

식불이미 食不二味

한 끼 밥상에 반찬을 두 가지 먹지 않다. 음식이 매우 소박하다.

속: Diet cures more than lancet.

(다이어트는 피 빼는 도구보다 더 많이 치료한다. 스페인)

식불충기 食不充飢

먹어도 굶주림을 면하지 못하다. 매우 가난하여 먹고살기가 힘들다.

속: The cat is hungry when a crust contents her.

(빵 껍질 하나만 가지고는 고양이가 배가 고프다. 영국)

식비거간 飾非拒諫

자신의 잘못을 숨기고 충고를 물리치다. 유: 휘질기의 諱疾忌醫

속: He that will not be counselled cannot be helped.

(충고를 거부하려는 자는 도움을 받을 수 없다. 영국)

식양재피 息壤在彼

식양이 저기 있으니 식양에서 한 맹세를 잊지 마라. 약속은 지켜야 한다.

속: All promises are either broken or kept.

(모든 약속은 위반되거나 지켜진다. 영국)

식언이비 食言而肥

자기가 한 말을 먹고 살이 찌다. 자기 이익이나 편의만 도모하고 약속은 지키지 않다. 거짓말을 하다. 거짓말.

속: To eat one's words.(자기가 한 말을 먹다, 즉 식언하다. 영국)

식위민천 食爲民天

먹는 일은 백성에게 하늘처럼 가장 중요하다.

속: I eat, therefore I exist.(나는 먹는다. 그러므로 존재한다. 로마)

식육침피 食肉寢皮

그의 살을 먹고 그의 피부 위에서 자다. 원수를 극도로 증오하다.

유: 불구대천 不俱戴天

속: He could eat me without salt.

(그는 소금도 치지 않고 나를 잡아먹을 수 있을 정도다. 스코틀랜드)

식음전폐 食飮全廢

먹고 마시는 일을 전혀 하지 않다. 스스로 단식하다.

속: Eat, and welcome; fast, and heartily welcome.

(먹으면 환영받고 단식하면 진심으로 환영받는다. 영국)

식일만전 食日萬錢

진(晉)나라 임개(任愷)가 한 끼 식사에 큰돈을 쓴 일.

속: He will spend a whole year's rent at one meal's meat.

(그는 한 끼 식사에 일 년치 집세를 던질 것이다. 서양)

식자순군 食子狗君

자기 자신을 삶아 그 고기를 군주에게 바치다.

윗사람에게 아부하는 무도한 행위.

속: A flatterer's throat is an open sepulchre.
(아첨꾼의 목구멍은 열려 있는 무덤이다. 영국)

식자욕로 息者欲勞
편안하게 놀고 지내는 사람이 고된 일을 하고 싶어 하다.
사람은 자기 환경에 만족하지 않고 남의 처지를 부러워한다.
속: The best wine is someone else's.
(남의 포도주가 가장 좋은 포도주다. 서양)

식자우환 識字憂患
글자를 아는 것이 걱정거리가 되다.
속: The happiest life is to know nothing.
(가장 행복한 삶은 아무 것도 모르는 것이다. 로마)

식지대동 食指大動
둘째손가락이 크게 움직이다. 먹고 싶은 생각이 간절하다.
속: Appetite grows with eating.(식욕은 먹을수록 더욱 증가한다. 서양)

신공귀부 神工鬼斧
귀신이 만든 듯 정교하고 영묘한 솜씨. 예술적 기교가 극치에 이르다.
속: Skill and confidence are an unconquered army.
(기술과 자신감은 정복되지 않은 군대다. 서양)

신구개합 信口開合
말이 나오는 대로 마구 지껄이다.
속: To talk without thinking is to shoot without aiming.
(생각하지 않고 말하는 것은 겨냥하지 않고 쏘는 것이다. 서양)

신구자황 信口雌黃

근거도 없이 아무 말이나 지껄이고 제멋대로 말을 바꾸다.

남을 마구 헐뜯다.

속: Were there no hearers, there would be no backbiters.

(들어주는 사람들이 없다면 험담꾼들도 없을 것이다. 서양)

신로형췌 神勞形瘁

정신과 몸이 다 같이 피로하다.

속: Unsound minds, like unsound bodies, if you feed you poison.

(병든 정신은 스스로 독을 마시면 병든 몸과 같다. 서양)

신룡실세 神龍失勢

신이나 용이 힘을 잃다. 큰 인물이 권위나 세력을 잃다.

속: Even a child may beat a man that's bound.

(심지어 어린아이도 묶여 있는 어른을 때릴 수 있다. 영국)

신루해시 蜃樓海市

신기루. 허무하고 맹랑한 것.

속: Where you think there is bacon, there is no chimney.

(네가 베이컨이 있다고 생각하는 그곳에는 굴뚝이 없다. 서양)

신림기경 身臨其境

자신이 직접 그곳에 가다. 몸소 그 상황을 겪다.

속: No one knows where the shoe pinches but he who wears it.

(구두의 어디가 발을 아프게 하는지는 그것을 신는 자 이외에는 아무도 모른다. 서양)

신목여전 천청여뢰 神目如電 天聽如雷

신의 눈은 번개 같고 하늘이 듣는 것은 우레와 같다.

하늘이나 양심은 속일 수 없다.

속: Mortal deeds never deceive gods.

(인간의 행동은 신들을 결코 속일 수 없다. 로마)

신무촌루 身無寸縷

몸에 걸친 옷이 하나도 없다. 극도로 곤궁하다.

속: As poor as a sheep new shorn.

(새로 털이 다 깎인 양처럼 가난하다. 영국)

신불우시 身不遇時

좋은 때를 만나지 못하다. 불우한 시기.

속: The best remedy against ill fortune is a good heart.

(불운에 대한 가장 좋은 치료법은 편안한 마음이다. 서양)

신불유기 身不由己

몸을 자기 마음대로 움직일 수 없다. 환경의 제약을 받다.

속: Men rattle their chains to show that they are free.(사람들은 자기가 자유라는 것을 보여주려고 자기 쇠사슬을 흔들어댄다. 서양)

신선조로 身先朝露

자기 자신이 아침 이슬보다 먼저 가다. 매우 빨리 죽다.

속: Whom the gods love die young.

(신들이 사랑하는 사람은 젊어서 죽는다. 서양)

신수경첩 身手輕捷

동작이 매우 가볍고 빠르다.

속: Like a cat he'll still fall upon his legs.
(그는 떨어져도 고양이처럼 여전히 자기 두 다리로 서 있을 것이다. 영국)

신수명렬 身數名裂

지위와 명예를 잃다. 개죽음을 하다. 철저하게 실패하다.

속: Loss of honor is loss of life.
(명예를 잃는 것은 목숨을 잃는 것이다. 서양)

신심교병 身心交病

몸도 마음도 모두 병들다.

속: A sickly body makes a sickly mind.
(몸이 병들면 정신도 병든다. 서양)

신심교췌 身心交瘁

몸과 마음이 모두 지치다.

속: Every one is weary: the poor in seeking, the rich in keeping, and the good in learning.(가난한 자들은 재산을 얻기 위해, 부자들은 재산을 지키기 위해, 선인들은 배우기 위해, 누구나 모두 피곤하다. 서양)

신언불미 信言不美

진실한 말은 그럴 듯하게 꾸미지 않는다.

속: Truth needs not many words, but a false tale a long preamble.
(진실은 많은 말이 필요가 없지만 거짓말은 긴 서론이 필요하다. 서양)

신언서판 身言書判

당나라 때부터 인물을 평가하는 네 가지 조건, 즉 태도, 말씨, 글, 판단력. 선비가 구비해야 할 네 가지 미덕.

속: Manners and money make a gentleman.

(예의와 돈이 신사를 만든다. 서양)

신인공열 神人共悅

신과 사람이 함께 기뻐하다. 세상이 매우 태평하다.

속: God blesses peace and curses quarrels.

(하느님께서는 평화를 축복하고 전쟁을 저주하신다. 서양)

신종여시 愼終如始

일을 끝낼 때에도 처음과 마찬가지로 신중하게 하다.

처음부터 끝까지 근신하다.

속: Good take heed does surely speed.

(매우 신중하면 반드시 성공한다. 영국)

신주신당 身做身當

자기가 한 일은 자기가 감당하다.

속: Everyone should sweep before his own door.

(누구나 각자 자기 문 앞을 쓸어야만 한다. 서양)

신진대사 新陳代謝

낡은 것이 물러가고 새 것이 들어서다.

속: Changes are lightsome and fools like them.

(변화는 경박한 것이고 바보들은 그것을 좋아한다. 서양)

신진화멸 薪盡火滅

땔나무가 없어지면 불이 꺼진다. 나라가 점점 쇠퇴하여 망하다.

사람이 죽다.

속: Hope is sowing, while death is mowing.

(죽음이 풀을 베는 동안 희망은 씨를 뿌린다. 스코틀랜드)

신체발부 身體髮膚

몸과 머리카락과 피부, 즉 몸 전체.

속: Wash your hands often, your feet seldom, and head never.

(손은 자주 씻고 발은 거의 씻지 말며 머리는 절대로 감지 마라. 영국)

신체역행 身體力行

몸소 체험하고 힘써서 실행하다.

속: The fool thinks nothing done right unless he has done it himself.(바보는 자기가 직접 한 것이 아니면 제대로 된 것이 아니라고 생각한다. 로마)

신체위화 身體違和

몸에 병을 지니고 다니다. 몸이 병들다.

속: Whatsoever was the father of a disease, an ill diet was the mother.

(질병의 아버지가 무엇이든지 간에 그 어머니는 나쁜 음식이었다. 서양)

신취성반 晨炊星飯

새벽에 아침밥을 먹고 밤늦게 저녁을 먹다.

일찍 일어나 나가서 밤늦게 돌아오며 하루 종일 힘들게 일하다.

속: Light supper makes long life.

(가벼운 저녁식사는 장수하게 만든다. 서양)

신친당지 身親當之

몸소 일을 맡다.

속: Everyone can keep house better than her mother, till she tries.

(모든 여자는 자기가 직접 맡기 전까지는 자기 어머니보다 더 낫게 집안

일을 할 수 있다. 서양)

신현명양 身顯名揚
신분이 높아지고 명성이 멀리 떨치다.
속: Don't rely too much on labels, for too often they are fables.
(신분 표지는 대개 지어낸 것이므로 너무 믿지 마라. 영국)

신형초시 新硎初試
숫돌을 처음 시험하다. 재능이나 역량을 처음 드러내기 시작하다.
속: He is a counterfeit who is afraid of the touchstone.
(시금석을 두려워하는 사람은 가짜다. 서양)

신호기신 神乎其神
불가사의하다. 매우 신기하다.
속: Miracles are to those who believe in them.
(기적은 그것을 믿는 자들에게 일어난다. 서양)

신혼연이 新婚燕爾
신혼의 즐거움. 신혼을 축하하는 말.
속: He that tells his wife news is but newly married.
(자기 아내에게 뉴스를 전하는 것은 신혼의 경우뿐이다. 서양)

신후지지 身後之地
생전에 미리 보아두는 자신의 묘 자리.
속: A piece of churchyard fits everybody.
(교회묘지의 땅 한 조각이면 누구에게나 알맞다. 서양)

신흥야매 晨興夜寐

새벽에 일어나서 밤늦게 자다. 힘들게 일하다.

속: Labor warms, sloth harms.

(일은 몸을 덥히고 게으름은 해친다. 네덜란드)

실부의린 失斧疑隣

도끼를 잃고 이웃을 의심하다.

속: He that has suspicion is rarely at fault.

(의심하는 자가 잘못인 경우는 드물다. 이탈리아)

실사구시 實事求是

실제로 사실에 의거하여 옛 글의 참된 뜻을 탐구하다. 사실을 토대로 진리를 찾다. 실제상황에 따라 문제를 정확히 파악하거나 해결하다.

속: Out of nothing nothing is made.

(무에서는 아무 것도 만들어지지 않는다. 로마)

실어공중 失於空中

공중에서 잃었다. 물건을 아무렇게나 써버리다.

속: To lather an ass's head is but spoiling of soap.(당나귀 머리에 비누칠을 하는 것은 비누를 허비하는 것에 불과하다. 서양)

실지교비 失之交臂

좋은 기회를 못 알아보거나 놓치다.

속: If you lose your time, you cannot get money nor gain.

(네가 너의 때를 놓치면 돈도 이익도 얻지 못할 것이다. 서양)

실지명귀 實至名歸

실제로 공적을 세우면 명예는 당연히 따라온다.

속: Neither to seek nor to despise honour.

(명예는 추구하지도 말고 경멸하지도 마라. 로마)

실지호리 유이천리 失之毫厘 謬以千里

작은 실수가 큰 잘못을 저지르게 되다.

속: One false move may lose the game.

(잘못한 동작 하나로 게임에 질 수 있다. 서양)

심간거활 深奸巨猾

세상 경험이 많아 매우 간사하고 교활하다.

속: A crafty knave needs no broker.

(교활한 악당은 중개인이 불필요하다. 서양)

심광체반 心廣體胖

마음이 넓고 너그러우면 몸도 편안하다.

마음이 편안하고 걱정이 없으면 몸이 뚱뚱해진다.

속: Big as a Dorchester butt.

(도체스터의 술통처럼 크다, 즉 매우 뚱뚱하다. 영국)

심만의족 心滿意足

마음속으로 완전히 만족하다.

속: Content is the philosopher's stone that turns all it touches into gold.(만족은 자기에게 닿는 모든 것을 황금으로 변화시키는 철학자의 돌이다. 영국)

심복구복 心服口服

진심으로 존경하고 복종하다.

속: He who loves well, obeys well.

(진심으로 사랑하는 자는 진심으로 복종한다. 서양)

심복지우 心腹之友

마음을 터놓고 지내는 절친한 친구.

속: Many friends in general, one in special.

(일반적인 친구는 많지만 특별한 친구는 하나다. 서양)

심사묵고 深思默考

말없이 깊이 생각하다.

속: Silence and thought hurt no man.

(침묵과 깊은 생각은 아무도 해치지 않는다. 스코틀랜드)

심사숙고 深思熟考

거듭해서 깊이 잘 생각하다.

속: First consider, then begin.

(먼저 깊이 생각하고 나서 시작하라. 독일)

심신불의 深信不疑

깊이 믿고 조금도 의심하지 않다.

속: Believe that you have it, and you have it.

(네가 그것을 가지고 있다고 믿으면 그것을 너는 가진다. 로마)

심안신태 心安神泰

마음이 편안하고 흔들림이 없다.

속: Comfort is better than pride.(편안함이 오만보다 낫다. 프랑스)

심연박빙 深淵薄氷

깊은 연못가에 서고 얇은 얼음을 밟다.

매우 위험한 처지에 놓이다. 매우 두려워하며 조심하다.

속: There is a snake in the grass.(풀밭에 뱀이 있다. 영국)

심정후의 深情厚誼

깊은 호의와 두터운 우정.

속: Friendship is love without its wings.

(우정은 날개 없는 사랑이다. 프랑스)

심중유수 心中有數

처리할 자신이 있다. 마음속에 수가 있다.

속: Contrivance is better than force.(책략은 무력보다 낫다. 영국)

심지작견 深知灼見

깊은 지식과 투철한 견해.

속: There is a certain wonderful sweetness and delight in knowledge.

(지식에는 일종의 놀라운 감미로움과 기쁨이 있다. 로마)

심치체태 心侈體忲

마음을 놓고 몸이 편안하다.

속: The soul needs few things, the body many.

(영혼은 필요한 것이 별로 없고 육체는 많다. 서양)

심택대원 深宅大院

건물이 많고 뜰이 매우 넓다. 세력가나 부호의 집.

속: Slippery is the flagstone at the great house door.

(큰 저택의 문 앞의 포석은 미끄럽다. 서양)

심향왕지 心鄕往之

마음속으로 고향의 집을 간절히 그리워하다. 마음속으로 깊이 사모하다.

속: The smoke from our own native land is brighter than fire in a foreign country.(우리 조국의 연기가 외국의 불보다 더 밝다. 로마)

심환작락 尋歡作樂

방종에 빠지고 향락에 젖다.

속: There is no jollity but has a smack of folly.

(어리석음의 냄새가 풍기지 않는 향락은 없다. 서양)

심회의전 心回意轉

다시 고려하여 과거의 견해나 주장을 더 이상 고집하지 않다.

한동안 멀어졌던 부부나 애인이 예전의 관계를 회복하다.

속: Second thoughts are best.(다시 생각하는 것이 가장 좋다. 서양)

십년일득 十年一得

홍수나 가뭄의 피해를 잘 보는 논이 어쩌다가 잘 되다.

매우 오래간만에 겨우 소원을 이루다.

속: A blind man may catch a hare.

(소경이 토끼를 잡을 수도 있다. 서양)

십리양장 十里洋場

서양인이 많이 사는 곳. 번영하는 시장.

속: The market is the best garden.

(시장은 가장 좋은 채소밭이다. 서양)

십벌지목 十伐之木

열 번 찍어 안 넘어가는 나무 없다. 꾸준히 노력하면 성공한다.

여러 사람이 똑같은 거짓말을 전해주면 믿게 된다.

속: Little strokes fell great oaks.

(작은 타격들이 큰 느티나무를 쓰러뜨린다. 영국)

십실지읍 十室之邑

열 집밖에 안 되는 작은 마을. 협소한 지역.

속: God made the country, man the town, the devil the little country town.(하느님께서는 나라를 만드시고, 사람은 도시를, 악마는 시골의 작은 마을을 만들었다. 영국)

십양구목 十羊九牧

양 열 마리에 양치기가 아홉 명.

백성의 숫자에 비해 관리가 너무 많고 세금이 가혹하다.

정부의 명령이 여러 곳에서 나와 어느 것을 따라야 좋을지 모르다.

속: The sheep should be shorn and not flayed.

(양들은 털을 깎아야지 가죽을 벗겨서는 안 된다. 서양)

십인십색 十人十色

사람마다 생각이나 성격이 모두 다르다.

속: As many men, so many minds.

(사람마다 생각이 각각 다르다. 서양)

십지부동 十指不動

열 손가락을 꼼짝도 않다. 게을러서 아무 일도 안 하다.

속: I would not turn my hand, I would not stretch out a finger.

(나는 손을 뒤집지도 않고 손가락 하나도 내밀지 않겠다. 로마)

십지연심 十指連心

열 손가락이 모두 심장과 연관되다. 가족은 한 몸처럼 서로 연결된다.
사람이나 사물이 극도로 긴밀한 관계에 있다.

속: When the head aches, all the body is the worse.

(머리가 아프면 온 몸은 더 아프다. 영국)

아가사창 我歌査唱

내가 부를 노래를 사돈이 부르다. 잘못한 자가 오히려 남을 꾸짖다.

속: The saucepan laughs at the pipkin.

(큰 냄비가 작은 냄비를 비웃는다. 이탈리아)

아녀심장 兒女心腸

젊은 남녀의 부드러운 정.

속: The love of a woman and a bottle of wine are sweet for a season, but last for a time.(여자의 사랑과 포도주 한 병은 한 철은 감미롭지만 일시적인 것일 뿐이다. 영국)

아도물 阿賭物

이 물건, 즉 돈.

속: Money is money's worth.(돈의 가치가 있는 것이 돈이다. 서양) Money ruins many.(돈은 많은 사람을 파멸시킨다. 서양)

아부영합 阿附迎合

알랑거리며 아첨하다.

속: When flatterers meet, the devil goes to dinner.

(아첨꾼들이 만날 때 악마는 식사하러 간다. 영국)

아비규환 阿鼻叫喚

아비지옥과 규환지옥. 고통에 못 견디어 울부짖는 상태.

속: Hell is full of the ungrateful.

(지옥은 은혜를 모르는 자들로 가득 차 있다. 서양)

아심여칭 我心如秤

내 마음은 저울과 같다. 공평무사하다.

속: Balance distinguishes not between gold and lead.

(저울은 금과 납을 구별하지 않는다. 영국)

아유취용 阿諛取容

남에게 아첨하여 환심을 사다.

속: You look like a runner, said the devil to the crab.

("너는 달려가는 자 같다."고 악마가 게에게 말했다. 서양)

아자득몽 啞子得夢

벙어리가 꿈을 꾼 뒤 꿈 이야기를 아무에게도 할 수 없다.

할 말은 매우 많지만 털어놓을 방법이 없다.

속: Dumb cannot lie.(벙어리는 거짓말을 할 수 없다. 스코틀랜드)

아전인수 我田引水

내 논에 물을 끌어대다. 자기 이익만 챙기다.

속: Every one draws the water to his own mill.

(누구나 자기 물레방아에 물을 끌어간다. 서양)

아존사귀 阿尊事貴

지위가 높은 사람에게 아첨하고 그를 섬기다.

속: Serve a lord and you will know what sorrow is.

(영주를 섬기면 슬픔이 무엇인지 알 것이다. 스페인)

아취욕면 我醉欲眠

나는 취했기 때문에 잠을 자고 싶다. 손님을 보낼 때 솔직하게 하는 말.

예의에 구애되지 않고 솔직하고 자연스럽게 취하는 태도.

속: I hope you may have Scotch to carry you to bed.
(나는 네가 술에 만취해서 잠이 들 수 있기를 바란다. 영국)

아행압보 鵝行鴨步

거위나 오리처럼 걷다. 매우 느리게 걷다.

속: Who goes slowly goes far.(천천히 가는 사람이 멀리 간다. 서양)

아호지구 餓虎之口

굶주린 호랑이의 입. 매우 위험한 곳.

속: Between hammer and anvil.(망치와 모루 사이. 서양)

악부파가 惡婦破家

나쁜 아내는 집안을 망친다.

속: I would not give a farthing for a bad wife.
(나쁜 아내는 아무 가치도 없다. 로마)

악수언환 握手言歡

악수하고 기쁘게 말하다. 화해하다. 다시 친구가 되다.

속: It is safer to reconcile an enemy than to conquer him.
(적을 정복하기보다 그와 화해하는 것이 더 안전하다. 서양)

악안상대 惡顔相對

불쾌한 낯빛으로 서로 대하다.

속: One shrewd turn asks another.(불친절은 불친절을 부른다. 서양)

악역무도 惡逆無道

비길 데 없이 악독하고 도리에 어긋나다.

속: No rogue like the godly rogue.

(거룩한 척하는 악당보다 더 큰 악당은 없다. 서양)

악인악과 惡因惡果

나쁜 원인에서 나쁜 결과가 나오다.

속: Bad hen, bad egg.(나쁜 암탉에 나쁜 달걀이다. 로마)

악전고투 惡戰苦鬪

힘겹게 괴로운 싸움을 하다. 있는 힘을 다해 역경을 헤쳐 나가다.

속: Adversity makes a man, luck makes monsters.

(역경은 사람을 만들지만 행운은 괴물들을 만든다. 프랑스)

악풍포영 握風捕影

바람과 그림자를 잡다. 헛수고하다.

속: To fight with one's own shadow.(자기 그림자와 싸우다. 영국)

안가낙호 安家落戶

한 곳에서 가정을 이루어 오랫동안 거주하다.

속: He that has a wife and children wants not business.

(아내와 자녀들을 거느리는 사람은 일이 많다. 서양)

안가입업 安家立業

가정을 안정시키고 자기 사업을 일으키다.

속: Marrying is easy, but housekeeping is hard.

(결혼하기는 쉽지만 가정생활은 어렵다. 서양)

안거포륜 安車蒲輪

수레바퀴를 부들로 싸서 수레를 편안하게 하다.

노인을 매우 후하게 대접하다.

속: An old man in a house is a good sign in a house.
(집안의 노인은 집안의 좋은 징조다. 히브리)

안견위실 眼見爲實

보는 것이 믿는 것이다.

속: Seeing is believing.

(보는 것이 믿는 것이다. 서양)

안고수비 眼高手卑

눈은 높지만 손은 낮다. 뜻은 크지만 재능은 모자라다.

비평은 잘 하지만 창작은 서툴다.

속: Critics are like brushers of other men's clothes.

(비평가는 남의 옷을 솔질해주는 사람과 같다. 서양)

안로회소 安老懷少

노인을 편안하게 하고 어린 사람을 돌보다.

속: Where old age is evil, youth can learn no good.(노인들이 편안
하지 못한 곳에서는 젊은이들이 좋은 것을 배울 수 없다. 영국)

안루세면 眼漏洗面

얼굴이 온통 눈물 투성이다. 근심과 슬픔이 매우 심하다.

속: Better a little loss than a long sorrow.

(적은 손실이 오랜 슬픔보다 낫다. 영국)

안부존영 安富尊榮

부유하고 안락한 생활.

속: He is at ease who has enough.(재산이 많은 자는 안락하다. 영국)

안분수기 安分守己

분수에 만족하여 자기를 지키다.

속: There is measure in all things.(모든 것에는 그 한도가 있다. 서양)

안분지족 安分知足

자기 분수를 알고 만족하다.

속: A wise man cares not for what he cannot have.

(현명한 사람은 자기가 가질 수 없는 것에 대해 신경을 쓰지 않는다. 서양)

안비막개 眼鼻莫開

너무 바빠서 눈코 뜰 새가 없다.

속: In August and at vintage-time there are no sundays or saints' days.

(8월과 포도 수확기에는 일요일도 성인들의 축일도 없다. 프랑스)

안석불출 安石不出

왕안석이 조정에 나가지 않다. 참된 인재가 썩고 있다.

속: Knaves are in such repute that honest men are accounted fools.(악당들이 명성을 얻어서 정직한 사람들이 바보로 취급된다. 서양)

안신입명 安身立命

한 곳에 정착하여 살아가다.

속: Where it is well with me, there is my country.

(내가 잘 지내는 그곳이 나의 나라다. 로마)

안자지어 晏子之御

제나라 안자의 수레를 모는 마부.

윗사람의 세력에 의지해서 으스대는 자. 유: 호가호위 狐假虎威

속: No fat charioteer.(살찐 자는 마부로 쓰지 않는다. 로마)

안빈낙도 安貧樂道

가난해도 편한 마음으로 옳은 길을 즐기다.

속: Shame of poverty is almost as bad as pride of wealth.(가난을 부끄러워하는 것은 재산을 자랑하는 것과 거의 마찬가지로 나쁘다. 서양)

대나무 숲과 거문고 (당시화보 唐詩畫譜)

안전지책 安全之策

안전을 위한 대책.

속: Slowly but safely.(천천히 그러나 안전하게. 로마)

안좌가중 安坐家中

집안에서 편안하게 앉아 있다.

속: Patch, and long sit; build, and soon slit.
(수리하면 오래 앉아 있고 신축하면 곧 이사한다. 영국)

안중유철 眼中有鐵

눈까지 무장하다. 완전무장하여 정신이 긴장되어 있다.

속: It was fear that first put on arms.
(최초로 무장한 것은 두려움이었다. 서양)

안중지정 眼中之釘

눈 속의 못. 미워서 눈에 거슬리는 사람. 자신을 해치는 사람.

속: No house but has its cross.
(자기 십자가가 없는 집은 없다. 네덜란드)

안침이와 安枕而臥

편안하게 누워서 자다. 무사태평하다.

속: It is good sleeping in a whole skin.
(온전한 몸으로 자는 것이 잘 자는 것이다. 스코틀랜드)

안하무인 眼下無人

눈에 아무도 보이지 않듯이 제멋대로 행동하다.

몹시 교만하여 다른 사람들을 깔보다.

속: The more foolish a man is, the more insolent does he grow.

(사람은 어리석으면 어리석을수록 더욱 오만해진다. 로마)

안하부제 按下不提
있는 그대로 내버려두다.
속: Let sleeping dogs lie.(잠자는 개들을 내버려 두라. 서양)

안화이열 眼花耳熱
눈이 어지럽고 귀에 열이 나다. 술이 약간 취해서 흥분되다.
속: Better be drunk than drowned.
(익사하기보다는 술에 취한 것이 낫다. 영국)

암무천일 暗無天日
암담한 세상. 해가 보이지 않는 캄캄한 하늘.
속: Knaves and fools divide the world.
(악당들과 바보들이 세상을 분할하다. 영국)

암장적인 暗藏敵人
숨어 있는 적. 풀 속에 숨은 뱀.
속: No man is without enemies.
(적을 가지고 있지 않는 사람은 없다. 아랍)

암장지하 岩墻之下
돌담 밑. 매우 위험한 곳.
속: Beneath every stone a scorpion sleeps.
(모든 돌 밑에서는 전갈이 자고 있다. 로마)

암중모색 暗中摸索
어둠 속에서 더듬어 찾다. 어림짐작으로 찾다.

속: He that gropes in the dark, finds that he would not.
(어둠 속에서 더듬는 자는 자기가 원하지 않는 것을 만난다. 서양)

암중방광 暗中放光
어둠 속에서 빛이 비치다.
속: A good name keeps its luster in the dark.
(명성은 어둠 속에서도 계속 빛난다. 영국)

압설구유 壓雪求油
눈을 짜서 기름을 구하다. 불가능한 일을 하다.
속: You cannot draw oil from a wall.
(벽에서 기름을 짜낼 수는 없다. 프랑스)

앙급지어 殃及池魚
재앙이 연못의 물고기에게 미치다.
이유 없이 화를 당하다. 뜻밖에 화재를 당하다.
속: He shot at the pigeon and killed the crow.
(그는 비둘기를 쏘았는데 까마귀가 죽었다. 서양)

앙사부육 仰事俯育
위로는 부모를 섬기고 아래로는 처자식을 부양하다.
한 가족의 생계를 책임지다.
속: The master absent, and the house dead.
(가장이 없으면 그 집은 죽는다. 서양)

앙수망천 仰首望天
고개를 들고 하늘을 바라보다. 매우 오만하다.
속: He swallowed a stake; he cannot bow.

(그는 말뚝을 삼켜서 절을 할 수 없다. 서양)

앙앙불락 怏怏不樂

불만이 많아 즐겁지 않다.

속: To everyone his own life is dark.

(누구에게나 자기 삶은 어둡다. 로마)

앙천대소 仰天大笑

하늘을 쳐다보고 크게 웃다.

속: He laughs best that laughs last.

(마지막에 웃는 사람이 가장 크게 웃는다. 서양)

앙천부지 仰天俯地

하늘을 우러러 보고 땅을 굽어보다. 마음에 부끄러움이 없다.

속: All are presumed good till they are found in a fault.

(모든 사람은 잘못이 드러날 때까지는 결백한 것으로 추정된다. 영국)

앙천이타 仰天而唾

하늘을 향해 침을 뱉다. 남을 해치려다가 자기가 당하다.

속: Who spits against heaven, it falls in his face.

(하늘을 향해 침을 뱉는 자는 침이 자기 얼굴에 떨어진다. 서양)

애걸복걸 哀乞伏乞

계속해서 굽실거리면서 빌다.

속: To beg like a cripple at a cross.

(십자가 앞에서 절름발이가 빌듯이 애걸하다. 영국)

애급옥오 愛及屋烏

사람을 사랑하면 그의 집 까마귀까지 사랑한다.

아내가 사랑스러우면 처갓집 말뚝을 보고 절한다.

속: He that loves the tree, loves the branch.

(나무를 사랑하는 자는 가지를 사랑한다. 서양)

애다증지 愛多憎至

사랑받는 일이 많으면 남의 미움을 산다.

속: The greatest hate springs from the greatest love.

(가장 심한 증오는 가장 큰 사랑에서 나온다. 서양)

애리증식 哀梨蒸食

애씨 집의 맛좋은 배를 쪄서 먹다.

물건의 좋고 나쁨을 모르다. 매우 어리석다.

속: Set a fool to roast eggs, and a wise man to eat them.

(달걀들을 굽기 위해서는 바보를 내세우고 그것들을 먹는 데는 현명한 자를 세워라. 영국)

애린여기 愛隣如己

이웃을 자기 몸처럼 사랑하다. 동: 애인여기 愛人如己

속: Love your neighbor, yet pull not down your hedge.

(이웃을 사랑하라. 그러나 울타리는 헐지 마라. 서양)

애매모호 曖昧模糊

희미하고 흐릿해서 분명하지 않다.

속: Something obscure explained by something more obscure.

(모호한 것을 한층 더 모호한 것으로 설명한다. 로마)

애석촌음 愛惜寸陰

일 초의 시간도 아껴서 쓰다.

속: Punctuality is the politeness of kings.

(시간 엄수는 왕들의 예의다. 프랑스)

애원오근 愛遠惡近

멀리 있는 것을 좋아하고 가까이 있는 것을 싫어하다.

속: Far-fetched and dear-bought are good for ladies.

(여자들은 멀리서 오고 비싸게 산 것을 좋아한다. 서양)

애이불상 哀而不傷

슬프지만 마음은 상하지 않다.

속: Sorrow is always dry.(슬픔은 언제나 눈물이 없다. 영국)

애인여기 愛人如己

남을 자기 몸처럼 사랑하다.

속: There is more pleasure in loving than in being loved.

(사랑을 받기보다는 사랑하는 것이 더 즐겁다. 서양)

애인이덕 愛人以德

사람을 사랑하는 것을 덕행으로 하다.

속: Love is not found in the market.

(사랑은 시장에서 발견되지 않는다. 서양)

애일석력 愛日惜力

시간과 정력을 아끼다.

속: He never broke his hour that kept his day.

(날짜를 지킨 사람은 시간을 결코 어기지 않았다. 영국)

애자지정 愛子之情

자식을 사랑하는 마음.

속: The mother's heart is always with her children.

(어머니의 마음은 항상 자녀들에게 가 있다. 서양)

애자필보 睚眦必報

한번 흘겨본 것, 즉 사소한 원한도 반드시 보복하다.

도량이 매우 좁다. 반: 타면자건 唾面自乾

속: If ever I catch his cart overthrowing, I'll give it one shove.

(그의 손수레가 넘어지는 것을 본다면 나는 세게 밀어줄 것이다. 서양)

애재여명 愛財如命

재산을 자기 목숨처럼 사랑하다. 매우 탐욕스럽고 인색하다.

속: Let me be called the worst of mankind, so long as I am called rich.(나는 부자라는 소리를 듣는 한 인간쓰레기라고 불려도 좋다. 로마)

애전여명 愛錢如命

돈을 자기 목숨처럼 사랑하다.

속: Money is both blood and life to mortals.

(돈은 유한한 인간들에게 피며 생명이다. 라틴어)

애증분명 愛憎分明

사랑하는 것과 미워하는 것을 분명히 구별하다.

속: Take heed of stepmother; the very name of her suffices.

(계모를 조심하라. 그녀의 이름만으로도 충분하다. 서양)

애증후박 愛憎厚薄

사랑과 미움, 후대와 박대.

속: Love as though you might have to hate, hate as though you might have to love.

(미워해야만 할 것처럼 사랑하고 사랑해야만 할 것처럼 미워하라. 로마)

애지중지 愛之重之

매우 사랑하여 소중하게 여기다.

속: Who has but one eye is always wiping it.

(눈이 하나밖에 없는 자는 항상 그것을 닦고 있다. 서양)

야단법석 野壇法席

야외에서 베푸는 설법 강좌. 많은 사람이 한 곳에서 시끄럽게 떠들다.

속: Horseplay is fools' play.(야단법석은 바보들의 장난이다. 서양)

야랑자대 夜郎自大

하찮은 나라 야랑이 큰 나라인 척하다. 자기 주제도 모르고 잘난 척하다.

속: Every man a little beyond himself is a fool.

(조금이라도 과분하게 구는 자는 모두 바보다. 영국)

야서지혼 野鼠之婚

들쥐의 결혼. 같은 종류끼리 가장 잘 어울리다.

속: All shall be well, and Jack shall have Jill.

(모든 것이 잘 되고 남자는 여자를 얻을 것이다. 영국)

야심만만 野心滿滿

야심으로 가득 차 있다.

속: The trap of the high-born is ambition.

(출신이 좋은 자들의 덫은 야심이다. 영국)

야용이음 冶容而淫

여자가 모양을 내고 요염하게 꾸미는 것은 음탕하게 되는 길이다.

속: As common as a barber's chair.

(공용으로 사용되는 이발사의 의자와 같은 여자다. 영국)

야초염화 惹草拈花

남자가 여자를 부추기고 유혹하다.

속: The less the temptation, the greater the sin.

(유혹이 적을수록 죄는 더욱 크다. 서양)

야화상신 惹禍上身

재앙을 자기 몸에 자초하다. 반: 피지즉길 避之則吉

속: More evils reach us than happen by chance.

(우연히 닥치는 재앙보다 우리가 자초하는 재앙이 더 많다. 로마)

야화소신 惹火燒身

불을 끌어다 자기 몸을 태우다.

속: He warms too near that burns.

(불에 너무 가까이 가서 몸을 덥히는 자는 몸을 태운다. 서양)

약롱중물 藥籠中物

약장 속에 준비해 둔 약. 항상 곁에 두어야 하는 인물이나 물건.

속: The chap as married Hannah.

(결혼한 한나와 같은 사내, 즉 자기에게 필요한 사람이나 물건. 영국)

약마복중 弱馬卜重

허약한 말에 너무 무거운 짐을 싣다. 자기 능력과 힘에 겨운 일을 맡다.

속: An ass endures his burden, but not more than his burden.

(당나귀는 자기 짐을 견디지만 그 이상은 견디지 못한다. 서양)

약법삼장 約法三章

한나라 고조가 진나라의 번거롭고 많은 악법을 폐지하고 내세운 세 가지 항목의 법.

속: Many laws in a state are a bad sign.

(나라에 법이 많으면 나쁜 징조다. 서양)

약불금풍 弱不禁風

몸이 너무 약해서 바람에도 쓰러질 것 같다. 동: 포류지질 蒲柳之質

속: To a child all weather is cold.

(어린애에게는 모든 날씨가 차다. 서양)

약석지언 藥石之言

약이나 침과 같은 말. 충고하거나 훈계하는 말. 유익한 말.

속: Good advice is beyond price.(유익한 충고는 값이 없다. 서양)

약섭대수 若涉大水

큰 강을 걸어서 건너가는 것과 같다. 매우 위험한 짓을 하다.

속: If you cannot see the bottom, do not cross the river.

(밑바닥을 볼 수 없다면 강을 건너가지 마라. 이탈리아)

약승일주 略勝一籌

다른 것과 비교해서 조금 나을 뿐이다.

속: One of these days is better than none of these days.

(하루라도 좋은 것은 하루도 좋지 않은 것보다 낫다. 서양)

약유약무 若有若無

있는 듯 없는 듯하다. 확실하지 않다.

속: Nothing is certain except uncertainty.

(불확실성 이외에는 확실한 것이 없다. 서양)

약육강식 弱肉强食

강자가 약자를 잡아먹다. 생존경쟁이 매우 심하다.

속: He that makes himself a sheep, shall be eaten by the wolf.

(스스로 양이 되는 자는 늑대에게 잡아먹힐 것이다. 서양)

약지침성 略地侵城

성을 공격해서 점령하고 토지를 약탈하다.

속: He that has lands has quarrels.

(땅을 가진 자는 분쟁을 겪는다. 서양)

양가활구 養家活口

한 가족을 먹여 살리다.

속: One father supports ten children better than ten children one father.(자녀 열 명이 아버지 한 명을 부양하기보다 아버지 한 명이 자녀 열 명을 더 잘 부양한다. 독일)

양고심장 良賈深藏

훌륭한 장사꾼은 물건을 깊이 간직한다.

어진 사람은 학식과 덕행을 감춘다.

속: There are more foolish buyers than foolish sellers.

(어리석은 상인보다 어리석은 손님이 더 많다. 서양)

양과분비 兩寡分悲

두 과부가 슬픔을 나누다. 같은 처지의 사람들이 서로 동정하다.

유: 동병상련 同病相憐

속: Grief divided is made lighter.

(슬픔은 같이 나누면 더 가벼워진다. 서양)

양금택목 良禽擇木

현명한 새는 나무를 가려서 둥지를 튼다.

현명한 사람은 자기 재능을 알아주는 인물을 가려서 섬긴다.

속: Butterflies never attend the market in which there are thorns.

(나비는 가시나무가 있는 시장에 모이지 않는다. 나이지리아)

양두구육 羊頭狗肉

양의 머리를 밖에 걸어놓고 개고기를 팔다.

겉은 그럴 듯하지만 속은 형편없다. 속이다. 반: 표리일체 表裏一體

속: Wolves are often hidden under sheep's clothing.

(늑대가 양가죽을 쓴 경우가 많다. 서양)

양봉음위 陽奉陰違

겉으로는 명령을 받드는 척하고 물러가서는 위반하다.

속: The eye-servant is never good for his master.

(눈앞에서만 일하는 하인은 주인을 위해 결코 좋지 않다. 영국)

양상군자 梁上君子

대들보 위의 군자, 즉 도둑. 천장 위의 쥐.

속: Opportunity makes the thief.(기회가 도둑을 만든다. 영국)

양속현어 羊續懸魚

후한의 양속이 뇌물로 들어온 생선을 마당에 걸어두고 먹지 않은 일. 관리가 청렴하여 뇌물을 거절하다.

속: Neither bribe, nor lose your right.

(뇌물도 주지 말고 너의 권리도 잃지 마라. 서양)

양수공공 兩手空空

두 손에 돈이 전혀 없다.

속: An empty hand, an empty prayer.

(빈손이면 기도도 빈 것이다. 프랑스)

양심발현 良心發現

양심이 마음을 지배하기 시작하다. 악인이 나쁜 마음을 버리다.

속: Better a blush in the face than a spot in the heart.

(마음속의 반점보다 얼굴의 홍조가 더 낫다. 영국)

양아비로 養兒備老

자식을 길러서 자신의 노년기에 대비하다.

속: For male children are the prop of a house.

(아들들은 집안의 기둥이기 때문이다. 그리스)

양약고구 良藥苦口

좋은 약은 입에 쓰다.

바른말은 귀에 거슬리지만 유익한 것이다. 유: 충언역이 忠言逆耳

속: Bitter pills may have wholesome effects.

(쓴 알약은 치료 효과를 낼 수 있다. 영국)

양언과신 揚言寡信

큰소리를 잘 치는 사람은 신용이 적다.

속: A great talker is a great liar.

(큰소리치는 사람은 지독한 거짓말쟁이다. 서양)

양웅불구립 兩雄不俱立

두 영웅은 함께 설 수 없다. 지도자는 한 사람뿐이다.

속: Masters two will not do.(두 주인은 공존할 수 없다. 서양)

양유음석 陽儒陰釋

겉으로는 유교를 따르고 속으로는 불교를 따르다.

속: He has the Bible in his hand and the Alkoran in his heart.

(그는 손에는 성경을 들고 마음속에는 코란을 품고 있다. 서양)

양자택일 兩者擇一

둘 가운에 하나를 선택하다.

속: Cross or pile.(동전의 앞면이냐 뒷면이냐 하는 것이다. 영국)

양조구비 兩造具備

원고와 피고가 법정에 나오고 증거가 구비되었다.

소송을 개시할 준비가 되었다.

속: Agree, for the law is costly.

(법은 그 대가가 비싸니까 합의하라. 영국)

양조대변 兩造對辯

두 사람의 말이 어긋날 때 그들을 제삼자 앞에서 대면시켜 말을 확인하다.

속: Face to face the truth comes out.

(서로 대면하여 진실이 드러나다. 영국)

양주지몽 揚州之夢

지난날 한 때 누리던 사치와 쾌락.

속: Never pleasure without repentance.(후회 없는 쾌락은 없다. 영국)

양지양능 良知良能

선천적으로 타고난 지혜와 능력.

속: The first step to wisdom is to recognize things which are false.
(지혜의 첫 걸음은 거짓된 사물들을 알아보는 것이다. 로마)

양질호피 羊質虎皮

양이 호랑이 가죽을 써도 양의 본성은 변함이 없다.

겉으로 강한 척해도 속은 약하다. 겉은 그럴듯하지만 실속이 없다.

속: You look like a Lammermoor lion.

(너는 래머무어 사자처럼 보인다, 즉 너는 양처럼 보인다. 스코틀랜드)

양청격탁 揚淸激濁

흐린 물을 몰아내고 맑은 물을 끌어들이다. 선한 것을 일으키고 악한 것을 제거하다. 악을 미워하고 선을 좋아하다.

속: Set good against evil(선한 것으로 악한 것에 대항하라. 서양)

양체재의 量體裁衣

몸의 치수를 재어서 옷을 재단하다. 상황에 맞추어 일을 하다.

속: Cut your coat according to your cloth.

(옷감에 맞추어서 네 외투를 재단하라. 영국)

양춘백설 陽春白雪

초나라의 고상한 노래. 통속적이 아닌 고상한 문학이나 예술 작품.

속: The work praises the artist.(작품이 예술가를 칭찬한다. 독일)

양출제입 量出制入

나가는 것을 헤아려서 들어오는 것을 조절하다.

지출 규모를 먼저 정하고 세금을 조절하다.

속: Who spends more than he should, shall not have to spentd when he would.

(필요 이상으로 많이 지출하는 자는 자기가 원할 때 쓸 돈이 없다. 영국)

양패구상 兩敗俱傷

양쪽이 다 같이 지고 다 같이 상처를 입다.

속: The conquered weeps, the conqueror has perished.

(정복당한 자는 울고 있고 정복한 자는 멸망했다. 로마)

양포지구 楊布之狗

양포의 개. 겉이 달라졌다고 해서 속도 달라진 것으로 생각하는 사람.

속: Better to be blind than to see ill.

(잘못 보기보다는 눈이 머는 것이 낫다. 서양)

양호공투 兩虎共鬪

호랑이 두 마리가 서로 싸우다. 두 영웅이나 강대국은 공존하지 못한다.

속: Two male lions cannot rule together in one valley.

(수사자 두 마리는 함께 같은 계곡을 지배할 수 없다. 케냐)

양호유환 養虎遺患

호랑이를 길러서 걱정거리를 남기다.

적을 보호하거나 따르다가 후환을 남기다.

남의 사정을 봐주다가 나중에 자기가 큰 화를 당하다.

속: To warm the serpent in one's bosom.

(뱀을 자기 품에 품어서 따뜻하게 해주다. 서양)

관우가 조조를 살려 보내다 (삼국연의 三國演義)

어관이진 魚貫而進

물고기가 잇달아 전진하다.

속: They follow each other like ducks in a gutter.

(그들은 도랑의 오리들처럼 잇달아 전진한다. 영국)

어두육미 魚頭肉尾

생선은 머리가, 짐승고기는 꼬리가 맛있다.

속: Little fish are sweet.(작은 생선이 맛있다. 서양)

어부지리 漁父之利

어부의 이익. 둘이 싸울 때 제3자가 이익을 거두다.

속: It is good fishing in troubled waters.

(어부지리를 얻는 것은 즐거운 일이다. 서양)

어수지락 魚水之樂

물고기와 물의 즐거움. 부부나 남녀의 사랑.

속: By biting and scratching cats and dogs come together.

(물어뜯고 할퀴고 해서 고양이와 개는 친해진다. 영국)

어용학자 御用學者

권력에 아첨하는 학자. 지조 없는 사이비 지식인.

속: A mere scholar at court is an ass among apes.

(고작 궁중학자인 자는 원숭이 무리 속의 당나귀다. 서양)

어육백성 魚肉百姓

백성을 마구 죽이다.

속: There are more ways to kill a dog than hanging.

(개를 죽이는 방법은 목매다는 것 이외에도 많다. 영국)

어현유감이 魚懸由甘餌

물고기가 낚시에 걸리는 것은 맛있는 미끼 때문이다.

속: That fish will soon be caught that nibbles at every bait.

(미끼마다 무는 물고기는 빨리 잡힐 것이다. 서양)

언감가 장불감 言甘家 醬不甘

말이 단 집은 장이 달지 않다. 잔소리가 많으면 살림을 망친다.

속: Better be a shrew than a sheep.

(겁쟁이보다 잔소리 심한 여자가 되는 것이 낫다. 서양)

언거언래 言去言來

여러 말을 주고받다. 말다툼하다.

속: One ill word invites another.(욕설은 욕설을 부른다. 영국)

언과기실 言過其實

과장해서 하는 말이 실제 사정과 다르다. 근거 없이 과장해서 말하다.

속: Things from afar please us the more.

(멀리서 오는 말들은 과장된 것이라서 우리를 더 기쁘게 한다. 로마)

언광의망 言狂意妄

정신이 나가고 미친 듯이 말하다.

속: The madness of one man makes many mad.

(한 사람의 광증은 많은 사람을 미치게 만든다. 로마)

언다어실 言多語失

말이 많으면 실수하기 쉽다. 말이 많으면 쓸 말이 적다.

속: You never open your mouth but you put your foot in it.

(너는 입을 열기만 하면 언제나 실언을 한다. 서양)

언다필실 言多必失

말이 많으면 반드시 실수하게 마련이다.

속: He that talks much errs much.(말이 많은 자는 실수가 많다. 서양)

언담거지 言談擧止

사람의 말과 동작과 행동.

속: Saying is one thing, doing another.

(말과 행동은 서로 다른 것이다. 서양)

언무수문 偃武修文

무기를 감추고 학문을 닦다. 전쟁이 끝나고 평화롭게 되다.

속: A disarmed peace is weak.(무장이 해제된 평화는 허약하다. 서양)

언불고행 言不顧行

말이 행동을 돌아보지 않다. 말과 행동이 일치하지 않다.

속: Do as the friar says, not as he does.

(수도자의 행동이 아니라 말을 따라라. 영국)

언불궤수 言不詭隨

속임수를 써서 함부로 하는 말이 아니다.

속: We call figs figs, and a hoe a hoe.

(우리는 무화과는 무화과라고 하고 괭이는 괭이라고 한다. 라틴어)

언불유충 言不由衷

말이 진심에서 우러나오는 것이 아니다. 입으로 하는 말과 속셈이 다르다.

동: 구시심비 口是心非 반: 개성포공 開誠布公

속: Saying goes cheap.(말은 싸다. 스코틀랜드)

언불천행 言不踐行

말한 것을 실천하지 않다.

속: Good words without deeds are rushes and reeds.

(실천이 없는 좋은 말은 갈대다. 영국)

언서음하 偃鼠飮河

두더지가 강물을 마셔도 배가 차면 더 이상 마시지 않다.

배가 작아서 욕망이 크지 않다. 자기 분수에 만족할 줄 알아야 한다.

속: Grasp no more than your hand will hold.

(자기 손으로 쥘 수 있는 것 이상으로는 쥐지 마라. 영국)

언위심성 言爲心聲

말은 마음의 소리다. 말은 생각을 반영한다.

속: What the heart thinks the tongue speaks.

(마음이 생각하는 것을 혀가 말한다. 영국)

언중유골 言中有骨

말 속에 뼈가 있다. 동: 언중유언 言中有言

속: As comfortable as matrimony.

(결혼처럼 편안하다, 즉 이중의 의미를 가진 말을 하다. 영국)

언청계종 言聽計從

남의 말과 계획을 모두 추종하다. 몹시 신임하다.

속: Follow closely upon those who go before.

(앞서 가는 사람들을 바싹 따라가라. 로마)

언행상반 言行相反

말과 행동이 전혀 다르다.

속: From words to deeds is a great space.
(말과 행동 사이에는 넓은 공간이 있다. 영국)

언행일치 言行一致

말과 행동이 같다.

속: No sooner said than done.(말하자마자 실천하다. 영국)

엄가무한로 嚴家無悍虜

엄격한 집안에는 주인을 거역하는 종이 없다.

속: A good servant should never be in the way and never out of
the way.(훌륭한 하인은 결코 길을 막아서도 안 되고 결코 길을 벗어나서
도 안 된다. 영국)

엄기무비 掩其無備

적의 방어준비가 없을 때 적을 공격하다.

속: It is easy to rob an orchard when none keeps it.
(아무도 지키지 않는 과수원은 털기 쉽다. 영국)

엄동설한 嚴冬雪寒

눈이 오고 몹시 추운 겨울.

속: It's a hard winter when dogs eat dogs.
(개가 개를 잡아먹을 때는 혹독한 겨울이다. 서양)

엄악일미 掩惡溢美

남의 결점을 감추고 지나치게 칭찬하다.

속: He is not good himself who speaks well of everybody alike.
(누구에 대해서나 똑같이 칭찬하는 사람 자신은 좋은 사람이 아니다. 서양)

엄이도령 掩耳盜鈴

귀를 가리고 종을 훔치다. 자기 죄를 인정하려 들지 않다.
죄를 교묘히 숨기려 해야 소용이 없다.
속: The cat shuts its eyes when stealing the cream.
(고양이는 크림을 훔칠 때 눈을 감는다. 서양)

엄처시하 嚴妻侍下

남편이 아내의 손아귀에 쥐어 있는 상태.
속: He lives under the sign of the cat's foot.
(그는 고양이 발의 표지 아래에서 산다, 즉 공처가다. 영국)

엄하장질 掩瑕藏疾

결점을 가리고 잘못을 숨겨 속이다.
속: Everyone's faults are not written on their foreheads.
(모든 사람의 잘못이 각자의 이마에 적혀 있는 것은 아니다. 영국)

여대난류 女大難留

여자는 성인이 되면 결혼해야 하고 집에 오래 머물 수 없다.
속: Marry your daughter betimes, lest they marry themselves.
(딸은 스스로 결혼하지 않도록 적절한 시기에 결혼시켜라. 서양)

여대수가 女大須嫁

여자는 성인이 되면 반드시 결혼해야 한다.
속: All meat's to be eaten, all maids to be wed.(모든 고기는 사람이
먹어야만 하고 모든 처녀는 시집을 가야만 한다. 영국)

여도지죄 餘桃之罪

자기가 먹다 남은 복숭아를 임금이 먹게 한 죄.

424

잘했다고 보이던 일도 사랑이 식으면 죄로 보이다.

사랑과 미움, 기쁨과 분노 등의 감정이 수시로 변하다.

속: Where there is no love, all are faults.

(사랑이 사라지면 모든 것이 잘못이 된다. 영국)

여리박빙 如履薄氷

살얼음을 밟는 것과 같다. 매우 위태롭다. 극도로 경계하며 조심하다.

속: Try the ice before you venture upon it.

(얼음판은 건너가기 전에 시험해 보라. 서양)

여림대적 如臨大敵

강대한 적과 맞서는 것과 같다. 모든 위험이나 강적에 대한 대비를 철저히 하다. 사태를 매우 심각하게 보다. 매우 긴장하다.

속: He must have iron nails that scratches a bear.

(곰을 긁어주는 자는 강철 손톱이 있어야만 한다. 영국)

여발통치 如拔痛齒

앓던 이를 뺀 것과 같다. 고통스러운 것이 없어져 시원하다.

속: Who has aching teeth has ill tenants.

(앓는 이들이 있는 자는 나쁜 세입자들을 두고 있다. 영국)

여배냉적 餘杯冷炙

마시다 남은 술과 안주. 약소하고 보잘것없는 음식. 모욕을 당하다.

속: Injury serves as a lesson.(모욕은 교훈으로 작용한다. 로마)

여비사지 如臂使指

팔이 손가락을 부리는 것과 같다. 마음대로 부리다.

속: Men and asses must be held by the ear.

(사람과 당나귀는 그 귀를 잡아야만 한다. 영국)

여사하청 如俟河淸

황하가 맑아지기를 기다리는 것은 헛된 일이다.

속: You may gape long enough ere a bird fall into your mouth.

(너는 새가 입에 떨어질 때까지 오랫동안 입을 벌릴 수 있다. 영국)

여산진면 廬山眞面

여산의 진짜 모습. 사물의 실체나 사람의 본래의 모습. 진실은 알기가 어렵다. 동: 본래면목 本來面目 반: 개두환면 改頭換面

속: Appear in your own color, that folks may know you.

(사람들이 너를 알 수 있도록 네 본래의 모습을 드러내라. 스코틀랜드)

여세추이 與世推移

자기 주관이 없이 세상의 흐름에 따라 행동하다.

속: Do as most men do and men will speak well of you.(대부분의 사람이 하는 대로 행동하면 그들이 너에 대해 좋게 말할 것이다. 영국)

여수동죄 與受同罪

훔친 물건을 주는 것과 받는 것은 똑같은 죄가 된다.

속: They are both thieves alike, the receiver and the man who steals.(장물아비와 훔치는 자는 둘 다 똑같이 도둑이다. 그리스)

여수투석 如水投石

물을 돌에 뿌리지만 물이 돌에 스미지 못하는 것과 같다. 헛수고하다.

속: To plough the sand and sow the waves.

(모래를 가래로 갈고 파도에 파종하다. 서양)

여순마취 驢脣馬嘴

당나귀나 말이 울듯 허무맹랑한 소리를 마구 지껄이다.

속: You will make me believe that an ass's ears are made of horns.(너는 당나귀의 귀들이 뿔들로 되어 있다는 것을 내가 믿도록 할 것이다. 영국)

여습지개 如拾地芥

땅의 작은 풀을 줍는 것과 같다. 얻기가 매우 쉽다.

속: What costs little is little esteemed.
(노력이나 대가 없이 얻은 것은 무시당한다. 영국)

여어실수 如魚失水

물을 떠난 물고기와 같다. 아무 데도 의지할 곳이 없다.

속: Little birds may pick a dead lion.
(작은 새들은 죽은 사자를 쪼아댈 수 있다. 서양)

여우부중 如牛負重

소가 무거운 짐을 진 것과 같다. 부담이 지나치게 무겁다.

속: Everyone thinks his own burden the heaviest.
(누구나 자기 짐이 가장 무겁다고 여긴다. 서양)

여운저장 如運諸掌

손바닥에서 움직이는 것과 같다. 일이 매우 쉽다.

속: Nothing is difficult to a well willing man.
(하려는 의욕이 많은 자에게는 아무 것도 어렵지 않다. 스코틀랜드)

여유신조 如有神助

신령의 도움이 있는 것 같다.

속: God helps three sorts of people, fools, children, and drunkards.
(하느님께서는 바보, 어린이, 술 취한 사람 등 세 종류의 사람을 도우신다.
프랑스)

여유작작 餘裕綽綽

빠듯하지 않고 매우 넉넉하다. 동: 작유여지 綽有餘地
속: Better leave than lack.(모자라는 것보다 남는 것이 낫다. 서양)

여인위선 與人爲善

남이 잘 배우도록 돕다. 다른 사람과 사이좋게 지내다.
다른 사람과 함께 좋은 일을 하다. 선의와 호의로 남을 대하다.
속: You must ask your neighbors if you shall live in peace.
(네가 평화롭게 살 것인지는 네 이웃에게 물어보아야만 한다. 영국)

여장절각 汝牆折角

내 소의 뿔이 네 담에 부딪쳐서 부러진 것과 같다.
책임을 남에게 덮어씌우려 하다.
속: The fault of the horse is put on the saddle.
(말의 잘못을 안장에게 전가하다. 서양)

여전마후 驢前馬後

나귀 앞에 가거나 말의 뒤를 따르는 하인. 남을 추종하는 사람.
속: So many servants, so many enemies.
(많은 하인은 많은 적이다. 서양)

여좌침석 如坐針席

바늘방석에 앉은 것 같다. 매우 불안하고 거북하다.
속: An ill conscience can never hope well.

(타락한 양심은 일이 잘 되기를 바랄 수 없다. 서양)

여지좌권 如持左券

채권증서를 가진 것과 같다. 일의 사정이나 결과를 잘 파악하다.

속: He has the best end of the stick.

(그는 사태를 가장 잘 파악하고 있다. 서양)

여창남수 女唱男隨

여자가 앞에 나서서 서두르고 남자가 뒤에서 따라가다.

속: As the good man says, so say we; as the good woman says, so must it be.(남자가 말하는 것은 우리도 말하지만 여자가 말하는 것은 반드시 그렇게 되어야만 한다. 서양)

여취여구 予取予求

내 마음대로 가지고 내 마음대로 요구하다. 한없이 욕심을 부리며 만족을 모르다. 글을 자기 마음대로 수식하다.

속: He that grasps at too much holds nothing fast.

(너무 많이 쥐는 자는 아무 것도 단단히 쥐지 못한다. 영국)

여측이심 如厠二心

변소에 들어갈 때와 나올 때 마음이 다른 것과 같다.

속: Vows made in storms are forgotten in calms.

(태풍이 불 때 한 맹세는 고요할 때 망각된다. 서양)

여필종부 女必從夫

아내는 남편을 반드시 따라야 한다.

속: An obedient wife commands her husband.

(복종하는 아내가 남편을 지배한다. 서양)

여호모피 與狐謀皮

여우 가죽을 얻는 방법을 여우와 의논하다.

이해가 서로 대립되는 상대방과 일을 의논해야 소용없다.

속: It is in vain to look for yesterday's fish in the house of the otter.(수달의 집에서 어제의 생선을 찾아야 소용없다. 힌두)

역래순수 逆來順受

역경에 처하거나 무례한 대우를 받아도 잘 참고 받아들이다.

속: Many can bear adversity, but few contempt.

(많은 사람이 역경을 참을 수 있지만 아무도 그것을 경멸할 수 없다. 서양)

역려과객 逆旅過客

나그네처럼 아무 관계도 없는 사람.

세상은 여관이고 인생은 나그네와 같다.

속: The world is a stage; each plays his part, and receives his portion.

(세상은 무대며 우리는 각자 배역을 연기하고 몫을 받는다. 네덜란드)

역린 逆鱗

용의 턱 밑에 거슬러서 난 비늘. 군주의 노여움.

속: The dragon's crest is to be feared.

(용의 목덜미는 두려워해야 한다. 로마)

역보역추 亦步亦趨

남이 걸으면 나도 걷고 남이 뛰면 나도 뛰다.

무엇이든지 남을 모방하거나 추종하다.

속: Where the dam leaps over, the kids follow.

(어미가 뛰어 넘는 곳을 새끼들도 따른다. 서양)

역소불급 力所不及

자기 힘이 미치지 못하다. 할 능력이 없다. 반: 역소능급 力所能及

속: A muzzled cat is no good mouser.

(입마개를 한 고양이는 쥐를 잘 잡지 못한다. 영국)

역아증자식군 易牙蒸子食君

제환공의 요리사 역아가 환공을 기쁘게 하려고 자기 자식을 삶아서 바친
일. 극도로 아첨하다.

속: Cook-ruffian, able to scald the devil out of his feathers.

(악마를 삶아서 껍데기를 벗길 수 있는 악당 요리사. 영국)

역이이행 逆耳利行

바른 말은 귀에 거슬려도 행동에는 유익하다.

속: Good counsel does no harm.(좋은 충고는 해치지 않는다. 영국)

역자석해 易子析骸

자식을 바꾸어 잡아먹고 뼈를 쪼개어 불을 때다. 기근이 극심하다.

속: A starving populace knows nothing of fear.

(굶어 죽어가는 사람들은 두려움을 전혀 모른다. 로마)

역쟁상유 力爭上游

맨 앞에 나서려고 몹시 애쓰다.

속: Let the best horse leap the hedge first.

(가장 좋은 말이 제일 먼저 울타리를 뛰어넘게 하라. 서양)

역적만부 力敵萬夫

용기와 힘이 만 명을 상대할 만하다.

속: To judge of the lion by his claws.

(사자는 그 발톱들로 판단한다. 그리스)

화화상이 버드나무를 뽑다 (수호지)

역지사지 易地思之

입장을 서로 바꾸어서 생각해 보다.

속: If you were in my situation, you would think otherwise.

(네가 내 처지에 있다면 달리 생각할 것이다. 로마)

역풍탱선 逆風撑船

역풍에 배를 젓다. 역경에 처하다.

속: To a crazy ship all winds are contrary.

(흔들리는 배에게는 모든 바람이 역풍이다. 서양)

역학독행 力學篤行

힘써 배우고 열심히 실천하다.

속: Knowledge is a treasure, but practice is the key to it.

(지식은 보물이지만 실천은 그것의 열쇠다. 서양)

역행절약 歷行節約

철저하게 절약하다.

속: He is able to bury an abbey.

(그는 수도원을 묻을 수 있을 정도로 극도로 절약한다. 영국)

연경거종 延頸擧踵

목을 늘이고 발꿈치를 돋우다. 몹시 애타게 기다리다.

속: Long expected comes at last.

(오랫동안 기다리던 것은 결국에는 온다. 서양)

연경겸시 軟硬兼施

온건책과 강경책을 동시에 사용하다. 동: 은위병행 恩威並行

속: Hard with hard makes not the stone wall.

(단단한 돌만 모아서는 석벽이 되지 않는다. 라틴어)

연도일할 鉛刀一割

무딘 칼이지만 한번은 베다. 한번은 사용하지만 두 번은 쓰지 못하다. 자신의 힘이 별로 없다고 겸손하게 하는 말.

속: A blunt wedge will do it, where sometimes a sharp axe will not.(예리한 도끼도 가끔은 못하는 일을 무딘 쐐기가 할 것이다. 서양)

연류비물 連類比物

같은 종류의 사물을 서로 비교하다.

속: There would be no great ones, if there were no little ones. (하찮은 자들이 없다면 훌륭한 사람들도 없을 것이다. 서양)

연리 連理

나뭇가지들이 서로 닿아 결이 하나로 통하다. 지극한 효도 또는 부부애.

속: Love betters what is best.

(사랑은 가장 좋은 것을 더욱 좋게 만든다. 서양)

연목구어 緣木求魚

나무에 올라가 물고기를 구하다.

방향이나 방법이 틀려서 목적을 달성할 수 없다.

속: You ask an elm tree for pears.

(너는 느티나무에게 배들을 요구한다. 영국)

연부역강 年富力强

나이가 젊고 기력이 왕성하다.

속: Happy is he who knows his follies in his youth.

(젊을 때 자신의 어리석은 짓들을 아는 사람은 행복하다. 영국)

연생오사 戀生惡死

살기를 좋아하고 죽기를 싫어하다.

속: I know of nobody that has a mind to die this year.

(금년에 죽을 생각이 있는 자를 나는 전혀 알지 못한다. 서양)

연수환비 燕瘦環肥

당나라의 미녀 양옥환(楊玉環)은 살찌고 한나라의 미녀 조비연(趙飛燕)은 몸이 말랐다. 여자의 몸매는 똑같지 않고 각각 특색이 있다. 예술작품은 품격이 서로 다르고 각기 장점이 있다.

속: Be not ashamed of your handicraft.

(자기 손으로 만든 물건을 부끄럽게 여기지 마라. 서양)

연시미행 烟視媚行

신혼의 신부가 자세히 살펴보고 천천히 걸어가다.

속: The weeping bride makes a laughing wife.

(우는 신부는 웃는 아내가 된다. 독일)

연신기구 憐新棄舊

새 것을 좋아하고 옛 것을 버리다. 애정이 한결같지 않다.

속: Calf love, half love; old love, cold love.

(첫사랑은 어설픈 사랑이고 옛사랑은 식은 사랑이다. 서양)

연작상하 燕雀相賀

제비와 참새가 서로 축하하다. 새 집의 낙성을 서로 축하하다.

속: Fools build houses, and wise men buy them.

(바보들은 집을 짓고 현명한 사람들은 집을 산다. 영국)

연작홍곡 燕雀鴻鵠

제비나 참새가 어찌 큰기러기나 백조의 뜻을 알겠는가?
범인들이 영웅호걸의 포부를 어찌 알겠는가?

속: What is lawful to Jupiter is not lawful to the ox.
(제우스신에게 합법적인 것이 소에게 합법적인 것은 아니다. 로마)

연주탐배 戀酒貪杯

술을 좋아해서 즐겨 마시다.

속: Drink and drought come not always together.
(술과 갈증은 항상 동행하는 것은 아니다. 영국)

연화풍월 烟花風月

기생이나 애인을 가리키는 말.

속: Lovers' purses are tied with cobwebs.
(애인들의 돈자루들은 거미줄로 졸라 매여 있다. 서양)

열좌기차 列坐其次

자리의 순서에 따라 앉다.

속: All men can't be first.(모든 사람이 첫째가 될 수는 없다. 영국)

열화건시 烈火乾柴

왕성한 불길에 마른 장작을 더하다. 남녀 간의 뜨거운 애정.

속: They love too much that die for love.
(사랑을 위해 죽는 자는 지나치게 사랑하는 것이다. 영국)

염결봉공 廉潔奉公

청렴하게 공직을 수행하다.

속: Bishop of gold, cross of wood; cross of gold, bishop of wood.

(황금 같은 주교는 나무 십자가를 목에 걸지만, 황금 십자가를 거는 자는 목각인형과 같은 주교다. 프랑스)

염관청리 廉官淸吏

청렴결백한 관리. 반: 탐관오리 貪官汚吏

속: Neither bribe nor lose your right.

(뇌물을 주지도 말고 너의 권리도 잃지 마라. 영국)

염념유사 念念有詞

주문을 외우다. 알아듣지도 못할 소리를 중얼거리다.

속: The magician mutters, and knows not what he mutters.

(마술사는 중얼거리지만 자기가 중얼거리는 말을 모른다. 히브리)

염담무욕 恬淡無欲

마음이 깨끗하며 세속적 욕심이 없다.

속: Everything goes to him who wants nothing.

(모든 것은 아무 것도 원하지 않는 사람에게 간다. 서양)

염량세태 炎凉世態

상대방이 부귀하면 아첨하고 빈천해지면 냉대하는 세상인심.

속: More worship the rising sun than the setting sun.

(지는 해보다 떠오르는 해를 숭배하는 사람이 더 많다. 서양)

염미무적 艶美無敵

여자의 아름다운 모습에 필적할 상대가 없다.

속: Beauty draws more than oxen.

(미모는 황소들보다 더 힘이 세다. 서양)

염산흘초 拈酸吃醋

질투 때문에 불쾌한 감정을 일으키다. 남을 질투하다.

속: Envy never enriched any man.

(질투는 그 누구도 부유하게 만든 적이 없다. 서양)

염자재자 念茲在茲

저 사람을 기억하는 것은 그의 저러한 공로가 있기 때문이다.

어떤 일을 늘 기억하여 그것을 잊지 못하다.

속: I hate a man with a memory at a drinking bout.

(술자리에서 나는 기억력이 좋은 사람을 미워한다. 그리스)

염절일시 艶絶一時

여자의 아름다움은 일시적인 것에 그치고 만다.

속: Beauty is soon blasted.(아름다움은 곧 시든다. 영국)

염지수연 染指垂涎

손가락으로 찍어서 맛보고 군침을 흘리다.

이익, 공적, 명예 등을 부당하게 차지하다.

속: Better have it than hear of it.

(그것에 관해 듣기보다는 그것을 가지는 것이 낫다. 영국)

염철지리 鹽鐵之利

나라가 소금과 철의 전매사업으로 얻는 이익.

속: Nothing more useful than the sun and salt.

(태양과 소금보다 더 유익한 것은 없다. 로마)

염파강반 廉頗强飯

늙은 염파 장군이 밥을 한 말이나 먹은 일.

늙어도 여전히 건장하고 웅지를 품고 있다.
속: An old dog bites sore.(늙은 개가 아프게 문다. 영국)

염화미소 拈華微笑

석가가 꽃을 들어 올리자 가섭이 미소를 지은 일.
이심전심으로 진리를 깨닫다. 마음과 마음이 서로 통하다.
속: That which comes from the heart will go to the heart.
(마음에서 나오는 것은 마음에게 갈 것이다. 서양)

엽락귀근 葉落歸根

잎은 떨어져 뿌리로 돌아간다. 사물은 그 근본으로 돌아간다.
만물은 반드시 돌아가는 곳이 있다.
객지에 있는 사람은 결국 자기 고향으로 돌아가야 한다.
속: If you would fruit have, you must bring the leaf to the grave.
(열매를 얻으려고 한다면 잎이 뿌리로 돌아가게 해야만 한다. 서양)

영가불청 슈苛不聽

법이 너무 가혹하면 백성이 지키지 않는다.
속: Law is a bottomless spit.(법은 밑바닥이 없는 구덩이다. 영국)

영결무람 寧缺無濫

지나치게 많은 것보다는 차라리 약간 부족한 것이 더 낫다.
속: The last drop makes the cup run over.
(마지막 한 방울이 잔을 넘치게 만든다. 서양)

영고일취 榮枯一炊

누런 기장으로 밥을 한번 지을 때 누린 부귀영화.
인생도 부귀영화도 모두 덧없는 것이다.

속: The morning sun never lasts a day.
(아침 해는 결코 하루 종일 지속되지 못한다. 서양)

영롱척투 玲瓏剔透

물건을 만들거나 시를 짓는 기교가 탁월하다. 사람이 총명하고 영리하다.

속: He is Yorkshire.(그는 요크셔 출신이다. 영국)

He is of Spoleto.(그는 스폴레토 출신이다. 이탈리아)

영불가구 盈不可久

가득 차면 오래 유지할 수 없다.

속: A curdled sky will not leave the earth long dry.(구름이 잔뜩 낀 하늘은 땅을 오랫동안 메마르게 내버려두지 않을 것이다. 영국)

영사불굴 寧死不屈

죽어도 굴복하지 않다.

속: It may be the lot of a brave man to fall—he cannot yield.
(용감한 자는 굴복할 수 없다. 죽는 것이 그의 운명일 것이다. 로마)

영인신왕 令人神往

남이 매력을 느끼도록 하다. 남의 마음을 사로잡다.

속: Infatuation precedes destruction.(매혹 뒤에 파멸이 따른다. 힌두)

영출다문 令出多門

명령이 여러 곳에서 나오다. 명령계통이 문란하다.

속: Too many cooks spoil the broth.
(너무 많은 요리사는 고깃국을 망친다. 서양)

440

영출유행 令出惟行

명령은 일단 떨어지면 반드시 철저하게 시행해야 한다.

속: Obedience is yielded more readily to one who commands gently.(부드럽게 명령하는 사람에게 더 기꺼이 복종한다. 라틴어)

영파지목 盈把之木

한 손에 쥘 수 있는 나무. 매우 작은 나무.

속: Twist the wand while it is green.

(나뭇가지는 어릴 때 휘어잡아라. 스코틀랜드)

영해향진 影駭響震

그림자에도 놀라고, 울리는 소리에도 무서워 떨다. 겁이 매우 많다.

속: To be afraid of one's own shadow.

(자기 그림자를 두려워하다. 영국)

영행금지 令行禁止

명령하면 즉시 시행하고 금지하면 즉시 멈추다. 법이 매우 엄하다.

백성이 법을 잘 지키다. 조직의 기강이 엄격하다.

속: Law is king.(법은 왕이다. 서양)

예무부답 禮無不答

예의에는 반드시 답례를 해야 한다.

속: He may freely receive courtesies, that knows how to requite them.(답례를 할 줄 아는 사람은 예의를 자유롭게 받아들일 수 있다. 영국)

예미도중 曳尾塗中

거북이가 꼬리를 진흙 속에 끌고 다니며 자유롭게 살다. 관리가 되어 부귀를 누리지만 속박을 받는 것보다 평민으로 자유롭게 사는 것이 낫다.

속: A bean in liberty is better than a comfort in prison.
(자유로울 때의 콩이 감옥의 편안함보다 낫다. 서양)

예번즉난 禮煩則亂

예의가 너무 번거로우면 도리어 어지럽게 되다.

속: Full of courtesy and full of craft.

(예의만 잘 차리는 것은 기교만 부리는 것이다. 영국)

예의범절 禮儀凡節

일상생활의 모든 예의와 절차.

속: Manners make the man.(예의가 사람을 만든다. 서양)

예의염치 禮義廉恥

예의, 의리, 청렴, 그리고 수치를 아는 마음.

통치자가 갖추어야 할 네 가지 조건.

속: Where there are men, there are manners.

(사람들이 있는 곳에 예의가 있다. 로마)

오곡불승 五穀不昇

오곡이 모두 여물지 않다. 흉년이 들다.

속: Under water, famine; under snow, bread.

(홍수 아래에 기근이 있고 눈 아래에 빵이 있다. 서양)

오곡풍등 五穀豊登

가을 추수가 풍성하다.

속: If it thunders on All Fools' Day, it brings good crops of corn and hay.(만우절에 천둥이 치면 밀과 건초는 풍성하게 거두어진다. 영국)

오구금노 烏舅金奴

등잔과 기름. 인색한 사람을 비꼬는 말.

속: The epicure puts his purse into his belly, and the miser his belly into his purse.(미식가는 자기 지갑을 뱃속에 넣지만 구두쇠는 자기 배를 지갑 속에 넣는다. 서양)

오니탁수 汚泥濁水

더러운 진흙과 흐린 물. 부패하고 타락한 것.

속: The corruption of the best is the worst corruption.
(가장 좋은 것의 부패는 최악의 부패다. 로마)

오도장군 五道將軍

악마의 이름. 도둑의 신.

속: The devil alone knows the heart of a man.
(오직 악마만이 사람의 마음을 안다. 서양)

오류선생 五柳先生

진(晉)나라 도연명을 가리키는 말.

속: A poet is born, not made.
(시인은 만들어지는 것이 아니라 태어나는 것이다. 로마)

오리무중 五里霧中

사방 5리가 안개 속이다. 진상이 분명하게 드러나지 않다.
일이 어떻게 돌아가는지 알 수 없다. 유: 암중모색 暗中摸索

속: All in a copse.(모든 것이 잡목림 속에 있다, 즉 불분명하다. 영국)

오만무도 傲慢無道

태도나 행동이 거만하고 도리에 어긋나다.

속: Pride joined with many virtues chokes them all.

(많은 덕성과 결합된 오만은 그 모든 덕성을 질식시킨다. 서양)

오밀조밀 奧密稠密

솜씨 등이 매우 세밀하다. 마음씨가 꼼꼼하고 친절하다.

속: Kindness is worth more than beauty.

(친절이 미모보다 더 가치가 있다. 프랑스)

Kindness begets kindness.(친절은 친절을 낳는다. 라틴어)

오불관언 吾不關焉

나는 그 일에 관계하지 않는다. 모른 체하다. 동: 막불관심 漠不關心

속: It's no use my leaving off eating bread, because you were choked with a crust.(네가 빵 껍질에 목이 메었다고 해서 내가 빵을 먹지 않을 이유는 없다. 영국)

오비이락 烏飛梨落

까마귀가 날아가자 배가 떨어지다. 우연의 일치로 공교롭게 의심을 받다.

속: Hap and mishap govern the world.

(우연과 불운이 세상을 지배한다. 서양)

오사필의 吾事畢矣

나의 일은 끝났다.

속: This char is charred.

(이 숯은 이미 구워졌다, 즉 이 일은 끝났다. 영국)

오손공주 烏孫公主

오손족의 공주. 정략결혼의 희생물이 된 여인.

속: Forced love does not last.(강요된 사랑은 오래가지 못한다. 영국)

오시취소 吳市吹簫

오자서(吳子胥)가 오시에서 피리를 불며 구걸한 일.

길에 돌아다니며 구걸하다.

속: It is better to be a beggar than a fool.

(바보가 되기보다는 거지가 되는 것이 낫다. 영국)

오십보백보 五十步百步

50보 달아난 자가 100보 달아난 자를 비웃다.

결점과 잘못이 정도의 차이는 있지만 본질은 똑같다.

속: A miss is as good as a mile.

(약간 빗나간 것이나 일마일 빗나간 것이나 매일반이다. 서양)

오연장기 烏烟瘴氣

환경이 오염되다. 공기가 매우 나쁘다. 질서가 문란하다. 사회가 혼탁하다.

속: Who would keep his house clean, let him not admit woman, priest, or pigeon.(자기 집을 깨끗하게 보존하려는 사람은 여자, 사제, 또는 비둘기를 받아들여서는 안 된다. 프랑스)

오우천월 吳牛喘月

오나라의 소가 달을 보고 해인 줄 알아 숨을 헐떡거리다.

어떤 사물과 비슷한 것으로 의심하여 두려워하다. 날씨가 극도로 덥다.

속: A beaten dog is afraid of the stick's shadow.

(얻어맞은 개는 막대기의 그림자를 두려워한다. 이탈리아)

오월동주 吳越同舟

원수 사이인 오나라와 월나라 사람이 같은 배에 타서 서로 도와 강을 건너간 일. 마음을 합치고 협력하여 공동으로 난관을 극복하다.

속: If you are in one boat, you have to row together.
(같은 배에 타고 있으면 다 함께 노를 저어야 한다. 남아프리카)

오자부장 敖者不長

오만을 부리는 자는 머지않아 곧 파멸한다.

속: Pride goes before, and shame comes after.
(오만이 앞장서서 가고 수치가 그 뒤를 따른다. 서양)

오집지교 烏集之交

까마귀가 모인 것처럼 믿음성이 없는 사귐. 이해타산으로 맺어진 사이.

속: It's a poor friendship that needs to be constantly bought.
(언제나 이익으로 유지되어야만 하는 우정은 하찮은 우정이다. 서양)

오천흑지 烏天黑地

까마귀 떼에 덮여 하늘이 새카맣다. 사회가 암흑상태다.

속: When it's dark at Dover, it's dark all the world over.
(도버가 캄캄할 때 온 세상도 캄캄하다. 서양)

오취강주 惡醉强酒

술에 취하기를 싫어하면서도 술을 무리하게 마시다.
말과 행동의 모순이 매우 심하다.

속: Nothing is more hurtful to health than much wine.
(술을 많이 마시는 것보다 건강에 더 해로운 것은 없다. 로마)

오합지중 烏合之衆

까마귀 떼처럼 무질서한 군중. 규율이 없고 조직이 되지 않은 군대.

속: The monster of many heads.(군중은 머리가 많은 괴물이다. 로마)
A crowd is not company.(군중은 동료가 아니다. 영국)

옥상가옥 屋上架屋

지붕 위에 또 지붕을 걸치다. 남을 모방하거나 쓸데없는 것을 만들다.

속: Really, is it yours? I had supposed it was something old.

(그것이 정말 네 글인가? 나는 매우 오래된 글이라고 여겼다. 로마)

옥석구분 玉石俱焚

옥과 돌이 함께 불타다. 좋은 것과 나쁜 것이 함께 망하다.

속: Death devours lambs as well as sheep.

(죽음은 양도 어린양도 모두 잡아먹는다. 서양)

옥석혼효 玉石混淆

옥과 돌이 섞여 있다.

현자와 어리석은 자, 좋은 것과 나쁜 것이 섞여 있어서 구별할 수 없다.

속: Good things are mixed with the evil, evil things with good.

(좋은 것들은 나쁜 것들과, 나쁜 것들은 좋은 것들과 섞여 있다. 로마)

온고지신 溫故知新

예전의 지식을 잘 배우면 새로운 지식을 얻을 수 있다.

과거의 역사를 돌아다보면 현재를 이해할 수 있다.

속: He that would know what shall be, must consider what has been.(앞으로의 일을 알려면 과거를 검토해야 한다. 서양)

옹산화병 甕算畵餠

독장수의 셈과 그림의 떡. 실속이 없다. 유: 화중지병 畵中之餠

속: You are a sweet nut, if you were well cracked.

(너는 잘 깨어지기만 한다면 맛있는 견과다. 영국)

옹진배건 甕盡杯乾

항아리와 잔이 비다. 돈과 재물을 다 써서 주머니가 텅 비다.

속: Nor has he a penny left to buy a rope with.

(그는 밧줄을 살 돈 한 푼마저도 남기지 않았다. 로마)

와각지쟁 蝸角之爭

달팽이 뿔 위의 싸움. 대세에 영향이 없는 쓸데없는 싸움.

하찮은 일로 벌이는 싸움.

속: To quarrel over the emperor's beard.

(황제의 수염에 관해 논쟁한다. 독일)

와부뇌명 瓦釜雷鳴

질그릇 솥이 우레소리를 내다.

무식한 사람이 아는 체하면서 큰소리를 치다.

어진 인물이 때를 얻지 못하고 어리석은 자가 높은 자리를 차지하다.

속: Cast the cat over him.(공연히 큰소리치는 자의 머리 위로 고양이를 던져 입을 다물게 하라. 스코틀랜드)

와석종신 臥席終身

제 명을 다 살고 잠자리에 누워 죽다. 자기 명에 죽다.

속: To die like a Chrisom child.

(크리솜 아이처럼 죽다, 즉 조용히 죽다. 영국)

와신상담 臥薪嘗膽

장작 위에서 잠자고 쓸개를 맛보다. 원수 갚을 생각을 잠시도 잊지 않다.

목적 달성을 위해서는 어떠한 고난도 참고 견딘다.

속: Ill fortune which cannot be avoided is subdued by bravely enduring.

(불가피한 불운은 용감하게 참고 견디는 것으로 극복된다. 로마)

와언혹중 訛言惑衆

헛소문으로 대중을 속이다.

속: Liars are sooner caught than the lame.

(거짓말쟁이는 절름발이보다 더 빨리 잡힌다. 서양)

와정주인 窩停主人

장물을 숨기거나 범죄를 저지른 사람.

속: The receiver's as bad as the thief.

(장물아비는 도둑과 똑같이 악하다. 영국)

와행우보 蝸行牛步

달팽이나 소처럼 행동, 걸음, 발전이 매우 느리다.

속: You saddle today and ride out tomorrow.

(너는 오늘 안장을 얹고 내일 말을 타고 나간다. 서양)

완고불화 頑固不化

완고하여 융통성이 없다. 잘못을 인정하여 뉘우칠 줄을 모르다.

속: Fools and obstinate men make rich lawyers.

(바보들과 완고한 자들은 변호사들을 부유하게 한다. 서양)

완급비익 緩急非益

다급한 처지를 면하려고 할 때 도움이 되지 않다. 딸만 많고 아들이 없다.

속: When the dog comes, a stone cannot be found; when the stone is found, the dog does not come.(개가 올 때는 돌을 찾을 수 없고 돌을 찾았을 때는 개가 오지 않는다. 인도)

완낭수삽 阮囊羞澀

진나라 완부(阮孚)의 집이 가난하여 돈 주머니가 부끄러워하다.

돈이 전혀 없다. 매우 궁색하다.

속: A man without money is a bow without an arrow.

(돈이 없는 사람은 화살 없는 활이다. 서양)

완력사태 腕力沙汰

주먹의 힘으로 일을 해결하려고 하다.

속: Women and dogs set men together by the ears.

(여자들과 개들은 남자들의 싸움을 일으킨다. 영국)

완벽 完璧

흠이 없이 완전한 구슬. 구슬을 고스란히 보존하다.

결점이 하나도 없이 훌륭한 것. 빌린 것을 고스란히 돌려보내다.

동: 완벽귀조 完璧歸趙 유: 연성지벽 連城之璧

속: Without sweat and toil no work is brought to completion.

(땀과 고생이 없이는 아무 일도 완성되지 못한다. 로마)

완부제급 緩不濟急

너무 느린 행동은 급한 일을 해결하지 못한다.

너무 느린 방법은 도움이 되지 못한다.

속: While the doctors consult, the patient dies.

(의사들이 협의하는 동안 환자는 죽는다. 서양)

완육의창 剜肉醫瘡

자기 살을 도려내서 자기 상처를 고치다.

자기에게 해로운 방법을 써서 다급한 경우에 일시적으로 대처하다.

속: He pulls to pieces the church to thatch the choir.
(그는 성가대 위에 지붕을 만들려고 교회를 허문다. 스코틀랜드)

완인상덕 琬人喪德
어리석은 사람과 어울려 놀면 자기 덕을 잃는다. 유: 완물상지 玩物喪志
속: Better be foolish with all than wise by yourself.
(혼자 현명한 것보다 모든 사람과 함께 어리석은 것이 낫다. 프랑스)

완전무결 完全無缺
완전하여 흠 잡을 데가 없다.
속: He is good that failed never.
(한 번도 실패하지 않은 사람은 완전하다. 스코틀랜드)

완홀직수 玩忽職守
자기 직책이나 의무를 소홀히 하다.
속: Who likes not his business, his business likes him not.
(사람이 자기 일을 싫어하면 그의 일이 그를 싫어한다. 영국)

완화자분 玩火自焚
불장난을 하다가 불에 데다.
모험을 하거나 남을 해치는 일을 하면 자기가 나쁜 결과를 받는다.
속: Who seeks adventures finds blows.
(모험을 찾는 자는 주먹질을 발견한다. 프랑스)

왈리왈시 曰梨曰柿
남의 잔치에 배 놓아라 감 놓아라 하다. 남의 일에 쓸데없이 참견하다.
속: Busy folks are always meddling.
(분주한 자들은 항상 간섭한다. 영국)

왕구발설 枉口拔舌

말로 죄를 지은 사람은 사후에 혀를 뽑히는 지옥에 간다.

쓸데없는 말로 남을 비난 또는 비방하다.

속: Hell is paved with good intentions and roofed with lost opportunities.

(지옥은 선의로 포장되고 그 지붕은 잃어버린 기회들로 되어 있다. 포르투갈)

왕망겸공 王莽謙恭

한나라를 멸망시킨 왕망이 겸손하고 공손한 척한 일.

악독하고 음험한 위선자.

속: Hypocrites are a sort of creatures that God never made.

(위선자들은 하느님께서 결코 만드신 적이 없는 종류의 피조물이다. 서양)

왕법순사 枉法徇私

법을 굽혀 사리사욕을 채우다.

속: Jurists are bad Christians.

(법률가들은 나쁜 그리스도교 신자들이다. 독일)

왕사경민 王司敬民

군주는 나라 일을 신중히 처리하고 백성을 소중하게 여겨야만 한다.

속: Where nothing is to be had, the king must lose his right.

(가져갈 것이 아무 것도 없는 곳에서는 왕도 자기 권리를 잃어야만 한다.
영국)

왕후장상 영유종호 王侯將相 寧有種乎

왕, 제후, 장군, 승상 등의 씨가 어찌 따로 있단 말인가?

사람은 누구나 다 똑같다.

속: All men are created equal.(모든 사람은 평등하게 창조되었다. 영국)

외교내질 外巧內嫉

겉으로는 좋은 표정을 짓지만 속으로는 질투하다.

속: Love never without jealousy.

(질투 없이는 결코 사랑하지 마라. 영국)

외난구안 畏難苟安

난관을 두려워하고 안일함을 구차하게 탐내다.

속: Ease and honor are seldom bedfellows.

(안일과 명예는 동거하지 않는다. 서양)

외면보살 外面菩薩

미인의 외모는 보살과 같이 아름답다.

속: Fair is not fair, but that which pleases.

(아름다운 것은 즐거움을 주는 것 이외에는 아름답지 않다. 서양)

외무주장 外無主張

집안에 살림을 주장해 나갈 장성한 남자가 없다.

속: If the husband be not at home, there is nobody.

(남편이 집에 없다면 거기에는 아무도 없다. 서양)

외빈내부 外貧內富

겉보기는 가난하지만 사실은 부자다.

속: Quality is better than quantity.(양보다는 질이 낫다. 서양)

외수외미 畏首畏尾

머리도 꼬리도 다 두렵다. 이것도 저것도 다 두렵다.

너무 소심하여 일을 못하고 떨다.

속: He that will not sail till all dangers are over, must never put out to sea.(모든 위험이 사라질 때까지 출항하지 않으려는 자는 아예 항해를 해서는 안 된다. 서양)

외유내강 外柔內剛

겉으로는 온순하지만 속으로는 의지가 강하다.

겉으로는 약하지만 속으로는 강하다.

속: Meekness is not weakness.(온순함은 약한 것이 아니다. 서양)

외적여호 畏敵如虎

적을 호랑이처럼 무서워하다.

속: An enemy's mouth seldom says well.

(적의 입은 결코 좋은 말을 하지 않는다. 영국)

외화내빈 外華內貧

겉은 화려하지만 안은 빈약하다.

속: Shallow waters make most din.

(얕은 물이 가장 시끄러운 소리를 낸다. 스코틀랜드)

요동지시 遼東之豕

요동 지방의 돼지. 자기 공적을 자랑하지만 남의 눈에는 하찮은 것이다.

속: Every ass thinks himself worthy to stand with the king's horses.

(모든 당나귀는 자기가 왕의 말에 필적한다고 생각한다. 서양)

요령부득 要領不得

사물의 중요한 부분을 잡지 못하다. 말이나 글의 요령을 잡지 못하다.

속: Better say nothing than nothing to the purpose.

(요령부득의 말보다는 아무 말도 않는 것이 더 낫다. 서양)

요령타고 搖鈴打鼓

방울을 흔들고 북을 치다.

시끄럽게 큰 소리로 떠들어대서 모든 사람이 알게 하다.

속: The cock does crow to let us know, if we be wise, it is time to rise.(수탉은 일어날 때가 되었다는 것을 우리가 현명하다면 알게 하려고 운다. 영국)

요마귀괴 妖魔鬼怪

각종 귀신과 요괴. 각종 악인과 사악한 무리.

속: The devil is a busy bishop in his own diocese.

(악마는 자기 교구에서 바쁜 주교다. 영국)

요산요수 樂山樂水

인자한 사람은 산을, 지혜로운 사람은 물을 좋아한다.

사람마다 좋아하는 것이나 문제를 보는 관점이 서로 다르다.

속: In the morning mountains, in the evening fountains.

(아침에는 산이, 저녁에는 분수가 제일이다. 서양)

요순고설 搖脣鼓舌

입술을 움직이고 혀를 차다. 말을 많이 하고 남을 함부로 비판하다.

말재주를 이용하여 선동하거나 유세하다.

속: The tongue of idle people is never idle.

(게으른 자들의 혀는 결코 게으르지 않다. 서양)

요승우무 聊勝于無

전혀 없는 것보다는 약간 낫다.

속: Better bad than without.(없는 것보다는 나쁜 것이 낫다. 영국)

요원지화 燎原之火

불타는 벌판의 불. 무서운 기세. 유: 파죽지세 破竹之勢

속: Little sparks kindle great fire.(작은 불꽃이 큰 불을 일으킨다. 서양)

요전만관 腰纏萬貫

몸에 엄청나게 많은 돈을 지니다. 매우 부유하다.

속: No man was ever as rich as all men ought to be.

(모든 사람이 바라는 것만큼 그렇게 부유한 자는 결코 없었다. 서양)

요지옥액 瑤池玉液

신선의 집에서 담은 좋은 술. 가장 귀하고 맛있는 술.

속: Good wine needs no bush.

(좋은 포도주는 선전이 불필요하다. 서양)

요피부득 要避不得

피하려 하지만 피할 수가 없다. 동: 회피부득 回避不得

속: Swine, women, and bees cannot be turned.

(돼지와 여자와 벌은 쫓아버릴 수가 없다. 영국)

욕가지죄 하환무사 欲加之罪 何患無辭

처벌할 작정이라면 무슨 구실이 없겠는가?

어떠한 구실을 대어서라도 남을 해치다.

속: The wolf finds a reason for taking a lamb.

(늑대는 양을 잡아먹을 구실을 찾아낸다. 서양)

욕개미창 欲蓋彌彰

감추려고 할수록 더욱 분명하게 드러나다.

속: The filth under the white snow, the sun discovers.

(태양은 흰 눈 밑의 오물을 드러낸다. 영국)

욕불가종 欲不可從

욕심은 한이 없는 것이기 때문에 따라가면 안 된다.

속: He that grasps too much holds nothing.

(너무 많이 손에 쥐면 아무 것도 못 쥔다. 서양)

욕속부달 欲速不達

일을 빨리 하려고 너무 서두르면 일이 이루어지지 않는다.

속: More haste, less speed.(서두를수록 더욱 느려진다. 서양)

욕신패명 辱身敗名

자기 몸에 치욕을 받고 명성을 잃다.

속: Where there is no honour, there is no grief.

(명예가 없으면 탄식도 없다. 서양)

욕취고여 欲取姑與

무엇인가 얻으려 하면 그것을 먼저 주어야 한다.

속: They who give have all things; they who withhold have nothing.

(주는 사람은 모든 것을 차지하지만 움켜쥐고 있는 자는 아무 것도 차지하지 못한다. 힌두)

욕학난전 欲壑難塡

욕심의 골짜기는 메울 수 없다. 탐욕이 극도로 커서 만족을 모르다.

유: 계학무염 溪壑無厭

속: None says his garner is full.

(자기 곡식창고가 가득 찼다고 말하는 자는 없다. 서양)

용감무쌍 勇敢無雙

용감하기 짝이 없다. 대단히 용감하다.

속: Bold as a lion.(사자처럼 용감하다. 영국)

Bold as Hector.(헥토르처럼 용감하다. 영국)

용광환발 容光煥發

얼굴의 건강한 광채가 사방에 뻗치다. 몸이 건강하고 정신이 활발하다.

속: A sound body in a sound mind.(건강한 몸에 건전한 정신. 서양)

용두사미 龍頭蛇尾

용의 머리에 뱀 꼬리. 시작은 거창하지만 끝이 보잘것없다.

속: A morning sun, wine-bred child, and Latin-bred woman seldom end well.(아침 해, 포도주로 자란 아이, 라틴어를 배운 여자는 결코 행복하게 끝나지 않는다. 서양)

용모약우 容貌若愚

현자는 용모를 어리석은 자인 척한다.

자기 능력을 감추고 외부에 과시하지 않는다.

속: To pretend folly on occasion is the highest of wisdom.

(때로는 어리석은 척 하는 것이 최고의 지혜다. 로마)

용의살인 庸醫殺人

의술이 부족한 의사가 사람을 죽이다.

속: Every idiot, priest, Jew, monk, actor, barber, and old woman, fancy themselves physicians.(천치, 사제, 유태인, 수도자, 배우, 이발사, 노파는 누구나 자기가 의사라는 망상을 품는다. 서양)

용의주도 用意周到

세심한 주의가 두루 미치어 실수가 없다.

속: He has an eye behind him.(그는 뒤통수에 눈이 있다. 영국)

용이무모 勇而無謀

용기는 있지만 지모는 없다.

속: He has more guts than brains.

(그는 지모보다 용기가 더 많다. 영국)

용전여수 用錢如水

돈을 물처럼 쓰다.

속: The proverb of the three S's: spend, spend profusely, and spare.(에스 자로 시작하는 세 마디 격언은, 써라, 물처럼 써라, 그리고 절약하라고 하는 것이다. 서양)

용현임능 用賢任能

현명하고 유능한 인재를 임용하다.

속: No man is so wise but that he has a little folly remaining.

(어리석음이 전혀 남아 있지 않을 정도로 그렇게 현명한 자는 없다. 독일)

우공이산 愚公移山

우공이 산을 옮기다. 아무리 어려운 일도 끊임없이 노력하면 이루어진다. 뜻이 있는 곳에 길이 있다.

속: Try and trust will move mountains.

(노력과 신뢰는 산들을 옮길 것이다. 서양)

우과천청 雨過天晴

비가 그치면 하늘은 맑아진다. 어려움이 지나면 좋은 때가 온다.

속: With dew before midnight, the next day will sure be bright.
(자정 전에 이슬이 내리면 다음 날은 분명히 맑을 것이다. 영국)

우귀사신 牛鬼蛇神

소의 머리나 뱀의 몸을 한 귀신. 허깨비. 각종 악인.

속: The devil is not so black as he is painted.
(악마는 그림에 나오는 것처럼 그렇게 시커멓지는 않다. 서양)

우능상인 憂能傷人

근심 걱정은 사람의 건강을 해칠 수 있다.

속: Care kills even a cat.(걱정은 고양이마저도 죽인다. 서양)
Work won't kill, but worry will.
(일은 죽이지 않을 것이지만 걱정은 죽일 것이다. 영국)

우도소시 牛刀小試

소 잡는 칼을 작은 일로 시험하다.
큰 인재에게 작은 일을 시험 삼아 맡겨보다.

속: Let the experiment be made on a worthless body.
(시험은 무가치한 몸에 실시하라. 로마)

우로지택 雨露之澤

비와 이슬의 혜택. 고루 미치는 군주의 혜택.

속: When it rains, it rains on all alike.
(비가 올 때는 모든 사람 위에 똑같이 비가 내린다. 힌두)

우로풍상 雨露風霜

비와 이슬과 바람과 서리. 온갖 힘든 경험.

속: Experience bought with sorrow teaches.

(슬픔으로 얻은 체험이 가르쳐준다. 로마)

우맹의관 優孟衣冠

초나라 배우 맹이 죽은 손숙오(孫叔敖)의 옷을 입고 손숙오의 아들을 구해
낸 일. 남의 흉내를 잘 내다. 겉모양만 잘 꾸미다.
문학작품에 예술성이 전혀 없다. 연극무대에 등장하다.
속: The habit does not make the monk.
(옷이 수도자를 만드는 것은 아니다. 서양)

우모미풍 羽毛未豊

깃털이 아직 충분히 자라지 않았다. 어리고 미숙하다.
세력이나 학식이 아직 미미하다.
속: Inexperienced men think all things easy.
(경험이 없는 자들은 모든 것이 쉽다고 여긴다. 서양)

우모풍만 羽毛豊滿

충분히 성숙하다. 역량을 이미 충분히 쌓았다.
속: Cradle straws are scarce out of his breech.
(요람의 지푸라기는 그의 바지에서 거의 나오지 않는다. 영국)

우문우답 愚問愚答

어리석은 질문에 어리석은 대답.
속: Answer a fool according to his folly.
(바보에게는 그의 어리석음에 따라 대답하라. 영국)

우부우맹 愚夫愚氓

어리석은 백성들.
속: Folly has more followers than discretion.

(어리석음은 분별보다 그 추종자가 더 많다. 서양)

우부우부 愚夫愚婦
어리석은 남녀. 평범한 백성.
속: Both folly and wisdom come upon us with years.
(나이가 들수록 우리는 어리석음과 지혜를 다 같이 얻는다. 서양)

우사생풍 遇事生風
일을 과감하게 빨리 처리하다. 기회 있을 때마다 공연히 말썽을 일으키다.
속: He that seeks trouble never misses of it.
(말썽거리를 찾는 자는 그것을 결코 놓치지 않는다. 서양)

우새우새 于思于思
머리카락이 희어지다. 늙고 쇠약하다.
속: Fretting cares make gray hairs.
(걱정으로 애태우면 머리카락이 희어진다. 서양)

우수마발 牛溲馬勃
우수라는 풀과 마비발이라는 균류 식물. 하찮은 물건.
품질 나쁜 약재. 하찮은 물건도 각각 쓸모가 있다.
속: Everything is of use to a housekeeper.
(주부에게는 모든 것이 쓸모가 있다. 서양)

우승열패 優勝劣敗
우수한 자가 이기고 열등한 자가 패하다.
속: The weaker goes to the pot.(약자는 멸망한다. 서양)

우심여분 憂心如焚

마음속의 근심이 타오르는 불과 같다. 극도로 근심하고 초조하다.

속: His head is full of bees.(그의 머리는 꿀벌들로 가득 차 있다, 즉 그는 심한 근심에 사로잡혀 있다. 영국)

우예지소 虞芮之訴

우나라와 예나라의 소송. 남의 일을 보고 자기 잘못을 고치다.

속: Lawsuits consume time, and money, and rest, and friends.
(소송을 하면 시간, 돈, 휴식, 친구들을 잃는다. 서양)

우유부단 優柔不斷

우물쭈물하고 결단을 내리지 못하다.

속: Like a donkey between two bundles of hay.
(건초 두 무더기 사이의 당나귀처럼 결정을 못하다. 영국)

우음마식 牛飮馬食

물이나 술을 소처럼 마시고 음식을 말처럼 많이 먹다.

속: A growing youth has a wolf in his stomach.
(한창 자라는 젊은이는 뱃속에 늑대가 들어 있다. 서양)

우의야읍 牛衣夜泣

극빈 상태가 서러워서 울다. 매우 가난한 부부가 힘들게 함께 살다.

속: She that has an ill husband, shows it in her dress.
(못난 남편을 만난 여자는 그것을 자기 옷에서 드러낸다. 서양)

우의운정 雨意雲情

남녀가 서로 그리워하는 마음.

속: Love makes passion, but money makes marriage.

(사랑은 열정을 일으키지만 돈은 결혼을 성사시킨다. 프랑스)

우이독경 牛耳讀經

쇠귀에 경 읽기. 아무 소용도 없는 일을 하다.

속: Someone related a fable to an ass, and he shook his ears.

(누군가 우화를 들려주자 당나귀가 귀를 움직였다. 그리스)

우익이성 羽翼已成

새의 날개가 이미 다 자랐다. 자녀가 이미 다 성장했다.

속: A gosling flew over the Rhine and came back a goose.

(거위새끼가 라인강 위로 날아가더니 거위가 되어 돌아왔다. 서양)

우자일득 愚者一得

어리석은 사람도 좋은 생각을 해낼 때가 있다.

속: A fool's bolt may sometimes hit the mark.

(바보의 화살이 때로는 과녁에 맞을 수 있다. 서양)

우직지계 迂直之計

우회함으로써 지름길로 가는 것과 같은 효과를 내는 계책.

비현실적으로 보이는 것이 사실은 현실적이다.

속: Often it is better to take the indirect way rather than the direct.

(곧장 가는 것보다 돌아가는 길이 차라리 더 좋을 때가 많다. 로마)

우천순연 雨天順延

회합 등을 정한 날에 비가 오면 그 다음 날로 순차적으로 연기한다.

속: Good is the delay that makes all sure.

(모든 것을 확실하게 해두는 연기는 좋은 것이다. 서양)

우풍순조 雨風順調

비와 바람, 즉 기후가 순조롭다.

속: When the wind's in the west, the weather is at the best.

(바람이 서쪽에 있을 때 기후가 제일 좋다. 영국)

우후송산 雨後送傘

비 온 뒤에 우산을 보내다. 때가 이미 늦었다.

속: After meat comes mustard.

(고기를 먹은 뒤에 겨자가 나오다. 영국)

우후죽순 雨後竹筍

비 온 뒤 죽순처럼 많은 사물이 한꺼번에 빨리 나타나다.

속: It is easy to add to other men's inventions.

(다른 사람들의 발명에 추가하기는 쉽다. 라틴어)

우후투추 牛後投芻

소 뒤에 꼴을 던지다. 어리석은 짓을 한다.

어리석은 사람은 가르쳐도 소용이 없다.

속: Fools are pleased with their own blunders.

(바보들은 자기 잘못을 좋아한다. 서양)

운근성풍 運斤成風

도끼를 휘두르면 바람이 인다. 수법이 숙련되어 기술이 신묘하다.

기술자의 솜씨가 탁월하다.

속: An old physician, and a young lawyer.

(의사는 늙어야 좋고 변호사는 젊어야 좋다. 서양)

운니지차 雲泥之差

구름과 진흙처럼 차이가 극심하다. 매우 멀리 서로 동떨어져 있다.

속: Mirth and mischief are two things.

(희열과 재난은 서로 전혀 다르다. 서양)

운부천부 運否天賦

운수의 길흉은 하늘이 주는 것이다. 유: 운수소관 運數所關

속: The world is a staircase, some are going up and some are coming down.

(세상은 올라가는 사람도 있고 내려가는 사람도 있는 계단이다. 이탈리아)

운예지망 雲霓之望

구름과 무지개를 바라보다. 큰 가뭄에 비를 고대하다.

속: A rainbow in the morning is the shepherd's warning; a rainbow at night is the shepherd's delight.

(아침 무지개는 목자에게 경고하고 밤 무지개는 그를 기쁘게 한다. 서양)

운졸시괴 運拙時乖

운이 나쁘고 시기가 부적절하다.

속: Every man has his ill day.(누구나 좋지 않은 날이 있다. 서양)

운증초윤 雲蒸礎潤

구름이 모여 비가 오려고 할 때는 집의 머릿돌이 축축해진다.

사물의 징조를 가리키는 말.

속: Roger's blast.(로저의 한 줄기 바람, 즉 비가 올 징조. 영국)

운행우시 雲行雨施

구름이 모여 비가 되어 만물을 적시다. 널리 혜택을 베풀다.

속: A round topped cloud, with flattened base, carries rainfall in its face.

(위는 둥글고 아래는 납작한 구름은 그 표면에 비를 운반하고 있다. 영국)

웅비돌진 雄飛突進

힘차고 빠르게 돌진하다.

속: After your fling, watch for the sting.

(돌진한 뒤에는 창에 찔리지 않도록 조심하라. 영국)

웅심장지 雄心壯志

웅장한 포부와 원대한 이상.

속: Get an ideal! Life becomes real.

(이상을 품어라! 인생은 실질적인 것이 된다. 서양)

원교근공 遠交近攻

먼 나라와 친하게 지내고 가까운 나라를 공격하다.

속: Better be friends at a distance than neighbours and enemies.

(가까운 원수보다는 먼 친구가 되는 것이 더 낫다. 이탈리아)

원녀광부 怨女曠夫

결혼연령이 되었지만 미혼인 남녀.

속: A bad Jack may have as bad a Jill.

(못난 남자는 자기만큼 못난 여자를 만난다. 영국)

원사해골 願賜骸骨

해골을 달라고 간청하다. 늙은 신하가 은퇴를 허락해 달라고 왕에게 요청하다. 동: 걸해골 乞骸骨

속: Leave the court before the court leave you.

(궁중이 너를 버리기 전에 네가 먼저 궁중을 떠나라. 스코틀랜드)

원수방족 圓首方足

머리는 둥글고 발은 모나다. 사람을 가리키는 말.

속: Man is the child of error.(사람은 잘못의 아들이다. 아랍)

원수불구근화 遠水不救近火

먼 곳의 물은 가까운 곳의 불을 꺼주지 못한다.

멀리 떨어져 있는 것은 위급할 때 아무 도움이 안 된다.

완만한 방법은 급박한 사태를 해결하지 못한다.

속: Water far off quenches not fire.

(먼 곳의 물은 불을 끄지 못한다. 서양)

원심정죄 原心定罪

죄의 동기를 따져서 죄를 정하다.

속: Take away the motive and the sin is taken away.

(동기를 제거하면 죄도 제거된다. 스페인)

원원상보 怨怨相報

원한을 원한으로 서로 갚다. 원수끼리 서로 보복하며 그치지 않다.

속: Claw me and I'll claw you.

(네가 할퀴면 나도 너를 할퀼 것이다. 영국)

원입골수 怨入骨髓

원한이 뼈에 사무치다.

속: Old wounds soon bleed.(오래된 상처는 쉽게 피를 흘린다. 서양)

468

원족근린 遠族近隣

먼 친척보다 가까운 이웃이 낫다.

속: A near neighbor is better than a distant cousin.

(멀리 있는 사촌보다 가까운 이웃이 낫다. 서양)

원청유청 源淸流淸

원천이 맑으면 아래로 흐르는 물줄기도 맑다. 위가 훌륭하면 그에 속한
아래도 훌륭해진다. 시작이 좋으면 결과도 좋아진다.

속: The fountain is clearest at its source.

(샘물은 그 원천에서 가장 맑다. 서양)

원형필로 原形畢露

위장된 정체가 완전히 폭로되다.

속: Scratch a Russian, and you will find a Tartar.

(러시아인을 긁으면 너는 타타르인을 발견할 것이다. 서양)

월견폐설 越犬吠雪

월나라 개가 눈을 보고 짖다.

식견이 좁은 사람이 평범한 사물을 보고도 크게 놀라다.

속: Fools ara always seeing wonders.

(바보들은 놀라운 것을 언제나 보고 있다. 스코틀랜드)

월결화잔 月缺花殘

달이 이지러지고 꽃이 시들다. 미인이 죽다. 아름다운 사물이 부서지다.
애정이 식어 헤어지다. 사랑하는 사람이 죽다.

속: Love's fire, once out, is hard to kindle.

(사랑의 불은 일단 꺼지면 다시 붙이기 어렵다. 서양)

월단평 月旦評

매달 첫날에 하는 평가. 인물평. 준: 월단 月旦

속: Judge a tree by its fruit, not by its leaves.

(잎이 아니라 열매를 보고 나무를 판단하라. 로마)

월만즉휴 月滿則虧

달은 차면 곧 기운다. 사물은 극도로 번성하면 쇠미해지기 시작한다.

속: Every flow has its ebb.(모든 밀물은 그 썰물이 있다. 서양)

월명성희 月明星稀

달은 밝고 별은 드물다. 달이 밝게 빛나면 별이 희미해진다.

위대한 영웅이 나타나면 작은 영웅들의 존재가 희미해진다.

속: The moon's not seen where the sun shines.

(해가 비치면 달은 보이지 않는다. 서양)

월부초을 越鳧楚乙

월나라 사람은 오리라고 하고 초나라 사람은 제비라고 하다.

동일한 사물에 대해 주관에 따라서 잘못 알다.

속: Some have been thought brave because they were afraid to run away.(어떤 사람들은 두려워서 달아나지 않았기 때문에 용감하다고 여겨졌다. 서양)

월조지죄 越俎之罪

자기 직분을 넘어 남의 소관인 일에 부당하게 간섭하는 죄.

속: Blow your own pottage and not mine.

(나의 죽이 아니라 너의 죽을 너의 입김으로 불어라. 영국)

월지적구 刖趾適屨

발뒤꿈치를 베어서 신발에 맞추다. 본말이 뒤바뀌다.

일을 잘 해보려다가 오히려 결과가 더 나빠지다.

속: Anxious about the shoe, and caring nothing about the foot.

(신발에 관해서는 걱정하지만 발에 대해서는 전혀 걱정하지 않다. 로마)

월진승선 越津乘船

나루터를 지나서 배를 타다. 일의 순서가 뒤바뀌다.

속: To put the cart before the horse.(수레를 말 앞에 놓다. 영국)

월하빙인 月下氷人

달 아래 노인과 얼음 아래의 사람, 즉 결혼중매인.

속: Matchmakers often burn their fingers.

(중매쟁이는 자기 손가락을 태우는 경우가 많다. 서양)

월훈이풍 月暈而風

달무리가 지면 바람이 분다.

속: When round the moon there is a halo, the weather will be cold and rough.

(달 주위에 달무리가 생길 때는 날씨가 차고 험해질 것이다. 스코틀랜드)

위곡구전 委曲求全

자기를 굽히고 타협하여 자기가 무사히 보존되기를 바라다.

속: Better to bend than to break.

(부러지는 것보다는 휘어지는 것이 낫다. 서양)

위과어인 委過於人

잘못의 책임을 남에게 전가하다.

속: Everyone puts his fault on the times.

(누구나 자기 잘못을 세월에 전가한다. 서양)

위관택인 爲官擇人

관직에 적합한 사람을 선발하다. 반: 위인설관 爲人設官

속: The office makes the man.(관직은 사람을 만든다. 라틴어)

위덕부졸 爲德不卒

좋은 일을 아직 다하지 못했다.

속: The best part is still behind.

(가장 좋은 부분은 아직 뒤에 남아 있다. 영국)

위리안치 圍籬安置

가시 울타리를 둘러치고 유배죄인을 가두다.

속: He that cannot do better, must be a monk.

(더 잘 할 수 없는 자는 수도자가 되어야만 한다, 즉 패배자는 수도원에
유폐되어야 한다. 영국)

위방불입 危邦不入

위험한 나라에는 들어가지 않다. 위험한 곳은 피하다.

속: The earthen pot must keep clear of the brass kettle.

(토기는 놋쇠 그릇을 피해야만 한다. 서양)

위법자폐 爲法自斃

자기가 만든 법을 자기가 어겨서 처형되다.

자기가 한 일로 고통을 당하다.

속: He that invented the Maiden, first put a use to it.

(단두대를 발명한 자는 자기가 제일 먼저 처형되었다. 스코틀랜드)

위부불인 爲富不仁

재산을 모으는 사람은 인자함을 말할 수 없다.

부자는 오로지 재물만 탐내어 불의한 짓을 마구 저지른다.

속: For one rich man content there are a hundred not.

(부자 한 명의 만족에 대해 백 명의 불만이 있다. 서양)

위불기교 位不期驕

높은 자리에 앉으면 자연히 교만한 마음이 생긴다.

속: It is hard to be high and humble.

(지위가 높으면서 겸손하기는 어렵다. 서양)

위사첨족 爲蛇添足

뱀에게 다리를 그려서 붙이다. 지나치게 기교를 부려 일을 망치다.

속: Go shoe the geese.

(가서 거위들에게 구두를 신겨라, 즉 아무리 해야 헛수고다. 스코틀랜드)

위신배약 違信背約

신용을 지키지 않고 약속을 어기다.

속: Credit is dead: bad pay killed it.

(신용은 죽었다. 잘 갚지 않은 행동이 그것을 죽였다. 서양)

위신사충 爲臣死忠

신하된 사람은 목숨을 바쳐서 충성해야 한다.

속: A loyal heart may be landed under Traitor's Bridge.

(충성을 바치는 사람은 반역자의 다리 아래 상륙할 수 있다. 서양)

위악부전 爲惡不悛

악행을 저지르고도 뉘우치지 않다.

속: Bad to do evil, but worse to boast of it.
(악행을 저지르는 것은 나쁘지만 그것을 자만하는 것은 더 나쁘다. 영국)

위은부의 違恩負義

받은 은혜를 등지고 남에 대한 의리를 저버리다.

속: Never cast dirt into the fountain of which you have sometimes drunk.
(네가 때때로 물을 마신 그 우물에 절대로 오물을 던져 넣지 마라. 히브리)

위호작창 爲虎作倀

호랑이에게 먹힌 사람의 귀신이 호랑이의 앞잡이가 되다.

남의 앞잡이가 되어 나쁜 짓을 일삼는 사람이나 그런 행동.

속: Never hold a candle to the devil.
(악마를 위해 촛불을 들어주지 마라. 서양)

유강활조 油腔滑調

말이나 글이 번드르르하기만 하고 성의가 없다.

속: Do not give me words instead of meals.
(먹을 것 대신에 빈말을 내게 주지는 마라. 로마)

유거무회 有去無回

한 번 간 뒤에 돌아오지 않다. 일을 끝내지 못하다.

속: He goes far that never returns.
(영영 돌아오지 않는 자는 매우 멀리 가는 것이다. 이탈리아)

유과무대 宥過無大

잘못을 용서하는 데는 지나치다는 것이 없다.

아무리 큰 잘못이라도 용서하다.

속: Forgive any sooner than yourself.

(자기 자신보다 남을 먼저 용서하라. 스페인)

유구무언 有口無言

입은 있지만 말이 없다. 변명할 말이 없거나 변명하지 못하다.

속: Silence is consent.(침묵은 동의하는 것이다. 이탈리아)

유구무심 有口無心

말은 많이 하지만 마음에는 없는 말이다.

속: It is cheap enough to say "God help you!"

(신의 가호를 빈다고 말하는 것은 매우 싸다. 서양)

유구무행 有口無行

말만 하고 실행은 하지 않다. 언행이 일치하지 않다.

속: Easier said than done.(실천보다 말이 더 쉽다. 서양)

유구불언 有口不言

할 말은 있지만 거북해서 그 말을 하지 않다.

속: All things are good unsaid.

(모든 것은 말하지 않는 것이 좋다. 스코틀랜드)

유구필응 有求必應

남이 요구하기만 하면 반드시 모두 응낙하다.

속: A fool demands much, but he's a greater foo that gives it.

(바보는 많은 것을 요구하지만 그것을 주는 자는 더 큰 바보다. 영국)

유기가승 有機可乘

이용할 만한 기회가 있다.

속: When one door closes, another opens.

(한 문이 닫힐 때 다른 문이 열린다. 서양)

유능제강 柔能制剛

부드러운 것으로 강한 것을 제압하다.

부드럽고 약한 수단으로 강한 것을 굴복시키다.

속: Willows are weak, yet they bind other wood.

(버드나무는 약하지만 다른 나무들을 묶는다. 이탈리아)

유두활뇌 油頭滑腦

경박하고 교활하다.

속: Craft brings nothing home.

(교활한 술책은 아무 소득이 없다. 영국)

유래지풍 由來之風

예로부터 전해오는 풍습.

속: Old customs are best.

(오래된 풍습이 가장 좋다. 서양)

유련황망 流連荒亡

놀러 다니는데 정신이 팔려서 집에 돌아가는 것을 잊고 노름이나 주색에 빠지다.

속: The cards beat all the players, be they never so skillful.

(카드는 기술이 별로 없다 해도 모든 도박꾼들에게 이긴다. 서양)

유리개도 有利皆圖

누구나 자기 이익만 도모하다.

속: I know on which side my bread is buttered.

(나는 내 빵의 어느 쪽에 버터가 발렸는지 안다. 서양)

유명두중 榆瞑豆重

느릅나무 열매를 많이 먹으면 졸리고 콩을 많이 먹으면 살찐다.

사람의 본성은 고치기 어렵다.

속: Shake a Leicestershire man by his collar, and you shall hear the beans rattle in his belly.(레스터셔 사람의 멱살을 잡고 흔들면 그의 뱃속에서 콩이 부딪치는 소리가 들릴 것이다. 영국)

유명무실 有名無實

이름만 있고 실속이 없다. 명성과 실제가 맞지 않다.

속: The fairest looking shoe may pinch the foot.

(가장 멋지게 보이는 구두가 발을 아프게 할 수 있다. 영국)

유목공도 有目共睹

모든 눈이 보고 있다. 누구나 다 알고 있다.

사물이 매우 분명하게 드러나 있다.

속: Love, a cough, an itch, and the stomach cannot be hid.

(사랑과 기침과 가려움과 식욕은 감출 수 없다. 독일)

유무상통 有無相通

있는 것과 없는 것을 서로 융통하다.

속: Every land does not produce everything.

(어느 곳에서나 모든 것이 생산되는 것은 아니다. 로마)

유문필록 有聞必錄

들은 것은 반드시 기록한다.

속: The written letter remains, as the empty word perishes.

(공허한 말은 사라지지만 기록된 글은 남는다. 로마)

유봉희접 游蜂戲蝶

날아다니면서 놀기만 하는 나비와 벌. 놀기만 하는 경박하고 방탕한 사람.
여자를 희롱하는 젊은 남자.

속: They that tease each other, love each other.
(서로 희롱하는 사람들은 서로 사랑한다. 독일)

유혹의 거절 (쌍어기 雙漁記)

유복지인 有福之人

복이 있는 사람.

속: He was born with a caul.

(그는 대망막을 쓰고 태어나 유복하다. 프랑스)

The fortunate alone are the wise.(유복한 사람들만이 현명하다. 서양)

유비군자 有匪君子

학식과 인격이 훌륭한 사람.

속: Good manners and knowledge make a man.

(예의와 학식이 사람을 만든다. 서양)

유비무환 有備無患

준비를 미리 충분히 해두면 재앙을 면할 수 있다.

유: 미우주무 未雨綢繆 반: 임갈굴정 臨渴掘井

속: Make hay while the sun shines.

(해가 비칠 때 마른풀을 마련하라. 서양)

유상곡수 流觴曲水

돌아 흐르는 물에 술잔을 띄우다. 술잔치를 열다.

속: Fools make feasts and wise men eat them.

(바보들은 잔치를 베풀고 현명한 사람들은 먹는다. 서양)

유속불식 무익어기 有粟不食 無益於饑

곡식이 있어도 먹지 않는다면 굶주림을 없애는데 무익하다.

조건이 좋아도 노력하지 않으면 소용이 없다.

속: The wine in the bottle does not quench the thirst.

(병에 든 포도주는 갈증을 해소하지 못한다. 이탈리아)

유수무정 流水無情

흘러간 물은 돌아오지 않고 무정하다.

시간은 머무르려고 하지 않고 지나가버린다.

속: Time is the rider that breaks youth.

(시간은 말을 달리면서 젊음을 파괴한다. 영국)

유수불부 流水不腐

흐르는 물은 썩지 않는다. 항상 움직이는 것은 썩지 않는다.

사람이 항상 운동을 하면 몸이 튼튼해진다.

속: Water becomes corrupted unless it is kept in motion.

(계속해서 움직이지 않으면 물은 썩는다. 로마)

유시무종 有始無終

시작은 있고 끝이 없다. 일을 끝까지 하지 못하고 도중에 그만 두다.

지조를 끝까지 지키지 못하다.

속: He has not done who has begun.

(그는 시작은 했지만 끝내지는 않았다. 프랑스)

유시유종 有始有終

시작한 일을 끝까지 하다.

속: In for a penny, in for a pound.(한번 시작한 일은 끝을 내라. 영국)

유시자 필유종 有始者 必有終

시작이 있는 것은 반드시 끝이 있다. 사물에는 반드시 시작과 끝이 있다.

속: All things have an end.(모든 것은 끝이 있다. 영국)

유아독존 唯我獨尊

세상에서 오로지 내가 제일 높다. 자기만 잘난 체 하다.

속: I am, therefore all things are.
(나는 존재한다. 그러므로 만물이 존재한다. 로마)

유아이사 由我而死
나 때문에 그가 죽었다. 자기 때문에 남이 해를 입었다.
속: Neither blame yourself nor praise yourself.
(너 자신을 비난도 칭찬도 하지 마라. 로마)

유안여맹 有眼如盲
눈이 있어도 소경과 같다. 사람이나 사물을 제대로 알아보지 못하다.
속: He signifies no more than a blind cat in a barn.
(그는 헛간의 눈먼 고양이처럼 아무 것도 식별하지 못한다. 영국)

유언비어 流言蜚語
근거 없이 널리 퍼진 소문.
속: The nimblest footman is a false tale.
(가장 빠른 도보 여행자는 헛소문이다. 영국)

유연불사 留戀不捨
연모하는 마음에 헤어지려 하지 않다.
속: Better go away longing than loathing.
(역겨운 감정보다 사모의 감정으로 떠나는 것이 낫다. 서양)

유염장초 油鹽醬醋
기름과 소금과 장과 식초. 양념의 총칭. 일상생활의 잡다한 일.
속: Mustard is a good sauce, but mirth is better.
(겨자는 좋은 양념이지만 기쁨은 더욱 좋은 것이다. 서양)

유용무모 有勇無謀

용기만 있고 지모는 없다. 무모하게 용기를 발휘하지만 책략을 모르다.

속: Valor can do little without discretion.

(신중함이 없는 용기는 아무 것도 못한다. 영국)

유용지용 有用之用

쓸모 있는 것의 쓰임새.

속: Timely crooks the tree that will a good gambrel be.

(적절한 시기에 휘어진 나무는 고기를 매다는 갈고리가 될 것이다. 서양)

유위지사 有爲之士

유능하여 쓸모가 있는 사람.

속: He is like the devil's valet, he does more than he is told.

(악마의 하인처럼 그는 지시받은 것보다 더 많은 일을 한다. 프랑스)

유유상종 類類相從

같은 무리끼리 서로 오가며 사귀다. 유: 동기상구 同氣相求

속: Birds of a feather flock together.

(같은 종류의 새들은 함께 모인다. 서양)

유자가교 孺子可教

젊은이는 가르칠 만하다. 열심히 공부하는 아이를 칭찬하는 말.

속: A silly child is easy to teach.

(어리석은 아이는 가르치기가 쉽다. 스코틀랜드)

유적심입 誘敵深入

적을 유인해 내서 불리한 위치에 깊이 끌어들이다.

속: The fowler's pipe sounds sweet till the bird is caught.

(새잡이의 피리소리는 새가 잡힐 때까지 감미롭다. 서양)

유전사귀 有錢使鬼

돈이 많으면 귀신도 부릴 수 있다. 돈의 힘은 매우 강력하다.

동: 전가통신 錢可通神

속: Gold goes in at any gate, except Heaven's.

(황금은 천당 문 이외의 모든 문으로 들어간다. 영국)

유전자생 무전자사 有錢者生 無錢者死

돈 있는 자는 살고 돈 없는 자는 죽는다. 돈이 사람의 운명을 좌우한다.

속: A golden shield is of great defence.

(황금방패는 방어력이 강대하다. 서양)

유전재처락 有錢在處樂

돈이 있으면 어디서나 즐겁다.

속: Money is a merry fellow.(돈은 유쾌한 자다. 서양)

유종지미 有終之美

시작한 일은 끝맺음이 좋게 만든다.

속: The end crowns the work.(끝이 일을 장식한다. 라틴어)

All's well that ends well.(끝이 좋으면 모두 좋다. 영국)

유주유육 有酒有肉

술이 있으면 안주가 있어야 한다.

속: Fish and swine live in water and die in wine.

(물고기와 돼지는 물에서 살고 술 속에서 죽는다. 서양)

유차급피 由此及彼

이쪽에서 저쪽까지 미치다. 일이나 공부를 순서에 따라 할 수 있다.

속: When many strike on an anvil, they must observe order.

(많은 사람이 한 모루를 칠 때는 순서를 지켜야만 한다. 서양)

유취만년 遺臭萬年

후세에 악명을 남겨 영원히 비난을 받다.

속: The evil wound is cured, but not the evil name.

(나쁜 상처는 낫지만 악명은 낫지 않는다. 서양)

유칭호수 唯稱好鬚

수염만 훌륭한 남자. 외모만 그럴듯하고 재능이 없다.

속: The brains don't lie in the beard.

(두뇌는 수염에 들어 있지 않다. 서양)

유학장행 幼學壯行

어려서 열심히 공부하고 어른이 되어 실제로 활용해야 한다.

속: Use legs and have legs.

(다리를 사용하여 자기 것으로 만들어라. 서양)

유해무익 有害無益

해롭기만 하고 이익은 되지 않다. 동: 백해무익 百害無益

속: Apples, pears, and nuts spoil the voice.

(사과와 배와 잣은 목소리를 망친다. 영국)

유희삼매 游戲三昧

마음을 가라앉히고 잡념을 없애다. 노는 데에만 정신을 쏟다.

속: As good play for nothing as work for nothing.

(공연히 노는 것은 공연히 일하는 것과 마찬가지다. 영국)

유희인간 遊戲人間
이 세상에서 놀다. 인생을 유희로 삼다.
속: Play with your peers.(자기와 대등한 자들과 놀아라. 스코틀랜드)
The less play, the better.(적게 놀수록 더욱 좋다. 스코틀랜드)

육가분금 陸賈分金
한나라의 육가가 생전에 재산을 아들들에게 골고루 분배해 준 일.
속: Who gives his children bread, and suffers want in old age,
should be knocked dead with a club.(자기 자녀들에게 재산을 주고
노년에 가난 때문에 고생하는 자는 몽둥이에 맞아 죽어야만 한다. 독일)

육가삼시 六街三市
번화하고 소란한 도시.
속: God made the country, man the town, the devil the little country
town.(하느님께서는 나라를 만드시고, 사람은 도시를, 악마는 시골의 작은
마을을 만들었다. 영국)

육부출충 肉腐出蟲
살이 썩으면 벌레가 나온다. 근본이 잘못 되면 온갖 폐단이 생긴다.
속: Vice should not correct sin.
(악습으로 죄를 극복해서는 안 된다. 서양)

육이부동모 六耳不同謀
세 사람이 일을 도모하면 비밀을 지키기 어렵다.
속: What is known to three is known to everybody.
(셋에게 알려진 것은 누구에게나 알려진 것이다. 서양)

육지행선 陸地行船

육지에서 배를 저으려 하다. 되지도 않을 일을 고집하다.

속: A ship should not be judged from the land.

(육지에 있는 사람은 배를 판단해서는 안 된다. 이탈리아)

육축불안 六畜不安

여섯 가지 가축이 불안하다. 온 집안이 불안하다.

속: Ⅲ herds make fat wolves.

(나쁜 가축의 무리가 늑대들을 살찌게 한다. 스코틀랜드)

윤형피면 尹邢避面

한나라 무제의 윤부인과 형부인이 서로 질투하여 외면한 일.

처와 첩의 불화. 서로 질투하며 만나지 않다.

속: Envy has no holidays.(질투는 휴일이 없다. 영국)

융통무애 融通無碍

변통이 자유롭고 장애가 없다. 일이 잘 진행된다.

속: All is well with him who is loved of his neighbors.

(이웃들에게 사랑받는 사람은 모든 일이 잘 된다. 서양)

은감불원 殷鑑不遠

하나라를 멸망시킨 은나라 사람들의 경계의 본보기는 먼 곳에 있지 않다.

남의 실패를 자신의 교훈으로 삼다. 실패한 전례가 가까이 있다.

속: The fault of another is a good teacher.

(남의 잘못은 좋은 스승이다. 서양)

은단의절 恩斷義絶

인정과 의리를 끊다. 부부가 뜻이 맞지 않아 헤어지다.

속: To cut the painter.(보트와 선박을 연결하는 밧줄을 끊다. 영국)

은인자중 隱忍自重
괴로움을 참고 드러내지 않으며 신중하게 행동하다.

속: An ounce of discretion is worth a pound of wit.

(한 숟가락의 신중함은 한 말의 재치와 같다. 영국)

은장구보 恩將仇報
은혜를 원한으로 갚다.

속: He has brought up a bird to pick out his own eyes.

(그는 자기 자신의 두 눈을 쪼아서 빼버리는 새를 길렀다. 영국)

음마투전 飮馬投錢
말에게 물을 먹일 때 돈을 먼저 던져서 물 값을 내다.
행동을 결백하게 하다.

속: Let a horse drink when he will, not where he will.

(말이 원하는 장소에서가 아니라 말이 원할 때에 물을 먹게 하라. 영국)

음문상계 音問相繼
편지와 소식이 서로 끊이지 않고 계속되다.

속: Good news may be told at any time, but ill in the morning.

(좋은 소식은 아무 때나 전해도 좋지만 나쁜 소식은 아침에 전해야 한다.
서양)

음수사원 飮水思源
물을 마실 때 그 원천을 생각하다. 근본을 잊지 않다.

속: Let none say, I will not drink water.

(아무도 자기는 물을 마시지 않을 것이라고 말해서는 안 된다. 서양)

487

음순자취 飮醇自醉

좋은 술을 마시고 자기도 모르게 취하다.

남을 관대하고 대범하게 대하여 진심으로 복종하게 하다.

속: Thirst comes with drinking, when the wine is good.

(좋은 포도주라면 마실수록 더 마시고 싶어진다. 프랑스)

음식기거 飮食起居

먹고 마시고 날마다 지내는 일. 일상생활.

속: If it were not for belly, the back might wear gold.

(배가 없었더라면 등은 황금에 덮였을 것이다. 서양)

음식남녀 飮食男女

먹고 마시는 일과 남녀의 일. 식욕과 성욕. 인간의 본성.

속: I eat, therefore I exist.(나는 먹는다. 그러므로 나는 존재한다. 로마)

음우지비 陰雨之備

비 올 때를 대비하다. 위험에 미리 대비하다.

속: Keep something for a rainy day.

(비오는 날에 대비하여 무엇인가 간직하라. 서양)

음주유정한 飮酒有定限

술 마시는 양은 정해져 있다.

속: Nobody should drink but them that can drink.

(마실 수 있는 사람 이외에는 아무도 마셔서는 안 된다. 스코틀랜드)

음하만복 飮河滿腹

두더지가 강물을 마시다가 배가 부르면 그만 두다.

지나치게 탐욕을 부려도 소용없고 만족할 줄 알아야만 한다.

속: A few things are abundantly sufficient for the moderate.
(욕심이 적은 사람들에게는 적은 것들이 한없이 충분하다. 로마)

읍참마속 泣斬馬謖

울면서 마속의 목을 베다. 법을 엄격하게 시행하다.

고차원의 목표를 위해서는 측근이라도 희생시키다.

속: Public necessity is more important than private.
(공공의 이익이 개인적 이익보다 더 중요하다. 로마)

읍참마속 (삼국연의 三國演義)

읍견군폐 邑犬群吠

동네 개들이 떼를 지어 짖다. 소인들이 떼를 지어 현자를 비난 또는 공격하다.

속: Like dogs, if one bark, all bark.

(개들처럼 하나가 짖으면 모두 짖는다. 영국)

읍수행하 泣數行下

눈물을 많이 흘리며 울다.

속: As great pity to see a woman weep, as a goose go barefoot.

(여자가 우는 모습을 보는 것은 거위가 맨발로 걷는 꼴을 보는 것처럼 애처롭다. 영국)

응접불가 應接不暇

아름다운 경치가 매우 많아 이루 다 감상할 수 없다.

많은 일이 계속 밀려와서 일일이 대처할 틈이 없다.

속: Those who make the best use of their time have none to spare.

(시간을 가장 잘 쓰는 사람은 남는 시간이 없다. 서양)

응현이도 應弦而倒

활을 쏠 때마다 적이 쓰러지다.

속: To aim is not enough, we must hit.

(겨냥하는 것만으로는 충분치 않고 우리는 명중시켜야만 한다. 독일)

의가반낭 衣架飯囊

옷걸이와 밥주머니. 무능하고 쓸모없는 사람.

속: Idle men are dead all their life long.

(게으른 자는 평생 동안 죽어 있는 것이다. 서양)

의관효경 衣冠梟獍

의관을 차린 악독한 짐승. 흉악하고 은혜를 배신하는 사람.

속: Take an evil-doer from the gallows and he will put you there.

(악인을 교수대에서 구해주면 그는 너를 교수대에 세울 것이다. 프랑스)

의광재소 意廣才疏

의욕은 많지만 재주는 모자라다.

속: Nothing is difficult to a well willing man.

(하려는 의욕이 많은 자에게는 아무 것도 어렵지 않다. 스코틀랜드)

의금지영 衣錦之榮

출세하여 비단옷을 입고 고향에 돌아가는 영광.

속: Follow glory, and it will flee; flee glory, and it will follow you.

(영광을 뒤쫓으면 그것이 달아나고 영광을 피하면 그것이 너를 따라올 것이다. 서양)

의기투합 意氣投合

취향과 마음이 서로 맞다.

속: When friends meet, hearts warm.

(친구들이 만나면 가슴이 뜨거워진다. 스코틀랜드)

의무반고 義無反顧

옳은 일을 위해서는 용감하게 곧장 전진할 뿐 뒤를 돌아다보지 않다.

속: Extreme justice is often extreme injustice.

(극단적인 정의는 극단적인 불의인 경우가 많다. 서양)

의문다질 醫門多疾

의사의 집 앞에 병자가 많이 모이다.

속: The patient has more need of the physician than the physician of the patient.

(의사에게 환자가 필요한 것보다는 환자에게 의사가 더 필요하다. 서양)

의문매소 倚門賣笑

문에 기대어 웃음을 팔다. 기생이 음탕하고 안일하게 살아가다.

성품이 경박하고 허황되다.

속: Idleness is the shipwreck of chastity.

(게으름은 순결의 난파다. 로마)

의불사난 義不辭難

옳은 일을 위해서는 위험과 어려움도 피하지 않다.

속: Bones bring meat to town.(뼈들이 도시에 고기를 가지고 온다, 즉 어렵고 힘든 일을 피해서는 안 된다. 영국)

의불용사 義不容辭

옳은 일이나 공익을 위해서는 물러서지 않다. 자기 의무를 외면하지 않다.

속: He that does what he can, does what he ought.

(자기가 할 수 있는 것을 하는 사람은 자기가 해야만 하는 것을 한다. 서양)

의식족즉 지영욕 衣食足則 知榮辱

먹고 입는 것이 넉넉해야 명예와 수치를 안다.

기본생활이 되어야 예의도 차린다.

속: Well fed, well bred.

(먹고 입는 것이 넉넉해야 예절을 알게 된다. 서양)

의심암귀 疑心暗鬼

의심이 어둠을 지배하는 귀신을 만들어내다. 의심하면 엉뚱한 생각이 들어 불안해진다. 선입견이 있으면 판단을 그르친다.

속: Every insane person believes other people to be mad.
(미친놈은 누구나 다른 사람이 모두 미쳤다고 생각한다. 로마)

동탁이 여포를 의심하다 (삼국연의 三國演義)

493

의실의가 宜室宜家

부부가 화목하고 집안이 평안하다.

속: Men make houses, women make homes.

(남자들은 집을 만들고 여자들은 가정을 만든다. 서양)

의야정견 意惹情牽

의욕과 감정을 불러일으키다.

속: He who wills is the man who can.

(의욕이 있는 자는 할 수 있는 자다. 프랑스)

의양구현 衣羊裘見

허름한 양피 옷을 입고 천자를 뵙다.

속: Every man cannot speak with the king.

(모든 사람이 왕과 이야기할 수 있는 것은 아니다. 영국)

의연결의 毅然決意

굳게 결심하고 조금도 흔들리지 않다.

속: The resolved mind has no cares.

(굳게 결의한 마음은 걱정이 없다. 서양)

의옥외향 倚玉偎香

기생과 어울려 놀다. 여자에게 열심히 구애하다.

속: He that woos a maid, must seldom come in her sight: but he that woos a widow, must woo her day and night.

(처녀에게 구애하는 자는 그녀의 눈에 띠여서는 결코 안 되지만, 과부에게 구애하는 자는 밤낮으로 구애해야만 한다. 영국)

의왕신치 意往神馳

마음과 정신이 쏠리다.

속: As our affairs go with us, so also is our mind affected.

(일이 우리에게 이루어지는 데 따라 우리 마음도 그 영향을 받는다. 로마)

의외지변 意外之變

뜻밖에 당하는 재난.

속: Where is not expected, the water breaks out.

(예상하지 않던 곳에서 물이 터져 나온다. 이탈리아)

의외지사 意外之事

뜻밖의 일.

속: That which one least anticipates, soonest comes to pass.

(가장 적게 예상되는 것이 가장 빨리 일어난다. 서양)

의자요금 衣紫腰金

자주색 옷을 입고 금패를 차다. 고관이 되다.

속: It is not the coat that makes the gentleman.

(옷이 신사를 만드는 것은 아니다. 서양)

의정행사 衣正行邪

겉으로는 옳은 듯하지만 사실은 옳지 않다.

속: Dainty dogs may eat dirty puddings.

(잘 생긴 개들이 더러운 푸딩을 먹는지도 모른다. 서양)

의혈제궤 蟻穴堤潰

큰 둑도 개미구멍으로 무너진다. 사소한 부주의가 큰 재난을 초래한다. 작은 일에도 조심해야 한다.

속: Want of care does us more harm than want of knowledge.
(지식의 결핍보다는 부주의가 더 큰 손해를 우리에게 끼친다. 서양)

의흥삭연 意興索然

재미나 흥미가 전혀 없다.

속: A story is ruined by being badly told.
(잘못 이야기하면 이야기가 재미가 없어진다. 로마)

이가난진 以假難眞

가짜를 진짜로 혼동하게 만들어 속이다.

속: There is many a fair thing full false.
(속은 가짜이면서 겉만 번지르르한 것이 많다. 스코틀랜드)

이겸차안 以鎌遮眼

낫으로 눈을 가리다. 자기 잘못을 어리석은 방법으로 숨기려 하다.

속: You may as soon make a cloak for the moon.
(너는 달을 가리는 가리개를 빨리 만들 수 있다. 영국)

이공속죄 以功贖罪

공적을 세워 속죄하다.

속: The poor do penance for the sins of the rich.
(가난한 자들이 부자들의 죄를 위해 속죄한다. 이탈리아)

이과적중 以寡敵衆

소수를 가지고 다수와 싸우다.

속: Half is more than the whole.(절반이 전체보다 많다. 서양)

이광난봉 李廣難封

한나라 장수 이광이 전공이 많은데도 끝내 작위를 받지 못한 일.

속: Desert and reward seldom keep company.

(공적과 포상은 동행하는 경우가 거의 없다. 영국)

이구동성 異口同聲

여러 사람이 같은 말을 하다. 많은 사람의 의견이 일치하다.

속: What everyone says must be true.

(누구나 말하는 그것은 틀림없이 옳다. 서양)

이군삭거 離群索居

친구들과 떨어져 홀로 지내다. 무리를 떠나 홀로 쓸쓸히 지내다.

속: The lone sheep's in danger of the wolf.

(홀로 떨어진 양은 늑대의 위험을 무릅쓴다. 영국)

이굴구신 以屈求伸

자벌레는 몸을 굽혀서 전진한다. 전진하기 위해 뒤로 물러서다.

속: We must recoil a little, to the end we may leap the better.

(우리는 결국 도약을 더 잘 하기 위해 약간 뒤로 물러서야만 한다. 서양)

이궁환우 移宮換羽

노래의 음조가 바뀌다.

속: Tone makes music.(음조가 음악을 만든다. 서양)

이극구당 履屐俱當

마른날에는 신발로, 진날에는 나막신으로 걷다. 재덕을 겸비하다.

속: A black shoe makes a merry heart.

(검은 구두는 마음을 즐겁게 만든다. 영국)

이기탁인 以己度人

자기 생각으로 남을 추측하여 판단하다.

속: You measure everyone's corn by your own bushel.

(너는 남들의 밀을 너의 되로 잰다. 영국)

이단사설 異端邪說

정통이 아닌 사상과 그릇된 주장.

속: Heresy may be easier kept out than shook off.

(이단은 떨쳐버리기보다 멀리해 두기가 더 쉽다. 서양)

이도동귀 異途同歸

길은 달라도 돌아가는 곳은 같다.

모든 이치가 같은 곳으로 돌아가지만 길은 서로 다르다.

속: There are more ways to the wood than one.

(숲에 이르는 길은 하나가 아니라 여럿이다. 영국)

이도살삼사 二桃殺三士

복숭아 둘로 무사 셋을 죽이다. 계략으로 상대방을 자멸하게 만들다.

성질이 급하고 강직하면 남에게 이용당하기 쉽다.

속: Give a fool rope enough, and he will hang himself.

(바보에게 긴 밧줄을 주면 그는 목을 매달 것이다. 서양)

이독공독 以毒攻毒

지독한 병을 독약으로 고치다. 악독한 자를 악독한 수단으로 제압하다.

나쁜 사물의 특징을 이용하여 나쁜 사물을 제거하다.

속: Poison drives out poison.(독이 독을 몰아낸다. 서양)

이동환서 移東換西
이곳저곳 옮겨 다니다. 생활이 불안정하다.
속: Every change of place becomes a delight.
(장소를 옮길 때마다 그것은 즐거운 일이다. 라틴어)

이란격석 以卵擊石
달걀로 돌을 때리다. 약한 것으로 강한 것을 이기려고 하다. 자기 역량이
부족한 것을 헤아리지 않고 무모한 짓을 하여 자멸을 초래하다.
속: Blow not against the hurricane.
(태풍을 거슬러서 입김을 불지 마라. 서양)

이력가인 以力假仁
무력으로 영토를 확장하면서도 그것이 어진 정치인 것처럼 위장하다.
속: Vice would be frightful, if it did not wear a mask.
(악행은 가면을 쓰지 않으면 무시무시하게 보일 것이다. 서양)

이력복인 以力服人
힘이나 강제적인 수단으로 사람들을 복종시키다.
속: Persuasion is better than force.(설득은 무력보다 낫다. 서양)

이롱변성 以聾辨聲
귀가 먹었는데 소리를 구별하려고 하다.
필요한 조건이 갖추어지지 않으면 목적을 달성할 수 없다.
속: Deaf men are quick-eyed and distrustful.
(귀머거리는 눈치가 빠르고 불신감이 깊다. 서양)

이만비만 耳滿鼻滿
귀에 못이 박히도록 듣다.

속: One pair of ears draws dry a hundred tongues.
(두 귀는 백 개의 혀를 마르게 한다. 이탈리아)

이모상마 以毛相馬

털빛만 보고 말의 좋고 나쁨을 판단하다. 외모만 보고 판단하다.

속: Furniture and mane make the horse sell.
(장식과 갈기는 말이 팔리게 만든다. 서양)

이모취인 以貌取人

얼굴만 보고 사람을 가리거나 채용하다. 외모만 보고 그의 성품이나 능력을 평가하거나 그에 대한 대우를 결정하다.

속: Appearances are deceptive.(외모는 속인다. 영국)

이목지신 移木之信

나무를 옮기는 일에 대한 신의. 약속을 반드시 지키다.
백성의 신임을 얻으려는 위정자의 태도.

속: Honestly is safely.(정직한 것은 안전한 것이다. 로마)

이목지욕 耳目之欲

듣고 보기 때문에 생기는 욕망. 유: 견물생심 見物生心

속: Difficulty makes desire.
(얻기 어려울수록 더 가지고 싶어 한다. 서양)

이문목견 耳聞目見

자기 귀로 듣고 자기 눈으로 보다. 실제로 경험하다.

속: Experience is the father of wisdom, and memory the mother.
(경험은 지혜의 아버지고 기억은 그 어머니다. 영국)

이분해결 理紛解結

분규를 다스리고 폐해를 없애다.

속: Fools ravel and wise men unravel.

(바보들은 헝클어뜨리고 현명한 사람들은 푼다. 스코틀랜드)

이불승사 理不勝詞

문장은 화려해도 논리가 부족하다.

속: Spare your rhetoric and speak logic.

(수사학은 그만 두고 논리적으로 말하라. 서양)

이소사대 以小事大

작은 것으로 큰 것을 섬기다. 소국이 대국을 섬기다.

속: There could be no great ones, if there were no little.

(작은 것들이 없었다면 큰 것들도 없었을 것이다. 영국)

이소성대 以小成大

작은 일에서 시작하여 큰일을 이루다.

속: Small beginnings make great endings.

(작은 시작이 큰 결말을 이룬다. 서양)

이소역대 以小易大

작은 것을 가지고 큰 것과 바꾸다.

속: He gives a pea to get a bean.

(그는 콩을 얻기 위해 완두를 준다. 프랑스)

이수가액 以手加額

손을 이마에 대다. 존경, 경하, 감격, 칭찬 등을 표시하다.

속: None ever gives the lie to him that praises him.(자기를 칭찬하

는 자에 대해 그가 거짓말을 한다고 비난하는 자는 결코 없다. 서양)

이수구수 以水救水

물로 홍수를 막으려 하다. 홍수를 막기는커녕 오히려 물의 힘을 더 크게
만들다. 잘못을 바로잡으려다가 그 잘못을 키워주다.

속: To escape Clude and be drowned in Conway.
(클루드 강을 피해서 콘웨이 강에서 익사하다. 영국)

이시목청 耳視目聽

귀로 보고 눈으로 듣다. 눈치가 빠르고 총명하다. 자연의 이치를 깨닫다.

속: The wise man understand with half a word.
(현명한 사람은 반 마디만 들어도 깨닫는다. 프랑스)

이시삼배 利市三倍

장사를 해서 돈을 매우 많이 벌다.

속: A trade is better than service.(장사가 월급쟁이보다 낫다. 서양)

이식위천 以食爲天

음식을 먹는 것은 하늘처럼 가장 중요하다.

속: Better lose cloth than bread.(빵보다는 옷을 잃는 것이 낫다. 영국)

이식지담 耳食之談

남에게서 들었지만 확실한 근거는 없는 말.

속: Hearsay is half lies.(소문은 절반이 거짓말이다. 서양)

이식지도 耳食之徒

남의 말을 쉽게 믿는 사람. 얄팍한 지혜만 가진 사람.

속: A fool believes everything.(바보는 모든 것을 믿는다. 영국)

이신작측 以身作則

자기 행동으로 모범을 보이다.

속: We live more by example than by reason.

(우리는 논리보다 모범에 따라 산다. 로마)

이실직고 以實直告

사실 그대로 알리다.

속: Facts are stubborn things.(사실들은 완강한 것이다. 서양)

이심전심 以心傳心

마음에서 마음으로 전하다. 말이나 글이 아니라 마음으로 뜻을 전달하다.

속: What comes from the heart goes to the heart.

(마음에서 나오는 것은 마음에 닿는다. 독일)

이안환안 이아환아 以眼還眼 以牙還牙

눈은 눈으로, 이는 이로 갚다.

속: As you to me, so I to you.

(네가 나에게 하는 것처럼 나도 네게 한다. 독일)

이약제강 以弱制强

약한 힘으로 강한 힘을 제압하다.

속: Draw strength from weakness.

(약한 것에서 힘을 끌어내라. 스페인)

이양역우 以羊易牛

양을 소와 바꾸다. 작은 것을 큰 것 대신으로 쓰다.

속: A mackerel to catch a whale. A sprat to catch a mackerel.

(고래를 잡기 위해 고등어를 쓰고 고등어를 잡기 위해 피라미를 쓰다. 서양)

이여반장 易如反掌

손바닥을 뒤집듯이 쉽다.

속: As well as he knows his own nails and fingers.

(자기 손톱과 손가락을 아는 것처럼 쉽다. 로마)

이연심활 耳軟心活

귀가 연하고 마음의 눈이 활발하다.

자기 주관이 없이 언제나 남을 쉽게 믿다.

속: He that believes all, misses; he that believes nothing, hits not.

(모든 것을 믿는 자는 빗나가고 아무 것도 믿지 않는 자는 적중하지 못한다. 서양)

이열치열 以熱治熱

열을 열로 다스리다. 힘은 힘으로 물리치다.

속: Fire drives out fire.(불이 불을 몰아낸다. 영국)

이옥저오 以玉抵烏

옥으로 까마귀를 쫓다. 귀한 것이 너무 많으면 귀한 줄 모른다.

속: All that is rare is dear, that which is everyday is cheap.

(드문 것은 비싸고 날마다 있는 것은 싸다. 로마)

이욕훈심 利慾熏心

명리에 대한 욕심으로 마음이 흐려지다.

속: What men desire they consider that they rightly desire.(사람들은 자기가 원하는 것에 대해 자신이 정당하게 원한다고 생각한다. 로마)

이우아사 爾虞我詐

서로 불신하고 의심하다.

속: Remember to distrust.(불신하는 법을 배워라. 그리스)

이원작소 理院鵲巢

재판소에 까치가 둥지를 틀다. 범죄가 없어서 재판소가 한가롭다.

속: Hell and chancery are always open.

(지옥과 재판소는 항상 열려 있다. 서양)

이유제강 以柔制剛

연하고 부드러운 것으로 단단하고 강한 것을 제압하다.

자기 재능을 드러내지 않고 온화한 방법으로 승리를 거두다.

속: Small rain allays a great wind.(보슬비가 강풍을 가라앉힌다. 서양)

이이벌이 以夷伐夷

오랑캐로 오랑캐를 정벌하다. 동: 이이제이 以夷制夷

속: Set a thief to catch a thief.(도둑을 잡기 위해 도둑을 배치하라. 영국)

이이제이 以夷制夷

오랑캐로 오랑캐를 억제하다. 한 나라를 이용해서 다른 나라를 억제하다.

외국끼리 다투게 하여 자국의 이익을 지키다.

속: It is good to strike the serpent's head with your enemy's hand.

(너의 적의 손으로 뱀의 머리를 치는 것이 좋다. 서양)

이인동심 二人同心

둘이 합심하면 쇠라도 끊는다.

속: Two is company, three is none.

(두 사람이 모이면 사이가 좋지만 셋이 모이면 그렇지 않다. 서양)

이인위감 以人爲鑑

남의 행동을 자기 수양의 거울로 삼다.

속: The best mirror is the old friend.

(가장 좋은 거울은 오래된 친구다. 서양)

이인투어 以蚓投漁

지렁이를 던져서 물고기를 낚다. 하찮은 것이라도 쓸모가 있다.
하찮은 것을 주고 그 대신 귀중한 것을 얻다.
속: Venture a small fish and catch a great one.
(작은 물고기를 던져서 큰 물고기를 잡아라. 영국)

이인폐언 以人廢言

말하는 사람이 지위가 낮거나 잘못을 저질렀다는 이유로 그의 옳은 말을
채택하지 않다. 남을 무시하여 그의 좋은 말도 듣지 않다.
속: Poor men's reasons are not heard.
(가난한 사람의 주장은 통하지 않는다. 서양)

이일위년 以日爲年

하루를 일 년처럼 여기다. 매우 초조하다.
속: A day to come shows longer than a year that's gone.
(다가올 하루는 지난 일 년보다 더 길게 보인다. 서양)

이전거전 以戰去戰

전쟁으로 전쟁을 억제하다.
속: He that makes a good war makes a good peace.
(전쟁을 잘 하는 자가 평화를 잘 만든다. 서양)

이전투구 泥田鬪狗

진흙탕에서 개들이 서로 싸우다.
속: The devil laughs when one thief robs another.
(도둑이 다른 도둑을 털 때 악마는 웃는다. 영국)

이정열성 怡情悅性

마음을 유쾌하고 기쁘게 하다.

속: Brisk as bottled ale.(병에 든 맥주처럼 유쾌하다. 영국)

이중은자 泥中隱刺

진흙 속에 가시를 숨기다. 겉으로는 충성하는 척하고 속으로는 속일 마음을 품다. 말 속에 비꼬는 뜻이 들어 있다.

속: You show bread in one hand, and a stone in the other.
(너는 한 손으로는 빵을 보여주지만 다른 손에는 돌을 들고 있다. 영국)

이지기사 頤指氣使

눈짓이나 표정으로 사람들을 부리다. 권세가 대단하고 매우 오만하다.

속: The sight of a man has the force of a lion.
(사람의 눈짓은 사자의 힘을 지닌다. 서양)

이추아간 爾追我趕

서로 경쟁하다.

속: The best of sport is to do the deed and say nothing.
(가장 좋은 경기는 경기를 하고 아무 말도 하지 않는 것이다. 서양)

이탕옥설 以湯沃雪

끓는 물을 눈에 부어 쉽게 녹이다. 매우 쉽게 성공하다.

속: Nothing succeeds like success.
(성공처럼 성공하는 것은 없다. 서양)

이포역포 以暴易暴

폭력을 폭력으로 다스리다. 폭정이나 폭력이 다른 폭정이나 폭력으로 교체되다. 지배자가 바뀌어도 폭정은 여전하다.

속: All laws declare that we may repel forces with forces.
(우리가 폭력을 폭력으로 물리칠 수 있다고 모든 법은 선언한다. 로마)

이풍보겸 以豊補歉

흉년에 대비하려고 풍년에 곡식을 쌓아두다.

속: Be like the ant in the days of summer.

(여름철에 개미처럼 일하라. 아랍)

이하정관 李下整冠

자두나무 아래에서는 갓을 고쳐 쓰지 않다. 의심받을 짓은 하지 않다.

속: Who shuffles the cards does not cut them.

(카드를 섞는 자는 그것을 떼지 않는다. 스페인)

이학유우 以學俞憂

학문을 배움으로써 지식이 향상된다.

속: Knowledge is no burden.(지식은 짐이 아니다. 서양)

이해유관 利害攸關

자신의 이해와 긴밀히 연관되어 있다.

속: To have a finger in the pie.

(파이에 손가락을 넣고 있다, 즉 이해관계가 있다. 영국)

이혈세혈 以血洗血

피로 피를 씻다. 원수를 죽여 그 피로 원수를 갚다.

원한을 원한으로 갚고 원수끼리 서로 죽이다.

속: Strife begets strife.(싸움은 싸움을 낳는다. 로마)

이화구화 以火救火

불로 불을 끄려고 하다.

잘못된 방법이나 방식으로 일을 처리하여 오히려 악화시키다.

속: One fire does not put out another.

(불은 다른 불을 끄지 못한다. 서양)

익국이민 益國利民

나라와 백성에게 유익하다.

속: An ass that carries a load is better than a lion that devours men.(짐을 운반하는 당나귀가 사람들을 잡아먹는 사자보다 낫다. 서양)

익자삼우 益者三友

사귀면 유익한 세 가지 벗 즉 정직한 자, 성실한 자, 식견이 많은 자.

속: A good friend is my nearest relation.

(유익한 친구는 나의 가장 가까운 친척이다. 서양)

익자하찬 弋者何簒

활 쏘는 사람들이 까마득하게 날아가는 새를 어찌 잡을 수 있겠는가?

통치자도 숨어 사는 현자의 뜻은 꺾을 방법이 없다.

속: Far shooting never killed a bird.

(멀리 쏜 화살은 새를 결코 하나도 잡지 못했다. 서양)

익적쇄성 匿跡銷聲

소리를 죽이고 발자국을 감추다. 몸을 숨기다.

속: Make no fire, raise no smoke.

(불을 붙이지 말고 연기도 피우지 마라. 영국)

인각유능 人各有能

사람마다 제각기 재능이 있다.

속: It is not everyone that can pickle well.

(누구나 과일을 잘 조릴 수 있는 것은 아니다. 서양)

인간도처 유청산 人間到處 有靑山

세상 어디를 가나 죽어서 뼈를 묻을 장소는 있다.

큰 뜻을 이루기 위해 타향에 나가 마음껏 활동하는 것이 좋다.

속: Every land is his native land to a brave man.

(용감한 자에게는 모든 곳이 자기 고향이다. 그리스)

인간천당 人間天堂

매우 좋은 생활환경. 환경이 매우 좋은 곳.

속: Heaven without good society cannot be heaven.

(좋은 교제가 없는 천당은 천당이 아니다. 서양)

인간행로난 人間行路難

사람의 세상살이는 힘들고 어렵다.

속: The life of man is a winter's day, and a winter's way.

(사람의 일생은 겨울날이고 겨울길이다. 영국)

인거누공 人去樓空

사람이 떠나가고 누각이 비다. 예전에 같이 놀던 친구를 그리는 마음.

속: Long absence changes a friend.

(오랫동안 떨어져 있으면 친구도 변한다. 프랑스)

인경거전 引經據典

경서를 인용하고 고전에 의거하다.

경전의 문구나 고사를 인용하여 말하거나 주장의 근거로 삼다.

속: If it is in print, it must be true.

(인쇄되었다면 그것은 사실이 분명하다. 서양)

인과보응 因果報應

선악의 원인에 따라 그 갚음이 있다. 그 갚음.

속: Virtue carries a reward with it; so does vice with a vengeance.

(선행은 보상을 데려오고 악행도 역시 보복을 불러온다. 서양)

인구회자 人口膾炙

사람들의 입에 맞는 생선회와 구운 고기.

많은 사람의 입에 자주 오르내리다.

속: Gadding gossips shall dine on the pot-lid.

(돌아다니는 소문들은 냄비 뚜껑에서 저녁을 먹을 것이다. 서양)

인귀상문 引鬼上門

귀신을 끌어 문에 들이다. 악인을 불러들이다.

속: Raise no more spirits than you can conjure down.

(네가 마술로 잠재울 수 있는 것보다 더 많은 귀신은 일으키지 마라. 영국)

인금구망 人琴俱亡

사람도 거문고 소리도 모두 사라지다. 사람의 죽음을 한탄하는 말.

유물을 보고 죽은 자를 비통하게 애도하는 마음.

속: Weep no more, nor sigh, nor groan, sorrow call no time that's gone.(슬픔은 지나간 시절을 불러오지 않으니 더 이상 울지도 말고 한숨 쉬지도 말고 신음하지도 마라. 영국)

인기수갈 忍饑受渴

굶주림을 참고 목마름을 견디어내다. 매우 가난하고 괴롭게 살다.

속: Hang hunger, drown drought.

(굶주림을 목매달고 가뭄을 익사시켜라. 영국)

인기아취 人棄我取

사람이 버리는 것을 나는 거두어 쓴다. 장사꾼이 투기에 능숙하여 폭리를 얻다. 자신의 취미나 견해가 남의 그것과 다르다.

속: What one will not, another will.

(한 사람이 원하지 않는 것을 다른 사람은 원한다. 서양)

인다수잡 人多手雜

일하는 사람이 많고 잡다하여 관리하기가 쉽지 않다.

속: Women and workmen are difficult to handle.

(여자들과 일꾼들은 다루기 어렵다. 일본)

인랑입실 引狼入室

이리를 끌어 방으로 불러들이다.

적이나 악인을 자기 내부로 끌어들이다. 재앙을 자초하다.

속: Pheasants are foolish, if they invite the hawk to dinner.

(매를 저녁식사에 초대하는 꿩들은 어리석다. 서양)

인로주황 人老珠黃

사람은 늙으면 누렇게 변해 무가치한 구슬과 같아진다.

사람이 늙어서 쓸모가 없다.

속: Old bees yield no honey.(늙은 벌들은 꿀을 만들어내지 못한다. 서양)

인리승편 因利乘便

유리한 형세와 조건에 편승하여 그것을 이용하다.

속: Advantage is a better soldier than rashness.

(유리한 조건은 무모함보다 더 나은 군인이다. 영국)

인막약고 人莫若故

사귀는 상대방은 오래될수록 더 좋다.

속: Old wine and old friend are good provisions.

(오래된 포도주와 오래된 친구는 잘 준비된 수단이다. 서양)

인망위진 認妄爲眞

허위를 진실로 잘못 알다.

속: There is no false teaching which has not some admixture of truth.(약간의 진리가 들어 있지 않은 거짓 가르침은 없다. 로마)

인망정식 人亡政息

윗자리에 훌륭한 사람이 없으면 정치는 제대로 되지 않는다.

사람이 죽으면 그의 정책도 더 이상 실시되지 않는다.

속: A dead bee makes no honey.(죽은 벌은 꿀을 만들지 않는다. 서양)

인면수심 人面獸心

사람의 얼굴을 하고 마음은 짐승과 같다. 파렴치한 자. 악인.

속: The beads in the hand, and the devil in cape of the cloak.

(손에는 묵주를 들고 두건에는 악마가 있다. 서양)

인무가인 忍無可忍

더 이상 참을 수 없다.

속: Patience is a stout horse, but it tires at last.

(인내는 튼튼한 말이지만 결국은 지친다. 서양)

인무완인 人無完人

완전한 사람은 없다.

속: Every man has his faults.(누구나 자기 결점들이 있다. 영국)

인민애물 仁民愛物

백성을 사랑하고 모든 사물을 아끼다.

속: A pennyweight of love is worth a pound of law.

(한 방울의 사랑은 큰 물통을 채운 법만큼 가치가 있다. 서양)

인부우식 人浮于食

사람의 재능이 그가 버는 돈보다 더 많다. 사람이 일보다 더 많다.

신청자가 일자리보다 더 많다.

속: Seven shepherds spoil a flock.

(일곱 명의 목자들은 양떼를 망친다. 러시아)

인빈지단 人貧智短

사람이 가난하면 언행도 매우 우둔해진다.

속: Poverty makes men poor-spirited.

(가난은 사람들을 우둔하게 만든다. 서양)

인사불성 人事不省

자신에게 일어나는 일을 전혀 모를 정도로 의식을 잃은 상태.

예의를 차릴 줄 모르는 상태.

속: Jack would be a gentleman, if he could speak French.

(그는 프랑스어를 할 수 있다면 신사가 될 것이다. 영국)

인사유명 人死留名

사람은 죽어서 후세에 이름을 남긴다.

사람은 마땅히 자기의 명예를 중요시해야만 한다.

속: He adds honor to ancestral honor.

(그는 조상의 명예에 명예를 추가한다. 로마)

인생여구과극 人生如驅過隙

인생은 망아지가 문틈 앞을 달려 지나가는 것과 같다.

인생이란 순식간에 지나간다.

속: Time flies like an arrow.(시간은 화살처럼 날아간다. 서양)

인생여몽 人生如夢

인생은 꿈과 같다.

속: Life is but an empty dream.(인생은 허무한 꿈에 불과하다. 영국)

인생재근 人生在勤

사람의 근본은 부지런함에 있다.

속: Industry is the mother of good fortune.

(근면은 행운의 어머니다. 스페인)

인생조로 人生朝露

인생은 아침 이슬과 같다.

속: The life of man is a winter's day.

(사람의 목숨은 겨울철 하루의 낮과 같다. 영국)

인생행락이 人生行樂耳

인생은 짧으니 즐겁게 살아야 한다.

속: Life is not in living, but in liking.

(인생은 살아가는 데 있는 것이 아니라 즐기는 데 있다. 영국)

인소견대 因小見大

작은 사태에서 큰 문제를 보다.

속: To see day at a little hole.(작은 구멍으로 햇빛을 보다, 즉 작은 것을 보고도 큰 것을 알 수 있다. 영국)

인수무과 人誰無過

어느 누가 잘못이 없는가? 사람은 누구나 잘못을 저지르게 마련이다.

동: 인무완인 人無完人

속: Man is the child of error.(사람은 잘못의 아들이다. 아랍)

인심소향 人心所向

인심이 향하는 곳. 민심이 쏠리고 지지하는 곳.

속: All is well with him who is beloved of his neighbors.

(이웃사람들의 사랑을 받는 사람은 모든 것이 순조롭다. 영국)

인심여면 人心如面

사람마다 얼굴이 제각기 다르듯이 마음도 서로 다르다.

속: The face is the index of the mind.(얼굴은 마음의 지표다. 서양)

인언자자 人言藉藉

사람들의 주장이 제각기 다르다.

속: They are like bells, every one in a several note.

(그들은 종들과 같이 각자 여러 소리를 낸다. 서양)

인연위시 因緣爲市

관리가 뇌물 등을 받고 부정한 판결을 하다.

속: He whose father is judge goes safe to trial.

(자기 아버지가 판사인 자는 재판에 안전하게 나간다. 서양)

인연조밀 人煙稠密

인가가 밀집되어 있다. 모인 사람이 매우 많다.

속: A great deal in a small space.

(좁은 곳에 매우 많이 모여 있다. 로마)

인열폐식 因咽廢食

먹은 음식이 잘 넘어가지 않는다고 해서 식사를 끊다. 사소한 장애에 부딪치거나 문제의 재발을 두려워하여 해야 할 일을 그만 두다.

속: He fasts enough that has a bad meal.

(식사가 형편없는 사람은 충분히 단식하고 있다. 영국)

인욕부중 忍辱負重

모욕을 참고 무거운 책임을 지다.

속: Patience, money, and time bring all things to pass.

(인내와 돈과 시간은 모든 것이 지나가게 한다. 서양)

인욕함구 忍辱含垢

모욕과 수치를 참다.

속: By bearing with an ancient injury you may invite a new one.

(오래된 모욕을 참으면 새로운 모욕을 자초할 수 있다. 로마)

인운역운 人云亦云

남의 주장을 그대로 흉내 내다. 남의 말을 그대로 따르다.
자기의 주관이나 창의적 의견이 없다.

속: When one yawns, another yawns, after him.

(한 사람이 하품하면 다른 사람이 따라서 하품한다. 서양)

인의도덕 仁義道德

인자함과 정의, 도리와 덕행. 유교의 도덕 기준.

속: No man's religion ever survives his morals.

(사람의 신앙심은 그의 도덕과 결코 분리될 수 없다. 서양)

인이불발 引而不發

활의 시위를 당길 뿐 놓지 않다. 남을 가르치지만 배우는 사람이 스스로 깨닫게 하다. 자기 자신을 잘 억제하다. 준비를 잘 하고 때를 기다려 행동하다. 일부러 태도를 꾸며 허세를 부리다.

속: The arrow never comes out of your bow.

(너의 활에서는 한 번도 화살이 나가지 않는다. 영국)

인인성사 因人成事

남의 힘에 의지하여 일을 이루다.

속: When the hop grows high, it must have a pole.

(홉 덩굴은 높이 자랄 때 긴 막대기에 의지해야만 한다. 서양)

인인이이 因人而異

서로 다른 상대방에 따라서 각각 다른 방법이나 조치를 취하다.

속: When you go to dance, take heed whom you take by the hand.

(춤추려고 할 때에는 네가 손을 잡는 상대방을 조심하라. 영국)

인자위전 人自爲戰

각자 자기 힘으로 용감하게 싸우다.

속: A man that will fight may find a cudgel in every hedge.

(싸울 의지가 있는 자는 모든 수풀에서 몽둥이를 발견할 수 있다. 영국)

인자지용 仁者之勇

의리를 위해 나서는 어진 사람의 용기.

속: True valor is fire; bullying is smoke.

(참된 용기는 불이고 위협은 연기다. 서양)

인재양실 人財兩失

사람과 재물을 모두 잃다.

속: He that does lend does lose his friend.

(친구에게 빌려주는 자는 그 친구를 잃는다. 서양)

인적작부 認賊作父

도둑을 아버지로 알다. 적을 기꺼이 가까이하다.

사랑하는 것과 미워하는 것을 분명히 구별하지 못하다.

속: It is a foolish sheep that makes the wolf his confessor.

(늑대를 자기 고해신부로 삼는 양은 어리석다. 이탈리아)

인정세고 人情世故

인정과 처세의 방법이나 경험.

속: Be it better or be it worse, be ruled by him that bears the purse.

(좋든 나쁘든, 돈 자루를 쥔 사람의 지배를 받아라. 서양)

인족구경 引足救經

발을 잡아당겨 목맨 사람을 구하려 하다.

방법이 옳지 않아 역효과를 내다.

속: Luck can never come of a half-drowned man or of a half-hanged one.(절반쯤 익사하거나 목이 매달린 자에게는 행운이 결코 올 수 없다. 스코틀랜드)

인지위덕 忍之爲德

모든 일에서 참는 것이 덕행이 된다.

속: By bearing with others, you shall be borne with.

(네가 남을 참아주면 남도 너를 참아줄 것이다. 로마)

인차즐비 鱗次櫛比

건물이 밀집되어 있다.

속: Building and marrying of children are great wasters.

(집짓기와 자녀들을 결혼시키는 것은 가장 심한 낭비다. 서양)

인천인만 人千人萬

사람이 매우 많다.

속: He that serves the public serves no one.

(대중을 섬기는 자는 아무도 섬기지 않는다. 서양)

인풍취화 因風吹火

꺼져가는 불을 바람의 힘을 얻어 입으로 불다.

좋은 기회를 이용하여 일을 하다.

속: A little wind kindles; much puts out the fire.

(약한 바람은 불을 일으키고 강한 바람은 불을 끈다. 서양)

인함마규 人喊馬叫

사람이 고함치고 말이 울다. 매우 시끄럽다. 매우 기뻐하다.

속: To talk bear garden.

(곰 우리에서 하듯 매우 시끄럽게 떠들다. 영국)

일가단란 一家團欒

한 집안 식구가 화목하게 지내다.

속: The house is a fine house when good folks are within.

(집은 좋은 사람들이 그 안에 있을 때 좋은 집이다. 서양)

일간초옥 一間草屋

한 간 안팎의 작은 초가.

속: My house, my house, though you are small, you are to me the Escurial.(나의 집이여, 나의 집이여, 너는 비록 작지만 나에게는 왕궁이다. 서양)

일거양득 一擧兩得

한 가지 일로 두 가지 이익을 얻다.

속: To have both the egg and the hen.(달걀과 암탉을 모두 얻다. 영국)

일거천리 一擧千里

한 번 날아서 천 리를 가다. 매우 빨리 가다. 갈 길이 매우 멀다.

속: He runs far that never turns.

(방향을 결코 바꾸지 않는 자는 멀리 뛰어간다. 서양)

일견경심 一見傾心

첫눈에 반하다.

속: First impressions are most lasting.(첫 인상이 가장 오래 지속된다. 서양)

일견종정 一見鍾情

첫눈에 마음이 끌리다.

속: Love not at the first look.(첫눈에 반해서 사랑하지는 마라. 영국)

일견폐형 백견폐성 一犬吠形 百犬吠聲

개 한 마리가 사람을 보고 짖으면 모든 개가 그 소리를 듣고 짖다.

한 사람이 헛된 말을 꾸며 퍼드리면 많은 사람이 그것을 사실로 믿다.

속: When one dog barks, another dog begins to bark forthwith.

(한 개가 짖으면 다른 개가 덩달아 짖기 시작한다. 로마)

일결자웅 一決雌雄

자웅을 결정하다. 전투나 경쟁에서 승패, 우열을 결정하다.

속: At the game's end we shall see who gains.

(게임이 끝나야 누가 이기는지 알 것이다. 서양)

일경지유 一經之儒

한 가지 경서에만 능통한 선비. 융통성 없는 학자.

속: Woe be to him that reads but one book.

(오로지 한 책만 읽는 자는 불행하다. 서양)

일계반급 一階半級

매우 낮은 벼슬.

속: Better to live in low degree than high disdain.(높은 자리에서 멸
시받고 사는 것보다 낮은 계급에 머물러 사는 것이 낫다. 영국)

일곡양주 一斛涼州

술 한 섬을 바치고 양주 지사가 되었다. 뇌물을 주고 벼슬을 얻다.

속: To angle with a silver hook.

(은 낚시 바늘로 낚다, 즉 돈을 주고 생선을 사다. 영국)

일구양설 一口兩舌

한 입에 두 혀를 지니다.

속: Keep not two tongues in one mouth.

(한 입에 두 혀를 지니지 마라. 서양)

일구양시 一口兩匙

한 입에 두 숟가락을 넣다. 탐욕이 매우 심하다.

한 입에 두 숟가락을 넣을 수는 없다. 한꺼번에 두 가지 일은 못한다.

속: If you run after two hares, you will catch neither.

(토끼 두 마리의 뒤를 좇으면 한 마리도 잡지 못할 것이다. 서양)

일구이언 一口二言

한 입으로 두 가지 말을 하다. 동: 일구양설 一口兩舌

속: Few hearts that are not double; few tongues that are not cloven.(두 마음이 아닌 자가 없고 일구이언하지 않는 자가 없다. 서양)

일구지학 一丘之貉

한 언덕에 사는 오소리. 모두가 똑같은 종류다. 모두 똑같은 악인이다.

속: A bad man wishes another to be bad, that he may be like himself.(악인은 다른 사람이 악인이 되어 자기와 같아지기를 바란다. 로마)

일궤지공 一簣之功

일을 끝내기 직전에 한 삼태기 흙을 나르는 수고. 마지막 수고.

유: 화룡점정 畵龍點睛

속: A little water is sufficient for clay moistened already.

(이미 젖은 진흙에는 약간의 물이면 충분하다. 페르시아)

일규불통 一窺不通

한 구멍도 뚫리지 않다. 전혀 이해하지 못하다. 사리에 매우 어둡다.

생각이나 행동이 막혀 요령이 없다. 무식하다.

속: As good is he that hears and understands not, as he that hunts and takes not.(들으면서도 이해하지 못하는 자는 사냥하면서도 잡지 않는 자와 같다. 프랑스)

일낙천금 一諾千金

한번 승낙한 것은 천 냥처럼 귀중하다.

자기가 한 말에 대해 철저히 책임을 지다.

속: Promises make debts, and debts make promises.

(약속은 빚을 만들고 빚은 약속을 만든다. 서양)

일념지차 一念之差

생각을 잘못했다. 판단을 틀리게 했다.

일시적 소홀로 중대한 결과를 초래하다.

속: Silly dogs are more angry with the stone than the hand that flung it.(어리석은 개는 돌을 던진 손보다 돌에게 더 화를 낸다. 서양)

일담사수 一潭死水

연못의 물이 썩다. 활기가 없다. 정체되다.

속: Water becomes corrupted unless it is kept in motion.

(물은 계속해서 움직이지 않으면 썩는다. 로마)

일도양단 一刀兩斷

단칼에 둘로 가르다. 머뭇거리지 않고 즉시 결단을 내려서 행동하다.

관계를 단호하게 끊다. 사람을 무참하게 죽이다. 결정하거나 해결하다.

속: Reserve the master-blow.(결정적 타격을 유보해 두라. 영국)

일득일실 一得一失

한번은 이익이고 한번은 손해다.

속: What has been reduced in one way may be made up in another.

(이러한 방식으로 줄어든 것은 다른 방식으로 보충될 수 있다. 로마)

일락천장 一落千丈

한 번에 천 길이나 떨어지다.

생활형편, 지위, 명성, 신망, 위신 등이 급격하게 저하되다.

속: The highest tree has the greatest fall.

(가장 높은 나무는 가장 심하게 넘어진다. 영국)

일람첩기 一覽輒記

한번 보면 잊지 않다. 기억력이 매우 좋다.

속: He that has a good memory gives few alms.

(기억력이 좋은 자는 자선을 베풀지 않는다. 서양)

일려풍화 日麗風和

해가 빛나고 바람이 부드럽다. 날씨가 매우 좋다.

속: No weather is ill, if the wind is still.

(바람이 그치면 날씨는 나쁜 것이 아니다. 영국)

일력승당 一力承當

혼자 힘으로 감당하다. 혼자서 책임을 지다.

모든 힘을 다해서 책임을 지다.

속: Let every herring hang by its own tail.

(모든 청어는 각자 자기 꼬리로 매달려라. 아일랜드)

일로구일 一勞久逸

한 번 고생해서 오랫동안 편안하다.

속: Get a name to rise early, and you may lie all day.

(일찍 일어난다는 평판을 얻으면 하루 종일 누워 있을 수 있다. 서양)

일로평안 一路平安

먼 길이나 여행 중의 평안.

떠나가는 사람에게 가는 길이 평안하기를 비는 말.

속: Little journeys and good cost bring safe home.

(적은 여행과 많은 비용은 귀가를 안전하게 한다. 서양)

일료천명 一了千明

중요한 것 한 가지를 이해하면 나머지도 모두 이해가 된다.

속: One may understand like an angel and yet be devil.

(사람은 천사처럼 이해하면서도 악마일 수 있다. 서양)

일리일해 一利一害

이로움이 있는 반면 해로움도 있다.

속: That which is good for the back is bad for the head.

(등에 좋은 것은 머리에 나쁘다. 영국)

일망타진 一網打盡

그물을 한번 쳐서 물고기를 모두 잡다.

범인 등 어떤 무리를 한꺼번에 모두 잡거나 없애버리다.

속: The foxes find themselves at last at the furrier's.

(여우들은 결국 모피상의 가게에 놓이게 된다. 프랑스)

일맥상통 一脈相通

생각, 처지, 태도 등이 서로 통하다. 서로 관련이 있다.

속: Easter in snow, Christmas in mud; Christmas in snow, Easter in mud.(부활절에 눈이 오면 성탄절은 진흙탕이고 성탄절에 눈이 오면 부활절은 진흙탕이다. 영국)

일맹인중맹 一盲引衆盲

소경이 많은 소경을 이끌다. 어리석은 사람이 어리석은 사람들을 이끌다.

속: When a blind man flourishes the banner, woe be to those that follow him.

(소경이 깃발을 휘두를 때 그를 따라가는 자들은 불행하다. 서양)

일면지교 一面之交

한 번 만난 정도의 친분. 절친하지 않은 피상적인 친분.

속: Once in ten years one man has need of another.

(십 년에 한 번 서로 필요한 사람이다. 서양)

일명불시 一瞑不視

눈을 감고 다시는 보지 못하다. 사람이 죽다.

속: His trumpeter is dead.(큰소리치던 자가 죽었다. 서양)

일모도궁 日暮途窮

해는 저물고 길의 끝에 이르렀다. 힘과 계책이 바닥나다.

죽음이나 멸망이 가까이 닥치다.

속: He is as much out of his element as an eel in a sandbag.

(그는 모래주머니의 뱀장어처럼 기진맥진한 상태다. 영국)

일모도원 日暮途遠

해는 저물고 갈 길은 멀다. 할 일은 많은데 남은 시간이 별로 없다.

힘과 계책이 바닥나서 어찌할 도리가 없다.

속: The day is short, the work is much.(낮은 짧고 일은 많다. 히브리)

일모불발 一毛不拔

털 하나도 남을 위해서는 뽑지 않는다는 양주(楊朱)의 극단적 이기주의 사
상. 매우 인색하고 이기적이다.

속: Attend only to yourself; it is a common proverb.

(오로지 너 자신만을 잘 돌보라. 그것이 일반적인 격언이다. 서양)

일모서산 日暮西山

해가 서쪽 산에 지다. 세력이 지는 해처럼 쇠퇴하다.

속: His dancing days are over.(그의 춤추는 기간은 끝났다. 영국)

일모일양 一模一樣

같은 모양 같은 모습이다. 완전히 똑같다.

속: They are so like that both are the worse for it.

(둘은 너무나도 똑같아서 바로 그 이유 때문에 더욱 나쁘다. 서양)

일목난지 一木難支

넘어지는 집을 기둥 하나로 받칠 수는 없다. 기울어지는 대세를 혼자 힘
으로는 감당 못한다. 임무가 너무 무거워서 혼자 감당할 수 없다.

속: Trust not a great weight to a slender thread.

(가느다란 끈에 지나치게 무거운 것을 매달지 마라. 서양)

일목십행 一目十行

한 눈에 열 줄을 읽다. 독서가 매우 빠르다. 기억력이 비상하다.

속: He is an ill companion that has a good memory.

(기억력이 좋은 자는 나쁜 동료다. 영국)

일묘지궁 一畝之宮

매우 작은 집.

속: My house is my castle.(내 집은 나의 성이다. 서양)

일무가취 一無可取

인정해줄 만한 것이 전혀 없다. 전혀 가치가 없다. 보잘것없다.

속: No choice amongst stinking fish.

(썩은 생선들 가운데서는 고를 것도 없다. 서양)

일무소득 一無所得

얻는 것이 하나도 없다.

속: What good can it do an ass to be called a lion?(당나귀를 사자라고 부르는 것이 당나귀에게 무슨 이익이 될 수 있는가? 서양)

일무소호 一無所好
좋아하는 것이 하나도 없다.

속: A Welshman had rather see his dam on her bier than see a fair February.(웨일즈 사람은 맑은 2월의 날씨보다는 차라리 자기 아내가 관대 위에 누워 있는 것을 보려고 한다. 영국)

일문무명 一文無名
가진 돈이 한 푼도 없다. 극도로 가난하다.

속: A moneyless man goes fast through the market.
(돈이 없는 사람은 시장을 빨리 통과한다. 서양)

일물일주 一物一主
물건은 각각 주인이 있다.

속: One hand is enough in a purse.(한 지갑에는 한 손이면 충분하다. 서양)

일미지언 溢美之言
지나치게 칭찬하는 말.

속: Praise none too much, for all are fickle.
(모든 사람은 변덕스럽기 때문에 아무도 지나치게 칭찬하지 마라. 서양)

일반전표 一斑全豹
얼룩 반점 하나를 보고 표범 전체를 평하다.
사물의 일부만 보고 전체를 판단하다.

속: The part also is contained in the whole.
(전체에는 부분도 포함되어 있다. 로마)

일벌백계 一罰百戒

한 사람을 처벌해서 많은 사람에게 경고하다. 본보기로 시행하는 처벌.

속: To beat the dog before the lion.(사자 앞에서 개를 때리다. 영국)

죄인의 처형 (원곡선 元曲選)

일복일일 日復一日

하루에 또 하루가 겹치다. 오랜 시일이 지나다.

속: Old customs are best.(오래된 풍습이 가장 좋다. 서양)

일불가급 日不暇給

날마다 바빠서 여가가 없다. 할 일이 많아서 시일이 부족하다.

속: Idle people have the least leisure.

(게으른 자가 여가가 제일 적다. 서양)

일비일희 一悲一喜

슬퍼하기도 하고 기뻐하기도 하다.

속: Learn weeping and you shall laugh gaining.

(우는 것을 배우면 너는 얻으면서 웃을 것이다. 서양)

일빈일부 一貧一富

가난하다가 부자가 되다가 하다.

속: From poverty to wealth is a troublesome journey, but the way back is easy.

(가난에서 부유함으로 가는 길은 험난하지만 그 반대의 길은 쉽다. 일본)

일사무성 一事無成

한 가지 일도 이루지 못하다.

속: To a crazy ship all winds are contrary.

(흔들리는 배에게는 모든 바람이 역풍이다. 서양)

일사불괘 一絲不掛

옷을 하나도 입지 않고 알몸을 드러내다. 속세와 전혀 관련이 없다.

속: If every bird take back its own feathers, you'll be naked.

(모든 새가 자기 깃털을 다시 가져간다면 너는 발가벗은 몸이 될 것이다. 영국)

일사이수 一蛇二首

뱀 한 마리에 머리가 둘이다. 고관이 두 명이어서 나라 일이 잘 안되다.

속: Two fools in one house are over many.

(한 집에 바보 둘은 너무 많다. 스코틀랜드)

일상다반 日常茶飯

날마다 하는 식사. 늘 있는 흔한 일.

속: Your belly chimes, it's time to go to dinner.

(너의 배에서 종소리가 나니 식사하러 갈 시간이다. 영국)

일상삼간 日上三竿

해가 하늘 높이 떠 있다. 아침이 된 지 시간이 꽤 지났다.

속: It is day still while the sun shines.

(해가 비치는 동안은 아직 낮이다. 영국)

일석이조 一石二鳥

돌을 한 개 던져 두 마리의 새를 잡다.

한 가지 일로 두 가지 이익을 얻다.

속: To kill two birds with one stone.

(돌 하나로 새 두 마리를 잡다. 영국)

일성불변 一成不變

일단 정해지면 변경될 수 없다. 법을 철저히 지키고 변함이 없다.

속: Like Ascension Day, it neither advances nor goes back.

(승천축일처럼 날짜는 미리 오지도 않고 늦어지지도 않는다. 프랑스)

일소치지 一笑置之

한 번 웃어버리고 말다. 전혀 개의치 않다.

속: When the demand is a jest, the answer is a scoff.

(요구가 농담일 때 대답은 코웃음이다. 서양)

일수백확 一樹百穫

한 그루 나무에 백 개의 열매가 열리다.

인재를 양성하면 많은 이익을 오랫동안 얻는다.

속: Fruit is seed.(열매는 씨다. 서양)

Little wood, much fruit.(숲이 작으면 열매가 많다. 서양)

일식만전 日食萬錢

진(晉)나라 임개(任愷)가 한 끼 식사에 큰돈을 쓴 일.

매우 호화롭게 살며 낭비하다.

속: Better are meals many than one too merry.

(매우 즐거운 한 끼 식사보다는 많은 횟수의 식사가 낫다. 영국)

일신천금 一身千金

사람의 몸은 매우 귀중하다.

속: The body is more dressed than the soul.

 영혼보다 몸이 옷을 더 잘 입는다. 영국)

일심일덕 一心一德

한마음 한뜻이 되다. 같은 목표를 위해 다 같이 힘쓰고 노력하다.

속: Come every one heave a pound.

(누구든지 모두 와서 조금씩 거들어라. 영국)

일심협력 一心協力

여럿이 한 마음이 되어 협력하다.

속: Mutual help is the law of nature.

(상호협력은 자연의 법칙이다. 프랑스)

일야십기 一夜十起

하룻밤에 열 번 일어나다. 환자를 정성스럽게 간호하다.

속: The chamber of sickness is the temple of devotion.

(환자의 병실은 헌신의 전당이다. 영국)

일어탁수 一魚濁水

물고기 한 마리가 물을 전부 흐리게 만들다.

한 사람의 잘못으로 여러 사람이 피해를 보다.

속: One ill weed mars a whole pot of pottage.

(나쁜 잡초 한 포기가 국 전체를 망친다. 영국)

일언가파 一言可破

잘라서 하는 말 한 마디로 곧 판단이 내려질 수 있다.

속: He that soon gives his judgment shall repent.

(빨리 판단을 내리는 자는 후회할 것이다. 영국)

일언불발 一言不發

한 마디도 하지 않다.

속: He consents enough who does not say a word.

(한 마디도 하지 않는 자는 충분히 동의한다. 프랑스)

일언일행 一言一行

한 가지 말과 한 가지 행동. 무심코 하는 말이나 행동.

속: Saying and doing are two things.

(말과 행동은 두 가지의 것이다. 영국)

일언폐지 一言蔽之

한 마디 말로 전체의 뜻을 모두 표현하다. 한 마디로 요약하다.

속: Every definition is dangerous.(모든 정의는 위험하다. 로마)

일엽지추 一葉知秋

낙엽이 하나 떨어지면 가을이 왔다는 것을 안다.

작은 현상을 보고 사물의 변화나 추세를 미리 알다.

속: A straw shows which way the wind blows.

(지푸라기 하나는 바람이 어디로 부는지 보여준다. 서양)

일엽편주 一葉片舟

한 척의 쪽배.

속: Little boats must keep the shore; larger ships may venture more.(작은 배들은 해안을 따라가야만 하고 더 큰 배들은 더 멀리 항해를 시도해도 된다. 영국)

일오재오 一誤再誤

잘못을 거듭하다.

속: It is disgraceful to stumble against the same stone twice.

(같은 돌에 두 번 걸려 넘어지는 것은 수치스럽다. 그리스)

일왕일래 一往一來

가고 오고 하다. 가기도 하고 오기도 하다. 교제하다.

속: Friends are lost by calling often and calling seldom.

(친구는 너무 자주 방문하거나 전혀 방문하지 않아서 잃는다. 게일족)

일우지견 一隅之見

매우 좁은 견해. 한쪽으로 치우친 견해.

속: Men speak of the fair, as things went with them there.

(사람들은 자기가 겪은 시장 사정에 따라 시장에 관해 말한다. 서양)

일월여사 日月如梭

세월이 베틀의 북처럼 움직이다. 세월이 매우 빠르다.

속: The year does nothing else but open and shut.

(한 해는 열고 닫는 일 이외에는 하지 않는다. 서양)

일월합벽 日月合璧

해와 달이 겹치다. 나라에 상서로운 조짐.

속: When the sun shines, nobody minds it; but when it is eclipsed, all consider him.(해가 비칠 때는 아무도 해에 관심이 없지만 일식이 일어나면 누구나 해를 생각한다. 서양)

일유자자 逸游自恣

자기가 원하는 대로 한가롭게 놀다.

속: If you have done no ill the six days, you may play the seventh.

(6일 동안 나쁜 짓을 하지 않았다면 7일째 되는 날은 놀 수 있다. 서양)

일음망하 日飮亡何

날마다 술만 마시고 다른 일은 일체 관심도 없다.

속: He is drinking at the Harrow when he should be at the plough.

(그는 밭을 갈아야만 할 때 해로우에서 술을 마시고 있다. 영국)

일음일탁 一飮一啄

새가 자유롭게 모이를 쪼아 먹고 물을 마시다.

자기 분수를 지키고 다른 것을 탐내지 않다. 사람의 음식이나 생활필수품.

속: Eat your own side, speckle-back.

(뱀아, 너의 몫만 먹어라, 즉 지나치게 탐욕을 부리지 마라. 영국)

일이관지 一以貫之

하나로 꿰뚫고 있다. 처음부터 끝까지 변함이 없다. 막히는 것이 없다.

속: Persevere and never fear.(끝까지 견디고 두려워하지 마라. 서양)

일인지교 一人之交

두 사람이 마치 한 사람인 것처럼 우정이 돈독하다. 매우 친밀하다.

속: Friendship should not be all on one side.

(우정은 일방적인 것이 되어서는 안 된다. 서양)

일인허전 만인전실 一人虛傳 萬人傳實

거짓말도 전해주는 사람이 많으면 진짜로 믿게 된다.

속: One lie makes many.

(한 가지 거짓말은 많은 거짓말을 만든다. 영국)

일일구천 一日九遷

하루에 아홉 번 승진하다. 군주의 총애를 크게 받다.

속: One favor qualifies for another.

(한 가지 총애는 다른 총애를 받을 자격을 준다. 서양)

일일만기 一日萬幾

매일 처리할 일이 산더미같이 많다. 일 때문에 매우 바쁘다.

속: He that does most at once does least.

(동시에 많은 일을 하는 자는 일을 가장 적게 한다. 영국)

일자무소식 一字無消息

한 마디도 소식이 없다.

속: No news is good news.(무소식이 희소식이다. 서양)

일장공성 만골고 一將功成 萬骨枯

장수 한 명의 공적은 병사 만 명이 죽어서 이루어진 것이다.

속: War is death's feast.(전쟁은 죽음의 잔치다. 서양)

일장설화 一場說話

한바탕 긴 이야기.

속: It ought to be a good tale that is twice told.

(두 번 들려줄 이야기는 반드시 재미있는 것이어야만 한다. 서양)

일장일단 一長一短

한 가지 장점과 한 가지 단점. 장점도 있고 단점도 있다.

이야기를 쉬지 않고 계속해서 하다.

속: Good things are mixed with evil, evil things with good.

(좋은 것에도 나쁜 점이 있고 나쁜 것에도 좋은 점이 있다. 로마)

일장풍파 一場風波

한바탕의 심한 소란이나 싸움.

속: Look out for squalls, but don't make them.

(싸움을 조심하지만 싸움을 일으키지는 마라. 서양)

일전불치 一錢不値

한 푼의 가치도 없다. 전혀 쓸모가 없다.

속: Your main fault is that you are good for nothing.

(너의 주요 결점은 네가 무용지물이라는 것이다. 서양)

일전쌍조 一箭雙鵰

화살 하나로 두 마리의 수리를 잡다.

속: Kill two birds with one shaft.

(화살 하나로 새 두 마리를 죽여라. 서양)

일전여명 一錢如命

한 푼도 목숨같이 아끼다. 매우 인색하다.

속: He will not part with the paring of his nails.

(그는 자기의 손톱 깎은 것도 버리지 않을 것이다. 서양)

일전천가 日轉千街

하루에 거리 천 개를 다니다. 거지가 구걸하면서 거리를 누비다.

속: Beggary is valiant.(구걸은 용감한 짓이다. 영국)

일주일야 一晝一夜

하루 낮과 밤.

속: One cannot do everything in one day.

(아무도 모든 것을 하루에 다 할 수 없다. 프랑스)

일중필혜 日中必彗

낮에 물건을 꺼내서 말리다. 일은 그것에 알맞은 때가 있다.

속: Every thing has its time.(모든 것은 그 시기가 있다. 영국)

일지반해 一知半解

전체도 모르고 완전히 이해하지도 못하다.

속: I cannot make either head or tail of it.

(나는 그것을 전혀 이해할 수 없다. 영국)

일지지장 一枝之長

한 가지 기술이나 재주.

속: The fox knew much, but the cat one great thing.

(여우는 많이 알았지만 고양이는 한 가지 중대한 것, 즉 기어 올라가는 법을 알았다. 라틴어)

일진불염 一塵不染

티끌 하나도 물들지 않다. 관리가 매우 청렴하다.

인격이 매우 고결하다. 환경이 매우 깨끗하다.

속: As neat as a new pin.(새 핀처럼 깨끗하다. 서양)

일차이착 一差二錯

사람이 저지를 수도 있는 잘못과 실수.

속: By ignorance we mistake, and by mistakes we learn.

(무지 때문에 우리는 실수하고 실수를 통해서 우리는 배운다. 영국)

일창일화 一唱一和

한 사람이 노래하면 다른 사람이 화답한다. 서로 협력하고 호응하다.

속: The nightingale and the cuckoo sing both in one mouth.

(나이팅게일과 뻐꾸기는 모두 한 입으로 노래한다. 영국)

일척천금 一擲千金

도박 한 판에 천 냥을 걸다. 배짱이 매우 세다. 제멋대로 굴다.

속: Do not trust your all to one vessel.

(네 모든 재산을 한 배에 싣지는 마라. 로마)

일천도만 一天到晚

아침부터 밤까지. 하루 종일.

속: They had never an ill day that had a good evening.(편안한 저녁을 맞은 사람들에게는 하루가 결코 나쁘지 않았다. 스코틀랜드)

일청여수 一淸如水

물처럼 맑다. 관리가 청렴하다.

속: Clear as crystal.(수정처럼 맑다. 영국)

Like fish that live in salt-water, and yet are fresh.

(짠물에 살지만 신선한 물고기와 같다. 영국)

일촌광음 불가경 一寸光陰 不可輕

아무리 짧은 시간도 헛되게 보내서는 안 된다.

속: He that has most time has none to lose.

(시간이 가장 많은 사람도 잃을 시간은 없다. 서양)

일출삼간 日出三竿

해가 대나무 세 개의 높이에 떠 있다.

속: In every country the sun rises in the morning.

(어느 나라에서나 해는 아침에 떠오른다. 서양)

일치단결 一致團結

여럿이 한 덩어리로 뭉치다.

속: Clowns kill each other, but gentles cleave together.

(어릿광대들은 서로 죽이지만 신사들은 함께 뭉친다. 영국)

일침견혈 一針見血

한 번 침을 놓아 피를 보다. 글이나 말이 핵심을 찌르다.
따끔한 경고나 충고를 하다.
속: Advise with wit.(재치 있게 충고하라. 로마)

일패도지 一敗塗地

한번 패배하여 뇌와 간이 땅에 깔리다.
다시 일어설 수 없을 정도로 완전히 패배하다. 수습할 수 없게 실패하다.
속: It is not allowed a man to err twice in war.
(전쟁에서 두 번 잘못하는 것은 허용되지 않는다. 로마)

일편단심 一片丹心

한 조각 진심. 참된 충성심이나 정성.
속: Loyal heart lied never.
(충성스러운 마음은 결코 거짓말을 하지 않았다. 스코틀랜드)

일필구소 一筆勾鎖

장부나 종이에 붓으로 그어 계산을 청산하거나 일을 끝내다.
단숨에 철저히 취소하거나 부정하다. 지나간 일을 전혀 거론하지 않다.
속: Death and marriage settle debts.
(죽음과 결혼은 빚을 청산한다. 서양)

일해불여일해 一蟹不如一蟹

게라고 해서 모두 똑같지 않고 서로 다르다.
속: Every devil has not a cloven foot.
(모든 악마가 굽이 갈라진 발을 가지고 있는 것은 아니다. 영국)

일호지액 一狐之腋

여우 한 마리의 겨드랑이의 모피. 매우 귀하여 값비싼 물건.

한 명의 직언하는 선비.

속: A lion's skin is never cheap.

(사자의 털가죽은 결코 싸지 않다. 서양)

일호천금 一壺千金

난파했을 때는 바가지 한 개를 붙들어도 뜨니까 그것이 천 냥의 가치가 있다. 보잘것없는 것도 때를 만나면 큰 가치가 있다.

속: Better have one plough going than two cradles.

(요람 두 개보다 밭을 갈고 있는 쟁기 하나가 낫다. 영국)

일확천금 一攫千金

힘들이지 않고 한 번에 많은 재물을 얻다.

속: He suddenly grew, like a mushroom, into a great wealth.

(그는 버섯처럼 갑자기 엄청난 재산가로 변했다. 로마)

일훈일유 一薰一蕕

향기로운 풀과 악취 나는 풀. 착한 것과 악한 것. 악이 선보다 우세하다. 선행은 스러지기 쉽고 악행은 제거되기 어렵다.

착한 사람의 세력은 악인의 세력에 미치지 못한다.

속: Often out of great evil a great good is born.

(큰 악에서 큰 선이 나오는 경우가 많다. 이탈리아)

일희일비 一喜一悲

기쁨과 슬픔이 번갈아 일어나다. 한편으로 기쁘고 한편으로 슬프다.

속: Short pleasures, long pains.(기쁨은 짧고 고통은 길다. 서양)

일희일우 一喜一憂

기쁨과 근심이 번갈아 일어나다. 한편으로 기쁘고 한편으로 걱정스럽다.

속: Short pleasure, long repent.(기쁨은 짧고 후회는 길다. 프랑스)

임경굴정 臨耕掘井

논을 갈 때가 되어서야 물이 없어서 우물을 파다.

미리 마련해 두지 않고 있다가 일이 닥쳐서야 허둥지둥하다.

속: A fool wants his cloak on a rainy day.

(바보는 비오는 날에 자기 외투가 없다. 영국)

임기실오 臨期失誤

미리 약속한 기일이 왔을 때 약속을 지키지 않다.

속: He loses thanks who promises and delays.

(약속하고도 연기하는 자에 대해서는 상대방이 고맙게 여기지 않는다. 영국)

임기응변 臨機應變

상황의 변화에 따라 적절하고 신속하게 대처하다.

속: Where the lion's skin will not reach, it must be pieced with the fox's.

(사자 가죽으로 기울 수 없는 곳은 여우 가죽으로 기워야만 한다. 영국)

임기자류 任其自流

자연히 되어가는 대로 내버려두다.

속: If the world will be gulled, let it be gulled.

(세상이 속을 것이라면 속도록 하라. 서양)

임난불구 臨難不懼

위험한 재난이 닥쳐도 두려워하지 않다.

속: Calamity is the touchstone of a brave mind.
(재난은 용감한 정신의 시금석이다. 서양)

임난불피 臨難不避
위험한 재난이 닥쳐도 피하지 않다. 매우 대담하고 용감하다.
속: To take the bull by the horns.
(황소의 뿔을 잡다, 즉 용감하게 난국에 맞서다. 영국)

임난주병 臨難鑄兵
난리가 일어난 뒤에 무기를 제조하다.
재난이 닥치기 전에 미리 대비하지 않다. 때가 이미 늦었다.
속: To cut a stick when the fight is over.
(싸움이 끝난 뒤에 몽둥이를 만들다. 일본)

임력고로 任力苦勞
자기 힘으로 일하는 사람은 고통과 수고가 많다.
속: Little wit in the head makes mickle travel to the feet.
(머리에 재치가 모자라는 자는 다리로 많이 돌아다녀야 한다. 스코틀랜드)

임별증언 臨別贈言
헤어질 때 해주는 격려나 충고의 말.
속: The counsels given in wine will do no good to you and yours.
(술 마시고 하는 충고는 너 자신이나 친구들에게 도움이 되지 않을 것이다.
서양)

임사불겁 臨死不怯
죽음 앞에서도 겁내지 않다.
속: Good courage breaks ill luck.(뛰어난 용기는 불운을 꺾는다. 서양)

임시변통 臨時變通

일시적으로 눈가림만 하는 미봉책.

속: Lime makes a rich father and a poor son.(땅을 일시적으로 비옥하게 만드는 석회는 부자 아버지와 가난한 아들을 만든다. 영국)

임심조서 林深鳥棲

숲이 우거져야 새가 깃들인다. 사람이 인의를 쌓아야 일이 순조롭다.

속: Old wood, old friends, old wine and old authors are best. (오래된 숲, 오래된 친구들, 오래된 포도주, 오래된 저자들이 가장 좋다. 스페인)

임연결망 臨淵結網

연못에 이르러 그물을 짜다. 준비가 없으면 일을 이룰 수 없다.

속: Have not your cloak to make when it begins to rain. (비가 오기 시작할 때 네 옷을 만들게 하지 마라. 서양)

임연선어 臨淵羨漁

연못에 이르러 물고기를 잡고 싶어 하다. 공상보다는 실천이 더 중요하다. 헛된 욕망이나 희망을 품다.

속: Had I fish was never good to eat mustard. (생선이 생기기를 바라는 것만으로는 겨자를 먹을 수 없었다. 스코틀랜드)

임위도난 臨危蹈難

위험에 처해서 어려움을 극복하다.

속: Without pains, no prizes.(고통 없이는 상도 없다. 독일)

임위하석 臨危下石

위험에 처한 사람에게 돌을 내려 던지다.

남이 위험한 틈을 타서 오히려 타격을 주다.

속: To give a knock-down blow.(치명적인 타격을 주다. 서양)

임재구득 臨財苟得

재물을 보면 제멋대로 손에 넣다. 재물을 몹시 탐내다.

속: Riches have made more covetous men than covetousness has made men rich.(탐욕이 사람들을 부자로 만든 것보다 재물이 사람들을 탐욕스럽게 만든 경우가 더 많다. 서양)

임적매진 臨敵賣陣

곧 전투를 벌여 적을 죽여야 할 때 진지를 떠나 달아나다. 매우 비겁하다.

속: A courageous foe is better than a cowardly friend.
(용감한 적이 비겁한 친구보다 낫다. 서양)

임중불매신 林中不賣薪

숲 속에서는 장작을 팔지 않다. 필요하지 않으면 찾지 않다.

속: Who would keep a cow when he can have a quart of milk for a penny.
(1전에 우유 1리터를 살 수 있을 때 누가 암소를 기르려고 하겠는가? 서양)

임진마창 臨陳磨槍

전쟁터에 가서야 창을 갈다. 준비가 없다가 급하게 되어서야 서두르다.

속: Spears are not made of bulrushes.
(창은 부들로 만드는 것이 아니다. 서양)

입막지빈 入幕之賓

장막 뒤에 숨어 있는 손님. 비밀에 참여하는 사람.

특별히 가까운 손님. 비밀을 서로 의논할 만한 친구나 막료.

속: Bestow on me what you will, so it be none of your secrets.

(네가 원하는 대로 내게 말해주면 그것은 네 비밀이 되지 않는다. 서양)

입불부출 入不敷出

수입이 지출을 감당하지 못하다.

속: Who more than he is worth does spend, he makes a rope his life to end.(자기 처지보다 과분하게 돈을 많이 쓰는 자는 자기 목을 매달 밧줄을 준비한다. 영국)

입산기호 入山忌虎

산에 들어가 호랑이 잡기를 꺼린다. 정작 목적한 바를 당하면 물러서다.

속: As good is he that hears and understands not, as he that hunts and takes not.(들으면서도 이해하지 못하는 자는 사냥하면서도 잡지 않는 자와 같다. 프랑스)

입성초범 入聖超凡

수양이 범속한 사람의 수준을 넘어서 성인의 경지에 이르다.

속: There are more saints in Cornwall than in heaven.

(성인은 천당보다 콘월 주에 더 많다. 영국)

입신처세 立身處世

사회에서 자립하고 다른 사람들과 어울리다.

속: With Latin, a horse, and money, you will pass through the world.

(라틴어와 말과 돈을 가지고 너는 세상을 지나갈 수 있을 것이다. 서양)

입실조과 入室操戈

남의 무기를 가지고 그를 공격하다.

상대방의 주장이나 학설을 가지고 그의 주장이나 학설을 반박하다.

속: The devil can quote Scripture.

(악마는 성서를 인용할 수 있다. 영국)

입인달인 立人達人

남을 도와서 그가 공적을 세우고 지위를 얻도록 하다.

속: You may light another's candle at your own without loss.

(너는 네 촛불을 잃지 않고서도 네 촛불로 남의 촛불을 켜줄 수 있다. 서양)

입추지지 立錐之地

송곳을 세울 만한 땅. 매우 좁은 땅.

속: A little field may grow good corn.

(좁은 땅은 좋은 곡식을 기를 수도 있다. 프랑스)

입향문속 入鄕問俗

남의 고장에 가면 그곳의 풍속을 묻는다.

속: So many countries, so many customs.

(나라마다 풍습이 다르다. 서양)

입향수향 入鄕隨鄕

남의 고장에 가면 그곳의 풍속을 따른다.

속: If you are at Rome, live in the Roman style; if you are elsewhere, live as they live elsewhere.

(네가 로마에 있다면 로마식으로 살라. 다른 곳에 있다면 다른 곳의 사람들이 사는 대로 살라. 라틴어)

柳陰漢父　李世佇

자가당착 自家撞着

글, 말, 행동의 앞뒤가 안 맞거나 서로 모순되다.

속: Some men plant an opinion they seem to eradicate.

(어떤 사람들은 자기가 제거하려는 듯이 보이는 그 주장을 전파한다. 서양)

자강불식 自彊不息

향상하기 위해 스스로 노력하며 결코 쉬지 않다.

속: In praying to God you must use your hammer.

(하느님께 기도할 때에도 네 망치는 사용해야 한다. 스페인)

자격지심 自激之心

자기가 한 일에 대해 스스로 충분하지 않다고 느끼는 마음.

속: Poor men are apt to think everybody flouts them.

(가난한 사람들은 모든 사람이 자기를 비웃는다고 생각한다. 서양)

자견자박 自繭自縛

자기가 만든 고치에 자기가 갇히다.

속: Who judges others condemns himself.

(남들을 판단하는 자는 자기 자신을 단죄한다. 이탈리아)

자고분용 自告奮勇

스스로 요구하고 용기를 내서 어떤 임무를 맡다.

속: One volunteer is worth two pressed men.

(자원하는 한 명은 억지로 동원된 두 명과 같다. 서양)

자고이래 自古以來

예로부터. 동: 종고이래 從古以來

속: As ancient as the floods of Dava.

(다바의 홍수처럼 오래된 것이다. 영국)

자고자대 自高自大

스스로 잘난 체하고 거만하게 굴다. 반: 망자비박 妄自菲薄;

속: The priest forgets he was a clerk.

(사제는 자기가 교회서기였다는 것을 잊는다. 영국)

자곡지심 自曲之心

허물이 있거나 남보다 못한 사람이 자신을 책망하는 마음.

속: He that has a great nose thinks everybody is speaking of it.

(코가 큰 사람은 누구나 자기 코에 대해 말하고 있다고 생각한다. 서양)

자구지단 藉口之端

핑계 거리.

속: Plenty of words when the cause is lost.

(일이 실패하면 할 말이 많다. 이탈리아)

Idle folks lack no excuses.(게으른 자는 항상 핑계가 있다. 영국)

자굴분묘 自堀墳墓

자기 무덤을 자기가 파다. 자멸하다. 동: 자취멸망 自取滅亡

속: Some men dig their graves with their teeth.

(자기 이빨로 자기 무덤을 파는 사람들이 있다. 서양)

자급자족 自給自足

자기에게 필요한 것을 자기가 생산하여 충당하다.

속: If you would be well served, serve yourself.

(좋은 시중을 받으려고 한다면 스스로 자기 시중을 들어라. 서양)

자두연기 煮豆燃其

콩깍지를 태워서 콩을 삶다. 형제나 혈육이 서로 싸우다.
내부에서 어느 한 쪽이 다른 한 쪽의 박해를 받다.
속: The wrath of brothers is fierce and devilish.
(형제 사이의 분노는 매우 치열하고 극심하다. 서양)

자두연기 煮豆撚其 (삼국연의 三國演義)

자력갱생 自力更生

자기 힘으로 다시 살아나다. 다시금 흥성하다.

자기 힘으로 일을 잘 처리하다.

속: Let every pedlar carry his own burden.

(모든 행상은 각자 자기 짐을 운반하라. 영국)

자로이득 自勞而得

자기 노력으로 얻다.

속: Let every man carry his own sack to the mill.

(각자 자기 자루를 물방앗간에 운반해 가라. 프랑스)

자린고비 玼吝考妣

치사할 정도로 매우 인색하고 매정한 사람.

속: He would skin a louse for the tallow of it.

(그는 벼룩의 기름을 얻기 위해 벼룩의 껍질을 벗기려 할 것이다. 서양)

자립문호 自立門戶

스스로 한 가정을 세우다. 독자적인 학파를 이루다.

단체에서 이탈하여 자기 혼자서 독립하다.

속: It is hard to wive and thrive both in a year.

(같은 해에 아내도 맞이하고 번영도 하기는 어렵다. 영국)

자막집중 子膜執中

전국시대의 자막이 오로지 중용만 고집한 일. 융통성이 전혀 없다.

속: Enough is enough, and too much spoils.

(충분한 것은 충분한 것이며 너무 많으면 망친다. 이탈리아)

554

자만난도 滋蔓難圖

잡초가 무성해지면 그것을 제거하기 어렵다. 숨은 해악이 점점 커지면 그것을 없애기 어렵다. 세력이 확대되면 그것을 제거하기가 어렵다.

속: Weeds want no sowing.(잡초는 씨를 뿌릴 필요가 없다. 서양)

자매자과 自賣自誇

자신을 선전하고 자랑하다.

속: He that praises himself, spatters himself.

(자기를 칭찬하는 자는 자기에게 흙탕물을 튀긴다. 서양)

자명불범 自命不凡

자신이 남보다 더 우월하다고 여기다. 자신을 탁월한 인물로 여기다.

속: The first chapter of fools is to esteem themselves wise.

(바보들이 제일 먼저 하는 일은 자기가 현명하다고 평가하는 것이다. 영국)

자부작족 自斧斫足

자기 도끼에 제 발등이 찍히다. 자기 일을 스스로 망치다.

속: He that has a roof of glass should not throw stones at his neighbor's.

(유리 지붕을 가진 자는 이웃의 지붕에 돌을 던져서는 안 된다. 스페인)

자불양력 自不量力

자기 힘은 고려하지 않고 경솔하게 행동하다.

속: Blow not against the hurricane.

(태풍을 거슬러서 입김을 불지 마라. 서양)

자상모순 自相矛盾

언행이 서로 모순되다.

속: Like the parrot, he says nothing, but thinks the more.

(앵무새처럼, 그는 말이 없지만 생각이 더 많다. 영국)

자설자화 自說自話

혼잣말을 하다.

객관적 상황은 무시한 채 자기가 말하고 싶은 것은 무엇이든지 말하다.

속: He that talks to himself talks to a fool.

(자기에게 말하는 자는 바보에게 말한다. 서양)

자손자익 自損者益

스스로 겸손한 사람은 이익을 얻고 이익을 탐내는 사람은 손해를 본다.

속: Sometimes the best gain is to lose.

(때로는 가장 큰 소득은 잃는 것이다. 서양)

자수성가 自手成家

물려받은 재산이 없이 자기 손으로 한 살림을 이룩하다.

속: First thrive and then wive.

(먼저 번영을 이루고 그 다음에 아내를 얻어라. 서양)

자숙자계 自肅自戒

자기 행동을 몸소 삼가고 경계하다.

속: Keep your mouth shut and your eyes open.

(입은 닫고 눈은 뜨고 있어라. 서양)

자승자강 自勝者强

자기 자신을 이기는 자가 가장 강하다.

속: He is the greatest conqueror, who has conquered himself.

(자기 자신을 정복한 자가 가장 위대한 정복자다. 서양)

자승자박 自繩自縛

자기가 만든 밧줄로 자기를 묶다.

속: Subtlety set a trap and caught itself.

(교활함은 덫을 놓아 자기 자신을 잡았다. 영국)

Treachery will come home to him that formed it.

(배신은 그것을 만든 자에게 돌아갈 것이다. 영국)

자식기과 自食其果

자기가 뿌린 씨의 결실을 자기가 먹다.

자기가 한 나쁜 짓의 결과는 자기에게 미친다.

속: The evil that comes out of your mouth, flies into your bosom.

(너의 입에서 나온 재앙은 너의 가슴에 날아 들어간다. 영국)

자식기력 自食其力

자기 힘으로 일해서 생활을 유지하다. 동: 자급자족 自給自足

속: As one bakes, so one may eat.

(자기가 빵을 구운 대로 그것을 먹을 수 있다. 영국)

자식기언 自食其言

자기가 한 말을 실천하지 않다. 신용이 없다.

속: He is an Aberdeen man, he may take his word again.

(그는 애버딘 사람이라서 자기 말을 다시 할 수 있다. 스코틀랜드)

자신만만 自信滿滿

매우 자신이 있다.

속: Assurance is two-third of success.

(자신감은 성공의 3분의 2다. 서양)

자신방매 自身放賣

자기 몸을 스스로 팔아서 망치다.

속: Money taken, freedom forsaken.

(돈을 받으면 자유를 잃는다. 독일)

자신지책 資身之策

자기 자신의 생활을 꾸려나가는 계책.

속: It matters less to a man where he is born than how he can live.(출생지는 살아갈 방도보다 덜 중요하다. 터키)

자심사로 自尋死路

스스로 죽을 길을 찾다.

속: Who mixes himself with the draff will be eaten by the swine.

(돼지 먹이통에 들어간 자는 돼지에게 먹힌다. 덴마크)

자심소욕 恣心所欲

마음속으로 바라는 것은 무엇이든지 모두 제멋대로 하다.

속: A man may do what he likes with his own.

(사람은 자기 것을 써서 자기가 좋아하는 것을 해도 된다. 서양)

자아도취 自我陶醉

자기를 좋게 여기는 감정에 맹목적으로 빠지다.

속: Every fool is pleased with his own folly.

(바보는 누구나 자기 어리석음에 취해 있다. 프랑스)

자업자득 自業自得

자기가 저지른 일의 결과를 자신이 받다.

속: He prepares evil for himself who prepares it for another.

(남의 불행을 준비하는 자는 자신의 불행을 준비한다. 로마)

자연도태 自然淘汰

자연계에서 저절로 일어나는 도태현상.

속: Nature does nothing in vain.

(자연의 작용은 아무 것도 헛되지 않다. 서양)

자연이연 自然而然

자연히 그러하다.

속: It is natural to a greyhound to have a long tail.

(그레이하운드가 긴 꼬리를 가지는 것은 자연스럽다. 서양)

자유방임 自由放任

제멋대로 하도록 내버려두다.

속: Let all live as they would die.

(각자 자기 식대로 살다가 죽도록 내버려 두라. 서양)

자유분방 自由奔放

제멋대로 행동하다.

속: As long as I live, I'll spit in my parlor.

(살아 있는 한 나는 내 방에서 침을 뱉을 것이다. 서양)

자유자재 自由自在

아무런 구속도 받지 않고 자유롭다.

속: When money's taken, freedom's forsaken.

(돈을 받을 때 자유는 잃는다. 서양)

자유폐장 自有肺腸

자기 마음대로 일하다.

속: Liberty is ancient; it is despotism which is new.
(자유는 오래된 것이다. 새로운 것은 독재다. 프랑스)

자의망행 恣意妄行

거리낌 없이 마음대로 나쁜 짓을 저지르다.

속: If you would know a knave, give him a staff.
(악당을 알아보려면 그에게 지팡이를 주어라. 서양)

자의반 타의반 自意半 他意半

어떤 일에 대한 욕구가 자신의 뜻과 타인의 뜻이 부합되어 이루어지다.
전적으로 자신이 원해서 그렇게 된 것은 아니다.

속: Willing or unwilling.(원하거나 원하지 않거나. 로마)

자의불신인 自疑不信人

자신을 의심하는 사람은 남을 믿지 않는다.

속: The thief thinks all men are like himself.
(도둑은 다른 사람도 모두 도둑인 줄 안다. 서양)

자이위시 自以爲是

자기만 옳다고 여기다. 독선적이다. 반: 사기종인 捨己從人

속: A man's eye keenest in his own cause.
(누구나 자기주장에 대해서는 눈이 가장 예리하다. 서양)

자자불휴 刺刺不休

말을 쉬지 않고 많이 하다.

속: Foolish tongues talk to the dozen.

(어리석은 자들은 쉴 새 없이 말한다. 영국)

자작일촌 自作一村

한 집안끼리나 뜻이 같은 사람끼리 모여서 한 마을을 이루다.

속: Communities begin by establishing their kitchen.

(마을은 마을사람들의 부엌을 만들면서 시작된다. 프랑스)

자작자수 自作自受

자기가 만들어 자기가 받다. 자기가 뿌린 것은 자기가 거다.

자기가 나쁜 짓을 하고 그 피해를 자기가 받다.

속: What you sow, you must mow.

(네가 파종한 것은 네가 추수해야만 한다. 서양)

자전지계 自全之計

자신의 안전을 스스로 도모하는 계책.

속: It is good sheltering under an old hedge.

(피신은 오래된 울타리 밑에서 하는 것이 좋다. 영국)

자정지종 自頂至踵

머리 꼭대기에서 발꿈치까지. 온 몸.

속: From the crown of the head to the sole of the foot.

(머리 꼭대기부터 발바닥까지. 영국)

자존능력 自存能力

자기 지위를 지키는 힘.

속: In the king's court everyone is for himself.

(왕궁에서는 각자 자기를 위해 일한다. 프랑스)

자존자대 自尊自大

스스로 자기를 높이고 크게 여기다.

속: Every dog is a lion at home.

(모든 개는 자기 집에서 사자다. 이탈리아)

자존자만 自尊自慢

스스로 자기를 높여 잘난 체하고 뽐내다.

속: Every cock can fight on his own dunghill.

(모든 수탉은 자기 거름더미 위에서는 싸울 수 있다. 서양)

자중지란 自中之亂

패거리 내부에서 일어나는 싸움. 안에서 생기는 난리. 내란.

속: While the dogs are snarling each other, the wolf devours the sheep.

(개들이 서로 으르렁거리는 동안 늑대는 양들을 잡아먹는다. 프랑스)

자지미우 紫芝眉宇

자지, 즉 당나라 원덕수(元德秀)의 얼굴. 명리를 거들떠보지 않는 사람 또는 그러한 성격. 남의 용모나 고결한 품행을 칭찬하다. 처음 대면하다.

속: Who praises St. Peter does not blame St. Paul.

(성 베드로를 칭찬하는 사람은 성 바오로를 비난하지 않는다. 서양)

자지자영 自知者英

자기 자신을 아는 자는 총명하다.

자기 자신을 객관적으로 인식하고 평가하는 사람은 총명하다.

속: Do not believe anyone about yourself more than yourself.

(너 자신에 관해서는 너 이외에 다른 사람을 믿지 마라. 로마)

자지지명 自知之明

자기 능력을 정확히 아는 현명함.

속: Know then yourself, presume not God to scan; the proper study of mankind is man.(너 자신을 알라. 자세히 살펴보기 위해 하느님을 가정하지 마라. 인류의 당연한 연구는 사람이다. 영국)

자지탈주 紫之奪朱

자주색이 붉은 색을 이기다. 불의가 정의를 이기고 소인이 현자를 이기다.

속: Basket-justice will do justice, right or wrong.

(매수된 판사가 옳고 그름을 판단할 것이다. 영국)

자참형예 自慚形穢

자기 용모나 동작이 남과 달리 추하다고 느끼고 부끄러워하다.

열등감을 느끼다. 위축되다.

속: He is in mourning for his washerwoman.(그는 자기 셔츠가 더러워서 자기 옷을 세탁하는 가정부를 애도하는 중이다. 프랑스)

자천망경 資淺望輕

자격이 부족하고 명망이 낮다. 자기를 낮추어서 하는 말.

속: He is a poor smith that cannot bear smoke.

(연기를 참지 못하는 자는 졸렬한 대장장이다. 독일)

자초지종 自初至終

처음부터 끝까지. 그 과정 전체.

속: They want to know the ins and outs of the cat's tale.

(그들은 고양이 이야기의 자초지종을 알고 싶어 한다. 영국)

자취멸망 自取滅亡

자신의 파멸을 자초하다.

속: The vessel that will not obey her helm will have to obey the rocks.(키에게 복종하지 않는 배는 암초에게 복종해야만 할 것이다. 영국)

자취자뢰 自吹自擂

자기가 나팔을 불고 자기가 북을 치다. 자기 자랑을 하다.

속: Commend not your wife, wine, nor house.
(너의 아내나 포도주나 집을 칭찬하지 마라. 영국)

자투라망 自投羅網

미리 쳐둔 그물에 스스로 들어가다. 스스로 함정에 뛰어들다.

속: It is easy to fall into a trap, but hard to get out again.
(함정에 빠지기는 쉽지만 거기서 나오기는 힘들다. 영국)

자포자기 自暴自棄

스스로 자신을 해치고 버리다. 멋대로 행동하고 자기를 돌보지 않다. 스스로 포기하고 향상을 추구하지 않다.

속: He is desperate that thinks himself so.
(자신을 절망적이라고 생각하는 자는 참으로 절망적이다. 서양)

자행기시 自行其是

자기가 하고 싶은 대로 하다.

속: Every man to his taste.(각자 자기 입맛대로 한다. 서양)

자행자지 自行自止

가고 싶으면 가고, 말고 싶으면 말다. 자기 마음대로 하다.

속: There can be no friendship where there can be no freedom.

(자유가 있을 수 없는 곳에는 우정이 있을 수 없다. 서양)

자화자찬 自畵自讚

자기가 그린 그림을 스스로 칭찬하다. 자기가 한 일을 스스로 자랑하다.

속: Every man praises his own wares.

(누구나 자기 물건을 칭찬한다. 서양)

작간범과 作奸犯科

나쁜 짓을 저지르고 법을 어기다.

속: The number of malefactors authorizes not the crime.

(범죄인들의 수효는 범죄를 합법화하지 못한다. 서양)

작금양일 昨今兩日

어제와 오늘의 이틀.

속: Live in today, not for today.

(오늘을 위해 사는 것이 아니라 오늘 안에서 살라. 서양)

작법자폐 作法自斃

자기가 만든 법으로 자기가 피해를 입다.

속: I have brought an ill comb to my own head.

(나는 내 머리에 나쁜 빗을 가져왔다. 스코틀랜드)

작사도방 作舍道傍

길가에 집을 짓는데 오가는 사람과 의논하다.

많은 사람의 의견이 분분하여 일을 이루기 어렵다.

속: Who builds on the street must let people talk.

(길가에 집을 짓는 사람은 사람들이 떠들도록 내버려 두어야만 한다. 독일)

작사마의 作死馬醫

중병에 든 말이 죽으려 할 때 치료하다. 도저히 어쩔 도리가 없을 때 마지막으로 노력을 해보다.

속: Prevention is better than cure.(예방이 치료보다 낫다. 서양)

작사필모시 作事必謀始

일을 꾸밀 때는 반드시 계획을 미리 짜야 한다.

속: Working and making a fire do discretion require.
(일하는 것과 불을 피우는 것은 신중함을 요구한다. 서양)

작수성례 酌水成禮

가난해서 냉수만 떠놓고 혼례를 치르다.

속: A butter milk wedding.
(버터와 우유만 차린 결혼, 즉 가난한 결혼. 영국)

작심삼일 作心三日

결심이 사흘을 못 가다. 사흘 생각한 끝에 결정하다.

속: The devil was sick, the devil a monk would be; the devil was well, the devil a monk was he.(악마는 병들었을 때는 수도자가 되려고 했고 건강했을 때는 수도자였다. 서양)

작악다단 作惡多端

나쁜 짓을 매우 많이 하다.

속: Of one ill comes many.(한 가지 악행에서 많은 악행이 나온다. 영국)

작여시관 作如是觀

이러한 관점을 지니다. 어떤 사물에 대한 관점을 드러내다.

속: Everything is as you take it.

(모든 것은 네가 보기에 달려 있다. 서양)

작취미성 昨醉未醒

어제 마신 술이 아직 깨지 않다.

속: A drunken night makes a cloudy morning.

(밤에 취하면 아침에 눈이 침침하다. 서양)

잔갱냉적 殘羹冷炙

잔치 상의 먹고 남은 음식.

속: Better leave than lack.(모자라기보다는 남기는 것이 낫다. 영국)

잔병패장 殘兵敗將

패배한 군대의 장병.

속: Devil takes the hindmost.

(악마는 맨 뒤에 있는 자를 잡아간다. 서양)

잔산항해 棧山航海

높은 산에 오르고 넓은 바다를 건너가다. 험난한 먼 길을 거치다.

속: He goes far that never returns.

(영영 돌아오지 않는 자는 매우 멀리 가는 것이다. 이탈리아)

잔인무도 殘忍無道

잔인하고 도리에서 벗어나다.

속: A man of cruelty is God's enemy.

(잔인한 사람은 하느님의 적이다. 서양)

잠로영일 暫勞永逸

잠시 고생하고 영원히 편안하게 되다.

속: Crosses are ladders that do lead to Heaven.
(십자가들은 천국으로 인도해주는 사다리다. 서양)

장강작세 裝腔作勢
주요인물인 척하다. 허세를 부리다.
속: Empty wagons make the most noise.
(빈 마차가 제일 큰 소음을 낸다. 덴마크)

장경오훼 長頸烏喙
긴 목과 까마귀 주둥이 같이 비죽 나온 입.
일을 이루고 난 뒤 동지를 버리는 자.
속: A traitor is ill company.(배신자는 나쁜 동지다. 서양)

장관이대 張冠李戴
장가의 갓을 이가가 쓰다. 갑을 을로 착각하다.
이름과 실제가 일치하지 않다. 반: 명실상부 名實相符
속: Do not put the saddle on the wrong horse.
(안장을 엉뚱한 말 등에 얹지 마라. 서양)

장구지계 長久之計
어떤 일을 오래 지속하려는 계책.
속: A creaking cart goes long.(삐걱거리는 마차가 오래 간다. 영국)

장기취기 將機就機
이용 가능한 기회를 타서 일을 도모하다. 기회를 잡다.
속: There is chance in the cock's spur.
(수탉의 쇠 발톱에 기회가 있다. 영국)

장년삼로 長年三老

뱃사람을 가리키는 말.

속: Seamen are the nearest to death and farthest from God.

(선원들은 죽음에 가장 가깝고 신으로부터 가장 멀다. 서양)

장단유명 長短有命

수명이 길고 짧은 것은 운명에 달려 있다. 유: 인명재천 人命在天

속: No man has a lease of his life.

(아무도 자기 수명을 연장할 수 없다. 스코틀랜드)

장도발섭 長途跋涉

산을 넘고 물을 건너 먼 길을 가다. 먼 여행에서 겪는 수많은 고생.

속: Make short the miles with talk and smiles.

(대화와 미소로 여로를 단축하라. 서양)

장두노미 藏頭露尾

머리는 감추고 꼬리만 드러내다.

언행을 숨기며 진상을 드러내기를 꺼리다.

속: He that has horns in his bosom, let him not put them on his head.(가슴에 뿔들을 가진 자는 그것들을 머리에 붙이지 마라. 서양)

장롱작아 裝聾作啞

귀머거리와 벙어리인 척하다. 모르는 척하다.

속: Masters should sometimes blind, and sometimes deaf.

(주인은 때로는 눈이 멀고 때로는 귀가 멀어야한다. 서양)

장막여신 杖莫如信

의지할 수 있는 것은 신용을 지키는 것보다 더 나은 것이 없다. 신용이 제일이다.

속: Credit is better than gold.(신용은 황금보다 더 낫다. 서양)

장모작양 裝模作樣
각종 태도를 일부러 꾸미다. 위장하다.
속: He that knows not how to dissemble, knows not how to rule.
(위장할 줄 모르는 자는 통치할 줄도 모른다. 영국)

장부인물 臧否人物
인물을 평가하다. 사람의 공적과 잘못을 논의하다.
속: Listen at a keyhole; you will hear ill of yourself as well as of your neighbor.(열쇠구멍에 귀를 대고 엿들으면 너의 이웃뿐 아니라 너에 대한 험담을 들을 것이다. 스페인)

장사불복환 壯士不復還
장사는 한번 떠나면 다시 돌아오지 못한다.
속: He runs far indeed that never returns.
(영영 돌아오지 않는 자는 참으로 멀리 달려간다. 서양)

장상명주 掌上明珠
손바닥의 맑은 구슬. 극진한 사랑을 받는 사람.
부모의 총애를 극도로 받는 딸. 매우 소중하게 여기는 것.
속: Petted daughters make slovenly wives.
(귀염둥이 딸은 게으른 아내가 된다. 스코틀랜드)

장생불로 長生不老
오래 살고 늙지 않다.
속: As long lives a merry heart as a sad.
(즐거운 사람은 슬픈 사람만큼 오래 산다. 영국)

장세기인 仗勢欺人

남의 세력에 의지하여 다른 사람들을 괴롭히다.

속: Great men's servants think themselves great.

(세력가의 하인은 자기가 위대한 줄 안다. 서양)

장수선무 長袖善舞

소매가 길어야 춤을 잘 춘다. 조건이 좋은 쪽이 유리하다.

속: He dances well to whom fortune pipes.

(행운이 그를 위해 피리를 불어주면 그는 춤을 잘 춘다. 서양)

춤 (고잡극 古雜劇)

장신수구 長身瘦軀

키가 크고 마른 체구.

속: A tall man is a fool.(키가 큰 사람은 바보다. 그리스)

장신어복 葬身魚腹

물고기의 밥이 되다. 익사하다.

속: Luck can never come of a half-drowned man or of a half-hanged one.(절반쯤 익사하거나 목이 매달린 자에게는 행운이 결코 올 수 없다. 스코틀랜드)

장아무조 張牙舞爪

야수가 이빨과 발톱을 드러내다. 악인이 흉악한 본색을 드러내다. 극도로 흉악하다.

속: All beasts of prey are strong or treacherous.

(포식동물은 모두 강하거나 위험하다. 서양)

장야지음 長夜之飮

날이 새어도 창을 가리고 불을 켜놓은 채 계속하는 술자리.

속: I hate a man with a memory at a drinking bout.

(술자리에서 나는 기억력이 좋은 사람을 미워한다. 그리스)

장언대어 壯言大語

뽐내며 큰소리치다.

속: Many talk of Robin Hood, that never shot in his bow, and many talk of Little John, that never did him know.

(많은 사람은 자기 활을 쓴 적도 없으면서 로빈 후드에 관해 말하고 난쟁이 존을 알지도 못하면서 그에 관해 말한다. 영국)

장원유이 牆垣有耳

담에도 귀가 있다. 말을 항상 조심하라.

속: Fields have eyes, and hedges have ears.

(들판도 눈이 있고 돌담도 귀가 있다. 서양)

장유유서 長幼有序

어른과 어린이 사이에는 차례와 질서가 있다.

속: Those who are older first.(나이가 더 많은 사람들이 먼저다. 로마)

장의소재 仗義疏財

옳은 명분을 위해 재산을 소모하다. 자선을 많이 베풀다.

속: Almsgiving never made a man poor.

(자선은 아무도 가난하게 만든 적이 없다. 서양)

장자삼대 長者三代

부자의 재산이 삼대, 즉 손자까지 이어지지는 못한다.

속: From clogs to clogs is only three generations.

(나막신에서 나막신까지는 고작해야 삼대다, 즉 부자는 삼대가 지나면 가난뱅이가 된다. 영국)

장족진보 長足進步

매우 빠른 진보나 발전.

속: The world is wiser than it was.

(세상 사람들은 과거보다 더 현명하다. 서양)

장착취착 將錯就錯

이미 잘못되었는데도 고집하여 잘못을 계속 저지르다.

속: Every age confutes old errors and begets new.

(모든 세대는 과거의 잘못을 배척하고 새로운 잘못을 저지른다. 서양)

장취불성 長醉不醒

술을 늘 마시어 깨지 않다.

속: To take a hair of the same dog.(어젯밤에 자기를 문 그 개의 털을 다시 잡다, 즉 다음날 또 술을 마시다. 영국)

장풍매사 裝瘋賣傻

일부러 미친 척하고 어리석은 척하다.

속: No man can play the fool as well as the wise man.
(아무도 현명한 사람처럼 바보짓을 잘 할 수 없다. 스코틀랜드)

장풍벽이 墻風壁耳

담에도 바람이 스쳐가고 벽에도 귀가 있다. 비밀은 새기 쉽다.

속: Do not speak of secret matters in a field that is full of little hills.(작은 언덕이 많은 들판에서 비밀을 말하지 마라. 히브리)

재겁난도 在劫難逃

큰 재난을 당할 운명이라면 그 재난은 피할 수 없다.

도저히 피할 길이 없는 재난.

속: No fence against ill fortune.(불운을 막을 담장은 없다. 영국)

재다명태 財多命殆

재산이 많으면 목숨이 위태롭다.

속: A golden dart kills where it pleases.
(황금 화살은 자기가 원하는 곳에서 죽인다. 서양)

재다식과 才多識寡

재주는 많아도 식견은 좁다.

속: Art has an enemy called ignorance.

(재능은 무식이라는 적을 가진다. 영국)

재상분명 財上分明

돈 거래에 관해 분명하게 하다.

속: Pay what you owe, and be cured of your complaint.

(지불해야만 하는 것을 지불하고 불평에서 벗어나라. 스페인)

재소난면 在所難免

피하기 어려운 형편이다. 불가피하다.

속: He went as willingly as a dog to a whip.

(그는 개처럼 기꺼이 매를 맞으러 갔다. 영국)

재차일거 在此一擧

일의 성패는 이번의 행동 하나에 달려 있다.

속: April and May are the key of the whole year.

(4월과 5월은 일 년 전체의 열쇠다. 서양)

재하도리 在下道理

아랫사람으로 있으면서 어른을 섬기는 도리.

속: He that serves well needs not ask his wages.

(잘 섬기는 자는 자기 보수를 요청할 필요가 없다. 서양)

재학겸우 才學兼優

재주와 학식이 아울러 뛰어나다.

속: Folly and learning often dwell together.

(어리석음과 학식은 자주 함께 지낸다. 영국)

쟁강현승 爭强顯勝

강자가 되려고 다투고 남에게 이기기를 좋아하다.

속: Good is good, but better carries it.

(좋은 것은 좋은 것이지만 더 좋은 것이 그것을 압도한다. 서양)

쟁권탈리 爭權奪利

권력과 이익을 다투다.

속: In a hundred ells of contention there is not an inch of love.

(산더미 같은 다툼에는 사랑이 한 방울도 없다. 서양)

쟁리어시 爭利於市

이익을 다투는 것은 시장에서 하다.

속: Sparrows fight for corn which is none of their own.

(참새들은 자기 것도 아닌 밀알을 두고 싸운다. 서양)

쟁명탈리 爭名奪利

명예와 이익을 다투다.

속: Better it is to have more of profit and less honor.

(명예는 더 적게, 이익은 더 많이 차지하는 것이 낫다. 프랑스)

쟁선공후 爭先恐後

남보다 앞서려고 다투며 뒤에 처지는 것을 두려워하다.

속: He that looks not before, finds himself behind.

(앞을 바라보지 않는 자는 뒤에 처진다. 서양)

쟁선사졸 爭先士卒

남보다 앞서려고 다투며 용감하게 싸우는 군사들.

속: Neck or nothing, for the king loves no cripples.

(왕은 불구자를 싫어하기 때문에 목이 붙어있지 않으면 무용지물이다. 서양)

쟁장경단 爭長競短

고저, 상하, 우열, 이해득실 등을 다투고 그 차이를 자세히 비교하다.

속: When two quarrel, both are in the wrong.

(둘이 다툴 때는 둘 다 잘못이다. 서양)

쟁풍흘초 爭風吃醋

남녀관계에서 한 이성의 호감을 얻으려 다투고 서로 질투하며 경쟁하다.

속: Love and lordship like no fellowship.

(사랑과 영주는 동료를 싫어한다. 서양)

저사간경 低事干卿

경과 무슨 상관인가? 쓸데없이 남의 일에 참견하는 사람을 비웃는 말.

속: Scald not your lips in another's pottage.

(남의 수프로 네 입술을 데지 마라. 영국)

저유내득귀 羝乳乃得歸

수양이 새끼를 낳으면 돌려보낸다. 영영 돌려보내지 않다.

속: To milk a he-goat.(숫염소에게서 젖 짜기. 로마)

저장완단 箸長碗短

젓가락은 길고 주발은 얕다. 먹을 것이 모자라다.

속: When the hungry curate licks the knife, there is not much for the clerk.(배고픈 보좌신부가 나이프를 핥을 때는 교회서기를 위한 음식

은 별로 없다. 서양)

저족담심 抵足談心

같은 침대에서 자면서 친밀하게 대화하다.

속: Sweet discourse makes short days and nights.

(즐거운 대화는 세월이 가는 줄 모르게 만든다. 서양)

적가이지 適可而止

적절한 상태에 이르렀을 때 그만 두어야 한다.

속: Give over when the play is good.

(놀이는 재미있을 때 그만 두라. 스코틀랜드)

적곡방기 積穀防飢

기근에 대비하여 곡식을 축적하다.

속: Corn is not to be gathered in the blade but the ear.

(밀은 잎이 아니라 이삭을 거두어 들여야만 한다. 영국)

적구지병 適口之餠

입에 맞는 떡. 자기 마음에 딱 드는 사물.

속: Bread with eyes and cheese without eyes.

(빵은 잘 보고 먹고 치즈는 가리지 말고 먹는다. 영국)

적반하장 賊反荷杖

도둑이 오히려 매를 들다.

잘못한 사람이 도리어 잘한 사람을 나무라다. 유: 아가사창 我歌査唱

속: The pot calls the kettle black.(냄비가 주전자를 검다고 한다. 서양)

적본주의 敵本主義

목적이 딴 데 있는 듯 가장하고 실제로는 진짜 목적대로 움직이다.

속: Many kiss the child for the nurse's sake.

(많은 사람이 유모 때문에 어린애에게 키스한다. 영국)

적봉팽룡 炙鳳烹龍

백마의 고기를 삶고 닭고기를 굽다. 연회의 안주가 진귀하다.

속: The chickens are in the country, but the city eats them.

(닭들은 시골에 있지만 도시가 닭들을 먹어치운다. 영국)

적빈여세 赤貧如洗

물로 씻은 듯이 가난하여 아무 것도 가진 것이 없다.

속: Wilful waste makes woeful want.

(제멋대로 하는 낭비는 심한 가난을 초래한다. 서양)

적설소성 赤舌燒城

비방이 성을 태우다. 비방하는 말의 피해가 극심하다.

여론이 세상을 지배하다.

속: Half the world delights in slander, and the other half in believing it.(세상사람의 절반은 비방하는 일을, 나머지 절반은 그것을 믿는 일을 즐긴다. 프랑스)

적성난개 賊性難改

도둑의 성질은 고치기 어렵다.

속: Once a thief, always a thief.(한번 도둑은 언제나 도둑. 서양)

적소성다 積少成多

적은 것이 모이면 많아진다.

속: Drop by drop fills the tub.(물방울이 모여서 물통을 채운다. 서양)

적소성대 積小成大

작은 것도 많이 모여 쌓이면 크게 된다.
속: The whole ocean is made up of single drops.
(넓은 바다도 물방울들이 모인 것이다. 서양)

적수공권 赤手空拳

맨 손과 맨 주먹. 아무 것도 가진 것이 없다.
속: He that has nothing, is not contented.
(가진 것이 전혀 없는 자는 만족하지 못한다. 영국)

적수누촌 積銖累寸

돈을 조금씩 쌓아서 조금씩 늘려가다.
속: Money is flat and meant to be piled up.
(돈은 납작해서 쌓이게 마련이다. 스코틀랜드)

적습난제 積習難除

관습은 오래 지속되면 없애기 어렵다.
속: Custom is a tyrant.(관습은 폭군이다. 로마)

적습생상 積習生常

관습은 오래 지속되면 변하지 않는 규칙이 된다.
속: Custom becomes law.(관습은 법이 된다. 스페인)

적습성상 積習成常

관습은 오래 지속되면 정상적인 것으로 보인다.
속: What is in accordance with custom needs no excuse.
(관습에 맞는 것은 변명할 필요가 없다. 이탈리아)

적습성속 積習成俗

관습은 오래 지속되면 풍속이 된다.

속: After the fashion of our ancestors.

(우리 조상들이 하던 대로 따른다. 로마)

적승계족 赤繩繫足

붉은 끈으로 발을 묶다. 혼인이 이루어지다.

속: In marriage and in death the devil contrives to have his part.

(결혼과 죽음에서 악마는 자기 몫을 차지하려고 꾀한다. 프랑스)

적시적지 適時適地

시간과 장소가 알맞다.

속: Oysters are not good in a month that has an "r" in it.

(굴은 아르 자를 가진 달에는 좋지 않다. 서양)

적심불사 賊心不死

사악한 의도를 버리지 않다.

속: Malice is mindful.(악의는 잊지 않는다. 서양)

적우침주 積羽沈舟

깃털도 많이 쌓이면 배가 가라앉는다.

작은 재앙이 쌓이면 큰 재앙이 된다.

속: Many drops of water will sink a ship.

(많은 물방울이 배를 가라앉힐 것이다. 서양)

적이능산 積而能散

많이 쌓으면 흩어버릴 수도 있다. 재산을 모아서 유익한 일에 쓰다.

속: So much is mine as I enjoy and give away for God's sake.

(내가 즐기고 하느님을 위해 주어버리는 그만큼 나의 것이다. 서양)

적이상성 適以相成
적절하게 서로 보완하고 일을 성취하다.
속: The great and the little have need of one another.
(위대한 인물들과 하찮은 사람들은 서로 필요하다. 서양)

적인심허 賊人心虛
도둑이 자기 죄가 탄로될까봐 속으로 겁내다.
속: A guilty conscience needs no accuser.
(죄 지은 사람의 양심은 고발할 사람이 불필요하다. 서양)

적자생존 適者生存
환경에 가장 잘 적응하는 자만 살아남다.
속: Being on sea, sail; being on land, settle.
(바다에 있을 때는 항해하고 육지에 있을 때는 정착하라. 서양)

적재적소 適材適所
인재를 그 재능에 적절한 곳에 쓰다.
속: All things have their place, knew we how to place them.
(우리가 모든 사물을 배치할 줄 안다면 모든 사물은 각각 자기 자리를 차지한다. 서양)

적전도하 敵前渡河
적이 방어진을 구축하는 곳 앞에서 강을 건너가는 작전.
속: Never swap horses while crossing the stream.
(강을 건너가는 동안에는 결코 말을 서로 바꾸지 마라. 서양)

적중난반 積重難返

오래된 나쁜 습관이나 폐단은 고치기 어렵다.

속: Every vice is downward in tendency.

(악습은 아래로 내려가는 경향이 있다. 로마)

전가통신 錢可通神

돈이 많으면 귀신도 움직일 수 있다. 돈의 힘은 매우 강력하다.

속: Gold is the sovereign of all sovereigns.

(황금은 모든 군주들의 군주다. 서양)

전거복철 前車覆轍

앞에 가던 수레가 엎어진 바퀴자국은 뒤에 오는 수레의 교훈이 된다.

앞사람이 실패한 전례는 뒷사람에게 교훈이 된다.

지난날의 실패를 교훈으로 삼다.

속: Beware by other man's harms.

(다른 사람의 피해를 보고 조심하라. 영국)

전격이정 傳檄而定

격문을 발표하여 천하를 평정하다. 위력이 비할 바 없이 강성하여 싸우지
않고 이기다. 유: 부전이승 不戰而勝

속: It is a great victory that comes without blood.

(피를 흘리지 않고 얻는 승리가 위대한 승리다. 서양)

전광석화 電光石火

번개와 부싯돌의 불꽃. 매우 짧은 시간. 매우 빠른 동작.

속: Before one can say Jack Robinson.

(잭 로빈슨이라고 말하기도 전이다. 영국)

583

전도유랑 前度劉郎

오랜 시일이 지난 뒤 자기가 예전에 살던 곳으로 돌아가다.

떠났다가 다시 돌아온 사람.

속: The tide never goes out so far, but it comes in again.

(바닷물은 결코 아주 멀리 나가지 않고 다시 밀려온다. 영국)

전문거호 前門拒虎

앞문의 호랑이를 막고 뒷문의 늑대를 끌어들이다.

한 가지 어려움을 해결하고 나면 다른 어려움이 닥친다.

속: Out of frying pan into fire.

(냄비에서 나가 불 속으로 뛰어든다. 서양)

전반탁출 全盤托出

음식을 쟁반에 차려서 들고 나오다.

모든 것을 남기지 않고 드러내다. 모든 것을 말하다.

속: He brings out the bottom of the bag.

(그는 모든 것을 드러낸다. 영국)

전발역서 翦髮易書

머리카락을 잘라서 책과 바꾸다.

어머니가 머리카락을 잘라서 학비를 대다.

속: You pay more for your schooling than your learning is worth.

(너는 네가 배우는 것에 비해 학비를 더 많이 낸다. 영국)

전본분토 錢本糞土

돈은 원래 똥이나 흙처럼 천한 것이다.

속: Riches are like muck which stinks in a heap, but spread

abroad makes the earth fruitful.(재산이란 쌓이면 악취를 풍기지만 넓게 뿌리면 땅을 비옥하게 만드는 똥과 같다. 영국)

전부야인 田夫野人

농부와 시골의 늙은이. 일반 백성.

속: The first men in the world were a gardener, a ploughman, and a grazier.(세상의 최초의 사람들은 정원사, 농부, 목축가였다. 서양)

전부지정 全不知情

사정을 전혀 모르다.

속: The fat man knows not what the lean thinks.
(뚱뚱한 자는 마른 자의 생각을 모른다. 영국)

전사구학 轉死溝壑

고향을 떠나 돌아다니다가 산골짜기에서 죽다.

백성이 사방으로 도망하여 들에서 굶거나 얼어 죽다.

속: To make the crow a pudding.
(까마귀에게 푸딩을 만들어 준다, 즉 죽어서 까마귀밥이 된다. 영국)

전수작빙 煎水作氷

물을 끓여서 얼음을 만들다. 목적과 행동이 상반되다.

불가능한 일을 하다.

속: He will never set the Seine on fire.
(그는 센 강에 결코 불을 지를 수 없을 것이다. 프랑스)

전신전령 全身全靈

몸과 정신의 전부. 체력과 정신력의 전부.

속: With hands and feet.(모든 손발을 놀려 전력을 다하다. 로마)

전신원해 全身遠害

몸을 보존하고 재해를 멀리하다.

속: Far from court, far from care.

(궁궐을 멀리하면 걱정도 멀어진다. 프랑스)

전완말각 轉彎抹角

매우 심하게 구불구불한 길을 걷다. 완곡하게 말하다. 일에 기복이 많다.

속: The furthest way about's the nearest way home.

(가장 멀리 돌아가는 길이 집으로 가는 가장 가까운 길이다. 영국)

전인재수 前人裁樹

앞사람이 나무를 심으면 뒷사람이 그 그늘에서 쉰다.

뒤에 오는 사람을 위해 좋은 일을 하다.

속: He that plants trees, loves others beside himself.

(나무를 심는 사람은 남을 자기보다 더 사랑한다. 서양)

전인후과 前因後果

먼저 있는 원인과 뒤에 일어난 결과. 일이 진행되는 모든 과정.

속: Where there is smoke, there is fire.

(연기가 있는 곳에 불이 있다. 서양)

There came nothing out of the sack but what was in it.

(자루에 들어 있던 것 이외에는 아무 것도 나오지 않았다. 영국)

전전긍긍 戰戰兢兢

극도로 조심하다. 매우 무서워 떨다. 불안에 떨다. 반: 대담무쌍 大膽無雙

속: There is no medicine for fear but cut off the head.

(두려움을 치료하는 약은 목을 베는 것 이외에 없다. 스코틀랜드)

Fear is one part of prudence.(두려움은 현명함의 일부다. 영국)

전전반측 輾轉反側

몸을 이리저리 뒤척이며 잠을 이루지 못하다.

속: Who goes to bed supperless, all night tumbles and tosses.

(저녁을 못 먹고 잠자리에 든 자는 밤새도록 몸을 뒤척인다. 영국)

전전표박 轉轉漂泊

이리저리 옮겨 다니거나 옮겨 다니면서 살다.

속: A plant often removed cannot thrive.

(자주 이식된 나무는 잘 자라지 못한다. 서양)

전지십만 錢至十萬

돈이 십만 냥이면 귀신도 부린다.

속: Money is the measure of all things.

(돈은 모든 것의 척도다. 포르투갈)

It is money makes the mare to trot.

(암말이 뛰어가게 만드는 것은 돈이다. 영국)

전지전능 全知全能

모든 것을 알고 모든 것을 할 수 있다. 지식과 능력이 매우 탁월하다.

속: Beauty is potent, but money is omnipotent.

(미모는 강력하지만 돈은 전능하다. 서양)

Love does much, money does all.

(사랑은 많은 것을 하고 돈은 모든 것을 한다. 프랑스)

전천투지 戰天鬪地

천지와 싸우다. 자연조건을 극복하다.

속: Wherever nature does least, man does most.(자연이 가장 적게

일하는 곳은 어디서나 사람이 가장 많은 일을 한다. 미국)

전첨후고 前瞻後顧

일을 선뜻 결정하지 못한 채 어물어물하다.

앞뒤를 잘 살펴서 일을 처리하다.

속: Do it well that you may not do it twice.

(일을 두 번 하지 않도록 잘 하라. 서양)

전초제근 翦草除根

잡초를 베고 뿌리를 뽑다. 폐단이나 화근을 완전히 없애다.

속: If you cut down the woods, you'll catch the wolf.

(숲을 베어버린다면 너는 늑대를 잡을 것이다. 서양)

전패위승 轉敗爲勝

패배를 승리로 전환시키다. 역전승을 거두다.

속: Failure teaches success.(실패는 성공을 가르쳐준다. 서양)

전화위복 轉禍爲福

재앙이 변해서 행운이 되다. 재앙을 행운이 되도록 만들다.

속: Bad luck often brings good luck.

(불운은 행운을 가져오는 때가 많다. 서양)

전후좌우 前後左右

앞뒤와 왼쪽 오른쪽, 즉 사방.

속: The north for greatness, the east for health, the south for neatness, the west for wealth.

(북쪽은 위대함을 위한 것이고 동쪽은 건강을 위한 것이고 남쪽은 청결을 위한 것이고 서쪽은 재산을 위한 것이다. 영국)

절각 折角

뿔을 부러뜨리다. 상대방의 기세를 꺾다. 모든 힘을 기울이다.

속: Many get into a dispute well that cannot get out well.

(논쟁에 잘 끼어들지만 이기지 못하는 사람이 많다. 서양)

절구부도 絕口不道

입을 닫고 말을 하지 않다.

속: A dumb man wins no law.

(말없는 사람은 소송에서 이기지 못한다. 스코틀랜드)

절구절국 竊鉤竊國

좀도둑은 사형당하고 나라를 훔친 자는 부귀를 누린다.

속: A thief passes for a gentleman, when thieving has made him rich.(도둑질로 부자가 되면 그는 신사로 통한다. 서양)

절상생지 節上生枝

가지의 마디에 또 가지가 나오다.

원래의 문제 이외에 새로운 문제가 발생하다.

일이 복잡해서 결과를 알지 못하다. 차례차례로 말을 거듭하다.

속: There's the rub.(그것이 문제다. 영국)

절위소찬 竊位素餐

공연히 지위만 차지하고 하는 일도 없이 봉록만 받아먹다.

속: To many salary does not give salt.

(많은 사람에게 봉급은 재치를 주지 않는다. 로마)

절의축식 節衣縮食

옷을 아끼고 음식을 줄이다. 검소하게 살다.

속: A little kitchen makes a large house.

(작은 부엌이 큰 집을 만든다. 서양)

절지지이 折枝之易

나뭇가지를 꺾는 것처럼 쉬운 일. 매우 쉬운 일.

속: A thin meadow is soon mowed.

(좁은 풀밭의 풀은 금세 깎인다. 서양)

절차탁마 切磋琢磨

옥이나 돌을 자르고 깎고 쪼고 갈다. 뼈, 상아, 옥, 돌 등을 가공하여 물건을 만드는 공예. 학문이나 수양에 온 힘을 기울이다.

학문이나 연구에 있어서 서로 토론하며 장점으로 단점을 보완하다.

속: A rugged stone grows smooth from hand to hand.

(거친 돌도 사람들 손을 거치면 매끈해진다. 서양)

절치부심 切齒腐心

몹시 분하여 이를 갈며 속을 썩이다. 원한을 품다.

속: I will lay a stone at your door.

(나는 네게 원한을 품을 것이다. 서양)

점적천석 點滴穿石

물방울이 돌을 뚫다. 적은 노력도 계속하면 큰일을 이룩한다.

속: Feather by feather the goose is plucked.

(거위는 깃털이 하나씩 빠져서 털이 모두 뽑힌다. 서양)

정가노시가 鄭家奴詩歌

정씨 집의 하인들이 시를 읊고 노래를 하다.

환경의 영향이 매우 크다.

속: Early master, soon servant.
(주인이 부지런하면 하인이 재빠르다. 서양)

정공착정 丁公鑿井

정공이 우물을 판 뒤 물 긷는 사람의 인력이 줄었다고 한 말이 그가 한 사람을 잡아먹었다고 와전된 일. 말이 퍼지면 뜻이 달라지고 와전된다.

속: A good tale, ill told, is marred in the telling.
(좋은 이야기도 잘못 전하면 와전된다. 영국)

정구건즐 井臼巾櫛

물 긷고 절구질하고 수건과 빗을 드는 일. 아내가 마땅히 할 일.

속: A house and a woman suit excellently.
(가정과 여자는 서로 참으로 잘 어울린다. 서양)

정금백련 精金百煉

순금은 백 번의 제련을 거쳐야 만들어진다.
많은 시련을 거쳐야 인재가 된다.

속: Every man is the son of his own works.
(누구나 자기가 한 일의 아들이다. 서양)

정당상유이 鼎鐺尚有耳

솥과 냄비에도 귀, 즉 손잡이가 달려있다. 어찌 말을 알아듣지 못하는가?

속: I cannot find you both tails and ears.
(나는 너를 도무지 이해할 수 없다. 스코틀랜드)

정문일침 頂門一鍼

정수리에 침을 놓다. 따끔하게 훈계하다.

속: The sting of a reproach is the truth of it.

(질책의 따끔한 자극은 그 진실이다. 서양)

정사원서 情絲怨緒

애정과 원한이 실타래처럼 얽혀 있다.

속: Sweetest wine makes sharpest vinegar.

(가장 단 포도주가 가장 독한 식초를 만든다. 서양)

정서이견 情恕理遣

인정과 이치에 따라 용서해준다.

속: Forgiving the unrepentant is like making pictures on water.

(뉘우치지 않는 자를 용서해주는 것은 물 위에 그림을 그리는 것과 같다. 일본)

정성아음 正聲雅音

바르고 우아한 음악.

속: Tone makes music.(음조가 음악을 만든다. 서양)

정수불범하수 井水不犯河水

우물물은 강물을 침범하지 않는다. 서로 간섭하지 않다.

속: Little inter-meddling makes good friends.

(서로 간섭하지 않으면 좋은 친구가 된다. 스코틀랜드)

정신만복 精神滿腹

온몸이 정신으로 가득 차 있다. 정신력이 남보다 매우 강하다.
재능과 학식이 뛰어나다.

속: The mind ennobles, not the blood.

(혈통이 아니라 정신이 사람을 고상하게 만든다. 독일)

정신솔하 正身率下

자기 자신을 바르게 하고 아랫사람의 모범이 되다.

속: Like priest, like people.(그 사제에 그 신자들이다. 영국)

정심여지 精心勵志

마음을 가다듬고 의지를 더욱 굳게 다지다.

속: Reason labors well, to win will's consent.

(이성은 의지의 동의를 얻기 위해 열심히 일한다. 서양)

정위상간 鄭衛桑間

세상을 어지럽히고 나라를 망하게 하는 음탕한 노래.

속: Music is an incitement to love.(음악은 사랑을 자극한다. 로마)

정위전해 精衛塡海

태양신 염제의 딸이 변해서 된 새 정위가 돌을 물어다 바다를 메우다.

원한을 갚기 위해 끊임없이 노력하다.

목적을 달성할 때까지 쉬지 않고 노력하다.

속: Without sweat and toil no work is brought to completion.

(땀과 노력이 없이는 아무 일도 완성되지 않는다. 로마)

정의염용 整衣斂容

옷차림을 정돈하고 태도를 단정하게 하다.

속: A smart coat is a good letter of introduction.

(멋진 외투는 훌륭한 추천장이다. 네덜란드)

정의투합 情意投合

감정과 뜻이 서로 잘 맞다. 남녀 사이에 관계가 이루어지다.

속: Two souls with but one thought, two hearts that beat as one.

(한 가지 생각만 가진 두 영혼은 하나인 듯이 뛰는 두 개의 심장이다. 영국)

정인군자 正人君子

정직하고 도덕적인 사람. 정직하고 도덕적인 척하는 위선자.

속: A friar, a liar.(수도자는 거짓말쟁이다. 서양)

정장대발 整裝待發

짐을 꾸려서 출발을 기다리다.

속: A burden of one's choice is not felt.

(자기가 선택한 짐은 무겁게 느껴지지 않는다. 영국)

정중지와 井中之蛙

우물 안 개구리. 견문이 매우 좁은 사람.

속: He that is in hell thinks there is no other heaven.

(지옥에 있는 자는 다른 천당이 없다고 생각한다. 서양)

정직무사 正直無私

공정하고 바르며 사사로운 이익을 취할 마음이 없다.

속: He is wiser than most men are that is honest.

(정직한 사람은 대부분의 사람보다 더 현명하다. 서양)

정진정명 正眞正銘

거짓이 없고 진실하다. 순수하여 불순물이 섞이지 않은 상태.

속: Call a spade a spade.(삽을 삽이라고 불러라. 서양)

정출다문 政出多門

정부의 명령이 많은 곳에서 나오다. 중앙정부나 통치자의 힘이 약화되어 권력이 분산되다. 유: 정령불일 政令不一

속: All the keys in the country hang not at one belt.
(나라의 모든 열쇠가 한 허리띠에 매달린 것은 아니다. 영국)

정타세산 精打細算

낭비가 없도록 매우 세밀하게 계산하다. 극도로 조심하다.

속: Correct accounts keep good friends.
(정확한 계산은 좋은 친구들을 유지한다. 서양)

제대비우 齊大非耦

대국 제나라의 공주는 소국 정나라 태자의 배우자가 될 수 없다.

속: Marry above your match, and you get a master.(자기 집안보다 더 나은 집안 출신과 결혼하는 자는 모실 주인을 얻는다. 서양)

제빈발고 濟貧拔苦

가난하고 고통 받는 사람들을 구제하다.

속: Great almsgiving lessens no man's living.
(많은 자선은 아무의 생활도 더 어렵게 만들지 않는다. 서양)

제성토죄 齊聲討罪

여러 사람이 한 사람의 죄를 꾸짖다.

속: The tree is no sooner down than everyone runs for his hatchet.
(나무는 모든 사람이 각자 자기 도끼를 가지러 달려가자마자 쓰러진다. 서양)

제심협력 齊心協力

마음을 합쳐서 공동으로 노력하다.

속: Hearts may agree, though heads differ.
(생각이 다르다 해도 합심할 수 있다. 서양)

제약부경 濟弱扶傾

약자를 구제하고 곤경에 처한 사람을 돕다.

속: God tempers the wind to the shorn lamb.

(하느님께서는 털이 깎인 어린양을 위해 바람을 조절하신다. 영국)

제인확금 齊人攫金

제나라 사람이 남이 가진 황금이 탐나서 그것을 빼앗은 일.

눈앞의 이익에 눈이 멀어 아무 것도 고려하지 않다.

속: Give a thing, and take again, you will ride in hell's wain.

(물건을 주었다가 다시 뺏으면 지옥의 마차를 타게 될 것이다. 영국)

제질유류 除疾遺類

병을 고치기를 바라면서 그 뿌리를 남기다.

재난을 철저히 해결하지 않고 화근을 남기다.

속: The bungling remedy is worse than the disease.

(엉터리 치료는 질병 자체보다 더 나쁘다. 서양)

제포지의 綈袍之義

명주옷과 솜옷을 내어준 올바른 행동.

잘못은 있지만 올바른 행동 때문에 용서해줄 때 쓰는 말.

속: By giving comes forgiving.(선물을 주면 용서가 온다. 프랑스)

제하분주 濟河焚舟

적을 치러 갈 때 강을 건너간 뒤에 배를 불태우다.

필사적으로 적과 결전을 벌이다.

속: To burn one's boats.(자기 배들을 불태우다. 서양)

제한진빈 濟寒賑貧

추위에 떠는 사람들과 가난한 사람들을 구제하다.

속: Did anyone ever become poor by giving alms?

(자선을 베풀어서 가난해진 사람이 하나라도 있었던가? 힌두)

제행무상 諸行無常

만물은 항상 변한다. 인생은 덧없다.

속: All things are mockery, all things are dust, and all things are nothing.(모든 것은 헛수고며 먼지며 아무 것도 아니다. 로마)

제형상옥 弟兄相獄

형제끼리 소송하여 서로 다투다.

속: A lean compromise is better than a fat law-suit.

(적은 이익의 타협은 큰 이익의 소송보다 낫다. 서양)

조강지처 糟糠之妻

술지게미와 쌀겨를 먹은 아내.

가난할 때 같이 고생하며 살아온 아내는 결코 버려서는 안 된다.

속: Sorrow and an ill life make soon an old wife.

(슬픔과 험한 생활은 아내를 일찍 늙게 만든다. 서양)

조걸위학 助桀爲虐

하나라의 폭군 걸 임금의 잔학한 짓을 돕다. 악인의 악행을 돕다.

속: He that helps the evil hurts the good.

(악인들을 돕는 자는 선한 사람들을 해친다. 서양)

조경모운 朝耕暮耘

아침에 밭을 갈고 저녁에 김을 매다. 부지런히 농사를 짓다.

속: It is the farmer's care that makes the field bear.
(밭이 결실을 내게 만드는 것은 농부의 보살핌이다. 서양)

조고여생 早孤餘生

어려서 어버이를 여의고 자란 사람.

속: It is a sad burden to carry a dead man's child.
(죽은 사람의 아이를 데리고 다니는 것은 슬픈 짐이다. 영국)

조궁즉탁 鳥窮則啄

새가 쫓기다가 궁해지면 상대방을 부리로 쫀다.

약한 자도 궁지에 몰리면 강한 자에게 대든다.

속: Stop shallow water still running, it will rage.
(조용히 흐르는 얕은 물을 막으면 물이 거칠어질 것이다. 영국)

조다담반 粗茶淡飯

조잡한 차와 간소한 식사. 간소한 음식. 보통 식사. 검소한 식사.

속: Dinners cannot be long where dainties want.
(맛있는 음식이 없는 곳에서는 식사가 오래 걸릴 수 없다. 서양)

조득모실 朝得暮失

아침에 얻은 것을 저녁에 잃다. 얻은 지 얼마 되지 않아 곧 잃다.

속: What a day may bring, a day may take away.
(하루가 가져올 수 있는 것은 하루가 가져갈 수 있다. 영국)

조령모개 朝令暮改

아침에 내린 명령을 저녁에 바꾸다. 원칙도 없이 이랬다저랬다 하다.

속: The law is not the same at morning and night.
(법이 아침과 밤에 같지 않다. 서양)

조명시리 朝命市利

명예는 조정에서, 이익은 시장에서 다투어야 한다.
무슨 일이든지 그것에 알맞은 장소에서 해야 한다.
속: Everyone fastens where there is gain.
(누구나 이익이 있는 곳에 매달린다. 서양)

조문석사 朝聞夕死

아침에 도리를 깨달으면 저녁에 죽어도 좋다.
속: The day one knows all, let him die.
(모든 것을 아는 날 그는 죽어도 좋다. 나이지리아)

조불급석 朝不及夕

저녁에 일이 어떻게 될지 아침에 알 수가 없다. 동: 조불려석 朝不慮夕
속: None knows what will happen to him before sunset.
(해가 지기 전에 자기에게 무슨 일이 일어날지 아무도 모른다. 서양)

조삼모사 朝三暮四

아침에 세 개, 저녁에 네 개. 약은꾀로 속이고 우롱하다. 수시로 변하다.
속: He that once deceives is ever suspected.
(한 번 속인 사람은 항상 의심을 받는다. 서양)

조상지어 俎上之魚

도마 위의 물고기. 저항할 수 없는 힘없는 존재.
속: He is a fish out of water.(그는 물을 떠난 물고기다. 서양)

조실이번 蚤實以蕃

일찍 열매가 맺히면 수확이 많다.
속: The boughs that bear most hang lowest.

(열매가 가장 많은 가지가 가장 낮게 늘어진다. 서양)

조심대의 粗心大意

일을 소홀히 하다. 부주의하다.

속: Want of care does us more harm than want of knowledge.

(지식의 결핍보다는 부주의가 더 큰 손해를 우리에게 끼친다. 서양)

조위식사 鳥爲食死

새는 좋은 먹이를 먹으려다가 잡혀 죽는다.

속: He that bites on every weed must needs light on poison.

(무슨 풀이든 모두 씹어대는 자는 결국 독초를 씹고 만다. 영국)

조작지지 鳥鵲之智

까치의 지혜. 하찮은 지혜.

속: He is wise who is not foolish for long.

(오랫동안 어리석지 않는 자는 지혜롭다. 로마)

조장발묘 助長拔錨

묘를 잡아 뽑아서 자라는 것을 돕다.

옳지 못한 일을 부추기거나 눈감아주다.

속: Praise the fool and you water his folly.

(바보를 칭찬하면 그의 어리석음을 증가시킨다. 서양)

조제남조 粗製濫造

조잡하게 물건을 함부로 많이 만들다.

속: The rough net is not the best catcher.

(조잡한 그물은 물고기를 가장 잘 잡는 것이 아니다. 서양)

조족지혈 鳥足之血

새 발의 피. 매우 적은 분량. 하찮은 것.

속: As big as a bee's knee.(꿀벌의 무릎만큼 크다. 영국)

조종자여 操縱自如

자기 뜻대로 조종하다.

속: It is skill, not strength, that governs a ship.

(배를 조종하는 것은 힘이 아니라 기술이다. 서양)

조지과급 操之過急

일을 지나치게 성급하게 처리하다.

속: Like a cat on hot bricks.

(뜨거운 벽돌 위의 고양이처럼 성급하다. 영국)

He that is heady is ruled by a fool.

(성급한 자는 바보의 지배를 받는다. 서양)

조진궁장 鳥盡弓藏

새를 모두 잡고 나면 활을 창고에 넣는다. 일이 성공한 뒤 출중한 인재를 버리거나 죽이다. 쓸모가 없어지면 버림받다.

속: I will keep no more cats than will catch mice.

(나는 쥐를 잡을 고양이 이외에는 고양이를 더 많이 기르지 않겠다. 서양)

조천시변 朝遷市變

조정이 바뀌면 도시가 변한다. 왕조가 교체되고 사회가 혼란하다.

속: Limerick was, Dublin is, and Cork shall be the finest city of the three.(세 도시 가운데 가장 좋은 도시는 과거에는 리메리크였고 지금은 더블린이고 미래에는 코크일 것이다. 영국)

601

조출모귀 朝出暮歸

아침 일찍 나가서 저녁 늦게 돌아오다. 집에 늘 있지 않아서 여가가 없다.

속: Three things drive a man out of his house: smoke, rain, and a bad wife.(남자를 자기 집에서 몰아내는 세 가지는 연기, 빗물, 그리고 악처다. 영국)

조화농인 造化弄人

운명이 사람을 희롱하다.

속: Fortune effects great changes in brief moments.
(운명은 짧은 기간에 엄청난 변화를 초래한다. 로마)

조화적신 厝火積薪

쌓인 장작더미 아래 불을 놓다. 엄청난 위험을 안고 있다.

표면에 아직 나타나지 않은 재해.

속: There is a snake in the grass.(풀밭에 뱀이 있다. 서양)

조환석락 朝歡夕樂

아침저녁으로 환락에 젖어 있다.

속: Many feel dejected after pleasures, banquets, and public holidays.
(많은 사람들은 환락, 주연, 공휴일이 지난 뒤 우울해진다. 로마)

족지다모 足智多謀

지혜가 풍부하고 계책이 많다. 일처리와 계책을 세우는 솜씨가 뛰어나다.

속: Both folly and wisdom come upon us with years.
(나이가 들수록 우리는 어리석음과 지혜를 다 같이 얻는다. 서양)

존년상치 尊年尙齒

나이가 많은 노인을 존중하다.

속: Everything ancient is to be respected.
(오래된 것은 모두 존중되어야만 한다. 그리스)

존로애유 尊老愛幼
노인을 존경하고 아이를 사랑하다.
속: An old man is twice a child.(노인은 두 번 어린애가 된다. 서양)

존망지추 存亡之秋
존속하느냐 망하느냐가 달린 절박한 때.
죽느냐 사느냐가 달린 위급한 때.
속: Sink or swim.(가라앉거나, 아니면 헤엄쳐라. 서양)

존심양성 存心養性
양심을 보존하고 본성을 기르다.
속: It is always term time in conscience court.
(양심의 법정은 항상 열리고 있다. 서양)

존현사능 尊賢使能
덕망과 재능이 있는 인재를 존중하고 임용하다.
속: Respect a man, he will do the more.
(남을 존중하면 그는 더 많은 일을 할 것이다. 영국)

졸구둔사 拙口鈍辭
말을 잘 하지 못하다. 말재주가 없다.
속: The lame tongue gets nothing.
(말이 서툰 자는 아무 것도 얻지 못한다. 영국)

졸부귀불상 猝富貴不祥

갑자기 얻은 부귀는 상서롭지 못하고 재난이 따르기 쉽다.

속: Unless a serpent eats a serpent, it will not become a dragon.

(뱀은 다른 뱀을 먹지 않는 한 용이 되지 못할 것이다. 서양)

종간여류 從諫如流

물이 높은 데서 낮은 데로 흐르듯 바른말을 빨리 받아들여 따르다.

속: Take a woman's first advice and not the second.(여자의 첫 번째 충고는 받아들이지만 두 번째 충고는 받아들이지 마라. 프랑스)

종결주현 踵決肘見

신을 신으면 신 뒤축이 터지고 옷깃을 당기면 팔꿈치가 드러나다.
옷이 초라하고 매우 가난하다.

속: A sheepskin shoe lasts not long.

(양가죽 구두는 오래 가지 못한다. 서양)

종과득과 種瓜得瓜

오이를 심으면 오이가 난다. 원인이 있으면 결과가 있다.

속: He that sows thistles shall reap prickles.

(엉겅퀴를 심은 자는 가시나무를 거둘 것이다. 서양)

종남첩경 終南捷徑

관직이나 명리를 얻는 지름길. 목적을 가장 빨리 달성하는 방법.

속: A short cut is often a wrong cut.

(지름길은 잘못된 길인 경우가 많다. 덴마크)

종두득두 種豆得豆

콩 심은 데 콩 난다. 원인에 따라 결과가 생기다.

속: Sow beans in the mud, and they'll grow like wood.
(진흙에 콩을 뿌리면 숲처럼 자랄 것이다. 영국)

종두지미 從頭至尾

머리에서 꼬리까지. 처음부터 끝까지. 동: 자두지미 自頭至尾
속: From the eggs to the apples.(달걀들로부터 사과들까지. 영국)

종맥득맥 種麥得麥

보리를 심으면 보리가 난다.
속: When the sloe-tree's as white as a sheet, sow your barley, whether it be dry or wet.(자두나무가 종잇장처럼 하얄 때 날씨가 맑든 비가 오든 보리를 파종하라. 영국)

종불출급 終不出給

빚진 돈을 끝내 갚지 않다.
속: Giving is dead nowadays, and restoring very sick.
(주는 것은 요즈음 죽었고 반환은 중병에 걸려 있다. 영국)

종불회개 終不悔改

끝내 회개하지 않다.
속: The thief is sorry that he is to be hanged, but not that he is a thief.(도둑이 유감으로 생각하는 것은 자신이 도둑이라는 사실이 아니라 교수 당할 것이라는 사실이다. 서양)

종선여등 從善如登

선행의 실천은 등산처럼 어렵다.
속: Virtue has few Platonic lovers.
(선행은 그것을 순수하게 사랑하는 사람이 거의 없다. 서양)

종선여류 從善如流

물이 흐르듯 선행을 따라가다. 남의 좋은 의견을 물이 흐르듯 따르다.

속: Virtue is its own reward.(선행은 그 자체의 보상이다. 서양)

종신대사 終身大事

일생에 가장 큰 일. 남녀의 결혼.

속: Make haste when you are purchasing a field, but when you marry a wife be slow.

(밭을 살 때는 서두르지만 아내를 고를 때는 천천히 하라. 히브리)

종신지질 終身之疾

죽을 때까지 고칠 수 없는 병.

속: With respect to the gout, the physician is a lout.

(통풍에 관한 한 의사는 시골뜨기다. 서양)

종심소욕 從心所欲

자기 마음이 원하는 대로 하다. 반: 신불유기 身不由己

속: The wish is father to the thought.

(바라는 마음은 생각을 낳는다. 영국)

What we wish we readily believe.

(우리는 자기가 바라는 것을 쉽게 믿는다. 서양)

종오소호 從吾所好

자기가 좋아하는 대로 한다.

속: The sow loves bran better than roses.

(암퇘지는 장미보다 밀기울을 더 좋아한다. 서양)

종용불박 從容不迫

서두르지 않고 여유 있게 행동하다. 매우 침착하다.

속: Take time while time is, for time will away.

(시간은 지나갈 것이므로 시간이 있을 때 서두르지 마라. 스코틀랜드)

Do nothing hastily but catching fleas.

(벼룩들을 잡는 일 이외에는 아무 것도 서둘러 하지 마라. 영국)

종일지역 終日之役

하루 동안 들이는 수고.

속: Every day brings its work.

(모든 하루는 자기 일을 가지고 온다. 서양)

종정구인 從井救人

우물 안에 들어가 남을 구하다. 남을 구하려다가 자기가 죽다.

속: Drown not yourself to save a drowning man.

(익사하는 사람을 구하기 위해 너 자신이 익사하지는 마라. 서양)

종정축욕 縱情逐欲

마음 내키는 대로 욕심을 따르다.

속: Forbidden thing is the most desired.

(금지된 것은 가장 하고 싶은 것이다. 프랑스)

종천지한 終天之恨

평생 동안 품은 원한이나 유감.

속: When injured, women are generally implacable.

(모욕을 받은 여자는 일반적으로 화해하기 어렵다. 로마)

좌견천리 坐見千里

앉아서 천 리를 보다. 앞일을 멀리 내다보다.

속: Bernard the monk did not see everything.

(베르나르도 수도자가 모든 것을 보지는 않았다. 라틴어)

좌관성패 坐觀成敗

방관자로 앉아서 남의 성공이나 실패를 구경만 하다.

속: He'll play a small game rather than stand out.

(그는 구경만 하기보다는 작은 게임에 참가할 것이다. 영국)

좌단 左袒

왼쪽 소매를 벗어 왼쪽 어깨를 드러내다. 어느 한쪽의 편을 들다.

속: There are two sides of every question—the wrong side and our side.(모든 문제에는 양쪽이 있는 데 그것은 잘못된 쪽과 우리 쪽이다. 미국)

좌립불안 坐立不安

앉으나 서나 불안하다. 안절부절 못하다. 마음이 안정되지 않다.

속: Like a cat round hot milk.(뜨거운 우유 근처의 고양이와 같다. 영국)

좌불안석 坐不安席

마음이 불안해서 한 군데 오래 앉아 있지 못하다.

속: To have a breeze in one's breech.

(자기 바지 안에 등에가 들어 있다. 영국)

좌사우상 左思右想

여러 가지로 생각하다. 생각을 거듭하다.

속: Thinking is not knowing.(생각하는 것은 아는 것이 아니다. 서양)

좌수우봉 左授右捧

왼손으로 주고 오른손으로 받다. 즉석에서 주고받다.

속: Give and take.(주고받고 하라. 그리스)

좌식산공 坐食山空

앉아서 먹기만 하면 산도 없어진다.

아무리 재산이 많아도 놀고먹기만 하면 빈털터리가 되고 만다.

속: He that lies long abed, his estate feels it.

(침대에 오래 누워 있으면 그의 재산이 그것을 느낀다. 서양)

좌실양기 坐失良機

앉아서 좋은 기회를 잃다.

속: It is a foolish bird that stays the laying salt upon her tail.(자기 꼬리에 소금을 놓게 하는 새, 즉 스스로 잡히려고 하는 새는 어리석다. 서양)

좌언기행 坐言起行

앉아서 한 말을 서서 실행하다. 자기가 한 말을 반드시 실천하다.

속: Actions speak louder than words.

(실천이 말보다 더 크게 말한다. 서양)

좌옹득상 佐饔得嘗

밥 짓는 것을 돕는 사람도 음식 맛을 볼 수 있다.

남의 좋은 일을 도우면 자기도 영예를 누릴 수 있다.

속: Who deals with honey will sometimes be licking his fingers.

(꿀을 다루는 사람은 가끔 자기 손가락을 빨 것이다. 서양)

좌와기거 坐臥起居

눕고 앉는 것과 일어나고 사는 것. 일상생활.

속: None can pray well but he that lives well.
(잘 살아가는 자 이외에는 아무도 기도를 잘 할 수 없다. 서양)

좌우경측 左右傾側

좌우 어느 쪽으로도 기울어지다. 때와 형편에 따라 좋은 쪽에 붙다.

속: If you run after two hares, you will catch neither.
(토끼 두 마리를 좇으면 한 마리도 못 잡는다. 서양)

좌우명 座右銘

항상 곁에 두고 교훈으로 삼는 격언. 유: 탕지반명 湯之盤銘

속: Still I am learning.(나는 아직도 공부하고 있다. 미켈란젤로의 좌우명)

좌지분장 坐地分贓

집에 앉아서 장물을 분배받다.

속: The receiver's as bad as the thief.
(훔친 물건을 받는 자는 도둑과 마찬가지다. 영국)

좌지불천 坐之不遷

한 자리에 오래 붙어 앉아서 옮기지 않다.

속: Who is well seated, let him not stir.
(자리를 잘 잡고 앉아 있는 자는 몸을 일으키지 마라. 독일)

좌지우지 左之右之

좌우로 제 마음대로 휘둘러대다. 남을 마음대로 조종 또는 지배하다.

동: 사비사지 使臂使指

속: What the princes fiddle the subjects must dance.
(군주가 음악을 연주하는 대로 신하들은 춤을 추어야만 한다. 독일)

좌투득상 佐鬪得傷

남의 싸움을 돕다가 자기 몸을 다치다.

속: Go early to the fish market, and late to the shambles.

(어시장에는 일찍 가고 싸움판에는 늦게 가라. 영국)

좌향기성 坐享其成

앉아서 남의 노고의 성과만 누리다.

속: Asses fetch the provender and horses eat it.

(당나귀들이 건초를 운반하고 말들이 그것을 먹는다. 네덜란드)

좌흘산공 坐吃山空

앉아서 놀고먹기만 하는 자는 산더미 같은 재산도 탕진한다.

속: By always taking out and never putting in, the bottom is soon reached.

(언제나 꺼내기만 하고 전혀 넣지 않으면 곧 바닥이 드러난다. 스페인)

죄가일등 罪加一等

죄를 더욱 엄하게 처벌하다.

속: The greater the man, the greater the crime.

(범인의 지위가 높을수록 죄도 더욱 무겁다. 서양)

죄유유귀 罪有攸歸

죄는 그 책임이 돌아가는 곳이 있다.

속: Without knowledge, without sin.(모르면 죄도 없다. 서양)

주경야독 晝耕夜讀

낮에는 밭을 갈고 밤에는 책을 읽다. 바쁜 틈을 타서 어렵게 공부하다.

속: Plough well and deep and you will have plenty of corn.

(밭을 깊게 잘 갈면 많은 밀을 얻을 것이다. 스페인)

야간 독서 (청량인자 淸涼引子)

주객전도 主客顚倒

사물의 앞 뒤, 경중, 완급 또는 주인과 손님이 서로 뒤바뀌다.

속: Do not keep a dog and bark yourself.

(개를 기르면서 네가 짖지 마라. 영국)

주관방화 州官放火

주관만 등불을 켜게 하고 백성은 등불도 켜지 못하게 하다.

사악한 무리의 횡포.

속: He who shares honey with the bear has the least part of it.

(곰과 함께 꿀을 나누는 자는 가장 적은 부분을 얻는다. 서양)

주극즉난 酒極則亂

술이 지나치면 마음이나 행동이 어지러워진다.

속: Nothing is more hurtful to health than much wine.

(술을 많이 마시는 것보다 건강에 더 해로운 것은 없다. 로마)

주급분마 走及奔馬

말이 달리는 속도만큼 빨리 달려갈 수 있다. 매우 빨리 달려가다.

속: He that runs fastest gets most ground.

(가장 빨리 달리는 자가 가장 많은 땅을 얻는다. 영국)

주낭반대 酒囊飯袋

술 주머니와 밥주머니. 먹고 마시기만 해서 쓸모없는 사람.

속: Fat heads, lean brains.(살찐 머리는 두뇌가 빈약하다. 이탈리아)

주마가편 走馬加鞭

달리는 말을 채찍으로 때리다. 잘 하는 사람을 더욱 잘 하라고 격려하다.

속: The horse that draws always gets the whip.

(짐을 항상 잘 끄는 말이 채찍을 맞는다. 프랑스)

주망진봉 蛛網塵封

거미줄이 가득하고 먼지로 꽉 채워져 있다.

방을 오랫동안 청소하지 않았고 아무도 방이나 집기를 사용하지 않았다.

속: Where cobwebs are plenty, kisses are scarce.

(거미줄이 많은 곳에는 거의 키스가 없다. 영국)

주무유호 綢繆牖戶

비 오기 전에 창문을 미리 닫다. 일이 나기 전에 미리 조심하다.

속: Light your lamp before it becomes dark.

(어두워지기 전에 너의 등불을 켜라. 아랍)

주불피귀 誅不避貴

죄의 처벌은 고귀한 사람을 피해가지 않는다.

법 앞에는 신분의 귀천이 없다.

속: On the turf and under it all men are equal.

(지상에서도 지하에서도 모든 사람은 평등하다. 영국)

주색잡기 酒色雜技

술과 여자와 여러 가지 노름. 유: 침어주색 沈於酒色

속: Gaming, wine, and women, through which I have become a beggar.(나는 도박과 술과 여자 때문에 거지가 되었다. 라틴어)

주색재기 酒色財氣

인생에서 경계해야 할 네 가지, 일 즉 주색을 좋아하고 재물을 탐내며 자만하는 것.

속: Play, women, and wine undo men laughing.

(도박, 여자, 술은 웃으면서 사람들을 파멸시킨다. 영국)

주식정수 酒食征逐

서로 초청하여 술 마시며 놀기만 하다. 건전하지 못한 교제.

속: Pot friendship.(음식을 같이 먹는 교제. 로마)

Drinking kindness is drunken friendship.

(술 마실 때의 친절은 술 취한 우정이다. 영국)

주식지옥 酒食地獄

밤낮으로 술잔치를 벌여 피로해서 괴로워하는 일.

속: More are drowned in the goblet than in the sea.

(바다보다는 술잔에서 더 많은 사람이 익사한다. 독일)

주심지론 誅心之論

행동의 동기를 따져서 처벌하다. 남의 동기를 가려내 비판하다.

심각하게 논의하여 결정하다.

속: Man punishes the action, but God the intention.

(사람은 행동을 처벌하지만 하느님께서는 동기를 가려 처벌하신다. 서양)

주유별장 酒有別腸

술 마시는 사람은 내장이 별도로 있다. 주량은 체구와 관계가 없다.

속: The more one drinks, the more one may.

(술은 마시면 마실수록 더 많이 마실 수 있게 된다. 영국)

주육붕우 酒肉朋友

오로지 술이나 함께 마시는데 불과한 친구.

속: When good cheer is lacking, our friends will be packing.

(맛있는 음식이 떨어질 때 우리 친구들은 떠날 것이다. 영국)

주인빈역귀 主人貧亦歸

주인이 가난해도 역시 그 주인에게 돌아가다. 옛 주인을 잊지 못하다.

속: He never has a bad lease, that has a good landlord.

(좋은 땅 주인을 만난 자는 가혹한 임차를 하지 않는다. 영국)

주입설출 酒入舌出

술이 들어가면 혀가 나온다. 술을 마시면 말이 많아진다.

속: When wine sinks, words swim.

(포도주가 들어가면 말들이 헤엄친다. 서양)

주자난별 朱紫難別

주홍색과 자주색을 구별하기 어렵다. 선악을 구별하기 어렵다.

속: You are yourself guilty of injustice when you do not punish it.

(너는 불의를 처벌하지 않을 때 너 자신이 불의에 대해 유죄다. 로마)

주작부언 做作浮言

터무니없는 거짓말을 지어내다.

속: Errors in the first concoction are hardly mended in the second.

(최초의 꾸며낸 이야기의 잘못들은 다음번에도 결코 수정되지 않는다. 서양)

주장낙토 走獐落兎

노루를 좇다가 토끼를 줍다. 뜻밖의 이익을 얻다.

속: Roast geese don't come flying into the mouth.

(구워진 거위가 입에 날아 들어오는 법은 없다. 서양)

주적심허 做賊心虛

도둑이 제 발 저리다. 나쁜 짓을 한 사람은 마음이 불안하다.

속: He that commits a fault thinks everyone speaks of it.

(잘못을 저지르는 자는 모든 사람이 그것에 대해 말한다고 생각한다. 서양)

주족반포 酒足飯飽

만족할 만큼 술을 마시고 음식을 먹다.

속: Eat at pleasure, drink by measure.

(마음껏 먹고 적절하게 마셔라. 영국)

주주객반 主酒客飯

주인은 술을 권하고 손님은 주인에게 밥을 권하며 다정하게 식사하다.

속: It is an ill guest that never drinks to his host.

(주인을 위해 한 번도 건배하지 않는 손님은 나쁜 손님이다. 영국)

주지육림 酒池肉林

술로 연못을 만들고 고기로 숲을 이루다. 극도의 사치와 방탕에 빠지다.

속: Wine is the blood of devils.(술은 악마의 피다. 서양)

주취반포 酒醉飯飽

술을 취하도록 마시고 음식을 실컷 먹다.

속: Let us eat and drink, for tomorrow we may die.

(내일은 죽을지도 모르니 먹고 마시자. 서양)

죽람타수 竹籃打水

대바구니로 물을 긷다. 헛수고를 하다.

속: To put in water in a basket.(바구니에 물 붓기. 서양)

죽마고우 竹馬故友

어릴 때 대나무 말을 타고 같이 놀던 친구.

어려서부터 친하게 지낸 친구.

속: The best mirror is an old friend.

(제일 좋은 거울은 오래된 친구다. 서양)

죽소승다 粥少僧多

죽은 적고 중은 많다. 물건은 적고 그것이 필요한 사람은 많다.

속: More cats than mice.(쥐보다 고양이가 더 많다. 서양)

준마매태치한주 駿馬每馱癡漢走

준마는 항상 얼간이들을 태우고 달린다. 세상 일이 모두 불공평하다.

속: Fortune and women have a delight in fools.

(행운과 여자들은 바보들을 좋아한다. 독일)

준명불역 駿命不易

하늘의 뜻은 한번 정해지면 바뀌지 않는다.

속: Hobson's choice.(홉슨의 선택, 즉 본의 아니게 선출되는 일. 영국)

준민고택 浚民膏澤

백성의 재물을 몹시 심하게 쥐어짜다. 동: 가렴주구 苛斂誅求

속: What the church leaves the exchequer takes.

(교회가 남겨두는 것을 나라의 금고가 가져간다. 스페인)

준조절충 樽俎折衝

술자리에서 적의 창끝을 꺾어 막다.

외교교섭이나 담판으로 적을 제압하여 승리하다. 외교담판.

속: In long treaty lies sometimes great falsehood.

(긴 조약에는 가끔 심각한 속임수가 들어 있다. 서양)

중과부적 衆寡不敵

숫자가 적은 쪽은 많은 쪽을 당해낼 수 없다.

속: Many dogs soon eat up a horse.

(많은 개는 곧 말을 잡아먹는다. 영국)

중구난방 衆口難防

많은 사람의 입은 막기 어렵다.

속: He needs much butter who would stop every man's mouth.

(모든 사람의 입을 막으려면 버터가 엄청나게 많이 필요하다. 덴마크)

중구분분 衆口紛紛

많은 사람이 제각기 자기주장을 하다.

속: When all men speak, no man hears.

(모든 사람이 말할 때는 아무도 듣지 않는다. 스코틀랜드)

중구일사 衆口一辭

모든 사람이 같은 말을 하다. 모든 사람의 의견이 일치하다.

속: Opinions are like fashions, beautiful when new, ugly when discarded.

(여론은 유행과 같아서 새 것은 아름답지만 버림받으면 추하다. 프랑스)

중니재생 仲尼再生

공자가 다시 태어나다. 남을 현명하다고 칭찬하는 말.

속: It is better to be lucky than wise.

(현명한 것보다는 운이 좋은 것이 낫다. 이탈리아)

중도이폐 中道而廢

일을 하다가 도중에 그만두다.

속: He begins to build too soon that has not money to finish it.

(건물을 완성할 돈이 없는 자의 건축 시작은 너무 빠른 것이다. 영국)

중론불일 衆論不一

많은 사람의 의견이 한결같지 않다.

속: "When you are all agreed upon a time", quotes the vicar, "I'll make it rain."("여러분 모두가 날짜에 관해 합의했을 때 나는 비가 오게 만들겠습니다."라고 교구목사가 말한다. 영국)

중망소귀 衆望所歸

많은 사람의 신임을 받는 사람.

속: All is well with him who is beloved of his neighbors.

(이웃사람들의 사랑을 받는 사람에게는 모든 것이 순조롭다. 영국)

중목소창 衆目昭彰

많은 사람이 분명하게 바라보고 있다.

속: You dance in a net and think that nobody sees you.

(너는 그물 안에서 춤추면서도 아무도 너를 못 본다고 생각한다. 영국)

중반친리 衆叛親離

많은 사람이 배반하고 친지들이 떠나가다. 완전히 고립되다.

속: One is never betrayed except by one's kindred.

(배반하는 것은 오로지 친척들뿐이다. 프랑스)

중석몰촉 中石沒鏃

쏜 화살이 돌에 깊이 박히다. 정신을 집중하면 놀라운 위력이 나온다.

속: Nothing is impossible to a willing mind.

(자진해서 일하는 사람에게 불가능한 것은 없다. 서양)

중소주지 衆所周知

모든 사람이 다 알고 있다.

속: A village is a hive of glass where nothing unobserved can pass.(마을은 누구나 모든 것을 들여다 볼 수 있는 유리 벌집이다. 서양)

중수구호 重修舊好

예전의 좋은 관계를 회복하다. 화해하다.

속: He is wise that can make a friend of a foe.

(적을 친구로 만들 수 있는 자는 현명하다. 스코틀랜드)

중시지적 衆矢之的

많은 화살의 과녁. 많은 사람의 공격이나 비난의 대상.

속: Great marks are soonest hit.(큰 과녁은 가장 빨리 적중된다. 영국)

중용지도 中庸之道

중용의 길.

속: Virtue lies in moderation.(미덕은 중용에 있다. 로마)

The middle way of measure is ever golden.

(중용의 조치는 항상 가장 좋다. 영국)

중우태산 重于泰山

태산보다 더 무겁다. 의미가 매우 중대하다.

속: It is the last straw that breaks the camel's back.

(낙타의 등을 꺾는 것은 마지막 지푸라기다. 서양)

중원축록 中原逐鹿

중원의 사슴을 뒤쫓다. 황제의 지위, 정권, 지위 등을 차지하려고 다투다.

속: He that follows the lord hopes to go before.

(군주의 뒤를 따라가는 자는 자신이 앞서서 가기를 바란다. 서양)

중원판탕 中原板蕩

나라의 정국이 혼미하다. 나라에 큰 난리가 일어난다.

속: There is no evil greater than anarchy.

(무정부상태보다 더 큰 재앙은 없다. 로마)

중의성림 衆議成林

많은 사람의 의견은 평평한 땅에 숲을 이룬다.

많은 사람의 논의는 힘이 매우 크다.

속: Opinion is the mistress of fools.(여론은 바보들의 주인이다. 서양)

중자관원 仲子灌園

제나라 진중문(陳仲文)이 은거하면서 남의 집 정원에 물을 대는 일을 하며 살아간 일.

속: A garden must be looked unto and dressed as the body.

(정원은 사람의 몸처럼 보살피고 손질해야만 한다. 서양)

중정무사 中正無私

군주는 옳고 바르며 사심이 없고 공정해야 한다.

속: The king cannot deceive or be deceived.

(왕은 속일 수도 없고 속을 수 없다. 라틴어)

중즉난최 衆則難摧

하나는 쉽게 꺾이지만 여럿이 뭉치면 꺾기 어렵다.

혼자 힘으로 이루기 어려운 일도 여럿이 협력하면 이룰 수 있다.

속: Many straws may bind an elephant.

(많은 지푸라기는 코끼리를 묶을 수 있다. 힌두)

중취독성 衆醉獨醒

모두 취한 가운데 홀로 깨어 있다.

속: A mad beast must have a sober driver.

(미친 짐승은 맨 정신인 사람이 몰아야만 한다. 서양)

즉시일배주 卽時一杯酒

눈앞에 있는 한 잔의 술. 장래의 큰 이익보다 당장의 이익이 낫다.

속: Better an egg today than a hen tomorrow.

(내일의 암탉 한 마리보다 오늘의 달걀 하나가 낫다. 이탈리아)

즐풍목우 櫛風沐雨

바람으로 빗질하고 빗물로 목욕하다.

객지에서 떠돌며 온갖 고생을 다 하다.

속: Far from home is near to harm.

(집에서 멀리 떨어질수록 피해에 가깝다. 서양)

증거역연 證據歷然

증거가 확실하다.

속: Where the deer is slain, there will some of his blood lie.

(사슴이 살해된 곳에 그 피가 조금은 남아 있을 것이다. 영국)

증경창해 曾經滄海

이미 넓은 바다를 건넜다. 경험이 많아서 세상일에 밝다.

평범한 일은 대수롭지 않게 여기다.

속: There needs a long time to know the world's pulse.

(세상 돌아가는 것을 알려면 오랜 시간이 필요하다. 서양)

증닉추석 拯溺錘石

물에 빠진 사람을 구해준다면서 돌을 던지다. 사태를 더욱 악화시키다.

속: Pour not water on a drowning mouse.

(익사하는 쥐에게 물을 퍼붓지 마라. 서양)

증사작반 蒸沙作飯

모래를 쪄서 밥을 짓는 것처럼 불가능한 일이다.

속: Boil stones in butter and you may sip the broth.

(돌을 버터에 넣고 끓이면 너는 그 국을 마실지도 모른다. 서양)

증삼살인 曾參殺人

공자의 제자 증삼이 사람을 죽였다는 헛소문.

거짓말도 여러 사람이 하면 믿게 된다.

속: Evil is soon believed.(나쁜 일은 사람들이 빨리 믿는다. 영국)

증이파의 甑而破矣

시루는 이미 깨어졌다. 이미 그릇된 일은 후회해도 소용없다.

속: It's too late to cast anchor when the ship's on the rock.

(배가 바위에 올라앉은 뒤에 닻을 던지는 것은 이미 늦었다. 서양)

지고기양 志高氣揚

포부가 크고 기세가 드높다.

속: Look high and fall low.(높이 쳐다보고 낮게 떨어져라. 서양)

지과위무 止戈爲武

난리를 평정하고 무기를 쉬게 하는 것이 진정한 무공이다.

속: From the spear a crown.(월계관은 창에서 나온다. 로마)

지균역적 智均力敵

양쪽의 계책과 세력이 같다.

속: Strategem against strategem.(책략에는 책략으로 대항하다. 프랑스)

지기기신 知幾其神

사태의 조짐을 미리 아는 것이 귀신과 같다.

속: The ox has spoken.(황소가 말했다, 즉 황소가 조짐을 알렸다. 로마)

지기식변 知機識變

적절한 시기를 알고 사태의 변화를 식별하여 대응하다.

속: Set not your loaf in till the oven's hot.

(화덕이 뜨거워질 때까지 네 반죽을 넣지 마라. 서양)

지기지우 知己之友

자기를 알아주는 친구.

속: Friends in general, one in special.

(친구는 많아도 특별한 친구는 하나뿐이다. 서양)

지난이진 知難而進

어렵다는 것을 알면서도 전진하다.

속: Difficulty makes desire.(어려움은 욕망을 낳는다. 서양)

지난이퇴 知難而退

군사작전 때 이길 수 없다고 알면 후퇴한다.

어려움을 알면 뒤로 물러선다.

속: A brave retreat is a brave exploit.

(용감한 후퇴는 용감한 행동이다. 영국)

지난이행 知難而行

어려움을 알고도 가다.

속: The more cost, the more honor.

(치르는 대가가 클수록 얻는 명예도 더욱 크다. 스코틀랜드)

지대물박 地大物博

땅이 넓고 생산물이 풍부하다. 동: 옥야천리 沃野千里

속: The earth produces all things and receives all again.

(대지는 모든 것을 생산하고 모든 것을 다시 받아들인다. 영국)

지독지정 舐犢之情

어미 소가 송아지를 핥아주며 사랑하는 정. 자녀에 대한 부모의 사랑.

속: Love is blind.(사랑은 눈이 멀었다. 서양)

지동도합 志同道合

뜻과 이상이 같고 추구하는 것도 같다.

속: Those who do a thing are consenting parties.

(같은 일을 하는 자들은 합의한 당사자들이다. 라틴어)

지란지교 芝蘭之交

친구들 사이의 고상한 교제.

속: Heaven without a good society cannot be heaven.

(좋은 교제가 없는 천당은 천당이 아니다. 서양)

지려측해 持蠡測海

표주박으로 바다의 깊이를 재다. 불가능한 일이다.

식견이 낮은 사람이 심원한 사물을 다루다.

속: He that would please all and himself too, undertakes what he

cannot do.(모든 사람과 자신의 비위를 맞추려고 하는 자는 자기가 할
수 없는 일을 맡는 것이다. 영국)

지록위마 指鹿爲馬

사슴을 가리키면서 말이라고 하다. 흑백과 시비를 일부러 뒤바꾸다.
강압적으로 억지를 부리다. 억지를 부려 남을 궁지로 몰아넣다.
윗사람을 농락하여 권력을 휘두르다.
속: To say the crow is white.(까마귀를 희다고 말하다. 영국)

지리파쇄 支離破碎

산산조각이 나서 사방에 흩어지다.
속: Many rendings need many mendings.
(많은 파손은 많은 수리가 필요하다. 서양)

지복위혼 指腹爲婚

뱃속의 태아를 가리켜 혼인을 약속하다.
속: Early wed, early dead.(일찍 결혼하면 일찍 죽는다. 영국)

지복지맹 指腹之盟

뱃속의 태아를 가리켜 한 맹세.
속: All promises are either broken or kept.
(모든 약속은 위반되거나 지켜진다. 영국)

지부작족 知斧斫足

아는 도끼에 발등 찍히다. 믿던 일이 어그러지다.
속: Trust makes way for treachery.
(신뢰는 배신을 위한 길을 만든다. 서양)

지사불굴 至死不屈

죽어도 굴복하지 않다.

속: A man can only die once.(사람은 오직 한 번 죽을 뿐이다. 서양)

One cannot die twice.(사람은 두 번 죽을 수 없다. 러시아)

지사불변 至死不變

죽어도 변하지 않다.

속: I am loathe to change my will.(나는 나의 뜻을 변경하기 싫다. 영국)

지서달례 知書達禮

시경과 서경을 알고 예절에 통달하다. 학식과 교양이 있다.

속: Who is first silent in a quarrel comes of a good family.

(말다툼에서 먼저 입을 다무는 자는 좋은 집안 출신이다. 히브리)

지서덕쇠 知書德衰

글을 알면 지식은 늘지만 덕성은 줄어든다.

속: Folly and learning often dwell in the same person.

(어리석음과 학식은 같은 사람 안에서 동거하는 경우가 많다. 서양)

지선지미 至善至美

가장 선한 것과 가장 아름다운 것.

속: All good comes to an end—except the goodness of God.

(하느님의 선 이외에는 모든 선한 것은 끝이 있다. 게일족)

지성감천 至誠感天

지극한 정성에는 하늘도 감동한다.

속: Prayer ardent opens heaven.

(간절한 기도는 하늘의 문을 연다. 영국)

지성고절 至誠高節

극진한 정성과 높은 절개. 품격과 지조가 매우 고상하다.

속: Piety is the foundation of all virtues.

(경건함은 모든 미덕의 기초다. 로마)

지성무매 至誠無昧

매우 성실하며 속이려는 마음이 없다.

속: Knavery may serve for a turn, but honesty is best at long-run.(속임수는 한 번 통할 수 있지만 정직은 장기적으로 가장 좋다. 영국)

지신막약군 知臣莫若君

신하에 관해 가장 잘 아는 것은 군주다.

속: Ask the host if he has good wine.

(주인이 좋은 포도주를 가지고 있는지는 주인에게 물어라. 이탈리아)

지어농조 池魚籠鳥

연못의 물고기와 새장의 새. 곤경에 처하고 자유가 없다.

속: Nightingale cannot sing in a cage.

(나이팅게일은 새장 안에서 노래할 수 없다. 서양)

지영보태 持盈保泰

이룬 일을 유지하고 태평하게 지내다.

속: Let well alone.(잘 지낸다면 그대로 지내라. 서양)

지영수성 持盈守成

이미 받은 재산과 가업을 유지하다.

부귀를 한창 누릴 때 근신하여 가업을 유지하고 재앙을 예방하다.

속: Wise care keeps what it has gained.

(현명하게 보살피는 것은 이미 얻은 것을 지킨다. 독일)

지오하주 持螯下酒

조개를 안주로 하여 술을 마시다. 폭음하다.

속: If you drink in your pottage, you'll cough in your grave.

(너는 진한 수프와 함께 술을 마시면 무덤 속에서 기침할 것이다. 서양)

지우책인명 至愚責人明

가장 어리석은 자도 남을 나무라는 데는 밝다.

속: Fools and obstinate men make rich lawyers.

(바보들과 완고한 자들은 변호사들을 부유하게 만든다. 서양)

지의성심 至意誠心

지극한 마음과 정성.

속: A willing mind makes a light foot.

(기꺼이 하려는 마음은 발걸음을 가볍게 만든다. 서양)

지인논세 知人論世

역사적 인물을 알고 평가하기 위해서는 그가 처한 시대를 연구해야 한다.
인물의 우열을 식별하고 평가하며 세상일의 득실을 논한다.

속: Judge a tree by its fruit, not by its leaves.

(잎이 아니라 열매를 보고 나무를 판단하라. 로마)

지인즉철 知人則哲

남의 성품과 능력을 알아보는 것이 곧 탁월한 지혜다.

속: In sports and journey men are known.

(스포츠와 여행에서 사람들은 알려진다. 서양)

지일가대 指日可待

기일을 지정하여 그 성공을 기다릴 수 있다. 그 날이 머지않다.

속: A penny more buys a whistle.(한 푼만 더하면 피리를 산다. 서양)

지자막여부 知子莫如父

자식에 관해서 가장 잘 아는 사람은 그의 아버지다.

속: It is a wise father that knows his own child.
(자기 아들을 아는 아버지는 현명하다. 영국)

지자불언 언자부지 知者不言 言者不知

아는 자는 말하지 않고 말하는 사람이라 해서 다 아는 것도 아니다.

속: He knows most who speaks least.
(말을 가장 적게 하는 사람이 가장 많이 안다. 서양)

지자불혹 知者不惑

지혜로운 사람은 사물에 관해 흔들리지 않고 잘 분별한다.

속: A wise man is out of the reach of fortune.
(지혜로운 사람은 행운의 지배에서 벗어난다. 서양)

지자우귀 之子于歸

딸이 시집가다.

속: When a girl marries, her trouble begins.
(여자가 결혼할 때 그녀의 불행은 시작한다. 서양)

지자일실 智者一失

지혜로운 사람이 천 가지 생각을 해도 한 가지 실수할 때가 있다.

속: There is none so wise but he is foolish at some time.
(아무리 지혜로운 자도 때로는 어리석다. 서양)

지자요수 知者樂水

지혜로운 사람은 물을 좋아한다.

속: A wise man is a great wonder.

(현명한 사람은 대단히 놀라운 존재다. 서양)

故人西辭黃鶴樓烟花三月
下揚州孤帆遠影碧空盡唯見
長江天際流李白黃鶴樓送
浩然之廣陵清湘苦瓜老人擬
以張志和烟波子法做其意

산수도 (명가화고 名家畵稿)

지장가취 指掌可取

손바닥에 있는 물건은 쉽게 잡을 수 있다.

한 번 손을 뻗으면 쉽게 잡을 수 있다.

속: It is good to hold the ass by the bridle, and a scoffing fool by his wits' end.(당나귀는 고삐로 잡고 코웃음 치는 바보는 그가 어쩔 줄을 모를 때 잡는 것이 좋다. 영국)

지재천리 志在千里

뜻이 천 리 밖에 있다. 포부가 원대하다.

속: Any road leads to the end of the world.

(어느 길이나 세상 끝까지 통한다. 영국)

지절여행 砥節礪行

지조와 덕행을 단련하다.

속: He cannot be virtuous that is not rigorous.

(엄격한 사람이 아니면 덕행을 구비할 수 없다. 서양)

지정불고 知情不告

남의 죄를 알면서도 고발하지 않다.

속: He that hinders not the mischief is guilty of it.

(악행을 막지 않는 자는 그 악행에 대해 책임이 있다. 서양)

지족상락 知足常樂

자기 분수에 만족할 줄 알면 언제나 즐겁다.

속: Enough is a feast, too much a vanity.

(충분함은 즐거운 일이지만 너무 많은 것은 헛되다. 서양)

지족상족 知足常足

자기 분수에 만족할 줄 알면 언제나 만족할 수 있다.

속: Half enough is half fill.

(충분히 절반인 것은 가득 찬 절반이다. 스코틀랜드)

지족자부 知足者富

자기 분수에 만족할 줄 아는 사람은 부유하다.

속: A contented man is always rich.

(만족할 줄 아는 사람은 언제나 부자다. 서양)

지족지지 知足知止

자기 분수에 만족할 줄 알며 멈출 줄 안다.

속: Enough is enough.(충분한 것은 충분하다. 영국)

지주가효 旨酒嘉肴

맛있는 술과 좋은 안주.

속: Eat and drink measurely, and defy the medicines.

(음식과 술을 적절하게 먹고 약을 거부하라. 영국)

지친호우 至親好友

가장 가까운 친척과 가장 친한 친구.

속: Better one true friend than a hundred relations.

(참된 친구 한 명이 친척 백 명보다 낫다. 서양)

지평승직 砥平繩直

매우 평평하고 곧바르다.

속: As flat as a cake.(케이크처럼 평평하다. 영국)

지피지기 知彼知己

적의 사정과 나의 형편을 모두 잘 알다.

속: Take me upon your back and you'll know what I weigh.

(나를 업으면 내 몸무게를 알 것이다. 서양)

지행마명 砥行磨名

덕행과 명예를 단련하다.

속: Ease and honor are seldom bedfellows.

(안일과 명예는 동거하지 않는다. 서양)

지혜이검 智慧利劍

지혜는 번뇌를 끊는 잘 드는 칼이다.

속: An ounce of luck is worth more than a pound of wisdom.

(한 방울의 행운이 한 말의 지혜보다 더 가치가 있다. 프랑스)

지회관망 遲回觀望

다음으로 미루며 결정하지 않다.

속: Leave tomorrow till tomorrow.

(내일은 내일이 될 때까지 내버려두라. 서양)

직궁증부 直躬證父

지나치게 정직한 초나라의 직궁이 자기 아버지가 양을 훔친 죄에 대해 증인으로 나섰던 일. 인륜에 어긋나는 고지식하고 어리석은 짓.

속: Speaking the truth is useful to the hearer, harmful to the speaker.

(진실을 말하는 것은 듣는 자에게는 유익하지만 말하는 자에게는 해롭다. 독일)

직도황룡 直搗黃龍

금나라의 본거지인 황룡에 쳐들어가다. 적의 소굴에 쳐들어가 철저히 소탕하다. 목적을 달성할 때까지 쉬지 않겠다고 맹세하다.

속: It is safer to reconcile an enemy than to conquer him.

(적을 정복하기보다 그와 화해하는 것이 더 안전하다. 서양)

직목선벌 直木先伐

곧은 나무는 먼저 잘린다.

속: Beech in summer and oak in winter.

(여름에는 너도밤나무를 베고 겨울에는 참나무를 벤다. 영국)

직언가화 直言賈禍

솔직한 말은 재앙을 초래한다.

속: Better suffer for truth than prosper by falsehood.

(허위로 번영하는 것보다 진리를 위해 고통 받는 것이 낫다. 덴마크)

직언불휘 直言不諱

꺼리는 것 없이 솔직하게 말하다.

속: Better speak truth rudely than lie covertly.

(몰래 거짓말하는 것보다는 투박하게 진실을 말하는 것이 낫다. 서양)

진규누습 陳規陋習

낡은 규칙과 좋지 않은 관습.

속: A cask and an ill custom must be broken.

(술통과 나쁜 관습은 깨어버리지 않으면 안 된다. 서양)

진금부도 眞金不鍍

진짜 금에는 도금을 하지 않는다.

속: Gold is proved by touch.(금은 시금석으로 증명된다. 프랑스)

진목장담 瞋目張膽

노려보면서 크게 용기를 내다. 분발하다.

속: A valiant man's look is more than a coward's sword.

(용감한 사람의 눈초리는 비겁한 자의 칼보다 낫다. 서양)

진사남조 陳詞濫調

낡고 공허한 말.

속: Thanks will not feed the cat.

(감사의 말은 고양이를 기르지 못할 것이다. 스코틀랜드)

진수성찬 珍羞盛饌

진귀하고 많은 음식. 많이 차린 좋은 음식. 유: 취금찬옥 炊金饌玉

속: Few men and much meat is a feast.

(사람은 거의 없고 고기가 많으면 그것은 잔치다. 영국)

진신지계 進身之階

밟고 위로 올라가는 승진의 계단.

속: The world is a staircase, some are going up and some are coming down.(세상은 올라가는 사람들도 있고 내려가는 사람들도 있는 계단이다. 이탈리아)

진실무위 眞實無僞

진실하며 거짓이 없다.

속: Truth is always one.(진실은 언제나 한 가지다. 라틴어)

진심갈성 盡心竭誠

마음과 성의를 다하다.

속: In hospitality the will is the chief thing.

(후대하는 행위에서는 성의가 가장 중요한 것이다. 그리스)

진심성의 眞心誠意

진심과 성의. 허위가 전혀 없다.

속: Monday religion is better than Sunday profession.

(일요일에 건성으로 고백하는 것보다 월요일에 경건한 것이 낫다. 서양)

진인사 대천명 盡人事待天命

사람으로서 할 수 있는 일은 다 한 뒤에 하늘의 뜻에 맡긴다.

속: Do that which is right, and let come what come may.

(옳은 일을 하라. 그리고 어떠한 결과가 나오든 기다려라. 서양)

진정진리 盡情盡理

인정과 이치에 완전히 맞다.

속: Hearken to reason, or she will be heard.(이성의 말을 따르라. 그 렇지 않으면 이성이 너를 따르게 만들 것이다. 서양)

진지구무이 秦之求無已

진나라의 요구는 끝이 없다. 욕심이 한이 없다.

속: Mills and wives are always wanting.

(물방아와 아내는 언제나 요구한다. 서양)

진췌사국 盡瘁事國

온 힘을 다하여 나라에 봉사하다.

속: Be first that you may be of service.

(봉사하기 위해 제1인자가 되라. 로마)

진퇴양난 進退兩難

전진도 후퇴도 모두 어렵다. 극심한 곤경에 처해 있다.

속: A precipice in front, a wolf behind.

(앞에는 절벽이고 뒤에는 늑대가 있다. 로마)

진퇴자여 進退自如

진퇴를 마음대로 하다.

속: A brave retreat is a brave exploit.

(용감한 후퇴는 용감한 행동이다. 서양)

진평재육 陳平宰肉

진평이 고기를 손님에게 공평하게 골고루 나누어주었고 자기가 재상이 되면 그렇게 공평하게 다스리겠다고 말한 일.

속: Share and share alike.(분배하되 공평하게 분배하라. 서양)

진합태산 塵合泰山

먼지가 쌓여 산이 되다.

속: Many littles make a mickle.(티끌 모아 태산. 영국)

진화타겁 趁火打劫

남의 집에 불이 난 기회에 그 집을 털다.

남의 곤경을 이용해 자기 이익을 차리다.

속: To fish in troubled waters.(휘저어진 물에서 물고기를 잡다, 즉 혼란을 이용하여 자기 이익을 차리다. 영국)

질실강건 質實剛健

착실하고 건강하다.

속: Health and money go far.(건강과 돈은 멀리 간다. 서양)

질의문난 質疑問難

어려운 문제를 제기하고 남에게 해답을 묻거나 서로 논의하다.

속: Who asks many questions gets many answers.

(많이 질문하는 자는 많은 대답을 얻는다. 독일)

질족선득 疾足先得

행동이 빠른 사람이 먼저 목적을 이룬다. 빨리 가는 사람이 이긴다.

속: Garlands are not for every brow.

(화관은 누구나 다 얻는 것이 아니다. 서양)

질타격려 叱咤激勵

큰소리로 꾸짖기도 하고 격려하기도 하다.

속: Pull devil, pull baker.(분발하여 힘껏 줄을 잡아당겨라. 서양)

질통가양 疾痛苛癢

아프고 가렵다.

속: An itch is worse than a smart.

(가려운 것은 쓰라린 것보다 더 괴롭다. 영국)

질풍경초 疾風勁草

질풍이 불 때 비로소 억센 풀을 알아본다.

참된 인물의 가치는 위태로울 때 드러난다.

속: A good pilot is not known when the sea is calm and the weather fair.(바다가 잔잔하고 날씨가 좋으면 훌륭한 수로 안내인을 알아주지 않는

다. 서양)

질풍신뢰 疾風迅雷

질풍과 사나운 우레. 사태가 급하게 변하거나 행동이 재빠르다.

속: To go off like a shot.(화살처럼 가버리다. 영국)

질풍폭우 疾風暴雨

질풍과 폭우. 맹렬한 폭풍우.

속: A fair day in winter is the mother of a storm.

(겨울에 하루 맑은 날은 폭풍우의 어머니다. 영국)

질행무선적 疾行無善迹

급하게 하는 일에는 좋은 결과가 없다.

속: Good and quickly seldom meet.

(빨리 하는 것은 잘되는 경우가 없다. 영국)

집량용중 執兩用中

양극단에 치우치지 않고 중용을 취하다.

속: Hear all parties.(모든 당사자의 말을 들어라. 스코틀랜드)

집미불오 執迷不悟

잘못을 고집하며 깨닫지 못하다.

속: A sharp goad for a stubborn ass.

(고집 센 당나귀는 날카로운 막대기로 찔러라. 프랑스)

집법수법 執法守法

법을 집행하는 관리는 자기도 법을 지켜야만 한다.

속: Magistrates are to obey as well as execute laws.

(관리는 법을 집행할 뿐만 아니라 법에 복종도 해야만 한다. 서양)

집법여산 執法如山

산처럼 흔들리지 않게 법을 엄격하게 시행하다.

속: In a thousand pounds of law there is not an ounce of love.

(산더미 같은 법에 사랑은 한 방울도 없다. 영국)

집열불탁 執熱不濯

뜨거운 것을 쥔 사람은 물로 손을 씻어야 하는데 그렇게 하지 않다.

국난을 구하는 데 유능한 인재를 등용하지 않다.

속: To play at chess when the house is on fire.

(집이 불에 타고 있을 때 장기를 두다. 서양)

집탄초조 執彈招鳥

새총을 잡고 있는 사람이 새를 오라고 부르다.

목적과 반대되는 수단을 취하다.

속: To fright a bird is not the way to catch her.

(새에게 겁을 주는 것은 새를 잡는 방법이 아니다. 서양)

징갱취제 懲羹吹虀

뜨거운 국에 데어서 냉채를 후후 불어 먹다.

실패한 뒤 모든 일에 지나치게 조심한다.

속: Take heed of enemies reconciled, and of meat twice boiled.

(화해한 적과 두 번 끓인 고기를 조심하라. 스페인)

징선기여 懲船忌輿

배 멀미를 하거나 난파한 체험에 진저리가 나서 수레조차 타기를 꺼리다.

속: He complains wrongly on the sea that twice suffers shipwreck.

(두 번이나 난파하면서 바다를 원망하는 자는 잘못이다. 서양)

樸儒旣云酒客與木石鄰
寄趣卿句逺閒欵戀淸眞幽
禽媚晗羽悅客絕俗神合聲
旦末逸樗通居山民
秋岳

차계기환 借鷄騎還

닭을 빌려서 타고 돌아가다. 손님을 푸대접하는 것을 비꼬는 말.

속: He that is ill of his hospitality is good of his showing the way.

(손님을 후대하는 데 미숙한 자는 손님을 내쫓는 데는 능숙하다. 스코틀랜드)

차래지금 嗟來之金

모욕적인 구호금이나 성금.

속: Gloucestershire kindness.

(자기에게 불필요한 것을 남에게 주는 친절. 영국)

차래지식 嗟來之食

여기 와 먹으라는 식으로 사람을 깔보면서 주는 음식.
푸대접하며 주는 음식. 모욕적으로 주는 구호물품.

속: Cold pudding settles one's love.

(찬 푸딩은 정이 떨어지게 만든다. 서양)

차일시 피일시 此一時 彼一時

이때 한 일과 저때 한 일이 사정이 달라 이것도 저것도 한 때다.

속: Fanned fire and forced love never did well.

(부채질로 일으킨 불과 강요된 사랑은 결코 잘 되지 못했다. 스코틀랜드)

차일피일 此日彼日

오늘 내일 하면서 자꾸 기일을 미루다.

속: He that will not when he may, when he will he shall have nay.

(할 수 있을 때 하지 않으려 하는 자는 자기가 원할 때 아무 것도 가지지 못할 것이다. 영국)

차적병 借賊兵

적군에게 무기를 빌려주다. 자기를 해치려는 자를 도와주다.

속: The sword, your horse, and your wife, lend not at all, lest it breed strife.(칼과 너의 말과 너의 아내는 그것이 싸움을 일으키지 않도록 절대로 빌려주지 마라. 영국)

차창피화 此唱彼和

저쪽이 노래하면 이쪽이 응답한다. 서로 호응하다.

속: If the abbot sings well, the novice is not far behind him.
(수도원장이 노래를 잘하면 수련자는 그보다 훨씬 못하지는 않는다. 스페인)

차청어롱 借聽於聾

남이 무슨 말을 하는지 귀머거리에게 묻는다.
도움을 엉뚱한 사람에게 청하다.

속: As deaf as a beetle.(딱정벌레처럼 귀머거리다. 영국)

차청입실 借廳入室

대청을 빌려 안방까지 들어가다.

속: Give a clown your finger, and he will take your whole hand.
(어릿광대에게 손가락 하나를 내밀면 네 몸 전체를 잡을 것이다. 서양)

착간착쌍 捉奸捉雙

간통의 범인을 잡으려면 반드시 간통의 쌍방을 잡아야만 한다.

속: The cuckold is the last that knows of it.
(간통한 여자의 남편은 자신의 처지를 가장 마지막에 안다. 영국)

착금현주 捉襟見肘

옷깃을 가다듬으면 팔꿈치가 드러난다. 옷이 해지고 매우 가난하다.

이것을 보살피면 다른 것이 잘못되어 적절히 대처할 수 없다.

속: A broken sleeve keeps the arm back.

(터진 소매는 팔을 안으로 잡아당긴다. 영국)

착반주세 捉班做勢

오만한 태도를 취하고 허세를 부리다.

속: Never was a mewing cat a good mouser.

(우는 고양이가 쥐를 잘 잡은 적은 결코 없다. 이탈리아)

찬부절구 贊不絕口

칭찬을 끊임없이 하다.

속: Old praise dies unless you feed it.

(오래된 칭찬은 계속해서 부추기지 않으면 사라진다. 서양)

찬빙구화 鑽氷求火

얼음을 비벼서 불을 일으키려 하다. 불가능한 일이다.

속: He can by no means set the Tiber on fire.

(그는 무슨 수를 써도 티베르 강에 불을 지를 수 없다. 라틴어)

찬혈유장 鑽穴逾墻

굴을 파고 담을 넘어 달아나다.

부모가 정한 결혼을 어기고 남녀가 자유연애를 하다. 남녀가 밀통하다.

속: Who marries for love lives with sorrow.

(사랑을 위해 결혼하는 자는 슬픔과 함께 산다. 서양)

참담경영 慘淡經營

매우 고심하여 사업을 하다.

속: Business makes a man as well as tries him.

(사업은 사람을 시험할 뿐만 아니라 사람을 만든다. 영국)

참로두각 嶄露頭角

두각을 우뚝 내세우다. 자신의 능력과 재주를 분명히 드러내다.

속: He will pass in a crowd.(그는 군중 속에서 지나갈 것이다. 서양)

참상남형 僭賞濫刑

상과 벌을 함부로 주다.

속: He that rewards flattery begs it.

(아첨에 대해 포상하는 자는 아첨을 구걸한다. 서양)

창거통심 創巨痛深

상처가 매우 크고 고통이 극심하다.

속: A small hurt in the eye is a great one.

(눈의 작은 상처는 큰 상처다. 서양)

창승부기미 蒼蠅附驥尾

파리가 준마의 꼬리에 붙으면 천 리를 간다.

평범한 사람이 현자를 따라서 공명을 이룬다.

속: The devil goes up to the belfry by the vicar's skirts.

(악마는 목사의 치맛자락에 매달려 종탑에 올라간다. 영국)

창씨고씨 倉氏庫氏

고대 중국에서 창씨와 고씨가 오랫동안 창고 관리를 맡았다.

속: You have a barn for all grain.

(너는 모든 곡식을 위한 창고를 가지고 있다. 영국)

창업수성 創業守成

건국이나 창업과 그것을 지키는 일.

건국이나 창업은 쉬워도 그것을 지키기는 어렵다.

속: Better keep well than make well.

(잘 만들기보다 잘 지키는 것이 낫다. 스코틀랜드)

창오지망 蒼梧之望

순임금이 창오에서 죽은 일. 제왕의 사망.

속: Queen Elisabeth is dead.(엘리자벳 여왕은 죽었다. 영국)

창이만목 瘡痍滿目

눈에 보이는 것이 모두 상처. 심하게 파괴되다.

전쟁으로 파괴된 곳의 광경.

속: It is easier to pull down than build.

(건설하기보다 파괴하기가 더 쉽다. 서양)

창이미추 瘡痍未瘳

칼에 베인 상처가 아직 낫지 않다. 전쟁이 끝난 지 얼마 안 되다.

속: A green wound is soon healed.(새로 난 상처는 곧 낫는다. 영국)

채대고축 債臺高築

채무의 누대를 높이 세우다. 부채가 매우 많다.

속: A little debt makes a debtor, but a great one an enemy.

(적은 빚은 채무자를 만들지만 엄청난 빚은 원수를 만든다. 서양)

채란증작 采蘭贈芍

난초를 받고 작약을 선물하다.

남녀가 서로 선물을 보내어 사랑을 표시하다.

속: One gift for another makes good friends.
(남에게 주는 선물은 좋은 친구들을 만든다. 스코틀랜드)

채미지가 采薇之歌

고사리를 캐면서 부르는 노래.

속: He that sings drives away his troubles.
(노래하는 사람은 자기 근심들을 쫓아버린다. 스페인)

채신급수 菜薪汲水

장작을 마련하고 물을 긷다. 일상의 잡일에 몸을 아끼지 않다.

속: Chop your wood and it will warm you twice.
(너의 장작을 스스로 패면 그것은 너를 두 번 따뜻하게 해 줄 것이다. 영국)

책무방대 責無旁貸

자기가 마땅히 져야 할 책임은 남에게 넘길 수 없다.

속: The sun is not blamed because the carrion stinks.
(썩은 고기가 악취를 풍긴다고 해서 태양을 탓할 수는 없다. 영국)

처치불능 處置不能

처치할 수가 없다.

속: You can't hang soft cheese on a hook.
(너는 부드러운 치즈를 갈고리에 걸어 매달 수 없다. 영국)

처풍고우 凄風苦雨

쓸쓸한 바람과 궂은 비. 기후가 매우 나쁘다.

매우 처량하고 괴로운 처지에 처하다.

속: If the grass grow in January, it grows the worse for it all the year.
(1월에 풀이 자란다면 그것은 일 년 내내 더 나빠질 것이다. 영국)

척기비인 瘠己肥人

자기는 마르게 하고 남은 살찌게 하다.

자신에게는 엄격하고 남에게는 관대하다.

속: Give a loaf and beg a slice.

(빵은 덩어리를 주고 조각을 요청하라. 영국)

척벽비보 尺璧非寶

한 자나 되는 구슬도 소중한 시간에 비하면 보물이 될 수 없다.

속: There is nothing more precious than time.

(시간보다 더 귀중한 것은 없다. 스코틀랜드)

척애독락 隻愛獨樂

짝사랑을 홀로 즐기다.

속: Love without return is like a question without an answer.

(응답이 없는 사랑은 대답 없는 질문과 같다. 독일)

척인비기 瘠人肥己

남을 푸대접하고 자기 이익을 탐내다.

속: You cannot climb a ladder by pushing others down.

(너는 남들을 밀어 떨어뜨려서 사다리를 올라갈 수는 없다. 서양)

척하탕예 滌瑕蕩穢

옥의 티와 더러운 것을 씻어버리다. 남의 잘못을 씻어 없애다.

속: Water washes everything.(물은 모든 것을 씻는다. 포르투갈)

척화손실 摭花損實

꽃을 따고 열매를 잃다. 피상적인 것에 힘쓰고 실질적인 것을 잊다.

속: If you would enjoy the fruit, pluck not the flower.

(열매를 즐기고 싶다면 꽃을 따지 마라. 영국)

천고마비 天高馬肥

가을 하늘은 높고 말은 살찌다. 가을을 상징하는 말.

속: Of fair things the autumn is fair.

(아름다운 것들 가운데 가을은 아름답다. 서양)

천고만난 千苦萬難

온갖 고생과 어려움.

속: Every man must carry his own cross.

(누구나 자기 십자가를 지고 가야만 한다. 서양)

천고불역 千古不易

영구히 변하지 않다.

속: It is all one a hundred years hence.

(백 년 후에도 여전히 같다. 영국)

천고청비 天高聽卑

하늘은 높지만 하계의 말을 들어준다.

하늘은 엄정하게 판단하여 보답해준다. 군주의 현명함을 칭송하는 말.

속: Heaven is above all.(하늘은 모든 사람 위에 있다. 서양)

천공무조백 天公無皁白

하늘은 공평하다.

속: When God dawns, he dawns for all.

(하느님께서 새벽을 보내실 때는 모든 사람을 위해 보내신다. 스페인)

천교백미 千嬌百媚

매우 매력적이다. 여자의 미모와 자태가 뛰어나다.

속: Scorning is catching.(경멸하는 것은 잡는 것이다. 영국)

천군만마 千軍萬馬

수많은 병사와 말. 대규모의 군대. 싸움이 격렬하다. 기세가 충천하다.

속: It is a hard battle where none escapes.

(아무도 달아나지 않는 싸움은 매우 치열하다. 스코틀랜드)

천귀경조 天歸京兆

사람이 죽다.

속: Poverty and death will part good fellowship.

(가난과 죽음은 좋은 친구들을 갈라놓을 것이다. 서양)

천균일발 千鈞一髮

한 가닥의 머리카락으로 3만 근이나 되는 것을 끌다. 매우 위태로운 일.

속: Trust not a great weight to a slender thread.

(가느다란 끈에 지나치게 무거운 것을 매달지 마라. 서양)

천균중부 千鈞重負

대단히 무거운 짐이나 책임.

속: On a long journey even a straw is heavy.

(먼 여행에서는 지푸라기 하나마저도 무겁다. 서양)

천금매소 千金買笑

좀처럼 웃지 않는 여자를 웃게 하려고 거액의 돈을 내다.

여자나 기생의 환심을 사기 위해서는 아무리 많은 돈도 아끼지 않는다.

속: It is a poor heart that never rejoices.

(기쁨을 전혀 모르는 마음은 가련하다. 서양)

천금지가 千金之家

매우 부유한 집.

속: The foolish sayings of the rich pass for wise saws in society.
(부자의 어리석은 말들은 사회에서 금언으로 통한다. 서양)

천금지자 千金之子

매우 부유한 집안의 자녀는 시장에서 처형되지 않는다.
돈만 있으면 어떠한 형벌도 피할 수 있다.

속: He that has money in his purse cannot want a head for his shoulders.(주머니에 돈이 있는 자는 자기 목숨을 유지할 수 있다. 영국)

천기누설 天機漏泄

중대한 비밀을 누설하다. 중대한 비밀이 새다.

속: He that is a blab is a scab.(비밀을 누설하는 자는 악당이다. 영국)

천년하청 千年河淸

천 년 기다려야 황하는 맑아진다. 아무리 기다려도 소용이 없다.

속: He should wear iron shoes that bides his neighbor's death.
(이웃의 죽음을 기다리는 자는 쇠 구두를 신어야만 한다. 스코틀랜드)

천도시비 天道是非

하늘의 뜻은 옳은가 그른가?

속: Heaven's vengeance is slow but sure.
(하늘의 복수는 느리기는 하지만 반드시 온다. 서양)

천도인사 天道人事

하늘의 뜻과 사람의 일은 거스를 수 없다. 대세를 따르다.

속: In time comes he whom God sen's.

(하느님께서 보내시는 사람은 제 때에 온다. 서양)

천려일실 千慮一失

천 가지 생각에 한 가지 실수.

아무리 지혜가 많아도 한 가지 실책은 있다.

속: The wisest make mistakes.

(가장 지혜로운 자들이 실수를 한다. 서양)

천렴귀발 賤斂貴發

싸게 사서 비싸게 팔다.

속: In the conduct of commerce many deceptions are practised and almost juggleries.

(거래할 때는 속이는 경우가 많고 대개는 사기다. 로마)

천륜지락 天倫之樂

가정에서 혈육끼리 모여 사는 즐거움.

속: A hearth of your own and a good wife are worth gold and pearls.

(너의 가정과 좋은 아내는 금과 진주만큼 값지다. 독일)

천리순갱 千里蒓羹

진(晉)나라의 육기(陸機)가 자기 고향의 천리라는 호수 부근에서 나는 순채의 국이 가장 맛있다고 자랑한 일. 자기 집안이나 고향의 맛있는 특산물.

속: Who fetches a wife from Dunmow, carries home two sides of a sow.(던모우에서 아내를 얻어오는 자는 훈제한 돼지고기 두 짝을 집으

로 가지고 온다. 영국)

천리시족하 千里始足下
천리 길도 한 걸음부터 시작한다.
속: Everything must have a beginning.
(모든 것은 시작이 반드시 있어야만 한다. 서양)

천리아모 千里鵝毛
천 리 밖에서 보내온 거위 털.
대수롭지 않은 선물이지만 성의가 대단하다.
속: The best of all gifts is the good intention of the giver.
(모든 선물 가운데 가장 좋은 것은 주는 사람의 선의다. 로마)

천리안 千里眼
천 리를 내다보는 눈.
속: Mortal deeds never deceive the gods.
(인간의 행동은 절대로 하늘을 속일 수 없다. 로마)

천리양심 天理良心
사람의 본성과 양심.
속: A clear conscience can bear any trouble.
(깨끗한 양심은 어떠한 곤란도 견디어 낼 수 있다. 서양)

천리지구 千里之駒
하루에 천 리를 달리는 준마. 수단이 능란하고 뛰어난 사람.
남의 아들이 우수함을 칭찬하는 말.
속: It is a good horse that never stumbles, and a good wife that
never grumbles.(절대로 비틀거리지 않는 말이 좋은 말이고 절대로 투

덜거리지 않는 아내가 좋은 아내다. 영국)

천만매린 千萬買隣

엄청난 돈을 들여서라도 이웃을 얻다.

좋은 이웃은 얻기가 매우 어렵고 매우 귀하다.

속: You must ask your neighbors if you shall live in peace.

(네가 평화롭게 살 것인지 여부는 네 이웃에게 물어보아야만 한다. 영국)

천망회회 天網恢恢

하늘의 그물은 엉성하게 보이지만 악인은 그것을 빠져나갈 수 없다.

속: God stays long, but strikes at last.

(하느님께서는 오랫동안 기다리시지만 결국에는 치신다. 서양)

천무사복 天無私覆

하늘은 공평하여 사사로움이 없다.

속: When it rains, it rains on all alike.

(비가 올 때는 모든 사람 위에 똑같이 비가 내린다. 힌두)

천무삼일청 天無三日晴

갠 날씨는 사흘 계속되지 않는다.

세상일은 무사하게 계속되기만 하는 것은 아니다.

속: One fair day in winter makes not birds merry.

(겨울 날씨가 하루 좋다고 해서 새들이 즐거워지지는 않는다. 서양)

천무이일 天無二日

하늘에는 태양이 두 개가 있을 수 없다.

한 나라에 두 임금이 있을 수 없다.

속: The highest seat will not hold two.

(최고의 지위에는 두 사람이 앉을 수 없다. 로마)

천문철추 薦門鐵樞

거적문에 돌쩌귀. 격에 맞지 않다.

속: Brass knocker on a barn door.

(헛간 문에 놋쇠로 된 손잡이를 달다. 영국)

천방지축 天方地軸

어리석게 덤벙대다.

속: His brains crow.(그의 뇌는 까마귀처럼 운다. 영국)

천부작미 天不作美

하늘이 일을 좋게 만들지 않다.

진행 중인 일을 날씨 때문에 부득이 중지하다.

속: Sorrow and ill weather come uncalled.

(슬픔과 나쁜 날씨는 불청객으로 온다. 스코틀랜드)

천불능살 天不能殺

하늘은 사람을 죽일 수 없다. 사람은 자기 잘못으로 죽는다.

속: Men often perish when meditating death to others.

(남을 죽이려다가 스스로 목숨을 잃는 경우가 많다. 로마)

천사만고 千思萬考

천 번 만 번 생각하다. 여러 번 생각하다.

속: Think of many things, do one.

(천 가지를 생각하고 한 가지를 하라. 포르투갈)

천사만생 千死萬生

수없이 죽을 고비를 넘기고 겨우 살아나다.

속: A cat has nine lives and a woman has nine cats' lives.
(고양이는 목숨이 아홉 개고 여자는 고양이 아홉 마리의 목숨이 있다. 서양)

천생배필 天生配匹

하늘이 정해준 짝.

속: A man may woo where he will, but he will wed where he is destined.(사람은 자기가 좋아하는 여자에게 구애할 수는 있지만 하늘이 정해준 짝과 결혼한다. 스코틀랜드)

천생연분 天生緣分

하늘에서 정해준 인연.

속: Marriages are destiny, made in heaven.
(결혼은 하늘에서 정해진 운명이다. 영국)

천생천살 天生天殺

스스로 생기고 스스로 없어지다.

속: Nature abhors a vacuum.(자연은 진공상태를 매우 싫어한다. 로마)

천성난개 天性難改

타고난 성질은 고치기 어렵다.

속: He that is born of a hen must scrape for a living.
(암탉에서 태어난 것은 먹고살기 위해 땅을 파헤쳐야만 한다. 서양)

천시지리인화 天時地利人和

알맞은 시기, 지리적 유리함, 원만한 인간관계 등 생활에 필요한 세 가지 요소.

속: No time is ever suitable in all points.
(모든 면에서 적절한 시기는 결코 없다. 서양)
It will happen in its time, it will go in its time.
(때가 되면 오고 때가 되면 갈 것이다. 힌두)

천신만고 千辛萬苦
갖가지 괴롭고 고통스러운 일을 당하다. 고생이 극심하다.
속: Victory loves trouble.(승리는 어려움을 사랑한다. 로마)

천신지기 天神地祇
하늘의 신과 땅의 신.
속: Forsake not God until you find a better master.
(신보다 더 나은 주인을 발견할 때까지는 신을 버리지 마라. 스코틀랜드)

천양지차 天壤之差
하늘과 땅처럼 엄청난 차이.
속: The king's leavings are better than the lord's bounty.
(왕의 쓰레기는 영주의 큰 재산보다 낫다. 스페인)

천언만어 千言萬語
수많은 말. 수다스러운 말.
속: A tattler is worse than a thief.(수다쟁이는 도둑보다 더 나쁘다. 서양)

천여분토 賤如糞土
거름 구덩이의 흙처럼 천하다. 가치가 전혀 없다.
속: Blow out the marrow and throw the bone to the dogs.
(골수를 입으로 불어서 빼버리고 뼈를 개들에게 던져라. 영국)

천여불취 天與不取

하늘이 주는 것을 갖지 않으면 도리어 그 재앙을 받는다.

속: All is good that God sends us.

(하늘이 보내주는 것은 모두 좋다. 스코틀랜드)

천연세월 遷延歲月

시일을 계속 끌다.

속: Delays increase desires and sometimes extinguish them.

(연기는 욕망을 증가시키지만 때로는 없애버리기도 한다. 서양)

천연지덕 天然之德

자연히 갖추어져 있는 덕성.

속: Piety is the foundation of all virtues.

(경건함은 모든 덕성의 기초다. 로마)

천연지별 天淵之別

하늘과 연못처럼 엄청난 차이. 전혀 다르다.

속: What is lawful to Jupiter is not lawful to the ox.

(제우스신에게 합법적인 것은 황소에게 합법적이 아니다. 로마)

천우신조 天佑神助

하늘과 신들의 도움. 의외로 우연히 받는 도움.

속: Divine grace was never slow.

(하늘의 도움은 결코 느리지 않았다. 서양)

천의무봉 天衣無縫

하늘나라의 옷은 바느질한 흔적이 없다.

글이나 그림이 억지로 꾸민 흔적이 없다. 작은 흠도 없이 완벽하다.

속: He that repairs not a part builds all.
(한 군데도 수리하지 않는 자는 전체를 지은 것이다. 서양)

천자만홍 千紫萬紅

온갖 꽃이 울긋불긋 만발하다. 경치가 뛰어나다.
사물이 풍부하고 다채롭다.
속: That which does blossom in the spring will bring forth fruit in
the autumn.(봄에 꽃피는 것은 가을에 결실을 가져올 것이다. 영국)

천자무희언 天子無戱言

군주는 농담이 없다. 군주는 말 한마디도 삼가야 한다.
속: A king's word should be a king's bond.
(왕의 말은 왕의 보증이 되어야만 한다. 영국)

천작지합 天作之合

하늘이 어떤 남녀를 부부로 결합시키다.
친구들이 만날 약속도 없이 우연히 만나다.
속: Weddings and magistracy are arranged by heaven.
(결혼과 관직은 하늘이 정해준다. 이탈리아)

천장지구 天長地久

천지는 영원하다. 하늘과 땅처럼 영원하다. 시간이 장구하다.
속: Things eternal are better than things which are transitory.
(영원한 것들은 일시적인 것들보다 낫다. 로마)

천재인화 天災人禍

자연 재해와 인위적 재앙. 유: 화불단행 禍不單行
속: The sea, and fire, and woman are three evils.

(바다, 불, 여자는 세 가지 재앙이다. 그리스)

천재일우 千載一遇
천 년에 한 번 만나는 기회.
속: The good time only comes once.
(좋은 때란 한번만 찾아온다. 이탈리아)

천조자조 天助自助
하늘은 스스로 돕는 자를 돕는다.
속: Heaven helps those who help themselves.
(하늘은 스스로 돕는 자를 돕는다. 서양)

천조지설 天造地設
자연이 만든 경치. 자연히 이루어지고 이상적인 것.
언행이 매우 적절하다. 동: 천수지설 天授地設
속: Day and night, sun and moon, air and light, every one must
have, and none can buy.(밤과 낮, 해와 달, 공기와 빛은 누구나 가져야
만 하지만 아무도 살 수 없는 것이다. 영국)

천주활적 天誅猾賊
하늘은 교활한 악인을 처형한다.
속: He that steals for others will be hanged for himself.
(남들을 위해 훔치는 자는 홀로 교수형을 당할 것이다. 서양)

천지교자 天之驕子
한나라 때 흉노족이 하늘의 총아라고 자칭한 일. 중국 변방의 강성한 소
수민족. 매우 용감하거나 특수한 공적을 세운 사람. 운이 매우 좋은 사람.
속: Whom God will help no man can hinder.

(하느님께서 도와주실 사람은 다른 사람이 막을 수 없다. 스코틀랜드)

천지미록 天之美祿

하늘이 주는 좋은 봉록. 술의 미칭.

속: The love of a woman and a bottle of wine are sweet for a season, but last for a time.(여자의 사랑과 포도주 한 병은 한 철은 감미롭지만 일시적인 것일 뿐이다. 영국)

천지역수 天之曆數

군주의 지위를 계승하는 차례.

속: The king never dies.(왕은 결코 죽지 않는다. 서양)

천지직인 天之直人

자연의 도리에 합치하는 정직한 사람.

속: He's an honest man and eats no fish.

(그는 정직한 사람이라서 생선을 먹지 않는다. 영국)

천지취수 穿地取水

땅을 파고 물을 퍼내다. 우물을 파서 물을 긷는다.

속: The more the well is used, the more water it gives.

(우물은 사용할수록 더욱 물이 많이 나온다. 서양)

천진난만 天眞爛漫

꾸밈이 없는 타고난 성질 그대로가 말과 행동에 나타나다.

속: Wisdom without innocence is knavery; innocence without wisdom is folly.(순진함이 없는 지혜는 속임수고 지혜가 없는 순진함은 어리석음이다. 서양)

천진만확 千眞萬確

매우 진실하고 확실하다. 절대로 진실하여 의심할 여지가 없다.

속: Truth is truth to the end of reckoning.

(진실은 끝까지 조사해도 진실이다. 영국)

천차만별 千差萬別

여러 가지가 서로 다르다.

속: As cows come to town, some good some bad.

(암소들이 도시에 들어올 때 어떤 것들은 좋고 어떤 것들은 나쁘다. 영국)

천창만상 千倉萬箱

풍년으로 비축하는 곡식이 매우 많다.

속: Better a barn filled than a bed.

(침대보다 가득 찬 창고가 낫다. 영국)

천추만조 千推萬阻

온갖 충고로 저지하다.

속: It is an ill counsel that has no escape.

(탈출구가 없는 충고는 나쁜 것이다. 서양)

천택납오 川澤納汚

개천은 더러운 것도 받아들인다. 지도자는 사람을 널리 포용해야 한다.

속: The sea refuses no river.

(바다는 어떠한 강도 거절하지 않는다. 서양)

천편일률 千篇一律

많은 글이 모두 똑같다. 글, 말, 일, 형식 등이 변화가 없이 늘 같다.

속: You are like a cuckoo, you have but one song.

(너는 뻐꾸기와 같이 단 한 가지 노래밖에는 없다. 서양)

천필압지 天必壓之
하늘은 악인을 미워하여 반드시 벌을 내린다.
속: Every sin brings its punishment with it.
(모든 죄는 그 처벌을 초래한다. 서양)

천하무기물 天下無棄物
버릴 것이 세상에는 하나도 없다. 사물은 나름대로 각각 쓸모가 있다.
속: There is nothing so vile as not to be good for something.(무엇인가를 위해 유익하지 못할 정도로 그렇게 나쁜 것은 하나도 없다. 독일)

천하무쌍 天下無雙
세상에 그와 견줄 것이 없다.
속: His very greatness impedes him.
(그의 위대함 자체가 그에게는 걸림돌이 된다. 로마)

천하문종 天下文宗
천하에 가장 뛰어난 문장가.
속: No master falls from heaven.(하늘에서 떨어지는 대가는 없다. 독일)

천하일색 天下一色
세상에 가장 뛰어난 미인.
속: Reek follows the fairest.
(악취는 가장 아름다운 것을 따라간다. 스코틀랜드)

천하태평 天下泰平
온 세상이 잘 다스려져 태평하다.

속: War makes thieves, and peace hangs them.
(전쟁은 도둑들을 만들고 평화는 그들을 목매단다. 서양)

천희근구 淺稀近求
낮은 것을 바라고 가까운 것을 구하다.
속: The low stakes stand long.(낮은 기둥들이 오래 서 있다. 서양)

철두철미 徹頭徹尾
머리부터 꼬리까지 투철하다. 사리가 밝고 투철하다.
처음부터 끝까지 철저하다.
속: Drive the nail to the head.(못을 완전히 박아라. 영국)

철란기미 轍亂旗靡
전차 자국이 어지럽고 깃발들이 땅에 떨어지다.
패배한 군대가 정신없이 달아나다.
속: God guard him that is left!
(하느님, 낙오자를 보호해 주십시오! 프랑스)

철면피 鐵面皮
쇠로 된 가면을 얼굴에 쓰다. 쇠로 된 낯가죽.
너무 뻔뻔해서 수치를 모르다.
속: A face of brass.(놋쇠 얼굴. 영국)
You were bred in brazen nose college.
(너는 철면피 대학에서 배웠다. 영국)

철문지사 綴文之士
글을 짓는 사람.
속: Think much, speak little, write less.

(생각은 많이 하고 말은 적게 하며 글은 그보다 더 적게 써라. 영국)

철부경성 哲婦傾城

영리한 여자는 오히려 나라를 망친다.

여자가 똑똑하면 오히려 재난을 초래한다.

속: Good women are all in the churchyard.

(훌륭한 여자들은 모두 교회 공동묘지에 있다. 서양)

철숙음수 啜菽飲水

콩을 먹고 물을 마시다. 가난한 선비의 생활.

가난해도 부모에게 극진히 효도하다.

속: No butter will stick to his bread.

(그의 빵에는 버터가 발리지 않을 것이다. 서양)

철안여산 鐵案如山

증거가 확실한 안건이나 결론은 산과 같아서 뒤집을 수 없다.

사실관계가 확고하여 변할 수 없다.

속: Facts are stubborn things.(사실은 강인한 것이다. 영국)

철중쟁쟁 鐵中錚錚

쇠 가운데 쟁쟁하게 울리는 것. 재능이 출중한 인물.

속: Every reed will not make a pipe.

(갈대라고 모두 피리가 되는 것은 아니다. 서양)

철증여산 鐵證如山

증거가 확실하여 산처럼 움직일 수 없다.

속: There is nothing so false as facts, excepting figures.

(숫자를 제외하면 사실들만큼 허위인 것은 없다. 서양)

667

첨망자차 瞻望咨嗟

부귀를 누리는 사람을 우러러보고 부러워하다.

속: Better be envied than pitied.

(동정심의 대상보다 시기심의 대상이 되는 것이 낫다. 영국)

첨언밀어 甛言蜜語

달콤한 말. 남이 듣기 좋게 하는 말.

속: Fair words please a fool and sometimes a very wise man.

(듣기 좋은 말은 바보를 기쁘게 하지만 때로는 매우 현명한 사람도 기쁘게 한다. 덴마크)

첨유가초 添油加醋

허구의 이야기를 덧붙이거나 과장 또는 왜곡을 하다.

속: A traveller may lie with authority.

(여행자는 권위 있게 거짓말을 할 수 있다. 영국)

첩보빈전 捷報頻傳

승리의 보고가 자주 전해지다.

속: Often times a day is better sometimes a whole year.

(하루에 자주 있는 것이 일 년에 가끔 있는 것보다 낫다. 영국)

첩부지도 妾婦之道

여자의 도리는 순종하는 것이다.

시비를 가리지 않고 남의 말에 무조건 따르는 일.

속: Let women spin, not preach.

(여자들은 실 잣는 일을 하고 설교는 하지 마라. 서양)

청경우독 晴耕雨讀

갠 날은 논밭을 갈고 비오는 날은 책을 읽다.

부지런히 일하고 틈틈이 시간 나는 대로 공부하다.

속: Plough deep while sluggards sleep.

(게으름뱅이들이 자는 동안 밭을 깊게 갈아라. 서양)

청군입옹 請君入甕

그가 사람을 해쳤던 그대로 그를 다스리다.

상대방의 수법으로 상대방 자신을 다스리다. 제 도끼에 제 발등 찍히다.

속: He who digs a pit for others, falls in himself.

(남이 빠지도록 구덩이를 파는 자는 자기가 거기 떨어질 것이다. 영국)

청규계율 淸規戒律

사람을 속박하는 번거로운 법조문과 불합리한 법.

낡아빠진 규칙과 불합리한 관습.

속: The worst of law is that one suit breeds twenty.(법의 가장 나쁜 점은 한 가지 소송이 스무 가지의 소송을 낳는다는 것이다. 서양)

청기자연 聽其自然

자연스럽게 되는 대로 내버려두고 인위적으로 간섭하지 않다.

속: Do not spur a willing horse.

(제 발로 잘 달리는 말에 박차를 가하지 마라. 서양)

청다담반 淸茶淡飯

조잡한 차와 간소한 식사. 간소한 음식.

속: Diet cures more than the lancet.

(음식조절은 외과 침보다 더 많이 병을 고친다. 스페인)

청산도 (태평산수도화 太平山水圖畵)

청산유수 靑山流水

푸른 산과 흐르는 물. 말을 거침없이 잘 하는 모양.

속: He that has no silver in his purse should have silver on his tongue.(주머니에 은이 없는 자는 혀에 은을 가지고 있어야만 한다. 서양)

청담 淸談

맑은 대화. 명예나 이익을 초월한 고상한 논의.

속세를 떠난 사람들의 비현실적 논의.

속: The belly is not filled with fair words.

(그럴듯한 말도 배를 채우지는 못한다. 서양)

청상과부 靑孀寡婦

나이가 젊었을 때 된 과부. 젊은 과부.

속: The rich widow cries with one eye and laughs with the other.

(돈 많은 과부는 한 눈으로 울고 다른 눈으로는 웃는다. 서양)

청성탁현 淸聖濁賢

청주와 탁주의 별칭. 술을 가리키는 말.

속: Wine makes all sorts of creatures at table.

(술은 테이블에 온갖 종류의 동물들을 만들어낸다. 서양)

청승염백 靑蠅染白

쉬파리가 흰 천을 더럽히다. 소인이 훌륭한 인물을 모함하다.

속: The best patch is off the same cloth.

(가장 좋은 헝겊은 같은 옷감에서 나온 것이다. 서양)

청운지지 靑雲之志

청운의 뜻. 원대한 포부. 출세하려는 야망.

속: Every man has in his heart a lion that sleeps.

(누구나 잠자는 사자를 가슴속에 품고 있다. 나이지리아)

청운직상 靑雲直上

지위가 곧장 위로 올라가다. 출세가 빠르다.

속: There are three ways—the universities, the sea, the court.
(출세의 세 가지 길은 대학, 바다, 궁중이다. 서양)

청이불문 聽而不聞

들어도 못 들은 척하다. 전혀 관심이 없다.

들은 둥 만 둥 하다. 들으려 해도 들리지 않다.

속: In at one ear and out at the other.

(한 귀로 듣고 한 귀로 흘린다. 서양)

청이착지 聽而斲之

석공이 눈으로 보지 않고 자귀 소리만 듣고 돌을 깎아내다.

속: He is not a mason that refuses a stone.

(돌을 거절하는 자는 석공이 아니다. 서양)

청자외시 請自隗始

먼저 외부터 시작하라. 인재를 대접하면 인재들이 모인다.

쉬운 일부터 시작하여 어려운 일을 성취하라.

속: Good folks are scarce, take care of me.

(좋은 사람들은 드문 것이니 나를 보살펴라. 스코틀랜드)

청정과욕 清靜寡慾

자연에 순응하고 욕심을 버리다.

속: Everything goes to him who wants nothing.

(아무 것도 원하지 않는 자에게 모든 것이 간다. 서양)

청주종사 青州從事

질이 좋은 술.

속: Old wood, old friends, old wine and old authors are best.

(오래된 숲, 오래된 친구들, 오래된 포도주, 오래된 저자들이 가장 좋다. 스페인)

청천백일 靑天白日

푸른 하늘에 빛나는 해. 맑게 갠 대낮. 깨끗한 정치나 사회.

훌륭한 인물은 모든 사람이 알아본다. 아무런 잘못이 없이 결백하다.

속: The sun cannot be hidden.(해를 감출 수는 없다. 이집트)

청출어람 靑出於藍

쪽에서 나온 물감이 쪽빛보다 더 푸르다. 제자가 스승보다 더 낫다.

후배가 선배보다 더 낫다.

속: There may be blue, and better blue.

(푸른색이 있으면 그보다 더 푸른색이 있을 수 있다. 서양)

청탁병탄 淸濁併呑

맑은 물도 흐린 물도 다 마시다. 포용력이 매우 크다.

속: Drink only with the duck.

(오로지 오리들과 함께만 마셔라, 즉 물만 마셔라. 영국)

청풍명월 淸風明月

맑은 바람과 밝은 달. 아름다운 경치. 고상하고 우아한 인물.

속: Handsome is that handsome does.

(행동이 훌륭해야 훌륭한 인물이다. 영국)

청한지연 淸閒之燕

한가하고 편안하다. 한가로운 휴식.

속: Rest breeds rust.(휴식하면 녹이 슨다. 서양)

체유인설 嚏有人說

재채기 할 때는 남이 내 이야기를 한다는 속설.

속: Love and a cough cannot be hid.

(사랑과 재채기는 감출 수 없다. 서양)

초가삼간 草家三間

세 칸 되는 초가. 작은 집.

속: God often has a great share in a little house.

(하느님께서는 작은 집에서 큰 몫을 차지하시는 경우가 많다. 프랑스)

초간구활 草間求活

민간에서 삶을 구하다. 구차하게 삶을 탐내다.

속: A live dog is better than a dead lion.

(산 개가 죽은 사자보다 낫다. 영국)

초견세면 初見世面

세상 경험을 처음 시작하다.

속: Experience keeps a dear school, but fools will learn in no other.

(경험은 비싼 학교를 운영하지만 바보들은 그곳 이외에서는 배우지 못할 것이다. 서양)

초광자초언 楚狂者楚言

초나라의 미친 사람도 초나라 말을 한다. 습관은 버리기 어렵다.

속: The older the Welshman, the more madman.

(웨일즈 사람은 늙을수록 더욱 심한 미치광이다. 영국)

초군월배 超群越輩

재능이 일반사람들과 동료들보다 뛰어나다.

속: Gold from a dunghill.(똥 무더기에서 나온 황금. 로마)

초록동색 草綠同色

풀빛과 녹색은 같은 색깔이다. 같은 종류끼리 어울리다.

속: The same in green.(똑같이 초록색이다. 독일)

초록자기 蕉鹿自欺

죽은 사슴을 파초로 덮어 놓았다가 나중에 찾지 못하고 자기도 속다.

인생의 득실은 허무하다.

속: He is most cheated who cheats himself.

(자기 자신을 속이는 자는 가장 크게 속는다. 덴마크)

초망착호 草網着虎

풀을 꼬아 만든 그물로 호랑이를 잡으려 하다.

엉터리없는 짓을 도모하다. 무모한 짓.

속: It is ill killing a crow with an empty sling.

(빈 돌팔매로 까마귀를 잡으려고 하는 것은 잘못이다. 영국)

초목개병 草木皆兵

적을 두려워한 나머지 산의 초목이 적으로 보이다.

속: You take every bush for a bugbear.

(너는 모든 관목을 도깨비로 여긴다. 서양)

초미지급 焦眉之急

눈썹이 탈 정도로 급하다. 매우 다급한 일이나 경우.

속: When my house burns, it is not good playing at chess.

(나의 집이 불탈 때 장기를 두는 것은 좋지 못하다. 서양)

초승일주 稍勝一籌

다른 것과 비교해서 조금 나을 뿐이다.

속: Better late than never.

(아예 오지 않는 것보다 늦은 것이 낫다. 서양)

초연불군 超然不群

속세에 대해 초연하고 일반사람들과 어울리지 않다.

속: Eagles fly alone.(독수리는 홀로 날아다닌다. 영국)

초연자일 超然自逸

속세의 일을 초월해서 한가하고 편안하게 지내다.

속: At leisure, as flax grows.(아마가 자라듯이 한가롭게 지내다. 영국)

초윤이우 礎潤而雨

주춧돌이 축축해지면 비가 온다. 원인이 있으면 결과가 있다.

속: Red clouds in the east, rain the next day.

(동쪽에 붉은 구름들이 있으면 다음 날 비가 온다. 영국)

초윤지우 礎潤知雨

주춧돌이 축축해지면 비가 올 것이라고 안다.

속: If ants their walls do frequent build, rain will from the clouds be spilled.

(개미들이 자기 둑을 자주 쌓으면 구름에서 비가 쏟아질 것이다. 영국)

초인유궁 楚人遺弓

초나라 사람이 활을 잃고 초나라 사람이 그것을 줍다. 도량이 매우 좁다.

속: What they lose in the hundred they gain in the county.

(그들은 마을에서 잃은 것을 군에서 얻는다. 영국)

초재남화 招災攬禍

스스로 재난을 초래하고 재앙의 단서를 일으키다.

속: Do not attempt to provoke lions.

(사자들을 도발하려고 시도하지 마라. 로마)

초재진보 招財進寶

재물의 기운을 문으로 받아들여 돈을 많이 벌다.

속: Money gains money, and not man's bones.

(사람의 노력이 아니라 돈이 돈을 번다. 스페인)

초질절진 超軼絶塵

앞 수레를 추월하며 다리에 흙을 묻히지 않다.

준마가 매우 빨리 달려 모든 것을 앞지르다.

속: Good horses make short miles.

(좋은 말들은 먼 거리를 단축한다. 서양)

초출모려 初出茅廬

초가집을 처음 떠나다. 사회에 처음 진출하다. 젊고 경험이 미숙하다.

속: The fool is always beginning to live.

(바보는 삶을 항상 시작한다. 로마)

초헌마편 軺軒馬鞭

가마를 타고 말에 채찍질하다. 격이 맞지 않거나 서로 어울리지 않다.

속: Put not an embroidered crupper on an ass.

(당나귀에게 수놓은 등자를 달지 마라. 영국)

촌계관청 村鷄官廳

촌닭을 관청에 잡아다 놓은 것 같다.

경험 못한 일을 당해서 어리둥절하다.

속: Like a dying duck in a thunderstorm.

(폭우에 익사하는 오리와 같다, 즉 어리둥절하다. 서양)

촌생박장 村生泊長

시골에서 태어나 자라다. 출신이 비천하다.

속: The peasant saw himself in fine breeches, and he was as insolent as he could.(촌놈이 좋은 옷을 입으면 오만하기 짝이 없다. 스페인)

촌전척택 寸田尺宅

얼마 되지 않는 밭과 작은 집. 적은 재산.

속: Half an acre is good land.(좁은 밭은 좋은 땅이다. 영국)

촌철살인 寸鐵殺人

한 치의 쇠로 사람을 죽이다.

간단한 말 또는 글로 급소를 찔러 상대를 당황하게 만들거나 감동시키다.

속: There is no proverb which is not true.

(속담 치고 옳지 않은 것은 없다. 서양)

촌초불생 寸草不生

땅이 척박해서 풀 한 포기 나지 않다. 성과를 전혀 거두지 못하다.

속: It is a bad soil where no flowers grow.

(꽃나무가 전혀 자라지 않는 땅은 나쁜 땅이다. 서양)

총명영리 聰明伶俐

총명하고 영리하다.

속: Idleness turns the edge of wit.

(게으름은 총명의 날을 무디게 한다. 영국)

총명예지 聰明叡智

총명하고 지혜롭다. 군주의 슬기를 칭송하는 말.

성인의 네 가지 덕, 즉 듣지 않는 것이 없고 보지 않는 것이 없으며 통하지 않는 것이 없고 모르는 것이 없다.

속: Wisdom comes by cleverness, not by time.

(지혜는 시간이 아니라 명석함이 가져다준다. 로마)

총욕불경 寵辱不驚

총애에도 치욕에도 놀라지 않다. 이해득실을 거들떠보지 않다.

속: Acquaintance of the great will I naught, for first or last dear it will be bought.(높은 사람들과의 친분은 결국 대가가 비쌀 것이므로 나는 아무 것도 아닌 것으로 여길 것이다. 영국)

총중고골 塚中枯骨

무덤 속의 마른 뼈. 죽은 사람. 아무 일도 하지 않거나 무능한 사람.

속: Dead men bite not.(죽은 자들은 물지 않는다. 스코틀랜드)

최미절요 摧眉折腰

머리를 숙이고 허리를 굽히다. 윗사람에게 굽실거리며 비위를 맞추다.

속: Jupiter himself cannot please all men.

(제우스마저도 모든 사람의 비위를 맞출 수는 없다. 그리스)

추간녹마 抽簡綠馬

남의 수명을 점쳐주다.

속: To play cold prophet.

(소금이나 포도주가 식탁에 흘려졌을 때 그것으로 운수를 점쳐준다. 영국)

추경정용 椎輕釘聳

망치가 가벼우면 못이 솟는다.

윗사람이 약하면 아랫사람이 말을 안 듣는다.

속: The anvil lasts longer than the hammer.

(모루가 망치보다 더 오래 간다. 이탈리아)

추근박피 抽筋剝皮

힘줄을 뽑고 피부를 벗기다. 강탈과 억압이 극심하다.

속: The more we work, the more we shall be downtrodden.

(우리는 일을 많이 할수록 더욱 억압당할 것이다. 프랑스)

추도작랑 推濤作浪

거친 파도를 더욱 크게 하다. 악인을 돕고 나쁜 일을 조장하다.

분쟁을 악화시키다.

속: Quarrel and strife make short life.

(분쟁과 싸움은 수명을 단축시킨다. 서양)

추도지리 錐刀之利

사소한 이익.

속: Small and frequent gains are better than large ones and seldom.

(작지만 잦은 이익이 크지만 매우 드문 이익보다 낫다. 독일)

추도지말 錐刀之末

작은 칼의 끝. 매우 작은 사물이나 일. 작은 이익.

속: A storm in a tea-cup.(찻잔 속의 태풍. 서양)

추도지용 錐刀之用

사소한 쓸모.

속: Every little helps.(사소한 것도 모두 도움이 된다. 서양)

추동주서 推東主西
동쪽을 추천하면서 서쪽을 가리키다.
본심을 감춘 채 구실을 대어 거절하다.
속: Any time means no time.
(어느 때나 좋다는 것은 아무 때도 좋지 않다는 것이다. 서양)

추리피해 趨利避害
이로운 것을 추구하고 해로운 것을 피하다.
속: Though peace be made, yet it's interest that keeps peace.
(평화가 이루어진다 해도 평화를 유지하는 것은 이해관계다. 영국)

추망축배 追亡逐北
패배한 적을 맹렬하게 추격하다.
속: Keep on running after the dog and he will never bite you.
(개의 뒤를 계속해서 추격하면 개는 너를 결코 물지 않을 것이다. 프랑스)

추부가중보 醜婦家中寶
못 생긴 아내는 집안의 보물이다.
속: A worthless vessel does not get broken.
(쓸모없는 그릇은 깨지지 않는다. 로마)

추삼굉사 推三宕四
두 번 세 번 거절하고 미루다.
속: Today must borrow nothing of tomorrow.
(오늘은 내일로부터 아무 것도 빌려서는 안 된다. 독일)

추삼조사 推三阻四

온갖 구실을 대면서 거절하다.

속: My No is as good as your Yes.

(나의 거절은 너의 승낙만큼 좋은 것이다. 이탈리아)

Better be denied than deceived.

(속는 것보다 거절당하는 것이 낫다. 서양)

추수동장 秋收冬藏

가을에는 추수하고 겨울에는 과일을 저장하다. 일 년의 농사.

속: Good harvests make men prodigal, bad ones provident.

(추수가 좋으면 방탕해지고 추수가 나쁘면 절약하게 된다. 영국)

추염부열 趨炎附熱

권세 있는 사람에게 굽실거리고 부귀에 아첨하다.

속: All strive to give to the rich man.

(누구나 부자에게 주려고 애쓴다. 서양)

추우제묘 椎牛祭墓

소를 잡아 부모의 제사에 쓰는 것보다 부모 생전에 돼지고기 닭고기로 봉양하는 것이 더 낫다.

속: Do not give me words instead of meals.

(음식 대신에 말을 내게 주지 마라. 로마)

추우향사 椎牛饗士

군대 안에서 소를 잡아 군사들에게 먹이다.

작전에 동원된 군사들을 위로하다.

속: The broth makes the soldier.(음식이 군인을 만든다. 프랑스)

추인낙혼 墜茵落溷

꽃잎이 돗자리 위에 떨어지기도 하고 똥구덩이에 떨어지기도 한다. 지위가 높거나 낮은 것은 우연한 기회나 인연에 따라 결정된다.

속: It is fortune or chance chiefly that makes heroes.

(영웅들을 만드는 것은 주로 행운이나 우연이다. 서양)

추일사가지 推一事可知

한 가지 일로 미루어서 다른 모든 것을 알 수 있다.

속: From one judge all.(한 가지로 모든 것을 판단하라. 로마)

추전퇴후 趨前退後

진퇴를 결정하지 못하고 행동을 보류하다.

속: Not to advance is to go back.

(전진하지 않는 것은 후퇴하는 것이다. 로마)

추정발설 抽釘拔楔

못을 뽑고 문설주를 뽑다. 문제를 철저하게 해결하다.

속: Better eye out than always ache.

(눈이 항상 아프기보다는 눈을 빼는 것이 낫다. 영국)

추천창지 推天搶地

분쟁과 소동을 선동하다.

속: An unprincipled orator subverts the laws.

(무원칙한 웅변가는 법들을 무너뜨린다. 로마)

추풍과이 秋風過耳

가을바람이 귀를 스치고 지나가다. 무관심하다.

속: You should not speak Latin before Franciscan friars.

(프란체스코회 수도자들 앞에서는 라틴어로 말하면 안 된다. 프랑스)

추풍단선 秋風團扇

가을바람에 부채. 쓸모없는 물건. 남자에게 버림받은 여자.

속: Soldiers in peace are like chimneys in summer.

(평화로울 때의 군사는 여름의 굴뚝과 같다. 서양)

추환매소 追歡買笑

여색의 환락을 추구하다.

속: Every woman has a springe to catch a silly fellow.

(여자는 누구나 어리석은 자를 잡는 덫을 가지고 있다. 영국)

축구서종 蓄狗噬踵

집에서 기르는 개가 주인의 발뒤꿈치를 물다. 은혜를 배반하다.

속: I will never keep a dog to bite me.

(나는 나를 무는 개는 절대로 기르지 않을 것이다. 서양)

축록자 불견산 逐鹿者 不見山

사슴을 좇는 자는 산을 보지 못한다. 명리와 욕심에 눈이 멀어 사람된 도리를 저버리거나 눈앞의 위험도 못 본다.

속: It is a blind goose that knows not a fox from a fern bush.

(눈먼 거위는 풀숲에서 노리는 여우를 모른다. 서양)

축실도모 築室道謀

집을 짓는데 나그네의 의견을 묻다. 쓸데없는 의논을 하여 실패하다.

속: Who builds on the street must let people talk.

(길가에 집을 짓는 사람은 사람들이 떠들도록 내버려 두어야만 한다. 독일)

축조발명 逐條發明

죄가 없다고 낱낱이 변명하다.

속: He that excuses himself accuses himself.

(변명하는 자는 자기 자신을 고발한다. 서양)

춘래불사춘 春來不似春

봄이 와도 봄 같지 않다.

속: Spring does not always flourish.

(봄이라고 해서 항상 꽃이 피는 것은 아니다. 로마)

춘무삼일청 春無三日晴

봄에는 연달아 사흘 맑은 날이 없다.

속: March, many weathers.(3월의 날씨는 변덕스럽다. 영국)

춘생추살 春生秋殺

봄에는 싹트고 가을에는 시든다.

속: When April blows his horn, it's good both for hay and corn.

(4월이 자기 나팔을 불면 그것은 건초와 밀에게 모두 좋다. 영국)

춘우삭래 春雨數來

봄비가 자주 오다. 아무런 도움이 안 되고 오히려 해롭다.

속: March many weathers rained and blown, but March grass never did good.(3월은 비오고 바람부는 변덕스러운 날씨고 풀은 결코 좋지가 않다. 영국)

춘치자명 春雉自鳴

봄 꿩은 스스로 울고 그 울음소리 때문에 죽는다.

속: The frog's own croak betrays him.

(개구리는 자기 울음소리 때문에 발각된다. 서양)

춘한노건 春寒老健

봄추위와 늙은이의 건강. 사물이 그리 오래 계속되지 못하다.

속: Health without money is half an ague.

(돈이 없는 건강은 절반은 병든 것이다. 서양)

Neither heat nor cold remains always in the sky.

(더위도 추위도 하늘에서 영원히 머물지는 않는다. 이탈리아)

출곡천교 出谷遷喬

봄에 새가 계곡에서 나와 높은 가지에 옮겨 앉다.

출세하다. 남이 이사한 것을 축하하는 말.

속: He that would be well needs not go from his own house.

(잘 되기를 바라는 자는 자기 집을 반드시 떠날 필요는 없다. 서양)

출괴노추 出乖露醜

자신의 약점을 드러내다. 사람들 앞에서 망신을 당하다.

속: A blot is not blot unless it be hit.

(약점은 공격을 받아야 비로소 약점이 된다. 영국)

출리생사 出離生死

살고 죽는 윤회의 고통의 세계를 떠나 깨달음의 세계로 돌아가다.

속: The best way to see divine light is to put out your own candle.

(신성한 빛을 보는 가장 좋은 방법은 너 자신의 촛불을 끄는 것이다. 서양)

출새명비 出塞明妃

한나라 때 흉노족에게 시집 간 명비 왕소군.

여자가 먼 타향에 시집가서 슬픔을 안고 살다.

속: She that marries ill never wants something to say for it.
(잘못된 결혼을 하는 여자는 그것에 관해 결코 할 말이 없지 않다. 서양)

출신한미 出身寒微
출신이 보잘것없다.
속: It matters less to a man where he is born than how he can live.(출생지는 살아갈 방도보다 덜 중요하다. 터키)

출이반이 出爾反爾
자기에게서 나온 일은 그 재앙이 자기에게 돌아간다. 자신의 언행을 후회하다. 언행이 모순되다. 이랬다저랬다 하다. 유: 자업자득 自業自得
속: Curses are like chickens; they come home to roost.
(저주는 병아리들과 같아서 쉬려고 집에 돌아온다. 서양)

충간의담 忠肝義膽
충성을 바치고 의리를 지키려는 굳은 결의.
속: Faithful to an unfortunate country.(불운한 조국에 충성하다. 로마)

충군보국 忠君報國
군주에게 충성하고 나라의 은혜에 보답하다.
속: The riches of kings are the hearts of their subjects.
(왕의 재산은 그의 신하들의 마음이다. 로마)

충군애민 忠君愛民
군주에게 충성하고 백성을 사랑하다.
속: Neither for king, nor for people, but for both.
(왕이나 백성을 위한 것이 아니라 양쪽을 위한 것이다. 로마)

충언역이 忠言逆耳

바른 말은 귀에 거슬린다.

속: A friend's frown is better than a fool's smile.

(친구가 눈살을 찌푸리는 것이 바보의 웃음보다 더 낫다. 서양)

충이불문 充耳不聞

귀를 막고 듣지 않다. 못 들은 척하다. 본체만체하다.

속: It is in vain to speak reason where it will never be heard.

(들을 귀가 전혀 없는 곳에서는 이치대로 말해야 소용없다. 서양)

취대법라 吹大法螺

부처의 설법이 널리 대중에게 퍼지다.

속: It is bad preaching to deaf ears.

(귀머거리에게 설교해야 소용없다. 서양)

취명소저 臭名昭著

악명이 높아서 누구나 다 알다.

속: He that has an ill name is half hanged.

(악명이 높은 자는 절반은 목이 매달린 것이다. 서양)

취모구자 吹毛求疵

털을 입으로 불어 그 속의 흉터를 찾다.

남의 조그마한 잘못을 악착같이 찾아내다. 유: 구무완인 口無完人

속: It is easier to spy two faults than mend one.

(잘못은 한 가지를 고치기보다 두 가지를 엿보기가 더 쉽다. 영국)

취문성뢰 聚蚊成雷

모기가 떼를 지어서 내는 소리가 우레 같다. 사악한 무리가 떠들어대면

하찮은 일도 대단한 일처럼 과장된다. 많은 사람들이 비방하는 소리.

속: Even the lion must defend himself against the flies.

(사자마저도 파리들로부터 자신을 방어해야만 한다. 독일)

취미상투 臭味相投

나쁜 부류의 사람들끼리 뜻이 맞아 서로 어울리다.

속: A thief knows a thief, as a wolf knows a wolf.

(늑대가 늑대를 알듯이 도둑은 도둑을 안다. 서양)

취불가당 臭不可當

악취를 견딜 수 없다. 악취가 극도로 심하다.

속: Fish and guests smell at three days old.

(생선과 손님은 사흘 지나면 냄새가 난다. 영국)

취사선택 取捨選擇

불필요한 것은 버리고 필요한 것은 골라 가지다.

속: Do not accept either all things, or everywhere, or from all persons.

(모든 것을 받지도 말고 어디서나 받지도 말며 모든 사람에게서 받지도 마라. 그리스)

취생몽사 醉生夢死

취한 듯이 살고 꿈꾸듯이 죽다.

무의미하게 한 평생을 흐리멍덩하게 보내다.

속: Ever drunk, ever dry.(언제나 취하면 언제나 목마르다. 영국)

취소성다 聚少成多

작은 것도 많이 모여 쌓이면 크게 된다.

속: Penny and penny laid up will be many.

(한 푼 두 푼 쌓이면 많은 돈이 된다. 영국)

취옹지의 醉翁之意
술 취한 노인의 뜻. 딴 속셈이 있다. 안팎이 다르다.
속: A fair face may hide a foul heart.
(미모는 더러운 마음을 감추고 있을 수 있다. 영국)

취우부종조 驟雨不終朝
소나기는 오래 가지 않는다. 권세를 부리는 사람도 오래 가지는 못한다.
속: For a morning rain leave not your journey.
(아침 비 때문에 여행을 그만두지 마라. 서양)

취유도정 就有道正
자기 행동이 옳은지 학덕이 있는 사람에게 문의하여 바로잡는다.
속: Better to ask than go astray.
(길을 잃기보다는 물어보는 것이 낫다. 서양)

취중진정발 醉中眞情發
평소에 품은 속마음은 취했을 때 나온다.
속: What soberness conceals drunkenness reveals.
(맨 정신 때 감추는 것은 취했을 때 드러난다. 서양)

취지무금 取之無禁
임자 없는 물건은 아무나 가져도 말릴 사람이 없다.
속: Findings are keepings.(발견은 소유다. 서양)

측목시지 側目視之
곁눈질을 해서 보다. 두렵거나 미워서 흘겨보다.

속: Perverseness makes one squint-eyed.
(사악한 자는 곁눈질을 한다. 서양)

치가교자 治家敎子

집안을 다스리고 자녀들을 가르치다.

속: He that brings up his son to nothing breeds a thief.
(자녀를 제대로 가르치지 않는 자는 도둑을 기른다. 서양)

치국안민 治國安民

나라를 잘 다스리고 백성을 편안하게 하다.

속: The whole community is ordered by the king's example.
(나라 전체는 왕의 모범을 따른다. 로마)

치국평천하 治國平天下

나라를 잘 다스리고 천하를 편안하게 하다.

속: Divide and govern.(분열시키고 지배하라. 로마)

치남원녀 痴男怨女

사랑에 미련을 둔 남녀.

속: All's fair in love and war.
(사랑과 전쟁에서는 모든 것이 좋다. 서양)

치망설존 齒亡舌存

이빨이 없어져도 혀는 남는다. 강하고 굳은 것은 부서지고 부러지기 쉽지만 부드럽고 약한 것은 항상 보존된다.

속: It is well that the teeth are before the tongue.
(이빨들이 혀 앞에 있는 것은 좋다. 스코틀랜드)

치사분지 治絲棼之

실을 가다듬으려 하려다가 오히려 엉키게 만들다.

문제를 해결하려다가 오히려 악화시키다.

속: The remedy is worse than the disease.

(치료가 병보다 더 나쁘다. 영국)

치수필교 錙銖必較

한 푼마저도 따지다. 매우 인색하다.

속: Care when to spend, and when to spare, and when to buy, and you'll never be bare.(쓸 때, 절약할 때, 살 때를 잘 살피면 결코 무일푼이 되지 않을 것이다. 스코틀랜드)

치아여론 齒牙餘論

입으로 얼마든지 칭찬하는 말.

속: Praise makes good men better and bad men worse.

(칭찬은 좋은 사람들은 더 좋게, 나쁜 사람들은 더 나쁘게 만든다. 서양)

치인설몽 痴人說夢

천치에게 꿈 이야기를 해주다.

어리석은 짓을 하다. 쓸데없이 마구 지껄이다.

속: Foolish men have foolish dreams.

(어리석은 사람들은 어리석은 꿈을 꾼다. 프랑스)

치자다소 癡者多笑

어리석고 못난 사람은 잘 웃는다. 실없이 잘 웃는 사람을 비웃는 말.

속: Laughter is frequent in the mouth of fools.

(바보들의 입에는 웃음이 헤프다. 로마)

치주고회 置酒高會

주연을 성대하게 베풀다.

속: Merry is the feast-making till we come to the reckoning.
(잔치는 계산해야 할 때까지 즐겁다. 영국)

치지도외 置之度外

내버려두고 조금도 생각하지 않다. 동: 일소치지 一笑置之

속: Eagles catch no flies.
(독수리는 파리를 잡지 않는다. 라틴어)

치지망역 置之忘域

내버려두고 잊어버리다.

속: Everybody's business is nobody's business.
(모든 사람의 일은 아무 일도 아니다. 서양)

친구불피 親仇不避

원수도 피하지 않고 가족도 피하지 않다.
인재를 선발할 때 공명정대 하다.

속: Enemies may serve for witnesses as well as friends.
(원수는 증인도 친구도 될 수 있다. 서양)

친밀무간 親密無間

간격이 전혀 없을 정도로 극도로 친밀하다.

속: Familiarity breeds contempt.(친밀한 관계는 경멸을 낳는다. 서양)

친여수족 親如手足

형제가 손발처럼 친밀하다. 친구 사이가 형제처럼 가깝다.

속: Similarity is the mother of friendship.

(유사성은 우정의 어머니다. 그리스)

칠거지악 七去之惡

아내를 내쫓을 수 있는 일곱 가지 죄.

속: A faithless wife is the shipwreck of a house.

(바람난 아내는 집안의 파멸이다. 서양)

칠보단장 七寶丹粧

여러 가지 장신구로 몸을 치장하다.

속: A horse is not better nor worse for his trappings.

(말 장식 때문에 말이 더 좋거나 더 나쁜 말이 되는 것은 아니다. 서양)

칠자불화 漆者不畵

옻칠을 하는 사람은 그림을 그리지 않는다. 분업을 하다.

속: Let each follow the trade which he understands.

(각자 자기가 잘 아는 직업에 종사하라. 그리스)

칠전팔기 七顚八起

일곱 번 넘어지고 여덟 번 일어나다.

속: Three failures and a fire make a Scotsman's fortune.

(세 번의 실패와 한 번의 화재는 스코틀랜드인의 행운을 만든다. 스코틀랜드)

칠전팔도 七顚八倒

일곱 번 구르고 여덟 번 넘어지다. 심한 고생과 수없이 많은 실패.
뒤죽박죽이 되다. 말에 순서가 없다. 정신을 차리지 못하다.

속: A man's walking is a succession of falls.

(사람이 걸어가는 것은 계속 넘어지는 동작의 연속이다. 서양)

칠종칠금 七縱七擒

제갈량이 맹획(孟獲)을 일곱 번 잡았다가 일곱 번 놓아준 일. 마음대로 잡았다 놓아주었다 하다. 계책을 써서 상대방이 진심으로 복종하게 만들다.

속: He that can catch and hold, he is the man of gold.

(잡을 수 있고 유지할 수 있는 자는 황금의 사람이다. 영국)

칠종칠금 **七縱七擒** (삼국연의 三國演義)

칠청팔황 七靑八黃

돈과 재물.

속: If money be not your servant, it will be your master.

(네가 돈을 하인으로 삼지 않으면 돈이 네 주인이 될 것이다. 서양)

침과대단 枕戈待旦

창을 베고 날이 새기를 기다리다. 항상 전투태세를 갖추고 경계를 늦추지 않다. 적을 죽여 나라의 은혜에 보답할 마음이 간절하여 잠시도 경계를 소홀히 하지 않다.

속: Good watch prevents misfortune.

(치밀한 경계는 불운을 막는다. 영국)

침과상담 枕戈嘗膽

창을 베고 쓸개를 맛보다. 자기 힘을 길러 적을 죽일 때를 기다리다.

속: An enemy does not sleep.(원수는 잠을 자지 않는다. 프랑스)

침미침멸 浸微浸滅

점차 쇠약해져서 완전히 없어지다.

속: Drop by drop the lake is drained.

(한 방울씩 없어지면 호수가 바닥이 난다. 영국)

침봉상대 針鋒相對

바늘 끝이 마주 바라보다. 양쪽이 날카롭게 대립하다. 상대방의 주장이나 행동을 공격하다.

속: Two dogs over one bone seldom agree.

(뼈 하나를 둘러싼 개 두 마리는 합의하는 일이 별로 없다. 서양)

침소봉대 針小棒大

바늘처럼 작은 것을 막대기처럼 크다고 떠들다. 과장이 심하다.

속: He changes a fly into an elephant.

(그는 파리를 코끼리로 둔갑시킨다. 영국)

침윤지참 浸潤之譖

물이 차츰 스며들듯이 점진적으로 효과가 나는 모함. 매우 교묘한 모략.

속: The devil may get in by the keyhole, but the door won't let him out.(악마는 열쇠 구멍으로 들어올 수 있지만 문이 그를 내보내지 않을 것이다. 서양)

침정과언 沈靜寡言

침착하고 조용하며 말이 적다.

속: Full vessels give the least sound.

(가득 찬 그릇은 소리가 가장 적다. 서양)

침중과언 沈重寡言

침착하고 신중하며 말이 적다.

속: That man is wise who speaks little.

(과묵한 사람이 현명하다. 라틴어)

침침칠야 沈沈漆夜

바로 앞을 알아보지 못할 만큼 캄캄한 밤.

속: The darkest hour is before the dawn.

(가장 캄캄한 시간은 새벽 직전이다. 영국)

칭고도과 稱孤道寡

왕으로 자칭하다.

속: Kings alone are no more than single men.

(왕이 혼자 있다면 그는 동떨어진 개인에 불과하다. 서양)

칭왕칭패 稱王稱覇

왕이나 패자로 자칭하다. 제멋대로 행동하다.

속: Folly is the queen regent of the world.

(어리석음은 세상의 섭정 왕후다. 서양)

칭체재의 稱體裁衣

몸의 치수를 재어서 옷을 재단하다. 상황에 맞추어 일을 하다.

속: Little boats must keep the shore; larger ships may venture more.(작은 배들은 해안을 따라가야만 하고 더 큰 배들은 더 멀리 항해를 시도해도 된다. 영국)

카

古木槎枒夕照邊
家家青靄玦玦烟
潮前有景真是江
南炎葉邦
董邦達

쾌도난마 快刀亂麻

잘 드는 칼로 어지럽게 헝클어진 삼 가닥을 자르다.

복잡한 문제를 과감하고 신속하게 해결하다.

속: Fools tie knots and wise men loose them.

(바보들은 매듭들을 만들고 현명한 자들은 그것을 푼다. 영국)

Either I will find a way or make one.

(나는 길을 발견하거나 만들어낼 것이다. 서양)

There is a remedy for everything except death.

(죽음 이외의 모든 문제에는 해결책이 있다. 프랑스)

쾌락불퇴 快樂不退

쾌락이 지속되어 도중에 그치지 않다.

속: He that overfeeds his senses feasts his enemies.

(쾌락에 너무 탐닉하는 자는 자기 원수들에게 잔치를 베푼다. 서양)

Fly pleasure and it will follow you.

(쾌락을 피하면 그것이 너를 따라올 것이다. 영국)

To overcome pleasure is the greatest pleasure.

(쾌락을 극복하는 것이 가장 큰 쾌락이다. 서양)

Fly the pleasure that bites tomorrow.

(내일 후회할 쾌락은 피하라. 서양)

쾌마가편 快馬加鞭

빨리 달리는 말에 채찍질하다. 더욱 빨리 달리게 하다.

끊임없이 노력하여 계속 전진하다.

속: All the speed is in the spurs.(모든 속도는 박차에 있다. 서양)

The beast that goes well never wants someone to try him.

(잘 걸어가는 가축은 그것을 시험하려는 사람이 결코 없지 않다. 스페인)

쾌의당전 快意當前

현재를 즐기다. 현재의 만족을 도모하다.

속: Now is the watchword of the wise.

(현재는 현명한 자들의 표어다. 서양)

There is no time like the present.(현재와 같은 시간은 없다. 서양)

쾌행무호보 快行無好步

빠르게 걸으면 발걸음이 고르지 않다.

급하게 일을 하면 결과가 그리 좋지 않다.

속: Haste is slow.(서두르는 것은 느리다. 로마)

He rises over early that is hanged before noon.

(그는 너무 일찍 일어나 정오 이전에 교수형을 당한다. 스코틀랜드)

타득화열 打得火熱

매우 친밀하다. 남녀의 관계가 매우 긴밀하다.

속: When friends meet, hearts warm.

(친구들이 만나면 가슴이 뜨거워진다. 스코틀랜드)

타면자건 唾面自乾

남이 내 얼굴에 뱉은 침이 마를 때까지 기다리다.

극단적인 모욕을 참아 견디고 불만을 표시하지 않다.

속: No one is injured except by himself.

(모욕은 자기 자신이 인정하지 않는 한 아무도 줄 수 없다. 로마)

타산지석 他山之石

남의 산의 돌도 나의 옥을 가는 데 쓸 수 있다.

남의 나라의 인재도 자기 나라를 돕도록 활용할 수 있다.

다른 사람의 도움으로 자신의 결점이나 잘못을 고치다.

하찮은 물건도 쓰기에 따라 쓸모가 있다. 친구를 가리키는 말.

속: Your neighbour is your teacher.(이웃은 너의 스승이다. 이집트)

타아범취 打牙犯嘴

잡담을 하며 농담을 주고받다.

속: Long jesting was never good.

(오래 하는 농담은 결코 좋지 않았다. 서양)

타유지구 媮游之具

게으름뱅이가 사용하는 도구.

속: Idleness and lust are sworn friends.

(게으름과 욕정은 절친한 친구들이다. 영국)

타인매구 打人罵狗

사람을 마구 때리고 욕해서 기를 꺾다.

속: To comb one's head with a stool.(등 없는 의자로 남의 머리를 빗어준다, 즉 남의 머리를 의자로 때린다. 영국)

타정매초 打情罵俏

가벼운 말이나 동작으로 남녀가 마음을 서로 전하다.

속: Hunting, hawking, paramours, for one joy a hundred displeasures. (사냥과 매사냥과 연애에는 한 가지 기쁨에 대해 백 가지 괴로움이 있다. 스코틀랜드)

타증불고 墮甑不顧

깨어진 시루는 돌아다보지 않다. 단념이 빠르다.

속: What cannot be altered must be borne, not blamed. (변경될 수 없는 것은 비난할 것이 아니라 참고 견디어야만 한다. 서양)

타철진열 打鐵趁熱

쇠는 단 김에 두들겨야 한다.

좋은 기회나 조건은 놓치지 말아야 한다.

속: Strike while the iron's hot.(쇠가 뜨거운 동안 두들겨라. 서양)

타초경사 打草驚蛇

풀을 휘저어서 뱀을 놀라게 하다. 무심코 한 행동이 의외의 결과를 초래하다. 한 사람을 혼내서 다른 사람을 깨우쳐주다.

계획, 책략 등이 누설되어 상대방이 경계하도록 하다.

속: Don't touch even a sleeping scorpion. (잠자는 전갈은 만지지도 마라. 나이지리아)

탁린청류 濯鱗淸流

맑게 흐르는 물에 생선비늘을 씻다. 높은 지위와 명예를 얻다.

속: Let honor be spotless.(명예는 오점이 전혀 없어야만 한다. 로마)

탁성자훼 鐸聲自毀

목탁은 소리를 내서 스스로 해친다. 재난을 자초하다.

속: He that shoots always right forfeits his arrow.

(언제나 활을 잘 쏘는 자는 자기 화살을 잃는다. 서양)

탁영탁족 濯纓濯足

물이 맑으면 갓끈을 씻고 물이 흐리면 발을 씻는다.

어떠한 경우에 처하든 기꺼이 적응하여 스스로 만족하다.

속: His mill will go with all winds.

(그의 물방앗간은 어떠한 바람이 불어도 돌아갈 것이다. 서양)

탁오양청 濯汚揚淸

더러운 것을 씻어내고 맑은 물을 일으키다.

악행을 없애고 선행을 촉진하다.

속: All will come out in the washing.

(모든 것은 세탁하면 나올 것이다. 서양)

Water washes everything.(물은 모든 것을 씻는다. 포르투갈)

탁유성효 卓有成效

성과나 효과가 매우 뛰어나거나 현저하다.

속: Slight means, great effect.

(사소한 수단으로 큰 효과를 내다. 프랑스)

탄사품죽 彈絲品竹

현악기와 관악기를 연주하다. 악기를 연주하다.

속: Let him who knows the instrument play upon it.

(악기는 그것을 아는 사람이 연주하도록 하라. 서양)

탄위관지 嘆爲觀止

감탄하면서 한없이 바라보다. 가장 완벽한 사물이라고 칭찬하다.

속: Things not understood are admired.

(이해되지 못하는 것들은 감탄의 대상이 된다. 서양)

탄주어실수 吞舟魚失水

배를 삼킬 만한 고기도 물을 떠나면 개미에게 제어 당한다.

현자도 요직에 있지 않으면 소인에게 억압당한다.

속: Hares may pull dead lions by beard.

(산토끼들은 죽은 사자들의 수염을 잡아당길 수 있다. 영국)

탄주지어 吞舟之魚

배를 삼킬 만한 큰 물고기. 위대한 현자. 큰 인물. 매우 사악한 사람.

속: Great and good are seldom the same man.

(위대하면서 동시에 선한 사람은 없다. 서양)

탐관오리 貪官汚吏

뇌물을 탐내고 부정부패를 일삼는 관리.

속: A bribe I know is a juggling knave.

(내가 아는 뇌물은 요술을 부리는 악당이다. 영국)

탐기방승 探奇訪勝

기이한 곳을 찾고 명승지를 방문하다. 유람하거나 명승지를 찾아다니다.

속: See Naples and then die.
(나폴리를 구경하고 나서 죽어라. 이탈리아)

탐낭거협 探囊胠篋

주머니를 뒤지고 상자를 열다. 도둑질을 하다.

속: Nothing is stolen without hands.
(손이 없이는 아무 것도 도둑맞지 않는다. 영국)

탐낭취물 探囊取物

주머니 속의 물건을 꺼내다. 일이 매우 쉽다.

속: All is not won that is put in the purse.
(지갑에 들게 된 것이라고 해서 모두 얻은 것은 아니다. 영국)

탐득무염 貪得無厭

끝없이 탐욕을 부리다.

속: Give a rogue an inch and he'll take an ell.
(악당에게 일 인치를 주면 그는 45인치를 가질 것이다. 네덜란드)

탐리활서 貪吏猾胥

탐욕스럽고 교활한 관리.

속: Greedy folk has long arms.
(탐욕스러운 자들은 긴 팔을 가지고 있다. 스코틀랜드)

탐생사의 貪生捨義

삶을 탐내고 의리를 버리다.

속: He that lives not well one year, sorrows seven after.
(일 년을 올바로 살지 않은 자는 칠 년을 슬퍼한다. 서양)

탐소실대 貪小失大

작은 것을 탐내다가 큰 것을 잃다.

속: Burn not your house to fright away the mice.

(쥐들에게 겁을 주어 쫓아버리려고 네 집을 태우지는 마라. 서양)

탐심망상 貪心妄想

실현될 수 없는 것을 마음을 다해 탐내다.

속: Birds ready cooked do not fly into your mouth.

(요리될 준비가 된 새가 네 입에 날아 들어가는 일은 없다. 서양)

탐심부족 貪心不足

탐내는 마음이 만족을 모르다. 한없이 탐내다.

속: No man ever thought his own too much.

(자기 것이 너무 많다고 생각한 자는 결코 없었다. 서양)

탐용함 探龍頷

용의 턱 밑에 있는 구슬을 찾다. 위험한 모험을 하다.

속: Many ventures make a full freight.

(많은 모험이 가득 찬 화물을 가져온다. 영국)

탐이무신 貪而無信

탐욕을 부리고 신의가 없다.

속: Send not a cat for lard.

(돼지기름을 가져오라고 고양이를 보내지 마라. 서양)

탐장왕법 貪贓枉法

뇌물을 탐내고 법을 어기다.

속: Covetousness is generally incurable.

(탐욕은 대개 불치병이다. 서양)

탐자순재 貪者殉財

욕심이 지나친 사람은 재물을 위해 자기 목숨도 버린다.

속: A golden dart kills where it pleases.

(황금 화살은 자기가 원하는 곳이면 어디서나 죽인다. 서양)

탐욕스런 노파 (금병매)

탐장왕법 貪贓枉法

뇌물을 탐내고 법을 어기다.

속: Covetousness is generally incurable.

(탐욕은 대개 불치병이다. 서양)

탐재치명 貪財致命

재물을 탐내다가 목숨을 잃다.

속: That fish will soon be caught that nibbles at every bait.

(미끼마다 무는 물고기는 빨리 잡힐 것이다. 서양)

탐재호회 貪財好賄

재물을 탐내고 뇌물을 좋아하다.

속: He has nothing who has not enough.

(충분히 가지지 못한 자는 아무 것도 가지고 있지 않은 것이다. 프랑스)

탐흘나주 貪吃懶做

먹기를 탐내고 일에는 게으르다.

속: Gourmands make their grave with their teeth.

(탐식가들은 자기 이빨로 자기 무덤을 만든다. 프랑스)

태강즉절 太剛則折

너무 강하면 부러진다.

속: Too too will in two.

(지나치게 압력을 가하면 두 쪽으로 부러진다. 영국)

태극이부 泰極而否

행운이 극도에 이르면 변하여 불운이 닥친다.

속: He who laughs in the morning, weeps in the evening.

(아침에 웃는 자는 저녁에 운다. 프랑스)

태뢰자미 太牢滋味

쇠고기, 양고기, 돼지고기를 사용한 요리의 맛.

속: Plenty is no dainty.(많으면 맛이 좋지 않다. 스코틀랜드)

태무혈유 殆無孑遺

남은 것이 하나도 없다.

속: One hair after the other makes the bumpkin bald.

(머리카락을 하나씩 뽑아 어리석은 시골뜨기는 대머리가 된다. 덴마크)

태산명동 서일필 泰山鳴動 鼠一匹

태산이 크게 울리고 움직였지만 나온 것은 생쥐 한 마리뿐이다.

요란하게 떠들어대지만 결과는 보잘것없다.

속: Billy has found a pin.

(빌리가 핀을 하나 발견했다, 즉 공연히 소동만 피웠다. 영국)

태산북두 泰山北斗

태산과 북두칠성. 제일인자. 권위자. 대가. 많은 사람들이 존경하는 인물.

속: No man is born a great master.

(위대한 대가로 태어난 자는 아무도 없다. 이탈리아)

태산양목 泰山梁木

태산과 대들보. 중임을 맡은 사람. 위대한 인물.

속: Offences generally outweigh merits, with great men.

(고관들은 일반적으로 잘못이 공적보다 무겁다. 서양)

태아도지 太阿倒持

전설상의 명검인 태아를 거꾸로 잡다. 천자가 대권을 신하에게 빼앗기다. 자기 위세만 믿고 상대를 우습게 여기다가 낭패를 당하다.

속: By non-usage all privileges are lost.

(사용하지 않으면 모든 특권은 없어진다. 프랑스)

태아재악 太阿在握

명검인 태아를 잡다. 권력을 잡다.

속: No ruler sins as long as he is a ruler.

(통치자로 존속하는 한 어떠한 통치자도 죄를 짓지 않는다. 그리스)

태액부용 太液芙蓉

태액이라는 연못에 피는 연꽃. 양귀비의 미모를 가리키는 말. 동: 해어화 解語花

속: Everything beautiful is lovable.

(아름다운 것은 모두 사랑스럽다. 로마)

택교이우 擇交而友

친구를 골라서 사귀다.

속: Be slow in choosing a friend, but slower in changing him.

(친구의 선택은 천천히 하고 바꾸는 것은 더 천천히 하라. 서양)

택심은중 澤深恩重

혜택이 깊고 은혜가 무겁다.

속: Pride and grace never dwell in one place.

(오만과 은총은 결코 함께 머물지 않는다. 서양)

택주이사 擇主而事

현명한 주인을 선택하여 섬기다.

속: He that serves two masters has to lie to one of them.(두 주인을 섬기는 자는 그 중 하나에게 거짓말을 하지 않으면 안 된다. 이탈리아)

택피창생 澤被蒼生

혜택이 모든 백성에게 미치다.

속: All mankind is beholden to him that is kind to the good.
(선한 사람들에게 친절한 그에게 모든 사람은 신세를 진다. 서양)

토가환가 討價還價

물건의 가격을 흥정하다. 이해득실을 따지다.

속: A good bargain is a pick-purse.
(유리한 흥정은 소매치기 짓이다. 서양)

토룡추구 土龍芻狗

흙으로 만든 용과 풀로 만든 개. 이름과 실제가 부합하지 않다.

속: Many a good cow has a bad calf.
(많은 좋은 암소가 나쁜 송아지를 거느린다. 독일)

토무이왕 土無二王

한 나라에 두 임금이 있을 수 없다.

속: Princes have no way.(군주들은 일정한 길이 없다. 서양)

토사구팽 兎死狗烹

토끼가 죽으면 사냥개를 삶아 죽인다.

일이 성공한 뒤에는 세력이 과대한 사람은 버림을 받거나 살해된다.

군주가 공신을 죽이다. 더 이상 쓸모가 없어지면 버림받거나 제거된다.

속: Leave the court before the court leaves you.
(왕궁이 너를 버리기 전에 네가 먼저 왕궁을 떠나라. 스코틀랜드)

토포악발 吐哺握髮

주공이 먹던 것을 토하고 머리카락을 손으로 잡고 손님을 맞이한 일. 군주가 현명한 인재를 얻으려고 애쓰다. 하던 일을 중단하고 다른 일을 보다.

속: The best things are hard to come by.

(가장 좋은 것은 만나기 힘들다. 서양)

통가지호 通家之好

여러 대에 걸쳐서 두 가문이 사이좋게 지내다.

속: A friendly house is the best of houses.

(우호적인 집이 모든 집들 가운데 가장 좋다. 로마)

통공이사 通功易事

각자 한 가지 일을 맡아 협력하여 전체의 일을 이루다.

속: Everyone to his own business, and the cows will be well looked after.(누구나 각자 자기 일을 하면 암소들은 잘 보살펴질 것이다. 프랑스)

통관전국 通觀全局

전체를 살피고 헤아리다.

속: Read the whole, if you wish to understand the whole.

(전체를 이해하고 싶다면 전체를 읽어라. 로마)

통권달변 通權達變

사태의 변화에 따라 능숙하게 대처하다.

속: The more you do, the more you may do.

(일을 많이 할수록 더 많은 일을 할 수 있게 된다. 서양)

통력합작 通力合作

모든 힘을 합해서 일을 함께 하다.

속: Less counsel and more hands.
(충고보다는 협력이 더 필요하다. 독일)

통불가인 痛不可忍

슬픔이나 고통이 너무 심해 참을 수 없다.

속: Great pains quickly find ease.

(극심한 고통은 빨리 편안함을 발견한다. 서양)

통상혜공 通商惠工

무역이 상공업자들에게 이익을 주도록 하다.

속: A merchant's happiness hangs on chance, winds, and waves.

(상인의 행복은 우연, 바람, 파도에 달려 있다. 서양)

통의허갈 恫疑虛喝

속으로는 두려워하면서 겉으로는 위협하다.

속: Many a one threatens while he quakes for fear.

(많은 사람은 두려워 떨면서도 위협한다. 서양)

통입골수 痛入骨髓

비통한 마음이 골수에 사무치다.

속: New grief awakens the old.

(새로운 비탄이 낡은 비탄을 상기시킨다. 서양)

통지천금 通之千金

천금의 가치가 있다.

속: Worth has been underrated ever since wealth has been over-valued.(가치는 재산이 과대평가된 이후 줄곧 과소평가되어 왔다. 서양)

통천지수 通天之數

하늘에 통하는 운수. 극도로 좋은 운수.

속: It is fortune or chance chiefly that makes heroes.

(영웅들을 만드는 것은 주로 행운이나 우연이다. 서양)

통회전비 痛悔前非

과거의 잘못을 뼈저리게 뉘우치다.

속: When it thunders, the thief becomes honest.

(천둥이 칠 때 도둑은 정직해진다. 이탈리아)

퇴고 推敲

문장을 다듬다.

속: Correction gives understanding.(수정은 이해하게 만든다. 영국)

퇴피삼사 退避三舍

90리를 후퇴해서 싸움을 피하다. 남에게 양보하거나 남을 피하다.

속: Giving way stops all war.(양보는 모든 전쟁을 막는다. 독일)

투과득경 投瓜得瓊

오이를 주고 귀한 구슬을 얻다. 하찮은 선물을 주고 많은 답례를 받다.

속: He who gives a duck, expects a goose.

(오리를 주는 자는 거위를 기대한다. 영국)

투기취교 投機取巧

기회를 이용하고 수단을 부려서 사사로운 이익을 얻다.

유: 불로이획 不勞而獲

속: Some do sowing, others the reaping.

(씨 뿌리는 사람 따로, 거두는 사람 따로. 로마)

투도보리 投桃報李

복숭아를 보내자 자두로 갚다. 친구 사이에 선물을 주고받다.

내가 덕행을 실천하면 남도 이에 따른다.

속: Offer not the pear to him that gave the apple.

(사과를 준 사람에게 배를 제공하지 마라. 서양)

투도부절 偸盜不絶

도둑이 끊이지 않다.

속: Small faults indulged are little thieves that let in greater.

(감싸준 작은 잘못들은 더 큰 도둑을 불러들이는 작은 도둑들이다. 서양)

투란격석 投卵擊石

달걀로 돌을 때리다.

약한 것으로 강한 것을 이기려는 어리석은 짓. 무모하다.

속: He is not wise that is not wise for himself.

(자기 자신을 위해 현명하지 않은 자는 현명하지 않다. 그리스)

투량환주 偸梁換柱

대들보와 기둥을 훔치고 썩은 것으로 갈아 치우다.

가짜로 진짜를, 나쁜 것으로 좋은 것을 대신하다.

속: Truth will conquer; falsehood will kill.

(진리는 정복하고 허위는 죽일 것이다. 힌두)

투서기기 投鼠忌器

돌을 던져서 쥐를 잡으려고 하지만 그 옆의 그릇이 깨질까 염려하다.

군주 곁의 간신을 제거하려고 하지만 군주가 다칠까 염려하다.

악인을 제거하거나 어떤 일을 하려고 할 때 다른 고려사항이 있다.

속: There is a black sheep in every fold.
(어느 무리에나 검은 양이 있다. 서양)

투석문로 投石問路

행동을 취하기 전에 먼저 시험적으로 모색하여 상황을 알아보다.
속: Try before you trust.(신뢰하기 전에 시험해보라. 영국)

투저지의 投杼之疑

공자의 제자 증삼이 사람을 죽였다는 헛소문에 그의 어머니가 베틀의 북을 던지고 달아난 일. 거짓말도 여러 사람이 하면 믿게 된다.
속: Testimonies are to be weighed, not counted.
(증언은 숫자를 셀 것이 아니라 무게를 달아보아야 한다. 로마)

투필종융 投筆從戎

붓을 던지고 전쟁터로 나아가다. 문인이 글을 버리고 군사가 되다.
속: To get the wind up.(경보를 받다, 즉 군인이 되다. 영국)

투향절옥 偸香竊玉

남녀가 밀통하다. 남자가 여자를 밖으로 유인해내다.
속: A nice wife and a back door do often make a rich man poor.
(미모의 아내와 뒷문은 부자를 가난뱅이로 만든 경우가 많다. 영국)

투현질능 妬賢嫉能

어진 사람을 시기하고 재주 있는 사람을 미워하다. 덕성은 질투를 이긴다.
속: Virtue conquers envy.(덕행은 질투를 이긴다. 로마)

溪山烟雨
仿高尚書法
耕烟法

파가산업 破家散業

집안이 망하고 파산하다.

속: He swallowed a spider.(그는 거미를 삼켰다, 즉 파산했다. 영국)

He that cannot pay in purse must pay in person.

(돈으로 갚을 수 없는 자는 자기 몸으로 갚아야만 한다. 서양)

파경 破鏡

깨진 거울. 부부의 생이별. 이혼.

속: Divorce is the sacrament of adultery.

(이혼은 간통을 위한 예식이다. 프랑스)

파경부조 破鏡不照

깨진 거울은 다시 비추이지 않는다. 헤어진 부부는 재결합이 어렵다.

속: Love's fire, once out, is hard to kindle.

(사랑의 불은 한번 꺼지면 다시 붙이기 어렵다. 서양)

파경중원 破鏡重圓

깨진 거울이 다시 둥그렇게 되다. 생이별한 부부가 다시 만나다.

속: Cold broth hot again, that loved I never; old love renewed again, that loved I ever.(나는 식은 죽이 다시 덥혀져도 결코 좋아하지 않았지만 다시 살아난 옛사랑은 언제나 좋아했다. 영국)

파과지년 破瓜之年

오이를 깨는 나이. 여자 나이 16세.

최초의 월경을 경험하는 나이. 남자 나이 64세.

속: Daughters are brittle ware.

(딸이란 깨지기 쉬운 도자기다. 서양)

파담한심 破膽寒心

쓸개가 터지고 심장이 식다. 극도로 근심하고 두려워하다.

속: His heart is in his boots.

(그의 심장은 구두 속에 있다, 즉 그는 매우 겁을 집어먹고 있다. 영국)

파라척결 爬羅剔抉

손톱으로 후비어 파내고 뼈를 발라내다. 샅샅이 뒤져서 찾아내다.

숨은 인재를 널리 찾아내다. 남의 흠을 들추어내다.

속: They who only seek for faults find nothing else.(허물을 찾아내려고만 하는 자들은 허물 이외에 다른 것은 발견하지 못한다. 서양)

파란만장 波瀾萬丈

파도가 만 길이나 높다.

생활이나 일에 닥치는 곤란과 변화가 매우 심하다.

속: Few days pass without some clouds.

(약간의 구름이 끼지 않고 지나가는 날은 없다. 영국)

파미요두 擺尾搖頭

꼬리와 머리를 흔든다. 매우 기뻐하거나 자신만만하다.

속: Fame, confidence and the eye do not endure trifling with.

(명성, 자신감, 안목은 무시당하는 것을 참지 않는다. 라틴어)

파별천리 跛鼈千里

절름발이도 천 리를 간다. 쉬지 않고 노력하면 성공할 수 있다.

속: The lame goes as far as the staggerer.

(절름발이는 비틀거리는 자만큼 멀리 간다. 서양)

파안대소 破顔大笑

매우 즐거울 때 얼굴이 일그러질 정도로 입을 크게 벌리고 소리내어 웃다.

속: The peasants laugh in a more genuine way.

(농부들은 한층 더 순수한 방식으로 더욱 마음껏 웃는다. 로마)

파업실산 破業失産

가업이 망하고 재산을 잃다.

속: No one was ever ruined by speaking the truth.

(진실을 말해서 파산한 자는 결코 없었다. 힌두)

파옥도주 破獄逃走

죄수가 감옥을 부수고 달아나다.

속: He has given leg bail.(그는 자기 다리로 보석이 되었다. 영국)

파천황 破天荒

과거 합격자를 전혀 내지 못하던 지방에서 최초로 합격자가 나오다.

이전에 아무도 하지 못했던 큰일을 처음 시작하다. 유: 전대미문 前代未聞

속: He was a bold man that first ate an oyster.

(굴을 최초로 먹은 자는 용감한 사람이었다. 서양)

파체위소 破涕爲笑

눈물을 멈추고 웃다. 슬픔이 변해서 기쁨이 되다.

속: Nothing dries faster than a woman's tear.

(여자의 눈물보다 더 빨리 마르는 것은 없다. 서양)

파탄백출 破綻百出

옷이 찢어진 곳이 매우 많다. 말이나 일이 결함투성이다.

속: Creaking shoes are not paid for.

(불량품 구두는 값을 받지 못한다. 서양)

판관사령 判官使令

아내가 시키는 말을 거역할 줄 모르는 남자를 놀리는 말.

속: To be under the slipper.

(슬리퍼 아래에 있다, 즉 그는 공처가다. 독일)

판상정정 板上釘釘

널빤지에 이미 못을 박았다. 일이 이미 결정되어 변경할 수 없다.

틀림이 없다.

속: As sure as if it had been sealed with butter.

(버터로 봉인된 것인 양 확실하다. 서양)

판상주환 阪上走丸

비탈에서 공을 굴리다. 자연적인 추세에 따라 일이 이루어지다.

기회를 타다. 형세가 급변하다.

속: Soon grass, soon hay.

(빨리 풀이 나오면 빨리 건초가 된다. 네덜란드)

판약양인 判若兩人

같은 사람이 극도로 변해서 딴 사람처럼 보이다.

같은 사람이 경우에 따라 서로 다른 말을 하다.

속: A young saint, an old devil.

(젊을 때 성인이 늙어서 악마가 된다. 영국)

판천매귀 販賤賣貴

싸게 사서 비싸게 팔다.

속: There are more foolish buyers than foolish sellers.

(어리석은 판매자보다 어리석은 매입자가 더 많다. 서양)

팔년풍진 八年風塵

유방이 8년을 싸워서 항우를 멸망시킨 일.

여러 해 동안 심한 고생을 하다.

속: The war is not done, so long as my enemy lives.

(내 원수가 살아 있는 한 전쟁은 끝나지 않았다. 서양)

팔면영롱 八面玲瓏

매우 아름답게 빛나고 환하게 밝다. 마음에 거리낌이나 우울함이 없다.

모든 사람과 원만하게 지내다.

속: He that would please all and himself too, undertakes what he cannot do.(모든 사람과 자신의 비위를 맞추려고 하는 자는 자기가 할 수 없는 일을 맡는 것이다. 영국)

팔선과해 八仙過海

여덟 신선이 각자 도술을 발휘하여 바다를 건너간 일.

각자 자기 자신의 영역이나 방법이 있다.

각자 자기 재주를 발휘하여 경쟁하다.

속: There are more ways to the wood than one.

(숲으로 가는 길은 하나가 아니라 여럿이다. 스코틀랜드)

팔자타령 八字打令

불행하게 된 자신의 운명을 원망하며 탄식하는 일.

속: The unfortunate are counted fools.

(불운한 자들은 바보로 여겨진다. 서양)

패가망신 敗家亡身

집안의 재물을 모두 써서 없애고 자기 몸을 망치다.

동: 인망가폐 人亡家廢

속: He eats in plate, but will die in irons.

(그는 금은제 식기로 식사하지만 쇠고랑을 차고 죽을 것이다. 영국)

패군지장 敗軍之將

싸움에 진 장수.

속: The loser is always laughed at.

(패배자는 항상 조롱을 받는다. 영국)

패군지장 불언용 敗軍之將 不言勇

싸움에 진 장수는 용기에 관해 말할 자격이 없다.

속: What is there but wretchedness for the vanquished?

(패배한 자에게는 비참함 이외에 무엇이 있겠는가? 로마)

패류잔화 敗柳殘花

잎이 다 떨어진 버드나무와 가지에 붙어 있는 시든 꽃.

삶이 부자유스럽거나 짓밟힌 여자.

속: Nobody is fond of fading flowers.

(시드는 꽃은 아무도 좋아하지 않는다. 서양)

패역무도 悖逆無道

사리에 어긋나고 악하며 사람다운 점이 전혀 없다.

속: He that has no conscience has nothing.

(양심이 없는 자는 아무 것도 가진 것이 없다. 서양)

패위패현 佩韋佩弦

성질이 급한 사람은 부드러운 가죽을 차고 성질이 느린 사람은 팽팽한 활을 차서 자기 결점과 잘못을 반성하고 수양하다.

속: No inclinations are so fierce that they may not be subdued by discipline.

(규율로 억제될 수 없을 만큼 그렇게 강한 성질은 없다. 로마)

패입패출 悖入悖出

부정한 수단으로 얻은 재물은 쌓이지 않고 헛되게 나간다.

속: What is got over the devil's back is spent under his belly.

(악마의 등 뒤에서 얻은 것은 그의 배 아래에서 쓰인다, 즉 불의로 얻은 재산은 방탕으로 없어진다. 영국)

패자역손 悖子逆孫

사람의 도리를 어기는 자손.

속: Give a child all he shall crave, and a dog while his tail does wave; and you'll have a fair dog and foul knave.

(아이가 원할 것을 모두 그에게 주고 개가 꼬리치는 동안 개에게 모든 것을 준다면 너는 좋은 개와 나쁜 악당을 얻을 것이다. 영국)

편복지역 蝙蝠之役

박쥐의 역할. 자기 이익만 노리는 기회주의자의 짓.

속: He runs with the hound and holds with the hare.

(그는 사냥개와 함께 달리면서 산토끼 편을 든다. 스코틀랜드)

편애편증 偏愛偏憎

한쪽을 몹시 좋아하고 다른 쪽을 미워하다.

속: Where there is no love, all are faults.
(사랑이 사라지면 모든 것이 잘못이 된다. 영국)

편언절옥 片言折獄

한두 마디 말로 소송사건의 시비를 가리다.

말과 행동이 일치하는 인격. 훌륭한 판결.

속: A poor pleader may do in a plain cause.
(가난한 원고는 누구에게나 명백한 소송에서나 통할 것이다. 서양)

편지개화 遍地開花

사방 어디서나 꽃이 피다.

좋은 일이 사방에서 나타나다. 모든 것이 발전하다.

속: April showers bring forth May flowers.
(4월의 소나기는 5월의 꽃을 피운다. 영국)

편체인상 遍體鱗傷

온 몸이 상처투성이다. 멍이 들도록 얻어맞다.

속: To kiss the rod.(매 맞기 전에 채찍에 키스하다. 영국)

평기독우 平氣督郵

나쁜 술.

속: Whiskey is a bad thing—especially bad whiskey.
(위스키는 나쁜 것이다. 특히 나쁜 위스키는 더욱 나쁘다. 영국)

평단지기 平旦之氣

새벽의 맑고 상쾌한 기분. 양심을 가리키는 말.

속: A quiet conscience makes a quiet sleep.
(고요한 양심은 고요한 잠을 이룬다. 서양)

평윤지사 平允之士

공평하고 성실한 선비 또는 재판관.

속: A good judge conceives quickly, judges slowly.
(훌륭한 재판관은 빨리 생각하고 느리게 판결한다. 서양)

평이정직 平易正直

성품이 소탈하고 정직하다.

속: Honesty may be dear bought, but can never be an ill pennyworth.
(정직은 사는 값이 비쌀 수 있지만 결코 잘못 산 것은 아니다. 스코틀랜드)

평지풍파 平地風波

평지에 물결을 일으키다. 공연히 말썽을 일으키다.

의외에 갑자기 닥친 사고.

속: To blow at the coal.
(석탄을 입김으로 불다, 즉 이웃 사이에 말썽을 일으키다. 영국)
The devil has cast a bone to set strife.
(악마는 싸움을 일으키려고 뼈다귀를 던졌다. 영국)

폐구불언 閉口不言

입을 다물고 말을 하지 않다.

속: Silence is wisdom, but the man who practises it is seldom seen.(침묵은 지혜지만 그것을 실천하는 자는 보이지 않는다. 아랍)

폐목색청 閉目塞聽

눈을 가리고 귀를 막다. 외부사물에 대해 듣지도 않고 보지도 않다.

속: It is sure to be dark, if you shut your eyes.
(네가 눈을 감으면 분명히 캄캄해진다. 서양)

폐문사객 閉門謝客

문을 닫고 손님을 사절하다.

속: Away goes the devil when he finds the door shut against him.(악마는 자기를 받아들이지 않으려고 닫힌 문을 보면 가버린다. 영국)

폐비기주 吠非其主

개는 자기 주인이 아닌 사람에게 짖는다.

속: A good dog does not bark without a cause.

(좋은 개는 이유 없이는 짖지 않는다. 서양)

폐유불기 敝帷不棄

해진 휘장도 말을 묻는 데는 필요하니까 버려서는 안 된다.

속: Foul water will quench fire.(더러운 물은 불을 끌 것이다. 영국)

Lay things by, they may come to use.

(물건은 한 곳에 놓아두면 쓸모가 있을 수 있다. 서양)

폐절풍청 廢絶風淸

폐단과 악습이 없어져 풍습이 맑아지다. 정치가 바르게 되다.

속: Break the legs of an evil custom.

(악습의 다리를 부러뜨려라. 영국)

폐추자진 敝帚自珍

낡은 빗자루도 자기 것이라면 좋다고 하다.

속: A new broom is good for three days.

(새 비는 사흘 동안 좋다. 이탈리아)

포경세고 飽經世故

처세 경험이 풍부하다.

속: A rugged stone grows smooth from hand to hand.
(거친 돌은 사람들의 손을 많이 거치면서 매끄러워진다. 서양)

포관격탁 抱關擊柝

관문을 지키는 문지기와 야경꾼. 계급이 매우 낮은 관리.
속: Sorrow and night watches are lessened when there is bread.
(빵이 있을 때는 슬픔과 야경의 어려움도 줄어든다. 서양)

포난생음욕 飽暖生淫慾

배불리 먹고 따뜻하게 입으면 음탕한 욕심이 생긴다.
속: When the belly is full, the mind is amongst the maids.
(배가 부르면 마음은 여자들에게 가 있다. 영국)

포녀혹주 褒女惑周

왕비 포사가 주나라 유왕을 미혹하다.
군주가 음탕한 일에 몰두하고 무도하다. 여자가 정권을 농락하다.
속: A fair woman without virtue is like palled wine.
(미덕이 없는 미인은 싫증나는 포도주와 같다. 영국)

포류지질 蒲柳之質

갯버들의 기질. 허약한 몸. 자기 몸이 허약하다고 표현하는 말.
속: Willows are weak, yet they bind other wood.
(버드나무는 약하지만 다른 나무들을 묶는다. 서양)

포범무양 布帆無恙

항해나 여행이 무사하다.
속: He whom God steers sails safely.
(하느님의 인도를 받는 자는 항해를 안전하게 한다. 서양)

포복구지 匍匐救之

있는 힘을 다해서 남을 돕다.

속: I stretch my right hand to a falling man.

(나는 넘어지는 자에게 나의 오른팔을 내민다. 로마)

포불각 抱佛脚

급할 때 부처의 발을 끌어안다. 다급하면 방법을 생각해 낸다.

속: Necessity teaches to pray.(필요는 기도를 가르친다. 서양)

포수인치 包羞忍恥

수치와 치욕을 참고 견디다.

속: Disgraces are like cherries—one draws another.

(치욕은 버찌와 같이 하나가 다른 것을 끌어당긴다. 서양)

포식난의 飽食暖衣

배불리 먹고 따뜻하게 옷을 입다.

속: You are not fed on deaf nuts.(너는 텅 빈 호두로 양육되지 않는 다, 즉 너는 배불리 먹고 지낸다. 스코틀랜드)

포식당육 飽食當肉

배부를 때 고기를 만나다. 어떤 일에 관심이나 흥미가 전혀 없다.

속: To a full belly all meat is bad.

(배가 부르면 어떠한 고기도 맛이 없다. 영국)

포식종일 飽食終日

하루 종일 배불리 먹기만 하고 아무 것에도 관심이 없다.

속: Let us eat and drink, for tomorrow we may die.

(내일은 죽을지도 모르니 먹고 마시자. 서양)

포양재신 抱恙在身

몸에 병을 지니고 다니다. 몸이 병들다.

속: Sickness tells us what we are.

(병은 우리가 무엇인지 말해준다. 서양)

포어지사 鮑魚之肆

절인 생선을 파는 가게. 소인배들이 모이는 곳.

속: A small shop may have a good trade.

(작은 가게가 장사가 잘 될 수 있다. 서양)

포이노권 飽以老拳

심하게 두들겨 패다.

속: A woman, a dog, and a walnut tree—the more you beat them, the better they'll be.

(여자와 개와 호두나무는 매를 많이 맞을수록 더욱더 좋아질 것이다. 서양)

포잔수결 抱殘守缺

낡고 부서진 것을 끌어안고 있다. 매우 보수적이다.

속: Nothing's new, and nothing's true, and nothing matters.(아무 것도 새롭지 않고 아무 것도 진실하지 않고 아무 것도 상관이 없다. 영국)

포장낭비 鋪張浪費

겉치레에 인력과 물자를 낭비하다.

속: Wilful waste makes woeful want.

(제멋대로 하는 낭비는 심한 가난을 초래한다. 서양)

포장화심 包藏禍心

남을 해칠 마음을 품다.

속: I will give you a shirt full of sore bones.
(나는 아픈 가시로 가득 찬 셔츠를 네게 주겠다. 서양)

포정해우 庖丁解牛
솜씨가 뛰어난 요리사가 소뼈에서 고기를 발라내다. 탁월한 기술.
속: A cook is known by his knife.
(요리사의 솜씨는 그의 칼이 증명해준다. 서양)

포진천물 暴殄天物
물건을 함부로 쓰고도 아까운 줄 모르다. 재산을 무모하게 낭비하다.
속: It's come day, go day, with him.(그는 낭비가 심하다. 영국)

포찬일돈 飽餐一頓
마음껏 배부르게 먹다.
속: When the belly is full, the bones would have rest.
(배가 부를 때는 뼈들이 휴식을 취할 것이다. 스코틀랜드)

포편지벌 蒲鞭之罰
아프지 않은 부들가지 채찍으로 때리는 형식적인 처벌.
온건하고 너그러운 다스림.
속: The grandmother's correction makes no impression.
(할머니의 처벌은 아무 효과가 없다. 서양)

포호빙하 暴虎馮河
맨손으로 호랑이를 잡으려 하고, 걸어서 황하를 건너가려고 하다.
무모하게 만용을 부리다.
속: You dare as well take a bear by the tooth.
(너는 감히 곰의 이빨을 잡는다. 영국)

733

폭로무유 暴露無遺

남김없이 폭로되다.

속: In the end we shall find out who stole the bacon.

(누가 베이컨을 훔쳤는지 결국 우리는 알아낼 것이다. 서양)

표리부동 表裏不同

겉과 속이 다르다.

속: Every medal has its reverse side.

(모든 메달은 그 뒷면이 있다. 서양)

표매지년 摽梅之年

매실이 떨어지는 해. 여자가 시집 갈 나이.

속: Her pulse beats matrimony.

(그녀의 심장의 고동소리는 결혼을 알린다. 서양)

표병천고 彪炳千古

위대한 업적은 영원히 빛난다.

속: The day is short and the work is long.

(세월은 짧고 업적은 길다. 영국)

품두제족 品頭題足

여자의 용모와 자태를 평가하다. 사람이나 사물의 장단점을 논하다.

속: Deem not my deeds.(나의 행동을 평가하지 마라. 영국)

품성불개 稟性不改

타고난 성품은 고칠 수 없다.

속: Cut off a dog's tail and he will be a dog still.

(개의 꼬리를 잘라도 개는 여전히 개일 것이다. 영국)

풍도상검 風刀霜劍

예리한 칼날 같은 찬바람과 서리. 날씨가 매우 춥다. 인심이 험악하다.

속: If cold wind reach you through a hole, say your prayers and mind your soul.(찬바람이 구멍을 통해 네게 닿으면 기도를 바치고 네 영혼을 걱정하라. 영국)

풍림화산 風林火山

바람처럼 빠르게, 숲처럼 질서정연하게, 불처럼 맹렬하게, 산처럼 은밀하게 군사를 움직이다. 싸우지 않고 승리하는 손자병법.

유: 부전이승 不戰而勝

속: It is a great victory that comes without blood.
(피를 흘리지 않고 얻는 승리가 위대한 승리다. 서양)

풍마우 風馬牛

암내 난 말과 소. 서로 멀리 떨어져 있다. 서로 아무 상관이 없다.

속: Dogs never go into mourning when a horse dies.
(말이 죽어도 개들은 결코 애도하지 않는다. 서양)

풍성학려 風聲鶴唳

바람 소리와 학의 울음소리에도 놀라다.

겁을 먹으면 하찮은 일이나 소리에도 놀란다.

속: Afraid of his own shadow.(자기 그림자를 두려워하다. 영국)

풍운환변 風雲幻變

기후가 갑자기 변하다. 정세의 변화가 급격하며 예측하기 어렵다.

속: Change of weather is the discourse of fools.
(기후의 변화는 바보들의 이야기꺼리다. 영국)

풍의포식 豊衣飽食

입을 것과 먹을 것이 풍부하다.

속: Plenty is no plague.(풍요함은 역병이 아니다. 스코틀랜드)

풍전등화 風前燈火

바람 앞에 있는 등불. 곧 죽을 사람. 곧 없어질 사물.

속: He is burnt to the socket.

(그는 촛대의 초꽂이에 이르도록 탔다, 즉 그는 죽기 직전이다. 영국)

풍정월사 風情月思

남녀가 서로 사모하여 그리워하다.

속: No folly like being in love.

(사랑에 빠지는 것보다 더 어리석은 짓은 없다. 영국)

풍조우순 風調雨順

바람과 비가 순조롭다. 기후가 순조롭다. 천하가 태평하다.

속: A windy March and a rainy April make a beautiful May.

(바람 부는 3월과 비오는 4월은 멋진 5월을 부른다. 서양)

풍진세계 風塵世界

편안하지 못하고 시끄러운 세상.

속: The world is made of good and bad men.

(세상은 좋은 사람들과 나쁜 사람들로 이루어져 있다. 서양)

풍진지변 風塵之變

전쟁과 난리.

속: Neither storm nor war lasts for ever.

(폭풍우도 전쟁도 영원히 계속되지는 않는다. 프랑스)

War, hunting, and law are as full of trouble as of pleasure.
(전쟁과 사냥과 법은 즐거움만큼 많은 괴로움으로 가득 차 있다. 영국)

풍찬노숙 風餐露宿
바람에 시달리고 이슬을 맞으며 한데서 살다. 모진 고생을 하다.
여행이 매우 고생스럽다.
속: To lie in the open air.(야외에서 자다. 영국)

풍촉잔년 風燭殘年
매우 늙어서 여생이 얼마 남지 않다.
속: The old man's staff is the rapper of death's door.
(노인의 지팡이는 죽음의 문을 두드리는 문고리다. 스페인)

풍취초동 風吹草動
바람이 불면 풀이 움직인다. 불안한 사태의 조짐.
속: Coming events cast their shadows before.
(앞으로 닥칠 사태는 그 그림자를 먼저 드리운다. 영국)

풍패자제 豊沛子弟
한나라 고조의 공신들의 자제. 특수한 관계에 있는 사람.
권력층이나 부유층의 친척 또는 같은 고향 사람을 풍자적으로 가리키는 말.
속: By non-usage all privileges are lost.
(사용하지 않으면 모든 특권은 없어진다. 프랑스)

풍행일시 風行一時
한 때 유행하다. 한 때 인기가 있다.
속: Fools invent fashions, wise men follow them.
(바보들은 유행을 만들어내고 현명한 사람들은 그것을 따른다. 프랑스)

풍화일려 風和日麗

해가 빛나고 바람이 부드럽다. 날씨가 매우 좋다.

속: East wind is like a kite, up by day and down by night.
(동풍은 솔개와 같이 낮에 일어나고 밤에 가라앉는다. 영국)

피가대쇄 披枷帶鎖

죄를 지어 칼을 쓰고 쇠사슬에 묶이다.

속: No man loves his fetters, be they made of gold.(족쇄가 황금으로 만들어진 것이라 해도 자기 족쇄를 사랑하는 자는 없다. 서양)

피갈회옥 被褐懷玉

갈포 옷을 입고 속에는 옥을 품고 있다.

재능을 갖추고 있으면서도 감추고 드러내지 않다.

속: Wisdom often lies concealed beneath a threadbare garment.
(지혜는 자주 누더기 아래 숨겨져 있다. 로마)

피감낙정 避坎落井

구덩이를 피하다가 우물에 빠지다. 사태가 악화되다.

속: Out of the peat pot into the gutter.
(이탄 항아리에서 벗어나 도랑에 떨어지다. 스코틀랜드)

피난취이 避難就易

어려운 것은 피하고 쉬운 것을 택하다.

적의 강한 곳은 피하고 약한 곳을 공격하다.

속: Where the hedge is lowest men leap over.
(울타리가 가장 낮은 곳에서 사람들은 뛰어 넘는다. 서양)

피리춘추 皮裏春秋

마음속에 공자가 지은 춘추를 간직하다.

사람은 누구나 속셈과 분별력이 있다.

속: Everyone has judgment to sell.

(누구나 팔려고 하는 판단이 있다. 이탈리아)

피마구화 披麻救火

불에 잘 타는 삼베옷을 입고 불을 끄다.

불을 끄려다가 자기 옷에 불이 붙다. 재난을 자초하다.

속: To put one's finger in the fire.(자기 손가락을 불 속에 넣다. 영국)

피마불경편 疲馬不驚鞭

피곤한 말은 채찍질도 무서워하지 않는다.

곤궁한 처지에 빠지면 엄한 벌도 두려워하지 않고 죄를 범한다.

속: Starving ass does not count the blows.

(굶어 죽어가는 당나귀는 맞는 매를 세지 않는다. 서양)

피부지견 皮膚之見

겉만 보고 속은 보지 못하는 천박한 견해.

속: Many esteem more of the broth, than of the meat sod therein.

(많은 사람은 국 속에서 끓는 고기보다 국을 더 중요시한다. 영국)

피선어차 彼善於此

그것이 이것보다 낫다.

속: One grain of pepper is better than a cartload of hail.

(후추 한 알이 우박 한 수레보다 낫다. 서양)

피이부답 避而不答

대답을 피하고 대답하지 않다.

속: No reply is best.(대답하지 않는 것이 상책이다. 스코틀랜드)

Silence answers much.(침묵은 많은 것을 대답한다. 네덜란드)

피장봉호 避獐逢虎

노루를 피하다가 호랑이를 만나다.

작은 피해를 피하려다가 큰 피해를 보다.

속: Out of the frying pan into the fire.

(프라이팬에서 나와 불 속으로 뛰어들다. 서양)

피장부 아장부 彼丈夫 我丈夫

그가 대장부라면 나도 대장부다.

남보다 못하거나 남에게 굽힐 것이 없다. 누구나 노력하면 훌륭하게 된다.

속: Whatever is made by the hand of man, by the hand of man
may be overturned.

(사람의 손이 만든 것은 무엇이나 사람의 손이 뒤집을 수 있다. 서양)

피지즉길 避之則吉

피하는 것이 가장 좋은 방법이다. 반: 야화상신 惹禍上身

속: Avoidance is the only remedy.

(피하는 것이 유일한 해결책이다. 영국)

피차교오 彼此交惡

서로 미워하고 해치다.

속: He that strikes my dog would strike me, if he dares.

(나의 개를 때리는 자는 나마저도 감히 때리려고 할 것이다. 서양)

피차대립 彼此對立

서로 대립하다.

속: There are two sides of every question—the wrong side and our side.(모든 문제에는 양쪽이 있는데 그것은 잘못된 쪽과 우리 쪽이다. 미국)

피차일반 彼此一般

양쪽이 다 마찬가지다.

속: It's as good to be in the dark as without light.

(암흑 속에 있는 것은 불빛이 없는 곳에 있는 것과 같다. 영국)

피형참극 披荊斬棘

험난한 길을 뚫고 나아가다.

모든 난관을 극복하다. 사업을 새로 일으키다.

속: Wherever a man dwells, there will be a thorn-bush near his door.(사람이 사는 곳은 어디서나 그의 대문 근처에 가시덤불이 있을 것이다. 영국)

피화취복 避禍就福

재앙을 피하고 행운을 추구하다.

속: Death and the sun are not to be looked on with a steady eye.(죽음과 태양은 똑바로 쳐다보아서는 안 된다. 서양)

피흉추길 避凶趨吉

불길한 일을 피하고 상서로운 일을 추구하다.

속: Adversity flatters no man.

(역경은 아무에게도 아첨하지 않는다. 영국)

필망내이 必亡乃已

반드시 멸망하고 만다. 멸망을 피할 길이 없다.

속: Every fox must pay his own skin to the flayer.

(모든 여우는 가죽 벗기는 사람에게 자기 가죽을 바쳐야만 한다. 영국)

필무시리 必無是理

결코 이럴 리가 없다.

속: Affirmations are apter to be believed than negations.

(부정보다 긍정을 믿기가 더 쉽다. 서양)

필부무죄 匹夫無罪

보통사람은 죄가 없지만 옥을 가지고 있는 것이 죄다.

동: 포벽유죄 抱璧有罪

속: All are presumed good till they are found in a fault.

(잘못이 드러나기 전까지는 모두 무죄로 추정된다. 서양)

필부지용 匹夫之勇

보통 사내의 하찮은 용기.

속: Courage mounts with occasion.

(용기는 경우에 따라 늘게 된다. 영국)

필사즉생 必死則生

죽기를 각오하고 싸우면 산다.

속: Despair doubles our force.

(절망은 우리 힘을 두 배로 만든다. 프랑스)

필생즉사 必生則死

살겠다고 비겁하게 굴면 죽는다.

속: He that fears death, lives not.
(죽음을 두려워하는 자는 살지 못한다. 서양)

핍상양산 逼上梁山

양산박의 반도들과 합류하도록 내몰리다. 어떤 일을 하도록 압박을 받다.
속: If you pay not a servant his wages, he will pay himself.(네가
네 하인의 보수를 지불하지 않으면 그는 스스로 보수를 받을 것이다. 서양)

양산박의 무리 (수호지)

하갈동구 夏葛冬裘

여름의 서늘한 베옷과 겨울의 따뜻한 가죽옷. 격에 맞다.

속: Clothes make a man.(옷이 사람을 만든다. 서양)

하동사후 河東獅吼

하동의 사자가 울다. 기가 센 여자가 남편에게 독하게 대들다.

남편이 아내를 두려워하다. 질투심이 강하고 표독한 여자.

속: If your wife be crust, mind that you are crumb.

(네 아내가 빵 껍질이라면 너는 빵 부스러기임을 기억하라. 서양)

하로동선 夏爐冬扇

여름 화로와 겨울 부채. 격이나 철에 맞지 않는 물건. 쓸데없는 물건.

시기에 맞지 않게 일하여 헛수고만 하다.

속: Soldiers in peace are like chimneys in summer.

(평화로울 때의 군인들은 여름의 굴뚝과 같다. 서양)

하산대려 河山帶礪

황하가 허리띠처럼 가늘어지고 태산이 숫돌처럼 작아지다.

장구한 세월이 흐르다. 있을 수 없는 일이다. 맹세할 때 하는 말.

속: It will not happen in a week of Sundays.

(그것은 일요일로만 이루어진 한 주일에는 일어나지 않을 것이다. 서양)

하선동력 夏扇冬曆

여름 부채와 겨울의 새 달력. 철에 맞는 선물.

속: Bound is he that gift takes.(선물을 받는 자는 얽매인다. 영국)

하어지질 河魚之疾

복통이나 설사. 나라나 조직의 내부가 부패하다.

속: How do you after your oysters?
(굴을 먹은 뒤에 속은 괜찮은가? 영국)

하옥 瑕玉
옥에 티. 아무리 훌륭한 것도 모자라는 곳이 있다.
쓸데없는 짓으로 일을 더욱 악화시키다.
속: In every pomegranate there is a rotten pip.
(석류마다 썩은 알이 하나 있다. 로마)

하우불이 下愚不移
매우 어리석고 못난 사람은 언제나 변함이 없다.
발전하려고도 하지 않고 열심히 배우려고도 하지 않다.
교육의 가능성에는 한계가 있다. 유: 우후투추 牛後投芻
속: He who is born a fool is never cured.
(날 때부터 바보는 결코 고쳐지지 않는다. 서양)

하우우인 夏雨雨人
여름에 비가 사람의 몸에 내려 시원하게 해주다. 시기적절하게 돕다.
속: Good service is a great enchantment.
(적절한 도움은 강한 매력이다. 서양)

하유호견 瑕瑜互見
옥의 흠과 옥의 광채가 서로 보다. 장점도 있고 단점도 있다.
속: Every light has its shadow.(모든 빛은 그 그늘이 있다. 서양)

하정투석 下穽投石
함정에 빠진 사람에게 돌을 던지다.
속: When a dog is drowning, everyone offers him drink.

(개가 익사할 때 누구나 개에게 마실 것을 권한다. 서양)

하족괘치 何足掛齒

어찌 언급할 가치가 있겠는가? 말할 가치도 없다.

속: Bishop of gold, staff of wood; staff of gold, bishop of wood.
(황금 같은 주교는 나무 지팡이를 짚지만 황금 지팡이를 짚는 자는 목각 인형과 같은 주교다. 프랑스)

하창실탄 荷槍實彈

창을 들어 창 자루에 실탄을 올려놓다. 항상 전투준비를 하다.

속: A man prepared has half fought the battle.
(준비된 사람은 전투를 이미 절반은 한 것이다. 스페인)

하청난사 河淸難俟

황하가 맑아지기를 기다리기는 어렵다.

황하는 천 년에 한번 맑아지므로 도저히 기다릴 수가 없다.

속: Till meat fall in your mouth will you lie in bed.(고기 덩어리가 네 입에 떨어질 때까지 너는 침대에 누워 있을 것이다. 서양)

하충조균 夏蟲朝菌

여름에만 사는 벌레와 하루살이 같은 곰팡이 종류. 매우 짧은 생명.

속: That calf never heard church bell.(저 송아지는 교회 종소리를 한 번도 듣지 못했다, 즉 태어난 그 주간에 도살되었다. 영국)

하후상박 下厚上薄

아랫사람에게는 많게, 윗사람에게는 적게 봉급인상의 비율을 정하다.

속: As the work, so the pay.(일한 만큼 보수를 받는다. 영국)

학비소용 學非所用

배운 것이 실제로 일하는 데 쓸 수 있는 것은 아니다.

속: Knowledge is madness, if good sense does not direct it.

(건전한 상식이 인도하지 않으면 지식은 광증이다. 스페인)

학수고대 鶴首苦待

학의 목처럼 목을 길게 늘여서 기다리다. 몹시 애타게 기다리다.

속: He that comes last makes all fast.

(마지막에 오는 자는 모든 사람이 단식하게 만든다. 영국)

학여불급 學如不及

공부는 미치지 못하는 듯이 쉬지 않고 노력해야 한다.

속: Business and action strengthen the brain, but much study weakens it.

(사업과 활동은 두뇌를 강화하지만 많은 공부는 두뇌를 약화시킨다. 서양)

학우재첨 學優才贍

학식이 풍부하고 재능도 많다.

속: Learning makes a good man better, and an ill man worse.

(학식은 선한 사람은 더욱 선하게, 악인은 더욱 악하게 만든다. 서양)

학이불염 學而不厭

아무리 배워도 만족할 줄을 모르다. 열심히 공부하기를 좋아하다.

속: A good man is always a learner.

(좋은 사람은 항상 배우는 사람이다. 로마)

학이시습 學而時習

배우고 수시로 복습하다.

속: There is no royal road to learning.
(배우는 데에는 왕도가 없다. 서양)

학이치용 學以致用
배운 것을 실제로 응용하다.
속: Learnt young, done old.(젊어서 배운 것을 늙어서도 실천하다. 독일)

학자삼다 學者三多
학자는 독서와 지론과 저술이 많아야 한다.
속: Sluggards are never great scholars.
(게으른 자는 결코 훌륭한 학자가 못 된다. 서양)

학철부어 涸轍鮒魚
수레바퀴 자국에 고인 물속의 붕어.
곤경에 처해 있어서 남의 도움을 다급하게 기다리는 사람.
궁지에 처해 있으면서도 눈앞의 이익에 눈먼 사람.
속: A handful of rice is riches to a starving man.
(굶어죽어 가는 자에게 한 줌의 쌀은 큰 재산이다. 일본)

학택지사 涸澤之蛇
물이 마른 연못의 뱀. 남을 교묘하게 이용해서 함께 이익을 얻다.
속: He that has shipped the devil must make the best of him.
(악마를 배에 태운 자는 그를 최대한 이용해야만 한다. 영국)

학해무애 學海無涯
지식의 습득은 영원히 끝이 없다. 학문은 바다처럼 한없이 넓다.
속: Knowledge makes one laugh, but wealth makes one dance.
(지식은 사람을 웃게 하지만 재산은 춤추게 한다. 서양)

한강투석 漢江投石

한강에 돌 던지기. 아무 효과가 없는 일.

속: To physic the dead and to advise an old man are the same thing.(죽은 자에게 약을 먹이는 것과 노인에게 충고하는 것은 똑같은 일이다. 그리스)

한난기포 寒暖飢飽

춥고 따뜻함과 굶주리고 배부름.

속: A full belly neither fights nor flies well.

(배가 부르면 싸움도 도망도 잘하지 못한다. 서양)

한단지몽 邯鄲之夢

한단에서 꾼 꿈. 인생도 부귀영화도 모두 덧없는 것이다.

속: Today it is my turn, tomorrow yours.

(오늘은 내 차례고 내일은 네 차례다. 로마)

한단지보 邯鄲之步

조나라 수도 한단의 걸음걸이를 배우다가 자기 걸음걸이마저 잊어버리다. 자기 분수를 잊고 남의 흉내나 내다가 일을 망치고 말다.

속: He is a fool that will forget himself.

(자기 자신을 잊는 자는 바보다. 영국)

한래서왕 寒來暑往

여름이 가고 겨울이 오다. 세월이 흘러가다.

속: After great heat comes cold; no man casts his fur garment away.

(무더운 여름이 가면 추위가 오니 아무도 털옷을 버리면 안 된다. 영국)

한로축괴 韓盧逐塊

한나라의 개가 흙덩어리의 뒤를 좇아간 일. 헛수고를 하다.

속: An ill hound comes limping home.

(무능한 사냥개는 다리를 절며 집에 돌아온다. 스코틀랜드)

한발위학 旱魃爲虐

가뭄이 매우 심하다.

속: A dry year never starves itself.

(가뭄이 든 한 해는 결코 기근을 초래하지 않는다. 영국)

한불조지 恨不早知

일의 기틀을 미리 알지 못한 것을 뉘우치다.

속: Had I know, quotes the fool.

(내가 미리 알았더라면 하고 바보는 말한다. 스코틀랜드)

한신포복 韓信匍匐

한신이 남의 가랑이 밑을 기어서 지나가다. 굴욕을 잘 참고 견디다. 큰 목적이 있는 사람은 눈앞의 부끄러움도 참아야 한다.

속: To stoop to conquer.(정복하기 위해 허리를 굽히다. 서양)

한중송의 寒中送衣

추울 때 옷을 보내주다. 어려운 처지의 사람을 돕다.

속: God gives clothes according to the cold.

(하느님께서는 추위에 따라서 상응하는 옷을 보내신다. 스페인)

That which maintains me I esteem as a god.

(나는 나를 유지시켜주는 것을 신으로 여긴다. 그리스)

할계언용우도 割鷄焉用牛刀

닭을 잡는데 어찌 소 잡는 칼을 쓰겠는가? 하찮은 일에 거창한 수단을 동원할 필요는 없다. 큰 인물에게 사소한 일을 맡길 수 없다.

속: Send not for a hatchet to break open an egg.

(달걀을 깨려고 도끼를 가져오게 하지 마라. 서양)

할육충복 割肉充腹

제 살을 베어서 배를 채우다. 혈족의 재산을 뺏다.

속: You have taken a bite out of your own arm.

(너는 네 팔의 살을 한 입 뜯어 먹었다. 영국)

함구무언 緘口無言

입을 다물고 말이 없다. 매우 두려워하다.

속: Silence does not make mistakes.

(침묵은 잘못을 저지르지 않는다. 힌두)

함구여병 緘口如瓶

입을 병마개처럼 지키다. 말을 매우 조심하다. 비밀을 잘 지키다.

속: Keep your mouth shut and your eyes open.

(입은 닫고 눈은 뜨고 있어라. 서양)

함사사영 含沙射影

모래를 머금고 있다가 그림자를 쏘다.

몰래 남을 해치거나 공격하다. 몰래 남을 비방하고 중상모략하다.

속: Pardon and pleasantness are great revengers of slanders.

(용서와 유쾌함은 비방에 대한 강력한 복수자다. 서양)

함신영어 陷身囹圄

감옥에 갇히다.

속: The coaches won't run over him.

(그는 마차에 치이지 않을 것이다, 즉 그는 감옥에 갇혀 있다. 영국)

함화패실 銜華佩實

꽃을 피우고 열매를 맺다. 글의 내용과 형식이 모두 매우 좋다.

속: Fruit ripens not well in the shade.

(열매는 그늘에서 잘 익지 않는다. 서양)

There is no worse fruit than that which never ripens.

(결코 익지 않는 열매보다 더 나쁜 열매는 없다. 이탈리아)

함흥차사 咸興差使

태종이 함흥에 있는 태조 이성계에게 보낸 사신.

심부름을 가서 돌아오지 않거나 소식이 없는 경우.

속: He goes far that never returns.

(영영 돌아오지 않는 자는 매우 멀리 가는 것이다. 이탈리아)

합포지목 合抱之木

둘레가 한 아름 되는 나무도 작은 싹에서 시작된다.

속: The sprout at length becomes a tree.

(싹이 드디어 나무가 된다. 로마)

항다반사 恒茶飯事

차를 마시거나 밥을 먹는 일. 일상적인 일. 자주 일어나는 일.

속: She that is ashamed to eat at table, eats in private.

(식탁에서 식사하기를 부끄러워하는 여자는 혼자 식사한다. 서양)

항룡유회 亢龍有悔

하늘 끝까지 올라간 항룡은 후회하게 된다.

적절한 선에서 만족하지 않고 무작정 밀고 나가면 실패하게 된다.

욕심을 한없이 부리면 후회하게 된다.

높은 지위에 있으면서 오만하면 재앙을 당한다.

속: Better rue sit than rue flit.(그 자리를 떠나서 후회하기보다 그 자리에 앉아서 후회하는 것이 낫다. 스코틀랜드)

항오발천 行伍發薦

병졸이 지휘관 자리에 오르다.

속: He that would command must serve.

(지휘하려는 자는 남을 섬기지 않으면 안 된다. 서양)

해고견저 海枯見底

바다는 물이 말라야 밑바닥을 드러낸다.

사람의 마음은 평소에 알 수가 없다.

속: Drop by drop the sea is drained.

(한 방울씩 없어지면 바다가 바닥이 난다. 영국)

해광구실 蟹筐俱失

게와 광주리를 함께 잃다.

속: All covet, all lose.(모든 것을 탐내면 모든 것을 잃는다. 서양)

해괴망측 駭怪罔測

헤아릴 수 없이 대단히 이상야릇하고 괴상하다.

속: Dick's hatband.(디크의 모자 밴드, 즉 매우 괴상한 것. 영국)

해로동혈 偕老同穴

살아서는 같이 늙고 죽어서는 같은 구덩이에 묻히다.

생사를 같이 하자는 부부의 굳은 맹세.

속: If you want to live long with your wife, you need a quiet heart.

(아내와 오래 같이 살려고 한다면 평온한 마음이 필요하다. 아프리카)

유혜 부부 (규범 規範)

해군지마 害群之馬

자기 무리를 해치는 말. 자신의 집단이나 조직을 해치는 악인.

속: The rotten apple injures its neighbor.

(썩은 사과는 자기 이웃을 해친다. 서양)

해낭상조 解囊相助

주머니를 풀어 서로 돕다. 돈을 써서 크게 서로 돕다.

속: Less of your courtesy and more of your purse.

(너의 예의보다는 너의 돈이 나에게 더 필요하다. 영국)

해서산맹 海誓山盟

바다와 산에 걸고 맹세하다. 바다와 산같이 영원히 변치 않는 굳은 맹세. 영원한 사랑을 굳게 맹세하다.

속: True love is never forgotten through long absence.

(참된 사랑은 오랫동안 떨어져 있어도 결코 잊어버려지지 않는다. 프랑스)

해수난량 海水難量

바닷물을 잴 수는 없다. 사람의 현재를 보고 그의 미래를 예측할 수는 없다. 사람 팔자 알 수 없다.

속: You never know your luck.(너는 네 운명을 결코 알 수 없다. 서양)

해시신루 海市蜃樓

신기루. 허무하고 맹랑한 것.

속: A cock and bull tale.(수탉과 황소 이야기, 즉 허무맹랑한 것. 영국)

해어화 解語花

말을 알아듣는 꽃, 즉 미인. 창녀를 가리키는 말.

속: A young whore, an old saint.

(젊을 때 창녀가 늙어서 성녀가 된다. 서양)

해옹호구 海翁好鷗

바닷가에 사는 노인이 갈매기를 좋아하다.

속에 나쁜 마음을 품고 있으면 남이 그것을 알아차리고 피한다.

속: There is something else behind.(뒤에 무엇인가 있다. 영국)

해인불천 害人不淺

남을 매우 심하게 해치다.

속: To break my head and then give me a plaster.

(너는 나의 머리를 깨고 나서 반창고를 나에게 준다. 영국)

해파불경 海波不驚

파도가 놀라게 하지 않다. 평안하고 무사하다.

속: In a calm sea every man is a pilot.

(잔잔한 바다에서는 누구나 수로 안내인이 된다. 서양)

행가습수 行歌拾穗

백 살 가까운 노인이 노래를 부르며 보리 이삭을 줍다.

늙어서 모든 근심을 잊고 스스로 즐겁게 지내다.

속: He that sings drives away his troubles.

(노래하면 근심이 사라진다. 스페인)

행동구체 行同狗彘

행동이 개나 돼지와 같이 추악하다.

속: Like a hog, he does no good till he dies.

(돼지처럼 그는 죽을 때까지 좋은 일을 전혀 하지 않는다. 서양)

행막행의 幸莫幸矣

더할 나위 없이 행복하다.

속: All happiness is in the mind.

(모든 행복은 마음속에 있다. 영국)

행면어난 幸免於難

다행히 재난을 면하다.

속: 'All but' saves many a man.

('제외하고'라는 말은 많은 사람을 구해준다. 덴마크)

Almost was never hanged.

('거의'라는 말은 결코 교수되지 않았다. 서양)

행백리자 반어구십 行百里者 半於九十

백 리를 가는 자는 90리가 절반이다. 시작은 쉽지만 끝내기는 어렵다.

속: Give the piper a penny to play and three-pence to leave off.

(피리 부는 자에게 한 푼을 주어 시작하게 하고 세 푼을 주어 그만 두게
하라. 서양)

행보여비 行步如飛

날아가는 듯이 길을 걸어가다. 매우 빨리 걸어가다.

속: Quick steps are best over miry ground.

(진흙탕 평지에서는 빠른 걸음이 가장 좋다. 서양)

행불고언 行不顧言

자기가 이미 한 말을 돌보지 않고 행동하다. 일할 때 신용을 지키지 않는다.

속: One "Take this" is better than two "I will give."

(주겠다는 약속 두 번보다 실제로 한 번 주는 것이 더 낫다. 서양)

행색총총 行色悤悤

여행을 떠나기 전에 매우 급하게 서두르다. 급히 서둘러서 떠나다.

속: Keep your hurry in your fist.

(너의 성급함을 주먹으로 꽉 쥐고 있어라. 아일랜드)

행수사천 行隨事遷

사정이나 상황의 변화에 맞추어 행동해야 한다.

속: When you are an anvil, hold you still; when you are a hammer, strike your fill.

(네가 모루일 때는 가만히 있고 네가 망치일 때는 마음껏 때려라. 서양)

행원자이 行遠自邇

먼 길도 한 걸음부터 시작한다.

공부나 일을 얕은 곳에서 시작하여 점점 깊은 곳으로 들어간다.

속: Monday is the key of the week.(월요일은 일주일의 열쇠다. 서양)

행이지난 行易知難

일을 시작하기는 쉬워도 그 사리를 깨닫기는 매우 어렵다.

속: All things in their beginning are good for something.

(모든 것은 그것이 시작될 때는 무엇인가를 위해 좋은 것이다. 서양)

향방부지 向方不知

어디가 어딘지 방향을 분간하지 못하다.

속: He goes further that knows not where he is going.

(자기가 어디로 가는지도 모르는 자는 더 멀리 간다. 서양)

향상도하 香象渡河

코끼리가 강을 건너가다. 진리를 깊이 깨닫다.

글의 묘사가 철저하고 깊다고 칭찬하는 말.

속: The truth of nature lies hid in deep mines.

(자연의 진리는 깊은 광산에 숨겨져 있다. 서양)

향약본초 鄕藥本草

우리나라에서 나고 약으로 쓰이는 모든 동식물과 광물.

속: He that would live for ever must eat sage in May.

(장수하려는 자는 5월에 샐비어를 먹어야만 한다. 영국)

향화걸아 向火乞兒

불을 쬐는 거지. 속세의 이익을 좇는 소인배.

속: Beggars' bags are bottomless.

(거지들의 자루는 바닥이 없다. 독일)

허기수인 虛己受人

겸손한 마음으로 남의 의견을 받아들이다.

속: If the cap fits, wear it.(모자가 맞으면 그것을 써라, 즉 남의 비판이 옳다고 생각되면 받아들여라. 영국)

허생낭사 虛生浪死

무의미하게 살고 가치 없이 죽다.

속: He that lives wickedly can hardly die honestly.

(사악하게 사는 사람은 결코 정직하게 죽을 수 없다. 영국)

허송세월 虛送歲月

하는 일 없이 세월을 헛되게 보내다.

속: Drift is as bad as unthrift.(허송세월은 가산탕진처럼 나쁘다. 영국)

허실생백 虛室生白

빈방을 열면 햇빛이 저절로 충분히 든다.

무념무상이면 진리에 도달할 수 있다.

속: Truth purchases hate.(진리는 미움을 산다. 서양)

허장성세 虛張聲勢

실력도 없으면서 허세만 부리다.

속: The noisy drum has nothing in it but mere air.

(시끄러운 북은 안에 공기 이외에는 아무 것도 없다. 서양)

허정가의 虛情假意

친절과 호의로 위장하여 남을 속이다.

속: To love one as the devil loves holy water.

(악마가 성수를 사랑하는 척하듯 남을 사랑하는 척하다. 서양)

허황지설 虛荒之說

헛되고 미덥지 못한 말.

속: For mad words deaf ears.

(미친 수작은 귓등으로 흘리면 그만이다. 서양)

허회약곡 虛懷若谷

텅 빈 계곡 같은 넓은 마음을 간직하다.

매우 겸손하여 남의 의견을 받아들이다. 선입견이나 편견이 없다.

속: Youth and white paper take any impression.

(젊은이들과 백지는 모든 인상을 받아들인다. 영국)

헌근지성 獻芹之誠

미나리를 바치는 정성. 정성을 다해 올리는 마음.
윗사람에게 선물을 바칠 때 겸손하게 쓰는 말.
속: A poor gift, poor thanks.
(보잘것없는 선물은 보잘것없는 사의를 받는다. 로마)

험조간난 險阻艱難

산과 강이 매우 험하고 앞을 가로막다.
살아가며 겪는 온갖 어려움과 괴로움.
속: The course of true love never did run smooth.
(참된 사랑의 길은 결코 평탄하지 않았다. 영국)

현모양처 賢母良妻

현명한 어머니이자 훌륭한 아내.
속: A cheerful wife is the joy of life.
(쾌활한 아내는 인생의 기쁨이다. 서양)

현문우답 賢問愚答

현명한 질문에 어리석은 대답.
속: A good asker needs a good listener:
(좋은 질문자는 잘 들어주는 사람이 필요하다. 서양)

현세현보 現世現報

위선이나 악행은 현세에서 반드시 응보를 받는다.
나쁜 일을 하면 매우 빨리 그 인과응보가 온다.
속: This world is nothing except it tend to another.
(현세는 내세로 가는 것 이외에는 아무 것도 아니다. 서양)

현신설법 現身說法

자신의 경험을 예로 들어서 이치를 설명하거나 남을 설득, 권고, 경고하다.

속: He that preaches gives alms.

(설교하는 자는 자선을 베푸는 것이다. 서양)

설법 (서상기 西廂記)

현어형제 賢於兄弟

형제들보다 더 현명하다.

속: No man is born wise or learned.

(날 때부터 현명하거나 유식한 자는 아무도 없다. 서양)

현옥고석 炫玉賈石

옥을 보여주고 돌을 팔다.

속: Suppression of what is true; suggestion of what is false.

(진실한 것을 억누르고 허위인 것을 제안한다. 로마)

현재군자 賢才君子

덕망과 재능을 겸비한 인물.

속: Were there no fools, there would be no wise men.

(바보들이 없다면 현자들도 없을 것이다. 독일)

현하웅변 懸河雄辯

폭포처럼 유창한 말.

속: Love and business teach eloquence.

(사랑과 사업은 웅변을 가르친다. 서양)

혈류표저 血流漂杵

피가 흘러 절구 공이를 띄우다. 참혹한 전쟁. 대학살.

속: When war comes, the devil makes hell bigger.

(전쟁이 닥칠 때 악마는 지옥을 더 크게 짓는다. 독일)

혈우성풍 血雨腥風

피가 비처럼 내리고 바람에서 비린내가 나다.

전쟁터의 학살이 매우 처참하다. 사악한 세력이 잔혹하게 학살하다.

속: War is death's feast.(전쟁은 죽음의 잔치다. 서양)

혈육지신 血肉之身
혈육의 몸.
속: Blood is thicker than water.(피는 물보다 진하다. 서양)
Breed is stronger than pasture.(혈육은 양육보다 강하다. 영국)

혈혈무의 子子無依
홀몸으로 의지할 곳이 없다.
속: I have lost all and found myself.
(나는 모든 것을 잃고 나 자신을 발견했다. 영국)

혐빈애부 嫌貧愛富
가난을 싫어하고 부유함을 좋아하다.
덕행이 아니라 빈부를 기준으로 삼아 남을 좋아하거나 싫어하다.
속: Poverty is not happiness, and riches are not disgrace.
(가난은 행복이 아니고 부유함은 수치가 아니다. 독일)

협산초해 挾山超海
태산을 옆구리에 끼고 북해를 건너가다. 불가능한 일을 하다.
속: Fly, and you will catch the swallow.
(날아라. 그러면 너는 제비를 잡을 것이다. 영국)

형극색도 荊棘塞道
가시나무로 길이 막혀 있다. 앞길에 난관과 장애가 매우 많다.
속: Victory loves trouble.(승리는 장애물을 사랑한다. 로마)
Forbear not sowing because of birds.
(새들 때문에 파종을 그만두지는 마라. 서양)

형명지학 刑名之學

법으로 나라를 다스려야 한다는 한비자 등의 학설.

속: The more by law, the less by right.

(법이 우세할수록 권리는 더욱 약해진다. 서양)

형설지공 螢雪之功

진(晉)나라의 손강(孫康)이 눈빛에, 차윤(車胤)이 반딧불에 비추어서 독서하여 공부한 보람. 가난한 가운데서도 열심히 공부한 보람.

속: The prize not without dust.(먼지가 없으면 우승도 없다. 로마)

No cross, no crown.(십자가가 없으면 왕관도 없다. 서양)

형왕영곡 形枉影曲

물체의 형태가 구부러지면 그림자도 구부러진다.

원인과 결과는 반드시 일치한다.

속: A crooked stick will have a crooked shadow.

(막대기가 굽으면 그림자도 굽는다. 서양)

형제혁장 兄弟鬩墻

형제가 집안에서 서로 싸우다. 내부에서 불화하다.

속: Poverty is querulous.(가난하면 싸움이 잦다. 서양)

Between two brothers two witnesses and a notary.

(두 형제 사이에 증인 두 명과 공증인 한 명을 두다. 영국)

형조불용 刑措不用

형벌을 폐지하여 집행하지 않다. 나라가 평화롭고 안정되다.

속: The cudgel brings peace.(몽둥이가 평화를 가져온다. 서양)

형향도축 馨香禱祝

향을 피우고 신에게 기도하다. 지성으로 빌다.

속: He that ceases to pray ceases to prosper.

(기도를 그치는 자는 더 이상 번영하지 못한다. 서양)

호가호위 狐假虎威

여우가 호랑이의 위엄을 빌려 호랑이 행세를 하다.

권력자를 등에 업고 세도를 부리다.

속: The cat, the rat, and Lovel the dog, rule all England under the hog.

(고양이와 쥐와 개 러벨이 돼지 아래에서 모든 영국을 다스린다. 영국)

호경부장 好景不長

좋은 경치는 오래 가지 않는다. 좋은 꿈은 짧다.

속: The morning sun never lasts a day.

(아침 해는 결코 하루 종일 비치지 못한다. 서양)

호계삼소 虎溪三笑

호계 개천에서 세 사람이 크게 웃다. 유교, 불교, 도교의 근본은 하나다.

속: Religion without piety has done more mischief in the world than all other things put together.(신앙심이 없는 종교는 다른 모든 것을 합친 것보다 이 세상에서 더 많은 잘못을 저질렀다. 서양)

호구지책 糊口之策

입에 풀칠하는 방법. 살아갈 방도.

속: God never sends mouths but he sends meat.(하느님께서는 고기를 보내시지 않은 채 입들만 보내시는 경우는 절대로 없다. 영국)

호군구당 狐群狗黨

여우의 무리와 개의 무리. 악인들의 집단.

속: The fox changes his skin but remains the rogue.

(여우는 털가죽을 갈아도 여전히 악당이다. 독일)

호단비소 好丹非素

붉은색을 좋아하고 흰색을 싫어하다. 편애하거나 편파적이다.

속: A light-heeled mother makes a heavy-heeled daughter.

(딸의 일을 대신해주는 어머니는 게으른 딸을 만든다. 영국)

호두사미 虎頭蛇尾

호랑이 머리에 뱀 꼬리. 시작은 거창하지만 끝은 보잘것없다.

속임수를 쓰고 위선적이며 언행이 일치하지 않다. 동: 용두사미 龍頭蛇尾

속: Some make a conscience of spitting in church, yet rob the altar.(어떤 사람들은 교회 안에서 침 뱉기를 거리끼지만 제대를 털어간다. 서양)

호래갈거 呼來喝去

부르면 오고 크게 소리치면 가다. 마음대로 남을 부리다.

속: Great trees keep under the little ones.

(큰 나무들이 작은 나무들을 지배한다. 서양)

호령여산 號令如山

군령은 산과 같아서 변경할 수 없다.

속: A word and a stone let go cannot be recalled.

(이미 떠난 말과 돌은 불러들일 수 없다. 스페인)

호리건곤 壺裏乾坤

술 항아리 속의 하늘과 땅. 늘 술에 취해 있다.

속: God helps three sorts of people, fools, children, and drunkards.

(하느님께서는 바보, 어린이, 술 취한 사람 등 세 종류의 사람을 도우신다. 프랑스)

호리미파 狐狸尾巴

여우 꼬리. 여우는 자기 꼬리를 감출 수 없다.

악인의 본색과 죄상이 폭로되다.

속: Sins are not known till they be acted.

(죄는 실행에 옮겨질 때까지는 알려지지 않는다. 서양)

호리불차 毫釐不差

조금도 틀림이 없다.

속: Make all sure and keep all pure.

(모든 것을 확실하게 하고 깨끗하게 보존하라. 서양)

호말지리 毫末之利

털끝만한 이익. 매우 작은 이익.

속: Little and often fills the purse.

(적지만 잦은 이익이 돈 주머니를 채운다. 이탈리아)

호몽난원 好夢難圓

좋은 꿈은 해몽이 어렵다. 좋은 일은 대개 실현되기가 어렵다.

속: Dreams go by contraries.(꿈은 반대로 된다. 서양)

호무의의 毫無疑義

의심할 여지가 조금도 없다.

속: Trust is the mother of deceit.(신뢰는 속임수의 어머니다. 영국)

호무이치 毫無二致

조금도 다르지 않다. 완전히 똑같다.

속: What is sauce for the goose is sauce for the gander.

(거위 암컷을 위한 소스는 거위 수컷을 위한 소스다. 서양)

호문귀주 豪門貴胄

권세 있는 귀족 가문의 자손.

속: Noble birth compels.(고귀한 출생이 강요한다. 서양)

호물부재다 好物不在多

좋은 물건은 반드시 많아야 되는 것은 아니다.

속: Goats are not sold at every fair.

(염소들은 모든 시장에서 팔리는 것은 아니다. 서양)

호미춘빙 虎尾春氷

호랑이 꼬리와 봄철 연못의 살얼음. 매우 위험한 지경.

속: You may play with a bull till you get his horn in your eye.

(너는 황소 뿔에 네 눈이 받칠 때까지 황소와 놀 수 있다. 영국)

호배웅요 虎背熊腰

키가 크고 몸집이 비대하다.

속: A tall man is a fool.(키가 큰 사람은 바보다. 그리스)

호복기사 胡服騎射

오랑캐의 옷을 입고, 말달리며 활 쏘는 무사들을 불러 모으다.

전쟁 준비를 하다. 일에 착수할 만전의 태세를 갖추다.

속: Draw not your bow before your arrow be fixed.
(화살을 재기 전에는 활시위를 당기지 마라. 서양)

호부견자 虎父犬子

호랑이 같은 아버지에 개 같은 아들. 잘난 아버지에 못난 자식.

속: The father a saint, the son a devil.

(아버지는 성인이고 아들은 악마다. 서양)

호불상관 互不相關

서로 아무 상관이 없다.

속: The stone that lies not in your way needs not offend you.

(네가 가는 길에 놓이지 않은 돌은 너를 해칠 필요가 없다. 서양)

호불이웅 狐不二雄

여우는 수놈 두 마리가 한 군데 살지 않는다. 영웅 둘이 양립할 수 없다.

속: Two male lions cannot rule together in one valley.

(수사자 두 마리는 함께 같은 계곡을 지배할 수 없다. 케냐)

호붕구우 狐朋狗友

나쁜 짓을 하는 친구들과 어울리다. 악인들의 집단.

속: Better to be beaten than be in bad company.

(나쁜 무리와 어울리기보다는 매를 맞는 것이 낫다. 영국)

호사다마 好事多魔

좋은 일에는 흔히 방해되는 일이 생긴다.

속: Never a rose without a thorn.(가시 없는 장미는 없다. 서양)

No corn without chaff.(겨 없이는 밀도 없다. 서양)

호사유피 虎死留皮

호랑이는 죽어서 가죽을 남긴다.

속: The lion's skin is never cheap.

(사자 가죽은 결코 싸지 않다. 영국)

호생오사 好生惡死

생물은 살기를 좋아하고 죽기를 싫어한다.

속: Everything would fain live.(모든 것은 살기를 좋아한다. 서양)

호서지도 狐鼠之徒

여우나 쥐새끼 같은 자. 졸렬한 소인.

속: The fox may lose his hair but not his tricks.

(여우는 털을 갈아도 속임수를 버릴 수 없다. 네덜란드)

호언장담 豪言壯談

호기롭고 자신 있게 하는 말.

속: They brag most that can do least.

(가장 무능한 자들이 큰소리를 가장 많이 친다. 영국)

호요호륙 呼幺呼六

주사위를 던져 도박할 때 원하는 숫자가 나오면 고함을 지르다.
도박을 가리키는 말.

속: The devil is in the dice.(악마는 주사위 속에 있다. 영국)

호의호식 好衣好食

좋은 옷과 좋은 음식. 잘 입고 잘 먹다.

속: All sorrows are less with bread.

(빵이 있으면 모든 슬픔이 줄어든다. 스페인)

호일오로 好逸惡勞

안일을 좋아하고 일하기를 싫어하다.

속: Ease makes thief.(안일은 도둑을 만든다. 서양)

호장색도 壺漿塞道

술과 음식을 들고 군대를 환영하는 인파가 길을 메우다.

속: Welcome is the best cheer.(환영은 가장 좋은 격려다. 영국)

호전필망 好戰必亡

나라가 아무리 강대해도 호전적이면 반드시 망한다.

속: He that preaches up war, when it may be avoided, is the devil's chaplain.

(피할 수도 있는 전쟁을 부추기는 자는 악마의 사제다. 영국)

호접지몽 胡蝶之夢

자기가 나비가 된 꿈. 사물과 자아가 하나가 된 경지.

인생의 덧없음에 대한 비유.

속: Thoughts and dreams are the foundations of our being.

(생각과 꿈은 우리 존재의 기초다. 나이지리아)

호중천지 壺中天地

호리병 속의 세상, 즉 별천지. 신선의 나라.

술에 취해 속세를 잊는 즐거움. 신선처럼 사는 도사의 생활.

속: Wine makes glad the heart of man.

(술은 사람의 마음을 기쁘게 한다. 서양)

호천환지 呼天喚地

하늘과 땅을 큰소리로 부르다. 극도로 비통하다.

속: There is a sort of pleasure in indulging of grief.
(비탄에 잠기는 데에도 일종의 즐거움이 있다. 서양)

호탕불기 豪宕不羈

기개가 세차고 호걸스러워서 사소한 일에 얽매이지 않다.

속: A man without ceremony needs great merit in its place.

(예식에 구애 받지 않는 사람은 그 대신에 큰 공적이 필요하다. 서양)

호학불권 好學不倦

배우기를 좋아하고 게을리 하지 않다. 학문에 열중하다.

속: The love of money and the love of learning seldom meet.

(돈에 대한 사랑과 학문에 대한 사랑은 공존하지 못한다. 서양)

호호선생 好好先生

누구에게나 좋다고 대답하는 사람. 동: 팔면영롱 八面玲瓏

속: A friend to everybody is a friend to nobody.

(모든 사람의 친구는 아무에게도 친구가 아니다. 서양)

호흘나주 好吃懶做

먹고 마시기를 탐내고 일하기를 싫어하다.

속: He has two stomachs to eat, and one to work.

(그는 두 개의 위장으로 먹고 한 개의 위장으로 일한다. 영국)

혹세도명 惑世盜名

세상 사람들을 속여서 명예를 훔치다.

속: An ill deed cannot bring honor.

(악행은 명예를 가져올 수 없다. 서양)

혹세무민 惑世誣民

세상 사람들을 홀려서 속이다.

속: Religion lies more in walk than in talk.

(종교는 말보다 실천으로 거짓말을 더 많이 한다. 서양)

혹중혹부중 或中或不中

추측이나 예언 따위가 때로는 맞고 때로는 맞지 않다.

속: Every man cannot hit the nail on the head.

(모든 사람이 알아맞힐 수 있는 것은 아니다. 영국)

혼두혼뇌 昏頭昏腦

머리가 어지럽다. 멍하다. 건망증이 심하다.

속: The Bristol hogs have built a sty, but cannot find their way into it.(브리스톨 돼지들은 돼지우리를 만들었지만 거기 들어가는 길을 발견할 수 없다. 영국)

혼비백산 魂飛魄散

너무나도 놀라거나 두려워서 혼이 나가고 넋이 흩어지다.

속: There is no medicine for fear but cut off the head.

(두려움을 치료하는 약은 목을 베는 것 이외에 없다. 스코틀랜드)

혼세마왕 混世魔王

사람의 탈을 쓴 악마. 세상을 혼란시키고 사람들을 괴롭히는 자.
어디서나 멋대로 나쁜 짓을 저지르는 특권층 자녀.

속: Better keep the devil out than have to turn him out.

(악마는 몰아내야만 할 경우보다 배척하는 것이 낫다. 스코틀랜드)

홍구위계 鴻溝爲界

유방과 항우가 홍구를 경계로 삼아 땅을 나누다.

대치상태의 쌍방이 경계선을 정하다.

속: Who removes landmark stones bruises his own fingers.

(경계선의 돌을 옮기는 자는 자기 손가락에 타박상을 입는다. 영국)

홍문지연 鴻門之宴 (서한연의 西漢演義)

혼승백강 魂昇魄降

죽은 사람의 영혼은 하늘로 올라가고 시체는 땅으로 내려가다.

속: Happy is the bride the sun shines on, and the corpse the rain rains on.(햇빛을 받는 신부와 비를 맞는 시체는 행복하다. 영국)

혼혼욕수 昏昏欲睡

정신이 흐리고 졸리다. 매우 피곤하다.

속: His eyes draw straws.

(그의 두 눈은 밀짚을 끌어당긴다, 즉 매우 졸리다. 영국)

홍사계족 紅絲繫足

붉은 끈으로 부부의 발을 묶다. 혼인이 이루어지다.

속: Wedlock is like a place besieged; those within wish to get out, those without wish to get in.(결혼은 안에 있는 자들은 나오려 하고 밖에 있는 자들은 들어가려 하는, 포위된 장소와 같다. 아랍)

홍상교처 紅裳教妻

아내의 버릇은 새색시 때에 바로 잡을 수 있다.

속: Make your plan for the year at its beginning; correct your wife from the first day.

(일 년의 계획은 정초에 세우고 아내는 첫날 고쳐주어라. 일본)

홍익인간 弘益人間

인간세계를 널리 이롭게 하다.

속: It is better to be of service even to the bad for the sake of those who are good, than to fail the good on account of the bad.(악인들 때문에 선인들의 이익을 저버리기 보다는 선인들을 위해 심지어 악인들마저도 돕는 것이 더 낫다. 라틴어)

홍일점 紅一點

푸른 것이 여럿 있는 가운데 붉은 것 하나.

많은 남자들 사이에 여자 한 명.

속: Women, wind and fortune are ever changing.

(여자와 바람과 운명은 항상 변한다. 영국)

홍진객몽 紅塵客夢

티끌 같은 세상에서 나그네가 꾸는 꿈. 속세의 허망한 모습.

속: The world is much the same everywhere.

(세상은 어디나 다 똑같다. 서양)

화갱염매 和羹鹽梅

소금과 식초로 국의 맛을 고르게 하다. 나라의 정치를 맡아보는 재상.

속: The best smell is bread, the best savor salt, the best love that of children.(가장 좋은 냄새는 빵 냄새고 가장 좋은 맛은 소금 맛이며 가장 좋은 사랑은 아이들의 사랑이다. 서양)

화광동진 和光同塵

재능을 감춘 채 속세사람들과 어울리다.

속: Write with the learned, but speak with the vulgar.

(글은 유식한 자들과 함께 짓지만 대화는 속인들과 하라. 영국)

화구취율 火口取栗

남을 대신하여 불 속에서 밤을 꺼내다. 남에게 이용당하여 헛수고만 하다.

속: To take the chestnuts out of the fire with the cat's paw.

(원숭이가 고양이 앞발로 불 속에서 밤들을 꺼내다. 영국)

화룡점정 畫龍點睛

용을 그린 뒤에 눈동자를 마지막으로 그려 넣다.

가장 중요한 부분을 끝내서 일을 완성시키다. 마지막 손질을 하다.

속: He that repairs not a part builds all.

(일부분을 수리하지 않는 자는 모든 것을 완성한다. 서양)

화무십일홍 花無十日紅

열흘 동안 붉게 피는 꽃은 없다. 한번 성하면 언젠가는 쇠망한다.

오래 지속되지 못하다.

속: The devil' s children have the devil' s luck.

(악마의 자녀들은 한 때 악마의 행운을 누린다. 영국)

화병충기 畫餠充饑

그림의 떡으로 빈 배를 채우다. 허황된 수작으로 자신을 위로하다.

아무 소용도 없는 짓을 하다. 이름뿐이고 실속이 없다.

속: A fair shop and little gain.(가게는 좋지만 이익이 없다. 영국)

화복동문 禍福同門

행운과 불운은 모두 같은 문으로 들어온다.

행운이든 불운이든 사람이 자기 행동으로 자초하는 것이다.

속: Every man is the founder of his own fortune.

(누구나 자기 운명의 창시자다. 서양)

화복무문 禍福無門

행운과 불운이 오는 길에는 일정한 문이 없다.

속: The devil is not always at one door.

(악마는 항상 같은 문 앞에만 있는 것은 아니다. 영국)

화복무상 禍福無常

행운과 불운이 오는 데는 일정한 법칙이 없다.

속: God has his own times and his own delays.

(신은 자신의 시기와 자신의 연기가 있다. 로마)

화복무편 禍福無偏

행운과 불운은 한쪽으로 치우치지 않는다.

속: Fortune is weary to carry one and the same man always.

(행운은 똑같은 한 사람을 언제나 데리고 다니기를 싫어한다. 서양)

화복상생 禍福相生

행운과 불운은 서로 의존해서 발생한다.

속: Great fortune brings with it great misfortune.

(큰 행운은 큰 불행을 동반한다. 서양)

화복소의 禍福所倚

행운과 불운의 순환은 매우 빠르다. 재앙 때문에 행운이 온다.

속: Fortune's wheel is never stopped.

(운명의 바퀴는 결코 멈추지 않는다. 영국)

화복유명 禍福有命

행운과 불운은 각자의 운명에 달려 있다.

속: The dice of God are always loaded.

(신의 주사위는 항상 준비되어 있다. 그리스)

화불단행 禍不單行

재앙이나 불운은 한 가지만 닥치지 않고 항상 겹쳐서 일어난다.

속: To sit where the dog was hanged.

(개가 목이 매달렸던 곳에 앉다, 즉 작은 불행이 연달아 닥친다. 영국)

화불투기 話不投機

대화할 때 의견이 서로 맞지 않다.

속: Youth and age will never agree.

(젊은이들과 늙은이들은 의견이 결코 일치하지 않을 것이다. 스코틀랜드)

화상주유 火上注油

불타는 데 기름을 붓다. 사태를 더욱 악화시키다.

속: To cast oil in the fire is not the way to quench it.

(불에 기름을 붓는 것은 불을 끄는 방법이 아니다. 영국)

화생해타 禍生懈惰

재앙은 게으름에서 나온다.

속: They must hunger in frost that will not work in heat.

(더울 때 일하려고 하지 않는 자들은 서리 속에 굶주려야만 한다. 서양)

화서지몽 華胥之夢

화서의 꿈. 좋은 꿈. 낮잠. 꿈을 꾸다.

속: Let your midday sleep be short or none at all.

(낮잠은 짧게 자거나 아예 자지 마라. 라틴어)

화씨지벽 和氏之璧

· 화씨의 구슬. 천하에 제일 귀한 구슬.

속: Not that which is great is beautiful, but that which is beautiful is great.

(위대한 것이 아름다운 것이 아니라 아름다운 것이 위대하다. 로마)

화영악임 禍盈惡稔

남을 해치는 악행이 극도로 많으면 재앙이 온다.

속: An ill life, an ill end.(악하게 살면 불행하게 죽는다. 스코틀랜드)

화위복선 禍爲福先

재앙을 겪은 뒤에 행운이 온다.

속: After the evil will not a good time come?

(역경이 지나면 좋은 시절이 오지 않겠는가? 이탈리아)

화유기출 禍有己出

재앙은 자기에게서 나온다.

속: God defend me from myself!

(하느님, 나 자신으로부터 나를 보호해 주십시오! 스페인)

화이부동 和而不同

남과 사이좋게 지내지만 무턱대고 동조하지는 않다.

속: Do not effusively offer your right hand to everyone.

(누구에게나 함부로 네 오른 손을 내밀지 마라. 로마)

화이부실 華而不實

꽃만 있고 열매가 없다. 겉만 그럴 듯하고 실속이 없다.

행동이 말과 상반된다.

속: Great trees give more shade than fruit.

(큰 나무는 열매보다 그늘을 더 많이 준다. 이탈리아)

화조재리 禍棗災梨

대추나무와 배나무의 목판으로 찍은 책.

함부로 많이 발행하여 쓸모가 없는 책.

속: A wicked book is the more wicked because it cannot repent.
(나쁜 책은 회개할 수 없기 때문에 더욱 나쁘다. 서양)

화종구생 禍從口生

재앙은 입에서 나온다. 말버릇이 나쁘면 화를 당한다.
말조심을 해야 한다.
속: A word out of season may mar the course of a whole life.
(잘못된 말 한 마디는 일생의 과정을 망칠 수 있다. 그리스)

화중유복 禍中有福

재앙 속에 행운이 싹틀 원인이 있다.
속: Bad luck often brings good luck.
(불운은 행운을 자주 초래한다. 영국)

화중유시 畵中有詩

그림 속에 시적 정취가 풍부하다.
속: A picture is a dumb poem.(그림은 말없는 시다. 로마)

화중지병 畵中之餠

그림의 떡. 아무 쓸모없는 것.
속: Painted pictures are dead speakers.
(그려진 그림들은 죽은 웅변가들이다. 영국)

화지위뢰 畵地爲牢

땅에 원을 그려서 감옥으로 삼다.
한정된 지역이나 범위에 활동을 제한하다.
속: There is a "but" in everything.
(모든 것에는 단서가 붙어 있다. 서양)

화진가실 貨眞價實

물건도 진짜고 값도 싸다.

속: On a good bargain think twice.

(값싼 물건에 대해서는 다시 생각하라. 서양)

화차유엄 花遮柳掩

동작이 매우 빠르다.

속: While a tall Meg of Westminster is stooping, a short wench sweeps the house.(웨스트민스터의 키 큰 메그가 허리를 굽히는 동안 키가 작은 여자가 집안 청소를 한다. 영국)

화촉소심 火燭小心

화재를 조심하다. 무슨 일에나 조심하다.

속: A tiny spark often brings about a great conflagration.

(작은 불꽃이 극심한 화재를 초래하는 경우가 많다. 로마)

화충협동 和衷協同

마음을 합하여 협동하다.

속: Many hands make quick work.(많은 손은 일을 빨리 한다. 영국)

화취세구 貨取勢求

돈으로 관직을 사고 세력가에게 아첨해서 한자리 얻다.

속: They that buy the office must sell something.

(관직을 사는 사람은 무엇인가 팔아야 한다. 서양)

화풍여일 和風麗日

해가 빛나고 바람이 부드럽다. 날씨가 매우 좋다.

속: Better the day, better the deed.

(날씨가 좋을수록 활동도 더 좋다. 영국)

화필중래 禍必重來

재앙이나 불행은 반드시 연달아 닥친다.

속: Misfortunes come by forties.(불운은 무더기로 몰려온다. 영국)

화호유구 畵虎類狗

호랑이를 그리려다가 개처럼 된다.

자질도 없이 위인을 흉내 내다가는 졸장부가 되고 만다.

속: The will was not wanting, but the ability.

(부족한 것은 의욕이 아니라 능력이었다. 로마)

화훼원예 花卉園藝

관상용 꽃을 기르는 원예.

속: The first men in the world were a gardener, a ploughman, and a grazier.(세상의 최초의 사람들은 정원사, 농부, 목축가였다. 서양)

확실무의 確實無疑

확실하여 의심할 여지가 없다.

속: Nothing is certain except uncertainty.

(불확실성 이외에는 확실한 것이 없다. 서양)

환골탈태 換骨奪胎

속인의 뼈가 신선의 뼈로 변한다. 철저하게 변화하다.

몸과 얼굴이 몰라볼 정도로 좋아지다.

글이 다른 사람의 손을 거쳐 더욱 세련되고 새로운 의미를 지니게 되다.

속: Every generation needs regeneration.

(모든 세대는 새로 태어나야만 한다. 영국)

환난지교 患難之交

재난과 어려움을 함께 겪은 절친한 친구.

속: A friend in need is a friend indeed.

(어려울 때 도와주는 친구가 참된 친구다. 서양)

환락애정 歡樂哀情

기쁨과 즐거움이 극도에 이르면 슬픔이 생긴다.

속: Sorrow makes weavers spin.

(슬픔은 옷감 짜는 사람들이 실을 잣게 만든다. 영국)

환원반본 還元返本

사물이 그 근본상태로 돌아가다.

속: When the clouds are upon the hills, they'll come down by the mills.(구름들은 산 위에 떠 있어도 물방앗간 곁으로 내려올 것이다. 영국)

환탕불환약 換湯不換藥

약은 바꾸지 않고 약탕관만 바꾸다.

내용은 그대로인데 껍데기만 바뀌다. 피상적인 개혁.

속: Every age confutes old errors and begets new.

(모든 세대는 과거의 잘못을 배척하고 새로운 잘못을 저지른다. 서양)

환해풍파 宦海風波

벼슬살이에서 겪는 온갖 풍파.

속: He that eats the king's goose shall be choked with the feathers.

(왕의 거위를 먹는 자는 그 깃털로 목이 메어 질식할 것이다. 영국)

환희원가 歡喜冤家

애인이나 부부 사이에 상대방을 원망하는 듯하지만 사실은 사랑하는 사람.

속: Jupiter laughs at the perjuries of the lovers.
(제우스신은 애인들의 위증을 비웃는다. 영국)

황구유취 黃口乳臭

부리가 노란 새처럼 어려서 젖비린내가 나다.
남을 경험이 없는 자라고 경멸하는 말.
속: The death of a baby is not the down-throw of a house.
(한 아기의 죽음이 한 집의 멸망은 아니다. 스코틀랜드)

황망지행 荒亡之行

고관이 사냥이나 술과 여자에 빠져서 자신과 나라를 망치다.
속: Hounds and horses devour their masters.
(사냥개들과 말들은 자기 주인들을 잡아먹는다. 영국)

황모무심필 黃毛無心筆

족제비 털로 만든 붓.
속: I like writing with a peacock's quill, because its feathers are all eyes.
(나는 공작의 깃이 눈들로 가득 차서 그것으로 글쓰기를 좋아한다. 서양)

황양액윤 黃楊厄閏

누런 버드나무는 잘 자라지 못하고 윤년에는 오히려 낮아진다는 전설.
사람이 불운을 당하다.
속: He came safe from the East Indies and was drowned in the
Thames.(그는 동인도에서 무사히 돌아와 테임즈 강에서 익사했다. 영국)

황화만절 黃花晚節

국화는 서리 내리는 계절에 늦게 핀다.

만년에도 아름다운 지조를 지키다. 사람이 늙어서도 건장하다.

속: Old wagons runs a long time.

(낡은 마차가 오래 달린다. 남아프리카)

국화감상 (시부맹 詩賦盟)

회개지심 悔改之心

잘못을 뉘우치고 바로잡으려는 마음.

속: Repentance is good, but innocence is better.

(회개는 좋지만 무죄는 더 좋다. 서양)

회과자신 悔過自新

잘못을 뉘우치고 새 사람이 되다.

속: A reformed rake makes the best husband.

(새사람이 된 방탕아는 가장 좋은 남편이 된다. 서양)

회과자책 悔過自責

잘못을 뉘우쳐 스스로 책망하다.

속: It is never too late to repent.(뉘우치는 데는 너무 늦은 것이 없다. 영국)

Repentance costs very dear.(회개는 대가가 매우 비싸다. 프랑스)

회국순례 回國巡禮

여러 나라를 두루 돌아다니면서 성지를 순례하다.

속: He that on pilgrimage goes ever, becomes holy late or never.

(항상 순례하는 자는 나중에 거룩하게 되거나 영영 거룩하게 되지 못한다.
서양)

회도능설 會道能說

말재주가 뛰어나다.

속: Say well or be still.(말을 잘하지 못하겠다면 입을 다어라. 서양)

회독지탄 悔毒之歎

독약을 마신 뒤 뉘우치는 탄식. 아무 소용도 없는 것을 뉘우치다.

속: Where remedies are required, sighing is of no avail.

(치유가 필요한 곳에서 한탄은 아무 소용도 없다. 이탈리아)

회뢰병행 賄賂竝行

뇌물을 주기도 하고 받기도 하다.

속: I do not hear that a bribe on both sides is out of fashion.

(뇌물 수수가 유행이 지났다는 말을 나는 듣지 못했다. 서양)

회벽유죄 懷璧有罪

값진 구슬을 가진 것이 죄다. 보물을 가지고 있으면 죄가 없어도 재앙을 당한다. 뛰어난 재능 때문에 시기의 대상이 된다.

속: Envy does not enter an empty house.

(질투는 빈집에 들어가지 않는다. 덴마크)

회심상기 灰心喪氣

실패나 역경으로 의욕을 잃고 몹시 낙담하다.

속: To believe a business impossible is the way to make it so.

(어떤 일을 불가능하다고 믿는 것은 그것을 불가능한 것으로 만드는 길이다. 서양)

회음회도 誨淫誨盜

남을 음탕한 짓이나 도둑질로 유인하다. 재앙은 자초하는 것이다.

속: Women are the devil's net.(여자들은 악마의 그물이다. 영국)

회재불로 懷才不露

재능을 감추고 드러내지 않다.

속: Art consists in concealing art.

(재능은 그것을 감추는 데 들어 있다. 로마)

790

회재불우 懷才不遇

재능은 있지만 기회를 만나지 못하다.

뜻을 이루지 못한 채 미천하게 살다.

속: Even ill luck is good for something in a wise man's hand.

(현명한 자의 손에서는 불운마저도 어딘가 유익하다. 서양)

회지이만 悔之已晩

후회해도 이미 늦었다.

속: We feel good things more when we want them than when we enjoy them.(우리는 좋은 것들에 대해 그것을 즐길 때보다는 잃었을 때 더 아쉽게 느낀다. 라틴어)

회진작소 回嗔作笑

화를 냈다가 일부러 웃다.

속: Anger dies quickly with a good man.

(좋은 사람은 분노를 빨리 푼다. 영국)

회총시위 懷寵尸位

물러가야 할 때 군주의 총애만 믿고 쓸데없이 벼슬자리만 차지하고 있다.

속: Favors unused are favors abused.

(활용되지 않은 총애는 악용된 총애다. 스코틀랜드)

회피부득 回避不得

피하려 하지만 피할 수가 없다.

속: Flee never so fast, you cannot flee your fortune.(결코 그리 빨리 달아나지 마라. 너는 너의 운명을 피할 수 없다. 스코틀랜드)

획곡자호 獲穀自呼

뻐꾸기의 울음소리.

속: Turn your money when you hear the cuckoo, and you'll never be without it during the year.(뻐꾸기 울음소리를 들을 때 너의 돈을 뒤집어라. 그러면 일 년 내내 돈이 결핍되지 않을 것이다. 영국)

횡설수설 橫說竪說

조리가 없는 말을 함부로 지껄이다.

속: A deluge of words and a drop of sense.
(홍수처럼 말을 쏟아내지만 모두 무의미하다. 서양)

횡행무기 橫行無忌

거리낌 없이 날뛰다. 나쁜 짓을 마구 저지르다.

속: Who would do ill never wants occasion.
(악행을 저지르려고 하는 자는 기회가 결코 없지 않다. 서양)

효애기자 梟愛其子

올빼미가 자기 새끼를 사랑하지만 새끼는 큰 뒤에 어미를 잡아먹는다.

속: Bring up a raven and it will peck out your eyes.
(까마귀를 기르면 그것이 네 두 눈을 파버릴 것이다. 스페인)

효자종치명 부종난명 孝子從治命 不從亂命

효자는 부모가 정신이 맑을 때 한 유언은 따르지만 정신이 어지러울 때 한 유언은 따르지 않는다.

속: All things which are written in a will as to be unintelligible are to be on that account regarded as though they are not written.
(이해할 수 없는 유언의 기록은 기록되지 않은 것으로 본다. 로마)

후거지계 後車之戒

뒷 수레에 대한 경고. 앞 사람의 실패는 뒷사람의 교훈이 된다.

속: Forewarned is forearmed.

(미리 경고를 받는 것은 미리 무장하는 것이다. 서양)

후계무인 後繼無人

후계자가 아무도 없다.

속: Land was never lost for want of an heir.

(상속자가 없어서 땅을 잃은 경우는 결코 없었다. 영국)

후계유인 後繼有人

후계자가 있다.

속: Sons, not more heirs of possessions than of diseases.

(아들들은 재산의 상속자라기보다 질병의 상속자다. 로마)

후래거상 後來居上

후임 관리가 선임보다 더 높은 자리를 차지하다.

속: The last comers are often the masters.

(맨 나중에 온 자가 주인이 되는 경우가 많다. 프랑스)

후목부조 朽木不雕

썩은 나무에는 조각을 할 수 없다. 사태를 호전시킬 여지가 없다.
사람을 개선시킬 가망이 없다.

속: Of a pig's tail you can never make a good shaft.

(돼지 꼬리로는 좋은 창을 결코 만들 수 없다. 서양)

후목분장 朽木糞牆

썩은 나무에 조각을 하거나 낡아빠진 벽에 흙을 바르는 것은 아무 소용이 없다. 사태의 수습이나 사람의 개선이 불가능하다. 쓸모없는 사람.
매우 혼란한 세상.

속: Crooked by nature is never made straight by education.
(선천적으로 뒤틀린 사람은 교육으로 바로 잡을 수 없다. 서양)

후목지재 朽木之才

썩은 나무와 같은 재능. 개선의 여지나 쓸모가 전혀 없는 사람.

속: The little pot is soon hot.
(작은 그릇은 빨리 뜨거워진다, 즉 소인은 화를 빨리 낸다. 서양)

후생가외 後生可畏

후배란 두려워할 만한 존재다.

속: He that comes after sees with more eyes than his own.
.(나중에 오는 자는 자기 눈보다 더 많은 눈으로 본다. 서양)

후생각고 後生角高

뒤에 난 뿔이 우뚝하다. 제자나 후배가 선생이나 선배보다 훨씬 낫다.

속: The younger brother has the more wit.
(동생이 형보다 더 총명하다. 영국)

후생대사 後生大事

내세를 소중히 여기다.

속: Purchase the next world with this; you will win both.
(현세를 주고 내세를 사면 둘 다 얻을 것이다. 아랍)

후생소자 後生小子

선생이나 선배가 학생들을 가리키는 말.

속: Schoolboys are the most reasonable people in the world; they care not how little they have for their money.

(어린 학생들은 세상에서 가장 합리적인 사람들이다. 그들은 자기 돈이 얼마나 적은지 염려하지 않는다. 영국)

후안무치 厚顔無恥

낯가죽이 두꺼워 부끄러움을 모르다.

속: He that does fear no shame, comes to no honor.

(수치를 두려워하지 않는 자는 명예를 얻지 못한다. 네덜란드)

후차박피 厚此薄彼

한쪽은 중시하거나 우대하고 다른 쪽은 경시하거나 냉대하다.

차별대우를 하다.

속: To make fish of one and flesh of another.(차별대우를 하다. 영국)

후회막급 後悔莫及

아무리 후회해도 어찌할 도리가 없다.

속: He that refuses to buy counsel cheap, shall buy repentance dear.(충고를 싸게 사기를 거부하는 자는 후회를 비싸게 살 것이다. 영국)

훈주산문 葷酒山門

비린내 나는 고기, 풋내 나는 채소, 향기로운 술은 수행에 방해가 되어 절에 들이지 못한다.

속: Bring nothing vile to the temple.

(더러운 것은 일체 신전에 가지고 가지 마라. 로마)

훈향자소 薰香自燒

향기로운 풀은 그 향기 때문에 스스로 탄다. 재앙을 자초하다.

속: It is the abilities of the horse that occasions his slavery.

(말을 노예로 만드는 것은 그 능력이다. 서양)

훤혁일시 烜赫一時

명성과 기세가 한 때만 왕성하다.

속: What is violent is not lasting.

(난폭한 것은 오래 지속되지 못한다. 로마)

훼예불일 毀譽不一

과찬과 비난이 일치하지 않는다.

칭찬하는 사람도 있고 비난하는 사람도 있다.

속: Commend or amend.(칭찬하거나 교정하라. 영국)

훼우일단 毀于一旦

하룻밤에 파멸하다.

속: To break a man's back.(남을 파멸시키다. 영국)

휘금여토 揮金如土

돈을 물 쓰듯이 하다. 낭비가 극심하다.

속: To burn one's candle at both ends.

(초를 양쪽에서 태우다, 즉 심하게 낭비하다. 서양)

휘막여심 諱莫如深

남이 알까 염려하여 깊이 감추다.

속: Wash your dirty linen at home.

(너의 더러운 아마포는 집에서 빨아라. 서양)

휘악부전 諱惡不悛

죄를 감추고 뉘우치지 않는다.

속: He has a cloak for his knavery.
(그는 자기 악행을 감추는 외투를 가지고 있다. 영국)

휘질기의 諱疾忌醫

병을 감추고 의사를 피하다.
자기 결점이나 잘못을 숨기고 고치려 하지 않다.
속: To hide disease is fatal.(병을 감추는 것은 치명적이다. 로마)

휴로부약 携老扶弱

노인을 부축하고 어린애의 손을 잡다. 노인과 아이를 보호하다.
백성들이 모두 출동하다. 노약자들이 유랑하다.
속: God moderates all at His pleasure.
(하느님께서는 원하시는 대로 모든 것을 조절하신다. 프랑스)

휴우방마 休牛放馬

소와 말을 놓아기르고 군용으로 다시 쓰지 않다.
천하가 태평하여 군대를 다시 동원하지 않다.
속: Easy keeping the cattle that's not besieged.
(울타리에 갇히지 않은 가축은 훔쳐가기 쉽다. 스코틀랜드)

휼이부정 譎而不正

남을 속이며 올바르지 않다.
속: Every honest miller has a golden thumb.
(정직한 물방앗간 주인은 모두 황금의 엄지를 가지고 있다. 서양)

흉년기세 凶年飢歲

흉년이 들어 굶주리는 해.
속: Winter thunder, summer hunger.

(겨울에 천둥이 치면 여름에 굶주린다. 스코틀랜드)

흉신악살 凶神惡煞
사람을 해치는 흉악한 귀신. 매우 흉악한 사람.
속: Few may play with the devil and win.
(악마와 게임을 해서 이길 사람은 없다. 서양)

흉종극말 凶終隙末
절친하던 친구가 변해서 원수가 되다. 우정은 끝까지 잘 유지되기 어렵다.
속: Fall not out with a friend for a trifle.
(사소한 것 때문에 친구와 멀어지지 마라. 영국)

흑백분명 黑白分明
옳고 그름이나 선과 악을 분명하게 가리다.
속: It will be seen in the frying of the eggs which is good.
(달걀들을 지지면 어느 것이 좋은 것인지 드러날 것이다. 스페인)

흔구정토 欣求淨土
극락정토에 가기를 간절히 바라다.
속: Men go not laughing to heaven.
(사람들은 웃으면서 천당에 가지는 않는다. 서양)

흡도호처 恰到好處
말이나 행동을 가장 적절하게 하다.
속: Nothing is fine but what is fit.
(적절한 것 이외에는 아무 것도 좋지 않다. 서양)

흥가입업 興家立業

집안을 발전시키고 사업을 시작하다.

속: Husbands can earn, but only wives can save.

(남편은 돈을 벌 수 있지만 오로지 아내만이 저축할 수 있다. 서양)

흥미삭연 興味索然

흥미가 전혀 없다.

속: A story is ruined by being badly told.

(잘못 이야기하면 이야기가 재미가 없어진다. 로마)

흥미진진 興味津津

흥미가 넘치다.

속: A good tale is none the worse for being twice told.(좋은 이야기는 두 번 했다고 해서 흥미가 줄어드는 것은 아니다. 스코틀랜드)

흥진비래 興盡悲來

즐거움이 극도에 이르면 슬픔이 닥친다.

동: 낙극애생 樂極哀生 반: 고진감래 苦盡甘來

속: After joy comes sorrow.(즐거움이 지나면 슬픔이 온다. 영국)

희로애락 喜怒哀樂

기쁨과 노여움과 슬픔과 즐거움. 인간의 각가지 감정.

속: He who is pleased forgets his cause of pleasure; he who is grieved remembers his cause of grief.

(기뻐하게 된 자는 자기 기쁨의 원인을 잊고 슬퍼하게 된 자는 자기 슬픔의 원인을 기억한다. 로마)

희불자승 喜不自勝

어쩔 줄 모를 정도로 매우 기쁘다.

속: He rejoices more than one who has cast off old age.

(그는 노년기를 버리고 회춘한 사람보다 더 기뻐한다. 로마)

희비쌍곡선 喜悲雙曲線

기쁨과 슬픔이 동시에 일어나 각각 발전하는 모양.

속: War, hunting, and law are as full of trouble as of pleasure.

(전쟁과 사냥과 법은 즐거움만큼 많은 괴로움으로 가득 차 있다. 영국)

희비애락 喜悲哀樂

기쁨과 슬픔과 애처로움과 즐거움.

속: Every inch of joy has an ell of annoy.

(모든 기쁨에는 괴로움이 있다. 스코틀랜드)

희소안개 喜笑顔開

마음이 기쁘고 얼굴이 웃음으로 활짝 펴지다.

속: Laughter makes good blood.(웃으면 피가 좋아진다. 이탈리아)

희약변무 喜躍抃舞

너무 기뻐서 손뼉을 치고 춤추다.

속: Love will make an ass dance.

(사랑은 당나귀가 춤추게 만들 것이다. 프랑스)